READER'S DIGEST AUSWAHLBÜCHER

Die Kurzfassungen in diesem Buch erscheinen
mit Genehmigung der Autoren und Verleger

4051 (258)
Printed in Germany
ISBN 3 89915 225 5

READER'S DIGEST AUSWAHLBÜCHER

Reader's Digest
DEUTSCHLAND · SCHWEIZ · ÖSTERREICH

INHALT

Kreta, im Jahr 1943: Der Archäologe Johann Martens soll auf der von den Deutschen besetzten Insel Kunstschätze aufspüren. Gemeinsam mit dem Kreter Andreas erkundet er die Insel. Mehr und mehr wird Johann von der griechischen Lebenskunst und vor allem von Andreas' Tochter Eléni angezogen. Als eine todbringende Razzia der deutschen Besatzer Elénis Heimatdorf bedroht, muss er entscheiden, auf welcher Seite er steht.

Claires Nest ist leer. Die Kinder sind flügge geworden, und im Haus ist es neuerdings seltsam still. Daher schließt Claire das kleine blinde Mädchen, das mit seinem Vater in ihrer Pension Urlaub macht, schnell in ihr Herz. Dieses tapfere, fröhliche Mädchen bringt endlich wieder Leben ins Haus. Doch eines Morgens sind Vater und Tochter plötzlich verschwunden, und Claire überkommt ein schlimmer Verdacht …

Seite 311

Der scharfsinnige Kriminalist Lincoln Rhyme und seine Partnerin Amelia Sachs stehen vor der größten Herausforderung ihrer Karriere: Sie jagen einen Magier, der zum Killer geworden ist. Mit Tricks und Täuschungen verwischt der Illusionist seine Spuren, dann schlägt er erbarmungslos zu und verschwindet wieder im Nichts – wie von Zauberhand …

Seite 473

Eine weihnachtliche Reise mit der Eisenbahn quer durch die Vereinigten Staaten – für den Journalisten Tom Langdon eine willkommene Gelegenheit, Stoff für Artikel zu sammeln und gleichzeitig zu ergründen, wo er selbst im Leben steht. Doch nichts hat ihn darauf vorbereitet, dass er an Bord des Zugs nicht nur liebenswerte, amüsante und skurrile Menschen kennen lernen, sondern auch seinem eigenen Schicksal begegnen wird.

Klaus Modick

Der kretische Gast

Hinter einem Orangenhain
erreichten sie Gärten,
eingefasst von brüchigen Mauern
aus Feldsteinen.
Das Kloster musste ganz nah sein.
Kein Laut war zu hören.
Selbst das metallische Lärmen
der Zikaden hatte für
einige Momente ausgesetzt,
als hielte das ganze Tal den Atem an.

I. KAPITEL

Kreta 1943

Der Nordweststurm heulte von den Bergen des Peloponnes über die Ägäis, trieb Regenschauer vor sich her, die in Sturzbächen von den Cockpitscheiben abliefen. Bei plötzlichen Böen schien das Flugzeug unkontrollierte Bocksprünge nach vorn zu machen, die Tragflächen vibrierten, und wenn die Böen verebbt waren, sackte das Flugzeug, in allen Nieten und Verstrebungen ächzend, manchmal wie ein Stein durch, fiel der tobenden, weiß schäumenden See entgegen, wurde aber jedes Mal vom Piloten wieder auf Kurs und Höhe gebracht. Das gleichmäßige, beruhigende Dröhnen der drei Motoren drang nur ganz selten durch das Toben und Prasseln, und obwohl sich Pilot und Kopilot brüllend verständigten, konnte man im Laderaum ihre Worte nicht verstehen.

Die Sitze in der Kabine waren ausgebaut worden, um mehr Stauraum zu gewinnen. Johann Martens kauerte zwischen Säcken und fest gezurrten Munitionskisten, krallte sich mit beiden Händen an einer Metallverstrebung fest, aber wenn die Ju 52 durchsackte, schnitt ihm der Haltegurt dennoch in die Achsel. Er wunderte sich, dass die Piloten offenbar bester Laune waren, gelegentlich lachten und seelenruhig Zigaretten rauchten. Nach einem weiteren Steigflug aus einem Luftloch heraus drehte sich der Kopilot um und gab ihm durch Gesten zu verstehen, ins Cockpit zu kommen.

Johann löste den Gurt, kroch zitternd über Mehlsäcke und Metallkisten nach vorn, kniete sich hinter den Sitz des Kopiloten und klammerte sich an die Rückenlehne. Der Kopilot deutete mit dem Zeigefinger aus der rechten Seitenscheibe und brüllte: „Kreta!“

Johann reckte den Kopf vor und starrte durch die Sturzbäche des Regens ins graue Getöse. Erkennen konnte er nur eine der fünf Schlepp-Jus der Staffel, die sich in einiger Entfernung vor ihnen durch den Sturm kämpfte. Der Lastensegler, den sie zog, tanzte wie ein Papierspielzeug im Wind hinter der Schleppmaschine. Auf der linken Seite schob sich einer der beiden Me-109-Jäger, die als Begleitschutz mitflogen, ins Blickfeld, rüttelte mit den Tragflächen einen Abschiedsgruß und verschwand in der Regenwand Richtung Festland.

„Wo?“, brüllte Johann zurück.

Der Kopilot klopfte mit den Knöcheln ans Cockpitfenster, deutete mit dem Daumen nach unten. Johann richtete sich schwankend auf und drückte das Gesicht gegen die Scheibe. In diesem Moment riss der Sturm eine Wolkenlücke, der Regen dünnte zu silbernen Fäden aus, Sonnenbündel stürzten als gleißender Lichtschacht in die Tiefe und ließen die Insel erkennen. Im geisterhaften Licht hoben sich Felsen aus dem weiß tosenden Wasser, blankes Gestein, baumlos, graslos, Gipfel eines vom Meer umspülten Gebirges. Wolken schoben sich wieder vor die Sonne, die Farben wichen einem bleiern triefenden Grau.

„Wir gehen runter!“, schrie der Pilot.

Johann kroch zurück in die Kabine und schnallte sich an, während das Flugzeug im Sinkflug, von Böen gerüttelt, einen weiten Bogen schlug, um gegen den Wind zu landen. Ein scharfer Ruck ging durch die Maschine, als der Kopilot den Lastensegler, den die Ju im Schlepp hatte, ausklinkte. Wenige Augenblicke später berührte das Fahrwerk die Piste, die Maschine vollführte ein paar Hüpfer, rollte aus und stand.

„Maleme, Endstation!“, rief der Kopilot durch das Prasseln des Regens.

Die Tür wurde geöffnet, ein Windstoß trieb Regenspritzer in die Kabine, und der Pilot fluchte mit hamburgischem Akzent, bei dem „Schietweddä“ fühle er sich wie zu Hause. Johann zerrte seinen Koffer und den Rucksack aus dem Haltenetz und kletterte mit weichen Knien über eine Gangway, die von außen an die Tür geschoben worden war, auf das Rollfeld. Im Zwielicht aus Regen, gelben Scheinwerfern und einsetzender Dämmerung herrschte hektischer Betrieb. Einige Lkws britischer Bauart rollten von Lagerschuppen heran oder standen bereit, um den Nachschub aus den Jus aufzunehmen. Drei andere Maschinen des Konvois parkten bereits weiter vorne, und ganz hinten, wo das Rollfeld in eine breite Schotterpiste überging, waren die Lastensegler gelandet. Die fünfte und letzte Maschine setzte soeben zur Landung an, als ein Kübelwagen auf Johann zuhielt und dicht vor ihm stoppte.

Der Fahrer, ein stämmiger, unrasierter Mann in Kakiuniform, legte nachlässig eine Hand gegen den Mützenschirm und stellte sich als Hauptfeldwebel Sailer vor. „Herr Martens?“

Johann nickte.

„Willkommen auf Kreta“, sagte Sailer, nahm Johanns Gepäck und verstaute es auf den Rücksitzen. „Ich habe Befehl, Sie nach Chania in Ihre Unterkunft zu bringen."

„Danke." Johann winkte den Piloten zu, die in der Kabinentür standen, und stieg neben Sailer auf den Beifahrersitz.

Während sich der Kübelwagen ruckend in Bewegung setzte, riss im Nordwesten die Bewölkung auf, und letzte Strahlen der untergehenden Sonne schimmerten auf dem nässeglänzenden Asphalt des Rollfelds. An seinen Rändern waren noch Bombentrichter zu erkennen, und zwei ausgebrannte britische Panzer standen auf der hinteren Piste. Als sie die Küstenstraße erreicht hatten, schaltete Sailer die Scheinwerfer ein. Johann wühlte in der Tasche seines Trenchcoats nach der silbernen Zigarettendose, klappte sie auf, steckte sich eine Zigarette zwischen die Lippen und hielt die Dose seinem Chauffeur hin. Sailer griff zu, gab Johann und sich selbst mit einem blakenden Sturmfeuerzeug Feuer.

„Kreta also", sagte Johann und stieß den Rauch gegen die Windschutzscheibe.

Sailer warf ihm einen spöttischen Blick zu. „Ja, Kreta. Winter gibt's hier leider auch. Zum Ausgleich keine Heizungen."

„Na ja", sagte Johann, „ich werd's hier schon aushalten."

Sie schwiegen eine Weile. „Sind Sie", fragte Sailer plötzlich und zögerte einen Moment, „Zivilist?" In der Art und Weise, wie er das Wort aussprach, bekam es einen merkwürdigen Klang. Eine Art Misstrauen schwang darin mit, aber auch Neid auf eine Normalität, die immer unerreichbarer zu werden schien.

Johann wunderte sich nicht, dass ein dreißigjähriger, offensichtlich gesunder Mann ohne Uniform, der trotz des knappen Transportraums im Januar 1943 nach Kreta eingeflogen wurde, für etwas Ungewöhnliches gehalten werden musste, wahrscheinlich für einen Parteibonzen, Gestapo-Offizier oder Agenten; vielleicht aber auch nur für einen Drückeberger, der sich mithilfe hochrangiger Beziehungen aus dem Krieg heraushalten konnte. Und weil genau das in gewisser Hinsicht auf Johann zutraf, fühlte er sich diesem Mann gegenüber unbehaglich. Vermutlich gehörte der zur kämpfenden Truppe, die im vorletzten Jahr unter enormen Verlusten die Insel aus der Luft erobert hatte.

Aber da man ihm Stillschweigen abverlangt hatte, nickte er nur und wiederholte tonlos: „Zivilist, ja."

„Und Sie kommen also", Sailer warf die glühende Kippe aus dem Wagen, „direkt aus Deutschland?"

„Mehr oder weniger. Bin von München über Rom nach Thessaloniki geflogen und …“

„Wie sieht es in Deutschland aus?“, unterbrach Sailer ihn hastig. „Gibt es immer noch Bombenangriffe? Ich komme aus Dortmund. Meine Eltern leben da, meine Verlobte …“

„Ihre Verlobte“, echote Johann und dachte an Ingrid und Lübeck. „Es ist etwas besser geworden“, murmelte er zögernd. „Jedenfalls hat es seit dem Sommer kaum noch Angriffe gegeben. Man hat auch die Flak weiterentwickelt, und es gibt bessere Nachtjäger. Zuletzt hat es noch Düsseldorf erwischt, Ende Juli, glaube ich.“

„Und Dortmund?“

„Soviel ich weiß, ist da bislang nichts passiert. Köln muss schlimm gewesen sein, Rostock, Bremen. Und Lübeck. Lübeck hat gebrannt wie, wie …“ Er fand das Wort nicht.

Die Straße musste jetzt unmittelbar am Ufer entlangführen, weil sich manchmal das Rauschen von Brandung ins Motorengeräusch mischte. Der Sturm war abgeflaut, im Norden blinkten Sterne am Himmel.

„Und Russland?“, fragte Sailer plötzlich. „Wir hören hier immer nur Offensive, Offensive, Offensive. Und Sieg an allen Fronten.“

„Das klingt in Deutschland auch nicht anders, offiziell jedenfalls nicht“, sagte Johann fröstelnd und fingerte wieder nach der Zigarettendose. „Es gibt aber Gerüchte, dass die Sache bei Stalingrad gar nicht gut … Was ist los?“

Sailer war abrupt auf die Bremse getreten, brachte den Kübelwagen zum Stehen, schaltete Motor und Scheinwerfer aus. „Da vorn auf der Straße bewegt sich was“, flüsterte er, lauschte in die Dunkelheit und zog unter seinem Sitz eine Maschinenpistole hervor. „Können Sie damit umgehen?“

„Nein“, sagte Johann entsetzt. „Aber was soll da denn sein?“

„Weiß ich nicht“, zischte Sailer. „Vielleicht Banden.“

„Was für Banden?“

Sailer gab keine Antwort, ließ den Motor wieder an, fuhr im Schritttempo weiter, lenkte den Kübelwagen mit der linken Hand und klemmte sich die Maschinenpistole unter den rechten Arm, den Finger am Abzug. Im Mondlicht erkannte Johann einen wippenden Schatten auf dem hellen Schotterbelag der Straße. Sailer schaltete plötzlich die Scheinwerfer wieder ein. Der Lichtkegel riss grell aus der Dunkelheit, was sich da vor ihnen bewegte. Auf einem Esel hockte eine Gestalt, die so weit nach vorn gekrümmt war, dass sie fast auf Hals und Kopf des Tieres lag. Als der Kübelwagen nur noch wenige Meter entfernt war, trat eine in Schwarz gekleidete

Frau, die den Esel an einem Strick führte, heftig gestikulierend auf die Fahrbahn und versperrte den Weg. Sailer musste bremsen, um die Frau nicht zu überfahren, und brachte fluchend die Maschinenpistole in Anschlag, als sie nun auf Johanns Seite an den Wagen kam und, abwechselnd auf die Gestalt auf dem Esel und in Richtung Stadt deutend, einen aufgeregten Wortschwall hervorstieß.

Sailer gab wortlos Gas und ließ die Gruppe hinter sich.

„Warten Sie“, sagte Johann, „ich glaube, die Frau hat gesagt, dass sie ihren Mann ins Krankenhaus bringen muss.“

„Können Sie etwa Griechisch?“ Sailer sah Johann staunend an, stoppte aber nicht, sondern beschleunigte den Kübelwagen.

„Wollen Sie den Leuten denn nicht helfen? Wir könnten doch zumindest den Mann mitnehmen.“

„Ich habe Befehl, Sie in Ihr Quartier zu bringen“, sagte Sailer ruhig. „Und sonst gar nichts.“

„Aber das ist doch ein Notfall und …“

„Das kann genauso gut ein Hinterhalt sein“, knurrte Sailer. „Diese Scheißbanden sind schon seit Wochen wieder aktiv.“

„Welche Banden?“

„Partisanen“, sagte Sailer. „Nennen sich selbst Andarten. Dreckschweine.“

Sie schwiegen. Auf Kreta, hatte Professor Lübtow zu Johann gesagt, sei man in diesen Zeiten wahrscheinlich sicherer als in Deutschland. Von Partisanen war keine Rede gewesen.

Links und rechts der Straße waren vereinzelt Schatten von Häusern zu erkennen. Manchmal kamen ihnen Lastwagen entgegen, vereinzelt Motorräder, einmal ein anderer Kübelwagen. Sie durchquerten den westlichen Vorort von Chania, fuhren an der venezianischen Mauer entlang, die Chanias Altstadt umgab, passierten einen Platz vor einer großen Markthalle, durch deren erleuchtetes Portal Menschen ein- und ausströmten, bogen aber gleich wieder in eine stillere Straße ab. Im Schein von Straßenlaternen erkannte Johann in Gärten und Parks weiß gekalkte Villen.

„Chalepa“, sagte Sailer, „das Diplomatenviertel. Ganz so nobel ist Ihr Quartier nicht, aber ich würde jederzeit mit Ihnen tauschen.“

Schließlich kamen sie in eine schmale Straße. Die Häuser waren bescheidener als in Chalepa, wirkten aber im vorbeihuschenden Licht der Scheinwerfer sauber und gepflegt. Vor einem schlichten zweistöckigen Haus mit Flachdach, dessen Fenster erleuchtet waren, hielt Sailer an.

„Da wären wir“, sagte er, blickte die Straße auf und ab, sah auf seine Armbanduhr und schüttelte den Kopf. „Eigentlich sollten Sie von Leutnant Hollbach empfangen werden, aber sein Wagen ist nicht da. Ich habe lediglich Befehl, Sie hier abzusetzen.“

Sie stiegen aus. Johann nahm seinen Rucksack, Sailer trug den Koffer. Die Haustür öffnete sich, bevor sie die Schwelle erreicht hatten, und eine dunkelhaarige Frau in einem knöchellangen blauen Wollkleid trat heraus. *„Kalos orisate“*, sagte sie und streckte Johann die Hand entgegen. *„Welcome in Chania, Mr Martens, I presume? I am Mrs Xenakis.“*

„Ja, also *yes* beziehungsweise *efcharisto*“, stammelte Johann, gab der Frau die Hand und verbeugte sich knapp.

„O! Do you speak Greek?“

Nur ein bisschen, erklärte Johann auf Griechisch, eigentlich lerne er es noch. Altgriechisch könne er besser.

Die Frau lachte. Sie führte die beiden Männer durch einen gefliesten Flur. Sailer stieß Johann an, als sie an einer offen stehenden Tür vorbeikamen, und Johann warf einen Blick in den Raum, der wie das Behandlungszimmer eines Arztes aussah. Ihr Mann, sagte Frau Xenakis, der das nicht entgangen war, sei Arzt, und sie hoffe sehr, dass er bald wieder nach Hause komme.

Sie gelangten in ein geräumiges Esszimmer, von dem ein offener Durchgang zur Küche führte. In der Mitte des Raumes stand ein runder Tisch aus dunklem Olivenholz. Aus einer Karaffe schenkte Frau Xenakis zwei Gläser mit Wasser voll und reichte sie den beiden Männern. Johann stürzte es gierig hinunter, die Frau schenkte nach und sagte, kretisches Wasser sei das beste der Welt.

„Leutnant Hollbach?“, sagte Sailer und tippte auf seine Armbanduhr.

„O yes, excuse me.“ Frau Xenakis nahm einen Briefumschlag von einer Kommode und reichte ihn Johann. Der Herr Leutnant werde erst morgen erscheinen können, und der Brief sei vor zwei Stunden von einem Kradmelder abgegeben worden.

Johann öffnete den Umschlag, auf dem sein Name stand, und las, was offenbar in Eile handschriftlich notiert worden war.

Sehr geehrter Herr Martens,
wichtige Dienstverpflichtungen machen es mir leider unmöglich, Sie heute Abend in Ihrem Quartier zu begrüßen und Sie über Ihre kommenden Aufgaben zu instruieren. Ich werde Sie morgen Vormittag um

9 Uhr aufsuchen, um alles Weitere zu besprechen. Sobald Sailer Sie bei Frau Xenakis abgesetzt hat, soll er sich unverzüglich bei seiner Einheit zurückmelden.

Hollbach

PS: Frau Xenakis ist vertrauenswürdig.

Johann reichte Sailer den Brief, der ihn überflog, mit einem Blick auf Wein, Brot, Käse, Tomaten, Oliven und Äpfel, die auf dem Tisch standen, leise „Scheiße“ sagte, die Hand an die Mütze legte, auf dem Absatz kehrtmachte und das Haus verließ.

Das meckernde Geräusch des Boxermotors, als der Kübelwagen anfuhr. Verlegene Stille.

Frau Xenakis, eine Mittvierzigerin mit dunklem Teint und fast schwarzen Augen, forderte ihn auf, Platz zu nehmen. Nach der Reise müsse er doch sehr hungrig sein? Während er aß und dazu von dem leicht süßlichen Wein trank, überkam ihn eine so bleischwere Müdigkeit, dass es ihm kaum noch gelang, auf die freundliche Konversation einzugehen. Mühsam unterdrückte er ein Gähnen. Frau Xenakis lächelte verständnisvoll und sagte, sie wolle ihm nun seine Unterkunft zeigen.

Er nahm sein Gepäck, sie zündete eine Petroleumlampe an und öffnete eine Tür, die aus dem Essraum direkt in den Garten führte. Im Schein der Lampe waren undeutlich Bäume und Büsche zu erkennen, zwischen denen ein Pfad entlangführte, der an einem niedrigen Häuschen aus Feldsteinen endete.

Es bestand aus einem einzigen weiß gekalkten Raum. Johann stellte sein Gepäck ab und sah sich um, während Frau Xenakis sich für die Schlichtheit der Ausstattung entschuldigte. Ein Eisenbett. Tisch. Zwei Stühle. Eine Kommode. In einer Ecke ein großes Waschbecken aus Blech, daneben auf einem Holzgestell ein Spirituskocher, in einem Regal etwas Geschirr und Handtücher.

Johann war entzückt von der einfachen Klarheit des Raumes und versicherte, dass er sich hier wohl fühlen werde. Frau Xenakis wünschte ihm Gute Nacht und ging. Er wusch sich Hände und Gesicht, zog sich aus und fiel wie ein Stein ins Bett.

Tropfen fielen draußen vom Dach. Gleichmäßig. Wie das Ticken einer Uhr. Für einen Moment wusste er nicht mehr, ob er noch wach war oder schon träumte, und wie er hierher gekommen war, wusste er auch nicht mehr.

An diesem Abend im Oktober ist Johann der Letzte im Institut. Auf dem Weg zum Ausgang geht er noch einmal ins Sekretariat. In seinem Postfach liegt ein Briefumschlag. *Herrn Dr. Johann Martens – Im Hause.* Johann reißt den Umschlag auf.

5. X. 42

Lieber Martens,
konnte nicht persönlich ins Institut kommen. Ich erwarte Sie heute Abend um acht im „Keller". Sehr dringend!
In Eile
Lübtow

Johann schaut auf die Armbanduhr: schon halb acht.

Herbstnebel kriecht feucht durch die Altstadt. Während Johann übers Kopfsteinpflaster des dunklen Marktplatzes geht und ins Gassengewirr hinter der Kirche einbiegt, überlegt er beunruhigt, was Professor Lübtow dazu veranlasst haben kann, seinen Assistenten auf diese fast schon militärische Art herzuzitieren. Hinter den gelben Butzenscheiben in „Krügers Weinkeller" verlieren sich nur wenige Gäste in den Nischen und Erkern unterm niedrigen Tonnengewölbe. Johann bestellt Bier und Nürnberger auf Kraut, und als die Kellnerin das Essen serviert, erscheint Lübtow. Mit grauem, ernstem Gesicht gibt er Johann die Hand, lässt sich schwer auf einen Stuhl fallen, bestellt ebenfalls Bier, schaut ihn einige Sekunden wortlos an und sagt dann ohne jede Einleitung, er, Johann, spreche doch Griechisch?

Johann lässt die Gabel mit dem Sauerkraut sinken und nickt. Er habe seit Jahren einen Kurs an der Universität belegt, weil es bekanntlich sein Traum sei, irgendwann einmal an Ausgrabungen in Griechenland teilzunehmen. Lübtow nimmt einen Schluck Bier, setzt das Glas hart auf dem Tisch ab und sagt: „Ihr Traum hat sich erfüllt." Angefordert von einer, wie Lübtow sich ausdrückt, sehr hohen Stelle, werde Johann nach Kreta versetzt, um dort, Lübtow zieht einen Zettel aus seiner Lodenjacke und liest, „archäologische und kunstgeschichtliche Bestimmungen und Katalogisierungen durchzuführen". Als Johann ihn unterbrechen will, winkt Lübtow ab. Wenn ihm sein Leben lieb sei, vergesse Johann auf der Stelle jedes Wenn und Aber und stimme schleunigst zu. Seine kunstgeschichtlichen Studien und seine Griechischkenntnisse zahlten sich jetzt vermutlich als eine Art Lebensversicherung aus. Welberg, Lübtows Erster Assistent, liege irgendwo in Russland, und Kossmann, Lübtows designierter Nachfolger, und nun flüstert er, sei als vermisst gemeldet – offiziell; inoffiziell werde von standrechtlichen Erschießungen gemunkelt, Wehrkraftzersetzung, Befehlsverweigerung. Bislang habe Lübtow ihn, Johann, vor dem Gestellungsbefehl schützen können, obwohl er gesund und im so genannten wehrtüchtigen Alter sei und außerdem ledig.

Das furchtbare Wort. Ledig. Im Mai wäre die Hochzeit gewesen. Und im März ist Ingrid zu Johanns Eltern, ihren zukünftigen Schwiegereltern, nach Lübeck gefahren, um Details für die Hochzeitsfeier zu besprechen. Und ist nie zurückgekommen. Am 28. März hat ein alliiertes Bombergeschwader die Stadt zerstört. Sie habe, hat Johann später gehört, gebrannt wie ein überdimensionales Feuerzeug. Und so hat Johann seine Eltern verloren. Und ist ledig geblieben.

Geschützt, flüstert Lübtow weiter, habe er ihn, wie Johann sehr genau wisse, indem er bis zur Selbstverleugnung die Tätigkeit des archäologischen Instituts umgebogen und umgelogen habe zu rassenkundlichen Forschungen, völkischem Dienst an nationalsozialistischer Volkskunde. Bislang habe das geklappt, jedenfalls für Johann. Aber nun sei es vorbei. In Russland zeichne sich eine Katastrophe ab, und in Nordafrika habe eine groß angelegte britische Gegenoffensive eingesetzt. Ungeheure Verluste an allen Fronten, der Endsieg eine Chimäre. Johann habe die Wahl: als Zivilist mit kunsthistorischem Spezialauftrag nach Kreta – oder ab an die Front. Alle, Lübtow ist jetzt kaum noch zu verstehen, restlos alle würden verheizt. Er wache manchmal nachts auf und sehe sich selbst in Uniform, ein alter Mann von Mitte sechzig; er sehe Frauen und Kinder in Uniform; und die Städte, Martens, die Städte fielen schon jetzt in Schutt und Asche. Er zischelt dringlich: „Gehen Sie nach Kreta! Was genau Sie dort machen sollen, weiß ich nicht. Ich weiß aber, dass Sie auf Kreta sicherer sind als derzeit in Deutschland. Von Russland ganz zu schweigen. Auf Kreta wird nicht mehr gekämpft, dort wird nur besetzt und verwaltet. Das ist, verglichen mit dem, was auf uns zukommt, Arkadien. Stecken Sie sich Ihr Parteiabzeichen ans Revers, gehen Sie zur Reichskammer der bildenden Künste, und holen Sie sich Ihre Instruktionen ab. Hier“, Lübtow schiebt ihm einen Zettel zu, „steht die Uhrzeit für Ihren Besuch drauf. Stöver kennen Sie ja von weitem. Morgen lernen Sie ihn aus der Nähe kennen. Und dann gehen Sie nach Kreta“, Lübtow spricht wieder mit normaler Lautstärke, „und gehen Sie gefälligst begeistert für die deutsche Sache, die bekanntlich überall auf der Welt Männer wie Sie braucht.“

Als sie sich zuprosten und Johann nach Worten sucht, mit denen er

Lübtow danken könnte, sagt der Alte: „Ich beneide Sie." Johann sieht ihn fragend an. „Vor zwanzig Jahren, im kurzen Frieden, war ich mal da. Archäologisch das reinste Schlaraffenland. Knossos, Phaistos, Gortis et cetera pp., Sie wissen schon. Aber deswegen beneide ich Sie eigentlich nicht. Es ist etwas anderes. Es ist eher ein Gefühl des … Wie soll ich das ausdrücken? Gewissermaßen des Ursprungs. Es ist eine dieser Inseln, von denen wir herkommen. Wir alle."

UND SO kommt es, dass Johann pünktlich am nächsten Morgen, das Parteiabzeichen am Aufschlag der Anzugjacke, den rechten Arm hochreißt und Stöver, den Gaupropagandaleiter, mit einem halbwegs zackigen „Heil Hitler!" begrüßt, was Stöver mit einem angedeuteten Zucken der Hand erwidert und ihn auffordert, auf dem Stuhl vor dem massigen Eichenschreibtisch Platz zu nehmen.

Stöver, der vor 1933 Hilfskustos des städtischen Heimatmuseums war, mustert Johann, blättert in den wenigen Papieren, die auf der sonst leeren Fläche des Schreibtisches seltsam verloren wirken, und sieht Johann wieder an. Er sei also besagter Assistent des Archäologieprofessors Lübtow, der ihn für eine verantwortungsvolle Aufgabe auf Kreta nachdrücklich empfohlen habe. Johann Martens werde in den Dienst einer gewaltigen kunstgeschichtlichen Mission gestellt, deren Sinn und Trachten es sei, sämtliche Kunst- und Kulturzeugnisse germanischen Charakters, germanischen Ursprungs und germanischer Einflusszonen in den angestammten Besitz des germanischen Herzvolks rückzuführen, um sie dort für alle Zukunft als heiligen Nationalbesitz horten und ansehen zu können. Martens habe ja gewiss bereits von dem Museumsprojekt in Linz gehört? Wie nämlich Berlin zum geopolitischen Mittelpunkt germanisch-europäischer Raumgestaltung werde, so werde in Linz an der Donau, der dem Führer besonders am Herzen liegenden Stadt, ein gewaltiges europäisches Kunstzentrum errichtet, wie die Welt es noch nicht gesehen habe, das die Werke der germanischen Klassik von den Uranfängen bis zur Gegenwart zu einer Schau vereinen und die deutsch-germanische Vormachtstellung in Europa auch auf allen ästhetischen Gebieten bekunden solle. Ein Projekt also von ungeheuren Ausmaßen, zu dem er, Martens, als Mann germanischer Ur- und Ahnenforschung nun auf seine Weise beizutragen aufgerufen und verpflichtet sei. Martens werde in von allerhöchster Stelle ausdrücklich gewünschter Mission nach Kreta entsandt, jener prägermanischen Einflusszone hellenischen Ariertums, um dort einschlägige Werke ausfindig zu machen, in ihrem Wert zu bestimmen und für anschließende Rückführungsmaßnahmen ins Herz- und Kernland zu kennzeichnen.

Johanns Mund ist trocken, als er endlich hervorwürgt: „Ich verstehe."

Stöver nickt zufrieden. Was die organisatorischen Modalitäten angehe, bleibe er, Martens, bei gleichen Bezügen zuzüglich Auslandszulage weiterhin Angestellter des archäologischen Instituts und könne somit im Status eines Zivilisten seinen kunstgeschichtlichen Erkundungen frönen, wovon man sich im Hinblick auf die nicht immer hundertprozentig germanentreue Mentalität der kretischen Bevölkerung gewisse Vorteile verspreche. Wiewohl also Zivilist, sei er auf Kreta dem Inselkommandanten unterstellt. Ein Leutnant Hollbach sei schriftlich in die Pläne eingeweiht worden, werde sich vor Ort um sämtliche logistischen Fragen kümmern und notfalls auch für militärische Hilfestellungen Sorge tragen. Ob ihm nicht gut sei?

„Doch, doch", beeilt sich Johann zu sagen. „Es ist nur …"

Wahrscheinlich die Vorfreude, mutmaßt Stöver, steht auf und streckt Johann die Hand entgegen, der sie nimmt und schütteln lässt. Die Aufgabenstellung sei im Übrigen auch detailliert schriftlich niedergelegt und könne zusammen mit den Reiseunterlagen und Papieren bei Stövers Sekretärin abgeholt werden, eine Etage tiefer, zweites Zimmer rechts.

Die Mappe mit den Unterlagen unterm Arm, steht Johann zehn Minuten später im nassen Wind eines Herbsttiefs. Blätter taumeln über den glänzenden Blaubasalt des Straßenpflasters. Er wird nach Kreta reisen. Geht ein Traum in Erfüllung? Oder beginnt ein Albtraum? Verabschieden muss er sich von niemandem mehr, seit Ingrid nicht aus Lübeck zurückkam. Ist er noch wach? Oder träumt er schon?

Johann blinzelte. Weißes Licht, in Streifen geschnitten. Die Streben der blau gestrichenen Holzjalousie vor den Fenstern. Er schlug die Decken zurück, stand auf, reckte sich, ging zum Waschbecken. Das Wasser schoss unter hohem Druck aus der Leitung, hatte eine bräunliche Färbung und roch erdig. Es musste Regenwasser aus einer Zisterne sein. Neben dem Spirituskocher standen ein Tonkrug mit Trinkwasser und ein Glas. Er trank. Der Geschmack so klar, dass fast etwas Süßes mitschwang. Als er das Glas nachfüllte, klopfte es an der Tür.

„Herr Doktor Martens?" Eine gedämpfte männliche Stimme. „Schlafen Sie noch?"

Johann schob den Riegel zurück, öffnete. Vor ihm stand ein Mann in Kakiuniform, aber ohne Rangabzeichen. Er salutierte nicht und hob auch nicht den Arm zum Hitlergruß, sondern streckte Johann die Hand entgegen, fester Druck, und stellte sich als Leutnant Friedrich Hollbach vor. Er war etwa in Johanns Alter, hager, scharf geschnittenes, braun gebranntes Gesicht unter dichten, dunkelblonden Haaren, graue Augen. Sie setzten sich an den Tisch, auf dem Hollbach eine Ledermappe ablegte und sich mit floskelhafter Höflichkeit erkundigte, ob Johann eine gute Reise gehabt habe und mit dem Quartier zufrieden sei.

Frau Xenakis erschien mit einem Tablett, wünschte einen guten Morgen, was Johann auf Griechisch erwiderte. Sie lächelte ihm zu und setzte ein dampfendes Mokkakännchen aus Kupfer, Tassen, Brot und eine Honigschale vor ihnen auf den Tisch.

„Efcharisto", sagte Johann. Und wieder lächelte die Frau und ging.

„Donnerwetter! Dass Sie wirklich Griechisch sprechen …", sagte Hollbach gedehnt und schenkte den Mokka in die winzigen Tassen. „Ich bin zwar darüber informiert worden", er klopfte auf die Ledermappe, „aber wenn Sie wüssten, mit was für Verständigungsproblemen wir es hier zu tun haben. Die Dolmetscher kann man an einer Hand abzählen. Und wir müssen uns auch noch mit unseren italienischen", er zögerte einen Moment und grinste, „Waffenbrüdern verständigen, die den Ostteil der Insel besetzt halten. Inwieweit sind Sie eigentlich über die Lage informiert?"

Johann zuckte mit den Schultern, schlürfte den heißen, sehr süßen Mokka, setzte die Tasse ab. „Na ja, was man in Deutschland so mitbekommt. Kreta als unversenkbarer Flugzeugträger des Afrikakorps und …"

„Unversenkbar schon", unterbrach ihn Hollbach, „fehlen nur die Flugzeuge, jedenfalls in ausreichender Menge. Auf dem Meer haben die Briten das Kommando. Das war von Anfang an so. Deshalb waren wir im Mai 41 auch zu der reinen Luftlandeoperation gezwungen. Von unseren Heldentaten haben Sie ja garantiert gehört. Sprung aus den Wolken mit Max Schmeling in vorderster Front." Hollbach lachte verkrampft und spöttisch. „Wir haben enorme Versorgungs-, Transport- und Nachschubprobleme, weil über See so gut wie nichts geht. Die Insel ist ja ganz schön, aber auch ganz schön langweilig. Kein Wunder, dass viele Kameraden lieber nach Russland wollen, aber man lässt sie nicht. Weil man sie nicht von hier wegbekommt. Und weil man eine britische Invasion befürchtet. Groteske Situation." Hollbach griff zu dem Brot und schnitt ein paar Scheiben ab. „Solange deutsche Truppen in Nordafrika kämpfen, sind wir in der Tat der Flugzeugträger für die Hin- und Rücktransporte. Wie schmeckt Ihnen übrigens der Honig? Das ist eine kretische Spezialität."

„Gut, wirklich ausgezeichnet“, sagte Johann kauend. „Aber jetzt läuft doch in Nordafrika eine britische Gegenoffensive, und …“

„Die Cyrenaika ist schon von uns geräumt, Montgomery steht kurz vor Tripolis. Wir müssen auch mit einem britischen Angriff auf Kreta rechnen. Deshalb gibt es einen Befehl aus Berlin, Kreta zur Festung auszubauen. Wir sprengen Bunker und Stellungen in die Felsen, legen Minen, bauen die Flugplätze aus. Zu dem Zweck müssen wir Sperrgebiete ausweisen und eine ganze Menge Leute zwangsumsiedeln. Das gibt böses Blut in der Bevölkerung und stärkt das verdammte Andartiko.“

„Und was, bitte, ist das verdammte Andartiko?“, fragte Johann.

Hollbach verzog das Gesicht zu einem gequälten Grinsen. „Davon hört man in Deutschland natürlich nichts. Andarten, das sind die kretischen Partisanen. Diese Banden machen uns schwer zu schaffen, am Ende mehr als die englische Armee. Die militärische Lage ist derzeit unerfreulich, aber zumindest übersichtlich. Das Andartiko ist höchst unerfreulich und völlig unübersichtlich. Es gibt sozialistische und republikanische Gruppen. Es gibt Separatisten, die Kreta von Griechenland lösen wollen. Es gibt sogar Royalisten, obwohl die Kreter eher Antiroyalisten sind. Es gibt welche, die sind von allem etwas. Es gibt andere, die sich als Andarten bezeichnen, aber eigentlich nur Banditen sind. Gemeinsam sind ihnen drei Dinge: Erstens bekämpfen sie die deutsche Besatzung. Zweitens bekämpfen sie sich gegenseitig. Und drittens arbeiten sie gelegentlich mit uns zusammen, wenn sie sich daraus Vorteile bei ihren internen Streitigkeiten versprechen. Das wechselt so häufig, dass niemand genau weiß, woran er mit wem eigentlich ist. Schließlich treiben sich noch eine Menge britische Agenten auf der Insel herum, die natürlich Kontakte zum Andartiko pflegen. Sie verstecken sich im Süden, wo unsere Patrouillen so gut wie nie hinkommen, oder im italienischen Teil, wo unsere Verbündeten mit ihrer bekannten Laschheit sie lieber gewähren lassen. Sie sehen also, was für ein Chaos im Paradies herrscht. Jedenfalls müssen Sie auf der Hut sein, wenn Sie sich demnächst auf der Insel bewegen und Ihrem Auftrag nachgehen. Allerdings sind die Kreter auch überwältigend gastfreundlich. Das fängt bei Bauern und Hirten an, die Ihnen Honig und Käse schenken, obwohl sie selbst am Hungertuch nagen, geht über diese Frau Xenakis, bei der Sie Quartier haben, und endet bei …“ Hollbach verstummte und wirkte für einen Moment verstört.

„Endet wo?“, fragte Johann.

„Bei einem Kreter namens Xilouris, der seinen reinrassigen Araberschimmel nach der Eroberung einem deutschen General schenkte. Kurze

Zeit später sahen wir uns gezwungen, im Kampf gegen das Andartiko Geiseln zu erschießen. Unter den Hingerichteten war der Sohn dieses Xilouris. Der Mann führt jetzt eine Andartengruppe an. Kann man ihm das verdenken? Aber da Sie Zivilist sind, dürften Sie weniger in Gefahr geraten als unsere Soldaten. Und damit", Hollbach ergriff die Ledermappe, „wären wir also bei Ihrem Auftrag." Er klappte die Mappe auf und entnahm ihr einen eng beschriebenen Bogen Kanzleipapier. „Auf dieser Liste", er schob sie Johann über den Tisch, „sind Dörfer, Kirchen und Klöster im Westteil der Insel notiert, in denen angeblich zu finden sein soll, was Sie zu katalogisieren haben. Sie ist gemäß unseren Anweisungen von kretischen Beamten in Heraklion erstellt worden. Eine weitere Liste können Sie demnächst in Heraklion abholen."

Johann warf einen Blick auf die Ortsnamen in griechischer Schreibmaschinenschrift. „Ich kenne mich auf der Insel nicht aus", sagte er, „wie soll ich da wissen …"

„Sie bekommen eine detaillierte Karte", Hollbach öffnete die Mappe und schob Johann eine zusammengefaltete Landkarte über den Tisch. „Hier. Und da Sie mit dieser Karte nicht weit kommen werden, kriegen Sie noch einen einheimischen Führer dazu. Er wird auch Ihr Fahrer sein. Heute Abend werden Sie ihn kennen lernen. Der Mann weiß, was Ihre Aufgabe ist, und er freut sich darauf, Ihnen Kreta und seine Kunstschätze zu zeigen – soweit überhaupt noch etwas zu finden ist. Ich habe den Befehl, die von Ihnen als wertvoll festgestellten Gegenstände sicherstellen und in ein Bergungsdepot verbringen zu lassen. Und falls Sie Probleme bekommen sollten, habe ich Ihnen militärischen Schutz zu gewähren."

„Und was", sagte Johann, „halten Sie persönlich von der Sache?"

Hollbach wich Johanns Blick aus und zuckte mit den Schultern. „Eine persönliche Meinung steht mir nicht zur. Ich habe meine Befehle auszuführen. Und Sie haben Ihren Auftrag. Fertig. Aus." Er stand auf. „Kommen Sie heute Abend um sieben zu den venezianischen Lagerhäusern am Hafen. Dort gibt es ein Restaurant, und dort werde ich Sie mit Ihrem Führer bekannt machen. Ach, und übrigens", sagte er, „Ihnen wird eine Kamera aus Heeresbeständen zur Verfügung gestellt. Die bringe ich Ihnen heute Abend mit. Und was mich betrifft, kann ich nur konfiszieren und deponieren, was Sie fotografiert und katalogisiert haben."

Johann sah ihn fragend an, aber Hollbach blickte angestrengt auf die weiße Wand, als hätte er dort etwas entdeckt. „Ich glaube, ich verstehe", sagte Johann und nickte.

Hollbach griff nach seiner Mappe und wandte sich zur Tür. „Ach ja“, noch einmal drehte er sich zu Johann um, „Ihr Quartier hier wird natürlich von der Kommandantur bezahlt. Sie sind sozusagen unser Gast. Und diese Frau Xenakis ist zuverlässig. Zumindest braucht sie das Geld.“

„Was ist mit ihrem Mann?“, fragte Johann. „Sie hat gestern gesagt, dass sie hofft, dass er bald zurückkommt.“

„Der sitzt in einem Kriegsgefangenenlager auf dem griechischen Festland. Er ist Arzt und wird hier dringend benötigt. Für die Bevölkerung, aber auch für uns. Wir sind darum bemüht, ihn aus dem Lager zu holen. Aber wir müssen ihn auch nach Kreta bringen. Die Tommies schießen auf alles, was schwimmt. Frau Xenakis weiß das“, er grinste, „und das macht sie noch zuverlässiger. Wir sehen uns heute Abend am Hafen.“

JOHANN war den ganzen Tag ziellos durch die Stadt gestreift, durch winklige Gassen, vorbei an bröckelnden Fassaden venezianischer Paläste, über stille Innenhöfe, wo Brunnen sprudelten, vorbei an Kirchen und Moscheen und der Synagoge, die sich seit fast dreihundert Jahren wie vergessen in einer Gasse versteckte, und in einer anderen Gasse hatte er plötzlich vor einer Loggia gestanden, die mit einem Wappen und einer Inschrift geschmückt war: NULLI PARVUS EST CENSUS QUI MAGNUS EST ANIMUS – *Keiner ist gering geschätzt, der großherzig ist.* Auch diese Inschrift hing seit Jahrhunderten hier, und dennoch kam es ihm so vor, als sei sie eben erst in den Sandstein gemeißelt worden und gelte ihm.

Bei einem Imbissstand in der Markthalle kaufte er zwei Blätterteigtaschen, gefüllt mit Ziegenkäse und Hackfleisch. Er schlenderte den Hügel zum Kastell hinauf, wo er sich in verfallenen Arkaden niederließ, mit dem Rücken an einen Säulenstumpf gelehnt, den Blick aufs Meer. Er blinzelte ins langsam trüber werdende Lichtgeflimmer auf dem Wasser und fiel in einen flachen Dämmerzustand. Lebte er nicht seit Jahren im Halbschlaf? Die Augen stets so weit geschlossen, dass er nicht sehen musste, was er nicht sehen wollte.

„Die Schweinerei“, sagte Lübtow, als Johann ihm von seinem Besuch bei Stöver erzählte, „die Schweinerei, die Sie auf Kreta treiben sollen, rettet Ihnen wahrscheinlich das Leben. Aber Ihre Seele müssen Sie schon selber retten.“

Seine Freunde und Kollegen verreckten an allen Fronten, die Städte in Deutschland verwandelten sich in Trümmerlandschaften, gegen die die Reste dieses venezianischen Kastells eine Idylle waren. Plötzlich, von einer

Windbö aus dem Dämmer geweckt, wusste er die Bedeutung, die unter der Inschrift verborgen war. Keiner ist gering geschätzt, der großherzig ist – das hieß es wortwörtlich. Es hieß aber auch dies: Katalogisieren kann man nur, was man zu Gesicht bekommt, wovor man nicht die Augen verschließt. Im Wegsehen war Johann geübt. Indem er wegsah, mogelte er sich durch und blieb am Leben, während um ihn herum alles in Scherben fiel. Wenn er jetzt weiter wegsehen würde, könnte er dann Kunstwerke retten? Vielleicht sogar seine Seele?

Er war lange vor der verabredeten Zeit bei den venezianischen Arsenalen angekommen und setzte sich vor der Tür des Restaurants an ein Tischchen. Der Wirt kam erst, als Johann durch die geöffnete Tür ins Innere gerufen hatte. Ein großer, breitschultriger Mann, graues, kurz geschorenes Haar, grauer, über die Mundwinkel hängender Schnurrbart, schwarze Augen unter struppigen, grau melierten Brauen; Johann schätzte sein Alter auf sechzig. Er trug hohe Stiefel und Pluderhosen, eine kurze gestickte, vorn offene Jacke über weißem Hemd, eine schwarze Leibschärpe, und um die Stirn hatte er ein zusammengerolltes, fransiges Tuch geschlungen.

Er brachte weißen Wein in einer Metallkaraffe und Wasser, machte Johann ein Kompliment für sein Griechisch, fragte, ob er der mit dem Leutnant verabredete Mann sei, lächelte anerkennend, als Johann nickte, und brachte ihm, ohne dass er danach gefragt hätte, ein Gläschen wasserklaren Schnaps. *Tsikoudiá* sei das, Trester. Er stellte ein Tellerchen mit Sonnenblumenkernen dazu und verschwand wieder im Lokal.

Pünktlich um sieben erschien Hollbach. Er trug jetzt einen schweren olivfarbenen Pullover mit Lederbesatz an Ärmeln und Schultern aus den britischen Beständen, die von der Wehrmacht erbeutet worden waren. „Ich sehe, Sie genießen das süße Leben“, sagte er und forderte Johann auf, zum Essen ins Innere des Restaurants zu kommen. Bei solchen winterlichen Temperaturen säße kein Einheimischer vor der Tür. Auch für die nächsten Tage seien Sturm und Regen vorhergesagt, und das könne noch einige Wochen so gehen. Mit seiner eigentlichen Aufgabe könne Johann deshalb wohl kaum vor Anfang März beginnen, weil die Straßen im Inselinneren derzeit Schlammpisten glichen.

„Bis dahin“, sagte Hollbach, als sie sich an einem der Tische niederließen und der Wirt, den Hollbach mit Handschlag begrüßte, Wasser und Wein brachte, „können Sie sich als Tourist verstehen. Sehen Sie sich Heraklion an, holen Sie sich da die zweite Liste ab. Sehen Sie sich Knossos an. Das ist ja Ihre Domäne. Gehen Sie in die Museen. Schreiben Sie darüber ein paar hübsche kleine Berichte für unsere Soldatenzeitung. Nennt sich *Veste Kreta*, Veste mit V, der nordische Fels in mediterraner Brandung sozusagen.“ Er lachte, legte eine Ledertasche, die er getragen hatte, auf den Tisch und zog eine Kamera und einen Karton mit Filmen heraus. „Für Ihre Katalogisierungen“, sagte er. „Bitte pfleglich behandeln. Heereseigentum. Können Sie damit umgehen?“

Johann knöpfte das Lederetui auf, drehte die Kamera in den Händen und nickte. „Eine Leica. Kleinbild. Sehr gutes Gerät. Auf dem Gymnasium hatten wir ein Labor mit allen Schikanen.“

„Na bestens“, sagte Hollbach. „Und Ihren Führer und Fahrer“, er nickte in Richtung des Wirts, der ihnen jetzt Teller mit dampfendem Fleisch und eine Schüssel Reis vorsetzte, „kennen Sie ja schon. Das ist Andreas Siderias. Wenn wir mit dem Essen fertig sind, können wir uns in Ruhe mit ihm unterhalten. Sonst habe ich dafür immer einen Dolmetscher gebraucht. Jetzt habe ich Sie.“

Der Wirt grinste, als habe er Hollbach verstanden, deutete auf die Teller und sagte, das sei Gulasch von Kaninchen, die er selbst geschossen habe. Es schmeckte nach Thymian und Salbei und war so zart, dass es auf der Zunge zerging.

Um die Versorgung, sagte Johann, könne es angesichts solchen Essens doch nicht allzu schlecht bestellt sein.

Hollbach prostete ihm zu und erklärte, dass die Situation kompliziert sei, in den Städten besser als auf dem Land. Inzwischen kämen auch Hilfslieferungen des Internationalen Roten Kreuzes über See, von Schweden organisiert. Zudem gebe es jetzt im Winter wegen der reichlichen Niederschläge eine üppige Vegetationsphase, die Obst und Gemüse hervorbringe. Schwieriger seien die Sommer, in denen alles verbrenne und verdorre. Martens werde schon sehen, dass diese Insel jede Menge Köstlichkeiten, nicht jedoch das Notwendige habe, kein Brot, von Kartoffeln ganz zu schweigen. Und mit der Kunst sei es anders, als die hohen Herren in Berlin sich träumen ließen. Was wertvoll sei, hänge in den Museen oder liege in Trümmern auf und unter der Erde. Schon möglich, dass Kreta die Wiege der Zivilisation sei, aber inzwischen liege die Insel auf der Totenbahre. Ein Paradies in Trümmern.

„Sehen Sie“, Hollbach deutete auf ein Saiteninstrument mit langem Hals, das neben einem Regenschirm von der rauchigen Holzdecke baumelte, „diese Mandoline oder was immer das mal war? Ohne Saiten!“ Um aber auf die Versorgungslage zurückzukommen, fuhr Hollbach kauend fort, habe sich inzwischen ein blühender Schwarzmarkt entwickelt, der von der Kommandantur geduldet werde, jedenfalls im Augenblick, um dem Andartiko das Wasser abzugraben. Man müsse sich wohl oder übel arrangieren, sonst laufe man hier überall gegen unsichtbare Wände.

„Wichtig", sagte Hollbach schließlich, „vielleicht überlebenswichtig, dürfte für Sie Folgendes sein: Die kretische Verwaltung ist über Ihren Auftrag informiert, Andreas natürlich auch. Wir haben es so dargestellt, dass es sich um eine deutsch-kretische Zusammenarbeit im kulturellen Bereich handelt. Man ist sehr stolz auf die eigene Vergangenheit, weil die Gegenwart deprimierend ist. Sie bekommen sowohl Papiere der Kommandantur als auch vom kretischen Gouverneur. Soweit alles kein Problem. Über *meine* Befehle darf jedoch absolut niemand etwas erfahren. Wenn man dahinter kommt, dass es nicht nur um Bestandsaufnahmen geht, sondern um, um …" Er brach ab, sah Johann eindringlich in die Augen. „Nennen Sie es, wie Sie wollen, Sie wissen ja, worum es geht. Kein Wort darüber. Schon gar nicht zu Andreas. Sonst wird er mit tödlicher Sicherheit Ihr Feind werden. Und Ihre kunstgeschichtliche Exkursion zu einem Himmelfahrtskommando. Und deshalb", Hollbach winkte Andreas, „schließen Sie jetzt lieber Freundschaft mit ihm."

Andreas setzte sich zu ihnen. Johann lobte, so gut es mit seinem holprigen Griechisch ging, überschwänglich das Essen, Andreas revanchierte sich mit pathetischen Komplimenten für Johanns Kenntnisse der schönsten Sprache der Welt. Und ab morgen werde er ihm also das schönste Land der Welt zeigen, die freundlichsten Menschen, die, er kniff ein Auge zu, bezaubcrndsten Mädchen – und, natürlich, all die großartige Kunst. Die drei Männer tranken sich zu.

„Is igian", zur Gesundheit, sagte Andreas, nickte dem Leutnant zu, sah Johann prüfend an, der den Trinkspruch erwiderte und dem dunklen Blick standhielt.

Johann griff zur Kamera und sagte, er wolle ein Foto von Andreas und Hollbach machen.

Hollbach zog ein bedenkliches Gesicht. „Muss das denn sein? Es ist doch viel zu dunkel hier drinnen", sagte er, während Andreas sich bereits geschmeichelt in eine breit grinsende Pose warf.

„Keine Bange. Wenn man lange genug belichtet", sagte Johann und hob die Kamera vors rechte Auge, „wird man Sie schon erkennen, Herr Leutnant. Wenn Sie vielleicht noch ein Stückchen dichter an Andreas … Ja, so ist es gut. Und nicht bewegen."

Hollbach hielt die Arme verschränkt, wie abwehrend, und blickte starr in die Kamera, Andreas grinste immer noch und zeigte unter dem Schnurrbart die Zähne. Johann drückte den Auslöser. Die Blende klickte.

II. KAPITEL Hamburg 1975

Eine Windbö stieß feuchte Kälte durch die Gänge des Flohmarktes und drückte Lukas Hollbach die schulterlangen Haare ins Gesicht. Fröstelnd schob er die Hände in die Jackentaschen und schlenderte durch Krimskrams und Nippes, Plunder, Plüsch und Passantengewimmel zum südlichen Teil des Heiligengeistfelds, der noch im letzten matten Licht der Wintersonne lag. Wenn er überhaupt etwas suchte, dann etwas Unscheinbares, fast schon Vergessenes, irgendeinen verblassten Glanz.

Eine Weile hörte er zwei Afrikanern zu, die auf dem Boden hockten und mit Fingern und Handflächen auf Trommeln einschlugen. Im dumpfen, gleichmäßigen Rhythmus schienen sie die Kälte vertreiben zu wollen, oder sie führten ein wortloses Gespräch, in dem es um etwas sehr Fremdes, Fernes ging. Ein paar Schritte weiter bogen sich Tapeziertische unter dem Gewicht von Bücherkisten und aufgestapelten Heften. Und als er sich schon abwenden wollte, fiel sein Blick auf den Rückseitentext eines schmalen Bandes: „Unser Morgenland“, las er, „war ja nicht nur ein Land und etwas Geographisches, sondern es war die Heimat und Jugend der Seele, es war das Überall und Nirgends, war das Einswerden aller Zeiten.“ Das Trommeln der Afrikaner verwob sich mit diesen Worten, als schwängen sie im Rhythmus wie der Text eines exotischen Lieds, und dann klangen die Trommeln plötzlich so dringlich, dass er das Buch einfach kaufen musste. Vier Mark.

Er ging auf den Ausgang der U-Bahn-Station Feldstraße zu. An der Begrenzungsmauer, knapp außerhalb des Flohmarktgeländes, hockten zwei Kinder, ein Mädchen und ein Junge, vielleicht zehnjährig, beide mit schwarzem, drahtig gelocktem Haar und dunklen Augen. Vielleicht blieb Lukas stehen, weil jetzt noch einmal die Sonne über den umgedrehten Pappkarton fingerte, auf dem die Kinder ihre Schätze ausgelegt hatten – zerlesene Comichefte, ein Paar Rollschuhe und in schlichten schwarzen Holzrahmen zwei postkartengroße Fotografien, schwarz-weiß, an den Rändern bereits braunstichig unter dem staubblinden Glas.

Eins der Fotos zeigte einen schnauzbärtigen Mann, der auf einem Stuhl vor einer Tür saß. Er trug eine bestickte Weste über einem weißen Hemd, eine merkwürdige Pluderhose und hochschäftige Stiefel, und quer über seinen Knien lag ein Gewehr, auf dessen Doppellauf er die Hände stützte. Um die Stirn hatte er eine Art Turban oder ein Tuch geschlungen. Wie aus einem Film, den ich schon einmal gesehen habe, dachte Lukas. Oder wie eine Gestalt aus den Abenteuerbüchern meiner Kindheit. Das andere Foto schien vom Meer her aufgenommen worden zu sein, denn es zeigte aus einiger Entfernung eine Hafenmole, an der ein paar Boote lagen, und über der Mole klebten zwischen Olivenbäumen Häuser wie Waben an steiler Felsenküste. Irgendetwas an diesem Bild zog Lukas an. Vielleicht der Wunsch, dem Hamburger Winter zu entfliehen.

Die Kinder bemerkten Lukas' Zögern und sahen ihn erwartungsfroh an. Vielleicht waren es auch diese Kinderblicke, die ihn nun das Hafenbild in die Hand nehmen und nach dem Preis fragen ließen. „Fünf Mark?“, sagte der Junge, aber es klang eher wie eine schüchterne Frage.

Lukas nahm das andere Foto in die Hand. Der Mann auf dem Foto hatte genau in die Kamera geblickt, und nun traf dieser Blick, der aus Ferne und Vergangenheit kam, Lukas. Ich habe ihn schon einmal gesehen, dachte er wieder. Aber wann? Und wo?

„Das war so 'ne Art Opa von uns“, sagte das Mädchen, als habe es Lukas' Gedanken erraten. „Oder Uronkel.“

„Wo kommt ihr denn her?“, fragte er und legte die Bilder auf den Karton zurück.

„Aus Deutschland“, sagte der Junge. „Aber unsere Eltern sind aus Griechenland. Fünf Mark für beide?“, schlug der Junge vor.

Lukas griff in die Gesäßtasche seiner verwaschenen Levi's, zog das Portmonee heraus, gab dem Jungen ein Fünfmarkstück, nahm die Bilder, nickte den Kindern zu und schlenderte zur U-Bahn-Station.

Der einfahrende Zug schob einen Schwall lauwarme Luft vor sich her. Lukas stieg ein, setzte sich, und während der Zug durch das Dunkel des Schachts ratterte, blätterte er, die Bilder auf dem Schoß, in dem Buch, fand Sätze, die ihm galten. Die Weltgeschichte, las er in dem Buch auf seinen Knien, sei ein Bilderbuch, das die heftigste und blindeste Sehnsucht der Menschen spiegelt: die Sehnsucht nach Vergessen. Er merkte sich die Stelle, fragte sich, ob er deswegen Geschichte studierte, fragte sich auch, ob er den Mann auf dem Foto nur vergessen oder noch nie gesehen hatte, ob dieser Mann vielleicht nur eine Projektion irgendwelcher romantischer Kindheitsvorstellungen war. Denn an seine Kindheit erinnerte er ihn, so viel stand fest.

DIE ROTE Backsteinvilla aus den Dreißigerjahren stand in einem verwilderten Garten mit alten Buchen und Kastanienbäumen. Das Haus hatte längere Zeit leer gestanden, weshalb der Eigentümer schließlich die Wohngemeinschaft akzeptiert hatte, in der Lukas mit zwei anderen Männern und drei Frauen lebte. Vor zwei Jahren waren sie eingezogen, hatten dann aber eher neben- als miteinander gelebt. Nach seinem Examen, das stand für Lukas fest, würde er ausziehen und Urlaub machen. Alles Weitere würde sich finden.

Er quetschte seine Lederjacke an die überquellende Garderobe im Flur, stolperte über herumliegende Schuhe und leere Flaschen in sein Zimmer. Er drehte sich eine Zigarette, legte sich aufs Bett und blies Rauchringe gegen die Decke. Als er die Zigarette im Aschenbecher ausdrückte und mit dem Stummel durch die Asche strich, spürte er wie einen Nadelstich die Erinnerung an den Mann in der griechischen Tracht. Er setzte sich an den Schreibtisch, nahm die Lupe zur Hand und hielt sie über das Bild der fremdartigen, abenteuerlichen Gestalt. Die großen, dunklen Augen schienen zu funkeln, als fordere dieser Blick aus der Vergangenheit ihn heraus. Aber wozu? Und was hatte die Asche damit zu tun? Er legte kopfschüttelnd die Lupe beiseite und blätterte abwesend durch die Fotos aus dem Sommer: Beate im Schneidersitz vor dem Zelt, Beate unter einem Olivenbaum, Beate auf der Rückfahrt am Steuer des 2 CV, die Mundwinkel nach unten gezogen, Zähne zusammengebissen, aus und vorbei. Was gab es da noch einzurahmen?

In der Küche wurde jetzt offenbar gekocht, denn durch den Flur drang der Geruch heißen Olivenöls. Der Duft schwemmte wieder die Sehnsucht hoch, die ihn auf dem Flohmarkt ergriffen hatte, Sehnsucht nach Orten, an denen ein südliches Meer die Küsten berührt, nach Orten wie auf der ausgeblichenen Fotografie, wo Olivenbäume vor tiefem Blau stehen, wo man auf einer Mole sitzen, still und zufrieden zum Horizont blinzeln, einfach da sein konnte, ohne Verpflichtung, wortlos, gedankenlos, wie ein Tier. Dann zerriss er alle Fotos, auf denen Beate zu sehen war, und warf sie in den Papierkorb.

Graues, von Nebeltüchern verhangenes Mondlicht im Fenster. Grau wie Asche. Was hatte Asche mit alten Fotos zu tun? Im Einschlafen wusste Lukas, dass er den Zusammenhang kannte, aber das Wissen schlief noch.

Am nächsten Mogen besah er sich die Bilder erneut. Ihre Rückseiten bestanden aus grünlich brauner Pappe, die an den Rändern durch Papierstreifen mit dem Rahmen verklebt war. Der Rahmen mit der Hafenansicht musste bereits einmal geöffnet worden sein, denn die Papierstreifen waren eingerissen, so als hätte sie jemand hastig mit den Fingernägeln aufgetrennt. Auch die dünnen, angerosteten Eisenstifte im Rahmenholz, mit denen die Pappe gegen Glas und Bild geklemmt wurde, waren verbogen. Mit dem Brieföffner drückte Lukas die Stifte vorsichtig beiseite und hob die Pappe ab.

Auf der stockfleckigen Rückseite des Fotos standen flüchtig mit einem Bleistift gekritzelte Wörter in griechischen Buchstaben, die er nicht lesen konnte. Ohne das Glas war das Foto klarer zu erkennen, das dunkel-silbrige Laub der Olivenbäume, die Schatten von Bootsmasten auf dem Wasser, die weiß getünchten Häuser am Hang. Er drehte es wieder auf die Rückseite. Die griechischen Buchstaben wie Hieroglyphen, eine Geheimschrift fast, aber vermutlich bedeuteten sie nur etwas ganz Banales. Er löste auch das zweite Foto aus dem Rahmen. Auf dessen staubiger Rückseite fanden sich keine Schriftzeichen, was ihn enttäuschte.

Er griff wieder nach dem ersten Foto und starrte die griechischen Buchstaben auf der Rückseite an. Wenn das doch eine Botschaft war? Irgendein Geheimnis? Er ärgerte sich, dass er kein Griechisch konnte. Sein Vater konnte vielleicht noch ein paar Brocken, weil er den Krieg in Athen verbracht hatte. Aber auf dieses Thema war der Alte nicht ansprechbar, wollte von alldem nichts mehr wissen. Der Mann auf dem Foto. Die Asche. Die Gereiztheit seines Vaters, wenn die Sprache auf den Krieg kam. Gehörte das nicht irgendwie zusammen?

Wer sonst konnte Griechisch? Molthausen vielleicht, der Geschichtsprofessor, bei dem er das sterbenslangweilige Seminar zum Lehnswesen im Mittelalter belegt hatte – Molthausen, ja, der musste das können.

TROTZ Molthausens staubtrockener Art war das Seminar überfüllt. Molthausen, ein akademisches Fossil, dozierte monoton vor sich hin. Einige schrieben mit, ein paar Frauen strickten, die schweigende Mehrheit döste. Nach anderthalb Stunden sprach Molthausen seine erlösende Schlussfloskel: „Das mag genügen, so viel für heute", stopfte Bücher und Papiere in die schwarze Aktentasche und schlurfte müde hinaus auf den Flur. Lukas lief hinter ihm her: Er habe da noch eine Frage.

„Kommen Sie in meine Sprechstunde", sagte Molthausen, ohne anzuhalten. „Beginnt in fünfzehn Minuten."

Lukas holte sich einen wässerigen Kaffee aus dem Automaten im Foyer, bestieg den Fahrstuhl und fuhr hinauf in den sechsten Stock zu Molthausens Dienstzimmer. Auf der Bank neben der Tür wartete bereits eine strickende Studentin aus dem Seminar.

„Ist er noch nicht da?“, fragte Lukas.

„Doch“, nickte sie. „Da ist aber schon eine drin.“

„Wusste gar nicht, dass der so’n Zulauf hat“, grinste Lukas, setzte sich neben sie auf die Bank und starrte den Flur entlang.

Was tat er eigentlich hier? Er hätte mit Klaus und Volker nach Indien fahren oder das Angebot annehmen sollen, das ihm vor ein paar Wochen im „Schröder“ gemacht worden war: dubiose Exportautos nach Teheran überführen. Aber er war wieder einmal hängen geblieben, im zähen Stress des Studiums. Um in einem halben Jahr ein Staatsexamen fürs Lehramt an Gymnasien „in der Tasche zu haben“? Um damit den Wünschen seiner Eltern nach etwas „Solidem“ zu genügen? Sein Vater, Fachanwalt für Wirtschaftsrecht, hätte es gerne gesehen, wenn Lukas Jura studiert hätte, aber auf den Schienen, die sein Vater gelegt hatte, wollte er unter keinen Umständen fahren. Dann schon lieber Lehramt. Aber zumindest hätte er studieren sollen, was ihn wirklich interessierte, Kunstgeschichte, vielleicht Archäologie, aber dafür fehlte ihm eben Griechisch. Und weil ihm das fehlte, saß er jetzt in diesem zugigen Flur. Ich muss raus hier, dachte er. Als er aufstand, öffnete sich wieder die Tür. Die Strickerin nickte ihm gleichgültig zu, und er ging hinein.

Molthausen sah ihm hinter der randlosen Brille fragend entgegen und bedeutete ihm mit einer Geste, auf dem Stuhl vor dem Schreibtisch Platz zu nehmen. „Bitte?“, sagte Molthausen ruhig.

„Ich, äh … Also, es geht sozusagen um etwas eher Privates.“ Molthausen hob die Augenbrauen. „Beziehungsweise, ich meine, Sie können doch Griechisch, nicht wahr?“

„Selbstverständlich“, sagte Molthausen, „aber was hat das mit unserem Seminar zu tun?“

„Nichts“, sagte Lukas und zog das Foto aus der Innentasche seiner Lederjacke. „Ich wollte Sie nur fragen, ob Sie dies hier“, er schob Molthausen das Foto hin, die beschriftete Seite nach oben, „ob Sie das lesen können? Mir vielleicht übersetzen könnten?“

Molthausen nahm das Foto in die Hand, sah nachdenklich auf die Schriftzeichen, drehte es um, warf einen kurzen Blick auf das Bild und legte es dann mit der Schrift nach oben wieder ab. „Es dürfte sich um Neugriechisch handeln“, sagte er. „Ich kann selbstverständlich nur Altgriechisch. Und das ist vom Neugriechischen mindestens so weit entfernt wie, sagen wir mal, Althochdeutsch von der Sprache, in der wir uns gerade unterhalten. Ich kann Ihnen das vorlesen. Aber sozusagen auf Altgriechisch. Das erste Wort, aber es ist natürlich auch kaum zu entziffern in dieser Handschrift, das könnte *Ikona* heißen, also Bild oder vielleicht Plural Bilder. Und dies Wort hier zum Beispiel", er tippte auf die Schriftzeichen, „könnte eventuell etwas mit Anker zu tun haben. Aber ansonsten, nein, tut mir Leid." Er schüttelte den Kopf. „Ich kann Ihnen da nicht weiterhelfen. Fragen Sie doch einfach einen Neugriechen."

„Einen Neugriechen? Aber ich kenne niemanden, der Neugriechisch spricht", sagte Lukas.

„Im Univiertel gibt es mindestens fünf griechische Lokale", sagte Molthausen, und dabei lächelte er nun tatsächlich. „Mit ein bisschen Glück finden Sie da sogar einen, der Griechisch lesen kann."

„RIGAS", das Restaurant von Rigas Sivakis, lag im Schatten des Fernsehturms in einem Keller an der Rentzelstraße. Lukas stieg die Stufen hinunter und stieß die Tür auf. Eine Dunstwolke aus Bier und Tabak, Retsina und Olivenöl entwich in die Kälte. Es war erst halb sieben, aber der Gastraum unter der niedrigen Gewölbedecke war bereits gut gefüllt. Lukas fand in einer Ecke einen freien Tisch und setzte sich.

Auch Britta, die Kellnerin, studierte. Lukas kannte sie, weil sie gelegentlich im „Schröder" aushalf, in der Kneipe, in der er selbst dreimal wöchentlich die Abendschicht schob.

Britta kam an den Tisch, begrüßte ihn, nahm einen Lappen vom runden Holztablett und wischte damit die Tischplatte sauber, während Lukas in der Speisenkarte blätterte.

„Und was empfiehlt der Küchenchef heute?"

Britta grinste und zuckte mit den Schultern. „Das Übliche."

„Dann nehm ich Moussaka", sagte er, „und ein großes Bier. Oder nein, lieber 'nen Retsina."

„Endaksi", sagte Britta.

„Was heißt das denn?"

„In Ordnung."

„Kannst du etwa Griechisch?"

„Natürlich nicht." Sie lachte und schüttelte den Kopf, dass der Pferdeschwanz, zu dem sie die blonden Haare zurückgebunden hatte, auf ihrem Rücken wippte. „Nur so ein paar Brocken. Hab ich im Sommer aufgeschnappt, als ich mit meinem Freund auf Kreta war. Wenn man Rigas so ein paar griechische Sprachtrümmer an den Kopf wirft, ist er immer guter Laune. Er nimmt das offenbar als persönliches Kompliment."

„Ist er hier? Rigas, meine ich."

„Noch nicht." Britta sah auf die Uhr. „Müsste aber bald kommen. Willst du hier anheuern?"

„Warum nicht? Wenn man dann so gut Griechisch lernt wie du."

Sie lachte wieder, ging zum Tresen, kam mit einer Blechkaraffe Retsina und einem Glas Ouzo zurück, setzte ihm die Getränke vor und drehte dann weiter ihre Runde durchs Lokal. Lukas kippte den Ouzo hinunter und spülte den süßlichen Anisgeschmack mit Retsina von der Zunge. Britta setzte ihm den dampfenden Auflauf vor, er aß mit gutem Appetit und trank den harzigen Wein dazu. Er zog die Fotos, die er aus den Rahmen genommen hatte, aus der Tasche. Der Mann mit dem Stirnband und dem Gewehr sah immer noch so dringend aus dem Bild heraus, als kenne er Lukas und wolle ihm etwas mitteilen, etwas, was mit Asche zu tun hatte, mit seinem Vater womöglich, der den Krieg in Athen verbracht hatte und darüber schwieg wie ein Grab.

Britta kam an den Tisch und sagte, Rigas sei jetzt in der Küche. Lukas ging zum Tresen und winkte durch die Durchreiche dem stämmigen, glatzköpfigen Mann zu. Er kam heraus und schüttelte Lukas die Hand. Wenn er einen Job suche, sei er willkommen. Ob er nicht genügend Schichten im „Schröder" bekomme?

Lukas lehnte dankend ab: Darum gehe es nicht. Bei noch mehr Kneipenschichten könne er sein Examen vergessen. Aber ob Rigas ihm wohl ein paar griechische Wörter übersetzen könne?

Er gab ihm das Foto, Rigas kramte eine Lesebrille heraus, setzte sie auf und las stirnrunzelnd die gekritzelten Wörter. Griechisch, seufzte er mitfühlend, sei die schwierigste Sprache auf dem Planeten und die schönste Sprache überhaupt …

„Und was steht da nun?", unterbrach Lukas.

Rigas wischte sich kummervoll ein paar Schweißtropfen von der Glatze. Die Worte, seufzte er, ergäben keinen rechten Sinn. *Ikona*, Bild, also beziehungsweise Bilder, Mehrzahl vielleicht, tja …

„Ikonen? Diese frommen byzantinischen Gemälde?"

Möglich, Rigas zuckte mit den Schultern, aber *Ikona* heiße eigentlich nur ganz allgemein Bild oder Bilder, das sei schwer zu entziffern, also: Bild oder Bilder in Höhle acht Meter über der Stelle, an der Schiffe …

„Anleger? Mole?"

Ohne Anleger, meinte Rigas. Der Ort, an dem Schiffe den Anker fallen ließen.

„Der Ankerplatz?"

Sehr richtig. Aber es habe ja dennoch überhaupt keinen Sinn. Bilder in Höhle acht Meter über Ankerplatz? Das sei doch dummes Zeug.

„Na ja", sagte Lukas, „mit ein bisschen Fantasie kann man sich da doch allerlei vorstellen."

Er könne das nicht, schüttelte Rigas den Kopf, drehte das Bild um, betrachtete die Hafenansicht und dann wieder die Schriftzeichen. Pax, stehe da noch, Pax und Ak, und das bedeute nun aber rein gar nichts mehr. Pax Ak kenne er nicht.

„Eine Abkürzung? Oder vielleicht ein Ort?", schlug Lukas vor. „Paxak?"

Rigas zuckte mit den Schultern. Ausgeschlossen, das sei nie und nimmer ein Ortsname. Und das Foto, das könne an hunderten von griechischen Häfen gemacht worden sein. Solche wunderschönen Buchten und kleinen Häfen, die gebe es auf den Inseln doch überall, an den Festlandküsten natürlich auch, das sei ja überhaupt das Herrliche an Griechenland …

„Okay", sagte Lukas, nahm das Foto wieder an sich und notierte auf einem der herumliegenden Anschreibblöcke: *Bilder in Höhle acht Meter über Ankerplatz Pax Ak.* „Das heißt es also?" Er hielt Rigas den Block vor die Nase.

Rigas nickte bekümmert. Leider klinge das ja jetzt alles ganz sinnlos, aber er schwöre, dass es da so stehe, Wort für Wort.

„Und der hier?" Lukas hielt Rigas das Foto mit dem Mann hin.

Wieso? Was solle schon mit dem sein? Ein Kreter sei das und ein ziemlich altes Foto, wie man unschwer an der Tracht erkennen könne, weil heutzutage nicht mal mehr die Kreter in solchen Trachten herumliefen und auch nicht mehr dauernd mit ihren Gewehren herumfuchtelten. Ob Lukas den etwa kenne?

„Natürlich nicht." Lukas zuckte mit den Schultern.

Wenn er denn also, schwallte Rigas unbeirrt weiter, demnächst nach Griechenland reisen wolle, seinetwegen sogar nach Kreta, obwohl das so eine Sache für sich sei, dann könne sich Lukas jederzeit bei ihm Tipps abholen. Und überhaupt. Darauf gebe er jetzt einen Retsina aus. Er schenkte Lukas und sich Gläser voll und prostete ihm zu. Wer Retsina trinke, nicht zu viel, aber auch nicht zu wenig, der sehe die Welt geordnet, und vieles Unklare kläre sich.

„Noch einen Schluck Wein?“

Lukas nickte.

Rechtsanwalt Friedrich Hollbach sah seinen Sohn wohlwollend an und senkte die Flasche über dessen Glas. Aus der Küche drang gedämpftes Klappern. Dann begann die Geschirrspülmaschine zu rauschen.

„Und nach dem Examen bewirbst du dich gleich um eine Referendariatsstelle an einem Gymnasium“, sagte Friedrich Hollbach. Es klang fast wie ein Befehl.

„Nein“, sagte Lukas heiser.

Sein Vater zog die Augenbrauen hoch und setzte das Weinglas, ohne zu trinken, wieder auf dem Tisch ab. „Wie darf ich das verstehen?“

„Ich werde erst mal verreisen“, sagte Lukas.

„Natürlich.“ Friedrich Hollbach entspannte sich wieder. „Den Urlaub hast du dir dann redlich verdient.“

Lukas nickte stumm. Sein Herz pochte gegen die Brusttasche seines Hemdes, in dem die beiden Fotos steckten.

„Brauchst du Geld?“, fragte sein Vater.

„Nein, danke. Ich fahre nach Griechenland“, sagte er dann mit mühsam erzwungener Beiläufigkeit und fixierte dabei seinen Vater, „soll ja noch sehr billig sein.“

Sein Vater zuckte die Schultern, hob das Glas und trank. „Mag sein“, sagte er abweisend.

„Du kennst dich da doch aus, nicht wahr?“, sagte Lukas und ärgerte sich, als er das Lauernde in seiner Stimme hörte.

„In Griechenland? Ich? Wie kommst du denn da drauf? Mama und ich fahren jedes Jahr nach Spanien und ...“

„Aber du bist doch während des Krieges da gewesen.“

Friedrich Hollbach sah seinen Sohn mit einem Gesichtsausdruck an, den Lukas noch nie an ihm gesehen hatte. Denn in diesem Blick sah Lukas plötzlich etwas anderes flackern. Angst? Aber vielleicht bildete er sich das auch nur ein, weil sein Herz immer noch gegen die Fotos in seiner Brusttasche schlug und weil er jetzt wusste, wieso ihm der Kreter auf dem Foto so bekannt vorgekommen war. Und auch seinem Vater musste er bekannt vorkommen.

Vorgestern hatten Heidi und Rolf, zwei Mitbewohner seiner Wohngemeinschaft, die ihren Auszug vorbereiteten, im Garten ein Feuer gemacht, um alte Kartons und Zeitungen zu verbrennen. Ohne ihn vorher zu öffnen, hatte Rolf einen weißen Schuhkarton ins Feuer geworfen, und als er in Flammen aufgegangen war, hatte Heidi gerufen: „Die Fotos! Du hast die Fotos verbrannt!“ Und plötzlich war Lukas in diesem Augenblick der Zusammenhang, nach dem er seit Tagen gestochert hatte, aus der Dunkelheit des Vergessens ins Wiedererkennen gerückt: sein Vater, der Fotos verbrennt.

„Lange her“, hörte Lukas seinen Vater sagen, „ich möchte nicht mehr daran erinnert werden. Das weißt du doch genau.“

„Du hast es mir ja oft genug gesagt“, sagte Lukas, zog das Foto mit der Hafenansicht aus der Tasche und schob es seinem Vater über den Tisch. „Da fahre ich hin. Kennst du den Ort?“

Friedrich Hollbach warf einen flüchtigen Blick auf das Foto, rührte es aber nicht an. „Nein“, sagte er fest. „Kenne ich nicht. Wo soll das denn sein?“

Lukas pokerte und sagte: „Kreta.“

„Ach ja? Auf Kreta war ich nie. Ich war immer nur in Athen. Verwaltung, juristische Abteilung. Ich hab’s dir schon zigmal gesagt. Was soll das Bohren in der Vergangenheit? Und jetzt muss ich mich auch langsam fertig machen. Mama und ich wollen heute Abend noch in die Oper, Mozart.“ Er trank sein Glas aus und stand vom Tisch auf.

„Moment noch, bitte.“ Lukas zog hastig das zweite Foto aus der Tasche und hielt es seinem Vater hin. „Kennst du diesen Mann?“

„Soll das etwa ein Verhör sein?“ Friedrich Hollbachs Stimme klang jetzt scharf, aber indem er sich schon vom Tisch abwandte, warf er doch einen Blick auf das Foto, und Lukas konnte erkennen, wie sein Vater schluckte und blass wurde. Er ließ sich wieder auf den Stuhl fallen, griff nach dem Foto, runzelte kopfschüttelnd, als wehre er etwas ab, die Stirn, und die Hand, die das Foto hielt, zitterte dabei. Dann ließ er das Bild fallen, als habe er sich daran verbrannt, atmete tief durch und sagte ruhig und bestimmt: „Nie gesehen. Wieso sollte ich?“

„Weil *ich* diesen Mann schon einmal gesehen habe“, sagte Lukas. „Auf einem anderen Foto, das dir gehört hat. Weißt du das nicht mehr?“

Sein Vater starrte ihn an, sichtlich um Fassung ringend. „Unsinn“, sagte er und stand wieder vom Tisch auf. „Ich kenne diesen Mann nicht. Und ich habe kein Foto von ihm.“

„Natürlich nicht“, sagte Lukas. „Du hast es ja verbrannt. Damals, Anfang der Fünfzigerjahre. Ich muss fünf oder sechs Jahre alt gewesen sein.“

„Ich weiß nicht, wovon du redest.“ Und jetzt hob Friedrich Hollbach die Stimme, wurde ungewöhnlich laut und schlug mit der flachen Hand auf den

Tisch, dass die Gläser klirrten. „Ich habe kein Foto dieses Mannes! Ich habe nie eins gehabt! Ich habe den Mann noch nie gesehen! Und ich möchte nie mehr mit derlei Unsinn behelligt werden!“

„Ich habe im Garten gespielt“, sagte Lukas, „an einem warmen Tag im Herbst. Und du hast irgendwelche Papiere aus dem Keller geholt, hast sie in den Garten gebracht und neben einen rostigen Blecheimer gelegt. Und dann bist du noch einmal in den Keller gegangen, und ich habe in diesen Papieren geblättert. Es waren mit Schreibmaschine beschriebene Blätter, aber ich konnte noch nicht lesen. Und dazwischen haben zwei Fotos gelegen. Auf einem war ein Mann in Uniform zu erkennen, der den Arm hebt, aber das Foto war ganz verwackelt. Das andere Foto war aber scharf. Du sitzt an einem Tisch und neben dir, da sitzt dieser Mann.“ Lukas nahm das Foto mit dem Kreter in die Hand und hielt es hoch. „Dieser Mann mit seinem Kopftuch und dem Schnauzbart und den dunklen Augen. Er hat gelächelt auf dem Foto. Und du hast ein ganz zugeknöpftes Gesicht gemacht, als wäre es dir unangenehm, mit ihm fotografiert zu werden. Der Mann mit dem Kopftuch hat mich fasziniert. Das war eine Gestalt wie aus einem Märchen oder einem Abenteuerbuch. Ein Pirat vielleicht. Oder ein Bandit. Ich hatte das Foto noch in der Hand, als du wieder aus dem Keller kamst mit noch einem Bündel Papieren in der Hand. Ich habe dir das Foto hingehalten und dich gefragt, wer das ist. Du hast es mir aus der Hand gerissen und hast gesagt, das gehe mich alles gar nichts an. Und weil ich dich nur ganz selten so wütend erlebt habe wie in diesem Moment, ist mir dieser Moment nicht verloren gegangen. Ich musste mich nur erst wieder daran erinnern, wie du diese Papiere und die Fotos zerrissen und in den Eimer gelegt hast, wie du sie dann angesteckt hast, wie die Flammen aus dem Eimer schlugen. Als alles verbrannt war, bist du weggegangen, und ich war wieder allein im Garten, und in dem Eimer war nur noch schwarze Asche. Und ich habe mich nie getraut, dich noch einmal nach dem geheimnisvollen Piraten zu fragen, und irgendwann habe ich ihn dann vergessen. Bis ich dies Foto hier gefunden habe. Da ist mir alles wieder eingefallen.“

Friedrich Hollbach, dem man seine 65 Jahre sonst nicht ansah, stand da mit hängenden Schultern, schüttelte den Kopf und sah plötzlich alt, grau und verfallen aus. „Unsinn“, murmelte er. „Kompletter Blödsinn. Du hattest immer schon eine etwas zügellose Fantasie.“

„Friedrich!“ Die Stimme von Lukas’ Mutter von nebenan. „Du musst dich doch noch umziehen. Wir kommen zu spät!“

„Da hörst du es“, sagte Friedrich Hollbach. „Wir kommen zu spät in die

Oper.“ Er ging zur Zimmertür, öffnete sie und drehte sich noch einmal zu Lukas um. „Es gibt keine Fotos“, sagte er fest. „Ich habe keine Fotos verbrannt. Hast du mich verstanden? Es hat nie irgendwelche Fotos gegeben. Nie.“

DER APRIL stürmte mit kalten Regengüssen über die Stadt. Als Lukas in der Dämmerung von der U-Bahn-Station zur Hegestraße ging, mischten sich sogar Graupel in die böigen Schauer. Mit durchnässter Lederjacke kam er im „Schröder“ an, um die Abendschicht zu übernehmen.

Sebastian, dem die Kneipe gehörte, war dabei, den Kassenstand zu überprüfen. „Egon hat vorhin angerufen. Liegt mit Grippe im Bett. Typisch Student.“

„Ja und? Soll ich die Schicht etwa allein schieben?“

„Reg dich ab“, sagte Sebastian, „Britta springt ein, die Blonde von Rigas. Muss jeden Moment kommen. So, ich hau ab ins Kino.“ Sebastian nahm seinen Trenchcoat vom Haken und verschwand im Schneeregen.

Lukas nahm ein paar Bestellungen auf, zapfte zwei Gläser Pils an und bemerkte dann, dass das Fass zur Neige ging. Er kletterte über die Holzstiege in der engen Küche in den Keller, nahm das leere Fass von der Leitung und stach ein neues an. Dann griff er nach einer Kiste Weißherbst und schleppte sie nach oben.

Britta, die er seit jenem Abend vor zwei Monaten bei Rigas nicht mehr gesehen hatte, stand in der Küche und hantierte an der Kaffeemaschine herum. Sie trug eine ärmellose Wildlederweste, deren Ausschnitt den Spitzenbesatz eines schwarzen BHs erkennen ließ, und eng auf den Hüften sitzende, verwaschene Bluejeans.

„Welch erfreulicher Anblick“, grinste Lukas und begrüßte sie mit einem angedeuteten Kuss auf die Wange.

„Hier ist ja total tote Hose.“ Britta nickte in Richtung Tresen. „Das hättest du doch auch ohne mich geschafft.“

„Mit dir wird’s vielleicht lebendiger“, sagte er, schob die Weinflaschen in die Kühlung, nahm die abgelaufene Musikkassette aus dem Player und legte Bob Dylans „Desire“ ein.

Der Abend verlief so träge, wie er begonnen hatte. Immerhin wurde an zwei Tischen unter beachtlichem Bierkonsum energisch Skat gespielt, und am Fenstertisch diskutierten vier Mitglieder des Trotzkistischen Bunds bei Flaschenbier und Weißweinschorle die Fortführung der permanenten Revolution. Britta nahm Bestellungen auf, und wenn sie am Tresen darauf wartete, dass Lukas ihr Tablett mit den bestellten Getränken füllte, beugte sie sich, gut gelaunt plaudernd, manchmal so zu ihm hinüber, dass er nicht anders konnte, als die schwarze, wunderbar gewölbte Spitze am Saum der Lederweste anzustarren.

Was Lukas neulich, fragte Britta später, eigentlich von Rigas gewollt habe?

„Komische Sache“, sagte Lukas, „ist aber nichts bei rausgekommen“, und erzählte ihr von den Bildern, von der Schrift hinter der Hafenansicht und von Rigas’ Übersetzung. „Bilder in Höhle acht Meter über Ankerplatz, klingt doch ziemlich gaga, oder?“

Britta zog die Stupsnase kraus. „Spannend ist es trotzdem, irgendwie. Hat vielleicht was mit Höhlenmalerei zu tun?“, schlug sie vor.

Lukas grinste sie an. „Du studierst Kunstgeschichte, nicht wahr? Aber man weiß nicht mal, wo das sein soll.“

Die Kneipe hatte sich inzwischen geleert. Britta sammelte die letzten Flaschen und Gläser von den Tischen, Lukas löschte in den Räumen das Licht und ging wieder hinter den Tresen, um die Kasse durchzuzählen. Britta wusch und trocknete Gläser ab und schob sie ins Tresenregal, wobei sie sich an Lukas vorbeidrücken musste. Wie zufällig presste sie dabei ihren Bauch gegen seinen Hintern. Er goss zwei Jägermeister ein. Sie tranken, eng nebeneinander stehend, und blickten in die düstere Kneipe.

„Ich war letztes Jahr in Griechenland“, sagte sie. „War unheimlich schön.“

Er schluckte und legte einen Arm auf ihre Hüfte. „Was macht eigentlich dein Freund, dieser Kameramann?“

„Der dreht in Sardinien“, sagte sie. „Ist schon über drei Wochen weg. Und was macht deine Freundin?“

„Beate? Das ist längst vorbei. War von Anfang an ein Missverständnis.“

„Na gut“, sagte sie leise und legte den Mund an sein Ohr, „dann zeig mir doch mal deine Fotos aus Griechenland“, und eine halbe Stunde später saß sie an seinem Schreibtisch, hielt das Bild unter die Lampe, während er, die Hände auf ihren Schultern, hinter ihr stand, bis sie sagte: „Da bin ich auch gewesen.“ Sie tippte auf das Foto. „An diesem Ort. Auf Kreta. Man kann sich da preiswerte Zimmer mieten.“

„Bist du dir sicher?“, fragte er erregt. „Das ist doch ein uraltes Foto.“ Er streifte das grüne Gummiband ab, mit dem sie ihr Haar zum Pferdeschwanz gebunden hatte.

Sie nickte. „Da hat sich viel verändert. Aber die Häuser am Hafen sind alle noch da. Agia Galini. An der Südküste. Kaum Touristen, unheimlich schön."

Als sie auf dem Bett lagen, schimmerte ihre Haut, kontrastiert vom Blond der Haare, unterbrochen von helleren Streifen um Brüste und Hüften. Brittas Körper kam ihm wie eine Statue vor, etwas Fremdes. Sie war auf einer Reise, sie machte kurz bei ihm Station. Wollte sie ihn mitnehmen? Oder ihn auf seine eigene Reise schicken?

Später, als ihr Herz regelmäßiger gegen sein Zwerchfell schlug und sie sich wieder voneinander gelöst hatten, stand er auf und ging leise zum Schreibtisch, um das Licht zu löschen. Der Schatten des Examens, der auf ihn zufiel. Den würde er noch ertragen. Aber den Schatten seines Vaters, der Dinge geheimhielt, Bilder verbrannte und offenbar Lügen erzählte? Warum? Was steckte dahinter?

Das Foto des Mannes, den sein Vater unter keinen Umständen gekannt haben wollte, das Hafenfoto mit den rätselhaften Wörtern – wiesen diese Bilder nicht in die gleiche Richtung, an einen bestimmten Ort? Agia Galini also. Kreta.

ZU BEGINN des Sommers hatte Lukas das Zeugnis des ersten Staatsexamens für das Lehramt an Gymnasien in der Tasche und war mit Heidi und Rolf auf dem Weg an die jugoslawische Adriaküste.

Bei Ljubljana trennten sich ihre Wege. Der Fahrer eines norwegischen Kühltransporters nahm ihn mit. Und da der Norweger bis Athen fahren würde, war das Glück vollkommen.

Der Norweger setzte ihn in der Nähe des Kais, von dem die Kreta-Fähre in See stechen sollte, ab. Wenig später stand Lukas neben seinem Rucksack auf dem Achterdeck, lehnte sich an die Reling und genoss das Schauspiel. Die Mischung aus Schlampigkeit und Improvisationskunst, das fremdartige Stimmengewirr, die Gerüche nach Salz und Harz, Fisch und Dieselöl, die ungeheure, den Horizont berührende Sonne über dem tiefblauen Meer – all das zerfloss zu einer Wahrnehmung von Zeitlosigkeit, zu der Erfahrung, dass das Ablegen eines Schiffes einen der archaischsten Momente allen Reisens darstellt. Dies Ablegen und In-See-Stechen, als der rostfleckige Rumpf aus dem Hafen manövrierte, während die Schiffssirene zum Abschied dreimal dröhnte, war ein Ritual. Steuerbords glitt die Insel Salamis vorüber, backbords ein von Menschen wimmelnder Badestrand. Der Dampfer war in diesem Augenblick keine x-beliebige griechische Inselfähre, sondern das Schiff, und Lukas war nicht mehr auf irgendeiner

Reise mit vagem Ziel, sondern dies war die Reise schlechthin, der langsame Eintritt in eine andere Welt, eine Erweiterung seiner Sinne und seiner Wahrnehmung.

Auf dem Achterdeck wurden zwischen den Gepäckstapeln Decken und Schlafsäcke ausgebreitet. Als Lukas am Morgen zwischen schnarchenden Schläfern erwachte, hing schon ein heller Schimmer im Osten. Er schälte sich aus dem Schlafsack und ging an die Reling. Hoch über dem dunstverhangenen Horizont schwamm etwas Undeutliches, ein Fleck erst nur, der Form annahm und zusehends deutlicher wurde als ferne Felsspitze und schließlich als Bergkette, die den Horizont ausfüllte. Die Insel lag vor seinen Augen. Ein trockener Duft wehte von Süden, gemischt aus Akazien, Lorbeer, Thymian, Harz, Lavendel und noch etwas ganz Fremdem, sehr Altem.

Er spürte eine Bewegung neben sich. Eine griechische Frau war an die Reling getreten, deutete mit der Hand zur Insel und murmelte ein paar Worte. Lukas verstand sie natürlich nicht, nickte aber lächelnd, weil er zu wissen glaubte, was sie gesagt hatte: Da kommen wir alle her.

III. KAPITEL Kreta 1943

Durch die Regenspritzer auf der Motorradbrille waren Gärten zu erkennen, die vor Gemüse und Blumen zu platzen schienen. Rosen, Hyazinthen. Im Gezweig flackerten Mandarinen, Apfelsinen, Zitronen wie bunte Lichterketten eines Jahrmarkts auf und vorbei. Roter Lotos und Mohn. Unter Ölbäumen grünten Graspolster. Der Februar überschüttete die Insel mit Regen und einer explodierenden Fruchtbarkeit.

Vermummt in Kautschukmantel, Schutzbrille und Lederkappe, hockte Johann im Seitenwagen, hielt sich krampfhaft fest, während Andreas, links von ihm auf dem Fahrersitz, das Gespann über die Straße jagte, vor größeren Schlaglöchern waghalsige Ausweichmanöver fuhr, kleinere Hindernisse aber ignorierte, sodass die Maschine gelegentlich sprang, gleich darauf hart aufschlug und schlingernd übers Geröll der Piste weiter nach Osten röhrte.

Andreas trug seinen kretischen Regenmantel, ein kolossales Gebilde aus bretterdicker, weiß-braun melierter Wolle mit hoher Kapuze, und wirkte darin wie ein Magier, der auf einer Höllenmaschine durch den Sturm ritt. Die Schutzbrille hatte er verschmäht – das sei etwas für Frauen und Kinder –, er kniff die Augen gegen den Regen zusammen, blinzelte durch die buschigen Augenbrauen und brüllte Johann gelegentlich Bemerkungen zu, die dieser durch den Fahrtwind nicht verstand, aber aus Andreas' begeistertem Gestikulieren war zu schließen, dass es Lobpreisungen des Wetters und der Landschaft sein mussten.

Nach zweistündiger Fahrt kamen sie durch Rhetimnon. Am Ortsausgang hielt Andreas vor einem Kafenion an. Das gehöre einem seiner zahlreichen Schwager, er habe 14 verheiratete Geschwister. Vor dem Eingang erhob sich eine dicht mit Wein überrankte primitive Laube, durch die noch Tropfen des abziehenden Schauers sickerten, als sie den Innenraum betraten. Ein paar Sitzbänke, Stühle und Tische, ein Tresen, grob wie eine Hobelbank, der Fußboden gestampfter Lehm, in der Ecke ein Küchenkamin, vor dem eine Frau hockte und Reisig ins Feuer schob.

„Cherete!", rief Andreas.

Die Frau sah auf, lächelte, sagte: *„Kalos sas vrika"*, gut find ich dich vor, und ließ sich von Andreas umarmen. Es war eine seiner Schwestern. Der Schwager sei bei den Ziegen auf dem Feld, sie wolle laufen, ihn zu holen, und setzte den beiden Männern inzwischen Raki mit Oliven vor.

Johann schüttelte den Kopf. Vormittags könne er unmöglich Schnaps trinken.

Das müsse er aber lernen, sagte Andreas, im Namen der Gastfreundschaft, und trank auf Johanns Gesundheit, der den Raki widerwillig kippte, das Gesicht verzog und sich schüttelte.

Der Schwager erschien. Ein weiterer Raki musste der Gesundheit zuliebe, ein dritter der Gastfreundschaft zur Genüge getrunken werden. Man legte die Mäntel ab, rückte ans Feuer. Die durchdringende Feuchtigkeit wich, Johann durchrieselten wohlige Schauer. Andreas und der Schwager unterhielten sich hastig und dringlich, Johann verstand kein Wort. Es war ihm gleichgültig. Er sah ins prasselnde Feuer. Die Frau schob stärkere Scheite nach und begann, zwei Rebhühner zu rupfen und auszunehmen, rieb sie mit Olivenöl ein, schob sie auf einen Eisenspieß und hängte ihn übers Feuer. Johann sog den Duft ein. Ihm dämmerte, dass dieser Braten ebenfalls seiner Gesundheit dienen sollte, und blickte auf die Armbanduhr. Mittagszeit. Am Nachmittag erwartete man ihn in seinem Quartier in Heraklion. Er wandte sich an Andreas und klopfte mit dem Zeigefinger auf die Uhr. Man müsse aufbrechen, sonst käme er zu spät.

„Den pirasi, Yannis", sagte Andreas, das macht doch nichts, und der Schwager nickte gemütlich dazu: *„Den pirasi polemos"*, macht nichts, ist

ja Krieg. Die Stunde sei mehr als der Tag und der Tag mehr als das Jahr.

Der Schwager nahm die messingbraun gerösteten Hühner vom Feuer, zerteilte sie mit den Händen und hielt Johann strahlend eine Keule hin. Er griff zu und aß, hörte das Knistern des Feuers, zuckte mit den Schultern und sagte: *„Ti na kanome?"* – Was soll man machen?

Der Schwager und Andreas lachten. „Du lernst schnell, Yannis."

Die Frau kochte in einer rostigen Blechkanne Mokka. Man trank schlürfend. Johann hielt sein Zigarettenetui in die Runde. Man rauchte. Einen letzten Raki für den Weg.

„Kannst du noch fahren?" Johann, der leicht schwankte, als sie auf das Gespann zugingen, sah Andreas skeptisch an.

„Wieso sollte ich es nicht mehr können?" Andreas lachte, trat das Starterpedal durch, der Motor sprang knatternd an. Der Schwager stand unter dem weinumrankten Vordach und winkte. Als Johann sich kurz vor einer Straßenbiegung noch einmal umblickte, sah er, dass, wie aus dem Erdboden gewachsen, zwei Männer mit geschultertem Gewehr neben dem Schwager standen, aber bevor er mehr erkennen konnte, hatte Andreas das Gespann schon in die Kurve gelegt.

Nachdem sie etwa eine Stunde gefahren waren und Heraklion nicht mehr weit sein konnte, blockierte hinter einer scharfen Haarnadelkurve plötzlich eine Straßensperre die Fahrbahn und zwang Andreas zu einer Vollbremsung. Die drei deutschen Soldaten, die hinter dem Stacheldrahtverhau standen, brachten ihre Karabiner in Anschlag.

Einer nahm das Gewehr in die rechte Armbeuge und ging langsam auf das Motorrad zu. „Hier geht's nicht weiter, Leute", sagte er auf Deutsch, „ihr müsst umkehren", und dabei machte er mit der linken Hand winkende Bewegungen in die Richtung, aus der sie gekommen waren. „Zurück. Hier geht nix."

„Was ist denn los?", fragte Johann und schob sich die Schutzbrille auf die Stirn.

„Oh, Sie sprechen Deutsch?"

Johann hielt dem Mann das Ausweispapier der Kommandantur hin, das Hollbach ihm gegeben hatte. Der Soldat besah es sich stirnrunzelnd, zuckte die Achseln und sagte, dass er Befehl habe, niemanden durchzulassen. In Heraklion seien zwei Geiseln aus dem Gefängnis ausgebrochen, und man habe alle Straßen um die Stadt gesperrt, um sie zu fassen. Johann fielen die beiden Männer ein, die vorhin neben dem Schwager gestanden hatten.

Der Soldat schob den Fallschirmspringerhelm in den Nacken. Sie könnten seinetwegen hier warten, vielleicht werde die Blockade bald aufgehoben, durchlassen könne er sie aber auf keinen Fall. Damit ging er zurück zu seinen Kameraden auf der anderen Seite der Sperre.

Andreas war inzwischen abgestiegen und hockte einige Meter entfernt auf einem Felsbrocken am Straßenrand. Als Johann ihm den Grund des Aufenthalts nannte, lachte er leise vor sich hin. Wenn es diesen gesuchten Männern tatsächlich gelungen sei, aus dem Gefängnis zu fliehen, würden sie bestimmt nicht an solchen Straßensperren gefasst. „Weil sie nicht so dumm sein werden, über Straßen zu gehen, Yannis!“

„Und die beiden Männer, die vorhin bei deinem Schwager waren?“

„Ich habe keine Männer gesehen“, sagte Andreas abweisend.

Johann blickte die Straße zurück Richtung Westen. Etwa fünf Kilometer vor der Sperre hatte er einen Weg gesehen, der nach Norden abzweigte. Ob man den nehmen könne, um die Absperrung zu umfahren?

Andreas schüttelte den Kopf. Nicht mit dem Motorrad. Der Weg ende an einem kleinen Kloster, und von dort gebe es nur noch einen Eselspfad bis zu dem Dorf Fodele.

„Fodele?“ Johann wiederholte den Namen. Er hatte ihn schon einmal gehört oder vielleicht gelesen. Fodele …

„Domenikos Theotokopoulos ist da geboren. El Greco, der Maler.“

„Natürlich!“ Johann sprang auf. „El Greco aus Fodele. Lass uns hinfahren. Statt hier zu warten, sehe ich mir lieber das Dorf an.“

„Wie du willst, Yannis“, sagte Andreas. „Aber für deine Liste wirst du nichts finden. El Greco lebt da nicht mehr. Nur ein Onkel von mir.“

Der Seitenweg in die Berge war zwei, drei Kilometer mit Mühe befahrbar. Mitten in einer Kurve endete er abrupt. Unten am Hang lag das kleine Kloster, zwei Häuser und Ställe mit schadhaften Ziegeldächern, eine winzige Kirche, umgeben von hohen Zypressen. Ein schmaler, grasüberwachsener Pfad führte talwärts, vorbei an Oliven und Johannisbrot. Eine Quelle sprang aus dem Hang und lief als Bach neben dem Pfad her. Die Gärten des Klosters leuchteten, als jetzt die Sonne durch die Wolken brach, mit Blumen und Gemüse, sorgsam gepflegte Orangenhaine, in deren Ästen die Früchte als grüne Bälle hingen. Über das Bachbett führte eine schmale Steinbrücke, etwas oberhalb lag ein Kafenion, in dem ein paar alte Männer hockten und ihnen mit müdem Misstrauen entgegensahen.

Andreas fragte nach seinem Onkel. Der sei nicht da. Dann der Bürgermeister! Nicht da. Der Lehrer? Achselzucken.

„Den pirasi“, macht nichts, sagte Andreas zu Johann, er habe ihm ja

gleich gesagt, dass es hier nichts zu sehen gebe, höchstens dies Denkmal, da vorn am Bach unter der Platane. Es war eine Granitplatte mit spanischer Inschrift, gestiftet von der Universität Valladolid zum Gedenken an den großen Theotokopoulos. Im Juli 1934. Johann holte die Kleinbildkamera aus dem Rucksack und machte ein Foto des Steins.

In welchem Haus El Greco geboren sei? Niemand wusste es. Die Häuser glichen Ruinen, aus denen grauer Rauch in den Nachmittag stieg. Dann kam doch noch der Pope, ein alter Mann in schmutzstarrendem schwarzem Gewand. Ob sie die alte Kirche sehen wollten? Auch sie eine Ruine, durchs schadhafte Dach starrte der Himmel, die Wandmalereien abgeblättert, von Wasser zerstört. Johann machte Fotos. Fodele war katalogisiert. Für Hollbach würde es hier nichts zu holen geben.

Sie gingen zurück. Neben den unreifen Orangen hingen erste Blüten, die einen schwachen, bittersüßen Duft verströmten.

„Mach Fotos von den Blüten, Yannis", sagte Andreas. „Das ist kretische Kunst."

Die Pension „Minos" am südlichen Stadtrand Heraklions war vor dem Krieg bei englischen und amerikanischen Touristen sehr beliebt gewesen, weil der Besitzer, ein fetter, glatzköpfiger Libanese, fließend Englisch sprach, seine Frau gut kochte und es zu den Ausgrabungen in Knossos nur eine halbe Stunde zu Fuß war. Nach der deutschen Eroberung der Insel hatte der geschäftstüchtige Inhaber seine Pension, die in der Nähe des deutschen Hauptquartiers in der Villa Ariadne lag, sofort als Offiziersquartier zur Verfügung gestellt. Damit war er einer Konfiszierung zuvorgekommen, kassierte eine bescheidene Miete und wurde bei den Lebensmittelzuteilungen bevorzugt.

Als Johann und Andreas an diesem nasskalten Februarabend ankamen, war es schon dunkel, aber aus den Fenstern fiel Licht. Johann schnallte sein Gepäck vom Gespann und verabschiedete sich von Andreas, der bei Verwandten unterkam, die am Hafen wohnten. Morgen früh sollte er Johann wieder abholen.

Der Libanese, der das Motorrad gehört hatte, öffnete diensteifrig die Tür, bevor Johann noch den Messingklopfer betätigt hatte. In einer kuriosen Mischung aus Englisch und einigen deutschen Brocken begrüßte der korpulente Mann seinen neuen Gast. Man habe früher mit ihm gerechnet und sich bereits Sorgen gemacht, da in der Gegend offenbar wieder Andarten ihr Unwesen trieben. Das aber habe nun wiederum auch den Vorteil, dass

Johann das Zimmer eines Hauptmanns beziehen könne, der derzeit zu einem Kommandounternehmen auf der Insel unterwegs sei, schnatterte der Wirt, während er Johann über eine schmale Treppe in den ersten Stock führte. Er stieß eine Zimmertür auf, sagte auf Deutsch „Bitte sehr", und wenn der Herr wünsche, könne man ihm gleich im Speisezimmer noch ein Abendessen servieren.

„*Thank you*", sagte Johann und stellte seinen Rucksack auf dem Tisch ab. Er werde in wenigen Minuten unten sein.

Das Eisenbett war frisch bezogen, der Steinfußboden glänzte matt im Licht der Glühbirne unter einem blauen Papierschirm. An einem Metallständer hingen Kleidungsstücke, auf der Kommode lagen zwei Ausgaben der Soldatenzeitung *Veste Kreta*. Johann goss Wasser aus dem Tonkrug in die Emailleschüssel, wusch sich und ging ins Erdgeschoss.

Im Speisezimmer saßen um einen Tisch, auf dem ein Weinkrug und Gläser standen, fünf Männer, halb zivil, halb militärisch gekleidet, und sahen ihm neugierig entgegen. Seine Ankunft war ihnen offenbar mitgeteilt worden. Ein Oberstleutnant ging mit ausgestreckter Hand auf ihn zu. „Willkommen in Heraklion."

Während man sich untereinander bekannt machte, erschien der Wirt und setzte Johann eine dampfende Schüssel Linseneintopf mit Lammfleisch vor, dazu ein Stück Fladenbrot und ein Glas. Einer der Offiziere schenkte ihm aus dem Krug Retsina ein. Man stieß miteinander an und erkundigte sich bei Johann nach der Situation in Deutschland, zeigte sich erleichtert, als er von der verbesserten Luftabwehr erzählte, trank reichlich Retsina, rauchte Unmengen griechische Zigaretten der Marke *papastratos* und kam schließlich auch auf den Grund von Johanns Anwesenheit zu sprechen.

Kunstgeschichtliche und archäologische Bestandsaufnahmen? Man staunte, dass Berlin sich angesichts der militärischen Lage noch für derlei Dinge interessiere. Wiewohl, bei allem Respekt, zu bezweifeln sei, dass derlei zivile Aktivitäten zur Lösung der kretischen Probleme beitragen könnten. Die Mission etwa, in der jener Hauptmann, in dessen Zimmer Johann übernachtete, mit seiner Gruppe unterwegs sei, stehe beispielhaft für den mörderischen Kleinkrieg, in den man sich hier von Anfang an verwickelt gesehen habe. Heckenschützen hätten zwei deutsche Soldaten erschossen, als diese in einem Dorf Kontributionen einzufordern gehabt hätten. Bei der, leider, unumgänglichen Sühnemaßnahme gegen das Dorf – es sei niedergebrannt worden, und sämtliche männlichen Bewohner, die noch nicht geflohen seien, habe man standrechtlich erschossen –, sei man in der

Kirche auf ein britisches Funkgerät gestoßen. Bei Verhören der beiden Geiseln, denen gestern mithilfe kretischer Zivilpersonen die Flucht gelungen sei, habe man dann weitere Hinweise auf Verstecke britischer Agenten bekommen, Dörfer im Süden, im schwer zugänglichen Gebiet der Weißen Berge besonders, und zu diesen Dörfern sei das Kommando des Hauptmanns im Moment unterwegs.

Man hob die Gläser und trank auf den Erfolg der Operation.

Johann, der bei diesen Erzählungen blass geworden war, wurde empfohlen, während seiner Exkursionen über die Insel stets misstrauisch zu bleiben. Ob der gastfreundliche Bauer, der bescheidene Hirte oder der fromme Mönch, mit denen er es zu tun bekäme, nicht doch Partisanen seien, das habe schon manch einer der Kameraden erst gemerkt, als er eine Kugel in der Brust oder eine Mistgabel im Rücken gehabt habe. Schon bei der Eroberung der Insel durch das heldenhafte, leider aber auch unvorhergesehen verlustreiche Luftlandeunternehmen im Mai 1941 sei es zu unvorstellbaren Gräueltaten gekommen. Selbst Verwundete seien misshandelt und zu Tode gequält worden. Unter Ausschaltung kriegsgerichtlicher Verfahren seien dann auch sofort Vergeltungsmaßnahmen befohlen worden. Dörfer, deren Einwohner sich mit besonderer Heftigkeit am Kampf beteiligt hätten, seien rücksichtslos zu schleifen gewesen. Auch die Ortschaften, in deren Umgebung Leichenverstümmelungen festgestellt worden seien, habe dasselbe Los ereilt. In diesen Ortschaften seien zudem die kampffähigen Männer erschossen worden. Derlei Sühnemaßnahmen seien im Übrigen durch die Truppe bereits während der Kämpfe durchgeführt worden, bevor der kommandierende General sie angeordnet hätte.

Man hob die Gläser aufs Wohl dieser selbstständig und eigenverantwortlich operierenden Kameraden und trank. Im Übrigen habe der Oberbefehlshaber Südost soeben einen weiteren Befehl in dieser Richtung erlassen, da die Banden durch britische Agenten über die schwierige Situation der deutschen Armeen in Russland und Afrika informiert würden und Oberwasser bekämen.

Der Oberstleutnant zog ein Schriftstück aus der Brusttasche seiner Uniformjacke und wedelte damit durch den Zigarettenrauch. Falls Johann, wiewohl Zivilist, aber nichtsdestotrotz der Befehlsgewalt des Kommandanten unterstellt, sich einmal kundig machen wolle, dann bitte sehr. Während Johann das Schriftstück mit zitternden Händen nahm und in die Tasche seines Wolljacketts schob, erschien der Pensionswirt und brachte einen frischen Krug Retsina. Ob er noch von dem französischen Cognac habe, den er vor einigen Tagen auf den Tisch gebracht hatte? Der Mann schlug die Hacken zusammen, so gut das mit seinen weichen Hanfschuhen möglich war, erschien kurz darauf mit einer dunkelgrünen Flasche und schenkte den Cognac in Wassergläsern aus.

„Meine Herren!" Der Oberstleutnant ergriff sein Glas, blickte in die bezechte Runde und erhob sich schwankend vom Stuhl. Alle Anwesenden folgten seinem Beispiel. „Ich trinke auf den heldenhaften Kampf der Sechsten Armee und den Generalfeldmarschall Paulus." Alle tranken und setzten sich wieder.

In die plötzlich wie ein Schatten in den Raum fallende Totenstille fragte Johann schließlich mit schwerer Zunge: „Was ist denn mit der Sechsten Armee?"

„Wir haben", sagte der Oberstleutnant, „erst heute Vormittag erfahren, dass Paulus vor vierzehn Tagen kapituliert hat. In Stalingrad. Es gibt keine Sechste Armee mehr. Aber der Krieg ist nicht vorbei. Gute Nacht, meine Herren."

Torkelnd, von irgendjemandem gestützt, fand Johann über die Treppe hinauf in sein Zimmer. Er griff in die Tasche und zog das Schriftstück heraus, das der Offizier ihm vorhin gegeben hatte. Übelkeit rumorte in seinem Magen. Er lief auf den Flur, erreichte den ekelhaften Abtritt und übergab sich. Dann wankte er in sein Zimmer zurück.

Er fühlte sich ernüchtert, leer gefegt. Das Schriftstück lag zerknüllt auf dem Tisch. Er glättete das Papier, setzte sich, stützte den Kopf in die Hände und las im trüben Licht der Glühbirne.

> Die Ereignisse der letzten Wochen an verschiedenen Kriegsschauplätzen haben auch im Südosten zu einem Aufleben der Bandentätigkeit geführt. Ich ermächtige und verpflichte alle Kommandeure, von sich aus, ohne vorherige Genehmigung der vorgesetzten Stelle, bei feindseliger Haltung der Bevölkerung schärfste Maßnahmen zu ergreifen. Die Maßnahmen sind zu melden und werden von mir gedeckt. Kommandeure, die aus Weichheit Vergeltungsmaßnahmen unterlassen, werden zur Verantwortung gezogen. Jeder deutsche Soldat hat die Pflicht, einen aktiven Widerstand seitens der Bevölkerung mit der Waffe sofort und unnachsichtig zu brechen. Soldaten, die diese Pflicht verletzen, sind kriegsgerichtlich zu belangen.
>
> Rücksichtsloser Kampf und Vergeltung haben sich möglichst nur gegen die feindselig eingestellte Bevölkerung zu richten. Durch ein-

wandfreie Behandlung der freundlich eingestellten Bevölkerung (in Griechenland, besonders auf Kreta, nur zu einem geringen Prozentsatz vorhanden) muss der Zulauf zu den Banden vermieden werden.

Je nach Schwere der zu sühnenden Tat sind folgende Maßnahmen zu ergreifen:

1. Saboteure sind in ihre Heimatbezirke zu verbringen und dort öffentlich zu hängen.

2. Gegen die Familienangehörigen ist mit rücksichtsloser Strenge vorzugehen. Gegebenenfalls sind sämtliche männlichen Familienmitglieder auszurotten.

3. Ortschaften, die Banden oder feindlichen Agenten als Zuflucht dienen können, sind zu zerstören. Die männliche Bevölkerung, soweit sie nicht wegen Teilnahme an den Bandentätigkeiten erschossen wird, ist zu erfassen, in Geiselhaft zu nehmen oder dem Arbeitsdienst zuzuführen.

Ich erwarte, dass die Richtlinien dieses Befehls in aller Schärfe und Härte zur Anwendung kommen. Jede Weichheit wird als Schwäche ausgelegt und kostet deutsches Blut!

Den Kopf in die Hände gestützt, saß Johann eine Weile regungslos da, bis er merkte, dass ihm die Augen zufielen. Er löschte das Licht, legte sich ins Bett und zog sich die Decke über den Kopf. Er hörte fernes Rauschen. War das Meer denn so nah? In seinen Ohren rauschte das Blut.

Weit entfernt fielen Bomben. Er spürte die Detonationen als dumpfe Erschütterungen, schreckte hoch und stellte erleichtert fest, dass nur an seine Tür geklopft wurde. Andreas warf ihn aus dem Bett. Gestern habe er es noch so eilig gehabt, und heute verschlafe er den Tag.

Ein Frühstück war in der Pension nicht mehr zu bekommen. Andreas chauffierte Johann in die Stadt. In der Nähe der Registratur, wo er die Ausweispapiere des Zivilgouverneurs und die zweite Liste abholen sollte, kannte Andreas ein preiswertes Restaurant. Der Wirt brachte Wasser, Mokka, weißes Brot mit Leinsamen auf der Rinde, Joghurt in Holzschalen. Johann starrte Andreas an, der seinen Joghurt löffelte. Nur zu einem geringen Prozentsatz, hatte er gestern Nacht gelesen, sei die Bevölkerung den Deutschen gegenüber freundlich eingestellt.

„Was ist los?“ Andreas hielt seinem Blick lächelnd stand.

„Ich habe schlecht geschlafen“, sagte Johann, „und zu viel getrunken.“

Auf der Registratur legte Johann seinen Pass der deutschen Kommandantur und ein auf Griechisch abgefasstes Schreiben vor, das Hollbach ihm gegeben hatte, und bekam unverzüglich die vorbereiteten Papiere für sich und Andreas ausgehändigt. Von einer zweiten Ortsliste für seinen Auftrag wusste allerdings niemand etwas. Wenn Hollbach Wert auf die Liste legte, würde der Leutnant sich eben selbst darum zu kümmern haben.

Als sie die Registratur verließen, sagte Johann: „Ich werde mir jetzt das Museum ansehen."

„Tu das, Yannis", sagte Andreas. „Ich sehe mir inzwischen die Frauen von Heraklion an."

Kurz darauf stand Johann vor den Miniaturfresken, die Arthur Evans, der englische Ausgräber von Knossos, „The Ladies of the Court" und „The Garden Party" genannt hatte. Sehr elegante Damen, wallende Locken um Kopf und Schultern, über der Stirn von Bändern gehalten. Die Kleider in fröhlichen, sorglos bunten Farben.

Die nervöse Spontaneität der Fresken zog ihn an, das Unheroische, das Gegenteil des Monumentalen. Vögel, Fische und Blumen, deren Art er nicht kannte und aus denen Charme, Lächeln und tanzende Gesten sprachen.

Als Johann in die Taverne zurückkam, saß dort Andreas mit einem Mann am Tisch, dem die Fransen seines schwarzen Kopftuchs tief in die Stirn fielen. Er sah blass aus, und die Bartstoppeln schimmerten auf den unrasierten Wangen rötlich blond. Bei Johanns Erscheinen stand er sofort auf, verließ hastig den Raum.

„Wer war das?", fragte Johann.

„Ein Verwandter", sagte Andreas.

„Ich glaube, ich habe den Mann schon einmal gesehen", sagte Johann, „vor dem Kafenion deines Schwagers, als wir weitergefahren sind. Zusammen mit einem zweiten Mann."

„Du musst dich irren."

Vielleicht irrte Johann. Vielleicht log Andreas ihn an? Johann nahm sich vor, misstrauisch zu bleiben und auf der Hut zu sein.

„WARUM lachst du, Yannis?" Andreas sah Johann verständnislos an, als sie tags darauf über die flachen, ausgetretenen Stufen zu einer Terrasse aufstiegen, von der das Ruinenfeld von Knossos gut zu überblicken war.

Johann zuckte die Achseln. „Ich kann es dir nicht erklären", sagte er, immer noch kichernd, „weil ich es nicht auf Griechisch sagen kann. Der Mann, der mich aus Deutschland hierher geschickt hat, hat es gesagt."

„Was hat er denn gesagt?“

„Urgermanische Einflusszone hellenischen Ariertums“, zitierte Johann die Wahnvorstellung Rövers auf Deutsch. „Das kann man nicht übersetzen, Andreas. In keine Sprache der Welt. Es ist das Deutsch der Idioten. Und es stimmt nicht.“

Die Reste des Königspalastes, durchsetzt von den grotesken Rekonstruktionen aus Beton, Gesimse, die plötzlich malerisch abbrachen, hier und da aufgestellte Kulthörner, Pithoi und Säulenbasen, mit denen Evans der Ruinenromantik seiner Epoche Rechnung getragen hatte, lagen in der Sonne des Vorfrühlings. Die Architektur war nicht martialisch und in ihrer Weitläufigkeit auch nicht pompös, sondern malerisch und milde theatralisch. Sie erinnerte Johann, der sich Stichworte in sein Notizbuch machte, eher an Dekorationen für eine Oper als an einen Herrschersitz, der Macht und Kraft ausstrahlen sollte. Dieser Palast war die Bühne einer Traumwelt gewesen oder eines Traums von der Welt, die voll Glück und Frieden war – die Bühne einer Zivilisation, die diese Bezeichnung verdiente. Johann machte einige Fotos mit der Kleinbildkamera. Andreas sah ihm kopfschüttelnd zu.

„Warum grabt ihr das alles aus?“, fragte Andreas. „Die Engländer, die Deutschen, die Amerikaner graben. Was sucht ihr?“

Ja, warum grub man sich durch die Zeiten? Um zu verstehen, was einmal geglaubt worden war? Das Ausgraben als Manie derjenigen, die ihren Glauben verloren hatten und sich zu immer älteren Hoffnungen durchwühlten? Und während man nach den ersten Zeugnissen von Zivilisation und Humanität schürfte und kratzte, zerbrachen in der Gegenwart deren letzte Reste.

„Ich weiß es nicht“, sagte Johann. „Lass uns nach Chania zurückfahren.“

Der Wind kam aus Südwest und blies ihnen ins Gesicht, manchmal mit warmen Strömungen, Ahnungen afrikanischer Hitze. Andreas ließ den Lenker los, fuhr eine Weile freihändig, breitete die Arme aus, als spreize er Flügel, und schrie Johann zu, ob er den Frühling spüre.

Er solle lieber auf die Straße achten, schrie Johann zurück und empfand eine Art Neid auf diesen Griechen, der so alt war, dass er sein Vater hätte sein können, und sich ohne Schutzbrille in den Wind warf wie ein spielendes Kind.

Als die Straße von der Küste weg in die Berge führte, hatte der Motor eine Fehlzündung nach der anderen und drohte auszusetzen, bis sie einen Pass erreichten, von dem aus man die See blau und unergründlich blinken und weit draußen mit dem Horizont zusammenfließen sah. Andreas hielt an, holte aus der Satteltasche ein zusammengeschnürtes Bündel, legte es auf den Fahrersattel und rollte das Öltuch auseinander. Schraubenschlüssel, Zangen, Zündkerzen und, Johann sah sie aus den Augenwinkeln in der Sonne blitzen, bevor Andreas das Tuch wieder darüber schlug, eine Pistole. Johann fiel ein, dass einer der Offiziere in der Pension davon gesprochen hatte, die Zivilbevölkerung sei aufgefordert worden, alle Waffen abzuliefern.

„Wofür brauchst du eine Pistole?", fragte er streng.

„Weil ein Mann eine Waffe braucht."

„Und wieso versteckst du sie?"

„Damit sie nicht jeder sieht."

„Ich habe sie aber gesehen."

„Dann vergiss sie einfach. Yannis, kannst du Motorrad fahren? Es macht Spaß."

„Das sieht man dir an."

„Willst du es lernen? Vielleicht gibt es Situationen, in denen du ohne mich fahren musst. Es ist einfach. Ich bringe es dir bei."

Andreas nahm einen Schraubenzieher, trat den Motor an und stellte den Vergaser nach, bis der unrunde Leerlauf reguliert war und gleichmäßig lief. Dann klappte er das Öltuch wieder auseinander. „Mach die Augen zu", sagte er grinsend. „Oder willst du auch schießen lernen?" Er verstaute das Bündel. „Los, steig auf!"

Johann stieg auf den Fahrersitz, Andreas setzte sich hinter ihn auf den Soziussitz, fasste ihn an den Hüften, gab ein paar Erklärungen über Gashebel, Bremse und Gangschaltung, und dann fuhr Johann los, und Andreas gab ihm Anweisungen. Nachdem Johann den Motor beim Schalten einige Male abgewürgt hatte und das Gespann wieder einmal ruckend zum Stillstand gekommen war, sagte Andreas, es gebe nur drei wichtige Regeln beim Motorradfahren.

„Welche?" Johann drehte sich zu ihm um.

„Nicht so viel reden, weil man dann brüllen muss. Keine Angst haben. Nie ans Ziel denken."

„Wie meinst du das?"

„Fahren ist wichtiger als Ankommen", sagte Andreas. „Wenn du fährst, musst du fahren. Sonst gar nichts. Also los."

Johann fuhr weiter, spürte den Wind im Gesicht, die warmen, wirbelnden Schlieren der Luft, und bekam langsam das Gefühl, als lösten sich in ihm alte Fesseln, als scheine er in Fühlung zu sein mit der Landschaft, der Gegenwart, dem Leben. Nach einer lang gezogenen, bergauf führenden Kurve stand die Sonne plötzlich so über der Straße, dass er glaubte, direkt in sie hineinfahren zu können.

IV. KAPITEL Kreta 1975

Aus der Ferne, vom Deck des einlaufenden Schiffs erblickt, wirkte Heraklion im rosigen Morgenlicht wie ein aus der Zeit gefallenes Idyll. Hinter Fischerbooten und Yachten erhoben sich venezianische Mauern, der steinerne Löwe auf hohem Sockel, das Kastell, dahinter die Stadt, unter rotbraunen Ziegeldächern weiße und gelbe Häuser, deren geschlossene Fensterläden Stille auszuatmen schienen.

Beim Andocken aber erwies sich das Krachen der eisernen Gangway auf den Beton der Mole als Startschuss für Wogen aus Lärm und Wolken aus Gestank. Motoren dröhnten, Sirenen heulten, Menschen schrien vom Kai zum Schiff hinauf und vom Schiff zum Kai hinunter. Busse und Taxis, Lastwagen und Motorroller lieferten sich Hupschlachten.

Unter seinem Rucksack schwitzend, marschierte Lukas in die Stadt, umtost vom Verkehr, vorbei an mehrstöckigen Betonskeletten, nichts sagenden Neubauten, bis er schließlich eine orientalisch anmutende Marktgasse erreichte, Gewimmel und Geschrei, bettelnde Kinder, krakeelende Händler. Am Ende der Gasse gab es ein Kafenion, klein wie ein Kiosk. Lukas setzte sich an eins der Tischchen, die auf der Straße standen, bestellte Mokka, trank gierig das dazu gereichte Glas Wasser. Er rauchte und schlürfte den Mokka, und nachdem er eine Weile einfach dagesessen hatte, kam ihm der Lärm in der Marktgasse nicht mehr störend vor, sondern wie eine fremde, nie gehörte Musik. Klänge Europas, Asiens und Afrikas ineinander verschlungen.

Aus der Gasse kamen drei Personen auf das Kafenion zu, Rucksacktouristen wie Lukas und etwa in seinem Alter, ein Mann und zwei Frauen, Silberschmuck um Hals und Arme, wallende, mit indischen Mustern bestickte Hemden. Die beiden Frauen, offensichtlich Schwestern, hatten ihre rotblonden Haare mit Perlenbändern zu langen Zöpfen geflochten. Der Mann war lang und hager, unter dem Stirnband blonde Locken bis auf den Rücken. Sie setzten sich an den Tisch neben Lukas, grinsten ihm einverständlich zu, bestellten ebenfalls Mokka.

Woher? Aus Schottland, Edinburgh. Lukas hatte Mühe, ihr Englisch zu verstehen. Die Frauen hießen Iris und Eileen, der Mann stellte sich als Robin vor. Und wohin? An die Ostspitze der Insel, natürlich ein Geheimtipp. Und er? Lukas aus Deutschland. Und wolle nach Süden, Agia Galini.

Robin zog die Nase kraus. Die Preise in den Tavernen dort seien saftig gestiegen, Schlafen am Strand sei nicht mehr erlaubt, man müsse Zimmer mieten.

„*You better join us*“, sagte Iris und sah Lukas aus grünen Augen an.

„*Why not?*“, hörte Lukas sich sagen und meinte es auch so. Agia Galini war ein Ziel, das schon, aber so vage, dass es warten konnte. Und außerdem schenkte Iris ihm ein sommersprossiges Lächeln.

Die drei Schotten hatten sich in der Marktgasse mit Reiseproviant eingedeckt und wollten nun Motorroller mieten, weil zu dem abgelegenen Nest kein Bus fuhr. Da sie wegen ihres Gepäcks pro Person einen Roller benötigten, ließ der Besitzer mit sich handeln und gab ihnen für die vier klapperigen Fahrzeuge einen Mengenrabatt. Sie bezahlten den Mietpreis und die Kaution, schnallten ihre Rucksäcke auf die Gepäckträger und fuhren über die Küstenstraße nach Osten. Linker Hand blinkte ihnen der silberblaue Spiegel des Meeres entgegen, und rechts zog sich das mattgrüne Gesprenkel der Olivenbäume durch gelb und braun verbrannte Hügel.

Meer und Land. Berg und Tal. Duft von Thymian, Harz und Eukalyptus, Wind im Gesicht, das schnurrende Motorengeräusch, Sirren der Reifen auf dem Asphalt. Das Gefühl, auf der Reise zu sein und kein Ziel zu haben, zu fahren, ohne ankommen zu müssen.

In der kleinen Bucht mündete ein aus den Bergen kommender Bach, der wenig, aber klares Wasser führte, und die Pinien und Olivenbäume standen sehr dicht, boten Schatten während des ganzen Tages.

Die Tage verloren für Lukas ihr Datum. Stundenlang genoss er es, einfach am Strand zu liegen. Oder, reglos auf dem Rücken liegend, sich treiben zu lassen im Meer und ins hohe Blau zu blinzeln. Später auf heißen Steinen zu sitzen, den Wind im Rücken zu spüren.

Die Hand voll Fremde, die Zufall oder Hörensagen an diesen Strand gespült hatten, waren alle von ähnlichem Schlag, Rucksacktouristen, Hippies, Ausgeflippte – alle auf der Flucht vor der Vergangenheit, der Langeweile, den Neurosen, der Familie, dem Wehrdienst, alle auf der Suche nach etwas, was sie nicht benennen konnten. Lukas wunderte sich manchmal über die unerschütterliche Gastfreundschaft der Einheimischen gegenüber diesen jungen Leuten, die offenbar nicht arbeiten mussten, sondern in ewigem Urlaub als Landstreicher des Luxus durch die Welt vagabundierten.

Die grünen Augen von Iris, deren Blick dazu beigetragen hatte, dass auch Lukas an diesen Ort gekommen war, hatten sich schon nach zwei Tagen auf einen vollbärtigen Franzosen geheftet. Lukas nahm das fast mit Erleichterung zur Kenntnis, weil ihm die Vorstellung von Zweisamkeit, wie flüchtig auch immer, in diesen Tagen nicht angenehm war. Die unverbindliche Gemeinschaft mit den anderen Hergewehten war ihm genug, und verliebt war er bestenfalls in die Schönheit des Orts und seiner Umgebung.

Beim Kramen in seinem Rucksack stieß er eines Morgens auf das Buch, das er damals auf dem Flohmarkt gekauft hatte. Als er es aufklappte, fielen die beiden Fotos heraus. Er legte sie vor sich in den Sand, sah sie an, der Mann in kretischer Tracht, das Gewehr auf den Knien, die Ansicht von Agia Galini, die Schrift auf der Rückseite, *Bilder in Höhle acht Meter über Ankerplatz Pax Ak.* Da war es plötzlich vorbei mit der schönen Geschichtslosigkeit. Er hatte hier sehr wohl etwas zu suchen, wollte etwas finden. Und wenn es nicht seine eigene Geschichte war, dann war es vielleicht die seines Vaters, der ihm nicht die Wahrheit gesagt hatte.

Am Abend dieses Tages machten die Schotten mit einigen Franzosen am Strand ein Feuer. Lukas gesellte sich zu ihnen. Die Franzosen hatten Fische harpuniert, ausgenommen und auf Drähte gespießt, um sie zu grillen, und als das Feuer zu einem Gluthaufen zerfallen war, hielten sie die Spieße über die flimmernde Hitze. In der Glut sah Lukas Bilder. Er spielt im Garten, sein Vater entzündet in einem Blecheimer ein Feuer, sein Vater ist so böse auf ihn, wie er es noch nie gewesen ist.

Noch vor Sonnenaufgang raffte er seine Sachen zusammen, schnallte sie auf den Motorroller, verabschiedete sich von niemandem, nahm die Straße nach Westen und vermied es, in den Rückspiegel zu sehen.

Über die schmale, kurvenreiche Bergstraße fuhr Lukas nach Süden, vorbei an der pompösen Villa Ariadne, die Arthur Evans sich hatte bauen lassen, während er Knossos ausgrub, und die im Zweiten Weltkrieg dem deutschen Generalstab als Quartier gedient hatte. Lukas fuhr weiter der Sonne entgegen und bog bei Agii Déka nach Westen ab.

LUKAS stellte den Motorroller bei einem Kafenion ab, vor dem im Abendlicht ein paar Touristen saßen, die ihn neugierig musterten. Nachdem Lukas sich mit einem Bier den Straßenstaub aus der Kehle gespült hatte, ging er quer über den Platz auf die Mole hinaus, mit der die kleine Bucht nach

Süden abgesperrt war und einen geschützten Hafen bildete. Er zog das Foto aus der Tasche und verglich die Aussicht mit dem Bild, veränderte seine Position und den Blickwinkel. Es gab keinen Zweifel. Das Bild zeigte Agia Galini. Die untere Häuserzeile war mit Ausnahme eines Neubaus am Westende identisch geblieben, auch wenn der Platz auf dem Foto menschenleer war, und wo jetzt Cafétische standen, sah man auf dem Bild einige abgestellte Karren oder Anhänger.

Britta hatte sich also nicht geirrt. Dies war der Ort, und der Ort war immer noch schön. In der Hauptstraße gab es einige Kafenions und Restaurants, die sich auf Fremde eingestellt hatten, doch schien Agia Galini vom Pauschaltourismus bislang weitgehend verschont geblieben zu sein. Lukas nickte zufrieden vor sich hin. Die Ziellosigkeit war angenehm gewesen, aber das Gefühl, angekommen zu sein, erfüllte ihn mit einer Genugtuung, die wie wohlige Müdigkeit war.

Er trank noch ein Bier, schloss den Roller ab, nahm den Rucksack und stieg durch eine breite, von Treppen unterbrochene Gasse in den Ort hinauf. An Häusern, die mit *Rent-Rooms*-Schildern um Gäste warben, hielt er an. Das dritte Zimmer, das er sich ansah, mietete er. Vom Fenster aus konnte man das Meer sehen, und vor der Tür gab es eine kleine Terrasse mit Tisch und Stühlen, umrankt von blühenden Glyzinien und Weinlaub. Das Haus gehörte Angelika, einer alten, überaus freundlichen Frau, deren englischer Wortschatz sich im Wesentlichen darauf beschränkte, ihm den Spottpreis zu nennen, umgerechnet keine sieben Mark am Tag, und einen Wochenvorschuss zu verlangen. Der weiß gekalkte Raum hatte einen rötlich glänzenden Steinfußboden und war spartanisch möbliert. Dusche und Toilette waren von der Terrasse aus zu erreichen und mussten mit drei anderen Hausgästen geteilt werden, einem Lehrerehepaar aus Deutschland und einem hageren Holländer namens Rob, der Lukas erklärte, dass er den Roller über eine steile, aber treppenlose Seitenstraße zum Haus schaffen konnte. Und ob man nicht gemeinsam zu Abend essen wolle?

„Warum nicht“, sagte Lukas, und dann saßen sie in einem Restaurant an der Hauptstraße. Speisekarten gab es nicht. Man ging hinter dem Tresen in die Küche, sah in die Töpfe und bestellte nach Augenschein und Duft. Das Essen war schlicht, billig und köstlich. Sie tranken schweren roten Wein dazu. In einer Ecke saßen zwei jüngere schnauzbärtige Männer, spielten Busuki und Gitarre und sangen Lieder, schwermütig und beschwingt zugleich, traurig und voll wilder Lebensgier.

Manchmal, sagte Lukas, fühle er sich auf der Insel wie in einem Traum.

Rob nickte. Das gehe ihm ähnlich. „Und?“, hakte Lukas nach. „Was suchst du denn hier?“

Rob grinste. „Wahrscheinlich die Liebe. Und du?“

„Tja, wie soll ich das erklären? Ich suche etwas“, sagte er zögernd, „von dem ich nicht weiß, was es ist. Ich weiß nicht einmal, ob es das überhaupt gibt. Oder gab.“

„Also auch die Liebe“, sagte Rob und lachte.

„Schon möglich“, sagte Lukas.

Nach dem Essen gingen sie zum Hafen hinunter, setzten sich vor eins der Cafés und sahen dem Flanieren auf dem Platz zu. Lukas fragte Rob, ob er Griechisch sprechen oder lesen könne. Rob schüttelte den Kopf, und Lukas ließ die Fotos stecken. Ob er vielleicht einen Ort namens Pax Ak kenne. Rob zuckte mit den Schultern, nie gehört, und bestellte noch zwei Heineken.

Wie hatte er sich die Sache vorgestellt? Hatte er sich überhaupt etwas vorgestellt? Sollte er hier etwa von Café zu Café pilgern, den Leuten, denen er auf Griechisch bestenfalls Guten Morgen wünschen konnte, das Bild mit dem Kreter unter die Nase halten und fragen: Kennen Sie diesen Mann? Ihnen die Hafenansicht zeigen und sich danach erkundigen, ob die ominösen Worte *Bilder in Höhle acht Meter über Ankerplatz Pax Ak* ihnen irgendetwas sagten? Vielleicht hatte Rigas sich damals einen Scherz mit ihm erlaubt. Ob Lukas' Vorstellung, die gekritzelten Wörter könnten eine Art Flaschenpost aus der Vergangenheit sein, mit einem Ort, an dem etwas Wichtiges oder Wertvolles zu finden wäre, am Ende nichts anderes als eine fixe Idee war?

„Da hast du meine Helena.“ Rob riss ihn aus seinen Selbstzweifeln und nickte mit dem Kopf in Richtung eines Tisches, an dem drei Griechen mit einer dunkelhaarigen Frau saßen und sich gestenreich unterhielten. Die Frau wandte Lukas den Rücken zu, sodass er nur eine schwere Lockenflut sah, in deren Schwarz silberne Strähnen blitzten. „So eine suche ich.“

„Holländer sucht Griechin?“ Lukas grinste.

„Ist gar keine Griechin. Sieht nur so aus und spricht auch Griechisch. Ich glaube, sie ist Engländerin.“

„Und woher weißt du das so genau?“

„Weil ich vor ein paar Tagen mal mein Glück versucht habe. Und schwer abgeblitzt bin. Aber gefallen hätte sie mir schon.“

Sie tranken noch einen Ouzo als Absacker und fuhren dann gemeinsam mit dem Motorroller über die Seitenstraße zu ihrer Unterkunft. Rob wollte am nächsten Morgen früh aufstehen, noch vor Sonnenaufgang, um eine Wanderung in die Berge zu machen. Ob Lukas mitkommen wolle?

Lukas gähnte. „Meinetwegen. Warum auch nicht?"

Die Glyzinien verströmten über der Terrasse ihren schweren Duft. Ein niedriger, rot überhauchter Mond schwamm am Himmel und zeichnete seine silbern glitzernde Spur auf die schwarze Glätte des Meeres. Die Frau mit den silbernen Strähnen im Haar. Ob die wohl echt waren?

LUKAS stolperte, stieß sich das linke Knie an einem Stein, verfluchte Robs Schnapsidee, mitten in der Nacht durch unwegsames Gelände zu stiefeln, und verfluchte sich selbst und seine Unfähigkeit, Nein zu sagen.

Aber je weiter sie den stetig steiler ansteigenden Weg gingen, desto besser gewöhnte Lukas sich an die Dunkelheit, die nicht stockfinster war, sondern einen matten Schein verströmte, als ob die Bäume und Felsen nicht nur Schatten würfen, sondern Echos des übermäßigen Lichts abgäben, das sie bei Tag aufgenommen hatten. Der Weg ging in einen Eselspfad über, der so schmal war, dass sie hintereinander gehen mussten. Die Berge schienen, je höher sie stiegen, zu wachsen, und die samtblauen Höhensäume, die sich gegen den im Osten erhellenden Himmel immer klarer abhoben, rückten mit jedem Schritt ferner. Die seidige Stille wurde vom Tappen ihrer Schuhe auf dem Felsboden und dem metallischen Singen der Grillen unterbrochen. Der Pfad wurde noch steiler, sie mussten beim Klettern die Hände zu Hilfe nehmen, bis sie ein kleines Plateau unter einem überhängenden Felsen erreichten.

Rob war den Weg vorher noch nicht gegangen, hatte ihn sich aber erklären lassen und sagte, dass sie gemäß dieser Beschreibung nun eine Quelle erreicht haben müssten. „Hörst du es nicht?", flüsterte er.

„Was? Das Gekläffe?"

Tatsächlich drang Hundegebell aus dem Tal, gefolgt vom jammernden Schrei eines Esels. Das Dorf erwachte.

„Das Wasser", sagte Rob und ging am Felsen entlang.

Es klang wie leises Geplauder. Aus dem Gestein sprang, dünn wie ein Silberstift, der Wasserstrahl und murmelte in drei Holztröge, die untereinander angeordnet waren, um Tränken zu schaffen. Das Wasser sickerte von Trog zu Trog und verursachte eine plätschernde Morgenmusik. Rob zog zwei Plastikflaschen und einen Blechbecher aus seiner Umhängetasche, hielt den Becher unter den Strahl und reichte ihn Lukas. Das Wasser schmeckte, als habe er noch nie in seinem Leben Wasser getrunken. Dann trank auch Rob. Sie setzten sich mit gekreuzten Beinen auf den Felsboden, breiteten das mitgebrachte Frühstück aus. Brot und Käse, Pfirsiche, Äpfel. Während sie aßen, blickten sie aufs Meer hinaus. Zwischen dem wie mattes Silber glänzenden Strömen lagen kleine Inseln. Ob Rob die kenne?

Der Holländer zuckte mit den Schultern. „Keine Ahnung, vermutlich unbewohnte Felsenriffe."

Jetzt ging im Osten die Sonne auf, und aus dem dämmrigen Blau stiegen Farben und Umrisse. Zuerst verwandelte sich das Wasser in ein lichtdurchflutetes Blau, der Saum des Strandes zu blendendem Weiß, dann fanden die Felsen ihr tönernes Braun und die Oliven, Eichen und Zypressen ihre Grünschattierungen. Sobald die Sonne als sengender Ball ganz aus dem Meer aufgetaucht war, verlor sie ihre Röte, wandelte sich rasch zu Gelb und schließlich zu Weißglut.

„Danke, dass du mich mitgenommen hast", sagte Lukas.

„Wieso danke?"

„Weil ich das noch nie gesehen habe."

„Man muss eben früher aufstehen." Rob grinste. „Dann sieht man mehr."

Sie füllten die Flaschen mit Wasser und stiegen höher, dem schmalen Pfad folgend. Manchmal kreuzten halbwilde Ziegen ihren Weg, sie begegneten aber keinem Menschen. Als sie kurz vor Mittag schwer atmend ein Hochplateau mit einem lichten Eichenhain erreichten, brütete die Hitze trotz einer matten Brise schwer auf den Höhen. Der Holländer zeigte auf ein weiß schimmerndes Gewölbe am Rand des Hains. Das sei vermutlich die Kapelle, bei der es noch eine Quelle geben solle.

Lukas sah im Näherkommen, dass der winzige Bau mit quadratischem Sockel und runder Kuppel kaum mannshoch war. Um durch den mit einem Gitter versperrten Eingang zu gelangen, hätte man sich bücken müssen. „Sieht eher aus wie 'ne Hundehütte."

Die beiden blickten durch die Gitterstäbe ins Innere. An der Rückwand hing ein Bild, von dem im Dämmerlicht nur der Goldrahmen erkennbar war. Auf dem Boden aus Feldsteinen lag ein zu Stroh verdorrter, staubbedeckter Blumenstrauß. Hinter dem Kapellchen war ein flaches Becken aufgemauert, aus dessen Grund Wasser aus dem Felsboden drückte, über dem Beckenrand ablief und als Bach talwärts sickerte.

Obwohl die Quelle nicht im Schatten lag, war das Wasser eisig und kristallklar. Sie tranken, füllten die Flaschen erneut, setzten sich unter einer Eiche auf den vom gefallenen Laub weichen Boden und aßen den Rest ihres Proviants.

Begleitet vom ununterbrochenen Zirpen der Zikaden, überließen sie sich der Trägheit des Mittags.

Ein scharfer Knall, ein über die Felsen rollendes Echo. Lukas schreckte hoch. Ein zweiter Knall wie ein Peitschenhieb.

„Schüsse“, flüsterte Rob. Ein Moment vollkommener Stille. Dann schrillten wieder die Zikaden. „Wahrscheinlich Jäger.“

Die Sonne war schon nach Westen gewandert. Sie mussten fast drei Stunden geschlafen haben. Als sie ihre Sachen zusammenpackten, kam zwischen den Bäumen ein glatzköpfiger Mann mit grauem, verfilztem Vollbart auf sie zu. In seinem schwarzen, bis auf die Füße reichenden Gewand war er unschwer als Pope zu erkennen, wäre aber wegen seines Aufzugs auch als Bandit oder Partisan durchgegangen. Um die Soutane trug er einen breiten Gurt, in dem mehrere Schrotpatronen steckten, über der rechten Schulter hing ein Gewehr, und in seiner linken Hand baumelten zwei leblose Kaninchen, die er an den Ohren festhielt.

„Cherete!“, rief er ihnen entgegen.

„Kali spera!“, rief Rob, als der Mann vor ihnen stand und sie mit schadhaften Zähnen anstrahlte. Er war mindestens siebzig, wirkte aber drahtig und rüstig. Er redete sofort rasch auf sie ein und hielt dabei triumphierend die Kaninchen am ausgestreckten Arm in die Höhe.

„Do you speak English?“, unterbrach Lukas ihn.

Oh ja, ein sehr kleines bisschen. Engländer gute Leute. Ob sie Engländer seien?

„Dutch“, sagte Rob. Und Lukas sei …

Oh! Deutsche? Er spreche auch ein wenig Deutsch. Deutsche sehr nette Leute, sehr gut.

Rob verzog das Gesicht zu einem gequälten Grinsen, nahm es dann aber doch achselzuckend hin, als Deutscher eingebürgert worden zu sein.

Der Pope setzte sich mit übereinander geschlagenen Beinen auf den Boden, lud die beiden mit einer Handbewegung ein, es ihm gleichzutun, und fingerte aus der Tasche seiner staubfleckigen Soutane eine Glasflasche. „Tsikoudiá“, sagte er, „isse Raki, sehr gut“, drehte den Schraubverschluss ab und hielt Rob und Lukas die Flasche hin.

Sie nahmen einen Schluck, das wasserklare Zeug war höllisch scharf, verdrehten die Augen, nickten anerkennend, sagten „sehr gut“ und reichten die Flasche zurück.

„Jámmas“, sagte der Pope, tat einen tiefen Zug und rülpste inbrünstig. Alle, erklärte er, Englisch, Deutsch, sehr gute Leute. Gut seien auch die Ka-

ninchen. Gut sei darüber hinaus das Wasser in der Quelle. Nicht gut sei jedoch der Krieg. Kreta habe viele Kriege erlebt. Zu viele gute Menschen seien hier gestorben. Venezianer und Türken, Engländer und Deutsche. Und immer wieder Kreter. Er gestikulierte in Richtung Agia Galini. Deutsche hätten da unten, wieder deutete er zum Ort, sogar einen Deutschen getötet, und dabei zeigte er auf das Gewehr, das neben ihm im modrigen Laub lag.

„Deutsche einen Deutschen?", unterbrach Lukas den Popen. Ob er sich da nicht irre? Etwas verwechsle?

Nein, nein, so sei es gewesen. Deutsche Soldaten hätten einen Deutschen getötet. Damals. Er klopfte wie zur Bestätigung auf seine Flinte, setzte die Flasche an den Mund, trank und reichte sie an Lukas und Rob weiter. Alle Leute gut. Selbst die Schlechten seien manchmal gut. Und die Guten manchmal schlecht.

„Alles Mensch!", rief er, fast singend, vielleicht auch nur vom Raki beseligt, und breitete dabei die Arme aus, als wollte er Himmel, Erde und Meer umfassen. „Alles nur Mensch."

V. KAPITEL Kreta 1943

Im grauen Zwielicht vor Sonnenaufgang erschien Andreas mit dem Motorradgespann vor dem Arzthaus in der stillen Straße, gelangte durch eine Seitenpforte in der Mauer zum Gartenhaus und klopfte leise gegen den Fensterladen. Johann erwartete ihn bereits mit gepacktem Rucksack.

„Du lernst schnell, Yannis", sagte Andreas.

„Wie meinst du das?"

Andreas grinste. „Früh aufzustehen."

Als sie Rhetimnon erreichten, war die Sonne aufgegangen und verstreute Farben über den Rausch aus Grün und Blüten, in den der Frühling die Insel versetzt hatte. Am Kafenion des Schwagers hielt Andreas an. „Nur auf einen Kaffee", versprach Andreas. „Ehrenwort."

Diesmal war der Schwager da, während die Frau auf dem Feld arbeitete. Er begrüßte Johann wie einen alten Freund, umarmte ihn und küsste ihm mit strengem Knoblauchhauch die Wangen. Nachdem sie Kaffee getrunken hatten, richtete der Schwager ein paar hastige Worte an Andreas.

„Er will mir etwas zeigen", sagte Andreas entschuldigend. „Trink noch einen schönen Kaffee. Rauch eine Zigarette." Die beiden Männer verschwanden durch den Hinterausgang.

Johann empfand ein diffuses Gefühl der Bedrohung. Durch die offene Tür sah er, wie sie, aufgeregt miteinander redend, über einen Hof gingen. Dieser Disput schien ihm zu gelten. Dann verschwanden sie in einem verwahrlosten Stallgebäude und kamen nach wenigen Minuten zurück. Andreas lächelte zufrieden vor sich hin. Der Schwager nahm die Rakiflasche vom Wandregal und stellte drei Gläser auf den Tisch.

„Oh nein, bitte …“, entfuhr es Johann.

„Du musst“, sagte Andreas. „Du bist hier zu Gast.“

„Ti na kanome“, sagte Johann resignierend – was soll man machen?

Andreas und der Schwager lachten. „Auf unsere Gesundheit!“

„Aber nur einen“, sagte Johann. „Wir haben noch viel zu tun.“

„Und was wir heute nicht schaffen“, sagte Andreas, „erledigen wir morgen.“

Als sie weiterfuhren, fragte Johann, um was für Familienangelegenheiten es sich gehandelt habe.

Andreas ließ den Motor aufheulen. „Ich kann dich nicht verstehen!“, brüllte er und legte das Gespann in die Kurve.

Bei Platanes verließen sie die Küstenstraße und bogen südwärts in die Berge ab. Das Singen der Reifen auf dem Asphalt wurde durch ein Holpern über Kies abgelöst. Die Landschaft war felsig und karg, es gab nur Buschwerk und dürres Gestrüpp, an dem Ziegen knabberten. Die Glocken an ihren Hälsen schepperten blechern durchs Röhren des Motors. Nachdem sie eine Stunde gefahren waren, lief die Piste dicht an einer Schlucht entlang, und obwohl Andreas kaum schneller als dreißig Stundenkilometer fuhr, kamen Johann einige Manöver so waghalsig vor, dass er fürchtete, das Gespann müsse in den Abgrund stürzen.

Schließlich erreichten sie ein blütenübersätes Hochplateau, das von einer halb verfallenen Windmühle mit geborstenen Flügeln überragt wurde. Dahinter erhob sich düster ein Gebäudekomplex mit hohen Außenmauern, von wenigen schmalen Fenstern durchbrochen.

Andreas hielt an einem niedrigen Torbogen und stellte den Motor aus. „Wir sind da“, sagte er. „Das Kloster Moni Arkadi.“

„Sieht eher wie eine Festung aus“, bemerkte Johann.

Andreas nickte. „Das war es auch einmal. Und eine Todesfalle.“

Ein junger Mönch erschien im Torbogen und begrüßte sie. Andreas erklärte ihm, dass man mit dem Abt sprechen müsse. Der sei unterwegs und kümmere sich um die Bienenstöcke, sagte der Mönch, der sie in einen Innenhof führte, in dem ein Gewürzgarten angelegt war. Bienen summten,

Schmetterlinge taumelten durch die stark duftenden, blühenden Kräuter und Stauden. Sie setzten sich auf eine niedrige Begrenzungsmauer vor die Beete. Der Mönch verschwand im Refektorium, kam nach einer Weile mit einem Tonkrug voll Wasser, Feigen und Äpfeln zurück und ließ Andreas und Johann wieder allein. Während sie aßen und tranken, kamen zwei andere Mönche eine Treppe herunter. Auch sie trugen lange schwarze Gewänder, hohe Mützen und Vollbärte. Sie überquerten schweigend den Hof, nickten Andreas und Johann lächelnd zu und verschwanden in der Kirchentür.

Schon wollte Johann die unheimliche Stille dieses Hofes brechen und Andreas fragen, was er mit seiner Bemerkung gemeint habe, das Kloster sei eine Todesfalle gewesen, als in der Kirche Stimmen halblaut zu singen begannen, Psalmen nach uralter Melodik.

Johann stand auf, ging zur Kirchentür, die einen Spalt offen stand, und blickte ins Innere. Im Dämmer knieten ein Dutzend Mönche auf dem Steinboden. Die ewigen Lichter schwangen rötlich schimmernd. Der sonore Gesang war auch eine Besänftigung, eine Bändigung von Wut und Gewalt in harmonische Gelassenheit. Hier ging etwas vor sich, was sich seit mehr als tausend Jahren am gleichen Ort und zur gleichen Stunde vollzog.

Als die Mönche schon das Kirchenschiff durch einen Seiteneingang verlassen hatten, stand Johann immer noch wie benommen und kam erst langsam wieder zu sich. Geschäftsmäßig registrierte er das hervorragende Beispiel kreto-venezianischer Renaissance, ging durchs Nordschiff, durchs Südschiff, fotografierte und katalogisierte zahlreiche Ikonen, die aber alle aus dem 20. Jahrhundert stammen mussten und von geringem Wert waren. Ob man hier vielleicht irgendwo alte Ikonen verborgen hielt? Hatte Andreas die Mönche gewarnt?

Als Johann wieder in den Hof kam, war der Abt eingetroffen. Er trug zwar die schwarze Soutane, hatte jedoch wie ein Imker einen breitkrempigen Strohhut auf dem Kopf. Er ging Johann entgegen, begrüßte ihn und sagte, er freue sich, dass die Behörden trotz der schweren Zeiten beschlossen hätten, sich um kulturelle Angelegenheiten zu kümmern. Leider seien hier in Moni Arkadi damals beim Kampf alle Ikonen und fast alle Wandmalereien zerstört worden, aber davon habe Johann ja gewiss längst gehört. Johann schüttelte den Kopf, und der Abt lächelte nachsichtig und forderte Johann und Andreas auf, ihm zu folgen. Er führte sie ins Refektorium, wo zwei Mönche bereits die roh gezimmerten Tische fürs Abendessen deckten. Der Abt deutete mit der Hand auf tiefe Hieb- und Schnittspuren in den

Tischplatten. „Türkische Säbel“, sagte er. Im Jahr 1866 sei es zu einem kretischen Aufstand gegen die osmanische Fremdherrschaft gekommen. In diesem Kloster hätten sich damals an die tausend Kreter verschanzt, ein Drittel Männer, zwei Drittel Frauen, Kinder und Greise. Dagegen seien die Türken mit einer Armee von 15 000 Mann vorgerückt und hätten das Kloster angegriffen. Ein blutiger, für die Verteidiger aussichtsloser Kampf.

„Kommt mit“, sagte der Abt und ging mit ihnen aus dem Refektorium über einen Hof, ein paar Treppenstufen abwärts, und dann standen sie in einer Halle mit rauchgeschwärzten Wänden, der das Dach fehlte. Dies, erklärte der Abt, sei damals das Pulvermagazin gewesen. Als die Türken schon in den Klosterhof eingedrungen seien und ein Massaker angerichtet hätten, habe einer der Verteidiger in das auf dem Boden verstreute Schießpulver geschossen. Es habe sofort Feuer gefangen, die Flammen hätten sich zu den Munitionsfässern durchgefressen, eine gewaltige Explosion habe fast alle Verteidiger und viele Türken in den Tod gerissen.

„Freiheit oder Tod“, sagte Andreas wie zur Bekräftigung der Erzählung des Abtes.

„Ja“, seufzte der Abt und strich sich nachdenklich mit den Fingern durch den Bart. „Aber dieser Tod war sinnlos. Das Kloster war nicht zu verteidigen. Wir Kreter hätten mehr erreicht, wenn wir mit List Widerstand geleistet hätten. Aber wir haben unsere Lektion gelernt.“

Sterne entzündeten sich über den dunklen, von Rauchspuren bizarr gezeichneten Mauern des dachlosen Gewölbes, dessen Ostwand teilweise eingestürzt war. Man konnte die Hochebene überblicken und die angrenzenden Berghänge. Irgendwo dort draußen sah Johann einen roten Lichtpunkt, dann noch einen und einen dritten – Hirtenfeuer an den Hängen der dunklen Berge. Im weiten, dunklen Bogen um dies Kloster, in dessen Kirche die ewigen Lichter glühten, lagerte sich sein Reichtum. Keine Kunstwerke, keine Ikonen, keine goldenen Monstranzen und Kandelaber, keine Gewänder aus Brokat, sondern Schafe und Esel, Weinberge und gutes Wasser, Gemüsegärten, Olivenbäume und Bienenstöcke. Ein Reichtum, dessen Genügsamkeit freilich an Armut grenzte.

Das Kloster des heiligen Martin, zu dem sie am nächsten Morgen aufbrachen, lag so abgelegen im unwegsamen Bergland, dass es mit dem Motorradgespann nicht zu erreichen war. Der Abt stellte ihnen zwei Maultiere zur Verfügung und akzeptierte die Bezahlung, die Johann ihm anbot, als Spende für mildtätige Zwecke.

Sie ritten auf schmalen Pfaden über Abhänge und steile Anstiege, durchquerten Hochebenen mit grünen Kornfeldern. Manche Abschnitte waren öde und karg, andere belebt von Ziegen und Schafherden. Als die Sonne fast im Zenit stand, erreichten sie zwischen einer hohen Zypressengruppe eine Zisterne. In ihrer dämmrigen, kühlen Tiefe war die Quelle eingefangen, und über einem Querbalken hing an einer Kette ein rostiger Blecheimer.

Sie saßen ab. Andreas zog das klare Wasser empor und gab den Tieren zu trinken. Dann tranken sie selbst und aßen von den mitgebrachten Lebensmitteln, weißen Käse, Oliven, getrocknetes Ziegenfleisch. Über den Himmel segelten versprengte Wolken, Geläute von Herden klang aus der Ferne.

„Du kommst mir bedrückt vor. Hast du Sorgen?“, fragte Andreas.

Johann zögerte mit einer Antwort. Sollte er Andreas sagen, dass er sich von ihm nicht nur geführt, sondern auf heimliche Weise auch überwacht und beobachtet fühlte? Dass ihm das Fehlen von Kunstgegenständen im Kloster merkwürdig und die geheimnistuerische Art, in der Andreas mit seinem Schwager umging, verdächtig vorgekommen war? Dass sein eigener Auftrag keineswegs harmlos war, sondern die Vorbereitung für einen sorgsam geplanten Raub. Aber sein Opportunismus, die Angst vor Strafe durch seine Auftraggeber und das Misstrauen, das er trotz aller Sympathie gegenüber Andreas hegte, besiegten den Reiz, ihm zu beichten, um die Schuldgefühle loszuwerden, die mit jeder Geste der Gastfreundschaft so drückend wurden.

„Also?“ Andreas blickte ihn von der Seite an.

„Ich muss etwas finden“, sagte Johann, „etwas, was meinen Auftrag rechtfertigt. Ich kann nicht einfach nur durch die Gegend reiten und mir die Insel ansehen wie ein Tourist.“

„Warum nicht? Wenn man nichts findet, bedeutet das ja nicht, dass man nicht gesucht hat. Und was die Türken vor hundert Jahren zerstört haben, kannst du nicht wieder herstellen. Oder gehört das auch zu deinem Auftrag?“ Andreas’ Stimme klang spöttisch.

„Du weißt genau, was ich meine“, sagte Johann scharf.

Andreas schwieg eine Weile, als dächte er über etwas nach. „Da, wo wir hinreiten, wirst du genug finden, jedenfalls fürs Erste“, sagte er schließlich.

Nachdem sie zwei Stunden weitergeritten waren, schlossen sich die bläulichen Berge langsam dichter zusammen, und Johann spürte, dass dies das Ende des Weges sein musste. Hinter einem Orangenhain erreichten sie Gärten, eingefasst von brüchigen Mauern aus Feldsteinen. Das Kloster musste ganz nah sein. In einer der höheren Begrenzungsmauern gab es eine niedrige, verschlossene Tür aus rohem Holz. Kein Laut war zu hören. Selbst das metallische Lärmen der Zikaden hatte für einige Momente ausgesetzt, als hielte das ganze Tal den Atem an.

Andreas stieg von seinem Maultier und klopfte an die Tür. Keine Antwort. Er klopfte lauter. Die Schläge dröhnten dumpf. „Bruder Athanasios!", rief er. „Ist hier niemand?", rief er lauter und klopfte erneut. „Merkwürdig", murmelte er Johann zu, der jetzt, hüftsteif vom langen Ritt, ebenfalls abgestiegen war.

Andreas griff in die Satteltasche des Maultiers, zog die Pistole heraus und schob sie in die Tasche seiner verschlissenen Weste. Dann drückte er vorsichtig die eiserne Klinke nach unten, die Tür öffnete sich knarrend und schwang ins Innere auf einen winzigen Hof, von dem ein hölzerner Säulengang abzweigte. Unter einem byzantinischen Marienbild brannte ein Talglicht. Das Kloster war in den Berg hineingebaut. Vom Säulengang blickte man zwei Stock tief in einen Garten und auf die kleine, baufällige Kirche, auf deren Kuppel der Glanz des Abends lag. Um die Kirche gruppierten sich ein paar dürftige Häuser. Der Anblick verströmte Frieden, aber die Stille war unheimlich und kalt.

Todesstille, dachte Johann, zog die Kamera aus dem Rucksack, als müsse er sich mit irgendetwas bewaffnen, und schoss ein paar Fotos von der Anlage und dem Wandbild unter dem brennenden Licht.

„Lass das", zischte Andreas ihm zu. „Hier stimmt etwas nicht. Als ich das letzte Mal in diesem Kloster war, gab es noch fünf Mönche. Jetzt scheint niemand mehr da zu sein." Er beugte sich weit über die Brüstung der Balustrade und rief: „Andreas ist hier! Andreas Siderias aus Chania!"

Ein Echo antwortete matt, wie ersterbend von den Berghängen. Johann spürte eine Bewegung hinter sich und fuhr herum. Vom Ende der Balustrade, wo eine Treppe aus dem Garten nach oben führte, kam ihnen mit schleppenden Schritten ein alter Mönch entgegen, den Kopf mit dem rötlich blonden Bart gesenkt, die Arme ausgebreitet zum Gruß.

„Bruder Nikos", sagte Andreas, umarmte den Mann und stellte Johann als einen Freund vor, der in friedlicher Absicht gekommen sei. Der Mönch gab ihm die Hand und starrte ihm dabei wie geistesabwesend in die Augen. „Was ist passiert?", fragte Andreas. „Wo sind die anderen?"

Der Mönch schüttelte den Kopf, als könne er die Frage nicht beantworten, und erst nachdem sie über die morsche Holztreppe in den Garten hinuntergestiegen waren und Nikos ihnen Wasser, Wein und Käse gebracht hatte, begann er, stockend und wie unter Schock, zu erzählen.

Vor drei Tagen war kurz vor der Abendandacht ein Trupp deutscher Soldaten erschienen, zwölf Mann, ein Offizier und ein Dolmetscher. Der Offizier hatte verlangt, dass sich alle Mönche in der Kirche versammelten, hatte erklärt, dass es Beweise gebe, dass dieses Kloster verschiedenen Andartengruppen und britischen Agenten als Unterschlupf und Waffenlager diene, und hatte dann verlangt, die Verstecke preiszugeben. Der Abt hatte geschworen, dass es weder Andarten noch Briten und auch keine Waffen im Kloster gebe, dass aber stets jedermann, der hier Einkehr halte, als Gast behandelt werde. Ob auch Briten zu den Klostergästen gehört hätten, hatte der Offizier barsch insistiert, und Andarten? Gäste, hatte der Abt geantwortet, seien Gäste. Daraufhin hatte der Offizier befohlen, einen der Mönche aus der Kirche in den Hof zu bringen, und dem Abt eine Frist von fünf Minuten gesetzt, die angeblich gehorteten Waffen und die Räume zu präsentieren, in denen die Gesuchten versteckt worden seien. Andernfalls werde der Mönch erschossen. Nach Ablauf der fünf Minuten war der Offizier auf den Hof gegangen, und man hatte in der Kirche einen Schuss gehört. Der Offizier war zurückgekommen, hatte einen weiteren Mönch nach draußen bringen lassen und erneut eine Frist gesetzt. In seiner Not war dem Abt inzwischen eingefallen, dass es im Kloster zwei Gewehre gab, mit denen die Mönche manchmal auf Kaninchenjagd gingen. Unter Bewachung von zwei Soldaten hatte er die Waffen aus einem Schrank geholt und vor dem Offizier auf den Boden gelegt. Der hatte angesichts der uralten Flinten mit rostigen Läufen zu lachen begonnen, war dann aber doch wohl zu der Einsicht gelangt, dass eine zweite Erschießung sinnlos wäre. Er hatte das Kloster durchsuchen lassen, ergebnislos, und den Mönchen befohlen, ihren erschossenen Mitbruder zu begraben. Der Abt und drei andere Mönche wurden als Geiseln verhaftet und mitgenommen, als der Trupp am nächsten Morgen nach Rhetimnon zurückmarschierte.

Nikos schwieg mit Tränen in den Augen. „Genauso war es“, flüsterte er. „Dort“, er zeigte auf eine Stelle im Hof, „haben sie ihn erschossen. Die Steine waren rot vom Blut. Ich habe es abgewaschen.“

„Und warum haben sie dich nicht mitgenommen?“, fragte Andreas.

„Der Älteste, hat der Offizier gesagt, darf hier bleiben, um sich ums Vieh zu kümmern. Und um denjenigen, die sich mit Andarten einlassen, zu sagen, welchen Preis sie dafür zu zahlen haben.“

Um das Entsetzen zu besänftigen, das ihn während des Berichts des Mönchs angefallen hatte, fragte Johann: „Sind denn wirklich Briten hier gewesen? Oder Andarten?“

„Du hast es doch gehört“, sagte Andreas ruhig. „Wer hier war, der war hier zu Gast. So, wie du hier zu Gast bist.“

Johann nickte, beschämt und wütend zugleich, und starrte die Stelle an, auf die Nikos gedeutet hatte.

Die Bilder schienen in wasserverdünnten Blutlachen zu schwimmen, weil das Licht der Dunkelkammerlampe als rötlicher Glanz auf den Flüssigkeiten schimmerte. Im ersten Becken wuchsen aus den hellen Papierflächen graue Schatten, bis sich klar konturierte Abbilder all dessen zeigten, was Johann in den vergangenen sechs Wochen fotografiert hatte.

Das erste Bild war trotz der dunklen Umgebung des Restaurants klar zu erkennen – Andreas und Hollbach am Tisch des Restaurants, Andreas breit grinsend, Hollbach zugeknöpft und wie ertappt.

Um nicht in Schwärze zu versinken, mussten die Fotos ins Stoppbecken gelegt werden, und um Dauer im Licht zu erlangen, wanderten sie ins Fixierbad und wurden anschließend gewässert. Dann nahm Johann Bild um Bild aus dem Wasserbecken und hängte sie mit Klammern an Drähte, die wie Wäscheleinen in der Dunkelkammer aufgespannt waren. Das Gesicht des Obergefreiten, der im Keller der Ortskommandantur von Chania das Fotolabor der Armee betrieb, glühte wie erhitztes Metall, wenn er sich über die Belichtungsmaschine beugte. Und Johanns Hände, die Bild um Bild aus dem Wasser zogen und an den Draht reihten, schienen so blutig zu sein wie die Fotos selbst. Blut lag auf den unerklärlich friedlichen Trümmern von Knossos, und auch das Blut, das der Mönch Nikos vom Pflaster des Hofes gewaschen hatte, war wieder da, unübersehbar im Licht der Laborlampe, und würde stets wiederkommen.

Am nächsten Tag waren sie weitergezogen, zum nächsten Dorf, zur nächsten Kapelle, zur nächsten Kirche, zum nächsten Kloster, sechs Wochen lang mit dem Motorrad, auf Eseln, Maultieren und zu Fuß. Johann hatte sich wie ein Fliehender gefühlt, wie einer, der vor etwas wegläuft, dem er doch nicht entgehen kann, hatte notiert und fotografiert, Fresken und Ikonen, Monstranzen und Mitren, Kandelaber und Altäre, die ausgemuldeten Mosaikböden und Portale.

Dass seine Fotos nicht einmal ein Abglanz all dessen sein konnten, wusste er. Aber die Blutspur schockierte ihn, obwohl er wusste, dass es nur eine Illusion des Rotlichts war. „Es ist nicht deine Schuld, Yannis“, hatte Andreas erklärt und von Verhaftungen und Geiselnahmen, von niedergebrannten Dörfern und getötetem Vieh, von erschossenen und erhängten

Männern erzählt. Johann weiß, dass alles, was Andreas sagt, der Wahrheit entspricht. Zwei von Andreas' Brüdern sind gehängt worden, weil sie während der Eroberung der Insel auf britischer Seite gekämpft haben. Haus und Hof eines Schwagers wurden niedergebrannt bei einer „Sühnemaßnahme". Die Familien des Dorfes sind verschleppt worden, leisten jetzt Zwangsarbeit, bauen Bunker und Flakstellungen und vegetieren in einem Lager. Für einen Moment spürt er den Impuls, Andreas von Ingrid zu erzählen, zu sagen, dass ein englisches Bombergeschwader für den Tod seiner Verlobten und seiner Eltern verantwortlich sei. Aber es gibt kein Aufrechnen der Schuld, und Johann schweigt.

„Und warum", fragt er schließlich, „arbeitest du für die Deutschen? Warum führst du mich über diese Insel, als sei ich dein Freund?"

Andreas zeigt nach einigem Nachdenken plötzlich sein verschwörerisches Grinsen. „Weil ich dafür bezahlt werde. Ich muss eine große Familie versorgen."

„Du müsstest mich eigentlich hassen", sagt Johann.

Andreas schüttelt den Kopf. „Das, was du hier tust, schadet doch niemandem. Vielleicht nützt es uns sogar."

„Auch den Andarten?"

„Allen", sagt Andreas entschieden und reicht Johann den Blechbecher mit Wasser.

Jetzt, denkt Johann, als er den Becher an die Lippen setzt, jetzt muss ich es ihm sagen, aber da hat er sofort den Befehl, die Drohung wieder vor Augen: *„Jede Weichheit wird als Schwäche ausgelegt!"* Saboteure werden erschossen oder gehängt. Deserteuren und Verrätern würde es nicht besser ergehen. Also schweigt Johann – die einfachste Lösung.

Das letzte Bild, das Johann im Rotlicht des Kellers aus dem Wasserbecken zog, war ein Foto der Quelle, an der sie an jenem Mittag gerastet hatten.

„So, das wär's", sagte der Obergefreite und schaltete das Belichtungsgerät aus. „Ihren Lenz möchte ich haben. Kein Spieß, der Sie anschreit, keine Scharmützel mit den Scheißpartisanen. Nur kreuz und quer durch Kreta wie im Urlaub. Schöne Bilder haben Sie da gemacht, Herr Doktor. Beneidenswert."

DIE TYPENHEBEL verhakten sich ständig, das Farbband rutschte aus der Führung, und die Tastatur war so abgegriffen, dass kaum noch die Buchstabenmarkierungen erkennbar waren. Der Name Olympia war ein Hohn.

Er könne froh sein, überhaupt eine Schreibmaschine mit lateinischen statt griechischen Buchstaben zu bekommen, dazu noch halbwegs schreibtauglich, meinte der Unteroffizier in der Schreibstube der Ortskommandantur, als er Johann das ramponierte Gerät aushändigte.

Johann sortierte die Fotos in mehrere Stapel, Ikonen, Wandmalereien, Kultgegenstände, Altertümer, nummerierte sie durch und begann, Ziffer für Ziffer mit seinen Feldnotizen aufzufüllen, Fundort, geschätztes Alter, historische Bedeutung. In zwei bis drei Tagen würde er seinen ersten Katalog erstellt haben und ihn Hollbach übergeben können. Was der dann damit anfinge, empfand Johann nicht als seine Angelegenheit; zumindest versuchte er, den Gedanken daran zu verdrängen. Hin und wieder griff er zu den im Vormittagslicht violett schimmernden Oliven, die Frau Xenakis ihm auf den Tisch gestellt hatte, schob sie sich in den Mund und blickte durch die geöffnete Tür in den Garten hinaus.

Als er vorgestern wieder in seiner Unterkunft im Gartenhaus erschienen war, müde, unrasiert, vom Straßenstaub überzogen, war er wie ein Wohltäter gefeiert worden. Vor zwei Wochen war nämlich Dr. Xenakis aus dem Kriegsgefangenenlager auf dem Festland nach Hause zurückgekehrt. Die Familie war felsenfest davon überzeugt, die Heimkehr des Hausherrn sei dem Umstand zu verdanken, dass man dem deutschen Archäologen Quartier bot. Johanns Beteuerungen, in der Angelegenheit keinen Finger gerührt zu haben, wurden als Bescheidenheit ausgelegt, und obwohl die Familie selbst Not litt, überschüttete man ihn mit Geschenken, Wein, Obst, Halwa und Blätterteigkuchen.

Er spannte einen neuen Bogen Papier ein, tippte mit zwei Fingern ein paar Zeilen, als ein Schatten über Tisch, Schreibmaschine und Papier fiel. Johann blickte auf.

Im Türrahmen stand Leutnant Hollbach. Johann ging ihm entgegen und reichte ihm die Hand.

„Ich sehe, Sie sind fleißig“, sagte Hollbach, nachdem man Begrüßungsfloskeln ausgetauscht und sich gesetzt hatte. Er blätterte in den Fotos herum, murmelte gelegentlich „sehr schön“, wirkte aber nervös und abgelenkt.

„Hier, für Sie“, sagte Johann und hielt Hollbach das Foto hin, das er in Andreas’ Restaurant aufgenommen hatte. „Es war doch nicht zu dunkel, sehen Sie?“

Hollbach griff nach dem Bild, sah es kurz an und schob es sich in die Hemdtasche. „Danke“, sagte er knapp, als sei ihm das Foto peinlich.

„Sie kommen leider etwas zu früh, Herr Leutnant“, sagte Johann. „Mein Bericht ist noch nicht fertig. Ich werde ihn aber in zwei bis drei Tagen …“

„Das eilt nicht. Kirchen, Klöster“, Hollbach machte eine wegwerfende Handbewegung, „das können Sie jetzt alles getrost vergessen. Jedenfalls für den Moment. Rommel hat kapituliert.“

Johann wusste nicht, wie er die Nachricht einordnen sollte. „Kapituliert? Rommel?“

Hollbach nickte. Trotz Sonnenbräune sah er plötzlich müde und grau aus. „Vor vier, nein, vor fünf Tagen, am dreizehnten Mai. Die gesamte Heeresgruppe Afrika geht in Gefangenschaft. Mehr als eine Viertelmillion deutsche und italienische Soldaten. Können Sie sich vorstellen, was das bedeutet?“

„Tja, also, um ehrlich zu sein …“ Johann fingerte nach einer Zigarette und schob auch Hollbach das silberne Etui über den Tisch.

Der Leutnant bediente sich, rauchte schweigend ein paar Züge und schüttelte dabei immer wieder den Kopf. „Nordafrika ist verloren“, sagte er dann dumpf. „Der gesamte Mittelmeerraum ist verloren. Unsere Südflanke ist für alle Angriffe auf die Festung Europa geöffnet. Und wir in Kreta sitzen für die Briten auf dem Präsentierteller.“

„Ich, äh … ich verstehe“, stammelte Johann.

„Das ist gut“, sagte Hollbach trocken. „Seit Tagen haben wir Hinweise, dass die Partisanenbanden sich neu organisieren. Wahrscheinlich sind wieder britische Agenten an der Südküste abgesetzt worden, die nach Rommels Kapitulation eine neue Strategie unter den Partisanen abstimmen und dafür sorgen sollen, dass die konkurrierenden Gruppen ihre Streitigkeiten beilegen. Kommandant Bräuer hat erhöhte Aufmerksamkeit für alle Beobachtungsposten und Streifen angeordnet, aber gestern ist bereits eine erste Brücke gesprengt worden. Wir haben Jagdkommandos und Eingreiftrupps in Alarmbereitschaft versetzt, und nächste Woche werde ich selbst ein Kommando übernehmen. Es sind einige Dörfer zu durchsuchen, in denen Briten vermutet werden. Und dafür“, Hollbach fixierte Johann, „brauche ich Sie. Als Dolmetscher.“

„Mich? Als Dolmetscher?“ Johann wurde schwindelig.

„So ist es. Sie sprechen Griechisch, und ich brauche einen Übersetzer bei meinem Kommando. Die griechischen Dolmetscher reden alles schön. Wenn man Kontributionen einfordert, übersetzen die das mit Gastgeschenken, wenn man fragt, wo die wehrfähigen Männer stecken, heißt es, die kümmerten sich gerade um die Ziegen oder die Bienenstöcke. Außerdem sprechen Sie auch Englisch, und falls wir es wirklich mit britischen Agenten zu tun bekommen, wird das nützlich sein."

„Aber mein Katalog", wand sich Johann, „ich meine, also mein Auftrag ist doch rein wissenschaftlicher und ziviler Natur, und ich ..."

„Sie sind einstweilen von Ihrem Auftrag entbunden, Herr Doktor." Hollbachs Stimme klang jetzt spöttisch. „Der Kommandant hat im Übrigen neue Anweisungen für das Verhalten gegenüber der kretischen Zivilbevölkerung erlassen, die Verbrüderungen mit der Bevölkerung ausdrücklich untersagen."

„Aber meine Aufgabe ist doch extra angeordnet worden, in Berlin, von allerhöchster Stelle sozusagen, und ..."

„Jetzt reißen Sie sich mal zusammen, Martens. Herr Doktor Martens! Wenn jetzt nicht alle Kräfte gemeinsam an einem Strick ziehen, dann hängen wir bald an einem Strick. Oder wir werden an die Wand gestellt. Und dabei werden wir in Gewehrmündungen blicken."

„Aber ..."

„Es gibt kein Aber!", brüllte Hollbach. „Das ist ein Befehl, Mann! Und wenn das Ihre allerhöchste Stelle nicht begreift, dann kann mich die allerhöchste Stelle mal!"

AM STEUER saß Feldwebel Sailer, daneben, auf den Knien die Generalstabskarte aufgefaltet, Leutnant Hollbach, und Johann hockte auf der Rückbank. In der Staubfahne, die der Kübelwagen hinter sich aufwirbelte, folgte ein Lkw, auf dessen Ladefläche sich zwölf Soldaten an Seiten- und Dachverstrebungen festklammerten, um nicht von ihren Holzpritschen zu fallen, wenn der Lkw Schlaglöcher durchfuhr.

Der Farbenrausch des Frühjahrs war verblichen. Über den elenden Straßen, den dürftigen, verwahrlosten Dörfern flimmerte die Hitze wie eine gleichgültige Müdigkeit, oder es war die träge Resignation, die Johann überkommen hatte und nun seinen Blick infizierte. Die Dörfer waren arm, ihre Bewohner lebten hier seit Generationen zwischen unverputzten Mauern aus roh geschichteten, zusammengestopften Feldsteinen, unter Dächern aus Holz und Strauchwerk, mit Lehm verschmiert, mit rostigen Blechen repariert. In den engen Gassen sah man die Dächer gar nicht, nur aus der Ferne war zu erkennen, dass man von Dach zu Dach über das ganze Dorf laufen konnte. Geschaffen für welche, die schnell und ungesehen fliehen mussten, wenn man sie in den Dörfern suchte.

Zweimal schon hatte Hollbach an diesem Tag auf staubigen Dorfplätzen anhalten und absitzen und die Bewohner mit vorgehaltenen Karabinern zusammentreiben lassen. Dann musste Johann dem Schulzen oder dem Popen Fragen stellen, ob britische Agenten gesehen oder gar als Gäste bewirtet worden seien. Und der Schulze oder Pope verneinte diese Fragen angstschlotternd, worauf Hollbach seinem Kommando befahl, die Dörfer zu durchsuchen. Die Soldaten liefen durch die Gassen, gingen in die Häuser, stießen schreiende Kinder und schweigende Alte beiseite, suchten in Kammern, Schränken, Truhen, traten verschlossene Türen ein, kamen kopfschüttelnd zurück, kletterten wieder auf den Lkw und folgten der Staubwolke des Kübelwagens zum nächsten Dorf.

Nach einer Biegung stießen sie mitten auf der Straße auf das Wrack eines Lastenseglers. Die Verschalungen des Rumpfs waren abgerissen; wahrscheinlich dienten sie inzwischen irgendwelchen Häusern als Dach. Trümmer der linken Tragfläche lagen am Stamm eines Olivenbaums, dessen Krone ausgebrochen war. Der Segler musste den Baum bei der Landung gestreift haben und dann wie ein Stein abgestürzt sein. Hollbach ließ anhalten und das Wrack aus dem Weg räumen.

„Drittes Bataillon vermutlich", sagte Sailer. „Die sind falsch abgesetzt worden. Fast alle als vermisst gemeldet."

Hollbach trat mit der Stiefelspitze gegen Patronenhülsen, mit denen der Boden weithin übersät war. „Den Absturz haben sie überlebt", sagte er. „Aber dann sind sie an Ort und Stelle massakriert worden. Lassen Sie aufsitzen, Sailer. Wir müssen weiter."

Nach einigen Kilometern kamen sie an einer verlassenen Mühle vorbei. Hollbach stocherte mit dem Zeigefinger auf der Karte herum. „Dann müssen wir gleich beim Dorf sein."

Das weiße Kreuz überragte kaum die Dächer, die sich wie ein Flickenteppich aus Stroh und schadhaftem Schiefer um die klobige, fassartige Kirche scharten. Auf dem Schotterplatz warfen drei hohe Platanen die langen Schatten des Nachmittags. Schwarz gekleidete Frauen saßen auf Türschwellen, pulten Bohnen und schälten Maiskolben. Als die Motoren abgestellt wurden, herrschte für einige Augenblicke völlige Stille, bis irgendwo ein Hund anschlug.

Hollbach ließ absitzen und ging mit Sailer und Johann zu dem armseligen Kafenion gegenüber der Kirche, wo der Pope mit fünf älteren Männern unter Weinlaub saß, sich langsam von seinem Stuhl erhob und ihnen skeptisch entgegensah. Hollbach salutierte nachlässig, der Pope murmelte die üblichen Willkommensgrüße in seinen grauen Bart und ließ dabei die

Perlen des Kombolois klickernd von der rechten in die linke Hand gleiten. Ein kleiner Junge wurde ins Innere des Kafenions geschickt und brachte ein Tablett mit Wasser, Gläsern und drei Mokkatassen. Johann wollte sich setzen, aber da Hollbach und Sailer den Kaffee wortlos im Stehen hinunterkippten, blieb auch er stehen.

„Also los, Martens“, sagte Hollbach. „Das Übliche.“

Johann nickte mechanisch und wandte sich dem Popen zu, bemühte sich um Höflichkeit, machte jedoch auch klar, dass die Sache leider sehr ernst sei und Lügen scharfe Konsequenzen nach sich ziehen würden. Dennoch wollte niemand etwas von britischen Agenten gehört oder gesehen haben. Waffen gebe es auch keine im Dorf, und die bewaffneten Banden, die der Pope als „Kämpfer“ bezeichnete, was Johann aber, um Hollbach nicht zu reizen, als „Andarten“ übersetzte, versteckten sich seines Wissens nach weiter oben in den Bergen.

Hollbach, der solche Befragungen ohnehin für sinnlos hielt, sie aber vorschriftsmäßig durchführte, gab mürrisch den Befehl, das Dorf zu durchsuchen. Angeführt von Sailer, schwärmten die Soldaten aus, während der Leutnant und Johann vor dem Kafenion warteten. Die Holztür der plumpen Kirche stach in einem frischen Meerblau aus dem weißgelben Mauerwerk hervor. Johann fragte Hollbach, ob er Fotos machen dürfe. Hollbach, den die Erfolglosigkeit des Tages in gereizte Gleichgültigkeit versetzt hatte, zuckte mürrsch mit den Schultern. Johann holte die Kamera aus dem Kübelwagen, fotografierte die Kirche von außen und ging hinein.

Zwielicht lag wie ein Schleier über bröckelndem Putz und blätternder Goldbronze. Durch staubblinde Fenster, kaum größer als Schießscharten, kroch matter Schein über den schadhaften Steinboden und fing sich, plötzlich aufglühend, in einem Winkel. Johann trat näher und sah den Erzengel Michael mit entfalteten Flügeln. Er stand auf einer Edelsteinwiese, in deren moosgrünen, vom Alter getrübten Glasfluss Rubine und Körner aus Weiß und Gelb getupft waren. Alle Linien bestanden aus Goldstegen, dazwischen die Farbfelder aus geschmolzenem Glasstaub, klar und abgegrenzt, leuchtend wie am ersten Tag. Das war vielleicht einmal ein Buchdeckel gewesen. Jedenfalls war es das seltenste und kostbarste Stück, das Johann bislang vor die Augen gekommen war. Er griff mit vor Aufregung zitternden Händen zur Kamera. Der Verschluss klickte und noch einmal aus kürzerer Distanz – es gab einen dumpfen, scharfen Knall, als sei die Kamera explodiert, dann noch einen.

Draußen waren Schüsse gefallen. Johann spürte sein Herz bis zum Hals jagen und ging langsam zur Tür. Hollbach stand mit gezogener Pistole vor dem Kafenion und starrte die Gasse hinunter, aus der nun weitere Schüsse und Schreie zu hören waren. Sailer kam mit drei Soldaten aus einer anderen Gasse im Laufschritt auf den Platz gerannt. Einen Moment lang herrschte Verwirrung, niemand wusste, was passiert war. Dann stolperten zwei Soldaten aus einem der Häuser in der Gasse, in der geschossen worden war. Sie hatten einen ihrer Kameraden unter den Achseln gepackt und schleiften ihn hinter sich her. Der Mann hatte einen ständig größer werdenden Blutfleck auf der Brust, und als sie ihn mitten auf der Straße ablegten, stieß er einen Schwall schaumigen Bluts aus dem Mund, zuckte mit dem Kopf und lag dann ganz still im Staub. Johann hielt, wie um sich vor diesem Anblick zu schützen, die Kamera vors Auge und machte mechanisch ein Foto.

Einer der Soldaten stammelte, man habe zwei Männer aufgespürt, die sich unter einem Eselskarren versteckt gehalten hätten. Einer von ihnen habe sofort mit einer Pistole zwei Schüsse abgegeben und den Gefreiten Sanders getroffen. Dann seien beide durch eine Hintertür entkommen und über eine Leiter aufs Dach geflohen. Man habe auf sie gefeuert, aber nicht getroffen.

„Scheiße. Was ist mit Sanders?", fragte Hollbach.

„Tot", sagte ein Obergefreiter, Schweißperlen auf der Stirn.

„Also gut", sagte Hollbach leise, mit zusammengebissenen Zähnen. „Dann werden hier jetzt andere Saiten aufgezogen."

Er ließ das Kommando vor dem Kafenion antreten. Der Pope und die fünf anderen Männer waren immer noch da, und Johann wunderte sich, warum sie nicht einfach weggelaufen waren und sich versteckt hatten wie die anderen Dorfbewohner auch.

„Martens", sagte Hollbach, „ich will, dass diese Leute jedes einzelne Wort verstehen. Ich habe Befehl, als Sühne für jeden ermordeten deutschen Soldaten zehn Männer liquidieren und das Dorf niederbrennen zu lassen. Los, übersetzen!"

Schweiß lief Johann von der Stirn, brannte in den Augen, und während er mit zitternder Stimme übersetzte, sah es so aus, als weine er. Der Pope nickte stumm vor sich hin, als ob ihm der Befehl bekannt sei.

„Wenn diese Leute aber Vernunft annehmen", fuhr Hollbach fort, „und uns sagen, wer die Geflohenen sind und wo sie sich verstecken, werde ich nur einen Mann erschießen und neun als Geiseln nehmen. Das widerspricht zwar dem Befehl, aber ich nehme es auf meine Kappe."

Johann übersetzte. Die Männer sahen sich an, schüttelten den Kopf. Doch der Pope griff mit beiden Händen an das silberne Kreuz, das an einer Kette auf seiner Brust hing, als halte er sich daran fest, und sagte dann: „Engländer. In der Mühle.“

Hollbach ließ drei Soldaten als Bewachung am Kafenion zurück und marschierte mit den anderen zu der Mühle, an der sie vorbeigekommen waren. Im Halbdunkel des Raumes fanden sie aufgeschüttetes Stroh, ein paar Decken, Blechgeschirr, mehrere gefüllte Benzinkanister und, versteckt unter zwei Schaffellen, ein englisches Funkgerät.

Hollbach befahl Sailer, sechs Männer als Exekutionskommando zu bestimmen. Als man dem Popen ein Tuch um die Augen binden wollte, schüttelte er bedächtig den Kopf. Dann führte man ihn an die Kirchenwand, direkt neben die blaue Tür. Johann stand zehn Meter entfernt, von niemandem beachtet, neben dem Kübelwagen, schwitzte, schloss die Augen, öffnete sie wieder, hob mit zitternden Händen die Kamera und blickte durch den Sucher. Sailer gab den Feuerbefehl. Johann drückte den Auslöser. Sechs Schüsse krachten. Der Pope taumelte, als habe ihn eine unsichtbare Faust vor die Brust gestoßen, mit dem Rücken gegen die Mauer und rutschte langsam, wie in Zeitlupe, zu Boden. Johann drückte den Auslöser. Hollbach ging auf den am Boden Liegenden zu, setzte ihm die Pistole ins Genick. Johann drückte den Auslöser. Hollbach schoss. Johann drückte den Auslöser.

Die fünf Männer, die vor dem Kafenion standen und dem Geschehen mit stummem Entsetzen zugesehen hatten, wurden an den Händen gefesselt und auf die Ladefläche des Lkw gestoßen. Hollbach befahl, das Benzin aus den Kanistern, die man in der Höhle gefunden hatte, in den Häusern und in der Kirche zu verschütten. Niemand beachtete Johann, als er noch einmal in die Kirche lief, die Ikone von der Wand nahm und unter sein Hemd schob. Als er wieder auf den Platz kam, warfen Sailer und drei Soldaten bereits brennende Streichhölzer in die Benzinlachen. Die Stichflammen schossen hoch. Blaugelbe Blitze. Johann drückte den Auslöser. Hollbach befahl Aufsitzen und Abmarsch. Johann schob die Kamera und die Ikone in seinen Rucksack.

War es ihm anzusehen? Ins Gesicht geschrieben, wie Licht sich auf den Film in der Kamera schrieb? Als Johann am Abend des nächsten Tages müde und schmutzig wieder in seinem Quartier erschien, war er sich sicher, dass jeder, der sich ihm näherte, den Brandgeruch bemerken müsste. Er musste sich waschen, musste diesen Geruch loswerden.

Zuerst aber holte er die Ikone und die Kamera aus seinem Rucksack. Er spulte den Film zurück, nahm ihn heraus, legte ihn in eine Bakelitdose, überlegte, wo er sie verstecken konnte, fand keinen Ort, der ihm geeignet und sicher erschien, und schob die Dose schließlich in die Hosentasche. Die Ikone wickelte er in ein Wachstuch und legte sie unter einen Wollpullover in der unteren Schublade der Kommode.

Dann verließ er den Garten durch die Mauerpforte und ging in die Stadt. Er schlenderte zum Hafen. Einige hundert Meter von den Kais entfernt gab es kleine Buchten mit Kieselstränden. Er zog sich aus, watete ins Wasser, glitt in die reglose Glätte, die sich wie ein schwarzer Spiegel unterm Nachthimmel dehnte, drehte sich auf den Rücken und ließ sich treiben. Der Salzdunst des Meeres vertrieb den Brandgeruch.

Hatte eigentlich irgendjemand beobachtet, dass er die Fotos gemacht und die Ikone an sich genommen hatte? Die Ikone wollte er vor der Zerstörung retten, ganz einfach. Aber warum hatte er die Fotos überhaupt gemacht? Wollte er nicht blind und stumm bleiben? Was sollte er mit den Fotos anfangen? Aufbewahren, um sie später seinen Kindern zu zeigen, falls er je welche haben sollte? Seht her, wobei euer Vater mitgeholfen hat als Dolmetscher der Brutalität. Zur Illustration in der Soldatenzeitschrift *Veste Kreta* waren die Fotos jedenfalls denkbar ungeeignet. Dort erschien allerlei Erbauliches über die segensreiche Anwesenheit der deutschen Schutztruppe in der Wiege des Abendlands.

Schließlich schwamm er an Land zurück, stieg aus dem Wasser, setzte sich nackt auf die noch warmen Kiesel und ließ sich vom Nachtwind trocknen. Das Meer plätscherte gegen den Strand. Wer hier war, flüsterte es, der war hier zu Gast.

Er beschnupperte sich selbst. Der Brandgeruch war weg.

FILME entwickeln und Fotos abziehen konnte er selbst. Deshalb erschien Johann am nächsten Abend erst kurz vor Dienstschluss in der Kommandantur und erklärte, dringend noch ein paar Abzüge machen zu müssen. Der Obergefreite, schon in Feierabendstimmung, wollte ihn erwartungsgemäß auf morgen vertrösten. Johann hatte vorgesorgt und eine Flasche Raki mitgebracht, für die ihm der Laborschlüssel ausgehändigt wurde.

Das Foto von Sailer, der den rechten Arm hob und „Feuer“ schrie, war unscharf und verwackelt. Johann hatten die Hände zu sehr gezittert. Alle anderen Bilder waren gestochen scharf.

Während die trockenen Abzüge an den Drähten hingen und Johann das

Labor aufräumte, hörte er auf dem Gang schwere Schritte. Es wurde an die Tür geklopft.

„Kontrollstreife! Ist da jemand drin?"

„Ja", rief Johann, „ich bin gleich fertig!", und riss die Abzüge von den Drähten.

„Bisschen Beeilung, wir müssen abschließen!"

„Ja doch, sofort." Hastig raffte er die Bilder zusammen und öffnete die Tür.

Der Soldat sah ihn missbilligend an. „Die Hausordnung gilt auch für Zivilisten."

„Kommt nicht wieder vor", versprach Johann. Er verließ die Kommandantur, wünschte der Wache am Eingang einen guten Abend und ging in sein Quartier.

Den Negativstreifen rollte er zusammen und steckte ihn wieder in die Bakelitdose. Dann riss er ein paar Seiten aus der *Veste Kreta* und wickelte die Abzüge in das Papier ein. Das Päckchen und die Dose schob er zuunterst in die Kommode. Er nahm die Ikone heraus, legte sie auf den Tisch, betrachtete sie im gelben Schein der Petroleumlampe und trank dazu den schweren Rotwein, den Frau Xenakis ihm gebracht hatte.

Das dunkle, spiegelnde Flaschengrün des Glasschmelzes hatte eine unerklärliche Tiefe. Gemacht haben konnte es nur einer, der jahrelang auf Sonne und Meer geblickt hatte und auf das Licht, das aus dem Wasser stieg, darin versank und wieder aufstieg. Einer, dem die Welt vollkommen erschienen sein musste – unfassbar für Johann, der durch eine Welt stolperte, die aus den Fugen war. Tafeln wie diese erzählten vom Paradies. Es war verloren, aber es gab Echos in solchen Bildern wie in den Anblicken und Düften, die diese Insel immer noch schenkte. Johann fühlte sich unerklärlich leicht und frei, schlief traumlos und tief.

Am nächsten Morgen brachte er den Laborschlüssel zurück und legte dem Zensuroffizier, einem Hauptmann, der im Zivilberuf Bibliothekar war, die vier Fotos der Ikone vor, die er in der Kirche gemacht hatte, bevor draußen die Schüsse gefallen waren.

„So wenig?" Der Hauptmann runzelte die Stirn und schob die Fotos verständnislos auf seinem Schreibtisch hin und her.

„Wenig schon", sagte Johann. „Aber sehr wertvoll. Byzantinisch."

„Ach so", sagte der Hauptmann, „verstehe", und kratzte sich mit einem Bleistift am kurz geschorenen Hinterkopf.

Am Ausgang der Kommandantur lief Johann Leutnant Hollbach in die

Arme, der soeben die Treppe heraufkam. „Das trifft sich gut, Martens“, sagte er, „ich muss sowieso mit Ihnen sprechen. Kommen Sie, ich lade Sie zu einem Kaffee ein.“

Sie setzten sich vor ein Kafenion. „Was“, sagte Johann, „wenn ich fragen darf, machen Sie eigentlich im wirklichen Leben?“

„Sie meinen in Deutschland?“ Hollbach seufzte. „Ich habe Jura studiert. Wenn alles vorbei ist, möchte ich Rechtsanwalt werden. Säße jetzt auch viel lieber in Athen. Warum fragen Sie?“

Johann zuckte mit den Schultern. „Ich weiß nicht. Vielleicht finde ich es beruhigend, dass es noch ein anderes Leben gibt.“

„Jetzt hören Sie mir mal genau zu, Martens. Was Sie hier erleben, darf Sie nicht irritieren. Unser Kampf gegen das Bandenunwesen ist auch ein Kampf gegen den Bolschewismus. Die meisten Andartengruppen sind kommunistisch orientiert oder zumindest unterwandert. Auf dem griechischen Festland operieren bereits russische Agenten, und die kommunistischen Banden gewinnen die Oberhand. Im Grunde müssten die Briten uns dankbar sein, statt diese Leute gegen uns aufzuwiegeln. Gegen den Bolschewismus müsste man eigentlich gemeinsam mit den Briten kämpfen. Aber das bleibt selbstverständlich unter uns.“

Johann nickte.

„Und überhaupt“, fuhr Hollbach fort, „versteht es sich ja wohl von selbst, dass alles, was bei solchen Kommandounternehmen passiert, strengster Geheimhaltung unterliegt. Auch wenn dieser Krieg vorbei ist, und unter uns gesagt, kann er nicht mehr lange dauern, dann möchte ich jedenfalls unter keinen Umständen mit etwas konfrontiert werden – wie soll ich sagen? Verstehen Sie, was ich meine, Martens?“

„Ich glaube schon“, sagte Johann wenig überzeugend und überlegte, ob Hollbach auf die Fotos anspielte.

„Genfer Konvention und dergleichen“, sagte Hollbach, „was wir machen müssen, geht gelegentlich etwas darüber hinaus … Also, strengste Geheimhaltung. Was auch immer Sie sehen und hören. Ist das klar?“

„Selbstverständlich“, nickte Johann und war sich jetzt sicher, dass Hollbach nichts von den Fotos wusste.

„Na bestens“, sagte Hollbach. „Und nun zur Sache. Morgen früh geht’s gleich wieder los. Ziemlich große Aktion. Wir haben Informationen, dass eine starke Andartengruppe zusammengezogen wird, und zwar in der Nähe von Koroufi oder wie auch immer das Kaff heißt, unterhalb der Weißen Berge. Wir werden mit …“

„Korifi?“, unterbrach Johann ihn. „Meinen Sie etwa Korifi? Ich kenne das Dorf. Ich war mit Andreas einmal da, weil …“

„Umso besser“, sagte Hollbach.

Korifi! Ja, Johann kannte das Dorf. Es steht zwar nicht auf seiner Liste, und wenn sie dorthin fahren, werden sie das Kloster, zu dem sie unterwegs sind, an diesem Abend nicht mehr erreichen. Aber Andreas redet schon seit einer halben Stunde mit Engelszungen auf Johann ein, man müsse unbedingt nach Korifi.

„Was gibt es da zu sehen?“, fragt Johann. „Eine Kirche? Ikonen?“

„Ich bin in Korifi geboren“, sagt Andreas. „Und Ostern muss man zu Hause feiern, Yannis.“

Als sie ankommen, fällt schon das blaue Tuch des Abends über das Dorf. Aus der geöffneten Tür der schäbigen Kirche dringen monotone Gesänge und Weihrauchschwaden. Hinter dem Altar steht der Pope in abgewetztem Brokat, links die Frauen, die sich unablässig bekreuzigen, tuschelnde, kichernde Kinder, rechts ein paar alte Männer.

„Die anderen sitzen in der Taverne“, flüstert Andreas grinsend.

Dort wird er dann mit Umarmungen und Wangenküssen begrüßt von Geschwistern und Onkeln und Vettern und Schwagern. Und Yannis aus Deutschland, der sein Freund ist, gehört als Gast sogleich zur Familie, zum ganzen Dorf. Bretter auf Böcken dienen als Tisch, beladen mit Schüsseln und Krügen, Linsen, Reis, weiße Bohnen in Öl, Pfannkuchen mit Honig, Kartoffeln, Ziegenbraten vom Spieß. Noch setzt sich keiner der Anwesenden, erst muss der Gottesdienst vorbei sein.

Endlich kommt der Pope, sieht streng auf die überbordende Tafel, mault in seinen Bart, noch sei Fastenzeit, aber da ruft plötzlich einer das Zauberwort: *„Den pirasi polemos!“* – Macht nichts, ist ja Krieg!

Alle brechen in schallendes Gelächter aus, der Pope lacht am lautesten, segnet das Mahl und greift zum größten Stück des Ziegenbratens. Wein und Raki fließen in Strömen. Draußen fallen Schüsse. Johann zuckt zusammen und wird ausgelacht. Das sind nicht die Deutschen, das sind nur Freudenschüsse, Feuerwerk. Zwar wird an diesem Abend auch vom Krieg gesprochen, aber die Geschichten handeln von den komischen Momenten des Grauens. Und so muss auch der Schäfer Panajotis seine Geschichte zum Besten geben, die er offenbar schon mehrfach erzählt hat.

Panajotis war mit seiner Herde an der Grenze zwischen dem deutschen und dem italienischen Sektor gewesen, als eines Tages drei Männer in britischen Uniformen aufgetaucht waren und ihm erzählten, sie seien aus deutscher Gefangenschaft geflohen und Panajotis solle sie zum nächsten britischen Agentenversteck führen. Weil er aber viel Umgang mit Engländern hatte, merkte Panajotis sofort, dass die drei Männer verkleidete Deutsche waren. Er sagte ihnen also, dass sie sich in einer Höhle verstecken sollten, während er Hilfe holen würde, und rannte, so schnell er konnte, zum nächsten italienischen Außenposten hinter der Grenze. Der italienische Leutnant hörte staunend von drei geflohenen Briten, gratulierte Panajotis zu seiner Heldentat und ließ sich von ihm mit ein paar Soldaten zur Höhle führen, wo die drei Männer in britischer Uniform auf der Stelle verhaftet wurden.

„Solange die Italiener die Deutschen verhaften und umgekehrt", ruft Andreas ins tosende Gelächter der Runde, „sind sie uns als Gäste willkommen!"

„Stimmt die Geschichte wirklich?", fragt Johann skeptisch.

„Natürlich nicht", grinst Andreas. „Du weißt doch, dass alle Kreter lügen."

Und da lacht auch Johann, bis ihm die Tränen kommen. Und trinkt schnell noch einen Raki.

Der Kater, mit dem Johann am Karfreitag erwacht, wird beim Frühstück mit Raki verjagt, und dann muss er alle Familienmitglieder kennen lernen. Namen und Gesichter, junge, alte, dass Johann der Kopf schwirrt. Ein oder zwei der Gesichter kommen Johann bekannt vor. Hat er diesen Vetter oder Schwager mit den blonden Bartstoppeln nicht damals gesehen, als Andreas auf ihn wartete? Aber dann kommen schon die nächsten, Söhne und Töchter von Andreas. Sieben? Acht?

Die jüngste Tochter ist Anfang zwanzig, heißt Eléni, und die möchte Johann sich gern länger ansehen, deren herrlich dunkle Augen, deren lachendes Gesicht mit den blitzenden Zähnen und die Locke, die aus der schwarzen Haarflut kokett in die Stirn hängt.

Am Abend sind auch die Männer in der Kirche, als der Pope das Kruzifix in eine blumengeschmückte Holzkiste legt, das Heilige Grab, und dann tragen sie, alle mit Kerzen in den Händen, den Sarg durchs Dorf, und der Pope segnet und segnet und segnet und lässt sich zur Belohnung den Ring küssen. Dann wird wieder gegessen und getrunken, die Fastenzeit ist ohnehin fast vorbei, und außerdem ist Krieg. Diesmal dürfen die Frauen dabei sein, servieren und schenken ein, und Eléni schenkt Johann den Blechbecher voll, kaum dass er ihn zur Hälfte geleert hat, und lächelt dabei. Einmal berührt, wie aus Versehen, ihre Hand seinen Arm. Aber Johann weiß, dass es kein Versehen war.

In der Nacht zum Ostersonntag ist die Luft in der Kirche stickig. Jeder hält eine Kerze in der Hand, dazu der Weihrauch, die liturgischen Gesänge. Johann ist aus der Zeit gefallen. Von der linken Seite lächelt Eléni zu ihm herüber. Johann erwidert das Lächeln. Um Mitternacht entzündet der Pope die Osterkerze. *„Christós anésti!"*, schallt es vom Altar, Christus ist auferstanden. Das armselige Glöckchen der Kirche wird geläutet und klingelt blechern durch die Ostergrüße, die alle allen unter Umarmungen und Küssen zurufen.

„Christós anésti", sagt Johann zu Eléni und küsst ihr die Wange, und sie sagt *„Allithos anésti"*, wahrhaftig, er ist auferstanden, und küsst ihm die Wange. Und Andreas grinst dazu.

Zum Frühstück wird das süße Osterbrot mit eingebackenen rot gefärbten Eiern aufgetragen. Und dann natürlich das Lamm. Auf allen Höfen des Dorfs dreht sich das Fleisch am Spieß, aus allen Häusern und Höfen steigen Rauchsäulen in den Himmel über Korifi. Der Rauch des Osterfriedens.

„Ostern war ich da", murmelte Johann, „in Korifi."

„Umso besser also", sagte Hollbach. „Dann kennen Sie sich da ja aus. Sailer wird Sie morgen früh um sieben abholen." Der Leutnant wünschte einen angenehmen Tag und ging mit energischen Schritten davon.

Johann blieb noch lange wie erstarrt sitzen, rauchte und lauschte nach innen. Doch als er sich erhob, wusste er, wo er die Bilder verstecken würde.

Als es dunkel wurde, nahm er, von niemandem bemerkt, in seinem Quartier die Filmdose und die Päckchen mit der Ikone und den Papierabzügen aus der Kommode und ging zu den venezianischen Lagerhäusern am Hafen. Andreas' Taverne war geschlossen. Johann schlich durch den niedrigen Torbogen in den Hinterhof. Im schwachen Licht, das streifig aus geschlossenen Fensterläden brach, stand das Motorradgespann. Daneben war ein zweites Motorrad ohne Seitenwagen geparkt, das Johann noch nie gesehen hatte. Er klopfte vorsichtig an die Hintertür.

„Wer ist da?" Andreas' Stimme.

„Ich bin's. Yannis."

Die Tür wurde einen Spaltbreit geöffnet. Andreas streckte den Kopf heraus, sah nach links und rechts. „Bist du allein?"

„Ja, natürlich. Wieso ..."

Andreas zog Johann ins Haus und schloss sofort wieder die Tür. In der kleinen, verräucherten Kammer hinter der Küche saßen zwei Männer vor einer Flasche Raki und erwiderten freundlich lächelnd seinen Gruß. Johann hatte sie Ostern in Korifi gesehen.

„Meine Vettern kennst du ja schon“, sagte Andreas. „Sie wollten sowieso gerade gehen. Haben noch einen weiten Weg vor sich.“

Die beiden Männer standen hastig auf und wünschten eine gute Nacht. Andreas schenkte Raki ein, schob Johann ein Glas hin. Sie tranken sich zu.

„Wo hast du gesteckt?“, fragte Andreas vorwurfsvoll. „Wir wollten doch unsere nächste Tour an die Westküste machen.“

„Es ist etwas dazwischengekommen“, sagte Johann.

„Was denn?“

„Das da!“ Johann legte die Päckchen auf den Tisch. „Mach es auf!“

Andreas schlug das Wachstuch zur Seite, nahm die Ikone in die Hand und fragte: „Hast du die etwa an dich genommen?“

„Ich habe sie gerettet“, sagte Johann. „Davor!“ Er zog das Papier von den Fotos.

Andreas starrte das erste Bild an und breitete dann alle Fotos nebeneinander auf dem Tisch aus. Das verwackelte Foto, auf dem Sailer den Arm hob, war nicht dabei. Es musste aus dem Päckchen gerutscht sein und lag wohl noch in der Kommode. Andreas schwieg lange, schenkte Raki nach und flüsterte schließlich: „Wir haben davon gehört.“ Er schob die Fotos zu einem Stapel zusammen. „Und warum zeigst du *mir* das?“

„Bring es in Sicherheit“, sagte Johann, „bis der Krieg vorbei ist. Und jetzt hör mir gut zu. Morgen wird ein starkes Kommando nach Süden aufbrechen.“

„Auch davon haben wir gehört“, sagte Andreas gelassen.

„Es wird nach Korifi gehen.“

Andreas zuckte zusammen, als habe Johann ihm mit der Faust ins Gesicht geschlagen. Dann nahm er die Ikone in die Hand, bekreuzigte sich hastig und murmelte: „Heiliger Erzengel Michael, steh uns bei!“

„Ich muss wieder als Dolmetscher mit“, sagte Johann. „Sie zwingen mich dazu.“

„Das verstehe ich. Und ich danke dir. Aber eins verstehe ich nicht. Warum tust du das für uns?“ Andreas schenkte Raki nach. Sie tranken, Andreas auf Johanns Gesundheit, Johann auf Andreas’ Gesundheit.

„Vielleicht“, sagte Johann schließlich, „weil ich euer Gast bin.“

„Das bist du, Yannis“, sagte Andreas. „Das bist du wirklich.“

Die aufgehende Sonne fiel schräg in die Olivenbäume ein, die der Morgenwind anblies, sodass die silbernen Unterseiten des Laubs glitzerten, bis die Lastwagen vorbeidröhnten und die aufgewirbelten Staubwolken sich wie Mehltau über die Blätter legten. Das Kommando bestand aus sechzig Mann, angeführt von einem Hauptmann Karsch, Hollbach, Sailer und einem Hauptfeldwebel namens Müller, der etwas Griechisch sprach und Karsch als Dolmetscher diente. Die Truppe war zu je dreißig Soldaten auf zwei Lkws verteilt. Karsch und Müller saßen neben dem Fahrer im ersten Wagen, Hollbach und Johann im Führerhaus des zweiten, den Sailer steuerte.

Aus den Informationen, die man durch Spitzel bekommen hatte, erklärte Hollbach folgende Lage: Innerhalb des Andartiko sei es offenbar wieder zu Meinungsverschiedenheiten zwischen sozialistisch und kommunistisch orientierten Gruppen der Nationalen Befreiungsfront, EAM, und Vertretern des eher konservativen Nationalen Republikanischen Griechischen Verbands, EDES, gekommen. Nach der Kapitulation des deutschen Afrikakorps habe der britische Geheimdienst deshalb von Ägypten aus Agenten nach Kreta eingeschleust, die den Auftrag hätten, zwischen den Andarten zu vermitteln, um den Widerstand gegen die deutsche Besatzungsmacht erneut anzufachen. In Korifi sollten sich zu diesem Zweck nun Vertreter aller Fraktionen versammeln und unter britischer Moderation die Konflikte beilegen.

„Das", sagte Hollbach, „ist natürlich unsere große Chance. Wir erwischen nicht nur viele auf einmal, sondern auch noch die Anführer. Und wenn wir Glück haben, britische Agenten dazu."

„Und woher wissen Sie das alles?", fragte Johann.

Hollbach lächelte grimmig. „Die Leute, die mit uns kollaborieren, tun das aus unterschiedlichen Motiven", erklärte er. „Die meisten versprechen sich lediglich materielle Vorteile. Nehmen Sie beispielsweise Ihren Freund, diesen Andreas. Der wird von uns bezahlt, und dafür arbeitet er für uns. Wie zuverlässig er tatsächlich ist, steht natürlich auf einem ganz anderen Blatt."

Nachdem sie etwa eine Stunde südwärts durch die Ebene gefahren waren, gabelte sich die Straße. Der Lkw mit Karsch und Müller fuhr wie vereinbart weiter nach Süden in Richtung des Dorfs Gerospila, das vorsorglich überprüft und durchsucht werden sollte. Hollbachs Gruppe nahm an der Gebirgsflanke entlang einen nach Westen ausschwenkenden Umweg, der schließlich auch nach Korifi führen würde. Auf diese Weise sollten die Andarten in die Zange genommen werden.

Die unbefestigte Straße wurde immer schmaler, steiler und schlechter. Am Ende einer scharfen Haarnadelkurve ging es gar nicht mehr weiter. Die

Straße war von einer Stein- und Gerölllawine verschüttet. Hollbach, der einen Hinterhalt befürchtete, ließ absitzen und die Umgebung durchsuchen, aber gefunden wurden am Steilhang nur einige Balken und Bretter, mit denen die Lawine offenbar vorsätzlich ausgelöst worden war. Der Lkw musste auf der schmalen Straße fast zwei Kilometer rückwärts manövriert werden, bis Sailer eine Stelle fand, an der er wenden konnte, ohne den Abhang hinunterzustürzen.

Hollbach schaute immer wieder nervös auf seine Uhr, verfluchte den Zeitverlust und war überzeugt, dass die Partisanen Wind von der Aktion bekommen hatten. „Aber woher zum Teufel wissen die verdammten Banden, dass wir nach Korifi wollen?" Er sah Johann von der Seite an.

Johann zuckte mit den Achseln, hustete Staub und schwieg.

Am frühen Nachmittag erreichten sie wieder die Straßengabelung und fuhren in Richtung Gerospila. Im Westen türmten sich Wolken auf. Es würde ein Gewitter geben.

Das Dorf lag wie ausgestorben. Sailer arbeitete sich durch eine scharfe Kurve. Der Dorfplatz. Sailer trat auf die Bremse.

„Verdammte Scheiße!", zischte Hollbach.

„Großer Gott!", entfuhr es Johann.

Das ausgebrannte Wrack des Lkw stand mitten auf dem Platz. Auf der Ladefläche waren verkohlte Leichen zu erkennen, vor dem Wagen lagen mehrere Tote in deutscher Uniform, aber ohne Waffen und Ausrüstung. Hollbach ließ absitzen und die Waffen entsichern. Blutlachen hatten sich zwischen den Leichen ausgebreitet. Hollbach schickte seine Leute an den Häuserfronten entlang, die den Platz säumten, als plötzlich ein schwacher Hilferuf ertönte. In einem Hausflur wurde ein Verwundeter gefunden. Er hatte einen Schultersteckschuss, war vom Blutverlust stark geschwächt, wurde sofort zum Lkw getragen und vom Sanitäter versorgt. Hollbach hockte sich neben ihn und fragte, was passiert sei.

Der Mann sprach heiser und stockend. Die Befragungen seien wie üblich im Sande verlaufen, die Durchsuchung nur sehr flüchtig durchgeführt worden, um möglichst zeitgleich mit Hollbach in Korifi einzutreffen. Aber dann habe man durch Zufall ein Waffenversteck entdeckt. Englische Maschinengewehre, Munition und Handgranaten. Karsch habe daraufhin die Dorfbewohner zusammentreiben lassen und Auskunft über die Herkunft der Waffen verlangt. Geantwortet habe niemand. Also habe Karsch drei Männer exekutieren lassen, eine kurze Frist gesetzt und mit weiteren Erschießungen gedroht. Als aber die nächsten drei an die Wand gestellt worden seien und das Kommando bereits die Gewehre angelegt habe, sei von den umliegenden Hausdächern plötzlich heftiges Feuer auf die Soldaten eröffnet worden. Karsch und fünf oder sechs Soldaten seien sofort tödlich getroffen worden. Müller habe befohlen, sich zum Lkw zurückzuziehen. Auf dem Platz habe es auch kaum noch feindliches Feuer gegeben, und Müller habe aufsitzen lassen. Da sei der Lkw explodiert. Entweder sei eine Sprengladung angebracht worden, oder es müssten gleichzeitig mehrere Handgranaten geworfen worden sein. Nach der Explosion sei dann auch wieder aus Fenstern und Türen und von allen Dächern geschossen worden, bis die gesamte Einheit vernichtet gewesen sei. Er wundere sich, sagte der Mann stöhnend, dass man ihn übersehen habe.

Johann, von niemandem beachtet, hielt sich abseits und machte Fotos. Zwischen und über die drei exekutierten Dorfbewohner waren Soldaten gefallen. Ein Fuß, der in einem Militärstiefel steckte, daneben einer mit einem schäbigen Hanfschuh, die Sohle aus alten Autoreifen geschnitten. In einer Blutlache Hauptmann Karsch.

Hollbach gab Befehl, die Leichen der Soldaten zu bergen, nach Chania zu schaffen und einen anderen Wagen zu schicken, um die Truppe abzutransportieren, die so lange im Dorf warten würde. Ein weiteres Vorrücken auf Korifi war unter den gegebenen Umständen völlig ausgeschlossen. Aus dem Bericht des Verwundeten war zu schließen, dass es sich um mindestens dreißig Andarten handeln musste. Eine Verfolgung in unwegsames Gelände wäre Selbstmord gewesen.

Im Westen flammte der erste Blitz auf, und kaum dass der Donner sich entladen hatte, brach der Gewitterregen wie ein Sturzbach über das Dorf herein. Platz und Straße verwandelten sich in knöcheltiefen braunen Schlamm, durch den rote Schlieren liefen.

„Ich habe Befehl, Sie zu verhaften“, sagte Hollbach kühl, als er zwei Tage später, flankiert von zwei Feldgendarmen mit Maschinenpistolen im Anschlag, in Johanns Quartier erschien. Frau Xenakis, die den Männern die Vordertür geöffnet hatte, stand auf dem Gartenweg und beobachtete händeringend und verständnislos, was vor sich ging.

Johann sprang entsetzt auf und stieß dabei die Kaffeetasse um. Die braune Flüssigkeit ergoss sich über das Foto eines byzantinischen Wandteppichs. „Verhaften?“, stammelte er. „Aber wieso denn? Was …“

„Setzen Sie sich“, sagte Hollbach, befahl den beiden Feldgendarmen, vor der Tür Posten zu beziehen, schloss dann die Tür vor Frau Xenakis’ neugierigen Blicken, setzte sich selbst an den Tisch und blätterte mit spitzen Fingern in den Fotostapeln, als suchte er nach etwas Bestimmtem. „Herr Doktor Martens, Sie stehen im Verdacht, Informationen über das Kommando weitergegeben zu haben, das vorgestern nach Korifi aufgebrochen ist und in Gerospila in einen Hinterhalt geriet, der neunundzwanzig deutschen Offizieren und Soldaten das Leben gekostet hat."

„Aber das ist doch absurd." Johann brach der Schweiß aus, und er spürte, dass er bleich wurde.

„Erstens", unterbrach Hollbach sein Gestammel, „habe ich persönlich Sie darüber informiert, dass Korifi unser Ziel sein würde. Und Sie haben gesagt, dass Sie schon einmal da gewesen sind."

„Schon, ja, aber ..."

„Zweitens ist Korifi der Geburtsort Ihres Freundes Andreas Siderias. Teile seiner Familie ..."

„Mein Freund? Wieso Freund?" Seine eigenen Worte kamen Johann wie Verrat vor, doch jetzt ging es um sein Leben. „Sie selbst haben ihn doch als meinen Führer ausgewählt und ..."

„Maul halten", zischte Hollbach. „Teile seiner Familie leben immer noch in Korifi. Es lag also nahe, ihm einen Tipp zu geben. Drittens sind Sie beobachtet worden, wie Sie in der Nacht vor dem Unternehmen in Andreas' Haus am Hafen gegangen sind, in die Taverne. Was haben Sie da gewollt?"

„Ich wollte dort essen."

„Die Taverne war geschlossen."

„Das ... das wusste ich nicht."

„Und wieso sind Sie dann gestern Nacht noch einmal dorthin gegangen?"

„Weil ...", Johann suchte fieberhaft nach einer Ausrede. Den Film von dem Massaker in Gerospila im Labor zu entwickeln, hatte er sich nicht mehr getraut, sondern hatte ihn gestern Abend zu Andreas gebracht, hatte nur hastig geflüstert, dass man beobachtet werde und er so schnell wie möglich verschwinden müsse.

„Ich warte", sagte Hollbach. „Aber nicht mehr lange."

„Weil ich mit Andreas darüber sprechen wollte, ob er ... also beziehungsweise wann ich wieder mit ihm die Liste sozusagen ..."

„Sie lügen. Viertens wissen wir nämlich jetzt, dass dieser Andreas einer der Drahtzieher der EAM ist, der kommunistischen Banden."

„Das ist ... das ist ja furchtbar", sagte Johann matt.

„Furchtbar ist", zischte Hollbach, „dass Sie neunundzwanzig deutsche Soldaten auf dem Gewissen haben. Das ist Geheimnisverrat, Herr Doktor

Martens, Spionage und Sabotage. Alles zusammen. Darauf steht die Todesstrafe, Mann!“

„Aber das sind doch alles nur vage Vermutungen …“

„Fünftens“, sagte Hollbach wie beiläufig, „haben wir Andreas verhaftet. Und er hat alles gestanden.“ Er blickte auf und sah Johann prüfend an.

„Unmöglich!“, rief Johann und dachte: Er lügt.

„Wieso? Sie denken wohl, dass diese Kreter Helden sind, was? Wenn man diesen Banditen damit droht, gegen ihre Familien vorzugehen, werden sie sofort äußerst kooperativ.“

Johann schwitzte Blut und Wasser. Angst lähmte ihn. Er stand schwankend auf, machte ein paar Schritte und lehnte die Stirn gegen die kühle gekalkte Wand.

„Sie sehen“, sagte Hollbach leise und prononciert, „es steht nicht gut um Sie. Erschwerend kommt hinzu, dass Sie offenbar noch ganz andere Dinge fotografiert haben. Ich habe Sie als Dolmetscher verpflichtet, nicht als Fotoreporter. Und schon gar nicht als Spion.“

„Ich weiß nicht, wovon Sie reden.“

„Hiervon.“ Hollbach zog ein Foto heraus und warf es auf den Tisch. Es war das verwackelte Foto des Feldwebels Sailer in dem Augenblick, da er den Feuerbefehl auf den Popen gab. „Dieser Abzug ist im Labor der Kommandantur gefunden worden, wo Sie unbefugterweise Fotoarbeiten gemacht haben. Also?“

„Ja“, sagte Johann, der sich langsam wieder unter Kontrolle hatte, „ich habe die Fotos aber dem Zensuroffizier vorgelegt.“

„Halten Sie mich wirklich für so dumm, Martens?“ Hollbach stand auf und ging im Zimmer auf und ab. „Warum haben Sie Sailer fotografiert?“

„Das war so eine Art Reflex“, sagte Johann. „Ich hatte ja in der Kirche fotografiert und die Kamera immer noch in der Hand. Ein Reflex, ich stand unter Schock, eine Art Abwehr.“

Hollbach musterte ihn skeptisch. „Jetzt hören Sie mir mal ganz genau zu, Martens.“ Er schlug einen vertraulichen Ton an. „Wenn Sie da weitere Fotos gemacht haben, so aus einem Reflex heraus, und wenn Sie mir jetzt diese Fotos und die Negative aushändigen, wäre ich bereit, vor dem Kriegsgericht für Sie ein gutes Wort einzulegen. Vielleicht sind das alles nur Missverständnisse. Vielleicht lügt auch dieser Andreas, um seine Haut zu retten. Also, wo sind die Fotos?“

„Es gibt keine anderen Fotos.“

„Und das Negativ von dem Bild mit Sailer? Wo ist das?“

„Das weiß ich nicht, wahrscheinlich noch im Fotolabor."

„Unsinn", sagte Hollbach. „Das Labor haben wir auf den Kopf gestellt. Da war nur dieser Papierabzug. Also, wo sind die Negative?"

Johann ließ sich auf einen Stuhl fallen und sank am Tisch zusammen. „Ich, ich muss die Negative verloren haben."

„Fällt Ihnen nichts Besseres ein?", sagte Hollbach mit einem Anflug von Resignation. „Aber wenn Sie es partout nicht anders wollen …" Er öffnete die Tür und befahl den Feldgendarmen, das Zimmer zu durchsuchen.

Sie rissen die Schubladen aus der Kommode, durchwühlten den Inhalt, nahmen die Matratze vom Bett, sahen in jede Tasse und jedes Glas. Das, was Hollbach suchte, war nicht zu finden.

„Packen Sie ein paar Sachen zusammen", sagte Hollbach. „Ich habe Befehl, Sie in die Kommandantur zu bringen. Heute Abend werden Sie nach Heraklion vor ein Kriegsgericht gebracht."

Als sie über den Gartenweg aufs Wohnhaus zugingen, standen Dr. Xenakis und seine Frau vor der Küche. Sie sahen Johann schweigend und fragend an.

„Ich war Ihr Gast", sagte Johann auf Griechisch, „und ich danke Ihnen für Ihre Gastfreundschaft."

„Wohin bringt man Sie?", fragte Dr. Xenakis.

„Nach Heraklion", antwortete Johann, „heute Abend."

VI. KAPITEL Kreta 1975

Nach der Rückkehr von ihrer Bergwanderung hatte Lukas sich vorgenommen, Rob die Fotos zu zeigen. Die Worte des Popen, Deutsche hätten während des Krieges hier einen Deutschen erschossen, gingen Lukas nicht aus dem Sinn, als bildeten sie eine Ergänzung zu dem Gekritzel auf dem Hafenfoto. Aber nachdem der Holländer geduscht hatte, war er wohl auf seinem Zimmer eingeschlafen.

Egal, dachte Lukas, als er zu Bett ging, es ist ganz egal. Es reichte, dass er diesen Ort gefunden hatte, diese Terrasse mit dem weiten Blick auf Himmel und Meer.

Nach dem Frühstück ging er an den Strand, vorbei an den wenigen Touristen, die in der Vormittagssonne brieten, ging so weit nach Osten, bis kein Mensch mehr zu sehen und zu hören war. Er breitete sein Handtuch aus und nahm ein zerlesenes, schon aus der Bindung brechendes Taschenbuch zur

Hand, das er in der Kommode in seinem Zimmer gefunden hatte, wo es irgendein Vormieter vergessen haben musste.

Geschrieben war das Buch von einem gewissen Erhart Kästner. Während des Zweiten Weltkriegs war dieser Kästner als Soldat nach Griechenland gekommen und hatte dann das sagenhafte Glück gehabt, im Auftrag der Wehrmacht Kreta und andere griechische Inseln zu bereisen, um über seine Impressionen ein Buch zu schreiben. Sein Buch war ein verzückter Hymnus auf Licht, Land und Leute.

Als Kästner nach Griechenland gekommen war, hieß es darin einmal, sei er von Begierde erfüllt gewesen, die alten Trümmerstätten zu sehen. Dieser Wunsch habe aber mehr und mehr abgenommen. Was im Stand der Hinterlassenschaft sei, habe nichts mit dem Stand der Fülle, nichts also mit der Gegenwart zu tun. Der Nachlass sei immer des Lebendigen Feind. Dafür habe ihn jedoch mehr und mehr Neigung ergriffen, das griechische Land in seiner blühenden Wildnis zu sehen.

Lukas nickte zustimmend. Ein Nachlass hatte auch ihn hierher verschlagen, ein zufälliger Flohmarktfund. Was ging Lukas dieser Nachlass an, hier und jetzt in diesem Frieden, an diesem stillen Meer, unter dieser ungeheuren Sonne? Nichts. Es sei denn, die verschwiegenen Jahre seines Vaters hingen mit diesem Nachlass zusammen. Aber hatte er dessen Vergangenheit zu klären?

Die ungeheure Sonne, die er während der Lektüre des Buchs vergessen hatte, verbrannte ihn immer noch, obwohl seine Haut längst dunkelbraun geworden war. Er watete langsam ins Wasser, schwamm eine Weile mit gleichmäßigen Zügen, drehte sich auf den Rücken, blinzelte ins Blau und war glücklich. Beinahe glücklich. Die Liebe fehlte.

Auf seinem Rückweg ins Dorf kam eine Gestalt auf ihn zu. Dunkle Haare wie eine Fahne vom Wind zur Seite geweht. Ein weit geschnittenes Jeanshemd, das ihr fast bis zu den Knien reichte, blähte der Wind wie ein Segel. Als sie nur noch wenige Schritte voneinander entfernt waren, erkannte Lukas, dass es die Frau war, die Rob einen Korb gegeben hatte, silberne Fäden im schwarzen Haar. Sie lächelte ihm mit großen, dunklen Augen und weiß blitzenden Zähnen zu, nickte dabei, als kenne sie ihn, und er nickte und lächelte auch, als kenne er sie.

Am Abend saß er vor dem Hafencafé, wo er sie vor einigen Tagen zum ersten Mal gesehen hatte, und trank Wein. Als er sich umdrehte, um dem Kellner nach einem weiteren Glas zu winken, saß sie plötzlich da, ein paar

Tische von ihm entfernt, ein aufgeschlagenes Buch auf den Knien. Der Kellner kam an seinen Tisch, und Lukas wusste im ersten Moment nicht mehr, warum er ihn hergewinkt hatte. Wieder drehte er sich zu ihr um. Sie sah ihn, lächelte, senkte die Augen wieder und hob das Buch. Er stand mit weichen Knien auf und ging zu ihrem Tisch. Rob hatte ihm gesagt, sie sei Engländerin, also stammelte er ein *„Excuse me"* und ob der Stuhl neben ihr noch frei sei.

„Bislang sitzt niemand drauf", sagte sie lächelnd.

Er setzte sich sehr vorsichtig, als könne das wackelige Stück unter seiner Last zusammenbrechen, sprang aber sofort wieder auf, weil er sein Glas am anderen Tisch vergessen hatte. „Mein Wein …", sagte er.

Sie kicherte.

Und dann saß er endlich bei ihr, stellte den Wein neben ihren Tee, bot ihr eine Zigarette an, die sie lächelnd ausschlug, steckte sich aber zur Beruhigung selbst eine an. Mit ihr zu plaudern war viel leichter, als er befürchtet hatte. Sophia hieß sie, kein englischer Name, sondern griechisch. Und er also Lukas? Auch sehr schön. Ob er wisse, dass das ebenfalls ein griechischer Name sei? Seine Beklemmung wich einem Gefühl des Schwebens. Sie habe während ihres Studiums zwei Semester in Deutschland verbracht, in Köln, und da habe es ihr sehr gut gefallen, allein schon *„the cathedral, the dome"* und dann erst das Bier in diesen schmalen Gläsern, *„the kolsch"*, nicht wahr? „Aber wollen wir nicht zusammen essen gehen? Ich verhungere gleich."

Sie führte ihn zu einer Taverne im Hof einer Seitengasse, wo unter Weinlaub nur Griechen saßen. Sophia wurde vom Patron wie eine Verwandte begrüßt, und ihr Griechisch war offenbar perfekt. Sie führte Lukas in die Küche, wo man ihn in die Töpfe und Pfannen gucken ließ, bis er gewählt hatte. Aber eigentlich wählte Sophia für ihn, indem sie sagte, das Lamm sei besser als die Ziege und die gegrillten Sardinen seien besonders frisch und dann müsse er auch noch unbedingt das *Taramosaláta* probieren und zum Schluss natürlich Halwa.

„Bist du etwa Griechin?", fragte er, als sie sich gesetzt und zu essen begonnen hatten.

„Meine Mutter ist Kreterin."

„Und dein Vater ist Engländer?"

Statt einer Antwort hob sie ihr Glas. *„Jámmas!* Auf unsere Gesundheit", sagte sie.

Sie tranken. Sie lachten. Sie verstanden sich gut. Er griff nach ihrer Hand.

Sie zog sie nicht weg. Nach dem Halwa kamen drei ältere Männer mit Busuki, Laute und Lyra, einer dreisaitigen Kniegeige. Flirrende, vibrierende Klänge. Und dann begann der Lautenspieler zu singen, impulsiv, drängend, zwischen Leidenschaft und Sentimentalität.

„Was singt er?“, fragte Lukas.

„Eine Mandinade“, sagte Sophia. Sie brachte ihren Mund dicht an sein Ohr. „Es geht um die Frau eines Hirten, die einsam ist, weil ihr Mann mit den Tieren auf der Winterweide ist. ‚Winter halt dein Wüten ein, und Frühling eil dich, dass das Eis zerbricht, denn mir sind die Tage schwer, und endlos sind die Nächte, und ich bin achtzehn Jahre alt, bin eben erst getraut und kann mich nicht gedulden.‘ Das singt er. Das, was die Frau fühlt.“

So ging es weiter, plaudernd, lachend und trinkend. Auch er legte seinen Mund an ihr Ohr, wenn er etwas sagte. Sein Gesicht glühte, und von ihren Blicken und ihrem Lachen ging ein Strahlen aus.

Die silbernen Fäden in ihrem Haar waren tatsächlich graue Strähnen, obwohl sie erst dreißig war. Schon war er verliebt in diese Strähnen. Und in alles andere auch. Hatte er sie nicht immer schon gekannt? War dieser Abend nicht ein Wiedersehen?

Später standen sie Hand in Hand auf der Mole. In den Hafencafés erloschen die Lichter. Die Fischerboote waren längst weit draußen, vorbei an den unbewohnten Inselchen, irgendwo Richtung Afrika. Der Wind war eingeschlafen, die Luft seidig und mild.

Er umarmte sie, schwankend und plump, legte den Mund auf ihre Lippen. Sie erwiderte zögernd den Kuss, drückte ihn dann aber wieder von sich weg. „Ich bin müde“, sagte sie, „und du hast zu viel getrunken“, und ging mit energischen Schritten Richtung Hafenplatz, über den letzte Passanten nach Hause flanierten.

„Warte“, sagte er und fasste sie am Oberarm.

„Lass das!“ Sie ging schneller, er lief neben ihr her.

„Ich will dir etwas zeigen, Sophia“, sagte er. „Fotos, die ich in meinem Zimmer habe. Fotos von …“

„Mach dich doch nicht lächerlich!“

„Fotos von Agia Galini, Fotos von früher. In meinem Zimmer. Das Foto von einem Kreter. Vielleicht kennst du den. Du kannst doch Griechisch, Sophia. Du kannst mir helfen.“

„Du bist betrunken. Lass mich in Frieden“, sagte sie leise und akzentuiert, „sonst schrei ich um Hilfe.“ Sie verschwand, ohne sich umzublicken, in einer Seitengasse.

Er stand schwankend mitten auf dem menschenleeren Hafenplatz im gelben Licht einer Bogenlampe. „Fotos zeigen", murmelte er vor sich hin. „Scheißfotos. Idiot!"

DER SÄGENDE Klang der Lyra fräste immer noch durch seinen Kopf, aber als er erwachte, war es nur das Brummen einer Kühlanlage im Nachbarhaus. Er spülte den trockenen Mund aus und hielt den Kopf unters Wasser. Die Kälte klärte ihn. War er grob gewesen? Musste er sich entschuldigen? Er war ein Vollidiot. Noch einmal hielt er den Kopf unters Wasser. Untertauchen wäre das Beste. Zumindest für diesen Tag.

Nach dem Frühstück schob er den Motorroller aus dem Hof auf die Straße und trat ihn an. Der defekte Auspuff knatterte wie ein Maschinengewehr. Bald lag Agia Galini hinter ihm. Er bog von der geteerten Straße in einen ungepflasterten Weg ein, der in die zerklüfteten Küstenberge hinaufführte, vorbei an Olivenhainen. Einfach nur fahren, in Sonne und Wind. Das war die beste Kur.

Der Weg gabelte sich. Er fuhr landeinwärts, weiter bergauf. Der Motor röchelte heiser, der Auspuff knallte vorwurfsvoll. Er kam durch Weinfelder, die sich den Hang emporzogen. In einer Senke warfen Mandelbäume scharf umrissene Schatten. Wieder gabelte sich der Weg, wieder fuhr er bergauf. Stetig steiler ansteigend, von verbranntem Gras, Disteln und gelbem Gestrüpp überwuchert, wurde der Weg immer schmaler. Schließlich endete er in einem nur noch von Fußgängern, Ziegen und Eseln passierbaren Pfad.

Lukas stieg ab, trank von dem Mineralwasser, das er in einer Plastikflasche mitgenommen hatte, aß einen Pfirsich. Dann drehte er die Maschine auf dem schmalen Weg mit einiger Mühe um und fuhr wieder bergab. In der Ferne blinkte das Meer, blauer als auf jeder Postkarte. Da er die Strecke zuvor hinaufgefahren war, fühlte er sich jetzt sicher, achtete kaum noch auf den Weg, sondern suchte bereits nach der Abzweigung.

Da hob ihn etwas in die Luft. Der Roller machte einen Satz, schüttelte Lukas ab wie ein durchgehendes Pferd seinen Reiter, fuhr führerlos noch einige Meter weiter, stürzte über eine Böschung und kam neben einer verwilderten Bambushecke in einer Staubwolke zur Ruhe.

Auf dem Bauch liegend, spürte er im ersten Moment gar nichts. Als er sich hochstemmte und mit den Füßen auftrat, überfiel ihn Schmerz, als wühle ein stumpfes Messer durch seinen Oberschenkel. Er riss sich die Hose herunter und starrte auf die zwei Finger lange Risswunde im Oberschenkel – blankes

Fleisch, aus dem das Blut quoll. Mit dem Gürtel band er sich provisorisch das Bein ab, wusch mit dem Rest des Mineralwassers die Wunde aus und verband sie mit seinem T-Shirt. Ihm blieb nichts übrig, als die fünf, sechs Kilometer zurückzulaufen, zu humpeln, notfalls zu kriechen. Vielleicht würde er einen Bauern in den Weinfeldern sehen und um Hilfe bitten können, vielleicht käme jemand auf einem Esel vorbei.

Mit einem aus der Bambushecke herausgebrochenen Stock als Krücke, nackt bis auf Unterhose und Schuhe, das Bein grotesk verbunden, ging er los. Esel, dachte er, sind klüger als du. Die kennen hier jeden Stein, jeden Tritt. Und liefen Esel etwa vor Frauen davon? Oder wovor lief er sonst davon? Verstrickungen, dachte er plötzlich. Verstrickt war er in die Vergangenheit, verstrickt ins steinerne Schweigen seines Vaters.

Er kam nur sehr langsam vorwärts. Doch der stechende Schmerz, das Dröhnen des gestauten Bluts wandelten sich zu einem neuen Gefühl, steigerten das Tempo seiner Gedanken. Alles stand miteinander in Beziehung. Es gab keine Zufälle. Eins gehörte zum anderen. Ein Puzzle. Nur wie es zusammengehörte, wusste er nicht. Er musste es auch nicht wissen, um in diesem Rausch, der alles mit allem wie in einem gelingenden Traum verknüpfte, weiterzugehen. Er musste gehen, einfach nur gehen.

Er erreichte eine Stelle, an der Wasser über den Weg sickerte, legte sich bäuchlings auf den Boden, schlürfte gierig wie ein Tier, kroch auf allen vieren weiter, dem Meer entgegen. Er kroch in den Schatten eines Olivenbaums, lehnte sich mit dem Rücken gegen den Stamm. Er starrte auf die Bucht hinaus. Unwandelbare Landschaft. Ankerplatz. Hier wollte er bleiben. Er spürte keine Schmerzen, und seine Stirn war kalt wie Marmor. Die Gräser und Steine wurden heller wie auf verblassten Fotos. Er sitzt im Garten, Feuer lodert. Fotos verbrennen zu Asche. Weiße Schatten.

VII. KAPITEL Kreta und Ägypten 1943

In dem fensterlosen Keller roch es nach faulem Obst, Urin und feuchtem Staub. Von der Gewölbedecke funzelte eine Glühbirne blasses Licht auf grob gemauerte, unverputzte Wände.

Nachdem man die Tür hinter ihm verriegelt hatte, war Johann, immer noch aufgewühlt und fassungslos, in dem Raum auf und ab gegangen. Dieses Schwein, murmelte er im Gedanken an Andreas vor sich hin. Er hatte sich einlullen lassen von der überwältigenden Gastfreundschaft, die sich jetzt als verlogen entpuppte, hatte Andreas gegenüber Gefühle gehegt, als sei der Mann für ihn wie ein Vater, zumindest aber ein Freund. *Jede Weichheit wird als Schwäche ausgelegt und kostet deutsches Blut.* Das Blut von 29 Soldaten. Es klebte jetzt an Johanns Händen, weil er weich geworden war, weil er Andreas gewarnt hatte, weil er die Menschen in Korifi schützen wollte, die ihn Ostern wie einen Verwandten aufgenommen hatten. Elénis Lachen. Die weiche Berührung ihrer Hand auf seinem Unterarm hatte sich wie Balsam auf die Wunde gelegt, die Ingrid hieß. Und Andreas, die opportunistische Drecksau, hatte ihn jetzt ans Messer geliefert. Aber auch der würde gehängt werden. Man würde ihn nach Korifi bringen und ihn dort zwischen Kirche und Kafenion aufknüpfen. Man würde seine Familie verfolgen, man würde Korifi dem Erdboden gleichmachen.

Schließlich gab Johann seine Wanderung von Wand zu Wand auf, hockte sich auf eine morsche Kiste, rauchte. Er hatte sich viel zu sicher gefühlt, hatte nicht verstanden, dass das geschundene Paradies die Hölle war und diese Insel das Zuchthaus, aus dem es kein Entrinnen gab. Er verfluchte seine Vertrauensseligkeit, seine Sentimentalität, seine Zweifel an der Richtigkeit oder Moral dessen, was Deutsche auf dieser Insel anrichteten. Es gab ja gar keine Wahl: wir oder die. Weichheit war Schwäche. Nun würde sie sein eigenes Blut kosten.

Gegen Mittag wurden ihm ein Teller Bohnensuppe und eine Karaffe mit Wasser in den Keller gebracht. Er trank von dem Wasser, rührte aber die Suppe nicht an. Er sah die Trümmer des explodierten Lkw vor sich, die verkohlten Leichen, sah die rohe Fleischmasse, die einmal das Gesicht des Hauptmanns Karsch gewesen war. Johann würde geständig sein vor dem Kriegsgericht, geständig und kleinmütig. Und würde alles daransetzen, dass Andreas Siderias seine gerechte Strafe bekäme. Und mit ihm die ganze Sippe. Worüber hatte die Bande an Ostern so gelacht? *Den pirasi polemos.* Macht nichts, ist ja Krieg. Ganz recht. *Den pirasi polemos.* Diese drei griechischen Wörter frästen sich in Johanns Kopf wie ein Bohrer mit Widerhaken.

Der Riegel vor der Tür knirschte in rostigen Scharnieren. Hollbach kam herein. Er sah Johann mit einem Blick an, in dem sich Wut, Verständnislosigkeit und Bedauern die Waage zu halten schienen, und sagte dann unvermittelt: „Haben Sie es sich überlegt? Mann, Martens, kommen Sie doch zur Besinnung. Wenn Sie mir die Fotos geben, kann ich etwas für Sie tun. Wenn nicht …“ Er sprach den Satz nicht zu Ende, sondern machte eine resignierende Handbewegung.

„Ich habe sie nicht“, sagte Johann und überlegte, ob er Hollbach gestehen sollte, dass er die Fotos Andreas übergeben hatte. Das Schwein hatte ihn verraten und verdiente keine Rücksicht mehr. Aber wäre das nicht ein Eingeständnis seiner Kollaboration mit dem Feind? Andererseits, wenn Andreas ihn verraten hatte, warum hatte er Hollbach dann nicht auch die Fotos ausgehändigt? Oder bluffte Hollbach etwa nur? Behauptete er vielleicht, Andreas verhaftet zu haben, um Johann geständig zu machen?

„Also, was ist nun?“, sagte Hollbach ungeduldig.

Johann schüttelte den Kopf. Was immer er jetzt sagen würde, es wäre falsch und würde gegen ihn sprechen. „Ich habe den Film verloren“, sagte er schließlich, „das wissen Sie doch schon.“

„Wie Sie wollen.“ Hollbach machte auf dem Absatz kehrt und öffnete die Tür, vor der ein Feldgendarm postiert war. „Dann müssen Sie eben die Konsequenzen tragen.“ Die Tür fiel dumpf ins Schloss, der Riegel wurde wieder vorgeschoben.

Zwei Stunden später betrat Feldwebel Sailer den Keller.

Er habe Befehl, Johann ins Militärgefängnis nach Heraklion zu überführen, wo er von einem Offizier der Gestapo verhört werden solle. Wenn er sein Ehrenwort gebe, keinen Fluchtversuch zu unternehmen, könne man auf Handschellen verzichten. Johann gab sein Ehrenwort und empfand es als Schande, weil er seine Ehre längst verraten hatte an seine sentimentale Weichheit.

Ein Feldgendarm saß am Steuer des Kübelwagens. Sailer nahm auf dem Beifahrersitz Platz, und Johann musste sich neben den anderen Feldgendarmen auf die Rückbank hocken. Leichter Regen trommelte aufs Persenningdach und gegen die Windschutzscheibe. Als die Stadtmauer Chanias hinter ihnen lag, setzte die kurze Dämmerung ein.

Nachdem sie zwei Dörfer durchfahren hatten, sahen sie in Fahrtrichtung ein gleichmäßig hin und her bewegtes Licht.

Die Scheinwerferkegel erfassten einen einzelnen Mann in Fallschirmjäger-Uniform. Er stand vor Stacheldrahtrollen, die quer über der Straße lagen, schwenkte mit der linken Hand eine Petroleumlampe und hielt in der rechten eine Maschinenpistole.

Als der Feldgendarm den Kübelwagen zum Stehen brachte, sagte der Fallschirmjäger, der jetzt dicht ans Wagenfenster trat und die Petroleumlampe so ins Innere des Kübelwagens hielt, dass alle geblendet wurden: „Aussteigen!“ Er setzte Sailer den Lauf der Maschinenpistole auf die Brust.

„Sind Sie verrückt!“, schrie Sailer.

In diesem Moment standen plötzlich, wie aus dem Asphalt gewachsen, auf der anderen Seite des Kübelwagens zwei andere Männer in abgerissener Zivilkleidung, ebenfalls mit Maschinenpistolen im Anschlag, die auf die beiden Feldgendarmen gerichtet waren.

„Also gut", sagte Sailer beschwichtigend, „alles klar. Wir steigen jetzt aus und …"

Der Mann in der Fallschirmjäger-Uniform ruckte den Lauf der Maschinenpistole zweimal kurz nach oben, die vier Insassen kletterten mit erhobenen Händen aus dem Kübelwagen und wurden hinter den Wagen dirigiert.

Einer der Männer sagte auf Griechisch, Sailer und die Feldgendarmen sollten die Koppel mit den Pistolen abschnallen und vor sich auf den Boden legen, und stieß Johann mit der Hand gegen die Schulter. „Los", sagte er, „übersetz das."

Johann nickte und übersetzte.

„Du mieses Schwein", zischte Sailer, „das sind also deine sauberen Freunde."

„Ich habe keine Ahnung, was das alles hier bedeutet", sagte Johann, „aber ich glaube, Sie sollten besser die Koppel abschnallen."

Die beiden Feldgendarmen öffneten die Gürtelschnallen, auch Sailer ließ die Arme sinken, bewegte aber die rechte Hand zur Hüfte, machte zwei schnelle Schritte rückwärts, ließ sich fallen, zog dabei die Pistole aus dem Halfter und schoss. Johann spürte einen dumpfen Schlag gegen den Oberschenkel, der Mann in der Fallschirmjäger-Uniform gab zwei, drei Feuerstöße auf Sailer ab. Johann sank auf die Knie. Der Zivilist, der Griechisch gesprochen hatte, bückte sich, leuchtete erst Sailer, dann Johann mit der Lampe ins Gesicht und hielt die Lampe über seinen Oberschenkel. Johann spürte das warme, pochende Fließen des Bluts. Auf seiner Hose bildete sich ein ständig wachsender ovaler Fleck.

„Kannst du mich noch verstehen?", fragte der Mann.

Johann nickte schwach.

„Sag den beiden Soldaten, sie sollen sich auf die Straße legen. Gesicht nach unten. Und bis dreitausend zählen. Dann können sie nach Hause gehen."

Johann übersetzte. Die beiden Feldgendarmen legten sich mit ausgestreckten Händen auf den Asphalt. Johann wurde an Schultern und Beinen gepackt, hochgehoben und auf die Rückbank des Kübelwagens gelegt, der wendete und schneller werdend in die Dunkelheit raste.

ER BLINZELTE. Flackern, Geräusche im Hintergrund, leises Stimmengemurmel. Er konnte Rauch riechen.

„Er ist wach“, sagte eine Stimme dicht an seinem Ohr.

„Ich komme“, sagte eine andere Stimme, leise Schritte näherten sich, etwas legte sich auf Johanns Stirn. „Er fiebert noch. Wir lassen ihn schlafen.“

Dr. Xenakis. Aber natürlich, die Stimme des Arztes. Wie kam der hierher? Und wie kam Johann hierher? Sie werden es mir sagen, dachte er, sie werden mich nicht belügen, weil ich ihr Gast bin.

Dann schlief er wieder ein, schlief traumlos und tief. Als er erwachte, konnte er seine Glieder bewegen, spürte den Wundschmerz im Oberschenkel, fühlte die Schaffelle, auf denen er lag, roch den öligen Dunst der Wolldecken, mit denen er zugedeckt war, hörte das Geflüster der Männer. Er stützte sich auf den Ellbogen und sah zu ihnen hinüber.

Sie hockten im hinteren Teil einer Höhle um ein niedergebranntes Feuer, in dem es noch rötlich glühte und schwelte. An ihrer Kleidung erkannte Johann die beiden Zivilisten, die den Kübelwagen überfallen hatten. Neben ihnen hockte Andreas.

„Cherete!“, sagte Johann und wunderte sich, wie klar seine Stimme klang.

Die drei Männer drehten sich zu ihm um. Über Andreas’ Gesicht ging das breiteste Lächeln, das Johann je gesehen hatte. Andreas hockte sich neben ihn und hielt ihm einen Blechbecher mit Wasser an die Lippen. Johann trank, erst in kleinen Schlucken, dann gierig, trank den Becher aus und gleich noch einen.

„Du hast Glück gehabt, Yannis.“ Andreas klopfte ihm auf die Schulter. „Es ist ein glatter Durchschuss. Der Knochen ist heil geblieben. Der Doktor meint, dass du in zwei Wochen wieder gesund bist.“

„Wie ist der überhaupt hierher gekommen? Und ich dachte, du seist verhaftet worden und hättest gestanden, dass …“

Andreas lachte. „Wer hat dir denn solchen Blödsinn erzählt?“

„Hollbach. Als er mich verhaftet hat.“

„Er hat dich angelogen.“

„Das Schwein.“ Johann streckte sich wieder auf den Fellen aus und starrte an die Höhlendecke, während Andreas ihm erzählte, was vorgefallen war.

Nachdem er von Johann erfahren hatte, dass das Kommando nach Korifi aufbrechen würde, hatte Andreas noch in der gleichen Nacht Georgi, einen Kurier, zu den Andartenführern geschickt, die an dem Treffen mit britischen Offizieren beteiligt sein sollten. Das Kommando anzugreifen war nicht beabsichtigt gewesen, sondern die Andarten wollten nur alles beseitigen, was in den Dörfern Verdacht erregt hätte. Aber als sie nach Gerospila kamen, war es schon zu spät. Die Waffen waren entdeckt worden, und die Deutschen hatten mit den Exekutionen begonnen. So war der Kampf unausweichlich gewesen. „Und ich danke Gott", sagte Andreas und bekreuzigte sich, „dass du nicht in Gerospila dabei warst, Yannis."

Johann war bislang nicht in den Sinn gekommen, dass auch er den Kampf in Gerospila kaum überlebt hätte, wenn nicht Hauptmann Karschs Abteilung, sondern Hollbachs Truppe als Erste dort eingetroffen wäre.

„Du hast einen tüchtigen Schutzengel", sagte Andreas und erzählte weiter. Als Johann zum zweiten Mal mit der Filmdose zur Taverne am Hafen gekommen war, wusste Andreas längst, dass er von Spitzeln überwacht wurde und in Gefahr war, verhaftet zu werden. An jenem Abend war Andreas gerade dabei gewesen, seine Sachen zu packen, um sich zu einem Andartenversteck in den Bergen abzusetzen. Am nächsten Tag kam dann ein Kurier in dieses Versteck, berichtete von Johanns Verhaftung und dass er nach Heraklion überführt werden sollte.

„Aber woher wusstet ihr, dass …"

„Der Doktor", sagte Andreas grinsend. „Du hast es ihm doch selbst gesagt."

„Ich wusste nicht, dass er mit euch zusammenarbeitet."

Andreas grinste. „Ein Arzt muss doch jedem helfen, nicht wahr? Und dann haben Vangelis und Pavlos", er zeigte auf seine Kameraden, „die Straßensperre vorbereitet, und den Rest weißt du selbst."

„Und wo ist der Mann, der die Uniform anhatte? Und wieso konnte der Deutsch?"

„Der hat jetzt andere Dinge zu tun. Und die paar deutschen Wörter waren für ihn kein Problem. Das ist nämlich ein sehr kluger Mann. Er hat sogar studiert. Ich glaube, in England."

Andreas und die beiden anderen Männer lachten schallend, als sie Johanns verständnisloses Gesicht sahen. „In … England?"

„Wenn Engländer studieren, studieren sie meistens in England", sagte Andreas, immer noch lachend. „Jedenfalls haben wir dich gestern Nacht erst einmal in Sicherheit gebracht. Wir haben dein Bein verbunden, aber weil die Wunde sehr böse aussah und weil du viel Blut verloren und gefiebert hast, ist der Engländer mit dem Kübelwagen zurück nach Chania gefahren und hat den Doktor geholt. Das war sehr gefährlich. Der Doktor hat dich verbunden und dir eine Spritze verpasst, und dann hast du lange geschlafen. Hast du eigentlich gar keinen Hunger?“ Andreas hielt ihm einen Blechteller mit weißen Bohnen und Lammfleisch hin, das die Männer über dem Feuer gegrillt hatten.

„Doch, aber sag mir vorher noch, warum ausgerechnet dieser Engländer für mich …“

„Er arbeitet mit uns zusammen. Unsere Freunde können nicht seine Feinde sein.“

„Und was soll nun werden?“

„Wir bringen dich an die Südküste. Die Deutschen trauen sich da nur hin, wenn sie unbedingt müssen. Das Dorf, in das wir dich bringen, liegt an der Grenze zum italienischen Teil. Ich habe Verwandte im Dorf, und meine Leute aus Korifi sind auch dorthin geflohen, nachdem du uns gewarnt hast. Du wirst also alte Freunde treffen. Und den Engländer, den wirst du da vielleicht auch kennen lernen.“

„Und wie heißt das Dorf?“

„Agia Galini“, sagte Andreas. „Und jetzt iss, damit du nicht verhungert bist, wenn wir ankommen.“

DIE STERNE schwankten, und der abnehmende Mond zuckte wie eine von unsichtbarer Hand geführte Axt aus geschliffenem Stahl über den Nachthimmel. Auf der Bahre aus Bambusstöcken und Wolldecken liegend, die Andreas und seine Freunde angefertigt hatten, überkam Johann beim Blick nach oben schon nach wenigen Metern Übelkeit. Andreas ging mit einer Petroleumlampe in der Hand voraus, Vangelis und Pavlos folgten mit der Bahre.

Auf der einzigen Straße, die in Richtung Südküste durch die Askifou-Hochebene führte, wimmelte es von deutschen Suchkommandos, die nach Johann und seinen Entführern fahndeten. Die Männer schlugen sich also auf Ziegenpfaden durch. Als ein dünner grauer Schleier im Osten schon die Morgendämmerung ankündigte, erreichten sie die Stelle, die Andreas als Rastplatz vorgesehen hatte, eine von Eichen umstandene, als mattes Rinnsal aus dem Fels sickernde Quelle.

Während sie etwas aßen, brach der Morgen über die Berge und füllte die Hochebene mit rosigem Licht. Am nördlichen Zugang erhob sich auf einem Schuttkegel ein verfallenes venezianisches Kastell. Ein paar Kilometer weiter sah man das Dorf Askifou.

Andreas zog ein Fernglas aus seinem Rucksack und suchte die Gegend ab. Dann reichte er das Glas an Vangelis und deutete mit dem Finger auf das Kastell. Vangelis fixierte es, nickte und gab das Glas an Johann weiter. Er sah auf dem oberen Mauerkranz die beiden Soldaten. Aus einer Schießscharte ragte hinter Sandsäcken der Lauf eines Maschinengewehrs.

„Ich glaube nicht, dass die uns suchen“, sagte Andreas. „Dieser Posten war immer schon da. Es gibt noch einen anderen in Imbros, kurz vor der Schlucht. Sie kontrollieren die Straße nach Chora Sfakion. Gibt es jemanden aus Askifou, der über unsere Aktion informiert ist?“

„Nur der alte Matthaios“, sagte Pavlos. „Wir haben Georgi zu ihm geschickt, damit jemand Bescheid weiß, wenn etwas schief gehen sollte.“

„Gut“, sagte Andreas.

Nachdem sie gegessen hatten, breiteten die erschöpften Männer Decken aus, um zu schlafen, und Johann streckte sich wieder auf der Trage aus, spürte wundes Pochen in seinem Oberschenkel und fiel schließlich in einen fiebrigen, flachen Schlaf.

„Wach auf!“, zischte Pavlos ihm ins Ohr und rüttelte an seiner Schulter.

Johann stützte sich verschlafen auf den Ellbogen, blinzelte zum Himmel. Die Sonne stand schon weit im Westen. „Wo sind Andreas und Vangelis?“, fragte er.

Statt einer Antwort deutete Pavlos in die Krone einer mächtigen Steineiche, wo Johann die beiden Männer, vom Laub fast völlig verdeckt, auf einer beindicken Astgabel hocken sah. Andreas hielt das Fernglas und spähte Richtung Dorf, und Pavlos deutete jetzt aufgeregt in die gleiche Richtung. Vom Kastell her bewegten sich zwei Lastwagen auf das Dorf zu. Auf den Ladeflächen saßen Soldaten, etwa sechzig Mann insgesamt.

Mit bloßem Auge erkannte Johann die Karabiner, die wie Nadeln nach oben stachen. „Was haben die vor?“, flüsterte er.

„Heilige Mutter Gottes“, sagte Pavlos und bekreuzigte sich, „lass sie weiterfahren. Bitte mach, dass sie weiterfahren.“

Aber sie fuhren nicht weiter, sondern hielten offenbar mitten im Dorf an. Andreas und Vangelis kletterten vom Baum herunter, da von oben auch nichts mehr zu erkennen war. „Sie werden das Dorf durchsuchen“, sagte Andreas.

Vangelis nickte mit zusammengebissenen Zähnen. Pavlos hatte die Hände gefaltet und bewegte lautlos die Lippen. Als eine Gewehrsalve die Stille zerriss, zuckten sie zusammen, als seien sie selbst getroffen worden. Johann sah auf die Uhr. Viertel nach sechs. Zehn Minuten später krachte eine zweite Salve.

Pavlos bekreuzigte sich. Vangelis murmelte: „Diese Schweine.“

Plötzlich hob Andreas das Fernglas, richtete es aufs Dorf, gab es Vangelis, und der nickte und sagte: „Georgi kommt."

Zehn Minuten später erschien eine Kolonne von etwa dreißig Soldaten, die auf den Steilhang zumarschierten. Sie bildeten in Abständen von zehn Metern einen lang gezogenen, halbkreisförmigen Kordon und rückten, die Karabiner in den Armbeugen, langsam weiter vor.

„Die wissen, wo wir stecken", sagte Andreas. „Das ist eine Treibjagd. Wir müssen verschwinden."

In diesem Moment hörten sie Schritte und keuchenden Atem hinter sich. Aus dem Schatten der Eichen lief ein junger Mann auf sie zu, Stirnband und schwarzes Leinenhemd durchgeschwitzt.

„Weg, schnell weg!", keuchte Georgi. Sie rafften ihre Ausrüstung zusammen. „Wir müssen höher. Da oben gibt es Höhlen."

„Aber der Fels ist so steil, dass wir Yannis mit der Trage nicht hinaufbekommen", sagte Vangelis.

Johann sah Andreas in die Augen. „Lasst mich hier", sagte er. „Bringt euch in Sicherheit. Die wollen sowieso nur mich."

„Kommt nicht infrage. Wir brauchen dich auch, Yannis."

„In den Baum!", sagte Pavlos.

Vangelis kletterte bereits mit einem Seil in der Hand auf den Baum, legte es über die Astgabel und warf das Ende des Seils nach unten. Pavlos schlang es Johann unter den Achseln hindurch, Vangelis zog, und Andreas und Pavlos hoben Johann so weit wie möglich hoch. Der Strick schnürte Johann die Brust ab, er rang nach Luft und stöhnte, aber dann war er oben, und Vangelis gelang es, ihn so in die Astgabel zu setzen, dass er mit dem Rücken gegen den Stamm lehnte und die Beine auf dem Ast ausstrecken konnte. Der Schmerz im Oberschenkel wühlte wie ein stumpfes Messer. Vangelis band Johann mit dem Seil am Stamm fest, damit er nicht abrutschen konnte, und kletterte wieder nach unten.

„Du bist nicht zu sehen", hörte Johann Andreas' Stimme.

Dann gab es einen kurzen Wortwechsel, den Johann nicht verstand, und Vangelis kam noch einmal zu ihm heraufgeklettert. Er legte die Beretta von Andreas in Johanns Schoß. „Hoffentlich brauchst du sie nicht", flüsterte er und huschte wie eine Katze nach unten.

Das Rascheln und Scharren ihrer Schritte entfernte sich schnell, und es wurde still.

In Johanns Oberschenkel brüllte der Schmerz, aber er biss sich auf die Lippen, bis sie bluteten, und vermied jede Bewegung.

„Hierher!“, hörte er eine Stimme auf Deutsch rufen. „Hier, bei den Eichen ist die Quelle!“

„Dann können sie nur weiter nach oben gegangen sein“, sagte eine andere Stimme, und eine dritte brüllte: „Auf den Hang vorrücken. Abstand verringern!“ Etwas leiser dann: „Zwei Mann bleiben hier. Werchel und Papst. Wenn Sie die Burschen sehen, sofort von der Waffe Gebrauch machen.“ Schritte, Stimmengewirr, raschelndes Laub und schlagende Zweige von Büschen, Fluchen und Keuchen, schollerndes Geröll.

Johann umklammerte den Kolben der Beretta so fest, dass die Fingerknöchel weiß wurden, starrte durch die lichte Stelle der Krone in den Himmel, ein tintenblauer, von rosigen Schlieren durchzogener Fleck. Die Wärme des Bluts auf seiner Unterlippe. Das Pochen des Bluts im Oberschenkel. Er rührte sich nicht.

„Die sind doch längst über alle Berge“, sagte jetzt einer. „Gib mir mal Feuer.“ Das Schnicken eines Feuerzeugs. Tabakaroma zog durchs Blattwerk.

„Immer dasselbe“, sagte der andere. „Vielleicht hat der alte Mann auch gelogen. Vielleicht waren die gar nicht hier.“

Die Rinde drückte nicht mehr gegen Johanns Rücken. Da war kein Gefühl mehr. Oder doch. Da war jetzt ein Ineinanderfließen, ein Verschmelzen. Seine Beine gehörten dem Ast, auf dem sie ruhten. Die Blätter wisperten Worte. Du bist mein Gast, sagte der Baum.

Ein scharfer Knall zerriss die Stille. Das Prasseln einer Salve. Geschrei, Getrampel, Flüche, Befehle.

„Sie haben sie erwischt“, sagte einer unter dem Baum.

„Zurück aus dem Hang!“, brüllte es aus größerer Entfernung. „Alle Mann zurück zur Straße!“

„Was ist denn los?“

„Verdammt! Wir haben auf unsere eigenen Leute geschossen.“

JOHANN schlug die Augen auf. Im Schein der Petroleumlampe hockten seine Gefährten am Boden und sahen ihn an. Der Schmerz im Bein rumorte dumpf. Auf der Stirn spürte er Feuchtigkeit. Sie hatten ihm einen kalten Umschlag aufgelegt, um das Fieber zu senken.

„Vor drei oder vier Stunden haben wir dich aus dem Baum geholt“, sagte Andreas. „Und dann sind wir aufgebrochen. Dies ist unsere erste Rast für heute Nacht.“

Johann bat um Wasser und eine Zigarette. „Was ist passiert?“

„Nachdem wir dich auf den Baum gehievt hatten“, erzählte Andreas, „sind wir in die steilen Felsen oberhalb der Quelle geklettert und haben uns in einer der Höhlen versteckt. Die deutschen Soldaten sind über die Geröllhalden immer höher hinaufgerückt. Plötzlich sind Schüsse gefallen. Offenbar hat einer der Soldaten die Nerven verloren, einen seiner Kameraden in der Dämmerung für einen von uns gehalten und ihn erschossen. Ein anderer Soldat hat daraufhin eine Handgranate in die Richtung geworfen, aus der der Schuss gekommen war. Die Explosion hat eine Gerölllawine ausgelöst, die mehrere Soldaten mit sich gerissen hat. Und dann haben sie den Toten und die Verletzten aus dem Hang abtransportiert und sind zurück ins Dorf marschiert. Inzwischen war es längst dunkel geworden. Wir haben dich aus dem Baum geholt. Und dann sind wir weiter nach Süden gegangen, weiter zur Küste, wo wir hinmüssen.“

Johann spürte Erleichterung. „Der Baum“, flüsterte er, „er hat mich beschützt. Dann ist alles noch einmal gut gegangen.“

„Nein“, sagte Andreas, „das ist es nicht. Bevor sie abgezogen sind, haben sie das Dorf in Brand gesetzt. Und außerdem haben sie dort zehn Männer erschossen. Auch Matthaios.“

Im Schein der Lampe sah Johann, dass Andreas Tränen in den Augen hatte. „Es ist meine Schuld“, hörte er sich sagen. Seine Stimme kam ihm wie die eines Fremden vor.

Andreas legte Johann eine Hand auf die Schulter. „Du hattest keine Wahl. Wer keine Wahl hat, kann nicht schuldig sein. Lasst uns weitergehen. Wir müssen vor dem Morgengrauen bei der alten Funkerhütte sein.“

Ab jetzt übernahm Georgi die Führung, weil er sich in diesem Teil der Insel besser auskannte als Andreas. Mit dem Tragen der Bahre, auf der Johann hilflos lag, wechselten sie sich ab. Der Eselspfad endete auf einem Plateau mit einer aufgemauerten Quelle, die eiskaltes Wasser gab. Von dichtem Buschwerk verborgen, lag der Unterschlupf im Schatten der Pinien, deren Spitzen im ersten Sonnenlicht wie Kerzen strahlten.

Die Hütte war bis vor kurzem von britischen Agenten als Funkstation benutzt worden. Sie diente den Andarten als Lager und Versteck. Die Männer waren vom zweiten Nachtmarsch so erschöpft, dass sie nur noch Johanns Verband wechselten, die Reste ihres Proviants verzehrten, die Decken aufs Laubpolster breiteten und einschliefen, während der gleißende Tag über der Insel aufzog.

Johann erwachte am späten Nachmittag. Er fühlte sich erfrischt, und auch der Schmerz in seinem Bein hatte nachgelassen. Er robbte auf dem

Bauch zum Eingang. Andreas, Vangelis und Pavlos saßen rauchend auf dem Bassin der Quelle, Georgi war nirgends zu sehen. Auf den bewaldeten Steilhängen lag ein blauer Schimmer. *„Kali spera"*, sagte Johann.

Pavlos half ihm, auf einem Bein zur Quelle zu humpeln. Wenig später kam Georgi aus dem Dorf Imbros mit Proviant und sogar mit einer Krücke für Johann zurück. Johann begann, damit unter Beifalls- und Anfeuerungsrufen auf dem Plateau herumzuhumpeln.

Georgi hatte im Dorf die notwendigen Informationen bekommen. Wie erwartet gab es auf der Straße, die entlang der Imbros-Schlucht nach Chora Sfakion führte, Konvois der aus dem Süden abrückenden deutschen Truppen und mehrere Kontrollpunkte. Auch der Einstieg zur Schlucht war durch deutsche Posten blockiert. Einige Kilometer weiter südlich, wusste Georgi jedoch, gab es noch einen zweiten, den Einheimischen bekannten Einstieg zur Schlucht.

„Wir müssen es dort versuchen", sagte Andreas, nachdem sie alle Möglichkeiten abgewogen hatten. „Wenn wir es nicht schaffen, die Schlucht heute Nacht zu durchqueren, werden wir nicht pünktlich am Strand sein. Auf uns warten kann das Boot aber auf keinen Fall."

„Und deshalb", sagte Georgi schlau grinsend, „habe ich die hier mitgebracht." Er griff in den Sack, zog zwei britische Taschenlampen heraus und hielt sie triumphierend hoch.

„Ich könnte dich küssen", sagte Pavlos.

„Lieber nicht", sagte Georgi. „Aber wenn du deiner Schwester sagst, dass sie das für dich übernehmen soll …"

Pavlos fuhr hoch. „Lass meine Schwester aus dem Spiel", fauchte er und packte Georgi am Arm.

Georgi stieß ihn von sich. „Fass mich nicht an, du Kommunist!"

„Kommunist? Ich? Du Trottel weißt doch nicht mal, was ein Kommunist ist!"

„Du hast dich mit Leuten von Papadakis getroffen, bei der Taufe von dessen Enkel!", blaffte Georgi. „Und jeder weiß, dass die mit den Kommunisten vom Festland zusammenarbeiten. Wir wollen aber keine Kommunisten und erst recht keine vom Festland auf unserer Insel!"

Andreas stellte sich zwischen die beiden Streithähne. „Hört auf! Mir ist es egal, ob jemand Kommunist ist. Ich will ein freies Kreta, sonst gar nichts."

„Ich will ja nur, dass dieser kleine Angeber seine Hände von meiner Schwester lässt", sagte Pavlos, und sein Ton klang schon wieder versöhnlich. „Gehen wir also."

Solange sie, von Georgi geführt, im schnell dunkler werdenden Zwielicht der Dämmerung über Eselspfade gingen, kam Johann mit der Krücke gut zurecht. An manchen Stellen legten sie ihn wieder auf die Bahre und schleppten ihn über Felsvorsprünge, bis er weiterhumpeln konnte.

Als der letzte Tagesschimmer im Westen versunken war, hatten sie die Ostseite der Schlucht erreicht.

„Wir sind da“, flüsterte Georgi und zeigte auf eine von Buschwerk und Disteln überwucherte Felsspalte in der Abbruchkante, die kaum zu erkennen war.

Pavlos setzte sich auf den Hosenboden und rutschte den Spalt hinunter, bis nur noch sein Kopf über die Kante ragte. „Das wird Yannis nicht allein schaffen“, raunte er nach oben. „Aber wir können ihn vielleicht abseilen.“

Obwohl Johann protestierte, legte er sich schließlich doch auf die Bahre und ließ sich festzurren. Am oberen Ende der Bambusstöcke befestigten sie ein Seil. Pavlos und Georgi kletterten voraus und hielten die Bahre von unten, während Andreas und Vangelis von oben das Seil sicherten und Stück für Stück abließen. Die Männer schwitzten, keuchten vor Anstrengung, fluchten vor sich hin und warfen sich kurze Anweisungen zu.

An einer Stelle, an der es fast senkrecht abwärts ging, mussten sie die Taschenlampen anknipsen, um einen Durchstieg zu suchen. Georgi fand schließlich Halt auf einem Felsvorsprung, während Pavlos sich auf einen aus dem Fels ragenden Baumstumpf stellte.

Als sie schon zugreifen wollten, um die von oben nachgeschobene Bahre in Empfang zu nehmen, brach mit einem knirschenden Seufzer das Holz unter Pavlos’ Füßen. Er verlor den Halt, stieß ein entsetztes „Heilige Mutter Gottes!“ aus und stürzte den Hang hinab. Während die anderen nur mit Mühe sich selbst im Gleichgewicht und die Bahre festhalten konnten, hörten sie, wie Pavlos’ Körper Geröll und brechende Äste mit sich riss und schließlich mit einem dumpfen Aufprall zur Ruhe kam.

Dann herrschte Totenstille. Johann wollte schreien, brachte aber nur ein Gurgeln hervor.

Endlich erreichten sie den Grund der Schlucht. Johann hörte sanftes Plätschern und Strömen von Wasser. Schweiß und Tränen brannten ihm in den Augen. Während er die Bänder löste, mit denen er festgezurrt war, sich von der Bahre schob und auf den Felsboden setzte, knipsten die anderen die Taschenlampen an und verschwanden in der Finsternis.

Als sie zurückkamen, trug Andreas Pavlos’ Rucksack, Georgi seine Maschinenpistole, und Vangelis hielt seine Stiefel in der Hand. Seinen Körper hatten sie mit Steinen bedeckt, um ihn vor Aasfressern zu schützen. Später wollten sie ihn holen, damit er bei seiner Familie liegen konnte. Wann das sein würde, wusste keiner von ihnen.

In der Morgendämmerung erklärte Georgi, dass sie nur noch eine Stunde vom Ausgang der Schlucht entfernt seien und dies der beste Platz, zu schlafen und den Tag abzuwarten, um in der nächsten Nacht zur Küste zu marschieren. Sie schlugen ihr Lager auf, aßen, tranken dazu Wasser aus dem Bach und beschlossen, Wachen einzuteilen. Johann spürte, wie die Wunde pochte und er wieder zu fiebern begann, übernahm aber, während die anderen sich zum Schlafen zwischen Moos und Farnen ausstreckten, die erste Wache. Er lehnte an einem Platanenstamm und zog gierig an einer Zigarette. Der Rauch stieg in der stillen Luft in die Höhe und verging im Blau des Morgens. Müdigkeit strich über Johanns Augen und Glieder, das Fieber wärmte ihn wie ein heißes Bad. Wie ihn gestern der Baum aufgenommen und beschützt hatte, so lud ihn nun diese Schlucht ein, ihr Gast zu sein, für immer, wie auch Pavlos für immer ihr Gast sein würde. Johann musste nur die bleischweren Lider schließen, um diese Gastfreundschaft anzunehmen. Mit dem Schrei: „Heilige Mutter Gottes!“ schreckte er schweißgebadet hoch. Auch die anderen waren aufgewacht und sahen ihn an.

„Warum hast du geschrien, Yannis?“, fragte Andreas.

Johann gab keine Antwort, sondern schloss wieder die Augen, und im Wegdämmern spürte er, dass ihm ein Umschlag kühler Feuchtigkeit auf die Stirn gelegt wurde. An weitere Träume konnte er sich nicht erinnern, als er am Spätnachmittag erwachte. Das Fieber schien abzuklingen.

Georgi, inzwischen von einem Erkundungsgang zurück, brachte schlechte Nachrichten. Kurz vor dem Ausgang der Schlucht gab es hinter einer Biegung eine sehr schmale Stelle, an der die Schlucht nur zwei Meter breit war. „Wie ein Türspalt“, sagte Georgi. „Und dahinter stehen deutsche Posten. Ich habe zwei Soldaten gesehen. Vielleicht sind es sogar mehr.“

Andreas runzelte die Stirn. „Schlecht“, sagte er, „sehr schlecht. Wenn Schüsse fallen, haben wir sofort eine ganze Kompanie am Hals. Nein, wir müssen es anders machen.“ Er zündete sich eine Zigarette an, dachte nach.

Georgi zog beiläufig das lange Messer mit Silberknauf aus seiner Bauchschärpe, pfiff leise eine Melodie vor sich hin, setzte sich plötzlich die rasiermesserscharfe Klinge an den Hals und sagte: „So.“

Andreas nickte grinsend. „Genauso. Wir müssen sie aber auf unsere

Seite des Türspalts locken. Auf ihrer Seite haben wir keine Chance.“ Er fixierte Johann. „Yannis wird unser Lockvogel sein.“

Johann sah ihn verständnislos an. „Wie meinst du das?“

„Soviel ich weiß, sprichst du nicht nur Griechisch, sondern auch ein bisschen Deutsch“, sagte Andreas lächelnd und erklärte seinen Plan, dem Johann gern widersprochen hätte, aber er fand kein Argument.

Als es stockdunkel geworden war, brachen sie auf. Zweihundert Meter vor dem engen Durchgang deponierten sie ihr Gepäck und schlichen weiter, bis sie nur noch fünfzig Meter von der Klamm entfernt waren. Andreas duckte sich auf einer Seite des Steilhangs hinter einen Felsen, Georgi und Vangelis verschwanden auf der anderen Seite im Schatten einer verkrüppelten Pinie. Johann blieb in der Mitte der Schlucht stehen, direkt am Bachlauf, konnte seine Gefährten nicht mehr sehen, sah nach vorn, wo der Spalt dämmerte, spürte das Pochen in seinem Bein, den Druck des Pistolenlaufs zwischen Gürtel und Hüfte, schwitzte und fror zugleich.

„Also los, Yannis!“, hörte er Andreas aus dem Dunkel zischen.

Johann packte die Taschenlampe fester, atmete tief durch. Noch einmal holte er tief Luft, und dann brüllte er, so laut er konnte: „Achtung! Posten dahinten! Hören Sie mich?“

Von den Felswänden hallte das Echo, aber niemand antwortete. „Verdammt noch mal! Posten! Verstehen Sie etwa kein Deutsch mehr? Was ist das denn für ein Saustall da?“

Der Lichtkegel einer starken Lampe flammte auf, strich tastend über die Kanten der Klamm und drehte dann in Johanns Richtung.

„Funzeln Sie da doch nicht so rum, Mann!“, brüllte er. „Wie lautet Ihre Parole?“ Zwei, drei Sekunden dachte er, das geht nicht gut. Wenn die jetzt ihrerseits nach der Parole fragten …

„Inselfestung! Wer da?“

„Suchtrupp aus Chania! Hauptmann Johannsen!“

„Wir haben keine Informationen über Sie!“, kam es zurück.

„Natürlich nicht, Mann! Geheimes Kommando! Wir haben hier ein Problem mit einem Verwundeten! Schicken Sie zwei Mann durch den Engpass! Bisschen Beeilung!“

Kurzes Schweigen. Dann: „Wir sind nur zwei!“

„Quatschen Sie doch keine Scheiße, Mann! Ich weiß ja, dass Sie zu zweit sind! Tempo, Tempo, der Mann verblutet sonst!“

Der Lichtkegel torkelte zögernd näher. „Wo stecken Sie denn, Herr Hauptmann?“

„Hier!“, brüllte Johann, knipste die Taschenlampe an und schwenkte sie hin und her. „Dalli, dalli, Leute!“

Geröll knirschte unter hastigen Stiefeltritten, der Lichtkegel irrte suchend durchs Dunkel, hatte Johann immer noch nicht erfasst. Er humpelte auf die Pinie zu, hinter der sich Georgi und Vangelis versteckten, schwenkte wieder die Taschenlampe. „Hierher!“ Er stolperte über eine Baumwurzel, stürzte zu Boden, wurde im gleichen Moment vom Lichtstrahl der Taschenlampe erfasst. Johann zog Andreas' Pistole aus dem Hosenbund und hielt sie mit ausgestreckten Armen in Richtung des Lichts.

„Was zum Teufel …“, entfuhr es dem mit der Lampe, aber da wuchsen hinter den Soldaten zwei Schatten aus der Nacht. Johann sah Metall aufblitzen, sah schnelle, heftige Bewegungen. Ein kurzes Handgemenge, Flüche, die Lampe fiel scheppernd auf Stein, verlöschte. Im geisterhaften Licht brach der erste Soldat lautlos, der zweite mit einem lang gezogenen Gurgeln zusammen. Ein Karabinerkolben krachte gegen Gestein.

„Mach die Taschenlampe an“, sagte Vangelis heiser.

Jetzt zitterte Johann stärker als zuvor, er knipste die Lampe an und stemmte sich mit der Krücke vom Boden hoch. Andreas kam, die Maschinenpistole im Anschlag, von der anderen Seite der Schlucht. Johann richtete den Lampenstrahl auf die beiden Toten. Einer lag lang ausgestreckt auf dem Rücken, der andere zusammengekrümmt auf dem Bauch. Blut quoll aus ihrem Hals.

„Großer Gott“, sagte Johann, wie aus einem Albtraum erwachend, „was … was habe ich …“

„Du hast dein Leben gerettet“, sagte Andreas ruhig. „Und unser Leben auch.“

Die zwei Landsleute in ihrem Blut hatten seine Stimme gehört, hatten ihrer Sprache vertraut. Das hatte sie das Leben gekostet.

Als Johann nach Mitternacht ins Boot gezogen wurde und das Boot aus der Bucht auslief, näherte sich ein Suchscheinwerfer. Vom Ufer hörte man Kommandos und Geschrei, das aber im gleichmäßigen Nageln des Schiffsdiesels von Sekunde zu Sekunde leiser wurde. Johann fragte sich, was für eine merkwürdige Sprache das wohl sei, in der dahinten auf dem Strand geschrien wurde. Er wusste, dass er sie früher einmal selbst gesprochen hatte.

Der Griff des Scheinwerfers erreichte das Boot nicht mehr. Johann hörte die Männer im Boot singen. Ein wildes Lied, dessen Sprache Johann nicht verstand.

Das Zimmer, in dem Johann zu sich kam, war klein. Das große, dunkle Rechteck neben der Kommode war eine Tür. Er schloss die Augen wieder. Der Schmerz pochte. Die Zunge war hart wie Stein. Er hatte unbändigen Durst.

Holz knarrte. Metall quietschte. Die Tür wurde geöffnet. Eine Frau kam herein, klein, gebeugt, im schwarzen Kleid, das dunkelblaue Kopftuch tief in die Stirn gezogen. Sie neigte sich über ihn. Ihr Gesicht war faltig wie Rinde von Olivenbäumen. Sie reichte ihm einen Blechbecher. Er trank. Die Alte schob die Wolldecke beiseite, verband die Wunde mit einem frischen Tuch und öffnete den Fensterladen, sodass Johann vor der strahlenden Gewalt des Tages die Augen schließen musste, und dann ließ sie ihn allein.

Obwohl er wusste, dass er Fieber hatte, fühlte er sich erfrischt, schlug die Decke weg und setzte sich auf die Bettkante. Das Fenster wies auf einen gepflasterten Innenhof, in dem zwei Olivenbäume standen. In ihrem Schatten war das Motorradgespann geparkt, mit dem Andreas und er über die Insel gefahren waren.

Johanns Blick fiel auf die Bilder an der Wand, vier Fotos in dunklen Holzrahmen, aber als er aufstehen wollte, um sie sich aus der Nähe anzusehen, stand plötzlich Eléni in der Tür. Sie war gekleidet wie die Alte, schwarzes, bodenlanges Kleid und Kopftuch. Johann blickte in mandelförmige Augen, in ein strahlendes, ein wenig verlegenes oder besorgtes Lächeln. In der Hand hielt sie ein Tablett, auf dem Tomaten, Käse, Brot und eine Wasserkaraffe standen. Er wollte aufspringen, sie umarmen, knickte aber gleich wieder ein und sagte mit schmerzverzerrtem Lächeln, wie sehr er sich freue, sie zu sehen.

„Ich freue mich auch“, sagte sie schüchtern und setzte das Tablett auf einem Stuhl neben dem Bett ab. „Großmutter sagt, dass du essen musst.“

Er schob sich das Tablett auf die Knie, fasste nach ihrer Hand, was sie geschehen ließ, zog sie auf den Stuhl neben sich und begann, ohne den Blick von ihr zu wenden, zu essen, während sie die Augen niederschlug und an ihrem Kopftuch herumzupfte.

„Das ist also deine Großmutter“, sagte er. „Die Mutter von Andreas? Ich meine, von deinem Vater?“

„Nein, das ist die Mutter meiner Mutter.“

„Sind wir hier in ihrem Haus?“

Sie schüttelte den Kopf. „Ihr Haus ist in Korifi. Aber alle sind hierher gekommen, nach Agia Galini. Dies ist das Haus von Onkel Demis. Er ist ein Bruder meines Vaters.“

„Hat er uns mit dem Boot abgeholt?“

Sie nickte. „Er hat sogar zwei Boote“, sagte sie stolz. „Er ist Fischer. Und seine Söhne, meine Vettern, sind auch alle Fischer.“

„Ich verstehe“, sagte Johann, nahm das Tablett von den Knien und stellte es neben sich aufs Bett.

„Du musst mehr essen. Du musst wieder gesund werden.“

„Ja“, sagte er, spürte, wie der Schmerz stechend vom Schenkel bis in die Zehenspitzen zog, „ich will gesund werden. Für dich.“

Röte überzog ihr Gesicht. Sie nahm das Brot vom Tablett, hielt es ihm hin und berührte dabei wie zufällig seine Hand. „Iss wenigstens Brot. Brot gibt es nur noch ganz selten.“

Er brach ein Stück von dem Brot ab, kaute bedächtig. Sie sah ihm schweigend zu. Er wusste nicht, was er sagen sollte, und fragte schließlich, indem er auf eins der Bilder an der Wand deutete: „Ist das deine Familie?“

Sie ging zur Kommode und zeigte auf das Gruppenfoto. „Das ist die Familie von Onkel Demis. Sie stehen vor den Booten am Kai. Und das hier“, sie zeigte auf ein Foto, das eine Ortsansicht zu sein schien, „das ist Agia Galini. Das Foto ist vom Boot aus gemacht worden. Das daneben ist Onkel Demis und das“, sie tippte auf das vierte Foto und sagte lächelnd, „den kennst du ja schon.“

Johann beugte sich vor. „Andreas?“

„Mein Vater, ja“, nickte sie.

„Wer hat die Fotos denn gemacht?“

„Pavlos.“

„Heilige Mutter Gottes!“, entfuhr es ihm. „Weißt du …?“

„Ja“, sagte sie leise, „sie haben es erzählt. Die Fotos hat aber ein anderer Pavlos gemacht. Eigentlich heißt er Paul. Aber hier nennen ihn alle Pavlos. Ich muss jetzt …“ Von draußen wurde ihr Name gerufen. „Hörst du? Sie warten auf mich.“

„Kommst du zurück? Ich hoffe es sehr“, sagte er.

„Ich hoffe es auch.“ Dann war sie verschwunden.

Johann streckte sich auf dem Bett aus. Eléni war in seiner Nähe, Andreas würde bald kommen. Und dennoch fühlte er sich fehl am Platz. Dies war nicht sein Ort, dies waren nicht seine Leute, und die Stimmen, die er manchmal durch die geöffnete Zimmertür hörte, sprachen nicht seine Sprache. Es gab aber kein Zurück.

Er hörte Schritte auf dem Lehmboden. Andreas kam ins Zimmer, begleitet von einem Mann mit rötlich blonden Haaren. Johann richtete sich auf.

Andreas klopfte ihm auf die Schulter, der andere Mann musterte ihn nicht unfreundlich mit wasserblauen Augen und reichte ihm die Hand.

„Das ist Pavlos", sagte Andreas.

Johann erwiderte den Händedruck. Der Mann lachte ihn breit an. „Wir kennen uns ja schon", sagte er. Sein Griechisch hatte einen Akzent.

„Ja", sagte Johann, „aber ich kann mich nicht erinnern …"

„Du hast ihn dreimal gesehen", grinste Andreas. „Vor der Taverne meines Schwagers. Und dann in Heraklion. Und das dritte Mal, als wir dich aus dem Wagen geholt haben. Pavlos war der in der deutschen Uniform."

„Dann bist du also dieser … der Engländer", sagte Johann.

„Einer von vielen", grinste der Mann. „Mein Name ist Paul Bates. Hier bin ich Pavlos, so, wie du Yannis bist."

Eine Weile schwiegen sie, bis Andreas fragte: „Wie fühlst du dich, Yannis?"

„Manchmal geht es ganz gut. Aber dann habe ich wieder Schmerzen."

Paul nickte. Die Wunde habe sich inzwischen leider entzündet. Johann brauche dringend einen Arzt, zumindest aber Penicillin. Man habe aber kein Penicillin mehr, und Dr. Xenakis nach Agia Galini zu schaffen sei unmöglich. Glück im Unglück sei jedoch, dass in der kommenden Nacht ein Schiff aus Ägypten erwartet werde. Es bringe Nachschub und Ablösung für britische Agenten und das Andartiko. Das Schiff werde Johann mitnehmen, damit er in Kairo in einem Lazarett versorgt werden könne.

„In Kairo? Ich will nicht nach Ägypten!"

„Es ist deine einzige Chance", sagte Andreas. „Wenn du nicht ganz schnell einen richtigen Arzt bekommst …"

„Was dann?"

„Dann muss dein Bein amputiert werden", sagte Bates kühl.

Johann starrte fassungslos die schmutzige Zimmerdecke an.

„Wir lassen dich nicht allein, Yannis", sagte Andreas sanft, als spräche er zu einem Kind, zu einem Sohn. „Georgi wird mitkommen."

„Auch ohne die Verletzung", ergänzte Bates, „müssten wir dich früher oder später nach Kairo bringen. Unser Geheimdienst muss mit dir reden. Die Informationen, die du über die hiesigen Verhältnisse hast, könnten für uns von enormer Bedeutung sein."

„Ich bin kein Verräter", stammelte Johann, „kein Deserteur, ich bin Zivilist, Archäologe, ich bin, ich weiß nicht, was ich bin, ich weiß nicht mehr, wohin ich gehöre, ich …"

„Du bist unser Gast", sagte Andreas und wischte Johann mit dem Lappen Schweiß von der Stirn. „Und du gehörst zu uns, jedenfalls so lange, wie dieser Krieg dauert. Wir brauchen dich. Aber wir brauchen dich gesund, mit beiden Beinen."

„Versprecht ihr mir, dass ich zurückkomme?"

„Ich gebe dir mein Wort", sagte Andreas und legte die rechte Hand aufs Herz.

BEI EINBRUCH der Dunkelheit setzten sie sich in Marsch. Gegen Mitternacht erreichten sie das Meer. Schon nach wenigen Minuten des Wartens sahen sie Masten und Aufbauten des Schiffs. Es kam näher, drehte kurz vor der Bucht bei, warf Anker.

Vangelis und Andreas hoben Johann in ein Boot, Georgi stieg ebenfalls ein.

Andreas küsste Johann auf die Stirn und schlug ein Kreuzzeichen in die Luft. Dann zog er sein Komboloi heraus und drückte es Johann in die Hand. „Mit den Perlen kannst du deine Sorgen zählen", sagte er. „Und manchmal vergisst man beim Zählen seinen Kummer. Leb wohl."

Am Schiff angelangt, hievte man Johann behutsam an Bord. Georgi und ein Matrose trugen ihn unter Deck und legten ihn in einer stickigen Kabine auf eine Koje. Wenige Minuten später erschien ein graubärtiger, korpulenter Mann mit gerötetem Gesicht. Er stellte sich als Kapitän McGuire vor. Ein Arzt sei nicht an Bord, sagte er, aber eine Penicillinspritze, und die werde er, der Kapitän, Johann nun höchstpersönlich verpassen. Den Einstich spürte Johann nicht, weil sein Oberschenkel fühllos wie ein mürbes Stück Holz geworden war.

McGuire verließ die Kabine. Georgi folgte ihm, kam aber nach wenigen Minuten zurück, in einer Hand einen Blechnapf mit Reis, Ziegengulasch und Bohnen, in der anderen eine Flasche englischen Gin.

Während sie aßen, schwelgte Georgi in Vorfreude, malte sich aus, wie er die Pyramiden ersteigen wollte, fantasierte von sagenhaft schönen Ägypterinnen, die nicht so kompliziert tugendhaft wie die kretischen Mädchen seien, die man, wenn man sie haben wolle, erst auf umständliche Weise entführen müsse. Womit man dann zwar das Mädchen für sich gewonnen habe, aber zumeist auch eine blutige Familienfehde am Hals.

Johann nahm sich vor, sofort nach seiner Rückkehr Eléni zu entführen. Aber bevor er Georgi in seine Idee einweihen konnte, überfiel ihn der Schlaf so plötzlich, als habe er einen schmerzhaften Schlag auf den Kopf bekommen.

Zwei Lastwagen und ein kleinerer Transporter mit rotem Kreuz auf der olivgrünen Plane erwarteten das Schiff in Mersah Matruh. Johann wurde auf einer Trage über die Gangway gebracht und neben dem Rote-Kreuz-Wagen abgesetzt. Einige britische Offiziere begrüßten die anderen Passagiere. Georgi blieb neben Johann stehen, und als einer der Offiziere ihn mit ungeduldigen Gesten aufforderte, zu den anderen Kretern auf die Ladefläche zu steigen, weigerte er sich.

Bevor es zu einer Auseinandersetzung kommen konnte, tauchte hinter den Lastwagen ein kleiner Mann mit Strohhut und weißem Leinenanzug auf. Er kam mit schnellen Schritten auf sie zu, reichte Georgi die Hand, beugte sich zu Johann und schüttelte auch ihm die Hand. „Willkommen in Ägypten", sagte er lächelnd in akzentfreiem Deutsch. „Mein Name ist Bloomfeld. Alfred Bloomfeld. Ich habe den Auftrag, Sie hier zu betreuen, Herr Martens. Wir werden Sie in ein Lazarett bringen. Ihr griechischer Freund kann Sie leider nicht begleiten, aber …"

„Er hat aber sein Wort gegeben, nicht von meiner Seite zu weichen, bis ich …"

„Gewiss, gewiss", sagte Bloomfeld, „Sie werden ihn selbstverständlich wiedersehen. Aber im Lazarett können wir ihn beim besten Willen nicht unterbringen. Bitte sagen Sie ihm, dass er zu seinen Freunden einsteigen soll, damit wir losfahren können."

„Also gut", nickte Johann erschöpft und übersetzte Georgi, was Bloomfeld gesagt hatte.

„Warum kann der Mann Deutsch?", fragte Georgi.

Johann zuckte mit den Schultern. „Warum nicht? Ich kann ja auch Griechisch."

Georgi, der sichtlich erleichtert war, sich nun seinen Landsleuten anschließen zu können, lachte und zog einen Briefumschlag aus der Tasche. „Das ist eine Nachricht von Andreas, und die soll ich demjenigen geben, der dich hier in Empfang nimmt." Er reichte Bloomfeld den Umschlag, bückte sich, küsste Johann auf beide Wangen, schlenderte zum wartenden Lastwagen und kletterte auf die Pritsche. „Ich werde dich besuchen!", rief er Johann zu, als der Lastwagen anfuhr.

Der Sanitäter, der hinter dem Steuer des Rote-Kreuz-Wagens gesessen hatte, stieg aus, sah sich Johanns Verwundung an, verband sie neu, gab ihm eine Spritze und zwei Schlaftabletten, die schnell und gründlich wirkten. Als Johann erwachte, fand er sich in einem weiß gekalkten Zimmer wieder. Das geöffnete Fenster wies auf einen Park.

Wenige Minuten später kam ein Mann ins Zimmer, der eine Kakiuniform trug, ohne Rangabzeichen, Halbglatze, blonder Bürstenschnurrbart. Er stellte sich als Dr. Simmons vor und erklärte, dass Johann im letzten Moment eingeliefert worden sei. Er habe ihm heute früh, sofort nach Eintreffen des Transports, unter Narkose Gewebe entfernt, das von Wundbrand befallen gewesen sei. Wäre er auch nur einen Tag später gekommen, wäre sein Bein nicht mehr zu retten gewesen. In spätestens einem Monat sei er vollständig wiederhergestellt.

Nachdem Simmons gegangen war, erschien Bloomfeld. Er zog einen Stuhl heran und setzte sich neben Johanns Bett. „Der junge Mann, der mit Ihnen gekommen ist, Georgi, hat uns einen Brief Ihres Freundes Andreas Siderias übergeben. Dem Brief beigefügt war auch ein Bericht unseres Agenten Paul Bates, den Sie kennen gelernt haben. Wir wissen, was passiert ist und aus welchen Gründen Sie zu uns gekommen sind. Es versteht sich von selbst, dass wir von Ihnen noch sehr viel mehr erfahren möchten. Angesichts der militärischen Lage könnten sich die Dinge auf Kreta bald zuspitzen, und …“

„Welche militärische Lage?“, fragte Johann.

„Vor einer Woche, am dritten September 1943, ist ein separater Waffenstillstand mit Italien unterzeichnet worden. Deutschland steht in Italien militärisch allein. Und da die Osthälfte Kretas von Italienern besetzt ist, wird es in den nächsten Wochen auf der Insel ein ziemliches Durcheinander geben, das wir natürlich gern ausnutzen würden. So bald wie möglich werden deshalb zwei britische Offiziere aus Kairo hierher kommen, ins Lazarett nach Alexandria, um sich mit Ihnen zu unterhalten. Wir sind sehr glücklich, dass Sie zu uns gekommen sind.“

„Eigentlich hat man mich eher geholt. Ich weiß nicht mehr, wo ich hingehöre. Der Krieg hat alles auf den Kopf gestellt. Man weiß nicht, wessen Freund und wessen Feind man ist. Ich weiß nicht einmal mehr genau, wer ich selbst bin.“

Bloomfeld nickte. „Für mich dauert der Krieg schon sechs Jahre länger als für Sie. Meine Familie hatte in Hamburg ein ziemlich großes Konfektionsgeschäft. Als Hitler kam, hat man uns gezwungen, zu einem lächerlichen Preis zu verkaufen. Wir sind nach London emigriert. Als der Krieg ausbrach, habe ich mich für den Dienst im britischen Geheimdienst entschieden.“

„Wissen Sie, wie es in Deutschland aussieht?“

„Hamburg ist bombardiert worden“, sagte Bloomfeld leise. „Die halbe

Stadt ist verbrannt. Juden werden vernichtet. Systematisch. Jetzt sind Sie hier. Und wir müssen zusammenarbeiten. Ob uns das passt oder nicht. Gute Besserung, Herr Martens."

AM DRITTEN Tag seines Aufenthalts konnte Johann aufstehen und auf Krücken im Park herumlaufen.

Am vierten Tag erschien Bloomfeld mit zwei britischen Offizieren, Major Grayson und Colonel Stiles, und einem jungen Zivilisten namens Moss. Nachdem man sich begrüßt und sich vorgestellt hatte, entrollte Stiles eine große, sehr detaillierte Karte Kretas und heftete sie mit Reißzwecken an die Zimmerwand. Eine Krankenschwester brachte Kaffee, Zigaretten wurden angeboten.

Grayson bat Johann, noch einmal ausführlich zu erzählen, wieso, wann und wie er nach Kreta geschickt worden sei. Dann erkundigte man sich nach Einzelheiten: Wo hatte er deutsche Stellungen, Posten und Truppenansammlungen beobachtet? Und in welcher Stärke? Welche Strandabschnitte kannte er?

Während Johann erzählte und an dieser und jener Stelle auf die Landkarte tippte, machte Stiles in Kurzschrift Notizen. Schließlich fragte Moss, der bislang geschwiegen hatte, ob Johann die Umgebung der Villa Ariadne bei Heraklion kenne, des Sitzes des deutschen Generalstabs. Und ob er schon einmal in dem Gebäude gewesen sei? Johann verneinte, berichtete aber von seinem Aufenthalt in der Pension „Minos", was Moss und die Offiziere besonders interessierte.

„*Very well then*", sagte Grayson schließlich, während Stiles die Karte von der Wand nahm und einrollte. „Sie haben uns sehr geholfen, Mr Martens. Alles Weitere wird Ihnen Mr Bloomfeld erklären. Eine Frage hätte ich allerdings noch: Wo sind eigentlich die Fotos geblieben, die Sie von diesen deutschen Massakern gemacht haben?"

„Andreas hat sie vermutlich versteckt", sagte Johann.

„Vermutlich hat er das", sagte Grayson und tippte sich dabei nachdenklich mit dem Bleistift gegen die Schneidezähne. „Sind Ihnen im Umkreis von Andreas Siderias jemals irgendwelche kommunistischen Umtriebe bekannt geworden? Oder einschlägige Propaganda?"

Johann zuckte mit den Schultern und dachte an die Auseinandersetzung zwischen Georgi und Pavlos, bevor sie in die Schlucht abgestiegen waren. „Nein", sagte er fest. „Die Leute, mit denen ich es zu tun hatte, sind Kreter. Sie wollen ihre Insel wieder für sich haben. Dafür kämpfen sie."

„Natürlich“, nickte Grayson, „dafür kämpfen wir auch.“ Er stand auf und ging zur Tür. Stiles und Moss folgten ihm.

„Einen Moment bitte noch“, sagte Johann. „Darf ich auch eine Frage an Sie richten?“

„Selbstverständlich.“ Grayson lächelte ihn an.

„Wann komme ich nach Kreta zurück?“

Grayson sah verblüfft aus, Bloomfeld blickte zu Boden. „Tja, also wissen Sie … Mr Bloomfeld wird Ihnen alles Weitere erklären.“

Bloomfeld legte Johann eine Hand auf die Schulter und schlug vor, einen Spaziergang im Park zu machen.

„Nun passen Sie mal auf, Martens“, sagte er, als sie unter Palmen über den Kiesweg gingen, vorbei an anderen Patienten, „auf Kreta sind Sie einer der gesuchtesten Leute. Seien Sie doch froh, dass Sie hier in Sicherheit sind …“

Von der Dachterrasse des Hauses konnte man den Nil sehen. Im Novemberregen verschwamm das gewaltige braune Band seines Wassers zu schmutzigem Grau. Dampfboote stießen Rauch in den niedrigen Himmel, und die Segel der kleineren Boote krochen träge vorüber.

Sobald Johann wieder ohne Krücken laufen konnte, hatte Bloomfeld ihn zu den Pyramiden geführt. Sie hatten in einem Boot über den Nil gesetzt und waren auf Eseln weitergeritten. Aus der Entfernung hatten die Pyramiden geleuchtet, rot wie die kretischen Berge im Morgenlicht. Als sie schließlich auf der Spitze gewesen waren, hatte ihn der Ausblick irritiert. Die Grenze zwischen Wüste und Vegetation war wie mit dem Lineal gezogen, aber alle anderen Grenzen hatten sich für Johann vermischt, die zwischen Freund und Feind, zwischen Verrat und Treue zu seinem Land.

Johann trank den letzten Schluck Gin aus der Flasche und stieg über die wackelige Holztreppe von der Dachterrasse wieder nach unten. Seit zwei Monaten wohnte und arbeitete er nun in diesem stillen Vorort Kairos, und obwohl er sich in der Stadt frei bewegen konnte, kam er sich wie ein Gefangener vor. Im ersten Stock des kleinen Hauses, unter der Dachterrasse, befanden sich drei Zimmer. In einem wohnte Bloomfeld, im zweiten ein polnischer Ägyptologe, den die Kriegswirren nach Kairo verschlagen hatten, das dritte Zimmer hatte man Johann zugewiesen.

Das Erdgeschoss bestand aus einem einzigen Raum, der als Küche, gemeinsames Esszimmer und Büro diente. Bloomfeld schrieb hier auf einer klapprigen Schreibmaschine seine Berichte über die Situation der Juden im Nahen Osten. Johann selbst war offiziell als Übersetzer beschäftigt und bezog für seine Tätigkeit ein Gehalt, das in Anbetracht der wenigen Arbeit, die er zu leisten hatte, mehr als angemessen war.

Johann warf die leere Ginflasche in das verrostete Ölfass, das als Mülleimer diente. Es splitterte und dröhnte.

Bloomfeld hockte vor seiner Schreibmaschine. „Sie trinken zu viel", sagte er und sah ihn müde und mitfühlend an. „Martens", sagte er sanft, „was wollen Sie denn eigentlich? Wir haben für Sie mehr getan als …"

„Nach Hause", lallte Johann, „ich will nach Hause."

„Wenn der Krieg zu Ende ist, können Sie zurück nach Deutschland. Leute wie Sie werden wir da brauchen."

„Deutschland?" Johann machte eine wegwerfende Handbewegung. „Ich will wieder nach Kreta, verdammt noch mal. Ich muss!"

Bloomfeld zuckte mit den Schultern. „Sie wissen genau, dass das unmöglich ist. Wenn wir Sie wieder nach Kreta einschleusen und Sie da Ihren Landsleuten in die Hände fallen, sind Sie ein toter Mann. Aber bevor Sie an die Wand gestellt werden, wird man aus Ihnen herauspressen, was Sie übers Andartiko wissen."

„Andreas hat mir sein Wort gegeben", sagte Johann mit zusammengebissenen Zähnen.

„Mann, Martens, verstehen Sie das doch. Wenn Sie etwas für Andreas Siderias tun wollen, bleiben Sie hier. Auf Kreta werden Sie seine Familie und seine Freunde gefährden."

„Dann sagen Sie mir wenigstens, wo Georgi steckt", druckste Johann kleinlaut, mit schwerer Zunge. „Oder darf der auch nicht zurück?"

„Ich weiß nicht, wo Georgi untergebracht worden ist", sagte Bloomfeld. „Vielleicht ist er inzwischen wieder auf Kreta."

„Leckt mich doch alle …!", schrie Johann, wankte zum Ausgang, warf die Tür hinter sich zu.

Er ging in den Hof, bestieg das Fahrrad, das man ihm zur Verfügung gestellt hatte, strampelte in Schlangenlinien die stille Straße entlang, vorbei an hohen Mauern, und fuhr über eine lange, von Akazien bestandene Allee. Es hatte zu regnen aufgehört, die Luft roch frisch. Je länger Johann radelte, desto nüchterner wurde er.

Nach einer Weile erreichte er die Gärten von Gezirah, in denen er manchmal spazieren ging. Die kurz geschorenen Rasenflächen schimmerten im Lampenlicht wie ein dunkelgrüner Teppich. Johann schob das Fahrrad durch die Gärten bis zur Badeanstalt. Das Schwimmbecken lag verlassen im Licht, Stimmengewirr, Gelächter und Musik drangen von den Cafés und Tanzdielen herüber. Er setzte sich vor eins der Cafés und bestellte Mokka, lauschte in die Stimmen hinein, Arabisch, Englisch.

Der Mokka ließ Johann klarer werden. Er überlegte, ob er ins „Ramses" gehen sollte, einen Nachtklub mit Bordellbetrieb im ersten Stock. Nachdem Bloomfeld, um Johanns trübe Stimmung aufzuheitern, einmal mit ihm den Laden besucht hatte, war Johann Stammgast geworden. Als Fremder bei Fremden, getröstet von den kurzen Momenten wahlloser Lust. Und nachts träumte er sich in den Hafen von Agia Galini, wo Eléni auf ihn warten würde. Jetzt war er schon zwei Monate hier, und Jahre würden vergehen, sein Leben würde vergehen in dieser Stadt Kairo. Johann war nüchtern genug, um hinter sich griechische Worte aufzuschnappen. *„Den pirasi polemos"*, hatte da einer gesagt, „macht nichts, ist ja Krieg", und dann wurde laut gelacht. Er fuhr herum. Am Nebentisch saßen zwei Männer in Uniformen der griechischen Exilarmee, Rakigläser in der Hand.

„Cherete!", rief Johann ihnen zu, wurde sogleich an den Tisch gebeten, bestellte eine neue Runde Raki und erzählte den beiden Griechen, dass er Australier sei, als Funker auf Kreta gearbeitet habe und jetzt auf Fronturlaub sei.

Dann, sagte der Athener, kenne er doch sicher die Café-Bar „Trianon". Dort säßen nämlich sämtliche Kreter herum, die sich in Kairo aufhielten. Johann war wie elektrisiert. Ein kretisches Lokal! Die Café-Bar sei nicht weit von hier, in der Nähe des Töpferbasars, erklärte der Athener, und als Johann nun eine fast unhöfliche Eile an den Tag legte, sich zu verabschieden, lachten die beiden gutmütig. Er sei am Ende wohl gar kein Australier, sondern selbst Kreter? Die hätten ja auch so einen komischen Akzent wie er.

Im engen Gassengewirr um den Töpfermarkt fand er das Trianon in einer Ladenreihe, die gegen eine alte Befestigungsmauer gebaut war. Der Wirt grinste, als Johann sich nach Georgi erkundigte, und zeigte auf einen Tisch am hinteren Ende des Lokals, an dem ein Mann und eine Frau saßen. Auf der Straße hätte Johann Georgi vielleicht gar nicht wieder erkannt. Der trug einen kessen Strohhut mit grünem Band und einen weißen Baumwollanzug. Außerdem war er glatt rasiert, und als Johann und er sich um den Hals fielen, roch er wie ein Parfümladen. Aber die süßlichen Düfte mochten auch von der Frau ausgehen, die Georgi ihm als Michelle vorstellte.

„Französin", sagte er augenzwinkernd zu Johann, aber auf dessen Versuch, sie mit ein paar französischen Brocken anzusprechen, reagierte sie mit gebrochenem Englisch.

Georgi bestellte Wein, erzählte von seinem Urlaub in Kairo und von einem Ausbildungscamp, wo man ihn und seine Kameraden im Umgang mit neuen Waffen und Funkgeräten trainiert hatte. „Nach dir habe ich mich überall erkundigt. Aber niemand wusste, wo du warst."

Johann nickte. „Sie wollen unbedingt verhindern, dass ich wieder nach Kreta gehe, verstehst du?"

Georgi war über den Wortbruch der Engländer empört. „Übermorgen", sagte er, „werden wir wieder zurückgebracht. Ich werde Andreas alles erzählen", sagte Georgi tröstend. „Vielleicht kann er etwas für dich tun. Die Engländer hören auf ihn."

„Bist du morgen Abend noch einmal hier?"

„Natürlich. Aber willst du etwa schon gehen?"

Johann schüttelte den Kopf und bestellte mehr Wein. „Ich werde morgen Abend kommen und dir einen Brief für Andreas mitgeben. Und vielleicht noch einen zweiten Brief."

Und dann tranken sie wieder den schweren Rotwein, und lange nach Mitternacht spielten zwei Kreter Lyra und Busuki, eine langsame, klagende Melodie. Einige Männer begannen, danach zu tanzen, in abgemessenen Schritten, würdevoll und ernst, im offenen Halbkreis, in dem Platz für weitere Tänzer blieb. Georgi stand auf, zog Johann vom Stuhl hoch.

„Ich kann nicht tanzen", sagte Johann.

„Unsinn", sagte Georgi, „wir bringen es dir bei", und führte ihn in den Kreis. Er rief ihm zu, er solle nicht an seine Füße denken, die seien klüger als er, er solle lieber an Kreta denken und an die Menschen, die er liebe. Und während Johann Eléni vor sich sah, die kokette Locke in der Stirn, wurde die Musik von Strophe zu Strophe schneller, und gehalten von Georgi und seinem Nebenmann auf der anderen Seite, wurde Johann ein Teil des Tanzes und der Musik. Der Kreis der Männer wirbelte um ein imaginäres Zentrum, wo die Liebe war und die Freiheit, diese eine Insel, von der sie alle kamen und zu der sie alle zurückwollten.

Wie er nach Hause gefunden hatte, wusste Johann nicht mehr, als er am nächsten Tag mit schwerem Schädel erwachte. Nachdem er gefrühstückt hatte, setzte er sich an den Schreibtisch, nahm ein deutsch-griechisches Wörterbuch aus dem Regal und schrieb.

Kairo, 21. November 1943

Lieber Andreas,
ich beneide Georgi, wenn er dir diesen Brief bringen wird, weil er dann

an dem Ort sein wird, an dem auch ich jetzt sein möchte. Wie die Dinge liegen, werde ich aber nicht mehr nach Kreta zurückkehren können, jedenfalls nicht, solange dieser unselige Krieg dauert.

Die Engländer glauben, dass meine Anwesenheit auf Kreta nicht nur mich selbst gefährdet, sondern auch dich, deine Familie und deine Freunde. Paul Bates, Pavlos, wird dir das vielleicht schon erklärt haben. Oder er wird es dir erklären müssen, wenn du diesen Brief bekommen hast und du ihn danach fragst.

Sonst braucht ihr euch aber keine Sorgen um mich zu machen. Ich bin gut untergebracht und werde gut verpflegt. Gestern Abend habe ich kretischen Wein getrunken, außerdem habe ich gelernt zu tanzen.

Freiheit oder Tod!

Yannis

Kairo, 21. November 1943

Liebe Eléni,

Georgi, der dir diesen Brief geben wird, hat mich gelehrt zu tanzen. Beim Tanzen habe ich verstanden, dass ich dich liebe. Wie ich dir meine Liebe zeigen kann, weiß ich nicht, weil man mir verboten hat, dich wiederzusehen. So kann ich es dir nicht einmal sagen, sondern muss es dir schreiben: Ich liebe dich. Vielleicht bist du jetzt erschrocken, aber schreiben muss ich es dir trotzdem, weil ich nicht weiß, ob ich je wieder in deiner Nähe sein werde. Die Zeiten sind schlecht für die Liebe. Aber die Liebe ist doch da und wird immer bleiben.

Dein Yannis

PS: Dein Vater hat mir sein Komboloi geschenkt, als ich von Kreta weggebracht wurde. Mit dessen Perlen, sagte er, kann man seinen Kummer zählen. Der Komboloi, der meinen Kummer zählen könnte, müsste von Kairo bis Kreta reichen.

VIII. KAPITEL **Kreta 1975**

Als sich seine Augen ans Zwielicht gewöhnt hatten, erkannte Lukas Einzelheiten. Er lag unter einem sauberen Laken auf einem Bett. Wände und Decke des Zimmers waren weiß gekalkt. An der Wand gegenüber dem Fenster, durch dessen Laden Mondlicht sickerte, hing ein Kalender. Darunter stand ein Tisch, darauf befanden sich zwei Gläser und ein Teller mit Weintrauben, daneben zwei blaue Holzstühle mit aufgeflochtenen Sitzflächen. Duft von Lavendel, Salz und Thymian hing in der Luft. Sein Bein schmerzte. Der Oberschenkel steckte in einem sauberen Verband.

Irgendjemand musste ihn gefunden und hierher gebracht haben. Aber wo war er hier? Über der Stuhllehne hing seine zerfetzte, schmutzige, blutgetränkte Hose. Grillen zirpten durch die Nacht. Lukas Hollbach schloss wieder die Augen, schlief tief im Irgendwo.

Kaffeeduft weckte ihn. Das Zimmer war hell. Auf einem der Stühle saß Sophia und lächelte ihm zu. „Guten Morgen", sagte sie so selbstverständlich, als sagte sie das jeden Morgen zu ihm, „das Frühstück ist fertig", und zeigte auf ein Tablett, das auf dem Tisch stand.

„Guten Morgen", murmelte er verschlafen, wischte sich die Augen, als müsse er sich versichern, nicht mehr zu träumen.

„Steh auf", sagte sie. „Griechen frühstücken nie im Bett."

„Ich habe nichts anzuziehen", sagte er.

„Stell dich nicht so an", sagte sie. „Du hast doch eine Unterhose an."

Er setzte sich zu ihr an den Tisch, trank Kaffee, aß weißes Brot, Honig und Joghurt, starrte Sophia an wie ein Wesen aus einer anderen Welt. Die Morgensonne blitzte in den grauen Strähnen ihres Haars. Wenn er sie fragen würde, wie er hierher gekommen war, würde er aufwachen aus dem Traum, den er immer noch träumen musste.

„Willst du gar nicht wissen, wie du hierher gekommen bist?" Sie konnte also auch Gedanken lesen.

Er schüttelte heftig den Kopf. „Auf keinen Fall!"

Sie lachte. „Wieso nicht?"

„Weil das, was man genau weiß, uns nicht mehr schön vorkommt. Oder nicht mehr interessiert. Oder so ähnlich jedenfalls."

„Aha", sagte sie spöttisch, „hör zu. Dem Gemüsebauern Levtheris Gyparis schuldest du ein Trinkgeld, und zwar ein ziemlich großzügiges. Ohne den wärst du nämlich vielleicht schon im Himmel ..."

„Kommt mir aber so vor, als sei ich hier im Himmel", unterbrach er sie. „Ein schöner Engel sitzt vor mir."

„Oh, Mann! Also Levtheris hat gestern Nachmittag da oben deinen Roller gefunden beziehungsweise das, was davon übrig ist. Aber als er nachgesehen hat, ob der Roller vielleicht wieder flottgemacht werden könnte, ist er auf eine zerfetzte, blutige Hose gestoßen. Da hat er angefangen, die Gegend abzusuchen. Er sagt, du hättest ohnmächtig an einem Olivenbaum gelegen. Levtheris hat dich auf seinen Karren gelegt und ist dann in Richtung Dorf geritten. An der Straße hat er das erstbeste Auto angehalten, das vorbeikam. Und jetzt darfst du mal raten, wer in diesem Auto saß."

„Tja", Lukas kratzte sich den Hinterkopf und machte ein nachdenkliches Gesicht. „Vielleicht Alexis Sorbas?"

„Blödmann! Mein Onkel Demis, eigentlich kein richtiger Onkel von mir, sondern ein Vetter meiner Mutter."

„Wie interessant", sagte er.

„Mach dich nicht lustig. Er hat dich mit seinem Auto hierher gebracht und den Arzt in Timbaki angerufen, der dann auch gleich gekommen ist. Er hat gesagt, es sei nur ein Riss, der schlimmer aussehe, als er ist. Ohnmächtig seist du wegen eines Blutstaus geworden. Du hast das Bein viel zu fest abgebunden. Der Arzt hat die Wunde geklammert und verbunden, und …"

„Und dabei hast du geholfen?" Er blinzelte ihr zu.

„Wenn du kein Gast wärst, würde ich sagen, dass du unverschämt bist", sagte sie, biss sich aber dabei auf die Unterlippe, um nicht lachen zu müssen. „Wusstest du eigentlich, dass Gast und Fremder im Griechischen dasselbe Wort ist? *Xenos*. Meine Mutter ist Griechin", erklärte sie, „aber sie lebt in England. Na ja, das ist eine andere Geschichte."

„Du kannst sie mir ruhig erzählen", sagte er.

„Vielleicht ein anderes Mal."

„Soll das eine Verabredung sein?"

Sie lachte. „Du bist im Haus von Onkel Demis, in Agia Galini. Während des Sommers wohne ich manchmal auch hier und helfe etwas aus. Das Haus ist seit einigen Jahren eine Pension. Du bist, wie gesagt, unser Gast. Aber nur noch bis zum Mittag. Das Zimmer ist nämlich vergeben. Die neuen Gäste kommen heute mit dem Bus. Aber du hast ja ein Zimmer bei Angelika Vandoulakis, oben im Ort. Und das ist auch besser so. Onkel Demis mag keine Gäste, die mir schöne Augen machen."

ANGELIKA stellte ihm einen klapprigen Liegestuhl auf die Terrasse und war überhaupt rührend um das Wohl ihres verletzten Gastes besorgt.

„Ich weiß nicht, ob ich dich mit ihr allein lassen darf", sagte Sophia zu Lukas. „Sie scheint in dich verliebt zu sein."

„Bist du etwa eifersüchtig?", fragte er grinsend.

„Natürlich nicht", versetzte sie schnippisch, warf ihm eine Kusshand zu und verschwand.

Vielleicht war jedoch Rob ein wenig eifersüchtig, als er sah, wie Lukas ausgerechnet von der Frau umhegt wurde, auf die auch er einmal ein Auge geworfen und sich einen Korb eingehandelt hatte. Er fahre weiter nach Süden, nach Matala. Man könne dort am Strand schlafen und auch in Höhlen der Steilküste.

Als die Sonne den Horizont küsste, kam Sophia mit einem Essenskorb zurück, kaltes Ziegenfleisch, Brot, Käse, Oliven und eine Flasche dunklen, sehr schweren Rotwein.

„Vorgestern", sagte er, „vorgestern hast du gesagt, dass deine Mutter Griechin ist. Was hat sie denn nach England verschlagen?"

Sie lächelte, aber dann wurde ihr Gesicht ernst. „Na schön, wenn du's also ganz genau wissen willst – der Krieg. Sie lebte damals hier in Agia Galini bei ihrem Onkel Demis, dem Vater von Demis, bei dem ich jetzt wohne. Es gab heftige Partisanenkämpfe gegen die deutsche Besatzungsmacht, Engländer waren daran beteiligt. Als der Krieg zu Ende war und der Bürgerkrieg begann, hat einer dieser Engländer meine Mutter mit nach England genommen. Paul Bates. Er ist vor einem Jahr gestorben. Meine Mutter ist nach dem Krieg nie wieder nach Kreta zurückgekommen." Sophia blickte dem letzten Abendlicht hinterher.

„Du willst nicht darüber sprechen?"

„Jetzt nicht", sagte sie.

„Merkwürdig", sagte Lukas nachdenklich, „in gewisser Weise hat mich der Krieg nach Kreta verschlagen. Mein Vater gehörte zur deutschen Besatzungsmacht, ist aber nie auf der Insel gewesen, sondern in Athen. Jedenfalls behauptet er das. Die Fotos, die ich dir zeigen wollte … Du hast wahrscheinlich geglaubt, das sei nur ein Trick, um …"

„Oh Gott!" Sie schreckte hoch. „Ich habe meiner Tante versprochen, sie nach Timbaki zu fahren. Sie wartet schon seit einer halben Stunde." Sophia packte hastig die Essensreste in den Korb und hauchte Lukas einen Kuss auf die Wange. „Morgen früh hole ich dich hier ab. Dann fahren wir zu Levtheris, dem du etwas schuldig bist." Über die Treppe, die von der Terrasse auf die Seitengasse führte, verschwand sie im Schatten.

AM NÄCHSTEN Morgen erschien Sophia mit dem klapprigen Toyota-Pritschenwagen ihres Onkels, um Lukas abzuholen. Wenn er vorsichtig auftrat, konnte er gehen.

Sie fuhren über die ungepflasterte, staubige Bergstraße nach Melambes. Umgeben von Gemüsefeldern stand Levtheris' Haus auf einer Hochebene. Der Hof sah wie ein Schrottplatz aus. Der übel ramponierte Motorroller lag auf der Ladefläche eines Holzkarrens. Das Haus selbst war ein halb fertiger Neubau. Zwei kleine Jungen kletterten zwischen Bauschutt und Arbeitsgerät herum.

Sophia bemerkte Lukas' skeptischen Blick. „Auf das Haus ist Levtheris sehr stolz", sagte sie. „Er baut es selbst mit seiner Familie und den Nachbarn. Wenn ihnen das Geld ausgeht, machen sie Pause."

Sie stiegen aus. Die beiden Jungen kamen angelaufen. Sie erinnerten Johann an die Kinder, denen er auf dem Flohmarkt die Fotos abgekauft hatte.

Levtheris und seine Frau Maria waren Mitte dreißig. Sophia schienen sie gut zu kennen, denn mit gegenseitigen Umarmungen und Wangenküssen fiel die Begrüßung herzlich aus. Durch einen türlosen Eingang, der mit an Schnüren aufgereihten Plastikperlen verhängt war, komplimentierten sie ihre Gäste in eine geräumige Küche.

Kaum hatten sie Platz genommen, stand schon der Raki auf dem Tisch, und Levtheris rief: *„Is igian!"*, zur Gesundheit, besonders zur Gesundheit des armen Lukas, dem es aber, wie man sehe, dem Himmel sei Dank, schon wieder besser gehe. Sophia fungierte als Übersetzerin und brachte, nach ihrem Wortschwall zu schließen, wohl auch Lukas' floskelhaft-steife Dankesworte in angemessen hymnische Form. Das sei, übersetzte sie Levtheris' Erwiderung, eine Selbstverständlichkeit gewesen, und er freue sich, dass Lukas von seinem schönen Haus so angetan sei. Lukas warf Sophia einen fragenden Blick zu, aber sie nickte nur lächelnd vor sich hin. Ob es denn auch in Deutschland so schöne neue Häuser gebe? Da würde er auch gern einmal hinfahren, aber nur zu Besuch, nicht wie zum Beispiel Spyros, ein weiterer Onkel oder Vetter Sophias, der vor Jahren mit seiner Familie nach Hamburg gezogen sei.

Lukas ließ über Sophia verlauten, dass er sich gern erkenntlich zeigen würde für die Mühe, die Levtheris mit ihm gehabt habe. Eine Bezahlung, so Sophia, würde Levtheris selbstverständlich als Beleidigung auffassen. Lukas sei schließlich zu Gast auf dieser Insel. Was aber könne er dann für seinen Retter tun? Ein weiterer Wortwechsel zwischen Sophia und Levtheris folgte. Was Lukas denn eigentlich mit dem kaputten Motorroller anfangen wolle? Levtheris, erklärte Sophia, habe nichts dagegen, wenn Lukas diesen Schrott auf seinem Hof liegen lasse. Levtheris sei nämlich dafür bekannt, noch das rettungslos Kaputte wieder funktionstüchtig machen zu können. So sei doch jedem geholfen.

„Is igian!", sagte Lukas, hob sein Glas, das Levtheris neu gefüllt hatte. Später, als Sophia den Toyota vom Hof fuhr, sah Lukas im Rückspiegel,

dass Levtheris freudestrahlend vor dem Karren stand, auf dem die Reste des Motorrollers lagen.

Sophia fuhr nicht nach Agia Galini zurück, sondern zur Steilküste. Unten gab es Buchten mit schmalen Stränden. Der Sand leuchtete in der Nachmittagshitze. Sophia nahm ein zusammengerolltes Bündel vom Rücksitz und führte Lukas an der Steilküste entlang, bis ein begehbarer Pfad begann, der Stufen hatte, sodass Lukas trotz seines verletzten Beins den Abstieg bewältigen konnte.

„Schwimmen kann ich mit dem Verband aber nicht", sagte er, als sie den Strand erreicht hatten.

„Aber ich", sagte Sophia, breitete das Bündel aus, eine bunte handgewebte Decke, ein Handtuch, und streifte sich Jeans und T-Shirt ab. Darunter trug sie einen schwarzen Bikini.

Während sie weit hinausschwamm, setzte Lukas sich auf die Decke, steckte sich eine Zigarette an. Je weiter sie sich von ihm entfernte, desto klarer wurde ihm, dass er in sie verliebt war.

Sie kam zurück, stieg langbeinig aus dem Wasser, die Feuchtigkeit glitzerte auf der dunklen Bräune ihrer Haut. Sie setzte sich neben ihn, stützte die Ellbogen in den Sand, reckte Kopf und Oberkörper der sinkenden Sonne entgegen. „Ich hoffe, du weißt diesen Strand zu schätzen", sagte sie. „Den kennen nämlich nur die Einheimischen."

Mit den Lippen strich er sanft über ihren feuchten Oberarm.

„Von solchen Stränden sind während des Krieges Kreter und Engländer evakuiert worden. Manchmal auch gefangene Deutsche. Dann hat man sie nach Ägypten gebracht. Und wenn sie zurückkamen, sind sie wieder an solchen Stränden abgesetzt worden. Als ich zum ersten Mal mit meinem Vater nach Kreta gekommen bin, vor mehr als zwanzig Jahren, da hat er mir diesen Strand gezeigt und vom Krieg erzählt."

Er berührte mit den Lippen ihr Ohrläppchen.

„Eigentlich müsstest du mich jetzt entführen", flüsterte sie. „Früher haben die Männer auf Kreta das so gemacht, wenn sie eine Frau ..."

„Früher war früher", sagte er, „heute ist heute", und näherte seinen Mund ihren leicht geöffneten Lippen.

Der Tag endete im stillen Glanz ihres ersten Kusses. Das Wasser funkelte, der Himmel war ohne Fleck, reine Unermesslichkeit schwindenden Lichts, unermesslich wie der zweite Kuss. Er streifte ihr den Bikini ab, sie half ihm aus Hemd und Hose. Als sie die Arme um seinen Rücken schlang, sah er in ihren Augen für den Bruchteil eines Wimpernzuckens das Universum offen.

„Bleib bei mir“, bat er, als sie ihn in der Dunkelheit bei Angelikas Pension absetzte.

„Das geht nicht. Onkel Demis und die Tante sind streng. Wir sind hier nicht in England oder Deutschland“, sagte sie, gab ihm einen Kuss durchs geöffnete Seitenfenster und fuhr weiter.

Das Glücksgefühl, das ihn schweben ließ, war ungeheuer, aber allein im Zimmer, allein auf dem Bett hatte er plötzlich Angst, dass es nicht dauern würde. Fast war er eingeschlafen, als es leise an die Tür klopfte. Sophia. Als der Morgen kam, lagen sie eng umschlungen nebeneinander auf dem schmalen Bett. Sie stand auf, zog sich an, öffnete die Tür, drehte sich zu ihm um, sah ihn einen Moment lang wortlos an und ging.

Demis Siderias war der Sohn eines Vetters von Sophias Mutter, weshalb er und Sophia sich zu Lukas' Verwunderung als sehr nahe Verwandte empfanden.

Sein jüngerer Bruder Spyros, erzählte Demis, sei vor 15 Jahren nach Deutschland gezogen, weil es hier mit der Fischerei immer mehr bergab gegangen sei. Spyros habe eine Deutsche geheiratet, Helga, habe inzwischen zwei Kinder mit ihr, einen Jungen und ein Mädchen, und lebe in Hamburg, wo er ein Restaurant eröffnet habe. „Zeus“ heiße es, weil Zeus ja auf Kreta geboren sei. Lukas als Hamburger müsse es doch gewiss kennen, oder etwa nicht?

Lukas kannte es nicht, leider, werde es aber nach seiner Rückkehr unverzüglich aufsuchen und sämtliche Grüße getreulich ausrichten.

Tante Kyra hatte unterdessen die Terrasse, auf der man saß und plauderte, für eine Weile verlassen und sich in der Küche zu schaffen gemacht. Sie kam mit einer gewaltigen Platte Vorspeisen zurück, mit Oktopus, gefüllten Weinblättern, Tsatsiki, gefüllten Zucchiniblüten, gegrillten Sardinen. Während das Gespräch von Demis wieder auf die unübersichtlichen Verwandtschaftsverhältnisse gebracht wurde, verschwand Kyra noch einmal kurz im Haus, kam lächelnd zurück und legte zwischen Sophia und Lukas zwei gerahmte Fotos auf den Tisch.

Lukas warf einen Blick darauf, hörte zu kauen auf und würgte den Bissen hinunter.

„Ist dir nicht gut?“, fragte Sophia besorgt.

„Doch, doch“, murmelte Lukas und griff mit zitternden Händen nach den Bildern – Schwarz-Weiß-Fotografien in dunklen Holzrahmen. Die Bilder, die er auf dem Flohmarkt gekauft hatte, hatten in genau solchen

Holzrahmen gesteckt. Eins der Fotos, die Tante Kyra gebracht hatte, zeigte einen Mann in kretischer Tracht vor am Kai vertäuten Booten.

„Das ist der Vater von Onkel Demis, der Vetter meiner Mutter", sagte Sophia, „und das", sie zeigte auf das andere Bild, eine große Familie an gleicher Stelle, „sind sie alle zusammen, Onkel Demis und Onkel Spyros mit ihren Eltern, das da ist Tante …"

„Gibt es … noch mehr von diesen Fotos?", stammelte Lukas.

„Die Fotos hat mein Vater gemacht", sagte Sophia, „als er im Krieg hier zu Gast war."

„Ich will wissen, ob es mehr davon gab? Bitte, Sophia!"

Sie fragte Onkel Demis. In der Tat, sagte der, habe es ursprünglich vier dieser gerahmten Fotos in der Familie gegeben. Aber als Spyros nach Deutschland gezogen sei, habe er zwei davon mitgenommen, als Erinnerung an seine Heimat, und zwar …

„Ich kenne diese Fotos", sagte Lukas, wobei ihm der Klang seiner eigenen Stimme fremd vorkam. „Ich habe sie auf einem Flohmarkt gekauft, von zwei Kindern, die mir erzählt haben, dass ihre Eltern aus Griechenland stammen. Und ich wollte dir diese Fotos neulich zeigen, Sophia. Aber du wolltest sie nicht sehen."

Lukas begann zu lachen, ungläubig erst, fast hysterisch, dann befreit und ansteckend, als würde sein Lachen alles erklären, was sich auf der Welt erklären ließ. Sophia fiel in dieses Lachen ein, und obwohl Demis und Kyra nicht verstanden hatten, was Lukas und Sophia auf Englisch gesagt hatten, lachten sie auch.

IX. KAPITEL Ägypten und Kreta 1943/44

Der Lärmpegel kündete schon auf der Straße davon, dass die Stimmung im „Ramses" hohe Wellen schlug, als Johann am Silvesterabend das Lokal betrat.

Die Barhocker waren fast alle besetzt, und auch an den Tischchen im Zuschauerraum gab es nur noch wenige freie Plätze. Im grellbunten Scheinwerferlicht der Bühne ließ eine Bauchtänzerin ihre ausladenden Hüften kreisen und wackelte dabei mit ihrem notdürftig von einem glitzernden Oberteil gebändigten Busen. Die Männer an den Tischen johlten, klatschten und pfiffen, die ägyptischen Musiker auf der Bühne bearbeiteten schwitzend ihre Instrumente. In einer Loge saßen ein paar Ägypter, den roten Fes auf dem Kopf, und rauchten gelassen ihre Wasserpfeifen. Johann nahm auf einem der freien Barhocker Platz, bestellte und erhielt das Übliche, einen doppelten Scotch auf Eis.

Unter tosendem Beifall war inzwischen die Bauchtanznummer beendet worden. Geldscheine flogen auf die Bühne. Die Tänzerin und ihre Begleitmusiker sammelten das Geld auf und verschwanden hinter dem Bühnenvorhang. In diesem Moment gab es draußen eine lautstarke Auseinandersetzung. Und dann schrie eine Stimme, die Johann bekannt vorkam, auf Griechisch: „Aus dem Weg, du Zwerg!“

Der Vorhang teilte sich. Ein Mann mit einem schwarzen Stirnband, dessen Fransen ihm bis auf die buschigen Augenbrauen hingen, mit einer bunt bestickten Weste, einer Bauchschärpe, aus der ein Messergriff ragte, und hohen Reitstiefeln betrat den Saal. Er hielt eine Beretta in der rechten Hand, machte ein paar Schritte vorwärts und blickte sich misstrauisch um. Andreas! Andreas Siderias aus Chania.

Bevor der Türsteher Andreas eingeholt hatte, sprang Johann auf, stieß dabei den Tisch um und stand vor Andreas. „Steck die Pistole weg“, sagte er, „hier bist *du* zu Gast.“

Andreas grinste so breit, dass seine Mundwinkel fast die Ohrläppchen erreichten, steckte die Beretta in die Schärpe, breitete die Arme aus und drückte Johann an sich. „Wenn man nicht auf dich aufpasst, treibst du dich in üblen Lokalen herum, Yannis. Und jetzt komm! Wir gehen ins ‚Trianon‘, das neue Jahr begießen. Wenn wir uns beeilen, sind wir um Mitternacht da. Und übermorgen geht unser Schiff.“

„Welches Schiff?“

„Nach Kreta.“ Andreas grinste wieder. „Nach Hause.“

Der Kapitän, einer der britischen Agenten und einer der Andarten standen auf der Brücke, durchsuchten mit Nachtfeldstechern die Dunkelheit nach den verabredeten Signalen, bis plötzlich jemand schrie: „Lichtsignale!“ Der Motor wurde gedrosselt, das Schiff lief langsamer auf die Lichtblitze zu.

Einer der britischen Funkagenten ging mit dem Fernglas zum Bug. „Signal korrekt, Sir!“, rief er zur Brücke. „Das gilt uns.“

Während das Schiff sich langsam dem Ufer näherte, konnte Johann die kleine Bucht erkennen, den hellen Sandstreifen und eine Reihe Klippen, die den Landeplatz von zwei Seiten umschloss. An der Wasserlinie liefen mehrere gestikulierende Personen hin und her. Johann hörte, wie die Wellen aufschäumend an Land schlugen. Sein Herz pochte ihm bis zum Hals. Fünfzig Meter vom Ufer entfernt gab der Kapitän Order, den Motor abzustellen und Anker zu werfen.

Ein Beiboot wurde steuerbords zu Wasser gelassen, an einem eisernen Belegnagel eine Schleppleine befestigt. Einer der britischen Agenten kletterte mit zwei Ruderern ins Boot, und während sie mit kräftigen Zügen dem Strand entgegenpullten, ließ der Agent die Schleppleine abrollen. Zwei Schlauchboote wurden zu Wasser gelassen, und schwer mit Waffen, Munition, Verpflegung und Medikamenten beladen, glitten sie, wie von Geisterhand gezogen, dem Ufer entgegen. Nach einer Weile waren die Boote entladen und wurden zum Schiff zurückgezogen. Über eine Strickleiter an der Bordwand kletterten die Männer, die eingeschleust werden sollten, ins Beiboot und ließen sich zum Strand ziehen.

Endlich spürte Johann festen Boden unter den Füßen, fand sich umringt von Männern, deren dunkle Gesichter kaum zu erkennen waren, aber dann blickte er in Georgis breit grinsendes Gesicht, und auch Vangelis war da und Demis und zwei seiner Söhne. Es gab Umarmungen und Händeschütteln und Gelächter, das kein Ende nehmen wollte, bis Demis Ruhe befahl. Der Strand, sagte er, sei von den Deutschen vermint worden, und obwohl die meisten Minen durch Wellen und Sandbewegungen explodiert seien, müsse man vorsichtig sein und im Gänsemarsch über sicheres Terrain gehen.

DER TISCH in Demis' Haus bog sich unter Schüsseln und Tellern, Platten und Karaffen. Neben der männlichen Verwandtschaft der Siderias-Brüder waren noch Georgi und Vangelis geladen, aber auch Bates und sein Kamerad, der Funkoffizier Charles, dazu der unvermeidliche Pope, der Lehrer und sogar der Polizist des Dorfs – insgesamt über zwanzig Männer. Während sie lautstark tafelten, hatten sich die Frauen im Hintergrund zu halten, sie kochten und servierten die Gerichte.

Mit Eléni hatte Johann noch nicht sprechen können, seit die Gruppe nach einem weiteren Nachtmarsch im Morgengrauen Agia Galini erreicht hatte. Und auch jetzt konnte er mit ihr nur Blicke tauschen, aber so, wie sie ihm unter der koketten Locke zulächelte, wie sie darum bemüht war, ihm Essen nachzulegen und seinen Weinbecher nachzufüllen, und wie sie ihn dabei gezielt unabsichtlich berührte, wusste er, dass er von ihr erwartet worden war.

Natürlich musste Johann ausführlich von seinem ungewollten Aufenthalt in Ägypten berichten. Es gab auch Murren über den Wortbruch der Engländer, aber mit Rücksicht auf Pavlos und Charles blieb die Empörung gedämpft. Dennoch war nicht zu übersehen, dass Bates über die Entwicklung alles andere als glücklich war. Auch das unübersehbare Einverständnis zwischen Eléni und Johann, das Demis und Andreas mehrfach augenzwinkernd guthießen, schien Bates zu missbilligen.

„Was ist mit Pavlos los? Warum ist er so schlecht gelaunt?“, fragte Johann, nachdem Bates und Charles gegangen waren.

Andreas runzelte die Stirn. „Manchmal hat er Geheimnisse vor uns. Er fürchtet Gerede, fürchtet Verrat. Ganz Unrecht hat er vielleicht nicht.“

„Verrat? Hier? Aus deiner Verwandtschaft?“

Andreas lächelte. „Meine Verwandtschaft redet gern. Auf Kreta kann man nichts geheim halten. Und was Pavlos’ schlechte Laune angeht … Frag Eléni. Aber vergiss nicht, sie auch nach dem zu fragen, was sie hören will.“

„Was will sie denn hören?“

„Wenn du das nicht selbst weißt, bist du der größte Dummkopf, der je über diese Insel gestolpert ist.“

Johann stand auf, warf Eléni einen Blick zu und ging nach draußen. Er schlenderte ungeduldig auf der Mole auf und ab.

Endlich kam Eléni. In ihrem weißen, fußlangen Lammwollmantel lief sie quer über den Hafenplatz auf ihn zu. Er ging ihr entgegen, breitete die Arme aus, und sie schmiegte sich atemlos an ihn. Bei dieser ersten Umarmung fiel ihm überhaupt erst auf, wie zierlich sie war, einen Kopf kleiner als er und trotz des Mantels schmal wie ein Kind.

„Hast du meinen Brief bekommen?“, flüsterte er.

„Natürlich.“ Sie sah ihm in die Augen. „Ich hatte Angst, dass du nie wiederkommen würdest.“

Er berührte mit dem Mund ihre Lippen. Sie zog den Kopf nicht zurück, erwiderte den Kuss aber auch nicht. Da wusste er, dass sie noch nie von einem Mann geküsst worden war. „Wie alt bist du?“, fragte er irritiert.

„Fast achtzehn“, sagte sie.

Er küsste sie noch einmal. Diesmal öffnete sie leicht die Lippen. „Ich liebe dich“, flüsterte er. „Und du? Liebst du mich auch?“

„Ich glaube schon“, sagte sie.

Wieder küssten sie sich. Sie seufzte leise, erwiderte den Druck seines Körpers gegen ihren. Der Wind trieb ihnen Regen und Graupel in die Gesichter, aber sie froren nicht.

„Andreas, ich meine, dein Vater hat mir gesagt, dass du weißt, warum Pavlos, der Engländer, so schlechter Laune ist."

Sie kniff die Augen zusammen, löste sich aus seiner Umarmung, griff nach seiner Hand, und gemeinsam gingen sie bis ans Ende der Mole. „Ich glaube", sagte sie schließlich, „Pavlos ist eifersüchtig auf dich. Ich glaube, dass er in mich verliebt ist."

Johann erschrak. „Bist du etwa auch in ihn verliebt?"

„Dummkopf", sagte sie, strich sich die nasse Locke aus der Stirn, schlang die Arme um Johanns Hals und küsste ihn so heftig, dass alle Zweifel schmolzen wie die Graupelkristalle auf ihren geröteten Wangen.

Um die Stirn trug er ein schwarzes Tuch mit eingeknüpften Fransen, das Eléni während seiner Abwesenheit gewebt hatte, außerdem einen olivfarbenen britischen Militärpullover, hohe Stiefel über der weit geschnittenen Hose, und er hatte sich einen Schnurrbart stehen lassen, der über die Mundwinkel bis aufs stoppelbärtige Kinn herabhing. Er sah jetzt wie ein Kreter aus, nur dass Haare und Bart dunkelblond waren.

Diese äußere Verwandlung machte aus Johann allerdings noch lange keinen allgemein akzeptablen Verlobten der jüngsten Tochter des Andreas Siderias. Die gegenseitige Zuneigung zwischen Johann und Eléni war niemandem im Dorf entgangen, wurde jedoch keineswegs von jedem gebilligt.

„An mir", sagte Andreas zu ihm, „wird eine Heirat nicht scheitern. Aber diese Dinge kann ich nicht allein entscheiden. Wenn's um die Familie geht, reden sogar die Frauen mit."

„Was spricht denn gegen eine Heirat?", fragte Johann.

Andreas zog ein bekümmertes Gesicht, strich sich den Bart. „Geld", sagte er, und Johann spürte, wie peinlich ihm das war. „Du hast kein Geld, hast weder ein Haus noch Grundbesitz, weder Vieh noch ein Boot. Aber ein Teil meiner Familie und viele meiner Freunde verdanken dir ihr Leben, Yannis. Und deshalb kann dein Werben um Eléni auch schlecht verboten werden. Nicht einmal von meiner Frau." Dennoch werde größter Wert darauf gelegt, dass der Umgang zwischen Eléni und Johann im komplizierten Regelwerk kretischer Wohlanständigkeit verlaufe. In Onkel Demis' Haus, in dem auch Andreas, seine Frau und Eléni nach ihrer Flucht aus Korifi immer noch wohnten, könne Johann deshalb unter keinen Umständen bleiben. Die Gesetze der Gastfreundschaft kollidierten hier mit den Regeln von Anstand, Sitte und Moral.

„Es gibt ein deutsches Sprichwort“, sagte Johann. „Fische und Gäste stinken nach drei Tagen.“

„Wenn das wirklich ein deutsches Sprichwort ist“, sagte Andreas, „dann wundert mich gar nichts mehr. Mach dir deswegen keine Sorgen. Wir haben uns mit dem Popen beraten. Natürlich bleibst du weiterhin unser Gast, aber der Pope meint, dass man dir den Status eines zugezogenen Dorfbewohners verleihen kann. Im Übrigen hoffe ich sehr, dass du eines Tages zum vollwertigen Familienmitglied werden wirst, meiner Meinung nach spätestens, sobald der Krieg zu Ende geht und wir deine Landsleute von der Insel verjagt haben. Die stinken nämlich wirklich und nicht erst seit drei Tagen. Unter den gegebenen Umständen ist es aber ganz unmöglich, eine auch nur halbwegs würdige Hochzeit auszurichten, zu der mehrere hundert Gäste aus allen Teilen der Insel anreisen müssen und zu bewirten sind.“

Einquartiert wurde Johann im Haus von Anastasios, Demis’ ältestem Sohn und mithin einer von Elénis Vettern. Mit seiner Frau und zwei kleinen Kindern wohnte er direkt am Hafen. Da Johann sich bereit erklärt hatte, auf den Fischerbooten der Familie zu arbeiten, war das nicht nur eine Lösung, die jene zwischen ihm und Eléni gebotene Distanz garantierte, sondern auch praktisch. Neben dem Bett, in dem beide Kinder schliefen, schüttete man für Johann aus Reisig, Stroh und Schaffellen eine Schlafstelle auf.

In einer Munitionskiste verstaute er seine wenigen Habseligkeiten, darunter auch die Negative und Filme, die Andreas für ihn aufbewahrt hatte, und die Ikone, die er damals aus der brennenden Kirche gerettet hatte.

Manchmal überlegte er, ob er die Ikone dem Dorfpopen übergeben sollte, aber dann dachte er wiederum, dass er sie vielleicht noch einmal würde brauchen können. Als Beweismittel für das, was er mit eigenen Augen gesehen hatte. Vielleicht könnte er sie zu Geld machen. Und von dem Geld könnte er ein Haus kaufen, ein Boot oder Vieh oder eine Mühle. Und das würde die Widerstände von Elénis Mutter gegen die Heirat brechen. Auch die Fotos waren Beweise, und er erinnerte sich, dass sich die Engländer in Alexandria dafür interessiert hatten. Doch wenn auch Agia Galini eines Tages Ziel einer so genannten Sühneaktion werden sollte? Wenn man die Fotos finden würde? Und dann das Dorf zur Strafe niedergebrannt würde? Er musste ein besseres Versteck finden.

Inzwischen beschränkte sich sein Kontakt mit Eléni auf mehr oder weniger geheime Treffen im Freien. Die kalte Witterung trug dazu bei, dass ihre Liebe züchtig blieb und die Leidenschaft nur ein fahles, größere Hitze versprechendes Feuer. Und dieser Hitze sehnte sich Johann mehr als allem anderen entgegen, wenn er zwischen den Kindern und seiner Munitionskiste einschlief – halb noch ein Gast und immer noch ein Fremder.

DIE WEISSEN BERGE und das Ida-Massiv waren bis in die Hochebenen verschneit, in den Tälern und an den Küsten regnete es viel, aber der ungewöhnlich kalte Winter hatte auch den Vorteil, dass die deutsche Besatzung in ihren Unterkünften blieb, sodass es schon seit Wochen kaum noch Kampfhandlungen gegeben hatte, sah man von der Sprengung einer Brücke im Ostteil ab, mit der die kommunistischen Andarten die Internierung der italienischen Truppen verzögern wollten. Eine eher symbolische Aktion, gegen die sich nicht nur die britischen Agenten, sondern auch andere Andartengruppen gewandt hatten. Aber die kommunistische ELAS hielt es für angebracht, deutliche Zeichen zu setzen, um die Bevölkerung auf ihre Seite zu ziehen und ihren Einfluss zu stärken.

Wenn das Wetter es zuließ, fuhr Johann zusammen mit Anastasios zum Fischen. Der Fang war meistens dürftig und gab dann nach zehn- bis zwölfstündiger Plackerei nur ein paar Körbe Sardinen und Oktopus her.

Als sie Ende Februar, an einem milden, fast schon frühlingshaften Tag, ausliefen, tauchte kurz nach der Hafenausfahrt eine Gruppe von sechs oder sieben Delphinen auf, die dem Boot folgten, als wollten sie ihm Begleitschutz gewähren. Der abergläubische Anastasios meinte, das sei ein gutes Omen. Vielleicht waren es tatsächlich die Delphine, die ihnen an diesem Tag Glück brachten.

Denn als es bereits Abend wurde und sie umkehren wollten, liefen sie etwa fünfzehn Meilen von der Küste entfernt in einen Thunfischschwarm. Die Fische schwammen so dicht an der Oberfläche, dass Anastasios sie mit seinem dreizackigen Speer vom Boot aus aufspießen konnte. Erst nachdem sie auf diese Weise zwölf Thunfische gefischt hatten, tauchte der Schwarm tiefer ab.

Als Anastasios beidrehte und Kurs auf Agia Galini nahm, waren die Berge in dichten, tief hängenden Wolken verschwunden. Von Norden frischte der Wind kräftig auf. Wolkenbruchartiger Regen setzte ein. Der kleine, offene Kutter kämpfte sich schwerfällig stampfend durch die kochende See.

Anastasios, der auf der Ruderbank mit beiden Armen die Pinne hielt, brüllte Johann zu, dass er den Kurs ändern und auf die beiden unbewohnten Inseln im Golf von Mesara zulaufen wolle. Der Diesel keuchte, das

Boot stampfte, Gischt schäumte übers Deck, und der Regen pladderte wie aus Kübeln gegossen. Nach krachenden Donnerschlägen zuckten Blitze durch die tobende Undurchsichtigkeit, tauchten die nasse Welt in Feuer, und plötzlich, im Licht eines Blitzes, sah Johann die Inselchen wie aus dem Nichts aufragen, steil in die See abfallende, schroffe Felsen, gegen die donnernd das Meer wütete.

Anastasios manövrierte das Boot zu einer schmalen Durchfahrt und lief dann in eine windgeschützte Bucht der östlichen Insel ein. Er deutete mit ausgestrecktem Arm auf drei dunkle Kreise, die an der Felswand zu kleben schienen. Johann erkannte, dass es Lastwagenreifen waren, die an armdicken Tauen über einem Absatz im Fels hingen. Anastasios brachte das Boot längsseits und rief Johann zu, mit den Festmachleinen über einen der Reifen auf den Felsabsatz zu steigen.

Nachdem sie das Boot vertäut hatten, führte Anastasios Johann über Stufen, die in den Fels geschlagen waren, weiter nach oben, bis sie ein zweites Plateau erreichten. In der Felswand klaffte ein dunkler Spalt, der Eingang zu einer Höhle. Anastasios ging voran, ließ sich von Johann das Feuerzeug geben und schnippte es an. Im unruhig flackernden Licht fanden sie einige Meter weiter zwei Körbe, in denen Kerzen und Brennholz lagen. Sie zündeten die Kerzen an und klebten sie mit Wachs auf den Felsboden. Im hinteren Teil der Grotte erkannte Johann schwarze Stalagmiten, und durch enge Korridore schien es dort in weitere Kammern zu führen, tiefer in den Fels.

Sie machten ein Feuer, trockneten ihre nasse Kleidung und wärmten die durchgefrorenen Glieder.

„Es ist ein Nothafen", erklärte Anastasios, „den schon unsere Vorväter angelegt und benutzt haben. Das, was wir hier verbrauchen, müssen wir bei der nächsten Fahrt zurückbringen, damit es wieder da ist, wenn andere es brauchen werden. Auf den Inseln gibt es nichts als Steine und Disteln. Außer uns Fischern von Agia Galini kennt niemand diesen Platz, und du darfst ihn auch niemandem verraten."

Nach zwei Stunden hatte sich das Gewitter ausgetobt. Als sie aus der Bucht heraus waren und durch die Nacht auf die wenigen Lichter Agia Galinis zuliefen, sah Johann zu den schwarz aus dem Wasser ragenden Felsen zurück und fragte: „Wie heißen die Inseln?"

„Paximádia und Akoníza."

„Paximádia", wiederholte Johann, dem die Namen wie Zauberworte im Ohr klangen. „Paximádia Akoníza."

An einem warmen Abend im April, als Anastasios und Johann mit mäßigem Fang in den Hafen eingelaufen waren und die nässetriefenden Körbe mit Sardinen auf den Kai wuchteten, kam Eléni über den Hafenplatz gelaufen, umarmte und küsste Johann, weil außer dem grinsenden Anastasios niemand in der Nähe war. Johann solle so schnell wie möglich ins Haus von Onkel Demis kommen. „Pavlos ist wieder da. Mein Vater sagt, es sei eine sehr wichtige Angelegenheit."

„Pavlos?" Johann runzelte die Stirn. Seit seiner Rückkehr nach Agia Galini war Paul Bates nicht mehr im Dorf aufgetaucht, und das, fand Johann, war auch besser so.

„Ja, beeil dich, Yannis. Sie warten schon alle auf dich."

In dem kleinen, ummauerten Garten hinterm Haus hatten sich Demis und Andreas, Bates und Charles, aber auch Georgi und Vangelis eingefunden, die Johann ebenfalls lange nicht mehr gesehen hatte. Von ihnen wurde er herzlich begrüßt, von Bates eher kühl. Bates kam unverzüglich zur Sache. Johann könne sich wahrscheinlich noch an einen gewissen Stanley Moss erinnern, den er in Ägypten kennen gelernt habe. Vor drei Tagen sei Moss auf die Insel eingeschleust worden. Er leite hier ein Kommandounternehmen, an dem Briten und Kreter beteiligt seien, eine streng geheime, höchst riskante Angelegenheit, über die er zum gegenwärtigen Zeitpunkt keine detaillierten Auskünfte geben dürfe. Unverzichtbar für das Unternehmen sei jedoch eine Person, die Deutsch sprechen könne. Der ursprünglich vorgesehene Mann namens Bloomfeld sei leider vor wenigen Tagen bei einem Flugzeugabsturz ums Leben gekommen …

Johann schrak zusammen. „Bloomfeld ist tot?"

Bates nickte. Johann werde daher aufgefordert, sich zur Verfügung zu stellen. Immerhin habe man ihn wieder nach Kreta zurückkehren lassen. Er möge sich also mit Moss treffen, der sich derzeit mit einigen Andarten versteckt halte.

„Ich weiß ja nicht mal, worum es eigentlich geht", sagte Johann.

Das werde Moss ihm schon erklären, sagte Bates kühl. „Jedenfalls geht es um unsere Sache. Um die gute Sache also."

Was war das, die gute Sache? Johanns Interesse hieß Eléni. Mit ihr in Frieden leben. Das war seine gute Sache. Sonst nichts.

Andreas, der zu verstehen schien, warum Johann zögerte, gab ihm einen gut gemeinten Stoß vor die Brust. „Es geht um uns", sagte er. „Um unsere Familien. Um unser Leben und unsere Freiheit."

Johann zog eine Zigarette aus der Packung. Bates gab ihm Feuer und sah ihn erwartungsvoll an. Wie viele Männer, Frauen und Kinder würden massakriert werden, wenn das geheimnisvolle Kommandounternehmen, an dem Johann sich beteiligen sollte, erfolgreich sein würde? Jeder Erfolg des Andartiko, jede Sabotageaktion britischer Agenten lösten brutale Racheaktionen aus. Wie gut war die gute Sache? Provozierte sie nicht immer ihr Gegenteil?

„Sag Ja, Yannis", sagte Andreas. „Freiheit oder Tod."

Johann nickte schwer. „Also gut, ich bin dabei. Wann geht es los?"

„Sofort", sagte Bates. „Es ist schon dunkel."

„Ich muss mich erst noch verabschieden", erklärte Johann.

Bates lächelte verkrampft. „Wir warten oben an der Straße", sagte er ruhig und bestimmt.

Eléni arbeitete im Stall hinterm Haus. Johann umarmte und küsste sie. „Ich komme wieder", sagte er.

„Das weiß ich", sagte sie. „Ich werde für dich beten."

Er ging noch einmal ins Haus von Anastasios, verabschiedete sich auch von den Kindern, packte ein paar Sachen in den Rucksack und stieg dann zur Straße hinauf, wo er von Bates, Georgi und Vangelis erwartet wurde. Zu seiner Überraschung standen sie neben dem Kübelwagen, der ihnen bei seiner Entführung in die Hände gefallen war. Das Versteck, in dem Moss auf sie wartete, war fast fünfzig Kilometer entfernt. Vangelis sollte sie im Schutz der Dunkelheit durch die Mesara-Ebene bis Agii Déka fahren. Georgi, der die Gegend und die Höhle kannte, in der Moss wartete, würde mit Johann den Rest des Weges durch die Berge marschieren.

„Du kommst nicht mit?" Johann sah Bates fragend an.

„Ich würde gern mitkommen", sagte er. „Aber Charles und ich müssen das vorbereiten, was nach der Aktion zu geschehen hat. Viel Glück."

Die Fahrt durch die Mesara-Ebene war relativ risikolos. Sie hatte zur italienischen Zone gehört und war von den Besatzungstruppen geräumt worden. Die Hauptmacht der Deutschen hatte sich in den schwer befestigten Nordwestteil der Insel, ins Gebiet zwischen Heraklion und Chania, zurückgezogen. Kurz nach Mitternacht erreichten sie bei Górtis und Agii Déka die Gabelung, an der die Straße nach Heraklion in nördlicher Richtung abzweigte. Georgi und Johann stiegen aus und verabschiedeten sich von Vangelis, der den Wagen wendete und zurückfuhr.

Über einen schmalen Weg marschierten sie bergauf, bis sie weit genug von der Straße entfernt waren, und beschlossen, in einem Olivenhain zu übernachten, um die restlichen zwanzig Kilometer am nächsten Tag anzugehen.

Zum Frühstück aßen sie Misithra, weißen, bröckeligen Frischkäse, und kretisches Hartbrot, das sie in Wasser einweichten. Dann machten sie sich auf den Weg. Drei Stunden stiegen sie aufwärts, gegen Mittag erreichten sie einen zerklüfteten, mit Krüppelkiefern bestandenen Steilhang, aus dem ein Bach talwärts sprudelte.

„Wir sind da", sagte Georgi. „Es gibt allerdings mehrere Höhlen, und ich weiß nicht genau, in welcher das Versteck ist. Wir müssen warten." Er setzte sich auf einen Felsbrocken und steckte sich eine Zigarette an. „Wahrscheinlich haben sie uns längst bemerkt. Falls nicht, sind es Dummköpfe."

„Du bist der Dummkopf", hörten sie eine Stimme hinter sich und fuhren herum. Dann kamen zwei Männer hinter einem Geröllhaufen hervor, Maschinenpistolen locker in der Armbeuge. Einer der beiden war Stanley Moss. Er trug jetzt eine braune britische Uniformjacke aus Wolle und bis zu den Knien gewickelte Gamaschen. Der andere Mann war offenbar ein Kreter, weite Pluderhose, Kopftuch, Patronengurt diagonal über dem Schafwollpullover. Moss ging grinsend auf Johann und Georgi zu und schüttelte ihnen die Hand. „So sieht man sich also wieder, Mr Martens", sagte er auf Englisch, während auch der andere Mann sie begrüßte und sich als Stratos vorstellte. „Ich bin so froh, dass Sie so schnell gekommen sind. Und da wir uns hier alle mit Vornamen anreden, schlage ich vor, dass Sie mich ab sofort Stanley nennen."

„Einverstanden", sagte Johann, „mein Name ist Yannis."

Sie kletterten über einige Absätze in der Steilwand zu einem Plateau, von dem die Höhle in den Fels führte. Stratos brachte einen Topf mit Nudeln und Lammfleisch von der Feuerstelle in der Höhle nach draußen und verteilte Blechgabeln. Sie hockten sich im Kreis auf den Boden und langten mit den Gabeln in den Topf. Anschließend holte Moss noch eine Flasche Raki und ließ sie herumgehen.

„Zur Gesundheit", sagte Moss. „Und damit zur Sache. Generalmajor Heinrich Kreipe ist erst seit zwei Wochen auf der Insel, als Nachfolger von General Müller. Wir von der SOE verfolgen den Plan …"

„SOE?"

„Special Operation Executive – den Plan, einen deutschen General zu entführen."

Johann wunderte sich. „Welchen Sinn soll das haben?"

„Es verunsichert die Deutschen. Und es hebt die Moral der Bevölkerung und stärkt den Zusammenhalt des Andartiko. Die Kreter bewundern solche Aktionen viel mehr als jede Materialschlacht. Und weil die Kommunisten an Einfluss gewinnen, würden wir ein Zeichen setzen, dass wir das Schicksal Kretas nicht den Kommunisten überlassen."

„Ich verstehe", sagte Johann, „aber was soll ich dabei tun?"

„Wir denken, dass du dich nicht direkt an der Aktion beteiligen kannst. Du warst im letzten Jahr schließlich der meistgesuchte Mann auf der ganzen Insel. Aber", Moss grinste, „wir brauchen einen Deutschlehrer."

„Einen … Deutschlehrer?"

„Ganz recht. Der zweite Engländer, der mit den Kretern und mir an der Aktion beteiligt ist, Paddy, spricht einige Brocken Deutsch. Aber es muss dann auch absolut korrekt klingen. Das sollst du ihm beibringen. Und dann haben wir da noch einen Brief, der übersetzt werden muss. Paddy ist mit unseren kretischen Freunden in Heraklion, um die Lage zu peilen."

Tatsächlich erschien Paddy Leigh-Fermor mit drei kretischen Begleitern am Nachmittag. Nachdem man sich miteinander bekannt gemacht hatte, erklärte er, dass das verabredete Treffen mit einem Verbindungsmann des Andartenführers Michalis Xilouris geplatzt sei, was den Plan erneut gefährde. Nach der Entführung sollte der General nämlich ins Hauptquartier von Xilouris gebracht werden, in dem sich derzeit auch die von Charles betriebene Funkstation befand. Irgendjemand musste schleunigst zu Charles geschickt werden, um ihn über den neuen Zeitplan zu informieren.

„Xilouris", sagte Georgi grinsend, „ist mit meiner Familie entfernt verwandt. Ich kenne auch sein Versteck. Als Kurier bin ich in den letzten zwei Jahren mehrmals dort gewesen. Man muss quer durch die Berge. Es gibt keine Wege, schwieriges Gelände."

„Wie lange?", fragte Moss ungeduldig.

„Zwei Tagesmärsche", schätzte Georgi.

„Das würde noch reichen", sagte Leigh-Fermor. „Wenn du mit Yannis morgen früh aufbrichst, seid ihr bei Charles und Xilouris, bevor die Aktion läuft."

„Wir gehen!" Georgi strahlte begeistert.

„Und du, Yannis?" Leigh-Fermor sah ihn fragend an.

Johann zuckte mit den Schultern. „Von Xilouris habe ich schon einmal gehört. Das ist doch der Mann, der einem deutschen General aus Respekt vor dessen militärischen Leistungen ein Pferd geschenkt hat, und zum Dank haben die Deutschen dann seinen Sohn erschossen. Ich gehe mit."

„Bravo, Herr Lehrer!", rief Georgi und klopfte Johann auf den Rücken. Alle lachten, und dann begann der Unterricht. Leigh-Fermor ließ sich von Johann mehrere Sätze und Wendungen diktieren, die er in Lautschrift auf einen Zettel schrieb und, von Johann geduldig korrigiert, auszusprechen übte.

Schließlich zog Moss einen Bogen Briefpapier hervor, beschrieben mit einem englischen Text. „Es wäre gut“, sagte er, „wenn die Deutschen unsere Nachricht an sie auch gleich auf Deutsch bekämen.“

Johann las den Text durch und fühlte sich unbehaglich. „Ich habe mit eigenen Augen gesehen, wie die so genannten Sühnemaßnahmen durchgeführt werden. So ein Brief ist in den Wind geschrieben. Aber natürlich kann ich ihn ins Deutsche übersetzen.“ Er nahm den Stift, den Moss ihm reichte, und schrieb:

An die deutschen Besatzungsbehörden auf Kreta

23. April 1944

Sehr geehrte Herren,
Ihr Divisionskommandeur, General Kreipe, ist soeben von einem britischen Kommandounternehmen unter unserer Führung gefangen genommen worden. Wenn Sie diesen Brief lesen, befinden wir uns mit ihm bereits auf dem Weg nach Kairo. Er wird als Kriegsgefangener behandelt; ihm wird jeder Respekt entgegengebracht, den sein Rang erfordert.

Wir möchten besonders nachdrücklich betonen, dass diese Operation ohne jede Mitwirkung der kretischen Bevölkerung erfolgt ist. Jegliche Repressionen gegen die einheimische Bevölkerung wären also völlig unbegründet und ungerechtfertigt.

PS: Wir sind untröstlich, diesen wunderbaren Wagen zurücklassen zu müssen.

Leigh-Fermor, der in der Höhle verschwunden war, während Johann den Brief übersetzt hatte, kam jetzt wieder heraus. Er trug eine deutsche Feldgendarmerieuniform, knallte die Hacken zusammen und brüllte: „Räumen Sie sofort die Straße!“

Moss, Georgi und die anderen Kreter brachen in schallendes Gelächter aus, aber Johann lief es eiskalt den Rücken hinunter. Der Krieg vermischte die Dinge und Menschen, stellte alle Ordnungen auf den Kopf und verkehrte schließlich die Fronten bis zur Unkenntlichkeit. Gewiss, diese Uniform war nur eine notwendige Verkleidung für die vermutlich sinnlose Entführung Kreipes.

Doch Leigh-Fermors makabre Maskerade kam Johann wie ein unheimliches Omen vor.

Der Fussmarsch durch die Berge verlief ohne Zwischenfälle. Im Hauptquartier des Andartenführers Michalis Xilouris lagerten etwa zwanzig Männer. Mit den vor der Brust gekreuzten Patronengürteln, bunten Hemden, schwarzen Kopftüchern und Stiefeln boten sie einen pittoresken Anblick, doch befand sich die Gruppe in einem erbärmlichen Zustand. Viele der Männer waren weit über fünfzig. Sie waren gekommen, um dem Hunger zu entfliehen oder weil sie den Tod von Angehörigen rächen wollten.

Xilouris selbst, mit langem, silbergrauem Haar unter dem Stirnband, am Gürtel einen gewaltigen Dolch, war auch schon über sechzig. Nachdem er Johann und Georgi begrüßt hatte, lamentierte er über die schlechte Versorgungslage. Die Bewaffnung ließ ebenfalls mehr als zu wünschen übrig.

Das Hauptquartier bestand aus mehreren Höhlen im Steilhang. Auf einem Hochplateau gab es eine Mitáda, eine runde, aus Schieferplatten aufgeschichtete Schäferhütte. Vor dem niedrigen Eingangsloch stand, die Arme wie abwehrend verschränkt, Bates. Nach ein paar Begrüßungsfloskeln zog Georgi den Zettel mit der Nachricht von Moss und Leigh-Fermor aus seinem Stirnband.

Bates überflog die Zeilen. „Das bedeutet also“, sagte er, „dass die Aktion schon morgen Abend stattfindet. Wenn alles glatt läuft, können wir den Herrn General in der folgenden Nacht als unseren Gast begrüßen. Sehr knapp kalkuliert. Mal sehen, was sich machen lässt.“

Er machte eine einladende Bewegung und kroch ins Innere der Hütte. Johann und Georgi folgten ihm. Der niedrige Raum hatte nur wenige Meter Durchmesser. An der Wand lehnten zwei Maschinenpistolen. An einem tragbaren Funkgerät hockte Charles, einen Kopfhörer auf den Ohren. Bei ihrem Eintreten legte er den Finger auf die Lippen, und erst, als er den Kopfhörer abgesetzt hatte, begrüßte er Johann und Georgi und ließ sich von Bates die Situation erklären.

Die Neuankömmlinge sollten das Eintreffen des Kommandos abwarten, damit Johann, falls es zu Verständigungsproblemen mit dem gefangenen General kommen sollte, als Dolmetscher zur Verfügung stehen konnte. Charles gab den neuen Zeitplan per verschlüsseltem Funkcode an die Mittelsmänner der SOE durch. Als Treffpunkt für das Schleuserboot wurden Bucht und Strand bei Plakias festgelegt. Mehr war im Augenblick nicht zu tun.

Aus seinem unruhigen, flachen Schlaf weckten Johann Pfiffe und halblaute, aufgeregte Rufe im Morgengrauen. Er schälte sich aus dem Schlafsack und kroch ins Freie. Vor den Höhlen umringten die Andarten eine Gruppe von sechs Personen. Er erkannte Moss und Leigh-Fermor, die noch die Feldgendarmerieuniformen trugen, und einen Mann in deutscher Generalsuniform, aber ohne Mütze auf dem blonden Schopf. Sie hatten Kreipe also erwischt. Johann hastete nach unten, aber als er ankam, hatte man den General bereits in eine Höhle gebracht.

Moss mahnte die Andarten eindringlich, sich ebenfalls in die Höhlen zurückzuziehen, da bei Tagesanbruch mit Aufklärungsflugzeugen zu rechnen sei. Xilouris ließ schleunigst sämtliche Ausrüstungsgegenstände in die Höhlen schaffen, die Feuerstellen löschen und die Esel und Maultiere in der Talmulde unter Bäumen anpflocken, damit sie, durchs Laub geschützt, aus der Luft nicht entdeckt werden konnten. Der erschöpfte General schlief schnarchend auf einem Farnbett in einer Höhlenecke, während Moss und Leigh-Fermor von ihrem geglückten Coup berichteten.

„Ruhig!“, unterbrach Charles, legte den Zeigefinger der rechten Hand an die Lippen und deutete mit der linken zum Höhleneingang. „Flugmotor.“

Bates robbte auf allen vieren dorthin und schob den Oberkörper ins Freie. „Fieseler Storch“, sagte er, „fliegt sehr tief. Seid ihr euch sicher“, wandte er sich an Moss und Leigh-Fermor, „dass ihr uns keine Suchtrupps auf den Hals geschickt habt?“

Moss zuckte mit den Schultern. „Was heißt sicher? Wir haben unser Möglichstes getan.“

„Und das hier?“ Bates hielt ein Stück Papier hoch, das er vor der Höhle gefunden hatte. „Das Flugzeug wirft dieses Zeug überall in der Gegend herum.“ Es war ein hektographiertes Blatt, der Text mit Schreibmaschine in griechischer Sprache abgefasst.

> AN DIE KRETISCHE BEVÖLKERUNG
> Der deutsche General Kreipe ist gestern Abend von Banditen entführt worden. Er wird jetzt in den kretischen Bergen versteckt gehalten, und sein Aufenthaltsort kann der Bevölkerung nicht unbekannt bleiben. Wenn der General nicht innerhalb von drei Tagen unversehrt freigelassen wird, werden alle Dörfer im gesamten Bezirk Heraklion dem Erdboden gleichgemacht. Für die rücksichtslosen Vergeltungsmaßnahmen gegenüber der Zivilbevölkerung sind einzig und allein die Banditen verantwortlich.

Leigh-Fermor war der Ansicht, das Flugblatt müsse verfasst worden sein, bevor die Deutschen den Wagen des Generals aufgefunden hatten, da die Entführer darin den von Johann übersetzten Brief hinterlegt hatten.

Sie waren mitten durch das von deutschen Truppen wimmelnde Heraklion gefahren, Kreipe und Stratos unter einer Decke auf Rücksitz und Wagenboden, und hatten so mehr als zwanzig Kontrollen passiert, ohne auch nur ein einziges Mal ernsthaft aufgehalten zu werden. Der Generalsstander auf dem Kotflügel und Leigh-Fermors deutscher Grundwortschatz, der aus „Generalswagen!“, „Gehen Sie aus dem Weg!“, „Der General hat es eilig!“ und „Räumen Sie sofort die Straße!“ bestand, hatten ausgereicht, sie unbehelligt durch die Höhle des Löwen zu bringen. Sie waren dann über Tilissos bis Anogia gefahren, wo Moss und der General ausgestiegen waren und sich auf den Marsch zum ersten Höhlenversteck gemacht hatten. Leigh-Fermor und Stratos hatten den Wagen noch zehn Kilometer weiter gefahren. Die Deutschen sollten annehmen, dass die Gruppe nicht nach Süden floh, sondern an einen Strand der Nordküste, wo häufig britische U-Boote Nachschub und Agenten anlandeten und evakuierten. An einer nach Norden führenden Straße hatten sie den Wagen abgestellt, den Brief auf den Fahrersitz gelegt und waren ebenfalls zum Versteck marschiert. Nachdem sie den Tag in der Höhle abgewartet hatten, waren sie in der nächsten Nacht weitermarschiert und hatten schließlich das Lager von Xilouris erreicht.

Der Plan sah vor, Kreipe übers Ida-Massiv zur Bucht von Plakias zu schaffen. Charles hatte die verschlüsselte Funkbotschaft bekommen, dass sich dort ein Schleuserschiff in der Nacht vom 14. auf den 15. Mai einfinden würde, um den General nach Ägypten zu bringen.

Über einen einsamen Pass machten sich Johann und Georgi am nächsten Morgen in südöstlicher Richtung auf den Heimweg. Als sie auf der Straße nach Mires und Timbaki marschierten, näherte sich durch Staub und flimmernden Dunst von hinten ein Lastwagen und hupte. Sie stellten sich an den Straßenrand, winkten, um mitgenommen zu werden. Der Wagen hielt. Auf der offenen Ladefläche lagen Wassermelonen. Zu Johanns Entsetzen trugen Fahrer und Beifahrer deutsche Uniformen, aber zum Davonlaufen war es zu spät. Sie durften aufsteigen, hinten zwischen den Melonen.

„Aber nix kleppi kleppi!“, rief der Fahrer gutmütig.

Er hätte es nicht zu sagen brauchen. Nach Melonenstehlen war Johann nicht zumute. In Timbaki verabschiedeten ihre deutschen Chauffeure sich von ihnen, und die letzten Kilometer bis Agia Galini gingen Johann und Georgi wieder zu Fuß.

„Ihr hättet uns ruhig ein paar Melonen mitbringen können“, sagte Andreas und hob das Glas, als Johann und Georgi von ihren Erlebnissen erzählten.

Bei Onkel Demis gab es kein Festmahl wie bei Johanns Rückkehr aus

Ägypten, aber Eléni war da und ließ sich von ihm vor aller Augen umarmen, sogar vor den strengen Augen ihrer Mutter. Ein Kuss hätte freilich die Grenzen des Anstands gesprengt.

Den Kuss sparten sie sich auf für später, als sie zum Strand gingen und sich dort in den warmen Sand legten. Auf dem Rückweg über den Hafenplatz im fahlen Mondlicht war kein Mensch mehr zu sehen, aber sie hörten plötzlich ein Klappern. Ein Junge kam auf einem verrosteten Fahrrad die steile Straße herunter, hielt an, grüßte schüchtern. Er komme aus Akoumia, 15 Kilometer nordwestwärts, der Pope habe ihn geschickt, und er müsse sofort den Popen von Agia Galini sprechen.

„Was ist passiert?“, fragte Johann.

„Deutsche Soldaten sind in unserem Dorf. Und sie wollen morgen auch nach Agia Galini kommen.“

„Bring ihn zum Popen“, sagte Johann zu Eléni, „ich hole die Männer. Wir kommen sofort nach.“

Wenige Minuten später saßen sie im Haus des Popen zusammen.

„Sie sind gestern Nachmittag gekommen, zehn Soldaten und ein Offizier“, berichtete der Junge. „Sie haben erst mit dem Popen und dem Bürgermeister gesprochen. Dann sind alle aus dem Dorf zusammengerufen worden, und die Soldaten haben diese Zettel verteilt.“ Der Junge griff in die Hosentasche und zog eins der Flugblätter heraus. AN DIE KRETISCHE BEVÖLKERUNG.

Der Pope las den Text vor, den Johann schon kannte.

„Und sonst haben sie nichts gemacht?“, fragte Andreas. „Nur diese Zettel verteilt?“

„Doch“, sagte der Junge, „sie sind auch durch die Häuser gegangen, haben gesucht, aber sie haben niemandem etwas getan. Sie haben sich im Dorf einquartiert und haben sogar gefragt, ob sie ein Lamm kaufen können.“

„Kaufen?“ Georgi wunderte sich. „Das sind ja ganz neue Sitten.“

„Ja. Sie haben es bezahlt, bevor sie es geschlachtet und gegessen haben. Der Pope hat gesagt, dass sie morgen hierher kommen. Wenn ihr etwas zu verstecken habt, sollt ihr schnell machen.“

„Wir haben nichts zu verstecken“, gähnte der Pope.

„Doch“, widersprach Andreas. „Wir müssen Yannis verstecken. Und mich selbst. Bei dem Kommando könnten Soldaten sein, die uns aus Chania kennen. Vielleicht sogar der Offizier.“

„Wo wollt ihr hin?“, fragte der Pope.

„Nach Paximádia Akoníza“, sagte Andreas. „Wohin sonst?“

IM FRÜHEN Morgenlicht richtete Johann den Feldstecher auf die ferne Straße. Harmlos wie ein Spielzeug glitt ein Lkw, Soldaten auf der offenen Pritsche, zum Hafen hinab und hielt auf dem Hafenplatz.

Johann reichte Andreas das Glas. „Sie sind da."

Andreas murmelte: „Jetzt können wir nur noch warten."

Dann robbten sie zur Südseite des Eilands zurück und kletterten zur Höhle hinab. Unter ihnen lag Anastasios' Boot, vertäut an den Reifen, im geheimen Nothafen von Akoníza.

Johann gähnte. Es gab tatsächlich nichts weiter zu tun, als abzuwarten, bis der Suchtrupp Agia Galini wieder verlassen würde.

In der Höhle breitete er ein Schaffell und die Decke aus, legte sich den Rucksack unter den Kopf, versuchte einzuschlafen. Andreas schnarchte laut und gleichmäßig. Aus den Tiefen der Korridore im hinteren Teil der Höhle drang das Geräusch tropfenden Wassers. Je länger er hinhorchte, desto durchdringender wurde es. Klick, zischte es, klack, klack, flüsterte es, klick, als werde irgendwo in der schwarzen Tiefe eine Waffe entsichert, die Pistole, die Hollbach dem Popen ins Genick setzt, klick, der Verschluss von Johanns Kamera, Sailer gibt den Feuerbefehl, klick. Vielleicht würde Hollbach irgendwann in Agia Galini auftauchen, vielleicht war er schon da, durchwühlte Kammern und Betten, Truhen und Kisten. In Anastasios' Haus konnten die Filme nicht bleiben. Wenn man sie dort fände, würde Agia Galini dem Erdboden gleichgemacht. Dieses Inselchen, diese Höhle war das Versteck schlechthin.

Johann stand leise auf, zog das Päckchen aus dem Rucksack, nahm eine Kerze, steckte sie an und watete durch knöcheltiefe Wasserlachen ins Innere der Höhle. Und dann sah er, was er gesucht hatte – eine Ausbuchtung in der Felswand, eine Nische. Er leuchtete mit der Kerze hinein, tastete den Fels ab, die Nische war trocken. Er legte das Päckchen hinein und ging zurück.

Neben dem schnarchenden Andreas legte er sich hin und zog die Decke über sich. Selbst ihm würde er nicht verraten, wo er das Päckchen versteckt hatte. Allein schon das Wissen konnte eine Gefahr für ihn und andere bedeuten, weil auch Andreas von den Deutschen gesucht wurde.

Johann schlief traumlos und tief. Als er am Nachmittag erwachte, fand er Andreas vor der Höhle sitzend. Sie aßen von dem mitgebrachten Proviant. Anschließend kletterten sie noch einmal an die Südspitze der Insel, richteten das Fernglas auf Agia Galini, konnten aber nichts Auffälliges entdecken. Mit Anastasios war verabredet worden, dass Lichtsignale vom Hafen gegeben werden sollten, sobald die Deutschen abgezogen waren. Die Signale konnten aber erst nach Einbruch der Dunkelheit gemorst werden. So setzten sie sich also wieder vor die Höhle, rauchten und starrten auf die Bucht.

„Hör zu, Yannis“, sagte Andreas und legte ihm die Hand auf die Schulter. „Du und Eléni, ihr wollt lieber gestern als heute heiraten. Das verstehe ich. Meine Frau vielleicht auch, aber sie sagt, das habe Zeit, bis der Krieg zu Ende ist. Als ich meine Frau heiraten wollte, fand mein Schwiegervater, dass ich nicht wohlhabend genug sei. Heute ist er auf mich stolzer als auf seine eigenen Söhne. Und weißt du auch, warum?“

„Weil du jetzt wohlhabender bist als sie?“

„Unsinn. Weil ich das getan habe, was man tun muss, wenn man heiraten will, aber nicht mehr darauf warten mag, dass die Alten endlich ihren Segen geben.“

„Und das wäre?“ Johann sah Andreas verblüfft an.

„Ach, Yannis“, Andreas seufzte theatralisch. „Man kann den Esel zur Quelle führen, aber trinken muss er selbst.“

„Ich verstehe dich nicht“, sagte Johann.

„Du bist noch dümmer als der dümmste Esel. Was haben die Engländer mit diesem deutschen General gemacht?“

„Ihn entführt.“

Andreas grinste und schlug Johann auf die Schulter. „Wie klug du bist, Yannis.“

„Was wird deine Frau dazu sagen?“

„Sie wird keifen und zetern. Und ich werde sie dann daran erinnern, wie es damals mit ihr und mir war.“

„Und was sagst *du* dazu?“

„Ich?“ Andreas lachte so laut, dass die Felsen Echos warfen. *„Den pirasi polemos!“* Macht nichts, ist ja Krieg. „Was denn sonst?“

Der Mond stand schon hoch und scharf geschnitten im Blau, als sie die Blinksignale sahen, die Anastasios von der Mole aus gab. Die Luft war rein.

DAS SUCHKOMMANDO hatte auch in Agia Galini die Einwohner zusammenrufen lassen, die Flugblätter verteilt, flüchtige Kontrollgänge durchs Dorf gemacht und war wieder abgezogen.

Johann ging zu Anastasios. „Ich brauche dein Boot“, sagte er, „für ein paar Tage.“

„Wofür?“

„Für Eléni und mich.“

Anastasios grinste. „Na endlich“, sagte er.

Johann wartete, bis alle im Haus eingeschlafen waren. Dann nahm er seinen Rucksack, schlich sich zu Demis’ Haus, kletterte über die Gartenmauer in den Hof, klopfte leise an den Fensterladen des Zimmers, in dem Eléni mit zwei ihrer Kusinen wohnte. Die Mädchen hatten noch nicht geschlafen. Johann hörte Getuschel und Kichern. Eléni öffnete den Fensterladen einen Spaltbreit.

„Pack Essen für drei Tage ein“, flüsterte er, „und komm dann runter zur Mole.“

„Aber Yannis, ich kann doch nicht …“

„Beeil dich“, sagte er.

Er musste nicht lange warten. Sie kam mit einem Korb in der Hand. Sie stiegen ins Boot. Johann löste die Leinen, ruderte aus dem Hafenbecken und warf den Motor erst an, als man das Geräusch im Dorf nicht mehr hören konnte.

Die Nacht war warm. Der Bug schnitt durchs Wasser, teilte es schäumend. Vom südwestlichen Horizont hoben sich die beiden Inselchen als flache Kuppen ab, wuchsen im Näherkommen steiler an. Er brachte das Boot sicher an den Ankerplatz, vertäute es und half Eléni an Land.

Mit einem Öllicht leuchtete er ihr über den Aufstieg zur Höhle, machte aus Decken und Fellen das Bett und entzündete eine Kerze. Ein Feuer brauchten sie nicht. Gleichmäßig und hell brannte die Kerze.

„Du darfst nie mehr weggehen“, sagte sie, den Kopf auf seiner Brust, als im Morgenlicht die Kerze erlosch.

„Ich bleibe bei dir“, sagte er und küsste ihren Bauchnabel. „Für mich ist der Krieg zu Ende.“

X. KAPITEL Kreta 1975

Ja, das sind tatsächlich die Bilder, die mein Bruder Spyros mitgenommen hat, als er nach Deutschland gezogen ist“, sagte Onkel Demis kopfschüttelnd, nachdem Lukas in Angelikas Pension gelaufen war und die Fotos geholt hatte.

„Ich habe die Bilder von Kindern gekauft“, sagte Lukas, „von einem Jungen und einem Mädchen.“

„Das müssen Stephanos und Maria gewesen sein, die Kinder von Spyros“, nickte Demis. „Aber wie kommen die auf die Idee, etwas zu verkaufen, was ihrem Vater gehört?“

„Vielleicht haben die Bilder irgendwo im Keller oder auf dem Dachboden gelegen und sind da verstaubt. Und die Kinder haben sie eingepackt, als sie mit ihren Sachen zum Flohmarkt gegangen sind?“, vermutete Sophia.

„Kann schon sein“, sagte Demis. „Spyros kam in den letzten Jahren kaum noch zu Besuch. Es ist traurig, wenn sich Familien so auseinander leben. Ich habe den Verdacht, dass seine Frau dahinter steckt, diese Helga. Die wollte von unserer Familie eigentlich nie so recht etwas wissen. Vielleicht sind wir ihr peinlich.“

„Das glaube ich nicht“, sagte Sophia und sah Lukas an. „Findest du uns etwa peinlich?“

Statt einer Antwort versuchte er, sie zu küssen, was sie lachend abwehrte. „Doch nicht hier! Was sollen mein Onkel und meine Tante denken? Und Großvater guckt auch schon ganz streng.“

„Welcher Großvater?“

„Meiner“, sagte Sophia und tippte auf das Bild mit dem Mann in kretischer Tracht, der ein Gewehr auf den Knien liegen hatte. „Das ist Andreas Siderias, der Vater meiner Mutter.“

„Und der Bruder meines Vaters“, ergänzte Demis. „Die Fotos hat Paul Bates Anfang der Vierzigerjahre gemacht. Da war mein Onkel Andreas Ende fünfzig. Das Gewehr hat er übrigens immer noch.“

„Also lebt er noch?“, fragte Lukas.

„Allerdings“, sagte Demis. „Er ist jetzt fast neunzig Jahre alt und wohnt bei der Familie meines Bruders Anastasios in Chania. Anastasios hat das Restaurant am Hafen von Andreas übernommen.“ Demis nahm das Foto mit der Hafenansicht in die Hand. „Das ist jedenfalls Agia Galini, wie es früher ausgesehen hat. Pavlos, so nannten wir Paul Bates, muss das Foto jedenfalls von einem Boot aus gemacht haben, das in den Hafen einlief.“

„Auf der Rückseite des Fotos“, sagte Lukas, „hat irgendjemand etwas notiert. Könnt ihr das entziffern?“

Demis drehte das Bild um, das er immer noch in der Hand hielt. Auch Sophia beugte sich darüber. Gemeinsam murmelten sie griechische Wörter, die Sophia übersetzte.

„Bilder, steht da, *ikones*, oder vielleicht auch nur Bild, in einer Höhle, acht Meter über, über Ankerplatz? Ja, Demis sagt, es heißt Bild oder Bilder in Höhle acht Meter über Ankerplatz. Und dann sind da noch ein paar Buchstaben. Pax Ak, eine Abkürzung vielleicht. Du hast wohl gedacht, das ist eine Schatzkarte oder so etwas Ähnliches.“ Sophia lachte. „Hier gibt’s aber keine Schätze.“

„Außer dir“, sagte Lukas. „Die Fotos haben mich zu dir geführt. Und jetzt würde ich dich gern entführen.“

„Lass uns vorher noch schwimmen gehen“, sagte sie lächelnd.

Sie verabschiedeten sich von Demis und seiner Frau. Ob Lukas die Bilder nicht mitnehmen wolle?

„Ich brauche sie nicht mehr“, sagte Lukas und legte einen Arm um Sophias Hüfte. „Ich habe schon gefunden, was ich gesucht habe. Die Fotos sollen bleiben, wo sie hingehören.“

Der Strand lag silbrig und verlassen im Licht des zunehmenden Monds. Obwohl Sophia der Ansicht war, dass seine Wunde inzwischen ein Bad vertragen könne, blieb Lukas an der Wasserlinie sitzen und hielt nur Füße und Waden in die sanft plätschernde, flache Brandung, während Sophia mit gleichmäßigen Zügen hinausschwamm.

Sophia kam zurück, lief an Land, spritzte mit den Füßen Wasser in Lukas’ Richtung, wickelte sich in ein mitgebrachtes Handtuch, setzte sich neben ihn und gab ihm einen salzig schmeckenden Kuss.

„Wenn wir noch etwas weiter vom Dorf weggehen“, flüsterte sie ihm ins Ohr, „gibt es eine Stelle, wo wir ungestört …“

Über den Strand kam mit schnellen Schritten eine wild gestikulierende Gestalt auf sie zu.

„Es ist Onkel Demis“, sagte Sophia und kicherte. „Vielleicht will er mich vor dir retten, bevor du mich entführst.“

Aber Demis kam durchaus nicht als Mädchenretter, sondern setzte sich neben sie in den Sand und grinste geheimnisvoll. „Was seht ihr da?“, fragte er mit Pathos in der Stimme.

„Was sollen wir da schon sehen?“, sagte Sophia achselzuckend. „Den Himmel. Das Meer. Den Rest des Tageslichts.“

„Ist das alles?“, fragte Demis mit gespielter Strenge.

„Ich sehe noch irgendwelche unbewohnten Inselchen. Sie liegen dahinten auf dem Wasser, wie flache Steine“, sagte Lukas.

„Ich weiß es jetzt“, sagte Demis. „Diese Inseln heißen Paximádia und Akoníza. Paximádia Akoníza“, sagte Demis langsam, Silbe für Silbe betonend. „Pax Ak.“

„Pax Ak“, wiederholte Lukas verblüfft, „das ist es.“

Demis nickte. „Wir haben Akoníza früher manchmal als Nothafen benutzt, wenn wir es bei Sturm nicht mehr bis zur Küste schafften."

„Es gibt also einen Ankerplatz?", fragte Lukas.

„So ist es. Auf Akoníza gibt es eine kleine Bucht mit einem versteckten Ankerplatz. Und darüber in der Felswand gibt es eine Höhle. Jedenfalls war es damals so, als ich noch mit meinem Vater zum Fischen fuhr."

„Ich muss dahin", sagte Lukas erregt.

„Morgen früh fahre ich dich hin. Sophia darf mitkommen. Aber nur, wenn sie sich bis dahin etwas mehr als ein Handtuch angezogen hat. Schließlich sind wir keine Touristen."

ALS SIE am Morgen durchs erwachende Dorf zur Mole gingen, hielten sie sich an den Händen, und Lukas hatte das Gefühl, als müsse von ihnen, für jedermann sichtbar, ein Strahlen ausgehen. Im Osten stieg die Sonne wie eine pralle Orange auf, deren unterer Rand sich eben vom Wasser hob.

Demis stand schon im Boot und riss mit einem Seilzug den Motor an. Kurz hinter der Ausfahrt ging er auf Südwestkurs.

Die Kliffs und Riffe der Inseln hoben sich in kristalliner Schärfe gegen das durchscheinende Blau ab. In der Bucht an der Südseite, durch deren Riffs Demis mit gedrosseltem Motor navigierte, war das Meer von unbewegter Glätte. Er deutete auf dunkle Ringe an der Felswand, die Lukas bald als an Tauen hängende Lastwagenreifen identifizierte. Demis warf eine Leine über einen Poller, der auf dem schmalen Plateau stand, und zog das Boot damit an die Felswand. Sie stiegen aus, vertäuten das Boot mit einer zweiten Leine und folgten dann Demis, der über Absätze und in den Fels gehauene Stufen höher kletterte. Als sie ein weiteres Plateau erreichten, deutete Demis auf den dunklen, im Fels klaffenden Spalt, knipste die mitgebrachte Taschenlampe an und ging hinein. Lukas und Sophia folgten ihm. Im Lichtkegel sahen sie eine aus groben Feldsteinen gemauerte Feuerstelle, auf der noch verkohlte Scheite lagen. Daneben standen zwei Körbe. Einer war mit Feuerholz gefüllt, auf dem zerknülltes Zeitungspapier lag; in dem anderen befanden sich Kerzen, Brot und Käse, verschrumpelt, verstaubt, steinhart, eine Flasche Rotwein, Konservendosen mit Cornedbeef und Baked Beans mit englischen Etiketten. An der Wand neben der Feuerstelle lagen auf einem Haufen Reisig, Laub und Stroh zusammengerollte Schaffelle.

„Alles noch da", sagte Demis. „So war es damals abgesprochen. Aber hier ist schon lange niemand mehr gewesen."

Sophia hatte das zerknüllte Papier aus dem Korb genommen, glättete die Seiten und hielt sie in das Licht, das vom Eingang in die Höhle fiel. „Diese Zeitung ist vom 12. Januar 1949“, sagte sie und las vor: „Feldmarschall Papagos begrüßt Waffenhilfe Amerikas. Um den Terror der kommunistischen Banden gegen die Zivilbevölkerung endgültig zu brechen, begrüßt die Regierungsarmee des Königreichs Griechenland den verstärkten Einsatz amerikanischer Militärberater im gesamten Operationsgebiet. Bereits jetzt fliehen die Bolschewisten von Kreta …“

„Das war am Ende des Bürgerkriegs“, sagte Demis. „Er hat mehr Kreter das Leben gekostet als der Weltkrieg und die deutsche Besatzung. Ich kann mir schon denken, wer sich zuletzt in dieser Höhle versteckt gehalten hat. Dein Großvater könnte dir davon erzählen. Ihm haben sie damals übel mitgespielt.“

„Vielleicht stammt die Notiz auf dem Foto aus dieser Zeit?“, sagte Sophia.

Demis zuckte die Achseln. „Kann sein. Kann auch nicht sein. Vielleicht bedeutet es gar nichts.“

Er tastete mit dem Lichtstrahl der Taschenlampe die Höhlenwände ab. Sie folgten Demis in Richtung eines niedrigen Gewölbes. Der Boden war mit Wasser bedeckt, im Schein der Lampe glänzten die Wände vor Feuchtigkeit, als Lukas plötzlich an der Felswand einen hellblauen Fleck bemerkte. Er ging durch das Wasser, das ihm bis zu den Fußknöcheln reichte, darauf zu.

In einer muldenartigen Vertiefung, die eine Art natürliches Regalfach im Gestein bildete, lag ein Gegenstand. Mit vor Aufregung zitternden Händen zog Lukas ihn hervor – ein in hellblaues Wachstuch eingewickeltes Päckchen, zusammengehalten von einer Hanfschnur. Er hielt es triumphierend in die Höhe.

Vor dem Höhleneingang setzten sie sich auf den Boden. Demis zerschnitt die Schnur mit seinem Klappmesser. Das Wachstuch war von außen feucht und glitschig, hatte aber das Innere des Päckchens trocken gehalten. Ein kleineres, in bedrucktes Papier gewickeltes Päckchen kam zum Vorschein und ein Gegenstand, groß wie ein Buchdeckel, der in der Sonne aufglühte wie flüssiges Glas.

„Heiliger Erzengel Michael!“ Demis bekreuzigte sich.

Auf einer moosgrünen Wiese, mit Blüten aus Edelsteinen übersät, erhob sich mit entfalteten Flügeln ein Engel. Die Linien und Umrisse bestanden aus Goldstegen, die Flächen aus geschmolzenem Glas. Lukas gab die Ikone vorsichtig wie ein rohes Ei an Sophia weiter, die sie staunend von vorn und hinten besah und dann aufs Wachstuch zurücklegte.

„Eine sehr wertvolle Ikone. Seht ihr die Steine? Das Gold? Den Silberrahmen?“, sagte sie.

„Heilige Mutter Gottes, ja doch, Sophia! Aber wie kommt so etwas Kostbares hierher? Wer …“, fragte Demis.

„Vielleicht hilft uns das hier weiter“, unterbrach Lukas ihn und nahm das in Papier eingeschlagene Päckchen zur Hand. Er runzelte die Stirn. „Das ist ja Deutsch.“ Er starrte die Buchstaben an, mit denen das Papier bedruckt war. „*Veste Kreta*. Zeitschrift des deutschen Soldaten. Herausgegeben vom Oberkommando der …“

„Mach es auf“, sagte Demis.

Lukas schlug das Papier beiseite. Zwei runde Filmdosen aus braunem Bakelit, ein Stapel Schwarz-Weiß-Fotos, zwanzig bis dreißig Abzüge. Die ersten Aufnahmen zeigten Klöster und Kirchen von innen und außen. Dann kam eine Nahaufnahme der Ikone, die vor ihnen auf dem Wachstuch in der Sonne schimmerte.

„Großer Gott“, sagte Sophia und zeigte auf das nächste Foto, auf dem ein Mann vor einem schweren doppelsitzigen Motorrad mit Seitenwagen stand. „Das ist ja mein Großvater, Andreas Siderias!“

Demis nickte. „Ja, das ist Onkel Andreas. Wer hat nur diese Bilder …“ Demis sprach den Satz nicht zu Ende, als erinnere er sich plötzlich an etwas.

Lukas hielt ihm ein anderes Foto hin. Das Gesicht eines jungen Mannes, der Mund schmerzhaft verzerrt, die Augen entsetzt aufgerissen und schon erstarrt. Er liegt auf dem Boden, Schulterstücke und Kragenspiegel einer deutschen Uniform. Die nächsten Fotos: Ein Pope steht aufrecht und würdevoll vor einer Wand. Sechs deutsche Soldaten mit angelegten Gewehren, im Hintergrund die Terrasse eines Kafenions. Fünf Zivilisten vor der Terrasse, verängstigte Gesichter. Der Pope liegt zusammengekrümmt am Boden. Ein deutscher Offizier, den Arm angewinkelt, in der Hand eine Pistole, das Gesicht deutlich im Halbprofil.

Lukas wurde schwarz vor Augen.

Sophia griff wortlos zu den nächsten Fotos: Der Offizier drückt dem Popen die Pistole ins Genick. Soldaten mit Benzinkanistern vor einer Kirche. Soldaten mit Benzinkanistern vor der Terrasse des Kafenions. Flammen und Rauch. Flammen über Hausdächern. Eine Rauchwolke steigt zum Himmel.

„Was ist mit dir?“ Sophia sah Lukas besorgt an. „Du bist ja kreidebleich. Sag doch was, Lukas.“

Er brachte zuerst nur ein heiseres Krächzen heraus. „Mein Vater“, würgte er dann hervor und deutete mit einer fahrigen Geste auf die Fotos, „mein Vater.“

DER SCHWIEGERSOHN einer Kusine aus der mütterlichen Linie der Familie von Tante Kyra, Demis' Frau also, ein gewisser Spiros Kalomitsis, betrieb in Heraklion ein Fotogeschäft. Sophia hatte ihn am Vortag angerufen, die Verwandtschaft hervorgehoben und ihr Anliegen erläutert. Noch auf Akoníza hatten Sophia, Demis und Lukas festgestellt, dass die Bakelitdosen mindestens fünf Negative enthielten. Die überwiegende Mehrzahl der Fotos zeigte, soweit das auf den Negativen zu erkennen war, Kunstgegenstände, Architektur, Gärten, Pflanzen, Bäume. Doch dann war da auch eine Sequenz von zehn Fotos, die in den gleichen furchtbaren Zusammenhang zu gehören schienen wie die Papierabzüge, die Lukas' Vater zeigten, in Uniform, die Pistole in der Hand. Und schließlich entdeckt Lukas ein Negativ, von dem er sicher ist, bereits einmal einen Abzug gesehen zu haben – damals, im Garten seiner Kindheit. Seit Vater neben einem Piraten. Über ihren Köpfen baumelt eine Gitarre oder Mandoline. Rauch und Asche.

So waren Sophia und Lukas also am nächsten Morgen mit dem Bus nach Heraklion gefahren, um mit Spiros' Hilfe die Wahrheit ans Licht und auf Papier zu bringen. Und als Sophia sich nun als jene Nichte Tante Kyras vorstellte, die aus Agia Galini angerufen habe, fiel Spiros ihr ohne Umschweife um den Hals, lächelte geschmeichelt, führte sie in die Dunkelkammer, schaltete das Rotlicht ein und machte sich unverzüglich ans Werk. Was er dann aus dem Entwicklungsbad zog, bestätigte ihre Vorahnung.

Vor einer Mauer ein Haufen übereinander gefallene Körper. Fünf Uniformierte liegen zwischen und über drei Menschen in Zivilkleidung. Details des ersten Fotos. Ein Uniformierter, von hinten fotografiert, mit gezogener Pistole vor einem ausgebrannten Lkw. Von vorn fotografiert. Lukas' Vater. Kein Zweifel. Lukas' Vater als junger Mann, nicht in Athen in einem Verwaltungsbüro, sondern mitten in diesem Gemetzel.

Als Lukas den Blick vom Entwicklungsbecken abwandte und zu Sophia hinüberschaute, sah er, dass sie Tränen in den Augen hatte. Spiros starrte wie geistesabwesend die Bilder an. „Dies ist das letzte“, sagte Lukas und gab Spiros ein einzelnes Negativ.

Leutnant Friedrich Hollbach neben Andreas Siderias, Sophias Großvater.

Über ihren Köpfen erkennt man die Umrisse einer Mandoline. Es war das gleiche Foto, das Friedrich Hollbach vor 25 Jahren in einem verrosteten Eimer verbrannt hatte.

Andreas Siderias hatte, soweit Demis wusste, die Insel nur einmal in seinem Leben verlassen, auch während des Krieges, und war nach Ägypten gereist. Also mussten all diese Fotos auf Kreta entstanden sein. Und Lukas' Vater hatte gelogen. Was jedoch Friedrich Hollbach und Andreas Siderias auf Kreta zusammengeführt hatte, blieb rätselhaft. Noch rätselhafter war allerdings, wer die Fotos gemacht hatte. Hollbach würde schweigen. Andreas Siderias musste es wissen.

Bevor Lukas und Sophia am nächsten Tag nach Chania weiterfahren wollten, gab es für sie in Heraklion noch zwei Dinge zu regeln. Zuerst gingen sie zur Agia Ekaterini, der ehemaligen Kirche einer orthodoxen Klosterschule, die nun das Ikonenmuseum beherbergte, und fragten nach dem Direktor.

Sophia erklärte ohne Umstände, man habe die Ikone durch einen Zufall gefunden. Der Mann, der fließend Englisch sprach, drehte die Ikone staunend in den Händen. Dann zog er eine Schublade auf, blätterte durch Karteikarten und nahm eine Karte heraus.

Das Stück, sagte er, stamme aus einer jener Dorfkirchen, die während der deutschen Besatzungszeit im Zuge so genannter Sühnemaßnahmen von deutschen Truppen niedergebrannt worden seien. Das ganze südlich von Chania gelegene Dorf sei niedergebrannt worden, es habe dort auch Erschießungen gegeben. Die Ikone habe bis heute als verschollen gegolten. Der Direktor reichte ihnen die Hand. „Ich danke Ihnen für die Rückgabe dieses ungewöhnlich kostbaren Stücks. Ihnen steht übrigens per Gesetz ein Finderlohn zu, den Sie …“

„Danke“, sagte Lukas, „darauf möchte ich verzichten. Wir sind froh, dass die Ikone wieder da ist, wohin sie gehört.“

Dann gingen sie zu dem Motorradverleih im Schatten der Stadtmauer, wo Lukas nach seiner Ankunft den Roller gemietet hatte, dessen Überreste nun auf Levtheris' Hof ihrer Auferstehung harrten. Nachdem Lukas erzählt hatte, dass der Roller Schrott sei, wunderte sich der Eigentümer, dass er überhaupt noch einmal erschienen war. Er habe doch eine Kaution hinterlassen. Damit sei die Sache erledigt.

AUS DEM Lautsprecher über dem Fahrersitz des Busses Heraklion–Chania plärrten griechische Schlager in so nachdrücklicher Lautstärke, dass sie das Motorengeräusch übertönten. Lukas sah aus dem staubverschmierten

Fenster aufs Meer. Wenn sein Vater auf Kreta gewesen war, mussten sich ihm ähnliche Anblicke geboten haben.

Sophia legte den Mund an Lukas' Ohr. „Die Schnellstraße ist neu. Die hat es damals noch nicht gegeben."

Lukas nickte, legte den Arm um ihre Schultern und küsste sie auf die Stirn. Gestern Nacht hatten sie nicht einschlafen können. Sophia hatte sich im Schneidersitz aufs Bett gesetzt und Lukas nachdenklich angesehen. „Wir wissen nicht", hatte sie gesagt, „was dein Vater und mein Großvater miteinander zu schaffen hatten. Vielleicht werden wir es morgen von ihm erfahren, aber vielleicht auch nicht. Ich habe Angst, dass er in diese furchtbaren Dinge verstrickt war. Und dann gibt es da noch ein Gefühl, dass in der Beziehung zwischen meinem Vater und meiner Mutter etwas nicht gestimmt hat. Mein Vater ist vor einem Jahr bei einem Verkehrsunfall ums Leben gekommen. Ihn kann ich also nicht mehr fragen. Und wenn ich meine Mutter frage, warum sie nie nach Kreta zurückgekommen ist, sondern mit ihrer Familie nur noch brieflich verkehrt, dann sagt sie nur, dass sie keine alten Wunden aufreißen will, und schweigt. In Agia Galini freuen sich alle, wenn ich zu Besuch komme. Aber wenn ich Demis und die anderen bitte, mir zu erzählen, wie es damals war, als meine Mutter und mein Vater sich kennen lernten, dann scheinen sie auszuweichen. Vielleicht ist das nur eine fixe Idee von mir. Aber ich spüre es deutlich, seit gestern mehr denn je."

In Chania hielt der Bus auf dem Platz vor der Markthalle. Sie mieteten sich ein Zimmer und machten sich dann auf den Weg zum Hafen. Vor dem Restaurant standen Tische, an denen ein paar Touristen saßen. Voll werde es erst später, zum Abendessen, sagte Sophia. Sie gingen in den Gastraum. Hinter dem Tresen stand ein kahlköpfiger, hagerer Mann zwischen fünfzig und sechzig und putzte mit einem Handtuch Gläser.

„Onkel Anastasios!"

„Sophia!" Er kam hinter dem Tresen hervor und küsste sie auf Stirn und Wangen. „Schön, dass du dich noch einmal blicken lässt."

„Bist du gar nicht überrascht?"

„Um ehrlich zu sein", sagte er lächelnd, „nur ein bisschen. Ich habe nämlich heute Morgen eine Taube gesehen, die auf dem Dach gehockt …"

„Ach, Anastasios! Du mit deinen Vorzeichen." Sie lachte. „Und das ist Lukas, mein … Also ein sehr guter Bekannter aus Deutschland."

Anastasios grinste einverständlich und schüttelte Lukas die Hand. „Willkommen."

„Ist Großvater nicht da?", fragte Sophia.

„Er müsste bald kommen“, sagte Anastasios. „Wollte mit Georgi noch einiges in der Markthalle besorgen.“

„Gut. Wir warten draußen.“

Sie setzten sich an einen der freien Tische. Anastasios brachte Mokka und Pistazien und verschwand wieder im Lokal. Schon nach wenigen Minuten deutete Sophia auf zwei Männer, die Einkaufskörbe trugen, aus denen Gurken und Salatköpfe ragten. Sie steuerten durch den Passantenstrom auf das Restaurant zu. Der jüngere, den Lukas auf fünfzig schätzte, war klein und drahtig, trug einen cremefarbenen Anzug mit einem rosa Hemd, einen dünnen, scharf ausrasierten Schnurrbart und die schwarzen, von Pomade glänzenden Haare straff nach hinten gekämmt. Der ältere hatte einen verschlissenen dunkelblauen Nadelstreifenanzug an, darunter nur ein weißes Unterhemd. Der mächtige Schnauzbart und die Haare, die unter dem schwarzen Kopftuch hervorquollen, waren schlohweiß. Andreas Siderias sah dennoch keineswegs wie ein Neunzigjähriger aus, sondern wirkte zwanzig Jahre jünger, ging aufrecht und straff. Seine schwarzen Augen funkelten, als er Sophia erblickte, die aufgestanden war und ihm entgegenging. Sie umarmten sich, wechselten ein paar Worte miteinander und kamen dann an den Tisch.

Lukas stand auf, als Andreas ihm lächelnd die Hand entgegenstreckte und fest drückte. Auch der andere Mann schüttelte ihm die Hand und wurde ihm als Georgi vorgestellt, einer von Andreas’ ältesten Freunden. Sie setzten sich. Anastasios kam, trug die Einkaufskörbe ins Restaurant und brachte dann Mokka und Raki für Andreas und Georgi nach draußen.

„Fotos habt ihr also gefunden“, sagte Andreas, offenbar kaum überrascht von dem, was Sophia ihm eben schon mitgeteilt haben musste. „Fotos aus dem Krieg und eine Ikone. Auf Akoníza. Ein gutes Versteck, vielleicht das beste. Wenn ich je nach den Fotos gesucht hätte, hätte ich mir denken können, dass er sie nach Akoníza gebracht hat. Aber ich habe nicht danach gesucht. Niemand hat nach dem Krieg mehr danach gesucht. Warum auch?“

„Du hast von diesen Fotos gewusst? Und wer ist ‚er‘?“, fragte Sophia.

Andreas nickte bedächtig. „Eins nach dem anderen. Natürlich habe ich von den Fotos gewusst. Wollt ihr sie uns nicht erst einmal zeigen?“

Lukas legte die Fotos auf den Tisch. Oben auf dem Stapel lag das Bild, das Andreas mit Friedrich Hollbach unter der Mandoline zeigte.

„Ja, ja“, seufzte Andreas, „so hat alles angefangen. Das Foto ist hier im Restaurant gemacht worden. Dieser Leutnant“, er tippte auf Friedrich Hollbachs Gesicht, „der hat später allerdings nach den Fotos gesucht. Wollte sie haben, um alles in der Welt. Aber er hat sie nicht bekommen. Seinen Namen weiß ich nicht mehr."

Nachdem Sophia übersetzt hatte, sagte Lukas fest: „Hollbach. Der Name des Leutnants ist Hollbach."

Andreas sah Lukas nachdenklich in die Augen, als erkenne er darin etwas wieder. „Ganz recht, so hat er geheißen. Hollbach. Aber woher weißt du das, Junge?"

„Weil er mein Vater ist."

„Heiliger Erzengel Michael!", entfuhr es Georgi.

Andreas fuhr sich mit den Handfläche über die Augen, als müsse er einen Schleier wegwischen. „Dein Vater …" Er schwieg einen Augenblick, schien nachzudenken und sagte dann: „So schließen sich die Kreise. So schließen sich am Ende die Kreise."

Georgi hatte inzwischen begonnen, hastig durch die Fotos zu blättern, und schob sie, eins nach dem anderen, Andreas hin, aber der beachtete sie kaum. „Ich kenne diese Fotos", sagte er. „Yannis hat sie mir gezeigt. Ich habe sie eine Weile für ihn aufbewahrt und später an ihn zurückgegeben."

„Wer ist Yannis?", fragte Sophia. „Der, der die Fotos gemacht hat?"

„Ja", sagte Andreas. „Yannis hat die Fotos gemacht. Ich werde euch jetzt seine Geschichte erzählen. Es ist auch meine Geschichte, und es ist auch Georgis Geschichte. Manches, was ich nicht weiß, kann er euch erzählen. Und da du der Sohn dieses Hollbach bist, ist es auch deine Geschichte, Lukas. Und natürlich ist es auch deine Geschichte, Sophia. Pavlos kann sie dir nicht mehr erzählen. Deine Mutter will es nicht. Und ich lebe auch nicht ewig. Es ist Zeit, dass dir die Geschichte erzählt wird, höchste Zeit."

XI. Kapitel Kreta 1944/45

Von einer Teilnahme am Familienrat war Johann selbstverständlich ausgeschlossen – diesmal umso mehr, weil die Entführung Elénis und deren Konsequenzen auf der Tagesordnung standen. Während sich die männlichen Familienmitglieder in Demis' Haus versammelten, machte Johann einen Spaziergang am Strand, schaute alle fünf Minuten auf die Armbanduhr und fand sich wie verabredet um neun Uhr auf der Mole ein.

Anastasios hatte ihm versprochen, sofort nach Ende der Beratung an den Hafen zu kommen, um ihm zu berichten. Als aber Anastasios um zehn immer noch nicht erschienen war, schwand Johanns Hoffnung auf einen glimpflichen Ausgang.

Schließlich kam Anastasios doch noch, zog ein bedenklich langes Gesicht und drückte Johann eine halb volle Rakiflasche in die Hand. „Trink erst mal“, sagte er, „damit du es besser ertragen kannst.“

„Ich kann es auch so ertragen“, sagte Johann mit zittriger Stimme.

Anastasios nickte, nahm selbst einen Schluck und erzählte, wie es im Familienrat hoch hergegangen war. Nach der ersten Flasche Raki hatten einige Hitzköpfe aus der Linie von Elénis Mutter gefordert, den Entführer und damit zweifellos auch Mädchenschänder Yannis mit einer Vendetta zu überziehen, weil die Schmach, mit der er die Familie besudelt hätte, anders als mit seinem Blut nicht abzuwaschen sei. Die erhitzten Gemüter kühlten sich freilich ab, als Andreas nachfragte, ob man ernsthaft bereit sei, die heiligen Gesetze der Gastfreundschaft zu brechen, indem man den Gast, dem manche an diesem Tisch ihr Leben verdankten, mit der Vendetta bedrohe? Die einzig praktikable Lösung bestehe vielmehr darin, schleunigst die Hochzeit auszurichten. Der Krieg, sagte Andreas, könne nicht mehr lange dauern; es gebe Gerüchte, dass die Deutschen sich bald aus ganz Griechenland zurückziehen würden, also auch aus Kreta. Dann werde Yannis, der schließlich ein gebildeter Mann sei, schon zu Geld kommen, vermutlich zu mehr, als sie alle, die sie hier zusammensäßen, je gesehen hätten. Das Argument machte Eindruck. Die Gegenrede, dass eine standesgemäße Hochzeit unter den gegebenen Bedingungen, der Krieg, die Mittellosigkeit des Bräutigams, nicht zu organisieren sei, war nur noch ein Rückzugsgefecht. Dann werde eben die erste Kindtaufe dieser Ehe umso standesgemäßer ausfallen, versprach Andreas, womit er begeisterte Zustimmung erntete. Und im Übrigen rate er in diesem Fall dringend zur Eile, weil niemand in der Familie so dumm sei, dass er nicht bis neun zählen könne.

Johann, der Anastasios’ Bericht schweigend zugehört hatte, war immer noch sprachlos – sprachlos vor Glück.

„Freust du dich gar nicht?“ Anastasios knuffte ihn in die Seite, hob die Flasche, sagte: „Auf deine und Elénis Kinder! Und jetzt komm mit. Sie feiern schon. Sie warten auf dich. Hörst du sie nicht singen?“

Später am Abend sangen die Männer immer noch, Johann in ihrer Mitte. Er gehörte jetzt zu ihnen.

Die Arbeit begann gleich am nächsten Tag. Zu Demis’ Besitz gehörte ein halb verfallenes Häuschen unterhalb der Kirche. Das Dach war schadhaft, aber Georgi, der sich für ein paar Tage in Agia Galini aufhielt, weil er Botschaften zu überbringen hatte, die mit den britischen Nachschublieferungen aus der Luft zu tun hatten, wusste Rat. Nicht weit vom Dorf, in unwegsamem Gelände, lagen Trümmer einer deutschen Ju. Einige Wellblechplatten der Flugzeugwände ließen sich so weit zurechtschneiden, dass sie ein neues Dach abgaben. Mit ihren Schwestern säuberte Eléni den einzigen Raum des Häuschens, kalkte die Wände weiß und brachte die Feuerstelle in Ordnung. Durch die Deckenöffnung an der Giebelseite stieg nun der Rauch wieder so in den Himmel, wie er schon vor hundert Jahren in diesen Himmel gestiegen war. Ein Bett aber war nirgends aufzutreiben, und so machte Eléni ein Lager aus Reisig, Stroh, Farnen und Schaffellen, ganz wie das Lager, auf dem sie und Johann in der Höhle auf Akoníza gelegen und sich zum ersten Mal geliebt hatten.

ENDE Juni fand die Hochzeit statt. Eléni trug ein weißes Kleid mit bestickten Bordüren und Bändern, in dem schon ihre Mutter und ihre Großmutter vor den Traualtar getreten waren. Georgi hatte für Johann einen Anzug organisiert, der schwarz und sauber, aber abgetragen und an Armen und Beinen zu kurz war. Nachdem sie die Messingringe getauscht hatten, schlang der Pope seine Stola um ihre Hände und erklärte sie zu Mann und Frau. Als sie, gefolgt von den Gästen, aus der Tür traten, gaben Anastasios und ein paar andere junge Männer mit Gewehren Salutschüsse ab. Georgi übertrumpfte alle, indem er aus seiner englischen Maschinenpistole eine Salve in den strahlend blauen Himmel sandte.

Die Hochzeitsgesellschaft bestand aus etwa vierzig Personen, die an mehreren Tischen auf der Terrasse vor Demis' Haus tafelten. Im Frieden, behauptete Elénis Mutter pikiert, wären vierhundert gekommen. Andreas besänftigte sie mit der Ankündigung, das große, sozusagen inselumspannende Fest werde zur Taufe des ersten Kindes stattfinden. Er erhob sich würdevoll vom Tisch und bat um Ruhe. Die beste Nachricht, rief er in die Runde, sei die Hochzeit seiner jüngsten Tochter mit Yannis. Die zweitbeste Nachricht, die er erst gestern erhalten habe, sei jedoch, dass die Alliierten in Frankreich gelandet seien. Das Ende des Krieges rücke also schnell näher. Die Gäste klatschten und jubelten und waren sich einig, dass es trotz der etwas fragwürdigen Umstände, die zu dieser Hochzeit geführt hatten, schon seit langem nicht mehr so viel Grund zum Feiern gegeben habe wie heute.

Durch Georgi war auch eine Einladung an Bates und Charles ergangen, die noch in den Nordhängen der Weißen Berge operierten, ihre mobilen Funkstationen aber immer häufiger verlegen mussten, weil die Deutschen inzwischen neue, zielgenauere Peilgeräte einsetzten. Sie hatten ihre Teilnahme dennoch zugesagt und wollten, begleitet von einigen Andarten aus dem Hauptquartier von Xilouris, die Gelegenheit nutzen, um weitere Vorbereitungen für die Versorgungsabwürfe und den Transport des Nachschubs zu treffen. Die Gruppe war schon am Vortag erwartet worden, und als sie auch im Verlauf des Hochzeitsfests ausblieb, begannen Andreas, Demis und Georgi, sich Sorgen zu machen, ließen sich aber nichts anmerken.

Als es dunkel wurde, entzündete man Öllichter und bunte Lampions. Zwei Männer begannen, Busuki und Lyra zu spielen. Die alten Lieder wurden gesungen, und von manchen kannte Johann inzwischen schon mehr als den Refrain, sodass er mitsingen konnte. Wie im Kreis der Männer mitzutanzen war, hatte Georgi ihm beigebracht, damals, in jener Nacht in der Café-Bar Trianon in Kairo. Und so tanzte er also auf seiner Hochzeit mit den Männern, zu deren Familie er jetzt gehörte, mit den Männern, mit denen er gekämpft hatte, mit den Männern, die ihn als ihren Gast aufgenommen hatten. In der immer schneller kreisenden Bewegung ihres Tanzes spürte er, dass dies sein Ort war, dass er endlich kein Gast mehr war, der eines Tages wieder gehen würde, sondern angekommen mitten in diesem Kreis, dass Johann wirklich zu Yannis geworden war, während die Frauen und Mädchen einen zweiten Kreis um die Tanzenden bildeten, im Rhythmus der Musik lachend in die Hände klatschten, und im Vorbeiwirbeln sah er Elénis Gesicht, gerötet von Erregung, Glück und Wein.

Die Musik spielte immer noch, als sie sich später auf dem Lager ausstreckten, das ihrer Liebe besseren Halt gab als jedes Himmelbett, und Elénis Gesicht glühte im Zwielicht.

Im Morgengrauen erwachte er, weil irgendwo ein Hund anschlug. Eléni schlief, das Gesicht an seine Schulter gelehnt. Graues Licht sickerte durch den Raum. Yannis sah sich um. Dort, auf dem Stuhl, ihr Brautkleid. Da die Feuerstelle, auf der Eléni heute zum ersten Mal für ihn kochen würde. Über ihm das Wellblechdach. Er schrak zusammen, als sei er von einer unsichtbaren Faust getroffen worden. Schräg über ihrem Lager war eine Blechplatte des Flugzeugwracks ins Dach montiert, auf die, von einem Dachsparren halb verdeckt, als Hoheitszeichen ein rotes Hakenkreuz gemalt war. Er hatte es bislang übersehen. Jetzt aber war ihm der Anblick so unerträglich, dass er leise aufstand, hinters Haus schlich, wo die Werkzeuge standen, die Leiter, der Topf mit der Kalktünche, ein Pinsel. Und während Eléni noch schlief, übertünchte er mit kräftigen, wütenden Pinselhieben den letzten Schmutzfleck aus jener Welt, die er hinter sich gelassen hatte.

SIE SASSEN beim Frühstück, als leise und dringlich an die Fensterscheibe geklopft wurde. Georgi drückte draußen sein Gesicht ans Glas und winkte Yannis mit dem Zeigefinger, dass er vor die Tür kommen solle. „Es tut mir Leid", sagte er mit schiefem Grinsen und schielte durch die geöffnete Tür zu Eléni, „ausgerechnet an diesem Morgen. Aber es ist wichtig. Du musst sofort zu Demis und Andreas kommen."

„Was ist passiert?"

„Heute Nacht, kurz vor Ende des Festes, als Eléni und du schon gegangen wart, sind zwei Männer aus der Gruppe von Pavlos eingetroffen. Die Deutschen haben Pavlos und Charlie erwischt."

„Was heißt erwischt? Sind sie tot?"

„Ich weiß es nicht", sagte Georgi. „Beeil dich."

Die beiden Männer, die die schlechte Nachricht überbracht hatten, waren die ganze Nacht gelaufen und schliefen jetzt in Demis' Haus ihre Erschöpfung aus. Was sie zu berichten gehabt hatten, klang deprimierend und ausweglos.

Pavlos, Charles und vier Andarten aus Xilouris' Truppe hatten nach ihrem ersten Nachtmarsch auf dem Weg nach Agia Galini in Spili Station gemacht, wo sie im Haus des Lehrers unterkamen, der das Andartiko unterstützte. Ein Dorfbewohner, der Spitzeldienste für die Deutschen verrichtete, hatte ihre Ankunft jedoch beobachtet und dem im Dorf stationierten Posten gemeldet, dass diese sechs Männer zum Andartiko gehörten. Da der Posten nur mit zwei Soldaten besetzt war, forderten sie per Funk Verstärkung aus Rhetimnon an. Während Pavlos und seine Leute noch schliefen, kamen kurz vor Einbruch der Dunkelheit auf zwei Motorradgespannen fünf weitere Soldaten und ein Offizier in Spili an. Die acht Deutschen umstellten das Haus, der Offizier gab einen Schuss aus seiner Pistole ab. Pavlos, Charles und zwei der Andarten, die im Haus geschlafen hatten, rannten vor die Tur und direkt vor die Mündungen der deutschen Gewehre. Sie hatten keine Chance und mussten sich ergeben. Die beiden anderen Männer, die entkommen waren, hatten im angrenzenden Stall auf einem Heuboden geschlafen. Als der Schuss fiel, kletterten sie sofort aufs Dach und beobachteten, wie ihre vier Kameraden von den Deutschen abgeführt wurden, vermutlich zum Haus des Dorfschulzen. Dann hörten sie noch die Salve eines Maschinengewehrs, blieben zu ihrem Glück unentdeckt, kletterten in der Gegenrichtung über einige Hausdächer bis zu einer Begrenzungsmauer, hinter der die Felder begannen. An dieser Mauer hatten die Deutschen ihre Motorräder geparkt. Die beiden Fliehenden hatten noch die

Gespanne mit Benzin aus einem daneben stehenden Kanister übergossen und in Brand gesetzt, waren im Schutz der einbrechenden Dämmerung entkommen und hatten auf Eselspfaden schließlich Agia Galini erreicht.

„Sie werden schnell merken, dass Pavlos und Charlie keine Kreter sind, sondern britische Agenten", sagte Andreas. „Und weil das, was die beiden wissen, für die Deutschen sehr wichtig sein dürfte, werden sie sie nicht sofort erschießen, sondern nach Heraklion oder Chania zum Verhör bringen. Weil die Motorräder zerstört sind, müssen sie aber wahrscheinlich per Funk erst einen Wagen anfordern."

„Das haben sie bestimmt längst getan", meinte Demis.

„Natürlich. Die Frage ist nur, ob ihnen so schnell ein Wagen geschickt wird. Die Deutschen sind mitten im Rückzug, überall Konvois und Transporte. Vielleicht lassen sie sich Zeit mit dem Abtransport."

„Wenn es nur acht Deutsche sind", rief Georgi hitzig, „können wir es mit ihnen aufnehmen. Zehn, zwölf bewaffnete Männer haben wir bis heute Abend zusammen, sind morgen in Spili, und dann …"

„Und dann sind sie längst weg", schnitt Andreas ihm das Wort ab. „Wir müssen jetzt etwas tun, sofort. Demis und ich haben gestern Nacht einen Plan entwickelt."

„Raus damit!", sagte Georgi.

Nachdem Andreas ihnen den Plan erläutert hatte, sah er Johann an. „Ich weiß, dass wir dich damit in Gefahr bringen. Und ich weiß auch, dass es kaum einen schlechteren Zeitpunkt gibt, sich in Lebensgefahr zu bringen, als einen Tag nach der eigenen Hochzeit. Mir ist klar, was wir Eléni damit antun. Immerhin ist sie meine Tochter. Wenn du es nicht machen willst, Yannis, nehmen wir dir das nicht übel. Ich selbst wäre mir nicht sicher, ob ich es tun würde."

„Ich würde es tun!", rief Georgi.

„Hol die Uniform", sagte Yannis zu ihm. „Inzwischen werde ich mich rasieren."

In dem kleinen, milchig angelaufenen Klappspiegel sah sein Gesicht leichenblass aus. Er umarmte Eléni, aber sie stieß ihn von sich, warf sich auf das Schaflager, zog sich eine Decke über den Kopf und schluchzte hemmungslos. Er setzte sich neben sie, zog ihren Kopf auf seinen Schoß, redete beruhigend auf sie ein. Die Sache sei völlig ungefährlich, ein Spaziergang nur, verglichen mit dem, was er bislang durchgemacht habe, und heute Abend schon sei er wieder bei ihr. Sie hörte auf zu schluchzen, er wischte ihr die Tränen aus den Augen, aber als Georgi dann mit der Uniform erschien, geriet Eléni völlig aus der Fassung, weinte, schlug mit den Fäusten gegen die Wand, raufte sich die Haare.

„Du hast gesagt, dass der Krieg für dich vorbei ist!“, schrie sie Yannis an, packte Georgi an den Schultern und schüttelte ihn. „Wollt ihr mich jetzt schon zur Witwe machen? Nach einer Nacht?“

Georgi verdrehte theatralisch die Augen und verschwand, während Yannis die deutsche Feldgendarmerieuniform anzog, die Georgi von Leigh-Fermor geschenkt bekommen hatte. Yannis legte den Gürtel mit dem Kampfmesser um und zog sich die Stiefel an.

Eléni war jetzt ganz still geworden, sagte nichts mehr, weinte nicht mehr, sondern stand mit hängenden Schultern vor der Tür und starrte ihn aus geröteten Augen an wie einen Fremden. Er küsste sie auf den Mund. Sie reagierte nicht.

„Sie warten auf mich“, sagte er, „es tut mir Leid“, schob sie sanft beiseite und ging.

Andreas und Georgi warteten bereits auf dem Motorrad, Yannis setzte sich in den Seitenwagen, und sie fuhren los. Der Kübelwagen, den sie bei Johanns Entführung erbeutet hatten, war in der Nähe von Melambes in der Ruine eines Schafstalls versteckt. Nachdem sie den Wagen freigeräumt hatten, schob Andreas ein neues Magazin in die Beretta und gab sie Yannis mit einem zweiten Magazin, der sie sich in die Tasche der Uniformjacke schob. Dann stiegen Andreas und Georgi wieder aufs Motorrad, fuhren weiter nach Nordosten, und Yannis folgte ihnen im Kübelwagen. Fünf Kilometer vor Spili führte die Straße nach einer Haarnadelkurve durch einen mit Gestrüpp bewachsenen Hohlweg. Andreas entschied, dass er sich an dieser Stelle in den Hinterhalt legen würde.

Andreas nahm eine der beiden Maschinenpistolen mit Munition aus dem Seitenwagen, und sie gingen noch einmal gemeinsam den Plan durch. Georgi sollte mit dem Motorradgespann, gefolgt von Yannis im Kübelwagen, ins Dorf fahren. Yannis sollte erklären, dass er und sein einheimischer Führer Befehl hätten, die Gefangenen so schnell wie möglich abzutransportieren. Zur Bewachung sei je ein weiterer Soldat im Kübelwagen und auf dem Gespann mitzunehmen, während der Rest der Truppe mit einem Lkw abgeholt werden würde, der bereits unterwegs sei. Nachdem sie das Dorf verlassen hätten, würden sie hier in dieser Kurve halten, sich mit Andreas' Unterstützung der beiden Wachen entledigen und dann das Weite suchen.

Yannis hatte bislang alle Einwände und Ängste unterdrückt, indem er, ohne nachzudenken, wie in Trance befolgte, was Andreas und Demis sich ausgedacht hatten. Jetzt wurde ihm schlagartig bewusst, dass der Plan mindestens drei haarsträubende Schwachstellen aufwies, die das Unternehmen zu einem Himmelfahrtskommando machten. Erstens würden sie von Süden ins Dorf fahren müssen, also nicht aus der Richtung, aus der die Deutschen den Einsatz zu erwarten hätten. Zweitens konnte man ihn als den gesuchten Deserteur Johann Martens erkennen, auch wenn es nicht sehr wahrscheinlich war, dass ausgerechnet unter den acht Soldaten in Spili einer sein sollte, mit dem er früher zu tun gehabt hatte. Drittens und, wie Yannis fand, weitaus bedenklicher war, dass das deutsche Kommando inzwischen per Funk anders lautende Befehle bekommen haben konnte, die seinen Auftritt sofort als Hinterhalt entlarven würden. Die Chance, aus dieser Sache lebend herauszukommen, war gering. Warum sollte er sein Leben aufs Spiel setzen, einen Tag nach seiner Hochzeit? Um ausgerechnet Paul Bates zu retten? War der nicht dafür verantwortlich, dass man ihn so lange in Ägypten festgehalten hatte? Hatte der nicht versucht, seine Abwesenheit auszunutzen, indem er Eléni nachgestiegen war?

„Bist du so weit?“ Georgi stieß Yannis in die Seite.

Yannis nickte geistesabwesend. Es war zu spät, um Nein zu sagen, zu spät, um davonzulaufen.

Am Rand des Dorfs stand ein einzelner Soldat mit geschultertem Karabiner vor den ausgebrannten Motorradgespannen. Georgi drehte sich fragend auf dem Motorrad um. Yannis gab ihm gestikulierend zu verstehen, bei dem Posten anzuhalten. Der Mann trat ans Seitenfenster des Kübelwagens und schien über das Auftauchen der beiden Fahrzeuge aus südlicher Richtung nicht sonderlich überrascht zu sein.

Yannis tippte mit der Hand gegen den Mützenschirm. „Vorauskommando“, sagte er, „sollen hier ein paar Gefangene abholen.“

„Jetzt schon? Der Leutnant hat gesagt, dass ihr frühestens morgen kommt.“

„Ja, ja“, nickte Yannis erleichtert, „hat schon alles seine Richtigkeit.“ Die Gefangenen waren also noch im Dorf, und das Eintreffen weiterer Truppen war im Augenblick nicht zu befürchten. „Wo ist der befehlshabende Offizier?“

„Wahrscheinlich im Haus des Dorfschulzen, direkt am Platz. Da sind auch die Gefangenen.“

„Danke, Kamerad.“

Yannis lenkte den Kübelwagen an Georgi vorbei, rief ihm zu, ihm zu folgen, und fuhr langsam über die in der Mittagshitze flirrende Dorfstraße.

Menschen waren nirgends zu sehen. Vor einem der armseligen Häuser am Dorfplatz standen zwei Soldaten, dicht an die Wand gedrückt im schmalen, scharfen Schatten, sahen gelangweilt zu, wie Yannis und Georgi vorfuhren und die Motoren ausstellten. Georgi blieb wie verabredet neben dem Motorrad stehen, um Yannis im Notfall mit der im Seitenwagen liegenden Maschinenpistole Feuerschutz geben zu können.

Yannis ging auf die Wachen zu, tippte wieder lässig gegen den Mützenschirm. „Ist das hier das Haus des Dorfschulzen?"

Einer der beiden Männer, ein Gefreiter, nickte gähnend. „Wenn man die Bruchbude als Haus bezeichnen will. Aber der Schulze ist gar nicht da."

„Nehmen Sie mal Haltung an, Mann", zischte Yannis, dessen Rangabzeichen ihn als Hauptfeldwebel auswiesen.

„Zu Befehl." Beide Soldaten strafften sich, schlugen die Hacken zusammen und richteten die Gewehre aus, die sie geschultert hatten.

„Ich muss sofort mit dem Offizier sprechen, der hier das Kommando führt."

„Der ist im Haus", sagte der Gefreite grinsend. „Kann mir aber nicht denken, dass er sich gern bei seinem Mittagsschlaf stören lässt."

„Das Denken überlassen Sie mal lieber mir", fuhr Yannis ihn an. „Wo sind die Gefangenen untergebracht?"

„Im Stall hinterm Haus."

„Bewacht?"

„Zu Befehl, Herr Hauptfeldwebel."

„Rühren."

Yannis drückte die Holztür auf. Ein enger, schmutziger Flur. Durch schadhafte Stellen im Dach und durch den Spalt einer angelehnten Tür schwaches Licht. Am Ende des Flurs eine weitere, geschlossene Tür, vermutlich zum Hof. Er zog die Haustür hinter sich zu und lauschte am Spalt der angelehnten Tür. Gleichmäßiges Schnarchen. Yannis schob die Tür ein Stück weiter auf und schaute in den Raum. Es war die Wohnküche des Hauses. Unter einem Fenster zum Hof lag ein Mann auf dem Bett, das Gesicht zur Wand gedreht, bekleidet mit Unterhemd und Uniformhose. Die Stiefel standen vor dem Bett, über einer Stuhllehne hingen die Uniformjacke und der Gürtel mit der Dienstpistole im Halfter. Yannis hob die Hand, um den Mann durch Klopfen zu wecken, als dieser sich im Schlaf von der Seite auf den Rücken wälzte.

Yannis erstarrte. Hollbach! Vor ihm lag Leutnant Friedrich Hollbach. Yannis machte zwei Schritte zurück ins Dämmerlicht des Flurs, überlegte fieberhaft. Sein Herz klopfte so laut, dass es den Schlafenden wecken musste. Der Plan war gescheitert. Dies war das schlimmste aller zu befürchtenden Hindernisse. Unlösbar. Noch war Zeit genug, das Haus zu verlassen, als sei alles in bester Ordnung, die Wachen zu grüßen, über den Platz zu schlendern, in den Kübelwagen zu steigen und mit Georgi schleunigst das Weite zu suchen. Sein Leben, Georgis Leben, wahrscheinlich auch Andreas' Leben gegen das von Bates, Charles und zwei Andarten. Drei Leben gegen vier. Er dachte an Eléni. Die Locke auf ihrer Stirn. In das aufsteigende Bild schob sich ein anderes. Hollbach, der dem am Boden liegenden Popen die Pistole ins Genick setzt. Mit zitternden Fingern knöpfte Yannis die Tasche der Uniformjacke auf, zog die Beretta heraus, entsicherte sie, machte ein paar Schritte in den Raum, nahm den Gürtel mit der Pistole von der Stuhllehne und hängte ihn sich über die Schulter.

Hollbach, von den Geräuschen geweckt, schlug die Augen auf, stützte sich mit einem Ellbogen auf die Matratze und starrte Yannis an. Im ersten Augenblick schien er ihn nicht zu erkennen, zwinkerte und fixierte ihn dann mit einem Ausdruck ungläubiger Verblüffung, als sähe er ein Gespenst. „Sie …?“, ächzte er gedehnt, während Yannis die Pistole auf ihn richtete.

„Keine Bewegung“, zischte Yannis ihn an. „Und kein lautes Wort.“

Hollbach hob die Hand zu einer halb abwehrenden, halb besänftigenden Geste. „Schon gut“, sagte er gedämpft. „Was wollen Sie denn von mir, Mensch? Ich dachte, Sie sind längst nach Ägypten evaku…“

„Wo sind die Gefangenen?“, flüsterte Yannis.

Hollbach deutete aus dem Fenster. „Hinten, im Stall. Aber hören Sie zu, Martens, was Sie hier …“

„Klappe halten. Werden sie bewacht?“

Hollbach nickte. „Ein Mann steht am Stall. Mensch, Martens“, er redete hastiger und wurde dabei lauter, „machen Sie doch keinen Unsinn. Vielleicht lässt sich ja über alles reden. Ein Missverständnis das alles, ich meine …“

Yannis brachte ihn zum Schweigen, indem er den Zeigefinger an die Lippen legte, den Lauf der Beretta höher hob und auf Hollbachs Kopf richtete. „Wo sind Ihre anderen Leute, außer den Wachen hier vor der Tür und an den Motorrädern?“

„Ich weiß nicht“, sagte Hollbach. „Sie haben Ausgang. Schlafen vermutlich.“

„Und wann sollten Sie hier abgeholt werden?“

„Wahrscheinlich erst morgen. Aber ich warne Sie, Martens, das geht nicht gut, was Sie …“

„Schnauze. Wir beide gehen jetzt in den Hof, Sie voraus und ich dicht hinter Ihnen. Die Pistole halte ich so, sehen Sie, genau so in der Uniformtasche, den Finger am Abzug. Wenn Sie etwas Falsches sagen, sind Sie tot."

„Sie auch", sagte Hollbach.

Yannis zuckte mit den Achseln. „Schicken Sie die Wache weg. Sagen Sie, dass ich im Auftrag des Inselkommandanten mit Ihnen zusammen die Gefangenen zu vernehmen habe, mindestens eine Stunde lang. Los jetzt, Stiefel anziehen."

Hollbach fuhr in die Stiefel, ging zögernd durch den Flur auf den Hof. Yannis folgte ihm so dicht, dass er ihn fast berührte und seinen Schweiß riechen konnte. Der Soldat, der rauchend vor der Stalltür auf dem Boden saß, den Karabiner zwischen den Knien, rappelte sich auf und nahm Haltung an.

„Schon gut", winkte Hollbach ab, „rühren", sagte, was Yannis von ihm verlangt hatte, und ließ den Mann abtreten.

„Aufmachen!", sagte Yannis und deutete auf die mit einem Holzriegel versperrte Stalltür.

Süßlich stechender Dunst schlug ihnen entgegen.

„Kommt raus!", rief Yannis erst auf Griechisch, dann auf Englisch.

Bates, Charles und ein Andarte traten auf den Hof, blinzelten in die stechende Sonne und schauten sich um. Die beiden Engländer, vom Licht geblendet, schienen Yannis erst gar nicht zu erkennen, glatt rasiert und in deutscher Uniform. Erst als er Hollbach fragte, wo der vierte Gefangene sei, merkten sie, wen sie vor sich hatten. Hollbach behauptete, der Kreter habe einen Fluchtversuch unternommen und sei dabei erschossen worden. Yannis fragte den Andarten, ob das stimme. Der Mann nickte bedrückt.

Yannis gab Bates die Pistole von Hollbach und erklärte so knapp wie möglich, was sie draußen auf dem Platz erwartete. Dann setzte er Hollbach die Beretta ins Genick und befahl ihm loszugehen. Als die Haustür aufgestoßen wurde, nahmen die beiden Wachposten Haltung an, und erst als der Andarte ihnen die Gewehre abnahm, realisierten sie, was für eine seltsame Karawane da zu den Fahrzeugen marschierte.

„Haltung bewahren und bis 20000 zählen", sagte Yannis, „sonst erschieße ich den Leutnant", und presste Hollbach dabei den Lauf ins Genick.

Georgi hatte längst die Maschinenpistole in der Hand, den Lauf auf die beiden Posten gerichtet, und sah grinsend zu, wie Bates neben Hollbach auf die Rückbank des Kübelwagens kletterte und ihn mit dessen eigener Waffe in Schach hielt, während Yannis sich hinters Steuer setzte. Nikos, der befreite

Andarte, kletterte hinter Georgi aufs Motorrad. Charles machte plötzlich auf dem Absatz kehrt. „Das Funkgerät“, sagte er. „Wir können es besser brauchen als die hier. Es steht neben dem Stall.“ Er lief zurück, schleppte das tragbare Gerät aus dem Haus und legte es neben Yannis auf den Beifahrersitz.

Sie fuhren los, wirbelten eine Staubwolke auf, die sich langsam über den Platz und die strammstehenden, lautlos zählenden Wachen senkte. Niemand sagte etwas. Sie passierten den Posten an den ausgebrannten Motorrädern, der ihnen verständnislos glotzend zuwinkte. Erst als sie die Kurve erreichten, hinter der Andreas auf sie wartete, und ausgestiegen waren, fielen sie sich gegenseitig um den Hals, lachten und schrien Angst und Anspannung aus sich heraus, bis sie heiser waren.

Als Bates Yannis die Hand drückte und ihm dankte, sagte Yannis: „Ich denke, jetzt sind wir quitt.“

Von Georgi, die Maschinenpistole lässig in der Armbeuge, bewacht, hockte Hollbach unterdessen am Straßenrand, das Gesicht zwischen den Knien und die Hände im Nacken verschränkt. „Was machen wir jetzt mit dem?“, fragte Georgi.

„Wir tauschen ihn aus“, sagte Andreas. „Die Deutschen halten genug unserer Leute als Geiseln fest. Wenn sie ihren Herrn Leutnant wiederhaben wollen, werden sie dafür viele von uns freilassen müssen.“

Mit Georgis Kopftuch verbanden sie Hollbach die Augen, damit er später keine Aussagen machen konnte, wohin man ihn gebracht hatte. Das auf Griechisch geführte Gespräch hatte er nicht verstanden.

„Hören Sie zu, Martens!“, sagte er mit zusammengebissenen Zähnen. „Sagen Sie diesen Banditen, deren Freund Sie geworden sind, dass sie mir die Augenbinde abnehmen sollen. Ich kann denen sehr gut in die Visage sehen, wenn sie mich jetzt abknallen.“

„Aber wir wollen Ihre Visage nicht mehr sehen“, sagte Yannis. „Es ist genug.“

ALS YANNIS im Morgengrauen die Haustür öffnete, schreckte Eléni auf, und als er sich dem Lager näherte, starrte sie ihn mit weit aufgerissenen Augen an, als sähe sie ein Gespenst. „Ich bin es“, flüsterte er, „Yannis.“

Erst als sie seine Stimme hörte, schien sie ihn zu erkennen, ließ das Laken los und griff wie eine Ertrinkende zitternd nach seiner Hand.

„Was hast du?“, fragte er.

„Du hast mich erschreckt“, murmelte sie. „Die Uniform … Du musst diese furchtbare Uniform ausziehen.“

Er riss sich die Sachen vom Leib und legte sich zu ihr. Sie strich ihm mit noch zitternden Fingern über die glatt rasierte Oberlippe, über Brust, Hüften und Bauch, als müsste sie sich seines Körpers vergewissern. „Ich habe Angst um dich gehabt", flüsterte sie, die Lippen an seinem Ohr. „Erzähl es mir, damit ich weiß, dass es nicht gefährlich war."

„Es war nicht gefährlich", sagte er, „ich hatte ja die Uniform." Das Zittern seiner Hände, den Herzschlag bis zum Hals verschwieg er ihr, und dass er Hollbach besser kannte als jeden anderen Deutschen auf Kreta, verschwieg er ihr auch.

„Wir haben", sagte er, „dem deutschen Leutnant einen Brief diktiert, in dem er bestätigt, dass er sich unversehrt in unserer Gewalt befindet, und darum bittet, ausgetauscht zu werden. Dann haben wir den Kübelwagen wieder ins Versteck gebracht, und dein Vater, Pavlos, Charlie und ich sind zu Fuß nach Agia Galini zurückgekehrt. Deshalb sind wir auch erst heute Morgen angekommen. Georgi und Nikos haben den deutschen Offizier mit dem Motorrad nach Matala transportiert. Er wird dort in einer Höhle am Strand gefangen gehalten."

Sie schwieg eine Weile, als müsste sie über etwas nachdenken, richtete sich dann auf und deutete auf die Uniform und die Stiefel, die wie ein Haufen Unrat an der Wand lagen. „Du darfst sie nie wieder anziehen."

Nachdem Georgi und Nikos mit dem Motorrad aus Matala zurück waren, setzten sich die Männer abends im Kafenion zusammen, um das weitere Vorgehen zu beraten. Als Vermittler des Austauschs von Hollbach gegen Gefangene und Geiseln kam nur Agathangelos infrage, der Fürstbischof von Chania. Da er schon mehrfach den Austausch von Gefangenen ermöglicht hatte, setzte man jetzt einen entsprechenden Brief an ihn auf und fügte eine Namensliste von zwölf Kretern bei, die in Gefängnissen oder Arbeitslagern festgehalten wurden, darunter Nikos' Sohn, aber auch drei Angehörige der Nationalen Befreiungsfront EAM, der kommunistisch orientierten Andarten.

Bates erhob Einspruch. „Diese Leute", sagte er, „werden früher oder später zu euren Feinden werden. Sie machen bereits jetzt Schwierigkeiten, sabotieren bestimmte Aktionen, die wir planen. Die Deutschen werden nicht mehr lange hier sein, aber wenn ihr die Kommunisten gewähren lasst, werdet ihr sie nie mehr los. Streicht sie von der Liste."

Andreas schüttelte energisch den Kopf. „Ich weiß nicht genau, welche Ziele die EAM verfolgt. Aber diese Männer sind Kreter. Sie haben bis jetzt den gleichen Kampf gekämpft wie wir. Ihre Frauen und Kinder warten auf sie. Wenn sie nicht aus dem Gefängnis kommen, bleibt auch Hollbach in seiner Höhle."

Am nächsten Morgen brachen Bates, Charles, Nikos und die beiden Andarten, die der Verhaftung durch Hollbachs Kommando entkommen waren, in die Mesara-Ebene auf, um Plätze für die Nachschubabwürfe zu markieren, während sich Georgi mit Brief und Namensliste auf den Weg nach Chania machte.

Eine Woche später war er wieder in Agia Galini und überbrachte das Antwortschreiben des Bischofs. Der Austausch sollte in vierzehn Tagen bei einem kleinen Kloster stattfinden, das abseits der Hauptstraße auf halber Strecke zwischen Agia Varvara und Heraklion lag. Die Modalitäten der Aktion waren in dem Schreiben detailliert geregelt. Andreas wollte Yannis aus der Sache unbedingt heraushalten, aber sie alle kamen dann doch zu dem Schluss, dass sich Situationen ergeben konnten, in denen Deutsch gesprochen werden musste.

DAS HÖHLENSYSTEM, in dem Hollbach gefangen gehalten wurde, lag in einer Felswand am Strand von Matala. Hollbach war von seinen Bewachern korrekt behandelt und ausreichend verpflegt worden. Bevor sie ihn an einem brütend heißen Julimorgen aus der Höhle führten, fesselten sie ihm die Hände und verbanden ihm die Augen. Georgi und Yannis warteten mit dem Motorradgespann an dem Weg, der vom Dorf zum Strand hinunterführte. Die beiden jungen Burschen, die ihn bewacht und versorgt hatten, dirigierten Hollbach mit leichten Stößen zum Motorrad.

Er redete in einer Mischung aus Deutsch, Englisch und ein paar Brocken Griechisch ununterbrochen auf sie ein. Offenbar ging er davon aus, zu seiner Exekution geführt zu werden, und versuchte seine Bewacher davon zu überzeugen, ihn nicht umzubringen, sondern gegen ein Lösegeld auszutauschen. *„Germans give money, many drachmai"*, sagte er, als sie am Motorrad ankamen.

„Maul halten!", sagte Yannis.

„Großer Gott!", entfuhr es Hollbach. „Sind Sie das, Martens? Was geht hier vor? Was geschieht jetzt mit mir?"

Yannis gefiel die Vorstellung, dass Hollbach davon ausging, erschossen zu werden. Sie würden ihn austauschen, er würde frei sein. Die Todesangst aber wollte er ihm nicht nehmen. „Warum sollte man mit Ihnen anders umgehen, als Sie mit den Kretern umgegangen sind?", sagte er, während Hollbach in den Seitenwagen gestoßen wurde.

„Ich habe nur Befehle ausgeführt“, sagte er, und über dem Tuch um seine Augen sammelten sich Schweißperlen. „Ich habe immer versucht, das Schlimmste zu verhindern, ich habe …“

Georgi trat den Motor an. Hollbachs Worte gingen im Geknall von Fehlzündungen unter. Sie fuhren los. Der Motor lief jetzt runder, leiser.

„Martens? Hören Sie mich? Sind Sie noch da?“ Hollbach drehte das Gesicht mit dem schwarzen Tuch um die Augen nach links zur Maschine, wo er Yannis vermutete. „Lassen Sie uns miteinander reden“, brüllte er in den Fahrtwind, „in Ruhe und vernünftig! Vielleicht hat man Ihnen Unrecht getan! Vielleicht war Ihre Verhaftung nur ein Missverständnis! Ich könnte für Sie bürgen! Machen Sie sich doch nicht unglücklich, Mensch!“ Yannis reagierte nicht, während Georgi das Motorrad über die Straße nach Agii Déka lenkte. „Sie machen einen Fehler, Martens! Sie stehen auf der falschen Seite! Es gibt Geheimverhandlungen zwischen uns und den Briten! Haben Sie das gehört? Es geht nicht mehr um Deutschland oder England! Es geht ums Abendland! Gemeinsam gegen den Bolschewismus! Wenn Ihre Freunde keine Kommunisten sind, dann bin ich nicht mehr ihr Feind! Das ist jetzt ein ganz anderer Krieg!“

Bei Agia Varvara verließen sie die Hauptstraße. Hollbach hatte es aufgegeben, in den Wind zu schreien, wurde im Seitenwagen durchgeschüttelt. Der Weg lief an mannshoher Macchia vorbei, an blühenden Myrten, Eichenbüschen und endete an einem Bach, der prasselnd talwärts stürzte. Von unten zog sich eine Reihe Zypressen am Bach entlang und markierte den Pfad, der ab hier nur zu Fuß bewältigt werden konnte.

Im Talgrund lag das Kloster, mit Treppen und Galerien gegen den eisenroten Fels gebaut. Der Zypressenpfad lief aufs Eingangstor zu, vor dem mehrere Personen standen. Auf der gegenüberliegenden Seite des Tals parkte am Ende des Zufahrtswegs ein Lkw. Yannis sah durch den Feldstecher. Die Leute vor dem Klostertor waren Mönche. Zwischen ihnen stand, in vollem Ornat, langbärtig, mit Mütze, Silberkreuz auf der Brust und in der Sonne blitzendem Hirtenstab, der Bischof. Daneben ging ein Mann in deutscher Uniform nervös auf und ab. Yannis zählte die Personen, die auf der Ladefläche des Lkw saßen. Zwölf. Vor dem Lkw standen zwei Soldaten mit geschulterten Karabinern.

„Es ist alles wie verabredet“, sagte er zu Georgi, „du kannst losgehen.“

Georgi folgte dem Bachlauf und verschwand bald zwischen Unterholz und Zypressenstämmen.

„Sind Sie noch da, Martens?“ Hollbach sprach leise, spürte, dass etwas vorging, dass er jetzt mit Yannis allein war. „Wenn Sie mich gehen lassen, verspreche ich Ihnen, dass ich mich für Sie …“

„Wenn Sie noch ein einziges Wort sagen“, zischte Yannis, „verspreche ich Ihnen einen Genickschuss.“

Unten im Tal tauchte Georgi aus dem Zypressenschatten auf und ging, ein weißes Tuch schwenkend, auf die wartende Gruppe zu. Yannis setzte wieder das Fernglas an die Augen. Der Bischof, der Offizier und ein Mönch, der im Brief des Bischofs als Dolmetscher angekündigt war, sprachen mit Georgi. Der Offizier gestikulierte in Richtung des Lkw. Die Gefangenen sprangen von der Ladefläche und gingen langsam auf den Eingang des Klosters zu. Gleichzeitig schwenkte Georgi das Tuch in Yannis' Richtung, drehte sich wieder zum Bischof um, machte eine Kniebeuge vor ihm und küsste seinen Ring.

Yannis nahm Hollbach die Handfesseln und die Augenbinde ab. Der Leutnant sah sich irritiert um, heftete den Blick fragend auf Yannis, rieb sich die Handgelenke, sagte aber nichts.

„Aussteigen“, sagte Yannis, und Hollbach kletterte aus dem Seitenwagen. Yannis deutete mit dem Lauf der Beretta auf die Menschengruppe vor dem Kloster. „Sie gehen jetzt da runter. Ihre Kameraden warten schon auf Sie. Los.“

„Martens, auf ein Wort noch.“ Hollbachs Stimme war die Erleichterung anzumerken. „Wir könnten wieder zusammenarbeiten. So ein Austausch ist immer der erste Schritt zur Ver…“

Yannis drückte ihm den Pistolenlauf so heftig unters Kinn, dass Hollbach den Kopf in den Nacken legen musste und fast gestolpert wäre. „Hauen Sie ab!“

Hollbach hob die Arme auf Schulterhöhe, die Handflächen nach vorn, halb ergeben, halb besänftigend, drehte sich langsam um und ging dann mit unsicheren Schritten talwärts.

Als er hinter den letzten Zypressen wieder zum Vorschein kam und sich der Gruppe näherte, erreichten auch die Gefangenen vom Lkw das Klostertor. Im Fernglas sah Yannis, wie der Offizier vor Hollbach salutierte, aber der winkte mit einer unwirschen Geste ab. Dann hob der Bischof seinen Stab und schlug damit ein Kreuzzeichen in die Luft. Die kretischen Geiseln wurden von den Mönchen ins Kloster geführt, während Hollbach und der andere Offizier zum Lkw gingen, und auch Georgi machte sich auf den Rückweg.

DER KRIEG war vorbei. Am 12. Mai 1945 erschien Georgi, der schon seit Monaten undurchsichtige, aber höchst ertragreiche Geschäftsbeziehungen mit Deutschen und Briten pflegte, in Agia Galini, den Seitenwagen des Motorradgespanns voll mit Konservendosen, Raki und amerikanischen Zigaretten. Am 8. Mai, erzählte er freudestrahlend, hatte der deutsche Festungskommandant einen Funkspruch von Admiral Dönitz empfangen, der die Kapitulation befahl. Am folgenden Tag waren General Benthack und ein Generalstabsoffizier nach Heraklion geflogen, wo die inzwischen gelandeten Briten im ehemaligen deutschen Hauptquartier nun ihr Hauptquartier eingerichtet hatten. In der Villa Ariadne unterzeichnete man am 9. Mai 1945 die bedingungslose Kapitulation aller noch auf Kreta stationierten deutschen Verbände. Zwischen Deutschen und Briten wurde vereinbart, dass die Festung stufenweise von den Besatzern geräumt werden und unter britische Kontrolle gelangen sollte. Am 10. Mai flogen die beiden Offiziere, von den Folgen der deutsch-britischen Kameradschaftsfeier, die sich an die Kapitulation angeschlossen hatte, noch schwer verkatert, zurück nach Chania, um dort dem britischen Wunsch nach deutscher Ordnung und Disziplin Rechnung zu tragen.

Dennoch kam es am 13. Mai in Agia Galini zu einer heftigen Schießerei. Aus sämtlichen verfügbaren Pistolen, Flinten und Maschinenpistolen wurden Schüsse und Salven abgegeben. Es handelte sich um Salut. Eléni hatte eine gesunde Tochter zur Welt gebracht – Sophia.

Der stolze Vater kam mit seinem noch stolzeren Schwiegervater Andreas Siderias und dem Popen überein, dass die Taufe in sechs Wochen stattfinden sollte. Bis dahin blieb Zeit genug, die Gäste zu laden – viele, sehr viele Gäste. Um das Geld, das für die Bewirtung aufzuwenden sein würde, brauche Yannis sich keine Sorgen zu machen. Andreas wollte es aus seinem Anteil der Bestechungssumme abzweigen, mit der Engländer und Deutsche dem Andartiko den Waffenstillstand vergoldet hatten.

„Bei einer Taufe", erklärte Andreas seinem Schwiegersohn, „ist das Kind wichtiger als die Eltern. Noch wichtiger als das Kind ist aber der Pate. Es muss jemand sein, der dem Kind Vorteile bringt. Die Patenschaft verlangt lebenslange Verantwortung für Sophia und macht den Paten zu einem Mitglied der Familie. Wir müssen uns genau überlegen, wer dafür infrage kommt."

„Ich nehme an, dass du dir das bereits überlegt hast", sagte Yannis lächelnd.

Andreas strich sich durch den Schnurrbart. „Familienmitglieder im engeren Sinn würde ich ausschließen", sagte er. „Die gehören sowieso schon dazu. Vorteilhafter ist jemand, dessen Einfluss und Beziehungen weit über die Familie hinausreichen."

„Du denkst doch nicht etwa an den Fürstbischof?"

Andreas sah Yannis verblüfft an. „Das wäre eine ausgezeichnete Wahl, auf die ich selbst kaum gekommen wäre", sagte er. „Aber ich denke eher an jemanden, der Beziehungen zu allen Parteien hat und dessen Einfluss noch weiter reicht, über Kreta hinaus, jemand, dem du verpflichtet bist, der aber auch dir verpflichtet ist."

„Nun nenn schon den Namen!"

„Ich meine Pavlos", sagte Andreas triumphierend.

„Paul? Der soll Pate meiner Tochter werden? Und Mitglied der Familie? Paul Bates?" Yannis wollte protestieren, suchte nach Einwänden, die gegen Bates sprachen, fand jedoch keine, die Andreas überzeugt hätten.

„So ist es. Einen besseren Paten als Pavlos findest du nirgends, schon gar nicht auf dieser Insel in diesen unruhigen Zeiten", grinste Andreas.

„Er wird es nicht annehmen", sagte Yannis.

„Wenn er es nicht annehmen wollte, würde ich ihn dir gar nicht vorschlagen. Er hat schon angenommen", sagte Andreas. „Und es ist ihm eine große Ehre."

„Wie das?", staunte Yannis.

„Ganz einfach. Er arbeitet seit Anfang Mai im britischen Hauptquartier in Heraklion."

„Woher wusstest du das?"

Andreas grinste schlau. „Das spielt doch keine Rolle. Wir stehen jedenfalls immer noch in sehr guter Verbindung. Schon vor der Geburt habe ich Georgi mit einem Brief zu Pavlos geschickt. Und Georgi hat seine Antwort vorgestern mitgebracht. Du kannst sie gleich selbst lesen. Eléni ist natürlich einverstanden. Meine Frau übrigens auch."

„Eléni … deine Frau … ich meine, ich …"

„Ich wusste, dass du begeistert sein würdest!", rief Andreas und hob sein Glas. „Auf deine Gesundheit. Auf Sophia. Und auf Pavlos." Sie stießen an. „Hier ist der Brief von Pavlos", sagte Andreas, zog ein mehrseitiges Schreiben aus der Tasche und gab es Yannis.

Yannis nahm den Brief und begann vorzulesen.

Heraklion, 11. Mai 1945

Lieber Andreas,

wenn du es wünschst und Yannis und Eléni einverstanden sind, wird es mir eine große Ehre sein, die Patenschaft für dein Enkelkind zu übernehmen. Teilt mir rechtzeitig mit, wann die Taufe sein wird. Wenn dich dieser Brief durch Georgi erreicht, wird Eléni die Geburt vielleicht schon überstanden haben. Es ist bestimmt ein Junge! Aber wenn es ein Mädchen ist, wirst du dich gewiss genauso freuen.

Georgi sagt, dass ihr in Agia Galini über die Ereignisse der letzten Monate kaum Informationen hattet. Ich schreibe dir deshalb, was geschehen ist, und ich schreibe es auf Englisch. Yannis kann es dir übersetzen.

„Also los", sagte Andreas ungeduldig. „Was hat er geschrieben?"

Yannis übersetzte. „Der vollständige Rückzug der Deutschen ist an mangelndem Transportraum gescheitert. Weil die Rote Armee immer weiter nach Westen vordrang, war die Gefahr zu groß, dass die Truppen in Griechenland abgeschnitten würden. Deshalb haben die Deutschen auf die Rückführung der Besatzungen auf Kreta verzichtet. Und die Engländer haben das toleriert. Auf Kreta sind ungefähr 12000 deutsche Soldaten geblieben, die bei Maleme, Chania und Souda zusammengezogen wurden. Der militärische Auftrag lautete übrigens, die Festung bis zur letzten Patrone zu verteidigen und dem Feind Verluste zuzufügen, um dadurch die Operationen auf dem Festland zu entlasten."

„Idiotischer Befehl", sagte Andreas spöttisch. „Zwischen uns, den Briten und den Deutschen herrscht doch längst Waffenstillstand. Lies weiter."

„Da wir, das heißt also die Engländer, verhindern mussten, dass die deutschen Waffen- und Munitionsvorräte an die Kommunisten fielen, haben wir beschlossen, dem ehemaligen Feind vorerst sämtliche Waffen zu belassen. Gemäß Absprache sollte eine britische Vorhut am 11. Mai in die Festung einrücken. Der Konvoi wurde aber auf dem Weg nach Chania von Andarten des ELAS angegriffen. Der deutsche Kommandant hat den Briten eine Panzerabteilung zu Hilfe geschickt und das kretische Kommando zerschlagen."

„Ich habe es befürchtet", murmelte Andreas. „Sie machen gemeinsame Sache. Und zwar auf unserem Rücken. Über unsere Leichen."

„Ich glaube", sagte Yannis, „dass Pavlos das selbst nicht recht ist. Er gibt zu, schreibt er, dass damit zwischen Siegern und Besiegten eine merkwürdige Waffenbrüderschaft zustande gekommen ist. Aber den Briten bleibe keine andere Wahl. Und den Deutschen natürlich erst recht nicht. Im Kampf gegen den Bolschewismus seien sie sich einig – und er hofft, schreibt er, dass du, Andreas, das verstehst."

„Ich verstehe es“, nickte Andreas, „und ich habe es kommen sehen. Aber ich billige es nicht.“

„Während Pavlos diesen Brief geschrieben hat, steht hier noch, haben die Deutschen auf britische Anweisung schon seit zwei Tagen Granaten verfeuert, Panzer gesprengt und tonnenweise Munition im Meer versenkt. Pavlos meint, das sei ein gutes Ende für seinen Brief. Wir sehen ihn zur Taufe, schreibt er. Und er grüßt dich und deine gesamte Familie.“

IM MORGENGRAUEN des 5. Juni 1945 stand Yannis leise auf, um Eléni und Sophia nicht zu wecken, zog sich an, küsste Eléni auf die Wange, küsste Sophia, die in einem Korb neben dem Bett schlief, auf die Stirn, öffnete die Tür, roch und hörte das Meer und machte sich auf den Weg zum Hafen, um mit Anastasios auf Fang zu fahren.

Sie wollten eben die Leinen des Boots lösen und ablegen, als sie Motorengeräusche hörten. Von der Straße fuhr ein englischer Jeep auf dem Hafenplatz vor, gefolgt von einem Lkw, dessen Ladefläche mit einer geschlossenen Plane verdeckt war. Die Motoren wurden abgestellt, die Morgenstille wirkte tiefer als zuvor. Zwei Männer in britischen Uniformen und ein Zivilist stiegen aus dem Jeep, sahen sich auf dem leeren Platz um, erblickten Yannis und Anastasios auf der Mole und gingen auf sie zu. Einer der beiden Briten war ein Colonel, den anderen wiesen seine Rangabzeichen als Sergeant aus.

Der Zivilist, ein älterer, ärmlich gekleideter Mann, war der Dolmetscher. Er wünschte Yannis und Anastasios auf Griechisch einen guten Morgen. Der Colonel gab dem Dolmetscher einen Zettel, und dieser sagte, die Namen vom Zettel ablesend, man suche die Gebrüder Demis und Andreas Siderias, einen gewissen Georgi Pandakis sowie einen Deutschen namens, der Dolmetscher runzelte die Stirn, als er den für ihn ungewohnten Namen entzifferte, Johann Martens.

„Worum geht es?“, fragte Anastasios misstrauisch.

„Die Herren Offiziere möchten diesen Männern nur einige Fragen stellen“, sagte der Dolmetscher.

„Dann fragen Sie mich, Gentlemen“, sagte Yannis auf Englisch. „Ich bin Johann Martens.“

Der Colonel zog die Augenbrauen hoch, musterte Yannis von oben bis unten, verblüfft, einen kretischen Fischer vor sich zu sehen.

Yannis nickte bestätigend.

„Mein Name ist Harding“, sagte der Colonel. Dann deutete er auf seine

Begleiter. „Das ist Sergeant McDermott, und das ist Mr Dimitrios. Und wer“, er nickte in Richtung Anastasios, „ist dieser Mann?“ Nachdem Yannis den Namen genannt hatte, fragte Harding den Dolmetscher, ob auch Anastasios auf der Liste vermerkt sei. Der Dolmetscher schüttelte den Kopf.

„Sind die anderen genannten Personen im Dorf?“, wandte sich Harding wieder an Yannis.

Yannis witterte Probleme. Vor den Engländern brauchte sich niemand zu fürchten, der Krieg war vorbei, aber Hardings barscher Befehlston alarmierte ihn. „Warum wollen Sie mit diesen Leuten reden?“, fragte er.

„Das werden Sie schon früh genug erfahren“, sagte der Colonel ungeduldig. „Sind diese Männer hier oder nicht?“

„Georgi Pandakis wohnt nicht in Agia Galini“, sagte Yannis, „und er ist auch nicht hier.“ Dabei hatte er das Gefühl, dass es gut für Georgi war, jetzt nicht im Dorf zu sein, sondern mit dem Motorrad über die Insel zu fahren, um weitere Einladungen zur Tauffeier zu überbringen.

„Und die Gebrüder Siderias?“ Hardings Ton blieb scharf.

„Sie wohnen da oben am Hang.“ Yannis deutete auf das Haus von Demis, aus dessen Dach der weiße Rauch der Feuerstelle stieg.

„Dann werden wir da jetzt gemeinsam hingehen“, sagte Harding. „Also los. Wir folgen Ihnen.“

Vom Motorengeräusch geweckt, waren inzwischen einige Dorfbewohner auf dem Hafenplatz erschienen und blickten teils misstrauisch, teils neugierig zu den beiden Fahrzeugen hinüber. Als Yannis, gefolgt von Harding, McDermott und dem Dolmetscher, am Lkw vorbeiging, versuchte er, einen Blick ins Führerhaus zu werfen, in dem zwei Männer saßen, die hinter der staubverschmierten Windschutzscheibe aber kaum zu erkennen waren. Trugen sie etwa deutsche Uniformen? Yannis hielt an. Und was verbarg sich unter der Plane auf der Ladefläche?

„Weitergehen“, raunzte Harding hinter ihm.

Sie brauchten nicht an die Tür zu klopfen, weil die Hausbewohner längst gesehen hatten, was auf dem Hafenplatz vorging. Demis öffnete, murmelte Willkommensgrüße und bat die vier Männer herein. Die Familie saß in der Küche beim Frühstück. Alle starrten den Eintretenden entgegen, fragend, verständnislos, ängstlich. Demis bot den Engländern an, sich am Mahl zu beteiligen. Sie lehnten ab.

„Das ist Demis Siderias“, Yannis deutete auf den Hausherrn, „und das ist sein Bruder.“

Harding nickte Andreas zu. „Wir kennen uns schon“, sagte er kalt.

Andreas war vom Tisch aufgestanden, hatte die Arme vor der Brust verschränkt und blickte stumm von Yannis zu Harding. „Was hat das zu bedeuten?“, fragte er schließlich.

„Sie wollen uns irgendwelche Fragen stellen“, sagte Yannis.

„So ist es“, sagte Harding. „Wir müssen darauf bestehen, dass außer Mr Martens und den Brüdern Siderias alle anderen das Haus verlassen.“

„Warum?“, fragte Demis und stellte sich zwischen die Engländer und seine Familie.

„Die Fragen stellen wir“, sagte Harding.

„Wissen Sie eigentlich, was Sie hier tun?“, sagte Yannis auf Englisch und spürte, wie Wut und Erregung, aber auch eine diffuse Angst in ihm aufstiegen. „Ihr Verhalten ist dermaßen unhöflich, dass wir Sie …“

Harding schnitt ihm das Wort ab. „Ich habe meine Befehle. Und ich hoffe, dass wir nicht noch unhöflicher werden müssen. Die Leute verlassen jetzt sofort das Haus.“

„Meine Familie bleibt hier“, sagte Demis. „In meinem Haus.“

„Na schön“, sagte Harding, wobei seine barsche Stimme einen resignierten Tonfall annahm, „wenn Sie es nicht anders wollen …“

Er nickte McDermott zu, der offenbar schon auf das Zeichen gewartet hatte und das Haus verließ.

In der Küche war es totenstill. Durchs Fenster sahen sie, wie der Sergeant zum Heck des Lkw ging, die Plane beiseite schob und irgendetwas rief. Die beiden Männer im Führerhaus blieben sitzen, doch von der Ladefläche sprangen acht Soldaten auf den Platz. Soldaten in deutscher Uniform, bewaffnet mit Karabinern und Maschinenpistolen.

„Heiliger Erzengel Michael, steh uns bei!“, rief Demis’ Frau entsetzt und bekreuzigte sich.

„Was hat das zu bedeuten?“, würgte Yannis hervor. „Deutsche Soldaten? Was soll …“

„Keine Angst“, sagte Harding, „die Truppe steht unter britischem Kommando und handelt nur auf meinen Befehl“, was der Dolmetscher übersetzte.

Zwei Soldaten blieben bei dem Lkw stehen, die anderen sechs folgten McDermott. Drei Mann postierten sich vor der Tür, drei Mann gingen ums Haus zum Hintereingang. Der Sergeant kam in die Küche zurück. Harding wiederholte seine Aufforderung, dass alle außer Demis, Andreas und Yannis das Haus zu verlassen hätten, und als Demis endlich seiner Frau zunickte, gingen sie schweigend hinaus.

„Wir wollen einzeln mit Ihnen sprechen“, sagte Harding und forderte

Demis auf, ihm und dem Dolmetscher in eine der beiden Schlafkammern zu folgen.

Andreas und Yannis mussten in der Küche warten.

Nach einer halben Stunde erschien Demis wieder und sagte, Andreas solle jetzt zu Harding in die Kammer kommen. „Sie halten uns für Waffenschieber oder Kommunisten“, sagte Demis auf Griechisch, „und sie drohen uns …“

„Maul halten!“, bellte McDermott auf Englisch.

„Es wird uns nichts geschehen, Yannis“, sagte Andreas, verschwand im Flur, kam aber bereits nach zehn Minuten zurück. „Sie können uns nichts beweisen“, sagte er, „aber sie wissen viel mehr als …“

„Maul halten!“

„Mr Martens!“, rief Harding aus dem Flur.

Yannis ging in die Kammer. Es war das Schlafzimmer von Elénis Kusinen, in dem auch Eléni bis zu ihrer Hochzeit gewohnt hatte. Der Dolmetscher stand am Fenster, Harding neben der Kommode, auf der ein Spiralblock mit einem Bleistift lag.

„Setzen Sie sich“, sagte er und deutete auf einen Stuhl.

„Den Dolmetscher brauchen wir wohl nicht mehr“, sagte Harding und schickte den Mann in die Küche. „Sie sprechen ja Englisch, Mr Martens. Ägyptische Schule, nicht wahr?“ Seine Stimme klang jetzt milder, jovial fast.

Yannis gab keine Antwort, wich Hardings insistierendem Blick aus und sah auf die vier gerahmten Fotografien, die über der Kommode an der Wand hingen. Paul Bates hatte sie gemacht, der zukünftige Pate Sophias. Yannis wünschte, er wäre jetzt hier, als Pate für Demis und Andreas und ihn selbst. Ob Bates von dieser Aktion wusste?

„Sie sind nicht sehr gesprächig, Mr Martens“, fuhr Harding fort. „Ich kann das sogar verstehen. Sie fragen sich, was wir von Ihnen und Ihren Freunden wollen. Und Sie fragen sich vermutlich auch, wieso britische Offiziere ein deutsches Kommando befehligen. Ich will es Ihnen sagen. Der Krieg ist vorbei, das wissen Sie ja. Aber genauer gesagt, ist nur *ein* Krieg vorbei. Der nächste hat bereits begonnen, als der letzte noch gar nicht zu Ende war. Der Krieg, den wir jetzt führen müssen, ist der Krieg der Demokratie, der Freiheit, wenn Sie so wollen, gegen Bolschewismus und Kommunismus. In diesem Krieg steht nicht mehr Deutschland gegen den Rest der Welt, sondern es stehen sich Ost und West gegenüber. Auf Kreta haben wir uns bereits im vergangenen Jahr mit der deutschen Führung geeinigt.

Leider halten sich die Kommunisten nicht an das, was vereinbart wurde, sondern versuchen, Kreta, Griechenland, ganz Südosteuropa unter ihre Gewalt zu bekommen. Seit der deutschen Kapitulation sind wir in schwere Kämpfe mit dem kommunistischen Andartiko verwickelt. Da dem britischen Kontingent auf Kreta die Logistik und die Ausrüstung fehlen, diese Kämpfe erfolgreich zu bestehen, stützen wir uns aufs deutsche Machtpotenzial. Vor jedem britischen Generalswagen fährt beispielsweise ein deutscher Panzer, damit uns kein General abhanden kommt wie damals den Deutschen. Da haben Sie ja auch eine Rolle gespielt, Mr Martens." Harding lachte trocken und gekünstelt.

„Was wollen Sie eigentlich von mir?", unterbrach Yannis Hardings süffisant klingende Erklärungen. „Ich habe mit alldem nichts mehr zu schaffen. Lassen Sie mich und meine Familie in Ruhe, wir ..."

„Mitglieder Ihrer Familie und einige Ihrer Freunde, insbesondere dieser Georgi und Andreas Siderias", sagte Harding jetzt wieder scharf, „stehen im Verdacht, das kommunistische Andartiko mit Informationen und mit Waffen zu beliefern. Mehrere unserer Kommandos sind in den vergangenen drei Wochen in Hinterhalte geraten und haben schwere Verluste erlitten, weil die Kommunisten offenbar gewarnt worden sind. Wir haben Beweise, dass einige dieser konspirativen Fäden in Agia Galini zusammenlaufen, dass Andreas Siderias einer der einflussreichsten Doppelagenten des Andartiko ist. Und Georgi einer der übelsten Waffenschieber. So viel zu Ihren Freunden. Und was Sie selbst betrifft, Mr Martens, wissen wir, dass Sie als deutscher Deserteur und Dolmetscher dieser Leute gleichfalls Kontakte zu den Kommunisten ..."

„Ich bin kein Deserteur", sagte Yannis heftig. „Und ich bin auch nicht der Dolmetscher dieser Leute. Ich sollte als Zivilist vor ein deutsches Kriegsgericht gestellt werden und bin von Andreas Siderias befreit worden. Und von Paul Bates, dem britischen SOE-Agenten, der jetzt in Heraklion in Ihrem Hauptquartier sitzt. Fragen Sie den! Er wird Ihnen sagen, dass wir nichts, aber auch gar nichts mit ELAS und EAM zu schaffen haben."

„Ach ja, Bates ..." Harding machte eine wegwerfende Handbewegung. „Der Mann ist schon viel zu lange auf der Insel. Braucht dringend Heimaturlaub und wird ihn auch bald bekommen. Seien Sie vernünftig, Martens. Wenn Sie uns Namen von Hintermännern des ELAS nennen, vielleicht auch deren Verstecke und Waffenarsenale, werden wir Ihnen auch entgegenkommen. Andernfalls müssen wir Sie verhaften." Harding griff zu Bleistift und Spiralblock und sah Yannis erwartungsvoll an.

„Ich kann Ihnen dazu nichts sagen. Und was für Beweise haben Sie denn eigentlich?“

Harding zog die Augenbrauen hoch, legte Block und Bleistift wieder ab. „Wir haben diverse Aussagen von Andarten, und zwar von beiden Seiten. Wir haben Aussagen von deutscher Seite. Und wir haben einen hochkarätigen, glaubhaften Zeugen, der uns mit Material versorgt hat.“

„Und wer soll dieser Zeuge sein?“, fragte er und versuchte, die Unsicherheit seiner Stimme zu kontrollieren.

Harding öffnete die Tür zum Flur, rief McDermott zu sich, flüsterte mit ihm. Der Sergeant nickte und verschwand. Harding zündete sich eine Zigarette an. Yannis griff in die Hosentasche und zog das Komboloi heraus, das Andreas ihm geschenkt hatte, bevor er nach Ägypten evakuiert worden war. Indem er die Perlen leise klickernd durch die Finger laufen ließ, starrte er auf die Fotos über der Kommode. Andreas, das Gewehr auf den Knien. Demis vor seinem Boot. Die ganze Familie am Kai. Agia Galini vom Meer aus gesehen. Das Klicken des Kombolois klang wie der Verschluss einer Kamera.

Auf dem Flur hörte man Schritte. Die Tür wurde aufgerissen. Yannis fuhr zusammen, als habe man ihm ins Gesicht geschlagen. Hollbach. Er salutierte vor Harding, der den Gruß lässig erwiderte. Beide blickten Yannis an, dessen Gesicht weiß wie die gekalkte Wand war.

„Das ist der Zeuge“, sagte Harding kühl. „Er weiß besser als jeder andere, was für eine Doppelrolle Sie spielen, Mr Martens. Sie können sich jetzt mit Leutnant Hollbach unter vier Augen unterhalten. Ich nehme an, dass Sie anschließend auskunftsfreudiger sein werden.“ Der Colonel verließ die Kammer und warf hinter sich die Tür zu.

„Zigarette?“ Hollbach bot Yannis eine Schachtel Camel an.

Yannis schüttelte schwer den Kopf. Was ging hier vor? Ausgerechnet Hollbach. Er musste im Führerhaus des Lkw gesessen und gewartet haben.

„Tja“, sagte Hollbach und stieß dabei Rauch aus Mund und Nase, „so schnell sieht man sich also wieder. Der Wind hat sich gedreht.“

Yannis rang um Fassung, straffte sich auf seinem Stuhl. „Verschwinden Sie“, murmelte er mühsam.

„Hören Sie zu, Martens“, sagte Hollbach, setzte sich aufs Bett, schlug die Beine übereinander und wippte mit der Stiefelspitze. „Lassen Sie uns jetzt mal einen Schlussstrich unter all das ziehen, was in den letzten Jahren zwischen uns passiert ist. Niemand will Ihnen ans Leder. Aber wir erwarten, dass Sie mit uns zusammenarbeiten, gegen die Kommunisten. Ich habe

Verhörprotokolle von gefangenen Andarten, die Sie, die Brüder Siderias und diese kleine Ratte Georgi schwer belasten. Die Verhörten haben die Protokolle unterschrieben, und …“

„Sie haben sie erpresst. Oder bestochen. Ich kenne Ihre dreckigen Methoden, Sie Schwein!“

„Und wenn schon …“ Hollbachs Stiefelspitze wippte auf und ab. „Genau das könnte auch Ihr Vorteil sein, Martens. Diese Aussagen lassen sich allesamt widerrufen. Sie sind gemacht worden, bevor die Briten das Kommando übernommen haben. Britische Militärgerichte täten sich vielleicht schwer mit solchen Aussagen. Allerdings täten sie sich auch schwer mit Ihnen, weil Sie als Deserteur und Geheimnisverräter gelten. Mit aufrechten deutschen Soldaten verhandeln die Engländer durchaus. Aber mit zwielichtigen Gestalten, die ihr Land verraten, verhandeln die Briten nicht. Ich könnte natürlich dafür sorgen, dass Sie nicht als Deserteur angesehen werden, könnte Ihren Fall als Irrtum darstellen. Jedenfalls gebe ich Ihnen mein Ehrenwort als deutscher Offizier, dass nichts …“

„Ihr Ehrenwort?“ In Yannis' Stimme lag Unglauben und leiser Spott.

„Ich sorge dafür, dass Sie als freier Mann dies Haus verlassen und sofort zu Frau und Kind zurückgehen können. Unter einer Bedingung allerdings.“ Hollbach sah Yannis in die Augen.

„Und die wäre?“ Leises Klicken der Perlen.

„Die Fotos. Geben Sie mir die Abzüge und die Negative heraus, die Sie vor zwei Jahren gemacht haben.“

Das war es also. Hollbach sorgte sich nicht nur um die Zukunft der freien Welt, er sorgte sich vor allem um seine eigene Zukunft. Wenn die Briten die Fotos in die Hand bekämen, würden sie Hollbach sofort an die Griechen ausliefern. Und die Griechen würden ihn als Kriegsverbrecher verurteilen und hinrichten.

„Ich könnte die Fotos auch Colonel Harding geben“, sagte Yannis.

Hollbach nickte, zwang sich zu einem schmallippigen Lächeln. „Natürlich könnten Sie das. Dann lande ich vermutlich für eine Weile im Gefängnis. Aber Sie auch. Die Frage ist nur, wer länger drin bleibt. Ich fürchte, Sie.“

„Vielleicht würde man Sie zum Tode verurteilen“, sagte Yannis.

„Sehr unwahrscheinlich. Ich habe als Offizier nur Befehle ausgeführt. Sonst nichts. Diese Befehle gibt es schriftlich.“

„Die Fotos gibt es auch. Verschwinden Sie, Hollbach.“

Der Leutnant stand auf, zertrat die Zigarettenkippe mit der Stiefelspitze.

„Wie Sie wollen.“ Er verließ die Kammer und schloss leise, fast vorsichtig die Tür hinter sich.

Yannis ging zum Fenster und öffnete es. Draußen war die Luft noch drückender als in der Kammer. Im Westen türmten sich Gewitterwolken. Er überlegte, ob er durchs Fenster klettern sollte, über die Gartenmauer, den Hang hinauf. Aber da standen die drei deutschen Soldaten am Hintereingang, und er wusste, dass er keine Chance hatte, und wandte sich ab. Sein Blick fiel auf die vier Fotos an der Wand. Auf der Kommode lag Hardings Bleistift; den Notizblock hatte er mitgenommen. Die Hafenansicht von Agia Galini. So kam der Ort in den Blick, wenn man von See heimkehrte, vom Fang oder von Paximádia Akoníza. Da lagen die Fotos, die Negative und die Ikone. Niemand außer Yannis wusste davon. Niemand außer ihm würde sie je finden. Er nahm das Bild von der Wand, drehte es um, riss mit dem Daumennagel das Papier ein, mit dem die rückwärtige Pappe gegen den Rahmen geklebt war, drückte die Metallklammern hoch, nahm das Foto heraus und griff zum Bleistift. Seine Hand zitterte. *Bilder in Höhle acht Meter über Ankerplatz Pax Ak.* Er steckte das Foto wieder in den Rahmen, bog die Klammern über die Pappe, hängte das Bild zurück an den Nagel. Seine Hände beruhigten sich, als die Perlen des Kombolois wieder durch die Finger glitten.

Schritte im Flur. Sergeant McDermott betrat die Kammer. „Mitkommen.“

Yannis ging ihm voraus durch den Flur und die Küche, in der niemand mehr war.

Andreas und Demis standen neben fünf deutschen Soldaten vor dem Lkw, und als Yannis und McDermott aus dem Haus kamen, rückten auch die Wachen vom Hinterausgang ab. Harding, Hollbach und der Dolmetscher gingen vor dem Jeep auf und ab, unterhielten sich miteinander. Hollbach wirkte erregt, Harding nickte gelassen vor sich hin.

„Wir bringen Sie nach Chania“, sagte McDermott. „Steigen Sie auf die Ladefläche.“ Der Dolmetscher übersetzte die Anordnung für Andreas und Demis.

Yannis sah sich um. Vor dem Kafenion hatte sich inzwischen fast das gesamte Dorf versammelt. Männer, Frauen und Kinder sahen verständnislos zu, was auf dem Hafenplatz vor sich ging. Yannis suchte mit den Blicken vergeblich nach Eléni, aber sie stand nicht zwischen den Leuten. Als vier Soldaten bereits auf die Ladefläche geklettert waren und die Gefangenen noch einmal aufgefordert wurden, ebenfalls aufzusteigen, sah er sie endlich. Sie stand am anderen Rand des Platzes, am Anfang der Mole, und hielt Sophia als weißes Bündel im Arm.

„Aufsteigen", sagte McDermott, stieß Yannis mit der Hand gegen den Rücken.

„Ich will mich erst noch von meiner Frau verabschieden", sagte er und machte ein paar Schritte vom Lkw weg.

„Aufsteigen!" Der Sergeant wurde lauter.

Yannis ging noch weiter vom Lkw weg, und als zwei der Soldaten auf ihn zukamen, begann er zu laufen, rannte mit großen Schritten Eléni und Sophia entgegen.

„Stehen bleiben!", schrie McDermott.

Yannis sah Elénis Gesicht, die Locke auf ihrer Stirn, die Tränen in ihren Augen. Noch zehn, noch acht Meter, dann war er bei ihr. Bei ihr und Sophia. Ein scharfer Knall. Etwas schlug wie ein Stein in seinen Rücken. Er hob die Arme, um Eléni zu umarmen, stolperte. Ein zweiter Knall. Er fiel auf die Knie. Eléni machte einen Schritt auf ihn zu. Ihre kleinen Füße in den schwarzen Hanfschuhen. Er lag auf dem Pflaster, das Gesicht zur Seite gedreht. Schmerzen spürte er nicht, nur Wärme und Licht. Die linke Hand krallte sich um die Perlen des Kombolois. Alles stand still. Auch die Zeit. Er blickte nach oben. Elénis Gesicht. Wasser auf ihren Wangen. Oder Perlen? Gewitterwolken über Berggipfeln. Sie wurden finsterer, bedroht vom Tieferrücken der Sonne, die in unmerklicher Bewegung sank. Aus dem glühenden Weiß brach ein dumpfes Rot, ohne Lichtstrahl, ohne Hitze, als müsste die Sonne erlöschen, tödlich getroffen von brütender Finsternis.

EPILOG Kreta 1975

Die Perlen tickten zwischen Andreas' Fingern. „Yannis hatte dies Komboloi in der Hand, als er starb", sagte er und strich Sophia mit der Hand übers Haar. „Und das ist seine Geschichte. Oder wenigstens das, was Georgi und ich darüber wissen."

Sophia wischte sich Tränen aus den Augenwinkeln. „Ich habe immer geahnt, dass etwas nicht stimmte zwischen meiner Mutter und meinem … zwischen meiner Mutter und Paul Bates. Warum habt ihr mir das nie erzählt?"

„Warum hätten wir auch dich noch damit belasten sollen?", sagte Andreas. „Für Eléni war es schon furchtbar genug. Nachdem Yannis erschossen worden war, ist sie erst ohnmächtig geworden. Dann hat sie geweint, wie ich noch nie einen Menschen habe weinen sehen. Und dann hat sie tagelang mit keinem Menschen geredet. Wir hatten Angst, dass sie nie wieder aus diesem Schock herausfindet, dass sie verrückt wird. Dem heiligen Erzengel Michael sei Dank, dass es nicht so war."

Er bekreuzigte sich und schwieg. In der aufkommenden Nachtbrise schlugen die Fallleinen klackend gegen die Bootsmasten.

„Wer hat diesen Johann Martens erschossen?", fragte Lukas nach einer Weile heiser und wusste bereits die Antwort.

Andreas sah ihn ernst und mitfühlend an und nickte. „Es gab später ein Gerichtsverfahren in Chania. Dein Vater wurde von den Engländern freigesprochen. Es gab genügend Zeugen, die aussagten, Yannis habe einen Fluchtversuch unternommen. Soviel ich weiß, ist dein Vater, nachdem schließlich alle Deutschen von Kreta abtransportiert wurden, in ein ägyptisches Kriegsgefangenenlager gekommen."

Sophia hatte sich gefasst, weinte nicht mehr, sondern lächelte wie befreit, legte ihrem Großvater eine Hand auf den Unterarm und die andere auf Lukas' Schulter. „Und weiter?"

„Sie haben Demis und mich nach Chania ins Gefängnis gebracht", sagte Andreas. „Demis wurde nach einigen Tagen wieder entlassen. Mich haben sie zu einem Jahr verurteilt, obwohl die Beweise sehr dünn waren. Als ich aus dem Gefängnis kam, bin ich dahin gegangen, wo ich hingehörte. Zu den Andarten, zu einer Gruppe, in der auch Georgi kämpfte. Es ging nicht um Kommunismus, es ging um Kreta. Es war eigentlich auch gar nicht meine eigene Entscheidung. Die Briten haben diese Entscheidung für mich getroffen mit einem Jahr Gefängnis. Sie haben sich ihre Feinde selbst gemacht wie früher die Deutschen. Der Bürgerkrieg war fürchterlich. Ich möchte nicht mehr darüber reden."

„Und was ist in Agia Galini geschehen?"

„Sie haben Yannis beigesetzt, aber nicht auf dem Friedhof, sondern oben in den Bergen. Es gibt da eine kleine Kapelle, Bäume und eine Quelle. Man kann über den Golf blicken und sieht in der Ferne Akoníza. Yannis kannte den Platz. Er ist mit Eléni oft da gewesen. Die Taufe, die ein Freudenfest werden sollte, wurde zu einer Trauerfeier. Pavlos ist von Georgi benachrichtigt worden. Nachdem er erfuhr, was geschehen war, quittierte er sofort seinen Dienst und kam nach Agia Galini. Pavlos war Sophias Pate. Er war lange genug auf Kreta gewesen, um zu wissen, was die Patenschaft bedeutete und von ihm verlangte. Weil es für Eléni das Beste war, von allem Schrecklichen so schnell und so weit wie möglich wegzukommen, hat er sie und Sophia mit nach England genommen und das Kind adoptiert. Ein paar Jahre später hat er Eléni geheiratet. Ob sie zusammen glücklich waren …“ Er sprach den Satz nicht zu Ende, sondern sah fragend Sophia an.

Sophia nickte. „Ich glaube schon. Jedenfalls waren sie nicht unglücklich. Und er war für mich ein guter Vater. Aber dass ein Schatten über der Beziehung lag, habe ich schon als kleines Kind gespürt. Ich verstehe jetzt auch, warum meine Mutter nie wieder zurückwollte.“

Georgi, der sich an der Erzählung über Johann Martens’ Schicksal beteiligt hatte, wenn Andreas nicht weiterwusste, blätterte nachdenklich in den Fotografien, die auf dem Tisch zwischen Gläsern und Weinflaschen lagen. „Was willst du jetzt mit diesen Fotos machen, Lukas?“

„Ich werde sie meinem Vater zeigen. Der wollte sie ja immer haben.“

„Tu das“, sagte Georgi. „Auch wenn es niemandem mehr nützt.“

„Es ist spät“, sagte Andreas gähnend, „und Georgi und ich wollen morgen früh auf Kaninchenjagd gehen. Für Anastasios’ Töpfe. Kaninchen war immer schon eine Spezialität dieses Lokals. Und für unsere Gewehre. Die rosten sonst ein.“ Er strich sich durch den weißen Schnurrbart, heftete die dunklen Augen nachdenklich auf Lukas, als suche er auf dessen Gesicht nach Spuren der Vergangenheit. „Willst du nicht mitkommen, Junge?“, fragte er lächelnd. „Als unser Gast?“

Foto: Peter Peitsch/peitschphoto.com

Ein wenig bekanntes Kapitel deutscher Geschichte

Klaus Modick ist einer der erfolgreichsten deutschen Autoren und wurde mit zahlreichen Preisen ausgezeichnet. Er zählt zu jenen Schriftstellern, die niveauvolle Bücher schreiben, dabei den Unterhaltungsaspekt aber nicht aus den Augen verlieren. Der Autor, der mit seiner Frau und zwei Töchtern in Niedersachsen lebt, studierte Germanistik, Geschichte, Kunstgeschichte und Philosophie und promovierte in Literaturwissenschaften. Innerhalb von 18 Jahren veröffentlichte er 10 Romane, und neben dem Schreiben arbeitet er als Übersetzer, übernimmt Gastprofessuren und veranstaltet Schreibworkshops. Auf die Frage, was hilfreich ist, wenn man schreiben möchte, erwidert Modick: „Viel lesen und genaues Lesen sind eine sehr gute Schule, vor allem, wenn man sich dabei immer fragt: Wie ist das eigentlich gemacht?"

Modick ist der Ansicht, dass ein Autor von den Gesprächen mit seinem Publikum profitiert. Lesungen hält er für wichtig, da viele Menschen in seinen Büchern Dinge sehen, die ihm beim Schreiben nicht bewusst waren, und ihm dadurch einen neuen Blick auf seinen eigenen Text ermöglichen.

In seinen Romanen behandelt Klaus Modick oft ernste Themen aus der deutschen Vergangenheit. So auch in *Der kretische Gast*. Der Roman basiert auf historischen Tatsachen und Ereignissen während der deutschen Okkupation Kretas. Das gilt insbesondere für die Entführung des Generals Kreipe durch ein kretisch-britisches Kommando. Bei ihm sowie bei den Agenten Moss und Leigh-Fermor handelt es sich um historische Personen, doch die Verknüpfung mit der Romanhandlung ist frei erfunden.

Den
Gezeiten
entgegen
Stephanie
Gertler

„Keine Leidenschaft
auf der Welt ist so groß wie die,
die wir für unsere Kinder empfinden.
Für mich ist es die größte Sünde,
die es gibt, ein Kind im Stich zu
lassen. Was für ein Ungeheuer war
meine Mutter?“

1. Kapitel

Claires Schritte hallten, als sie mit wehendem rosafarbenem Morgenrock über die blaugrauen Dielen der Veranda schritt. Ihr Haar hatte sie hochgebunden, vereinzelte blassblonde Strähnen umrahmten ihre hohen Wangenknochen. Sie stellte ihren Kaffeebecher auf einem Glastisch ab und wischte mit der Fingerspitze den Abdruck eines Glases weg. Ihre blauen Augen waren nach unten gerichtet.

Allzu steif saß sie in dem gepolsterten Korbsessel, die Zeitung gefaltet auf ihrem Schoß, und starrte aus dem mit Salzwasser bespritzten Fenster. Der Strand in der Ferne war seltsam unbelebt an diesem Herbstmorgen. Plötzlich wirbelte ein Haufen Blätter auf, und als sie den Kopf wandte, sah sie, wie sich eine blau-weiß gestreifte Markise von einem Mansardenfenster löste. Violette und rosafarbene Astern reckten sich der morgendlichen Septembersonne entgegen, die sich durch die Wolken kämpfte.

Stella kam und setzte sich mit flach wedelndem Schwanz neben sie; ihre vom grauen Star getrübten Augen blickten zu Claire auf. Claire tätschelte den Hund; dabei war sie so sehr in Gedanken versunken, dass sie erschrak, als Eli ins Zimmer trat.

„Guten Morgen, meine Damen“, sagte er, stellte seinen dampfenden Becher neben Claires und kraulte Stella hinter den Ohren.

Claire lächelte ihren Mann an. „Hallo“, sagte sie, während er sich vorbeugte, um sie zu küssen. „Du riechst nach Minze.“

„Neue Seife“, erwiderte er. „Ist das gut?“

Sie nickte und richtete den Blick auf seine Hände. Seine Finger umschlossen den Kaffeebecher, den er gerade an seine Lippen führte. Er hatte große, kräftige Hände, die ihre Babys gehalten, deren Kinderköpfchen bedeckt und sie selbst all die Male umfangen hatten, als sie geglaubt hatte, sie würde womöglich entzweibrechen. Sie erinnerte sich, wie sie einmal zugesehen hatte, als er einem Fohlen auf die Welt half. Wie geschickt er das Junge von seiner Mutter nahm und es dabei hielt, als wäre es aus dünnem

Glas. Als sie ihm jetzt gegenübersaß, ging ihr durch den Kopf, wie seltsam es doch war, dass sein dunkles Haar jetzt mit Silberfäden durchzogen war, und sie fragte sich, wann es sich verfärbt hatte. Er trug schwarze Jeans und ein kariertes Hemd, dessen Ärmel er bis zu den Ellbogen aufgerollt hatte.

„Wie geht es Stella heute Morgen?“, fragte Eli.

„Nicht so besonders“, antwortete Claire und streichelte über den Rücken des Golden Retrievers. „Seit neuestem hat sie Probleme, die Treppen rauf- und runterzukommen. Und ich glaube auch, dass sie die Kinder vermisst. Es ist zu still hier.“

„Es kommt einem montags morgens immer still vor, nachdem die Gäste fort sind“, entgegnete Eli. „Besonders zu dieser Jahreszeit.“

Claire hob den Kopf und sah ihm in die Augen. Sie wollte ihm begreiflich machen, dass es nicht einfach nur die Stille eines Montagmorgens war. Es war auch nicht nur die Jahreszeit. Es war ganz anders als alle Herbstvormittage, die sie in den vergangenen 22 Jahren erlebt hatten. Hörte er denn nicht, dass das Geräusch von Jonahs plärrender Stereoanlage fehlte und das Geklapper der alten Rohre von Natalies Dusche?

Vor drei Wochen, an einem heißen Augusttag, hatte sie Natalie vor der Tür zu ihrem Studentenwohnheim umarmt. Noch immer konnte sie sich genau an ihre Gefühle in dem Augenblick erinnern, als sie ihre Tochter in die Arme nahm, wobei bittersüße Tränen Natalies Wangen befeuchteten.

„Mama!“, mahnte Natalie. „Du hast versprochen, du würdest nicht weinen.“

„Das tue ich auch nicht“, entgegnete Claire und zwang sich zu einem Lächeln.

Natalie wandte sich an ihren Vater. „Dad, tu doch was!“

„Es ist das Vorrecht einer Mutter“, lachte er. „Bis jetzt hat sie sich wirklich tapfer gehalten.“

„Du wirst prima zurechtkommen“, sagte Claire und lächelte. Ihre Augen glänzten noch immer feucht. „Ich ruf dich heute Abend an.“

Eli legte den Arm um Claires Taille und lotste sie von den Stufen des Wohnheims weg. Claire musste sehr an sich halten, um nicht zurückzulaufen und Natalie mit nach Hause zu nehmen. Warte!, rief die Stimme in ihr. Ich bin noch nicht fertig. Habe ich dir auch alles gesagt, was du wissen musst? Dir alles beigebracht, was ich gelernt habe? Wie kann ich dich jetzt allein lassen?

Natalie rief an diesem Abend an, um zu sagen, dass es ihr gut ging. „Weißt du, du hast so viel Heftpflaster eingepackt, das reicht für die ganze Uni“, sagte sie lachend.

„Na ja, man kann nie wissen …"

„Ich hab dich lieb, Mama."

Der Satz kam ihren Kindern so leicht über die Lippen, obwohl Claire selbst ihn nie ausgesprochen hatte. Sie dachte zurück an die Zeit, als Natalie an einem frischen Herbstmorgen aus der Tür stürmte, den Pullover um ihre Taille gebunden, oder als Jonah ins Haus zurückstürzte, um etwas zu holen, was er vergessen hatte. „Ich hab dich lieb, Mama!", rief auch er immer ohne Scheu. „Ich hab euch auch lieb!", rief Claire ihnen dann nach, während sie zum Bus rannten; und ihre Worte kamen zu ihr zurück wie ein Echo.

„Normalerweise bist du um diese Zeit schon angezogen", bemerkte Eli. „Hast du heute keine Patienten?"

„Ich muss ein paar Berichte für das Ministerium für Sozialfürsorge schreiben. Noch eine Woche, dann fangen die Sitzungen wieder an."

Eli stand jetzt hinter ihr. Er ließ seine Hand auf ihrer Schulter ruhen, und die beiden blickten auf den felsigen Strand und den rot-weißen Leuchtturm in der Ferne.

Claire beschwor die Erinnerung herauf, wie Jonah und Natalie vom Steg aus geangelt hatten, beide in den gleichen grauen Kapuzensweatshirts, die dünnen, sonnenverbrannten Beinchen unter ausgebeulten Shorts herausgestreckt. Wie war es nur möglich, dass sie jetzt auf eigenen Füßen standen? Jonah. Er hatte letzten Mai den Collegeabschluss gemacht und studierte jetzt Tiermedizin in Ohio, wo auch Eli studiert hatte. Er war eine Woche vor Natalie weggefahren, den schwarzen Chevy Blazer randvoll bepackt. Sie sah noch das Bild vor sich, wie er mit dem muskulösen, sonnengebräunten Arm durch das offene Fenster winkte.

Eine Brise wehte durch eine offene Jalousie und ließ sie mit einem Mal frösteln. Die wenigen noch vorhandenen Segelboote lagen in dem kleinen Jachthafen vor Anker, ihre Masten klangen wie Glöckchen. Jonah war zehn und Natalie sechs gewesen, als sie die Pension in Drifting gekauft hatten – *ein Prachtstück mit acht Gästezimmern am Dune Beach in Drifting, Connecticut*, wie es in der Broschüre hieß. *Entzückendes Wohnzimmer mit Kamin und Bar*. Die Pension sah aus wie aus einem Märchenbuch: ein altes, baufälliges viktorianisches Haus, in einem blassen Immergrün gestrichen, das auf einem Kliff über dem Atlantik thronte.

Eli küsste sie aufs Haar. „Was geht dir durch den Kopf? Erzähl es mir."

Sie drehte sich um und sah zu ihm auf. „Du weißt schon. Natalie. Jonah."

„Nein", erwiderte Eli und schüttelte den Kopf. „Es ist mehr als das."

„Moment mal. Wer ist hier der Psychologe, du oder ich?“

„Ich spreche als Ehemann, Frau Dr. Cherney.“

„Nichts ist los. Es ist nur, dass es so neu für mich ist, dass die Kinder weg sind … Ich bin noch immer dabei zu lernen, sie loszulassen, das ist alles“, erklärte sie und zupfte nicht vorhandene Flusen von ihrem Morgenrock.

„Quatsch.“

„Manchmal bringst du mich richtig auf die Palme, Eli Bishop“, entgegnete sie und blickte mit blitzenden Augen zu ihm auf. „Weil du eine Art Gedankenleser bist oder so etwas Ähnliches.“

„Das kommt daher, dass ich meine Tage mit Tieren verbringe. Also – rückst du jetzt mit der Sprache raus oder nicht?“

Sie streckte die Arme über den Kopf und entspannte sich. „Ich denke über meine Mutter nach, Eli“, sagte sie und schluckte schwer.

„Erzähl mir davon!“

„Das kann ich noch nicht. Ich muss alles noch ein bisschen überdenken.“ Sie atmete tief ein. „Hör mal, ich kriege das schon auf die Reihe. Du kennst mich doch …“

Er beugte sich hinunter und küsste sie. „Sehr gut“, bestätigte er. „Ich kenne dich sehr gut.“

CLAIRE hörte, wie Eli die Veranda überquerte und die Tür zu seinem Pickup auf- und wieder zumachte, dann das Heulen des laufenden Motors und das immer leiser werdende Geräusch der Reifen auf dem feuchten Asphalt. Sie stand auf, zog den Gürtel um ihren Morgenmantel fester und warf einen letzten Blick auf den Ozean. Da es sanft zu regnen begonnen hatte, wirkte der Morgen jetzt sogar noch stiller. Sie nahm ihren und Elis Kaffeebecher, klemmte sich die immer noch ungelesene Zeitung unter den Arm und ging in die Küche, wo sie die Becher in den Geschirrspüler stellte. Sie stieß einen Seufzer aus und schaute sich um. Alles sah einfach zu unberührt und unbewohnt aus. Man hatte das Gefühl, es sei niemand zu Hause. Es war dasselbe Gefühl, das sie verspürt hatte, als sie das Apartment ihres Vaters in Manhattan an jenem Montagmorgen nach seinem Tod betreten hatte.

Sie schloss die Augen und dachte daran zurück, wie Eli ihre zitternde Hand gestützt hatte, während sie den Schlüssel in Jacks Wohnungstür steckte. Der frische Geruch von Zitrusöl und Ammoniak hatte sie an jene Frühlingsnachmittage erinnert, als sie das beendet hatten, was Jack ihren Frühjahrsputz nannte. Er musste den frühlingshaften Samstagnachmittag der vergangenen Woche damit zugebracht haben, die Spiegel und die alten

Türgriffe aus Glas zu polieren. Sie konnte noch seine leise Stimme mit dem Hauch eines russischen Akzents hören, die ihr erklärte, April sei der Monat der Erneuerung.

Jacks Freund Vince hatte an jenem Samstag um Mitternacht angerufen. Er berichtete, sie hätten bei Farabutto Boule gespielt, wie sie es jeden Samstagabend taten, Linguini in roter Venusmuschelsoße gegessen und Chianti getrunken, als Jack den Schlaganfall erlitt. Vince saß im Warteraum des Krankenhauses, den Kopf in den Händen vergraben, als Claire und Eli mit dem dreijährigen Jonah im Schlepptau dort eintrafen. Sie wohnten damals noch immer in Elis Wohnung im vierten Stock ohne Fahrstuhl an der West Forth Street. Vince sagte, falls es irgendein Trost sei, Jack habe gelacht, als es passiert sei.

Er hielt noch fünf Tage durch. Claire verbrachte diese Tage an Jacks Bett. Sie entschlüsselte seine stockenden, erstickten Worte. Es war der zweite Schlaganfall am fünften Tag, der Jack den Todesstoß versetzte. Er kam völlig unerwartet. Jack rang nach Atem, packte ihre Hand und starb. Leise. Beinahe elegant. So, wie Jack alles machte.

„Lieber Jack … heute ist ein herrlicher Tag“, schrieb Claire in dem Brief, den sie bei seiner Beerdigung vorzulesen versuchte – dem ersten von vielen Briefen, die sie von da an an ihn schrieb und dann ganz hinten in die Schublade ihrer Frisierkommode steckte. „Aber wie kann heute ein herrlicher Tag sein, Jack? Wie ist es möglich, dass irgendein Tag herrlich sein kann ohne dich?“

An jedem Tag ihrer Kinderzeit hatte Jack sie mit den Worten geweckt: „Heute ist ein herrlicher Tag.“ Es spielte keine Rolle, ob es grau oder regnerisch, windig oder kalt war. Jeder Tag, so sagte er, sei erfüllt mit den vielen kleinen Einzelheiten des Lebens. Man müsse sorgfältig jedes kleine Detail beobachten und sich jeder Nuance bewusst werden. Wenn er sie weckte, setzte er sich immer auf ihren Bettrand und rezitierte ein Gedicht auf Russisch. Dabei lachte er, wenn er sich verhaspelte, und sagte, er bedauere nur eins, nämlich dass er sie nie seine Sprache gelehrt habe und sie selbst allmählich vergaß.

Jacks Sarg stand in einem offenen Grab im Schatten eines dunklen Zeltes unter einem wolkenlosen türkisfarbenen Himmel. Dutzende von Trauergästen standen hufeisenförmig hinter den drei Reihen mit Klappstühlen, weil diese nicht für alle reichten. Claire, Eli und Jonah nahmen ihre Plätze in der ersten Reihe neben Jacks Schwester Helen ein. Jonah kuschelte sich auf Elis Schoß zusammen. Claire blickte auf das Meer von Gesichtern, von denen sie viele wieder erkannte – Kunden in der Apotheke, die Jack über 35 Jahre an der Upper West Side von Manhattan besessen hatte, Kellner vom Farabutto, die Eigentümer benachbarter Geschäfte um den Broadway herum. Und dann, während sie den Brief las und sich bemühte, das Leben ihres Vaters zu feiern, statt ihn zu betrauern, hörte sie Jonahs dünnes Stimmchen fragen: „Wo ist Pa?" Ihre Schultern krümmten sich, als habe ihr jemand einen Schlag in den Magen versetzt. Eli wartete ab, ob sie sich wieder erholte, doch dann reichte er Jonah an Tante Helen weiter und ging zu Claire. Mit einer Hand drückte er sie gegen seine Brust, und mit der anderen nahm er den Brief. Er kam selbst kaum durch den Text, immer wieder musste er innehalten, um seine Tränen hinunterzuschlucken.

Der Schlaganfall war das Erste und Letzte, das Jack Cherney je aufgehalten hatte. Tante Helen erzählte ihr, selbst nach Ursulas Weggang habe Jack nicht einen Moment innegehalten. Er mühte sich mit Windelnadeln ab und lernte, wie man Haarbänder band. Sonntags ging er mit Claire auf den Spielplatz und setzte sich zu den Müttern an den Sandkasten. Ihre Freundinnen nannten ihre Väter Daddy, doch Claire nannte ihn immer Jack. Jack war anders. Die anderen Väter kamen abends heim, und die Mütter stellten das Essen auf den Tisch. Jack kam nach Hause und brachte Claire das Kochen bei, während er es selbst lernte. Er wusch und bügelte, ging zu Elternabenden und nahm Arzttermine wahr, er stand vor Umkleidekabinen, während sie Kleider anprobierte. Ihn Daddy zu nennen wäre ihr nicht richtig vorgekommen. Er war Jack. Und er war alles für sie.

Ursula – Sulie, wie sie von allen genannt wurde – war 15 Jahre jünger als Jack. Weil ihre Haut so dunkel und ihr Aussehen so exotisch war, schwor Sulie, sie wäre von Zigeunern vor der Tür ihrer Eltern abgelegt worden. Wie war es möglich, fragte Sulie hochmütig, dass jemand wie sie als Kind von so einfachen Menschen wie Frank und Maria Terenzi, einem Schneider und einer Putzfrau, zur Welt gekommen sein sollte? Sie musste von Zigeunern zurückgelassen worden sein.

Sulie spielte die Rolle der Dunjascha, des Zimmermädchens, in Anton Tschechows Kömödie „Der Kirschgarten" an einem winzigen Theater drüben an der A Avenue, als sie und Jack sich kennen lernten. Jack liebte Tschechow, und er sah sich den „Kirschgarten" viermal an, da er die Augen nicht von der 19-jährigen Ursula Terenzi abwenden konnte. Beim vierten Mal wartete er am Bühneneingang auf sie mit einem Strauß gelber Rosen und der Bitte, mit ihm Kaffee trinken zu gehen. Sechs Monate später waren sie verheiratet, zehn Monate danach wurde Claire geboren. Und zwei Tage vor Claires zweitem Geburtstag ging Sulie fort. Gleich nachdem Jack zur Apotheke aufgebrochen war, hatte sie Helen angerufen.

„Mein Agent hat gestern Abend angerufen. Ich bin zum Vorsprechen bestellt“, sagte Sulie. „Kannst du kommen und auf das Kind aufpassen? Ich bin nur ein paar Stunden weg.“ Das Kind. Kaum je nannte sie Claire bei ihrem Namen.

Claire steckte in ihrem Laufstall und in einer feuchten Windel, als Helen eintraf. Sulie wartete schon an der Tür. Ein kleiner Koffer stand neben ihr, sie hatte einen neuen Mantel mit schwarz-weißem Fischgrätenmuster über ihren Arm drapiert, außerdem hielt sie ein Paar rote Samthandschuhe in ihrer Hand. Ihr dickes schwarzes Haar war zu einem einzelnen Zopf geflochten, knallroter Lippenstift betonte ihren vollen Mund. Helen berichtete, Sulie sei eindeutig begierig darauf gewesen wegzukommen. Sie küsste Claire auf dieselbe Art, wie sie sie an jedem anderen Morgen geküsst haben würde, mit einem flüchtigen Kuss, der kaum das feine blonde Haar des Kindes streifte.

„Wozu die Reisetasche?“, fragte Helen.

„Kostümwechsel“, erwiderte Sulie, ohne mit der Wimper zu zucken.

Als Jack an diesem Abend heimkam, öffnete Helen ihm die Tür.

„Du bist noch da?“, fragte Jack. „Wo ist denn Sulie?“

Helen bemühte sich tapfer, gelassen zu erscheinen. „So ein Vorsprechen dauert immer länger als erwartet“, sagte sie mit einem Achselzucken. „Komm, ich habe einen Schmorbraten gemacht. So, wie du ihn magst.“

Doch Jack rührte sein Essen kaum an. Er brachte Claire in ihr Bettchen, während Helen das Geschirr abräumte. Und nachdem Claire eingeschlafen war, erzählte er Helen, dass Sulie sie verlassen habe. Er hatte es gewusst, noch bevor er bemerkt hatte, dass ihr Bürstenset verschwunden war und ihre Olivenseife fehlte. Er erklärte Helen, dass er es gewusst hatte, als er an diesem Morgen aufgewacht war. Es war so ein Gefühl in der Magengegend, während er Sulie dabei zugesehen hatte, wie sie sich mit größter Sorgfalt das Haar flocht und dabei seinem Blick im Spiegel auswich.

Am folgenden Tag traf Sulies Nachricht ein. Darin stand, es täte ihr Leid, aber sie hätte gehen müssen. Sie hätte einen Greyhound-Bus Richtung Westen genommen. Irgendwann würde sie anrufen. Ehefrau und Mutter seien die einzigen Rollen, die sie nicht realistisch spielen könne. Sie gehörten ganz einfach nicht zu ihrem Repertoire.

Jack las die Nachricht an dem voll gestopften Holztisch hinten in der Apotheke, wo er seinen Lunch zu sich nahm. Er war wütend, allerdings auf sich selbst. Sulie war noch kaum bereit für eine Ehe, von einem Baby ganz zu schweigen. Jack erinnerte sich an die Panik auf ihrem Gesicht, als sie ihm gesagt hatte, dass sie schwanger war. Und doch war er sicher gewesen, dass sich das schon legen würde, wenn sie erst einmal das Baby gesehen hatte. Aber es legte sich nie. Sie war, so drückte Jack es einmal in späteren Jahren aus, wie ein in einem Käfig gefangenes Tier. Er verteidigte sie. Es war nicht ihre Schuld, sagte er. Es lag an ihrer Jugend. Zudem war sie viel zu temperamentvoll für das Alltägliche, ironischerweise die Eigenschaft, aufgrund deren er sich in sie verliebt hatte. Es war Eli, dem Jack dies bekannte. Jack und Eli saßen in der Essecke in der Küche von Jacks Apartment, zwischen sich eine eisgekühlte Flasche Wodka. Claire war derweil im Wohnzimmer und stillte Jonah.

„Du verstehst das", sagte Jack. „Du hast dich mit Pferden beschäftigt. Manche von ihnen können einfach nicht gezähmt werden."

„Und Claire? Hat sie nie geweint, nach ihr gefragt?", wollte Eli wissen.

„Nein, nie", antwortete Jack. „Es war, als ob Claire nie bemerkte, dass sie fort war."

„Claire erwähnt sie nie", berichtete Eli. „Einmal vielleicht. Aber das ist schon lange her."

„Belass es dabei", riet Jack. „So ist es am besten."

In Claires ersten sieben Lebensjahren rief Sulie an Claires Geburtstag oder einen Tag danach an und schickte Postkarten aus Orten mit Bilderbuchnamen wie Angel, Arkansas oder Cakebread, Missouri. Am Anfang schickte Sulie ein Foto von sich vor der Leuchtreklame eines Theaters, auf der stand: UND ERSTMALS URSULA TERENZI. Doch dann hörten die Postkarten und die Anrufe einfach auf.

Erst an ihrem 13. Geburtstag fasste Claire den Mut, Sulies Bilder vom Kaminsims zu nehmen. Sie stapelte sich die Fotos wie Schulbücher auf die Arme und entschied sich, sie mitsamt den Silberrahmen zu verbrennen. Dann sah sie zu, wie sie in Flammen aufgingen.

„Wo sind die Fotos deiner Mutter?", fragte Jack, als er an diesem Abend von der Arbeit nach Hause kam, im Arm einen riesigen Tulpenstrauß für Claire.

„Weg", erwiderte sie leise. „Ich habe sie verbrannt", sagte sie und zuckte dabei kaum mit der Wimper.

„Verbrannt? Warum denn? Warum hast du das getan?"

„Ich will ihre Bilder nicht mehr", erklärte Claire, wobei sie mit den Tränen kämpfte. „Ich bin jetzt dreizehn. Mit dreizehn passiert etwas mit Mädchen, verstehst du? Und für bestimmte Dinge sollte eigentlich eine Mutter da sein. Ich habe keine Mutter. Mütter lassen ihre Kinder nicht im Stich."

„Nein, das tun sie nicht", stimmte Jack zu, doch die Worte kamen ihm kaum über die Lippen. Er setzte sich aufs Sofa, legte die Hände auf seine Knie und schüttelte langsam den Kopf. „Was sollen wir tun, Claire?"

„Wir sollten zu Farabutto gehen und unser Geburtstagsdinner essen. Überdies sollten wir aufhören, auf Briefe zu warten und uns etwas vorzumachen." Dann richtete sie sich zu ihrer vollen Größe auf und sagte: „Und vielleicht solltest du aufhören, an sie zu denken."

Jack nickte. „Du hast Recht, Claire. Aber du solltest wissen, dass sie *mich* verlassen hat, nicht dich."

„Sie hat *uns* verlassen, Jack", widersprach Claire. „Uns *beide*. Aber ich bin glücklich. Du bist mir genug, Jack."

Das war das letzte Mal, dass sie über Sulie sprachen.

Claire vermisste Jack ganz schrecklich. Seit dem Tag vor 18 Jahren, an dem er gestorben war, war keine Nacht vergangen, in der sie nicht vor dem Einschlafen an ihn gedacht hätte. Sie sehnte sich danach, ihm zu erzählen, wie sie sich fühlte, jetzt, da Natalie und Jonah nicht mehr da waren. Doch mehr noch vielleicht wollte sie ihn nach Sulie fragen. Sie wollte wissen, wie eine Mutter ihr Kind allein lassen kann.

Claire zog die Spitzengardine gerade, die vor dem Küchenfenster hing, und ließ den Blick auf den schäumenden Wellen ruhen, die ans Ufer rollten. Es kam ihr vor, als sei es gestern gewesen, dass sie nach Drifting umgezogen waren. Es war eine glückliche Fügung, dass sie Doc Wilsons Inserat, in dem er den Verkauf seiner Landtierarztpraxis bekannt gab, in der Fachzeitschrift entdeckt hatten. An einem Sonntag Ende Dezember fuhren sie nach Drifting und parkten auf dem leeren Parkplatz in der Nähe des Strands. Sie schoben Jonahs Buggy die Uferpromenade entlang und spürten, wie die kalte, salzige Gischt auf ihren Wangen brannte. Laut überlegten sie, ob es möglich sein würde, in einer Stadt zu leben, die so winzig war. Und doch wussten beide, dass es gar keine Frage war, als Mrs Wilson die Tür zu der kleinen Tierklinik an der Olivia Street öffnete und sie die Holztreppe hinaufführte zu dem gemütlichen kleinen Apartment darüber, wo Doc Wilson in einem abgenutzten Cordsessel vor sich hin döste.

„Martin! Martin! Wach auf! Der junge Mann, der die Praxis übernehmen wird, ist hier!", verkündete Mrs Wilson, als sei es bereits eine feststehende Tatsache.

Später, als Claire und Eli einander auf der Uferpromenade an einem

Picknicktisch gegenübersaßen und sich die Hände an dampfenden Kaffeetassen wärmten, fragte Eli: „Kannst du es tun? Kannst du in dieser Stadt leben?“

Sie nickte. „Ich kann überall leben, solange ich nur bei dir bin.“

CLAIRE sah sich die Schulabschlussbilder der Kinder auf ihrer Kommode an. Jonah war blond und hatte blaue Augen, so wie Jack und sie, besaß aber Elis strammen Körperbau. Natalie war zierlich wie Claire und dunkelhaarig wie Eli, doch hatte Natalies Haut die Farbe von Karamel. Und den dramatischen Ausdruck in ihren dunklen Augen hatte sie ganz unverkennbar von Sulie.

Natalie hatte einmal wissen wollen, ob es irgendwelche Bilder von ihrer Großmutter gebe.

„Nein“, antwortete Claire. „Ich habe sie vor langer Zeit weggeworfen.“

„Machst du dir manchmal Gedanken, Mama? Ich meine, wo sie wohl ist?“

„Das habe ich getan.“ Claire seufzte. „Nachdem du zur Welt gekommen bist. Ich glaube, das kam, weil du ein Mädchen warst. Ich habe mich gefragt, wie ihre Schwangerschaft mit mir gewesen war …“

„Vielleicht solltest du versuchen, sie ausfindig zu machen.“

„Ich weiß“, sagte Claire. „Es ist nur, dass mir nicht klar ist, was ich mit ihr anfangen soll, wenn ich sie gefunden habe. Wenn sie sagen würde, es tue ihr Leid, weiß ich nicht, ob ich ihr verzeihen könnte. Und wenn es ihr nicht Leid täte, dann würde ich mich, glaube ich, fühlen, als verließe sie mich ein zweites Mal.“

Claires Blick wanderte zu einem Stapel auf dem Sessel in einer Ecke des Zimmers, Papierkram für das Ministerium für Sozialfürsorge, der längst überfällig war. Sie duschte und rieb sich das Haar trocken, dann zog sie verwaschene Jeans und ein abgetragenes blaues Baumwollhemd an, klemmte die Akten unter den Arm und machte sich auf den Weg nach unten.

Claires Büro befand sich in der ehemaligen Scheune hinter der Pension. Nur einen Katzensprung den Pfad hinunter, doch sie brauchte auf jeden Fall einen Schirm, selbst für die kurze Entfernung. Sie war gerade dabei, ihren Schirm aus dem Messingständer zu nehmen, als sich die Vordertür öffnete. Der Schirm des Mannes kam als Erstes zum Vorschein. Wasser tropfte auf den Fußboden, während er sich abmühte, ihn zu schließen. Er sah sie entschuldigend an. Der Mann war Ende vierzig, vielleicht auch Anfang fünfzig, kräftig gebaut und hatte stahlblaue Augen und rotblondes

Haar. Seine Kakihose war zerknittert, und an einer Seite hing sein weißes Hemd unter seinem Tweedjackett heraus. „Verzeihung“, sagte er.

Sie schob einen kleinen metallenen Abfalleimer zu ihm hinüber. „Sie können ihn da hineintun“, bot sie an. „Kann ich Ihnen helfen?“

„Haben Sie freie Zimmer?“

„Zu dieser Jahreszeit haben wir immer freie Zimmer“, erklärte sie. „Wie lange wollen Sie bleiben?“

„Ein paar Tage. Eine Woche vielleicht. Ich bin nicht ganz sicher.“

„Eine Woche?“ Sie spürte, wie sie nervös wurde. „Normalerweise haben wir in der Nachsaison keine so langen Aufenthalte“, wandte sie ein. „Eigentlich haben wir schon halb geschlossen. Sind Sie allein?“

„Meine Tochter ist bei mir. Sie ist im Wagen eingeschlafen.“

„Ihre Tochter“, stellte Claire mit einem Kopfnicken fest. Sie hatte etwas gegen Männer, die mitten in der Woche mit ihren „Töchtern“ unterwegs waren. „Also, wir haben Zimmer sieben mit Blick auf den Ozean und extra großem Bett. Das macht fünfundvierzig pro Nacht.“

„Wenn Sie vielleicht ein Zimmer mit zwei einzelnen Betten hätten? Meine Tochter ist es gewohnt, in ihrem eigenen Bett zu schlafen. Sie ist schon sieben.“

„Sieben?“ Claire blieb der Mund offen stehen. „Oh, du meine Güte. Als Sie sagten, Sie hätten Ihre Tochter dabei …“

Der Mann lächelte zögernd. „Ah, Sie dachten, ich hätte eine Begleitung, wie man so sagt. Nichts so Aufregendes, fürchte ich. Nur ein Dad, der mit seinem kleinen Mädchen einen lange versprochenen Urlaub am Meer macht. Kayla – meine Tochter – geht auf eine Privatschule“, erklärte er. „Die fängt erst nächste Woche wieder an.“

„Also, wir haben Zimmer acht mit zwei Einzelbetten und Blick auf den Ozean“, sagte sie. Sie schob ihm das Anmeldeformular hin. „Wenn Sie bitte hier unterschreiben würden und mir eine Kreditkarte …“

„Ich würde lieber bar bezahlen, wenn es Ihnen nichts ausmacht“, entgegnete er. „Wenn ich etwas hasse, dann ist es, einen Monat später die Rechnung zu bekommen. Das verdirbt alles. Ich kann im Voraus bezahlen, wenn Sie wollen.“

„Eine Anzahlung für zwei Übernachtungen wird reichen. Unser Speiseraum ist geschlossen, aber in der Stadt gibt es einige entzückende Lokale.“ Claire reichte ihm den Zimmerschlüssel. „Die Treppe hinauf, vierte Tür rechts.“ Sie warf einen Blick auf das Anmeldeformular: *Nicholas Pierce, 88 Central Park West, New York City*. „Willkommen in unserer Pension,

Mr Pierce. Wie ich sehe, kommen Sie von der Upper West Side. Ich bin dort aufgewachsen.“

„Aha, ein Stadtflüchtling“, bemerkte er. „Sind Sie die Besitzerin?“

„Mein Mann und ich“, antwortete sie. „Ich bin Claire Cherney.“

„Freut mich, Sie kennen zu lernen“, erwiderte der Mann und streckte die Hand aus. „Nick Pierce.“

„Ich kann Ihnen mit dem Gepäck helfen, wenn Sie möchten. Cora, unsere Haushälterin, kommt so gegen zehn. Wenn Sie irgendetwas brauchen, fragen Sie einfach Cora.“ Sie streckte die Hand nach ihrem Schirm aus.

„Sie ziehen am besten auch noch einen Regenmantel über“, riet er. „Da kommt ordentlich was runter.“

Claire nahm eine Regenjacke von der Garderobe neben der Rezeption. Sie war gerade dabei, ihren Arm in die Jacke zu stecken, als er zu ihr hinüberging. „Sie gestatten“, sagte er und hielt ihr die Jacke.

Ihr stockte der Atem. Das hatte Jack immer gesagt. Er machte immer eine Zeremonie daraus, ihr in den Mantel zu helfen. „Sie gestatten, gnä’ Frau?“, sagte er dann.

„Danke“, sagte sie und fragte sich, ob er wohl ihr Herz klopfen hörte.

Nicholas hielt ihr die Tür auf, als sie nach draußen gingen, doch dann blieb er wie angewurzelt stehen. Die hintere Tür seines blauen Taurus stand offen. Er lief zum Wagen und schaute hinein. „Kayla!“, rief er. „Oh Gott. Kayla!“ Er drehte sich zu Claire um. „Sie ist weg!“

Claires Augen weiteten sich, während sie sich umsah. „Sicher ist sie einfach nur auf Entdeckungsreise gegangen. Vielleicht ist sie zum Strand runter …“

„Nein, Sie verstehen nicht …“

„Mr Pierce, bitte, ich bin sicher, es geht ihr gut“, unterbrach sie ihn, um ihn zu beruhigen. „Sie kann nicht weit gekommen sein.“

„Sie verstehen nicht“, wiederholte er. „Kayla ist blind!“

2. Kapitel

Die Müdigkeit, die sich so deutlich auf Nicholas Pierce’ Gesicht gespiegelt hatte, verwandelte sich in Verzweiflung. Er fing an zu zittern, drehte sich hierhin und dorthin und schrie dabei den Namen seines Kindes. Er lief bereits auf die Treppe zum Strand zu, als Claire ihm die Hand auf den Arm legte.

„Lassen Sie mich nachsehen", schlug sie vor. „Sie sollten hier warten. Wenn sie hierher zurückkommt, und Sie sind nicht da, was dann?" Sie wollte ihn zwar nicht beunruhigen, aber sie musste den Vorschlag machen. „Ich kann die Polizei anrufen, wenn Sie wollen."

Er wurde noch blasser. „Noch nicht."

„Dann lassen Sie *mich* am Strand nachschauen", beschwor Claire ihn. „Wir finden sie, Mr Pierce. Versprochen."

Claire rannte die Holztreppe hinunter, die zum Strand führte, und blieb dann unten stehen. Der Regen hatte nachgelassen, aber der Nebel war immer noch dicht. Sie nahm das Notruftelefon in der rostigen Metallbox ab, unsicher, ob es überhaupt noch funktionierte. Sie wählte 911 und betete, Sam möge auf dem Revier sein.

„Polizeiwache Drifting", meldete sich die Stimme. „Chief Merrill."

„Sam? Ach, bin ich froh, dass du da bist! Hier ist Claire."

„Was ist los? Du bist auf der Notrufleitung."

„Hör zu, ein Mann hat gerade mit seiner kleinen Tochter ein Zimmer bei uns genommen. Er hat sie im Auto gelassen, und als er wieder rauskam, war sie weg. Ich bin gerade auf dem Weg zum Strand, um sie zu suchen."

„Wie alt?", wollte Sam wissen.

„Sieben, glaube ich."

„Wie lange ist sie schon verschwunden?"

„Fünfzehn, vielleicht zwanzig Minuten. Nicht lange, ich weiß, aber sie ist blind."

„Ich bin schon unterwegs."

Claire legte den Hörer auf, ließ den Blick über den Strand schweifen und versuchte durch den Nebelschleier zu sehen. Ihr Herz pochte. Was, wenn sie sie nicht finden konnten? Was, wenn sie ins Meer gelaufen war? Sie war noch dabei, sich zu entscheiden, in welche Richtung sie gehen sollte, als sie den Umriss einer Gestalt ein ganzes Stück entfernt zu ihrer Linken am Ufer stehen sah. Claire rannte auf sie zu, wurde aber langsamer, als sie sich dem Kind näherte. Kayla stand bis zu den Knöcheln in der Brandung. Den Kopf hatte sie zurückgelegt, damit sie mit der Zunge Regentropfen auffangen konnte. Der Reißverschluss ihres marineblauen Parkas war offen. Neben einem schmuddeligen beigefarbenen Teddybären lagen ihre Turnschuhe und Socken verstreut, gerade nur knapp einer großen Welle entkommen. Claire rettete sie schnell.

„Kayla?", fragte Claire leise, während sie mit den Schuhen und den Socken in der Hand auf sie zuging. „Kayla, bist du es?"

„Woher kennst du meinen Namen?“, wollte das Kind wissen und wandte sich in Claires Richtung.

„Dein Daddy hat ihn mir genannt. Er sucht dich. Komm aus dem Wasser, Kleines“, sagte Claire.

Sie kam gehorsam heraus. „Wer bist du?“

„Ich bin Claire. Mir gehört die Pension, in der ihr wohnen werdet“, erklärte Claire. Sie nahm Kaylas Arm und zog sie sanft mit sich. „Komm, ich bringe dich jetzt zurück. Dein Daddy wartet schon.“

„Der Ozean ist wirklich groß, nicht? Als ich klein war, bin ich mit meiner Omi an den Strand gegangen, und wir haben Sandburgen gebaut, aber sie ist gestorben“, erzählte Kayla. Dann holte sie tief Luft und wandte sich an Claire. „Kannst du da draußen irgendwas sehen? Schiffe zum Beispiel? Ich bin blind, weißt du.“

Claire hielt den Atem an. Das Kind war so offen, gut angepasst und fröhlich, dachte sie. „Keine Schiffe heute.“ Claire kniete sich neben das Kind. „Komm, ich hab deine Turnschuhe. Du musst ja halb erfroren sein.“

„Ein bisschen. Ich wollte das Wasser spüren. Weißt du, ich hab Daddy zugerufen und ihm gesagt, wohin ich ging“, erklärte Kayla.

„Er war drinnen und hat euch angemeldet“, erwiderte Claire. „Beim nächsten Mal musst du dich vergewissern, dass Daddy dir auch Antwort gibt. Dann weißt du, dass er dich gehört hat. Hier, halte dich an meiner Schulter fest, und gib mir einen Fuß nach dem anderen, damit ich sie abtrocknen kann.“ Claire zog ihr Hemd aus der Jeans und benutzte die Zipfel als Handtuch. Kayla hatte Reste von abgesplittertem rosa Nagellack auf den langen Zehennägeln. An ihrer Ferse befand sich eine aufgescheuerte Blase. „Sie sind wie kleine Eiszapfen. Fußzapfen.“

„Fußzapfen.“ Kayla kicherte. „Das kitzelt.“

„Ziehen wir als Erstes die Socken an“, sagte Claire und zog die feuchten Socken über Kaylas Füße. „Und jetzt zu den Schuhen.“

„Ich kann sie selbst binden“, erklärte Kayla. „Ich weiß, wie’s geht.“

„Nur zu“, forderte Claire sie auf und gab Kayla einen Schuh in die Hand. Dabei ging ihr durch den Kopf, wie gut man ihr offensichtlich beigebracht hatte, allein zurechtzukommen. Zu gut, wenn man ihr kleines Abenteuer bedachte. „Wie hast du hierher gefunden?“

„Ich habe die Wellen gehört und bin dem Geräusch nachgegangen.“

Kayla war ein so goldiges Kind. Sie trug kurz geschnittenes, beinahe weißblondes Haar, ihre Arme und Beine waren so dünn wie Zahnstocher. Sie muss ihrer Mutter nachschlagen, überlegte Claire. Nicholas Pierce besaß ausgeprägtere Züge: eine kräftige Nase, ein breites Kinn. Kayla war feingliedrig und wirkte irgendwie heimatlos. Und fast noch zu klein für sieben.

Kayla zwängte ihren Fuß in den ehemals weißen Turnschuh und band sorgfältig die Schnürsenkel. „Das Wasser war irgendwie kalt“, sagte sie und schüttelte sich. „Ich glaube nicht, dass ich da drin schwimmen möchte.“

„Ach, im Sommer ist es warm“, entgegnete Claire und dachte dabei, dass Kaylas Schuhe ihr zu klein waren. Kein Wunder, dass sie eine Blase hatte. „Im Sommer würde es dir gefallen.“

„Sind dann auch Schiffe da?“

„Klar. Eine Menge. Hauptsächlich Segelboote. Mein Lieblingsboot hat ein Segel in allen Regenbogenfarben.“

„Weißt du, als ich klein war, da konnte ich Formen erkennen und so“, erzählte Kayla seufzend. Sie nahm eine getönte Brille aus der Tasche ihres Parkas und setzte sie sich auf die Nase. Einer der Bügel war verbogen. „Jetzt kann ich die Formen aber nicht mehr sehen, und Licht tut meinen Augen weh. Meine Mama möchte, dass ich auf die Blindenschule gehe.“

„Blindenschule?“, wiederholte Claire.

„Ja, wo die blinden Kinder hingehen“, erläuterte Kayla. „Ich möchte nicht mehr darüber reden“, fügte sie dann abrupt hinzu. „Wo ist mein Bär?“

„Hier“, antwortete Claire und gab ihn ihr. Sie wollte sie wegen der Schule nicht bedrängen, auch wenn es sie neugierig gemacht hatte. „Er sieht aus, als wäre er schon lange bei dir“, sagte Claire.

Kayla nickte. „Schon immer.“

„Bist du jetzt fertig?“, fragte Claire.

„Warte! Ich hab meinen Stock vergessen. Ich hab ihn irgendwohin gelegt …“

Claire schaute sich um. Ein Stück von der roten Spitze ragte aus dem Sand heraus. „Ich sehe ihn!“, rief Claire. „Willst du ihn jetzt benutzen?“

„Jetzt nicht“, erwiderte Kayla, klappte den Stock zusammen und ließ ihn in ihre Jackentasche gleiten. „Daddy mag es nicht, wenn ich den Stock benutze. Er sagt, ich soll selbstständig sein.“

„Na, das hast du heute ja wohl bewiesen, oder?“

Sam Merril schrieb gerade etwas in ein kleines braunes Notizbuch, als Claire und Kayla die Treppe heraufkamen. „Hier wären wir!“, rief Claire.

Nicholas lief hinüber zu seiner Tochter und nahm sie auf den Arm. „Tu das nie wieder, Kayla“, sagte er, mit einem Mal sehr streng.

„Es tut mir Leid“, entschuldigte sie sich und ließ den Kopf hängen.

Nicholas strich ihr das Haar glatt und redete jetzt zärtlich mit ihr. „Du hast mich fast zu Tode erschreckt.“ Er wandte sich an Claire. „Wo ist sie gewesen?“

„Knöcheltief im Wasser“, antwortete Claire und wischte sich Regentropfen von der Stirn. „Allerdings ein ziemliches Stück den Strand runter. Sie ist ganz schön mutig.“

„Gut, dass wir heute keinen hohen Seegang haben“, meldete sich Sam zu Wort, ließ das Notizbuch zuschnappen und schob es in die Brusttasche seines Hemdes. Er beugte sich zu Kayla hinunter. „Und du hörst auf deinen Daddy, junge Dame, und läufst nie wieder einfach weg. In Ordnung?“

„Bist du Polizist?“, wollte Kayla wissen.

Sam nickte, dann fiel ihm aber ein, dass er etwas sagen musste. „Ja.“

„Daddy!“, rief Kayla aufgeregt aus.

Nicholas lachte. „Ach, Kayla! Der Polizist hat mir doch nur geholfen, dich zu finden. Du hast nichts Schlimmes getan.“

„Möchtest du die Sirene hören?“, fragte Sam. „Komm her. Du darfst den Schalter drücken. Sag's aber keinem, ja?“

„Daddy?“

„Das ist schon in Ordnung, mein Liebes.“ Nicholas wandte sich an Claire. „Meine Tochter hat ein ausgeprägtes Gefühl für Recht und Unrecht.“

„Ich schätze, an der Sache mit ‚die Polizei, dein Freund und Helfer‘ müssen Sie noch arbeiten“, lachte Claire.

Kayla nahm Sams Hand, während sie zu dem Polizeiauto hinübergingen. Sam betätigte den Schalter, und die Sirene gab einen Heulton von sich.

„Darf ich noch mal?“, fragte Kayla.

„Aber nur noch einmal, sonst denken die Leute, wir würden die Kavallerie anfordern“, sagte Sam.

„Die ganze Aufregung tut mir schrecklich Leid, Officer“, meldete sich jetzt Nicholas zu Wort.

„Schon gut“, erwiderte Sam. Er zeigte auf den verbeulten, mit weißer Farbe verschmierten Kotflügel des Taurus. „Da haben Sie aber ganz schön was abgekriegt, Sir.“

„Das ist das Risiko, wenn man in Manhattan herumfährt“, sagte Nicholas und schüttelte den Kopf. „Die Taxifahrer sind die reinsten Wilden.“

Sams Funkgerät knackte. „Merrill“, meldete sich Sam und lauschte. „Chief Larsen hat zur Abwechslung mal wieder seinen Wagen zu Schrott gefahren“, sagte er dann und zog das Pistolenhalfter an seiner Hose gerade.

„Also, ich muss mich beeilen. Einen schönen Aufenthalt, Sir. Tschüs, Claire.“

Nicholas sah zu, wie Sam wegfuhr. „Ich muss dieser Kleinen hier ein heißes Bad und trockene Sachen verpassen“, sagte er. „Woher wusste er, dass er herkommen sollte?“

„Ich habe ihn vom Strandtelefon aus angerufen. Es ist eine Hotline für Rettungsschwimmer.“

„Netter Kerl. Sehr gelassen.“

Claire lachte. „Wir sind eine ziemlich verschlafene Stadt. Es sind nur noch zwei andere Männer bei der Polizei, und das in Teilzeit.“

„Ich vermute, Sie kennen ihn ganz gut?“

„Er und seine Frau Annie sind unsere engsten Freunde.“

Nicholas hob einen Koffer aus dem Auto. „Eine verschlafene Stadt ist genau das, was Kayla und ich brauchen.“

„Lassen Sie mich doch Kayla raufbringen“, schlug Claire vor. „Diese Koffer sind ja riesig. Sind Sie sicher, dass Sie nicht hierher umziehen wollen?“

Nick lachte. „Ich war ein bisschen übereifrig mit dem Packen, aber ich war mir nicht sicher, ob es kalt sein würde oder ob wir eine kleine Kostprobe vom Altweibersommer bekommen würden.“ Er reichte Kayla an Claire weiter und holte einen schweren Aktenkoffer aus dem Auto.

„Ich hoffe, das bedeutet nicht Arbeit“, sagte Claire. „Das hier ist ein Urlaubsort, wissen Sie. Selbst in der Nachsaison.“

Er lächelte. „Nicht allzu viel Arbeit. Nur ein paar Entwürfe, die ich mir ansehen muss. Ich bin Architekt.“

„Wir gehen jetzt rauf, wenn Ihnen das recht ist“, sagte Claire. „Denken Sie dran, Zimmer acht. Die vierte Tür auf der rechten Seite.“

„Danke, Claire. Für alles. Wir haben einen ganz schön vielversprechenden Auftritt hingelegt, was?“

„Solche Dinge passieren nun mal mit Kindern, Mr Pierce.“

„Das stimmt allerdings“, bestätigte er. „Bitte, nennen Sie mich Nick.“

„Nick“, wiederholte Claire mit einem Lächeln.

Claire ging die Treppe hinauf; Kayla saß dabei rittlings auf ihrer Hüfte, so, wie schon ihre Kinder so viele Jahre zuvor. Ein vertrautes Gefühl der Zufriedenheit überkam sie.

„Du solltest mich runterlassen“, sagte Kayla plötzlich. „Ich möchte mir den Weg einprägen.“

„Und wie machen wir das?“, fragte Claire und setzte sie behutsam ab.

„Wir wollen uns an der Hand halten und ganz langsam gehen. Sag mir einfach nur, wo was ist, und ich zähle die Schritte.“ Kaylas freie Hand ertastete den Weg durch die Tür. „Ich zähle jetzt die Schritte zu unserem Zimmer, in Ordnung?“

„Klingt gut.“

„Claire? Ich glaube, mir wird es hier gefallen“, sagte Kayla, bevor sie mit dem Zählen anfing.

Was für eine Mutter, ging es Claire durch den Kopf, konnte auch nur auf den Gedanken kommen, dieses Kind wegzuschicken?

„ICH LASSE das Wasser ein wenig laufen“, erklärte Claire, als Nick die Koffer ins Zimmer trug. „Es sind alte Rohre. Sie brauchen ein paar Minuten, bis sie warm werden. Ich habe die Gepäckständer für Sie aufgestellt.“

Nick hob die Koffer auf die Ständer und setzte sich auf den Bettrand. Er seufzte. „Was für ein Vormittag!“

„Wie wär's, wenn ich etwas Erdnussbutter und Gelee für Kayla hole?“, fragte Claire. „Sie muss hungrig sein.“

„Nur Gelee“, antwortete Kayla prompt. „Hast du welches aus Weintrauben?“

„Kayla!“, rügte Nick.

„Nein, nein, das ist schon in Ordnung. Ich mag es, wenn ein Mädchen weiß, was es will. Nur Weintraubengelee also. Kann ich Ihnen etwas bringen, Nick? Kaffee?“

„Kaffee wäre genau richtig. Sie sollten unseren Tagessatz verdoppeln“, sagte er mit einem schwachen Lächeln.

„Sie haben meinen Kaffee noch nicht probiert“, entgegnete Claire. „Sie werden eine Rückzahlung fordern.“ Sie wandte sich an Kayla. „Wie wär's mit einem Glas Milch?“

„Kakaomilch?“, fragte Kayla.

„Kayla! Was habe ich dir gesagt?“, rief Nick mit einem herzhaften Lachen. „Keine Frage, sie fühlt sich hier wohl.“

„Na, das ist genau das, was wir beabsichtigen“, erklärte Claire. „Ich bin gleich wieder da.“

Kayla saß auf dem geblümten Chintzsessel in einer Ecke des Zimmers, den Teddybären an ihrer Seite.

„Das hier ist Drifting, Teddy“, sagte sie. „Nicht, Daddy?“

„Richtig“, murmelte er.

„Warum heißt es Drifting, Daddy? Das verstehe ich nicht.“

„Ich weiß es auch nicht, Kayla“, antwortete er entnervt. Sie stellte immer viel zu viele Fragen. Endlose, endlose Fragen.

„Aber es muss doch einen Grund geben. Fällt dir einer ein?“

„Es hat vermutlich mit Schiffen zu tun, die auf dem Ozean treiben, oder so etwas. Vielleicht hat einfach nur jemand der Name gefallen. Ich meine, warum heißt es Boston oder Chicago? Es ist ein Name. Das ist alles.“

„Es ist ein Name, deshalb“, flüsterte sie dem Bären zu.

„Ich leg dir deine Sachen zum Anziehen raus, Kayla“, sagte Nick und ließ den Deckel ihres Koffers aufspringen.

Alles war völlig durcheinander. Kaylas Hemdchen waren links zusammengelegt, nicht so, wie Phoebe, Kaylas Mutter, sie immer zu Hause in Kaylas Schubladen gefaltet hatte. Kaylas Schubladen. Er dachte daran, dass Phoebe getrennte Laden für einfarbige und für gestreifte Sachen hatte. Dazu gesonderte Schubfächer für Primärfarben und Pastelltöne. Und die hatte sie sogar noch mit Etiketten in Blindenschrift auf Plastikklebestreifen versehen. Wirklich, was machte es denn für einen Unterschied? Kayla konnte doch sowieso nicht sehen, was sie anhatte.

Er nahm eine Plastiktüte aus dem Wandschrank und fing an, sie mit Kaylas schmutzigen Blusen, Socken und Unterwäsche zu füllen. Er musste dringend waschen gehen, doch Kayla hasste Waschsalons. Sie hasste das Dröhnen der Maschinen, das Wirbeln des Trockners. Weißes Rauschen, hatte Dr. Dobson, die Schulpsychologin, ihnen an dem Tag erklärt, als Kayla in Tränen aufgelöst heimgekommen war, nachdem die Lehrerin im Klassenraum einen Ventilator angebracht hatte.

„Weißes Rauschen übertönt die Geräusche, die sie ‚sehen‘ muss“, hatte die Psychologin erklärt. „Fließendes Wasser, Klimaanlagen, Ventilatoren, Staubsauger … Sie können irritierend wirken.“

Nick hatte sich damals verärgert an Phoebe gewandt: „Was soll dann dieser Blödsinn, dass sie den Strand liebt? Inwiefern ist der Lärm der Brandung anders als der Ventilator oder die Waschmaschine?“

„Nick, hast du jemals die Augen geschlossen und dich in den Sand gelegt?“, wollte Phoebe wissen. „Das sind isolierte Geräusche: das Klatschen der Wellen, die gedämpften Stimmen, das Geschrei der Möwen. Das sind die Geräusche, die ihr zu verstehen geben, dass sie am Strand ist. Diese Geräusche kann sie auseinander halten. Sie liebt den Strand.“

Verdammte Phoebe. Sie behandelte ihn immer so herablassend. Redete mit ihm, als wäre er irgendwie schwachsinnig. Sie betonte jedes Wort genauestens, während diese hochnäsige Seelenklempnerin mit dem Kopf nickte. Er hätte schwören können, dass sie ihm einen finsteren Blick zuwarf, so, als wäre es seine Schuld, dass Kayla blind war und Phoebe weinte.

Er hatte es ein- oder zweimal versucht und die Augen zugemacht, um zu sehen, wie Kaylas Welt denn so war. Doch alles, was er sah, war Dunkelheit.

Zuweilen wurde er einfach nicht schlau aus Kayla. Wenn ihre Welt dunkel und farblos war und keine Bilder kannte, warum wollte sie dann ein rosafarbenes T-Shirt haben, als sie vor ein paar Tagen in diesem Einkaufszentrum waren? Was für einen Unterschied konnte es denn für sie machen, ob sie nun Rosa oder Blau oder Schwarz trug? Sie konnte es doch sowieso nicht sehen, Herrgott noch mal! Oder kariert.

„Wie sieht kariert aus, Daddy?“

„Kariert ist wie Streifen, die sich kreuzen“, versuchte er geduldig zu erklären.

„Du musst es mir zeigen“, bat Kayla inständig und zog ihn am Arm.

Wie zeigt man jemand etwas, der blind ist?

Jetzt sah er zu, wie Kayla das Zimmer abschritt und dabei jedes Mal den gleichen präzisen kleinen Schritt machte. Sie tastete sich an der Wand entlang und murmelte dabei die Anzahl ihrer Schritte vor sich hin.

„Ich finde, das hier ist der schönste Ort, an dem wir je gewesen sind“, erklärte Kayla. „Es riecht nach Blumen. Wie kommt das?“

„Da steht eine Schale mit einer Duftmischung auf der Kommode.“

Er sah zu, wie sie sich bis zur Frisierkommode vorarbeitete, mit der Hand über die Oberfläche fuhr, bis sie die mit Zimtstangen und Blütenblättern gefüllte Glasschale fand und ihre Finger hineintauchte.

„Was ist das für ein Zeug?“, fragte sie, während sie die getrockneten Blütenblätter in die Handfläche nahm und daran schnupperte. „Etwas davon riecht wie Muffins.“ Ein Lächeln trat auf ihr Gesicht. „Ist das Wasser jetzt warm, Daddy? Ich möchte mein Bad nehmen, bevor Claire zurückkommt. Mir ist kalt.“

Nick steckte den Stopfen in die Wanne und ließ das Wasser ein, bis sie zur Hälfte voll gelaufen war. Derweil saß Kayla auf einem der beiden Betten. „Fertig!“, rief er ihr zu.

Sie schwang ihre Beine über die Bettkante und tastete sich ins Bad vor. „Ich möchte die weiche Cordhose anziehen“, verkündete sie.

„Die sind noch nicht gewaschen“, entgegnete Nick. „Du solltest jetzt in die Wanne steigen. Jeden Moment wird Claire dir dein Sandwich bringen.“

„Hast du alles da hingelegt, wo ich es brauche? Handtuch neben die

Wanne auf den Boden", half sie ihm auf die Sprünge. „Seife und Shampoo auf die Ablage."

„Ich vermisse meine langen Haare", erklärte sie, als sie mit dem Baden fertig war. „Die Frau hat sie viel zu kurz geschnitten. Erinnerst du dich an diesen Kellner? Er hat mich ‚Sohn' genannt."

„Ich hab dir doch erklärt, es trocknet schneller, wenn es kürzer ist", erwiderte er. Er hatte keine Lust, über ihre Frisur zu diskutieren. Nicht schon wieder. Das hatten sie schon zu oft durchgekaut. „Ich habe dir deine Jeans und ein T-Shirt rausgelegt."

„Was für eine Farbe hat das T-Shirt?"

„Rosa", log er. Das Shirt war dunkelgrün.

„Vielleicht kann ich etwas finden", sagte sie und tastete sich mit ihren Händen am Bett entlang bis zu dem Koffer. Dann wühlte sie mit der Hand darin. „Dieser Koffer ist eine Katastrophe, Daddy. Er ist ein einziger Klumpen."

Eine Katastrophe, dachte er. Einer der Lieblingsausdrücke ihrer Mutter.

„Hör zu, Kayla, lass es jetzt gut sein. Du ziehst an, was ich dir rausgelegt habe." Er bemühte sich, seinen Tonfall zu mildern. „Wohin möchtest du heute gehen? Wir können nachher irgendwohin fahren und nett zu Mittag essen." Er ging zum Fenster und zog die Jalousie hoch. „Sieht aus, als versucht die Sonne durchzukommen."

„Die Sonne macht meinen Augen in letzter Zeit viel mehr zu schaffen. Wie spät ist es überhaupt?", wollte sie wissen.

„Fast elf", antwortete er mit einem Blick auf seine Uhr.

„Meinst du, es gibt hier einen Laden, wo ich eine neue Brille bekommen kann? Die Gläser müssen dunkler sein, und der Bügel ist lose", erklärte Kayla. „Und wir müssen meine Tropfen besorgen. Meine Augen fühlen sich langsam kratzig an. Und du hast versprochen, wir könnten auch nach Büchern in Blindenschrift schauen."

„Das ist nicht so einfach, Kayla. Ich sage dir doch schon die ganze Zeit …"

„Ich weiß", flüsterte sie. „Aber ich lese so gern."

Er gab ihr keine Antwort. Sie hörte, wie er den Aktenkoffer auf- und dann wieder zumachte. Vermutlich würde er jetzt wieder an seinen Papieren arbeiten. Sie wollte ihn nicht aufregen. Er tat sein Bestes. Aber sie waren dabei, den Anschluss zu verlieren. Den Anschluss an die Buchstaben. Sie brauchte mehr Übung. Manchmal war es, als ob er überhaupt nicht begriff, dass sie nicht sehen konnte. Mitunter kam es ihr vor, er würde meinen, wenn er nur genügend missachtete, dass sie blind war, würde alles anders werden.

Mami hatte ihr die Wahrheit gesagt. Mami hatte sie hingesetzt und gesagt, es würde nicht besser werden. Das war an dem Tag, nachdem sie bei diesem Doktor gewesen waren, der all diese Tests gemacht hatte. Nach den Tests erklärte Mami ihr, dass das Licht noch unangenehmer werden könnte und dass die Dunkelheit mit weniger Farbtupfern ausgefüllt sein würde. Sie konnte an Mamis Stimme erkennen, dass sie traurig war, denn ihre Worte klangen komisch, wie eine quietschende Tür.

Nur wenige Wochen später nahmen Mami und Omi sie mit zu Tante Carolines Strandhaus, und Daddy war eine Zeit lang nicht mehr so oft da. Doch dann war etwas anders geworden, und Mami wollte sie wegschicken, auf diese Blindenschule, aber Daddy versprach ihr, dass er sie nicht gehen lassen würde. Und dann wollte Mami sie nicht einmal mehr sehen. Das war, als sie die ganze Zeit über nur mit Daddy zusammen war. Vielleicht lag es daran, dass Omi gestorben war, überlegte Kayla. Aber Daddy sagte, er würde sich um sie kümmern, und niemand würde sie irgendwohin schicken. Niemals.

Manchmal hätte sie Daddy gern erzählt, dass Weinen das Einzige war, was ihre Augen noch richtig gut konnten. Aber er gab sich solche Mühe, gut für sie zu sorgen, dass er es nicht wissen sollte. Vielleicht würde sie ihm morgen aber sagen, dass ihre Turnschuhe zu eng waren. In der Zwischenzeit stopfte sie sich ein Stück Papiertaschentuch in den Schuh. Sie zog die Sachen an, die ihr Vater ihr gab, und band ihre Turnschuhe. Für den Moment mussten sie einfach reichen. Doch ihre Augen schmerzten manchmal schlimmer als die Blase. In letzter Zeit fühlte es sich manchmal an, als steckten Nadeln darin.

Claires Stimme drang durch die geschlossene Tür. „Zimmerservice!“, rief sie munter.

Nick öffnete die Tür und nahm Claire das Tablett ab. „Das ist zu liebenswürdig“, sagte er.

„Ach, das ist doch nicht der Rede wert“, winkte Claire ab. Sie kauerte sich nieder, damit sie auf einer Ebene mit Kayla war. „Hast du das Schaumbad benutzt?“

Kayla schüttelte den Kopf.

„Das nächste Mal musst du es ausprobieren. Es riecht fantastisch, nach Hafermehl und Mandeln.“

Kayla nickte und schob sich ein Stück Geleesandwich in den Mund. „Ich finde es gut, dass du die Kruste abgeschnitten hast“, sagte sie. „Meine …“

Claire wartete, dass sie den Satz beendete, doch das tat sie nicht.

„Ich gehe jetzt unter die Dusche, und dann können wir ins Städtchen“, verkündete Nick. „Gehen auf Entdeckungsreise, was, Kayla? Erledigen vielleicht auch ein paar Einkäufe. Jemand, den ich kenne, könnte ein Paar neue Schuhe gebrauchen.“

„Glückskind“, meinte Claire und richtete sich wieder auf. Sie wandte sich an Nick. „Ich hätte ihr mehr als ein Sandwich machen sollen. Da haben wir ja ein ganz schön hungriges Kind.“

„Sie hatte schon immer einen gesegneten Appetit“, erklärte Nick liebevoll. „Sonntagabends gehen wir immer italienisch essen. Je schärfer, desto besser.“

„Ich verstehe“, sagte Claire. „Als ich ein kleines Mädchen war, gingen wir immer in ein Lokal namens Farabutto an der 62. West Street. Ob es das wohl noch gibt?“

„Oh, du meine Güte!“, rief Nick. „Das ist aber mal ein Beweis dafür, wie klein die Welt doch ist. Es ist eins unserer Lieblingslokale. Und da sind Sie mit Ihren Eltern hingegangen?“

„Mit meinem Vater“, verbesserte Claire. „Er hat mich allein großgezogen.“

Er nickte. „Ah“, sagte er und schüttelte mitfühlend den Kopf. „Dann kennen Sie das ja. Ich tue mein Bestes. Aber es ist nicht einfach. Nicht einfach.“

3. Kapitel

Eli war der festen Überzeugung, er habe sich nur deshalb 25 Jahre zuvor nach New York City gewagt, weil das Schicksal es so gewollt hatte, dass er Claire begegnete. Ganz sicher hatte er sich nie nach Wolkenkratzern und Beton gesehnt. Er war in der kleinen Stadt Piedmont in Pennsylvania aufgewachsen, und der einzige Anblick, nach dem er sich über hügeliges Ackerland hinaus je gesehnt hatte, war das Meer.

Mit 24 machte er sein Examen an der tiermedizinischen Hochschule in Ohio und begann ein Praktikum bei einem Landtierarzt. Dann hatte er einen Artikel in einer Fachzeitschrift gelesen, den Tierärzte von der Notfalltierklinik in Manhattan verfasst hatten. Und plötzlich verspürte er das Verlangen, die Tiermedizin der Großstadt kennen zu lernen.

Doch die Brutalität von einigen Fällen in der städtischen Tiermedizin brach ihm das Herz. Ein Hund, der von verfeindeten Nachbarn verbrannt, und Rattengift, das an strategisch günstigen Stellen einer Hundepromenade im Central Park ausgelegt worden war. Die Medizin auf dem Land war weitaus freundlicher gewesen. Und gerade als er sich anschickte, die Praxis, die er in Ohio verlassen hatte, anzurufen, um seinen alten Job wiederzubekommen, begegnete er Claire. Und komischerweise verliebte er sich auf der Stelle, mit dem Gedanken im Hinterkopf, dass er sie auf eine universale Art und Weise immer schon geliebt und einfach nur darauf gewartet hatte, sie zu finden.

Es war ein Samstagnachmittag im Juli. Das Pflaster brannte durch die Sohlen von Elis Schuhen, als er den Broadway hinaufspazierte und bei Cherney's Apotheke einen Zwischenstopp einlegte. Die kleine Eisbar erinnerte ihn an Newton's Drugstore in Piedmont, wo er und seine Freunde immer Milkshakes bestellt hatten. Claire stand an der Kasse, als er hereinkam und am Tresen Platz nahm.

„Was kann ich für Sie tun?“, erkundigte sie sich und trat hinter der Kasse hervor. Ihr blondes Haar war zu einem Pferdeschwanz zusammengebunden. Sie trug die Apothekertracht aus weißer Hose und weißer Jacke mit einer hellblauen Bluse darunter.

„Einen Milkshake, bitte. Schokolade.“

Sie stöhnte. „Die macht Mitzi normalerweise, und die hat heute frei. Ich weiß gar nicht, wie das geht. Wie wär's mit einer Cola?“

„Ich weiß es“, sagte er.

„Was?“

„Wie man einen Milkshake macht.“

Sie schob die Ärmel ihrer Jacke nach oben. „Lassen Sie das Rezept hören“, forderte sie ihn lächelnd auf. „Und sagen Sie es so, dass es für zwei reicht.“

Er zählte die Zutaten auf, und als sie das dickflüssige Getränk aus dem Edelstahlbehälter in zwei kleine Gläser schenkte, sah er zu, als wollte er auch nicht die kleinste ihrer Bewegungen verpassen. Sie hob ihr Glas und prostete ihm zu, bevor sie den ersten Schluck nahmen.

„Nicht schlecht“, sagte sie. Das Telefon klingelte. „Entschuldigen Sie mich. Ich bin allein hier.“

Sein Blick folgte ihr.

„Cherney“, meldete sie sich. „Oh, Jack. Nein, alles in Ordnung. Wann bist du zurück? Es ist einsam hier.“ Sie lächelte und hörte auf das, was der Anrufer sagte. „Ich liebe dich auch, Jack“, schloss sie.

Elis Herz wurde schwer. Es gab also jemand anders.

„Also, wo waren wir stehen geblieben?“, erkundigte sie sich, während sie wieder um die Theke kam. „Ach ja, ich wollte fragen, ob Sie vielleicht von Beruf Milkshake-Macher sind?“

„Ich bin Tierarzt“, erklärte er.

„Tatsächlich? Donnerwetter. Meine Hündin Maggie ist hinten. Ich hatte vor, sie später zum Tierarzt rüberzubringen. Sie ist den ganzen Morgen schon so schlapp. Will weder essen noch trinken.“

„Wie alt ist sie?“

„So um die sechs oder sieben, vermuten wir. Wir haben sie aus dem Tierheim, deshalb bin ich mir nicht ganz sicher.“

„Kann ich sie sehen?“, fragte Eli.

Maggie lag hinten im Laden auf dem Fußboden. Als Eli auf sie zukam, wedelte sie ein klein wenig mit dem Schwanz, gähnte und rollte sich auf den Rücken. Er tastete ihren Bauch ab und sah ihr in die Augen.

„Haben Sie ein Thermometer?“, erkundigte er sich. „Ich würde gern ihre Temperatur messen.“

Er maß die Temperatur der Spanielhündin und streichelte ihr über den Kopf. „Normal“, befand er. „Wie lange haben Sie sie schon?“

„Drei Wochen.“

„Also, zunächst einmal ist sie noch in der Eingewöhnungsphase. Ist heute irgendetwas Ungewöhnliches vorgefallen? Etwas, was anders war als sonst?“

„Nichts“, sagte sie nachdenklich. „Außer dass Jack schon den ganzen Vormittag über weg ist. Er ist früh losgegangen, um eine Prüfung zur Verlängerung seiner Approbation abzulegen. Normalerweise gibt er ihr morgens als Erstes ihr Fressen und geht mit ihr spazieren. Aber sonst …“

„Das ist es!“, rief Eli aus. „Sie vermisst Jack.“

„Das ist nicht Ihr Ernst.“

„Oh doch. Tiere sind sehr sensibel. Ich möchte wetten, wenn Jack durch diese Tür tritt, wird sie wieder ganz die Alte sein.“

„Und wenn nicht?“

„Na ja, wenn ich falsch liege, sollten Sie sie zu einem besseren Tierarzt bringen“, erwiderte er mit einem Grinsen. „Passen Sie auf, hier ist meine Karte. Warum sagen Sie mir nicht einfach Bescheid, wie es ihr geht?“

Sie drehte die Karte um. „Das werde ich, Dr. Bishop“, versprach sie. „Ich bin übrigens Claire.“

Claire rief Eli am Montagmorgen im Büro an. Sie berichtete, dass Maggie in dem Augenblick, als Jack zur Tür hereinkam, auf ihn zugelaufen war und ihn begrüßt hatte und dass sie nach ein paar Minuten schon wieder aus ihrem Wassernapf getrunken und das Futter gefressen hatte, das Jack ihr hinstellte. „Woher wussten Sie, dass das alles war?“, fragte sie.

„Instinkt“, antwortete er.

Die ganze folgende Woche über dachte Eli an Claire, bis zum Sonntag, als ihm klar war, dass er sie wiedersehen musste. Sie ist schon gebunden, Herrgott noch mal, sagte er sich. Doch er musste sie noch einmal sehen, bevor er nach Ohio zurückging.

Sie stand hinter der Kasse, als er hereinkam. „Dr. Bishop!“, rief sie. „Wie schön, Sie zu sehen!“ Sie rief nach hinten. „Jack! Dr. Bishop ist hier! Maggies neuer Tierarzt!“

Jack kam. „Also Sie sind der junge Mann, der mit den Tieren sprechen kann. Ich bin Claires Vater, Jack Cherney.“

Ihr Vater. Eli entspannte sich, als Jack ihm die Hand schüttelte. In diesem Augenblick wusste er, dass er nicht nach Ohio zurückgehen würde.

„Sie nennen Ihren Vater Jack?“, fragte Eli, als Jack wieder nach hinten verschwunden war. „Wie nennen Sie dann Ihre Mutter?“

„Gar nicht. Sie hat uns verlassen, als ich ein Baby war.“

„Das tut mir Leid.“

„Das muss es nicht“, erwiderte Claire. „Mir tut es auch nicht Leid.“

Er streichelte Maggie. „Süßes Mädchen“, sagte er.

„Sie reden nicht wie ein New Yorker“, bemerkte sie. „Woher kommen Sie?“

„Aus Pennsylvania.“

„Was hat Sie hierher verschlagen? Das Studium?“

Er sah ihr in die Augen. *Sie,* hätte er gerne geantwortet. *Sie* haben mich hierher verschlagen. „Nicht ganz. Ich wollte städtische Tiermedizin erlernen. Ich arbeite in der Notfalltierklinik.“

Sie lächelte. „Möchten Sie einen Milkshake?“ Sie lächelte. „Das kann ich jetzt nämlich.“

„Klingt gut.“

Sie machte zwei Milkshakes und setzte sich auf einen Hocker neben ihm. „Sagen Sie mal, verlassen Tiermütter manchmal ihre Jungen?“

„Manchmal.“

„Warum?“

„Nun ja, wenn sie zu jung sind, können sie es einfach nicht schaffen.“

„Meine Mutter war noch sehr jung“, sagte sie leise.

Ein Moment unbehaglichen Schweigens entstand, und dann fragte Eli: „Meinen Sie, wir könnten abends mal zusammen essen gehen?“

„Das würde mir gefallen“, antwortete sie. „Sehr sogar.“ Und sie lächelte das wunderschönste Lächeln, das er je gesehen hatte.

Sie heirateten am 14. Dezember, auf den Tag genau 18 Monate, nachdem sie sich das erste Mal begegnet waren. Jack lieh ihnen den Rambler, und sie fuhren nach Massachusetts in die Flitterwochen. Sie wählten sich ihre Route an der Küste entlang bis nach Provincetown, wo sie drei Nächte in einem kleinen Motel mit Namen „Rosie's on the Water“ verbrachten. Es war eine Treibholzkonstruktion hoch oben auf dem felsigen Strand.

„In so einer Stadt könnte ich leben“, meinte Eli, als sie auf der Aussichtsterrasse saßen. „Eines Tages möchte ich ein Haus genau wie dieses haben.“

„Ich auch“, stimmte Claire ein. „Aber ich könnte Jack nie verlassen.“

„Das wäre dann also geklärt. Wir werden für immer in Manhattan bleiben“, sagte Eli und legte den Arm enger um sie.

Der Tag, an dem sie Jonah in den Rambler packten und nach Drifting umzogen, war bittersüß. Ihnen war bewusst, dass sie die Stadt nur deshalb verlassen hatten, weil Jack gestorben war. Sie sprachen kaum, als sie die Strecke nach Drifting zurücklegten, aber es herrschte ein Gefühl, als seien sie untrennbar miteinander verbunden – so, wie sie es, Elis Empfinden nach, schon gewesen waren, lange bevor sie überhaupt von der Existenz des anderen wussten.

Es hatte Eli all seine Kraft gekostet, Claire an diesem Morgen auf der Veranda zurückzulassen. Manchmal fragte er sich, ob er ihr genug sein würde, jetzt, da die Kinder das Haus verlassen hatten. Eli konnte sich nicht erinnern, wann Claire das letzte Mal von ihrer Mutter gesprochen hatte. In den Wochen vor ihrer Hochzeit hatte er sie einmal zum Reden gedrängt. Er hatte sachte nachgefragt, ob sie nicht über Sulie sprechen wolle, doch sie hatte das Gespräch abgeblockt. Sie behauptete, da sie noch so klein gewesen sei, als Sulie fortging, hätte sie nicht vermissen können, was sie nie gehabt hatte. Und so hatte Eli Sulie ad acta gelegt, in Übereinstimmung mit dem, was er für Claires Wunsch hielt. Doch in seinem tiefsten Innern wusste er an diesem Morgen, dass Sulie wieder ausgegraben worden war.

Claire ging jetzt den Pfad vom Haus zur Scheune, in dem ihr Büro untergebracht war, Stella dicht auf ihren Fersen. Das Scheunentor klemmte ein wenig, als sie es mit der Hüfte aufdrückte. Sie knipste den Lichtschalter an und öffnete die Fenster. Alles roch muffig und feucht. In letzter Zeit hatte sie wirklich zu viele Dinge vernachlässigt, ging es ihr durch den Kopf, unter anderem auch Eli. Und Annie. Sie hatte Annie schon seit Tagen nicht mehr angerufen. Claire legte ihren Papierstapel auf die Anrichte und sammelte die noch ungeöffnete Post auf, die vor dem Briefschlitz auf dem Boden verstreut lag. Dann setzte sie sich in ihren Schreibtischsessel und drückte auf die Taste ihres Anrufbeantworters.

Zwei Patienten hatten eine Nachricht hinterlassen. Drei waren vom Ministerium, das um schnellstmögliche Rücksendung der Berichte bat. Ein Anruf von Annie war heute am frühen Morgen eingegangen.

„Wo bist du denn bloß? Du hast mich gestern den ganzen Tag nicht angerufen. Wie wär's mit Venusmuscheln und Bier Samstagabend auf der Terrasse bei ‚Lucille's'?"

Die nächste Nachricht war von Natalie. *„Hi,* Mama, wo bist du denn? Ich brauche meinen roten Bademantel, okay? Ich hab bis halb sechs Seminare, und dann gehen ein paar von uns noch zu ‚Hungry Charlie's'. Ich hab dich lieb."

Claire hörte Natalies Nachricht zweimal ab.

Sie schickte sich gerade an, die Berichte fürs Ministerium in Angriff zu nehmen, als das Telefon klingelte. „Ich bin auf der Suche nach Mrs Bishop", sagte die Stimme am anderen Ende.

Es war Eli. „Oh! Also, hier spricht ihr Alter Ego. Kann ich Ihnen helfen?"

„Ich bin rettungslos in meine Frau verliebt."

Claire lachte. „Und das ist ein Problem für Sie?"

Eli lehnte sich in seinen Sessel zurück. „Ja, ich frage mich, ob sie mich auch liebt. In letzter Zeit hat sie es nicht erwähnt."

„Ich liebe dich, Eli", erwiderte sie leise. „Auch wenn ich finde, wir müssten mal ein paar von diesen Unsicherheitsfaktoren ansprechen."

„Suchen Sie die Schuld bei meiner Frau."

„Ach, die Schuld wird doch immer auf die Ehefrau geschoben!", lachte sie. „Wie steht's bei dir?"

„Drüben auf der Hayes Farm ist ein Pferd krank. Ich werde also so gegen zwei dort rausfahren. Wo bist du heute Morgen gewesen?"

„Wir haben neue Gäste bekommen, einen Mann mit seiner Tochter."

„Ah, das hast du ja besonders gern."

Sie lachte. „Nein, diese Tochter ist erst sieben. Ein süßes kleines Ding. Und blind. Sie hat uns in ziemliche Aufregung versetzt, als sie beschloss, den Strand zu erkunden, ohne ihrem Vater Bescheid zu sagen. Der arme Mann."

„Keine Mutter?“

„Ich bin mir über die Verhältnisse nicht im Klaren. Irgendwelche Meinungsverschiedenheiten, glaube ich. Wie auch immer, sie stammen aus New York. Sie ist so goldig. Ich möchte wetten, sie war ein Frühchen.“

„Das würde die Blindheit erklären. RDF.“

„Was ist das denn?“

„Retinopathie durch Frühgeburt. Manchmal sind bei Frühchen die Netzhautgefäße noch nicht voll entwickelt. Die Netzhaut löst sich ab. Bei Tieren ist es genauso“, erklärte er. „Und jetzt hören Sie mal, Dr. Cherney. Wie wär's, wenn wir uns so gegen sechs auf ein Glas Wein treffen?“

„Hm“, machte sie und trommelte mit ihrem Stift auf den Schreibtisch. „Vielleicht bringst du besser noch diese Hundeleckereien mit, nur für alle Fälle. Könnte sein, dass ich ein Lockmittel brauche.“

„Du klingst, als würdest du dich schon besser fühlen, Claire“, sagte er zärtlich.

„Das tue ich auch. Weißt du, ich bin gut darin, mich wieder zu berappeln.“

„Vielleicht ein wenig zu gut“, erwiderte Eli. „Vielleicht solltest du ausnahmsweise einfach mal loslassen.“

„Und wenn ich falle?“, fragte sie

„Dann werde ich dich auffangen“, gab er zur Antwort.

ALS SIE endlich mit ihrem Papierkram fertig und wieder auf dem Weg zum Haus war, war es beinahe drei Uhr. Wenn sie sich beeilte, würde sie es mit den Berichten und Natalies Bademantel noch zur Post schaffen, bevor sie schloss. Sie steckte die Berichte in einen Umschlag, schrieb ein paar Zeilen an Natalie und nahm eine Hand voll Karamellbonbons aus der Porzellanschale auf dem Couchtisch.

> Liebe Nat,
> hier hast du ihn! Den Bademantel kann man übrigens kalt in der Maschine waschen (aber wasch ihn separat – die Farbe könnte auslaufen). Vor dem Waschen die Karamellbonbons aus der Tasche nehmen. Hier gießt es heute. Ich vermisse dich.
> Alles Liebe, Mama.

Claire nahm einen Umschlag und steckte den Brief hinein. Sie war bereits aufgestanden, um ihre Jacke zu nehmen und Stella zu rufen, als sie sich mit klopfendem Herzen wieder in den Sessel setzte. Sie startete den Computer.

Er schien eine Ewigkeit zu brauchen, um hochzufahren. Wie gebannt starrte sie auf den Bildschirm. Sie hatte Angst, dass jeden Augenblick jemand hereinkommen und ihr Geheimnis entdecken könnte. Steif saß sie auf dem Sessel und tippte ein: VERMISSTENSUCHE.COM. Und dann gab sie zögernd Sulies Namen ein: URSULA TERENZI/URSULA CHERNEY. Sie hielt den Atem an, während die Dateien durchsucht wurden und schließlich das Ergebnis auf dem Bildschirm erschien: LEIDER KEINE PERSONEN MIT DEN EINGEGEBENEN SUCHKRITERIEN GEFUNDEN. WIR EMPFEHLEN ANDERE SUCHKRITERIEN.

Claire schluckte schwer und schaltete den Computer aus. Sie könnte wieder geheiratet haben, oder sie könnte gestorben sein. Aber etwas sagte ihr, dass es eher so war, dass Ursula einfach nicht gefunden werden wollte.

NACH all den Jahren, in denen sie in Drifting lebte, liebte Claire noch immer ganz besonders den Geruch, den das Meer nach einem Gewitter verströmte. Der Boden war feucht, und die Sonne hatte sich hinter die Wolken verzogen. Claire öffnete gerade die Haustür, als Nicks Wagen die Einfahrt herauffuhr. Er öffnete Kayla die Tür, half ihr beim Aussteigen und ermahnte sie sanft, still stehen zu bleiben, während er seinen Aktenkoffer vom Rücksitz nahm.

„Hallo!", grüßte er, als er und Kayla die Stufen zur Veranda hinaufstiegen.

„Was hast du denn zu Mittag gegessen, Kayla?", fragte Claire.

„Blaubeerpfannkuchen", antwortete Kayla. „Und Eis zum Nachtisch."

„Hm, meine Lieblingsspeisen", sagte Claire. „Was habt ihr denn sonst noch gemacht?"

„Wir haben einen Rundgang durch die Stadt gemacht. Das hat so ungefähr zwanzig Minuten gedauert", erwiderte Nick mit einem Lächeln. „Kayla hat der Kerzenladen gut gefallen."

„Der gehört meiner Freundin Annie", sagte Claire. „Sie erinnern sich an Sam, den Polizisten, den Sie heute Morgen kennen gelernt haben? Annie ist seine Frau."

„Mir gefällt es, wie ihr Laden riecht", meldete sich Kayla zu Wort. „Die Frau hat mir das hier geschenkt." Sie fasste in ihre Jackentasche und zog ein herzförmiges violettes Duftkissen heraus. „Lavendel. Sie hat gesagt, wenn ich das in die Schublade von meiner Kommode lege, werden alle Kleider riechen."

„*Gut* riechen", ergänzte Nick und fuhr ihr zärtlich durchs Haar.

„Da hat sie Recht", bestätigte Claire. „Hör zu, ich muss schnell mal in die Stadt, aber wenn ich zurückkomme, könnten wir vielleicht auf der Veranda Tee trinken. Ich bringe etwas Gebäck mit. Wir könnten so tun, als wäre schon Juni.“

„Wunderbar“, sagte Nick und schwang sich seinen Aktenkoffer über die Schulter. „Ich habe meine Tochter schon lange nicht mehr so zufrieden erlebt.“

„Das ist die Wirkung, die Drifting auf Menschen hat“, bestätigte Claire. „Übrigens, Ihr Aktenkoffer ist in Ihrem Zimmer eigentlich sicher aufgehoben. Wir haben aber außerdem noch einen Safe im Büro, in den wir ihn einschließen können, wenn Ihnen das lieber ist.“

„Ich habe Originalentwürfe für einen Kunden in Houston hier drin“, erklärte er und klopfte leicht auf den Koffer.

Claire nickte. „Ich verstehe. Sagen Sie Bescheid, falls Sie es sich anders überlegen. Es täte mir Leid, wenn Sie den die ganze Woche mit sich herumschleppen müssten.“ Sie warf einen Blick auf ihre Uhr. „Ich muss ganz schnell zum Postamt. In etwa einer Stunde müsste ich zurück sein.“

Das Postamt befand sich gleich neben Annies Kerzenladen. Annie sah sie durch das Fenster und winkte. Claire hielt den Zeigefinger hoch und formte lautlos mit den Lippen: *Bin gleich zurück*. Annie war gerade dabei, an einem neuen Duftkissen die Ränder zusammenzunähen, als Claire mit zwei Pappbechern Kaffee hereinkam.

„Ich dachte schon, ich hätte meine beste Freundin verloren“, sagte Annie.

Claire ließ sich auf einem Hocker neben dem Ladentisch nieder. „Ich schätze, ich habe mich zurzeit ein bisschen abgekapselt. Wenn mich der Alltagsblues überkommt, neige ich dazu, mich zurückzuziehen.“

„Wie geht es Nat?“

„Es geht ihr großartig“, antwortete Claire, während sie den Deckel von ihrem Kaffeebecher nahm. „Wie ich höre, hast du heute Morgen meine neuen Gäste kennen gelernt, Nick und Kayla.“

„Ach, das kleine blinde Mädchen! Ich sag’s dir, das Kind hat mich total gerührt. Du hättest sie sehen sollen, wie sie an den Kerzen, Duftkissen und Lampenölen schnupperte. Was ist mit ihnen los?“

„Wie meinst du das?“

„Glaubst du, er ist geschieden? Oder verwitwet? Wo ist die Mutter?“

„Ich bin mir nicht sicher“, sagte Claire und nahm einen Schluck. „Annie, glaubst du, du würdest das Gleiche fragen, wenn ihre Mutter allein mit ihr unterwegs wäre?“

Annie zögerte einen Augenblick. „Ich denke, man vermutet, dass der Vater wohl gerade arbeitet und nicht freibekommt oder so.“ Annie biss sich auf die Lippe. „Du denkst an dich und deinen Dad, nicht wahr? Entschuldige, Claire."

„Und an meine Mutter."

„Deine Mutter?" Annie legte die Hand auf Claires Arm. „Ich kann mich nicht erinnern, wann du das letzte Mal deine Mutter erwähnt hast."

„Vielleicht habe ich das nie getan. Ich sehe das kleine Mädchen mit seinem Vater, und alles kommt wieder hoch, all die Fragen, die die Leute uns gestellt haben."

„Hast du sie vermisst?"

„Ich habe nicht *sie* vermisst. Manchmal habe ich die Vorstellung von ihr vermisst. Und wenn ich mir Kayla ansehe … Sie hat heute Morgen etwas davon gesagt, dass ihre Mutter sie in ein Internat schicken will. Kannst du dir das vorstellen?"

„Na ja, man weiß nie ganz genau, welche Gründe hinter den Dingen stecken", bemerkte Annie und stach ein letztes Mal mit der Nadel in das Duftkissen.

Claire warf einen Blick auf ihre Uhr. „Ich muss los. Wir wollen zusammen Tee auf der Veranda trinken."

„Na, das ist ja mal romantisch. Kommt Eli heute früher nach Hause?"

„Nein, nein, mit Nick und Kayla."

„Du nimmst dir das zu sehr zu Herzen, Claire", mahnte Annie mit erhobenem Zeigefinger.

„Sie sind nicht meine Patienten. Da darf ich das", rechtfertigte sich Claire lächelnd. „Außerdem bin ich lediglich eine gute Gastgeberin."

„Genau. Und das ist auch genau der Grund, warum dich deine Fälle schlaflose Nächte kosten. Nämlich weil du sie dir nicht zu sehr zu Herzen nimmst." Annie zog Claire, die bereits davoneilen wollte, am Arm. „Ich mache mir Sorgen um dich."

„Sei nicht albern. Mir geht es gut. Warum solltest du dir Sorgen machen?"

„Weil dein Nest leer ist und du anfängst zu grübeln", erwiderte Annie.

„Ich und grübeln? Du meine Güte, Annie, du hast's nötig! Du warst ein Nervenbündel, als Lizzie aufs College gegangen ist."

„Mag sein, aber du hast noch nie zuvor deine Mutter erwähnt. Na ja, einmal vielleicht, aber das ist Ewigkeiten her."

Claires Augen füllten sich mit Tränen. „Wirklich witzig, was? Meine Kinder sind auf dem College, ich habe einen Mann, der mich liebt, und hier stehe ich nun und fühle mich wie ein verlassenes Kind. Ein bisschen spät, findest du nicht?"

„Ich glaube, du hast bis jetzt nur noch nie richtig darüber nachgedacht, stimmt's?“, erkundigte sich Annie sanft. „In all den Jahren, seit wir uns kennen, hast du selten darüber gesprochen.“

„Verdrängung wird eindeutig unterschätzt“, erwiderte Claire sarkastisch. „Ich bin sicher, es kommt zum Teil auch daher, dass ich Natalie vermisse. Erst neulich habe ich ihr erzählt, dass ich manchmal in ihr Zimmer gehe und die Tür zuknalle, wie in alten Zeiten.“

Annie lachte. „Ich weiß“, bestätigte sie leise. „Solche Sachen sagt einem keiner, wenn die Babys zur Welt kommen. Es ist, als bekäme man sie nur geliehen oder so ähnlich.“

NICK und Kayla saßen auf den Stufen zur Veranda, als Claire mit einer weißen Kuchenschachtel in der Hand zurückkam.

„Hallo, ihr zwei“, rief Claire, während sie die Einfahrt hinaufging, damit Kayla sie hören konnte.

„Ich rieche Zimt“, verkündete Kayla, sprang auf und zog ihren Vater an der Hand mit sich. „Und noch etwas anderes. Was noch?“

„Zimtkuchen, Schokoladenkekse und ein großes Stück Pfirsichkuchen“, gab Claire zur Antwort. „Gehen wir ins Haus, dann setze ich das Teewasser auf. Kayla kann mir helfen, die Leckereien auf ein Tablett zu tun, ja?“

Nick nahm Kaylas Hand, und das Kind ließ seine andere Hand in Claires gleiten. Zusammen schwangen sie Kayla die Verandastufen hinauf. Kayla strampelte mit den Beinen und quietschte vor Vergnügen.

„Noch mal!“, rief sie. „Ich kann fliegen!“

Nick hob Kayla hoch und drückte sie an sich. „Später“, versprach er und küsste sie auf die Schläfe. „Das Flugzeug ist jetzt erst mal gelandet.“

Claire drehte sich um, um Stella die Treppe hinaufzulocken, da sah sie Eli. Seine Hand lag unter dem Bauch der Hündin, um sie zu stützen, während sie die Stufen hinaufhumpelte.

„Sie hat so starke Arthritis, das arme Ding.“

„Du bist aber früh zu Hause“, stellte Claire fest.

„Enttäuscht?“, neckte Eli.

„Natürlich nicht. Ich dachte nur, du wolltest raus zur Hayes Farm.“

„War ich“, erwiderte Eli. „Es war nichts Ernstes. Ich kenne dieses Pferd jetzt schon seit acht Jahren, und jedes Jahr ist es dasselbe: Kolik.“

„Wir wollten gerade Tee trinken“, erklärte Claire. „Eli, ich möchte dir Nick und Kayla vorstellen.“

Eli ließ sich auf die Knie nieder und sprach mit Kayla. „Wie ich höre, hast du heute Morgen schon einen Strandspaziergang gemacht?", sagte er.

„Wer hat gepetzt?", fragte sie mit gesenktem Kopf.

Eli lachte. „Ist schon in Ordnung. Claire hat es mir erzählt." Er erhob sich und wandte sich Nick zu. „Freut mich, Sie kennen zu lernen", sagte er und streckte die Hand aus. „Wie lange werden Sie bei uns bleiben?"

„Ich bin mir noch nicht ganz sicher", antwortete Nick. „Ein paar Tage wahrscheinlich. Ich würde gerne die ganze Woche bleiben, aber wir werden sehen, wie es ihr gefällt. Warten wir ab, wie es sich entwickelt."

„Claire hat mir erzählt, dass Sie aus Manhattan kommen. Wie sind Sie denn auf unsere Pension aufmerksam geworden? Das interessiert uns natürlich immer."

Nick lief rot an. „Verflixt, ich kann mir einfach keine Namen merken. Ja richtig, die Grants. Steve und Pat Grant. Kennen Sie sie?"

„Im Sommer kommen hier so viele Leute durch, da ist es schwer, sich an alle zu erinnern."

„Ihre Frau war sehr freundlich zu uns", sagte Nick förmlich. „Ich entschuldige mich schon die ganze Zeit, dass wir sie so beanspruchen."

„Und ich versichere ihm die ganze Zeit, dass wir gern Gesellschaft haben", ergänzte Claire. „Kayla? Komm, lass uns mit dem Kuchen anfangen."

Claire ging mit Kayla in den Raum hinter der Bar, den sie die „zweite Küche" nannten, um das Teetablett zusammenzustellen.

„Ich wünschte, ich würde hier leben", sagte Kayla und zog Claire am Ärmel. „Würdest du mich hier wohnen lassen?"

Claire sah sie an und bemühte sich, ihren Gesichtsausdruck zu deuten. Ihre Stirn war leicht gerunzelt. Für ein so kleines Ding hat sie ein paar ziemlich große Probleme, ging es Claire durch den Kopf.

„Du wirst die nächsten paar Tage hier wohnen", gab Claire zur Antwort und streichelte Kayla über den Kopf. „Das Beste an den Ferien ist doch immer, wieder nach Hause zu fahren."

Kayla lehnte sich an sie. „Ich wünschte, ich könnte für immer hier bleiben."

4. Kapitel

Nach Tee und Kuchen hatte Kayla auf einem Spaziergang am Strand bestanden. Eli wollte lieber zu Hause bleiben. Er sah vom Küchenfenster aus zu, wie das Kind zwischen Nick und seiner Frau ganz langsam die Stufen zum Strand hinunterstieg, wobei jeder der Erwachsenen eine Hand hielt. Claire sammelte Muscheln für Kayla. Der Wind trug ihr Lachen herüber, als die Brandung die Füße der beiden berührte. Nick trottete hinter Claire und dem Kind her; das Gewicht des Aktenkoffers, den er sich über die Schulter geworfen hatte, hinderte ihn daran, schneller voranzukommen. Warum um alles in der Welt wollte jemand bei einem Strandspaziergang einen Aktenkoffer mitschleppen? Komischer Kauz, dachte er. Dieser Nick Pierce hatte etwas an sich … Seine Sprache war gestelzt und formell. Er redete in abgehackten Sätzen, die einen berechnenden Eindruck machten. Seine Körpersprache drückte Unbehagen aus. Wäre Nick Pierce ein Hund, würde Eli ihm vermutlich einen Maulkorb verpassen.

Eli spülte die Teetassen und Teller, trocknete sich die Hände ab und rief auf der Hayes Farm an. Der Stute Power ging es eine Spur besser, sagte der Stallbursche. Sie schien jedenfalls beschwerdefrei, wenn auch noch nicht wieder ganz die Alte. Eli kündigte an, er werde morgen wieder nach ihr sehen. Mehr als alles andere brauchten solche Sachen einfach ihre Zeit, erklärte er. Er beendete das Gespräch und ging zum Strand hinunter.

„Claire hat Muscheln zum Auffädeln gesammelt!", rief Kayla. Sie leerte ihre Taschen aus. „Sieh mal, Eli! Schau sie dir an!"

„Ich sehe sie", sagte Eli, formte seine Handflächen zu einer Schale und nahm ein paar Muscheln aus ihren Händen.

Kayla wandte sich an ihren Vater. „Können wir alle zusammen zu Abend essen?"

„Wie kannst du überhaupt jetzt schon ans Essen denken?", fragte Claire. „Du musst ein Loch im Bauch haben!"

„Jetzt reicht es wirklich, Kayla", mahnte Nick sanft. „Wir sollten diesen netten Leuten ein bisschen Privatsphäre gönnen."

„Jemand hat mir erzählt, dass ein bestimmtes kleines Mädchen scharfe Saucen mag", sagte Claire und hob mit dem Zeigefinger Kaylas Kinn an. „Etwa zwanzig Minuten von hier gibt es ein tolles italienisches Restaurant. Es heißt ‚Ernesto's'."

„Daddy, bitte! Können wir hingehen?", bettelte Kayla.

„Wirklich, ich hasse es, mich aufzudrängen. Das ist nicht recht."

Eli bemerkte den Ausdruck, der über das Gesicht seiner Frau huschte, als sie ihn wortlos bat, etwas zu sagen. „Schließen Sie sich uns doch an", sagte Eli. „Bitte."

„Kann ich meinen Rock anziehen, Daddy?", fragte Kayla. „Bitte!"

„Weißt du was, lass uns den Rock für Samstagabend aufheben, wenn ich mein Lieblingsmädchen zum Essen ausführe, in Ordnung?"

Kayla nickte. Nick nahm sie huckepack auf seine Schultern, während der Aktenkoffer gegen seine Seite schlug. „Wir sind gleich wieder unten."

„Ich hoffe, Sie lassen den Aktenkoffer hier!", rief Claire Nick nach, während er die Treppe hinauflief. „Bevor Sie hier wieder wegfahren, werden wir Sie noch dazu bringen, Ihre Schuhe auszuziehen und alle viere von sich zu strecken."

Nick blieb stehen und drehte sich um. Er lächelte. „Ich müsste mal ein bisschen lockerer werden, was? Ich habe schon seit Jahren keinen Urlaub mehr gemacht."

„Was hat es mit dem Aktenkoffer auf sich?", wollte Eli wissen, als Nick und Kayla außer Hörweite waren.

„Er ist Architekt. Es sind alles Originalentwürfe", antwortete Claire.

„Ein bisschen neurotisch, findest du nicht?"

„Vielleicht. Wir sind doch alle ein bisschen neurotisch."

Eli bot an, alle in seinem Wagen zu Ernesto's zu fahren, doch Nick wandte ein, das könne Kayla verwirren. Sie sei an den Taurus gewöhnt. Der Innenraum sei ihr vertraut und auch das Geräusch des Motors.

„Wir fahren Ihnen nach", entschied Nick.

„Warum können wir nicht mit ihnen fahren?", bat Kayla.

„Wir treffen euch dort, Liebes", tröstete Claire. „Weißt du was, ich leihe dir eine Kassette, die du im Auto hören kannst. Sie heißt ‚Peter und der Wolf'."

„Die kenn ich! Die mag ich! Ich hab sie immer zu Hause gehört."

„Ach, das freut mich! Weißt du, mein Vater hat sie auch immer für mich spielen lassen."

„Eine von unseren Lieblingskassetten", erklärte Nick kühl. „Hätte ich doch nur daran gedacht, sie mitzunehmen."

Eli hätte schwören können, dass er einen Schatten über Nicks Gesicht ziehen sah.

Kayla brauchte gar nicht den Gesichtsausdruck ihres Vaters zu sehen. Sie spürte seinen eisigen Blick.

„Was glaubst du, warum wollte er unbedingt seinen eigenen Wagen nehmen?", fragte Eli, als sie Richtung Meadville fuhren.

„Kayla fühlt sich wohler so", meinte Claire.

„Für sie schien es kein Problem zu sein."

„Er muss es ja wohl besser wissen. Außerdem, es hat ihm heute Morgen einen ganz schönen Schrecken eingejagt, als er sie nicht finden konnte. Vielleicht hat er so eher das Gefühl, alles unter Kontrolle zu haben." Schweigend fuhren sie weiter, bis sie die Abzweigung zum Restaurant erreichten. „Alles in Ordnung?", erkundigte sich Eli. „Wo bist du gerade?"

„Ich dachte nur, dass ich in letzter Zeit mitunter das Gefühl habe, nirgendwo richtig zu sein. Immer hab ich mir gewünscht, einen Augenblick für mich selbst zu haben, und jetzt, da ich so viele Augenblicke für mich habe, weiß ich nicht, was ich mit ihnen anfangen soll."

„Man sollte vorsichtig mit seinen Wünschen sein, was?"

Sie holte einmal tief Luft. „Und dann fange ich an, über Dinge nachzudenken, die nicht besonders angenehm sind. Sulie zum Beispiel."

„Was denkst du über sie?"

Sie wandte sich von ihm ab. „Darüber möchte ich im Moment nicht sprechen."

„Vielleicht kann ich mir diese Woche einen Tag freinehmen", bot Eli an. „Wir könnten die Küste hinauffahren. In einer anderen Pension übernachten. Das wollten wir doch immer schon mal machen. Was meinst du?"

Sie sah ihn an. „Das geht nicht. Nicht, bevor Nick und Kayla weg sind."

NICK las Kayla die Speisekarte vor, dann bestellte er für sie einen Fruchtcocktail und für sich ein Mineralwasser. Er trinke keinen Alkohol, erklärte er, als Eli fragte, ob er eine Flasche Wein bestellen solle. Sein Vater sei an Leberzirrhose gestorben, und die Macht der Gene spiele eben eine große Rolle. Nick steckte eine rot-weiß karierte Serviette in Kaylas Kragen und schnitt ihre Spaghetti Puttanesca mit reichlich Sardellen, Kapern und Oliven in kleine Stücke.

Claire fragte Nick nach seiner Arbeit und zog ihn mit dem Aktenkoffer auf, der während des Essens neben ihm stand.

„Es ist eine von meinen speziellen Eigenheiten", erklärte er mit einem breiten Grinsen. „Ich schätze, ich sollte die Originale nicht mit mir rumtragen."

„Sie müssen doch Kopien davon im Büro haben", meinte Eli.

„Ja, klar, aber, wissen Sie … für mich ist es wie bei einem Original von Picasso. Es gibt jede Menge Kopien, aber dennoch …"

„Wofür sind sie?"

„Entwürfe für ein Eigenheim am Wasser in Galveston."

„Ich dachte, Sie hätten gesagt, das Haus sei in Houston", warf Claire ein.

„Habe ich das? Nein, es ist in Galveston. In Houston habe ich allerdings auch ein Projekt laufen.“ Er lachte. „Sehen Sie? Manchmal verliere ich den Überblick. Deshalb habe ich den Koffer hier auch immer dabei.“

„Sie reisen also ziemlich viel herum“, bemerkte Eli.

„Oh ja. Andauernd.“

„Daddy, können wir einen Nachtisch haben?“, unterbrach Kayla.

„Nach dem ganzen Kuchen?“, fragte Nick. „Du wirst Bauchweh bekommen.“

„Nein, das werde ich nicht.“ Kayla ließ den Kopf nach unten fallen, sodass ihr Kinn fast ihre Brust berührte.

„Also, ich nehme einen Kaffee“, ließ sich Eli vernehmen.

„Ich auch“, schloss sich Nick ihm an. „Kayla, wie wär's mit Wackelpeter?“

„Ich mag keinen Wackelpeter!“, rief sie mit weinerlicher Stimme. „Ich sag dir doch immer, dass ich keinen Wackelpeter mag! Er ist so glitschig! Ich möchte Schokolade! Schokoladeneis mit Toffees und Nüssen!“

„Schokoladeneis mit Toffees und Nüssen“, wiederholte Nick geduldig. Er wandte sich an Eli und Claire. „Ich glaube, hier wird jemand langsam müde. Es war ein langer Tag.“

NICK trug Kayla die Treppe hinauf. Sie schlief tief und fest, ihr Kopf ruhte an der Schulter ihres Vaters.

„Sie war sofort weg, sobald wir im Auto saßen“, flüsterte Nick.

„Brauchen Sie noch irgendetwas?“, fragte Claire, ebenfalls flüsternd.

„Wir haben alles, danke.“ Er wandte sich an Eli. „Danke für das Essen. Das nächste Mal bezahle ich.“

„Gern geschehen“, erwiderte Eli. „Sie ist ein tolles kleines Mädchen.“

„Das ist sie“, stimmte Nick zu. „Sie ist mein Ein und Alles.“

Nick öffnete die Tür zu ihrem Zimmer und legte Kayla auf ihr Bett. Dann zog er ihr die Schuhe und die Socken aus. Die Blase sah inzwischen übler aus, bemerkte er, als er sie zudeckte. Morgen musste er mit ihr neue Schuhe kaufen gehen. Wenn Claire sie begleiten könnte, würde es die Sache wesentlich vereinfachen. Sie konnte ihm auch helfen, die anderen Dinge zu besorgen, die sie noch brauchten – zum Beispiel eine neue Brille. Und das Rezept für die Augentropfen. Claire kannte doch sicher eine Apotheke am Ort, wo er sich nicht mit diesem ganzen Computerzeug herumschlagen musste.

Er knöpfte sein Hemd auf und hängte es über den Schreibtischstuhl. Dann legte er seine gefaltete Hose sorgfältig darüber.

Kayla regte sich. „Daddy? Kann ich heute Nacht einen Schlafanzug anziehen? Bitte!“

„Heute nicht.“

„Warum?“

„Schlaf einfach weiter, Kayla“, sagte er. „Du kannst dich morgen früh umziehen. Und Kayla, fang nie wieder so an zu kreischen, wie du es beim Abendessen getan hast. Woher soll ich wissen, dass du keinen Wackelpeter magst?“

„Weil ich’s dir gesagt habe“, wimmerte sie und rieb sich die Augen. Er müsste eigentlich wissen, dass sie keinen Wackelpudding mochte. Mami wusste es. „Meine Augen fühlen sich komisch an, Daddy. Sie sind ganz trocken.“

„Du bist müde“, sagte er genervt. „Führ dich nie wieder so auf, hörst du? Du willst doch nicht etwa weggeschickt werden, oder?“

„Nein, Daddy.“

Er ließ den Aktenkoffer aufschnappen, fasste unter einen Stapel Papiere und Zeitungsausschnitte, nahm drei Fünfzigdollarscheine heraus und steckte sie in seine Brieftasche. Dann schloss er den Koffer und schaltete den Fernseher ein. Mit der Hand um den Griff seines Aktenkoffers schlief er ein.

„WIE WÄR’S mit einem Schlummertrunk?“, fragte Eli.

„Schön“, erwiderte Claire.

„Was darf’s denn sein, Madam?“, fragte Eli, während er hinter die Bar ging.

„Hm“, machte sie und setzte sich auf einen Barhocker. „Grand Marnier.“

„Gute Wahl. Für mich auch“, sagte er.

Er setzte sich neben sie und stieß mit ihr an. „Auf die Übergänge.“

Sie lächelte.

„Also, was denkst du? Du bist doch die Psychologin.“

„Worüber?“

„Über Nick. Eigentlich über alle beide.“

„Ich mag die beiden. Und die Kleine ist so süß.“ Sie gähnte. „Ich glaube, er ist einsam. Warum wohl? Was meinst du?“

„Ich hab dir schon gesagt, dass ich etwas an ihm komisch finde.“

„Das hast du schon mal gesagt“, sagte Claire ungeduldig. „Erklär es mir.“

„Ich kann es nicht genau benennen. Es ist, als würde er sich zu sehr bemühen.“

„Vielleicht muss er sich ja auch sehr bemühen“, wandte Claire ein. „Er ist ein allein erziehender Vater mit einem blinden Kind.“

„Es gibt ja noch eine Mutter. Du sagtest, sie hätte ihre Mutter erwähnt.“

„Ja, aber sie hat erzählt, ihre Mutter wolle sie wegschicken.“

„Woher willst du wissen, dass das stimmt? Ich fand es seltsam, dass beim Essen überhaupt nichts über ihre Mutter oder ihr Zuhause gesagt worden ist.“

„Das könnten im Moment heikle Themen sein.“

„Mag sein“, gestand er nachdenklich ein. „Aber meinst du nicht, dass sie über ihre Freunde oder so etwas sprechen müsste?“

„Nicht unbedingt. Nach allem, was wir wissen, hat sie vielleicht gar nicht allzu viele Freunde“, gab Claire zu bedenken. „Vergiss nicht, sie ist kein Kind wie alle anderen. Und dass Nick sich zu sehr bemüht … Gott weiß, dass sich Jack ganz schön um mich bemühen musste, als ich sieben war, und ich war nicht blind.“

„Das nehme ich an.“ Eli schaute seiner Frau in die Augen. „Nimm dir das nicht so zu Herzen, Claire.“

„Du hörst dich schon an wie Annie“, sagte sie. „Sie sagte mir dasselbe.“

„Na ja, du neigst dazu“, bemerkte er sanft. „Und Kayla hängt schon an dir. Das ist offensichtlich.“

„Eli, ich weiß, was ich tue.“

„Nur bitte sei vorsichtig, Claire. Ich möchte einfach nicht erleben müssen, dass du verletzt wirst.“

„Warum sollte ich denn verletzt werden?“

„Es ist so, wie ich schon sagte: Dieser Kerl hat irgendetwas an sich. Ich mache mir nur Sorgen um dich. Manchmal bist du ein wenig zu vertrauensselig.“

Sie ließen die Kognakschwenker an der Bar stehen und schalteten die Milchglaslampen aus. Eli schob den Riegel an der Tür zur Eingangshalle vor, dann stiegen sie die Treppe hinauf.

Ein matter Schein fiel aus Zimmer acht, das leise Brummen des Fernsehers drang heraus.

Ihr privater Bereich lag eine Treppe höher. An wie vielen Abenden hatten sie diesen Weg nun schon zurückgelegt, ging es Claire durch den Kopf. Hatten an Jonahs Zimmer Halt gemacht, um sich zu erkundigen, ob er auch seine Hausaufgaben gemacht hatte, und ihm gesagt, er solle den Computer ausschalten und schlafen.

Natalies Zimmer. Claire schob die Tür auf. Sie stellte sich Natalie vor, wie sie im Bett lag, Stella zu ihren Füßen, um sie herum verstreut Modejournale.

„Was, glaubst du, tut sie gerade?", fragte Claire, während sie an der Tür zu Natalies Zimmer lehnte.

Eli sah auf seine Uhr. „Sie unterhält sich mit Freunden und hofft, dass du sie nicht gleich als Erstes morgen anrufst", meinte er.

„Das habe ich nur die ersten paar Tage gemacht", rechtfertigte sie sich und gab ihm einen sanften Schubs. „Weißt du, wie es sich neuerdings anfühlt, wenn ich in ihre Zimmer gehe? Es ist wie bei Kayla, wenn sie sich ihren Weg mit den Fingerspitzen ertastet. Sie hat alle diese Orientierungspunkte. Auf dem Weg in die Küche ist eine Delle in der Wand, dann fällt der Fußboden ein wenig ab, und danach sind es noch zwei Schritte bis in die Küche. Sie hat es mir erklärt. Auf diese Weise kommt sie voran … So geht es mir auch. Bloß wenn ich die Zimmer der Kinder betrete, sind sie leer. Meine Markierungssteine sind fort."

„Es wird neue geben. Andere."

„Das weiß ich, aber im Moment fühle ich mich so orientierungslos. In letzter Zeit scheine ich meinen Weg nicht mehr finden zu können. Ich blicke andauernd zurück." Sie schloss die Tür zu Natalies Zimmer. „Vielleicht ist das jetzt eben dran in unserem Alter."

„Die mittleren Jahre", stimmte Eli zu. „Ich denke daran, wie die Kinder geboren wurden. Und wie du ausgesehen hast, als ich dir das erste Mal begegnet bin. Du hattest eine blaue Bluse an."

„Das hast du jetzt aber geraten", sagte sie. „Du versuchst nur, mich aufzuheitern."

„Nein, sie war blau. Glaub mir, ich erinnere mich ganz genau daran! Aber weißt du was? So schön du an diesem Tag auch ausgesehen hast, ich sehe dich heute an, und du siehst sogar noch schöner aus."

„Ach ja, mit den Falten und Runzeln und zehn zusätzlichen Pfunden …"

„Davon sehe ich nichts."

„Deine Augen sind auch nicht mehr so gut, wie sie mal waren."

„Im Nahbereich sind sie hervorragend."

„Falsch. Du hältst alles auf Armeslänge."

„Stimmt", gab er zu und zog sie an sich. „Aber von nahem siehst du besser aus."

„Versuchst du etwa gerade, mich zu verführen?" Sie sah zu ihm auf.

„Wie mache ich mich denn?"

„Nicht schlecht", antwortete sie.

„Ich wollte dich aber nicht vom Reden abhalten", sagte er, als er sich vorbeugte, um sie zu küssen. „Wir können auch weiterreden."

„Hm", machte sie und küsste ihn auf den Hals. „Bloß nicht gerade jetzt."

Kayla setzte sich im Bett auf und schwang die Beine über die Seite. Dann ging sie die drei Schritte, die sie am Vortag abgezählt hatte, hinüber zum Bett ihres Vaters.

„Daddy", sagte sie und stupste ihn behutsam. „Daddy?"

Nick grunzte und drehte sich auf die Seite, um einen Blick auf die Uhr zu werfen. „Es ist halb sieben, Kayla. Warum bist du so früh auf? Geh wieder ins Bett."

„Ich habe ein Geräusch gehört."

„Was für ein Geräusch?"

„Ein Quietschgeräusch."

„Ich habe nichts gehört", entgegnete Nick. „Schlaf weiter."

Sie schüttelte ihn erneut. „Ich hab Hunger."

Nick setzte sich auf den Bettrand. „Ich muss mal zur Toilette. Bin gleich wieder da."

Er beugte sich zum Badezimmerspiegel und strich über die Stoppeln auf seinem Kinn. Halb sieben. Was sollte er nur den ganzen Tag mit ihr anfangen? Schuhe kaufen, fiel ihm wieder ein. Das dauert vielleicht eine Stunde. Was sonst noch? Er schaute aus dem kleinen Badezimmerfenster. Gerade ging die Sonne langsam über dem Ozean auf. Wie lange konnte er noch so weitermachen? Das Problem war, es gab kein Zurück. Jetzt nicht mehr.

Als er aus dem Bad kam, wartete Kayla noch genau da, wo er sie zurückgelassen hatte.

„Können wir wieder dahin gehen, wo wir gestern gegessen haben? Da, wo es die Pfannkuchen gab?"

„Es hat vermutlich noch gar nicht geöffnet, Kayla. Die Sonne ist noch nicht mal ganz aufgegangen."

„Bis wir angezogen sind, haben vielleicht andere Lokale geöffnet", bemerkte sie leise.

Nick legte sich wieder aufs Bett. „Warum siehst du nicht fern?" Er gab ihr die Fernbedienung in die Hand und legte ihren Finger auf den Knopf für die Kanäle. „Drück einfach nur den hier, bis du etwas findest, was du dir ansehen möchtest."

Sie hasste es, wenn er sagte, sie solle fernsehen. Sie mochte das Fernsehen nicht. Da geschah alles zu schnell, und dann wurde es meist verwirrend. Diesmal hatte sie allerdings Glück. Es lief dieser Zeichentrickfilm, den sie so gern mochte, über den Elefanten, der das Vogelei ausbrütete. Mami hatte ihr die Geschichte vorgelesen. „Horton brütet das Ei aus". Nur, dass es sie dieses Mal irgendwie traurig stimmte, denn Mayzie, die Vogelmama, ließ ihr Ei bei Horton und ging weg – auch wenn Mayzie am Ende das Baby zurückhaben wollte, nachdem es ausgeschlüpft war. Sie wünschte, sie hätte die Kassette, die Claire ihr geliehen hatte, nicht im Auto liegen lassen. Mami spielte immer „Peter und der Wolf" für sie. Sie dachte an die Zeit zurück, als sie und Mami immer auf dem großen Sofa im Wohnzimmer gesessen hatten und Mami sie ganz fest gehalten und gesagt hatte: „Pass auf jetzt, Kayla! Hier kommt er. Der Wolf kommt!" Und sie umarmten sich, so, als hätten sie richtig Angst, und kreischten und lachten, obwohl sie das Ende schon kannten. Es war so lustig!

In letzter Zeit dachte sie andauernd an Mami. Na ja, auf jeden Fall seit sie Claire kennen gelernt hatte. Claire hatte die gleiche Art, mit ihr umzugehen wie Mami. Aber Claire roch nicht so wie Mami, und ihr Haar fühlte sich anders an. Als sie sich gestern beim Tee an Claire gelehnt hatte, hatte sie sich gut angefühlt, aber nicht so wie Mami.

Vielleicht kommt Mami ja doch zurück, so, wie der Vogel Mayzie, überlegte sie. Aber wenigstens habe ich Daddy. Daddy hat versprochen, immer für mich zu sorgen, weil alle anderen ja entweder sterben wie Omi oder mich wegschicken wollen.

CLAIRE war in der Küche, als Nick und Kayla die Treppe herunterkamen.

„Ihr seid aber Frühaufsteher!", rief sie.

Nick wies mit dem Daumen auf Kayla. „Daran ist mein kleiner Hahn hier schuld."

„Hunger?", fragte Claire Kayla.

Das Kind nickte. „Meinst du, das Restaurant hat schon offen? Daddy sagt, es ist noch zu früh."

„Ich bin sicher, bis wir da sind …", begann Nick.

„Seien Sie nicht albern. Ich habe eine Kanne Kaffee aufgestellt, und wir werden hier schon etwas finden", entgegnete Claire. „Kayla, wonach steht dir der Sinn? French Toast? Wie wär's damit?"

„Gut", erwiderte Kayla. „Das mag ich."

„Nick?", erkundigte sich Claire.

„Nur Kaffee", sagte Nick. „Danke."

„Darf ich mit dir kochen?", fragte Kayla.

„Aber sicher“, antwortete Claire. „Du schlägst die Eier, und ich hole die Vanille, ja?“

„Ich muss einen Schuhladen auftreiben“, ließ sich Nick vernehmen. „Kayla braucht neue Turnschuhe.“

„Claire, kannst du mit uns die Schuhe kaufen?“, fragte Kayla, während sie Stella streichelte, die jetzt neben ihr stand.

„Sicher haben Sie was Besseres vor“, meinte Nick.

„Doch, das würde ich sehr gern“, erwiderte Claire. „Sie wissen doch, wie sehr wir Frauen Schuhe lieben. Geh jetzt ein Stück zurück, Kayla, die Butter könnte spritzen.“

Claire zerteilte gerade Kaylas French Toast, als Eli die Küche betrat.

„Na, das sind heute Morgen aber eine Menge Leute hier“, bemerkte er. „Haben alle gut geschlafen?“

„Wie ein Baby“, antwortete Nick.

„Eli, Kaffee?“, fragte Claire. „Ich setze gleich einen neuen auf.“

„Ich muss mich sputen“, erwiderte Eli steif. „Ich habe heute Morgen ein volles Programm. Was hast du heute vor, Claire?“

„Wir gehen Schuhe kaufen“, meldete sich Kayla zu Wort. „Claire kommt auch mit.“

„Na, das ist ja lustig“, sagte Eli. Er wandte sich an seine Frau. „Ich rufe dich später an.“ Er blickte ihr direkt ins Gesicht.

„Ich bring dich noch zur Tür“, bot Claire an, denn sie wusste, er wollte, dass sie ihm folgte. Sie wandte sich an Kayla. „Ich bin gleich wieder da.“

„Schuhe kaufen?“, wiederholte Eli, als sie die Verandastufen hinuntergingen. „Claire, Herrgott noch mal … meinst du nicht, das geht ein bisschen zu weit?“

„Sie hat mich gebeten mitzukommen. Was um alles in der Welt ist schon dabei, Eli?“

Eli öffnete die Tür zum Lieferwagen und holte tief Luft. „Es gefällt mir nicht.“

„Was ist denn bloß los mit dir?“

„Ich hab’s dir doch schon gesagt. Das sagt mir mein Instinkt. Ich kann es nicht erklären.“

„Nun, dein Instinkt liegt falsch. Und er begründet sich auf nichts Konkretes.“

Eli ließ den Motor an. „Hör zu, ich habe heute Morgen im Computer nachgesehen. Sie haben kein einziges Mal von ihrem Zimmer aus zu Hause angerufen.“

„Vielleicht benutzt er ein Handy."

„Ich habe kein Handy bei ihm gesehen."

„Na und? Vielleicht hat er es im Zimmer gelassen. Oder im Auto. Ich finde, du gehst in dieser Sache zu weit."

„Er sieht einem nicht in die Augen, wenn er spricht." Eli saß inzwischen im Wagen, sein Arm ragte aus dem offenen Fenster.

Claire berührte ihn am Arm. „Ach, Eli, komm schon. Ich sehe einen Vater mit seinem Kind, der unter offensichtlich erschwerten Bedingungen versucht, sein Bestes zu tun."

„Basiert diese Einschätzung auf deinem Mutterinstinkt oder auf irgendwelchen Beweisen?"

„Was soll das denn heißen?"

„Es heißt, dass ich nicht glaube, dass du die Dinge klar siehst."

„Du aber schon, nehme ich an", entgegnete sie trotzig, doch er hörte gar nicht zu. Wie war es nur möglich, dass sie sich in der vergangenen Nacht geliebt hatten, und jetzt stand sie teilnahmslos da und lauschte auf das Quietschen seiner Reifen, während er aus der Einfahrt bog?

AM GESICHTSAUSDRUCK seiner Assistentin Daisy erkannte Eli schon, dass etwas ganz gewaltig nicht stimmte.

„Dr. Bishop, Stu Hayes hat angerufen", sagte sie, während sie Eli in sein Büro folgte und die Tür hinter sich schloss. „Vor etwa zehn Minuten. Er hat versucht, Sie übers Handy zu erreichen. Die Stute ist gestorben."

Eli spürte, wie die Farbe aus seinem Gesicht wich. „Was?" Er griff nach seinem Handy. „Verflucht. Es war abgeschaltet. Was ist passiert?"

„Das hat er nicht gesagt. Nur, dass sie sie heute Morgen in ihrer Box gefunden haben."

Er zog Powers Krankenblatt aus dem Karteischrank hinter seinem Schreibtisch

Sie litt immer wieder unter Koliken. Gestern war nichts anders gewesen als sonst. Zumindest hatte er geglaubt, es wäre nichts anders. Power hatte bei seiner Ankunft in ihrer Box gelegen. Er hatte ihr einen leichten Stoß gegeben, damit sie aufstand, und sie hatte gewiehert und ihn beschnuppert, wie sie es immer tat. Dann hatte er ihr die Medizin gegeben, ihr Zahnfleisch und ihre Augen überprüft und ihr Herz abgehört. Sie hatte ihren Kopf auf und ab bewegt, beinahe so, als wolle sie sich bedanken.

Er nahm den Hörer ab, um Stu Hayes anzurufen, entschied dann aber, stattdessen zur Farm hinauszufahren.

„Das Wartezimmer ist voll“, wandte Daisy ein, als er zur Tür hinausging. „Was soll ich ihnen sagen, Dr. Bishop?“

„Ich habe einen Notfall, Daisy“, entgegnete er mit ungewohnter Schroffheit. „Das werden Sie ihnen sagen.“

Das Pferd lag unter einer groben braunen Decke im Stall, als Eli eintraf. Stu Hayes musste gerade erst aus Boston hergekommen sein. Er hielt noch die Autoschlüssel in der Hand.

„Sie haben sie heute Morgen so gegen sechs gefunden“, berichtete Stu, während er sich über die Stute beugte, ohne zu Eli aufzublicken. „Ich bin gerade angekommen.“

Eli zog die braune Decke herunter und wusste auf der Stelle Bescheid. Das Pferd machte einen aufgedunsenen Eindruck. Elis Herz klopfte wie wild. „Darmverschluss. Dieses Mal muss sie eine krampfartige Kolik gehabt haben. Die Därme winden sich um sich selbst und schnüren sich ab. Es tut mir Leid, Stu. Ich weiß nicht, was ich sagen soll.“

„Hätte es vermieden werden können?“

Eli lief rot an. „Ich habe keine Rektaluntersuchung durchgeführt, sonst hätte ich die Eingeweide abtasten können.“

„Warum haben Sie das nicht gemacht?“, wollte Stu wissen.

„Sie ist acht Jahre alt. Ich habe sie auf die Welt gebracht. Sie hat diese Art von Koliken schon immer gehabt“, erklärte Eli. „Mein Gefühl sagte mir, dass ihr nichts weiter fehlte.“

„Menschenskind, Eli“, sagte Stu. „Ich schätze, Ihr Gefühl ist nicht so zuverlässig, wie Sie glauben.“

Eli beobachtete Stu und die Männer durch den Rückspiegel, bevor er abfuhr. Er sah zu, wie sie die schweren Ledergurte um das Pferd legten und es auf die automatische Rampe des Tiefladers hievten. *Ich schätze, Ihr Gefühl ist nicht so zuverlässig, wie Sie glauben.* Stus Worte schmerzten ihn. Sie verschmolzen in seiner Vorstellung mit dem Bild von Claire, wie sie in der Einfahrt gestanden hatte. Er konnte sich nicht erinnern, wann er und Claire das letzte Mal einen derart scharfen Wortwechsel gehabt hatten. Vielleicht in den Anfangsjahren. Als die Kinder noch klein waren, er und Claire oft müde und überarbeitet waren und Claire zu allem anderen auch noch ihr Studium absolvierte. Das war eine schwierige Zeit gewesen. Aber jetzt, jetzt sollte es doch anders sein. Er liebte seine Frau. Er liebte sie mit einer Zärtlichkeit und Leidenschaft, die ihm zuweilen beinahe Angst machten.

Eli kehrte nicht in die Praxis zurück. Er verließ die Autobahn und fuhr über die Straße, die sich durch die Badeorte im benachbarten Rhode Island am Ufer entlangschlängelte. An einer kleinen Bar in Westerly machte er Halt. Er bestellte sich ein Bier. Erneut dachte er an Nick Pierce. Er war zwar kein abergläubischer Mensch, doch hatte er das Gefühl, dass sich von dem Augenblick an, als Claire dem Fremden die Tür geöffnet hatte, etwas verändert hatte.

5. Kapitel

Claire stand noch eine Ewigkeit – zumindest kam es ihr so vor – in der Einfahrt und fragte sich, ob Eli sich wohl umdrehen würde. Sie hatte Elis Namen gerufen, als er abfuhr, und sie fragte sich, ob ihr Rufen vergeblich war oder ob er absichtlich nicht reagiert hatte.

Stella trottete aus dem Garten heran, ihre dürren, schwachen Beine waren vom morgendlichen Tau völlig durchnässt. Claire zog sanft an ihrem Halsband und führte sie die Stufen hinauf.

Kayla saß artig am Küchentisch, die Gabel ungelenk in der Hand, und pickte die Reste ihres French Toasts auf. Im Zimmer war es seltsam still. „Tut mir Leid, dass es so lange gedauert hat", sagte sie und zwang sich zu einem Lächeln.

„Sie brauchen sich nicht zu entschuldigen", sagte Nick. „Alles in Ordnung?"

„Ja, wunderbar", antwortete sie. „Kayla? Noch mehr French Toast?"

„Ich bin satt", erwiderte diese.

„Na, das wird aber auch Zeit", bemerkte Nick und lächelte breit. „Sie haben es endlich geschafft, dieses Kind satt zu kriegen."

„Ich muss noch duschen und mich anziehen, dann kann ich mit Ihnen zum Schuhgeschäft fahren", sagte Claire.

Claire spülte das Frühstücksgeschirr, während Nick mit Kayla in den Garten ging. Claire sah vom Küchenfenster aus zu, wie Nick Kayla auf der Schaukel anstieß. „Höher", jauchzte sie mit zurückgeworfenem Kopf. „Höher!" Und mit ausdruckslosem Gesicht ließ Nick die Schaukel hoch in die Luft schwingen.

Sie trocknete sich die Hände am Geschirrtuch ab und hängte es dann wieder an den Haken über der Spüle.

Während sie sich anzog, spielte sie mehrmals mit dem Gedanken, Eli anzurufen, doch jedes Mal hielt sie sich gerade noch davon ab. Am Telefon wollte sie nicht streiten. Ob er wohl auch damit kämpfte, sie anzurufen? Es sah ihm gar nicht ähnlich, sich nicht zu melden, keinen Versöhnungsversuch zu unternehmen. Fairerweise musste sie zugeben, dass es auch ihr nicht ähnlich sah, nicht anzurufen. Und das ganz besonders nach der vergangenen Nacht.

„DA DRÜBEN arbeitet Eli“, sagte Claire, als sie auf der Rückfahrt vom Schuhkauf in die Nähe der Tierklinik kamen. Sie zeigte in die Richtung. „Das ist komisch. Ich sehe seinen Wagen gar nicht. Sicher ist er zur Hayes Farm rausgefahren. Gestern hatten sie da draußen ein krankes Pferd.“ Claire drehte sich auf dem Beifahrersitz nach Kayla um.

Dem Mädchen strömten Tränen über die Wangen. „Was ist los?“, rief Claire erschrocken.

„Mir ist nicht gut“, klagte das Kind unter nun deutlich hörbarem Schluchzen. „Daddy, bitte hol die Tropfen. Bitte.“

„Was für Tropfen?“, fragte Claire.

„Tylenol Tropfen.“ Er fuhr an den Straßenrand und hielt an. Dann wandte er sich um und fühlte ihre Stirn. „Vielleicht ein bisschen warm. Was tut dir denn weh, Schätzchen?“

„Meine Augen“, stöhnte sie.

„Möchten Sie sie zum Arzt bringen?“, fragte Claire.

„Nein“, wehrte er ab und biss die Zähne zusammen. Er atmete tief ein. „Ich bringe sie besser zurück zur Pension. Kinder wie Kayla spüren bei einer Krankheit die Schmerzen oft in den Augen.“

„Ich mache mir Sorgen. Nick, sehen Sie mal, ihre Augen sind geschwollen.“

„Das passiert häufig, wenn sie krank wird“, entgegnete Nick, während er in den Rückspiegel blickte. „Hör jetzt auf, sie zu reiben, Kayla. Du weißt es doch besser.“

„Wir kriegen dich in null Komma nichts wieder hin“, sagte Claire. „Ich bin froh, dass ihr diese Woche gekommen seid. Nächste Woche muss ich wieder arbeiten.“

„Wo arbeiten?“, erkundigte sich Nick. „Ich dachte, Sie betreiben die Pension.“

„Ich bin Psychologin. Normalerweise würde ich um diese Jahreszeit mit Patienten in der Scheune festsitzen.“

„Sie sind Seelenklempnerin?“

Claire lachte. „Na ja, wir ziehen den professionelleren Titel vor.“

Nick wurde rot. „Tut mir Leid. Ich wusste nicht …Wo ist denn die Scheune?“

„Hinterm Haus, den Hügel hinunter. Ich sollte es eigentlich mein Büro nennen, aber es war mal eine Scheune. Es ist toll, denn ich arbeite zwar, bin aber dennoch zu Hause, verstehen Sie?“ Sie sah wieder zu Kayla hin. „Sie schläft.“

„Wenn wir zurück sind, würde ich gerne mit Ihnen reden“, stieß er hervor. „Ich meine auf beruflicher Basis. Vertraulich, ja? Ich kann Sie bezahlen.“

„Sie müssen mir kein Geld geben, Nick. Ich unterhalte mich gerne mit Ihnen.“

„Nein, ich möchte es gern. Dann ist es auch streng professionell, nicht? Ich meine, Sie haben doch diesen Ehrenkodex? Schweigepflicht, richtig?“

„Richtig“, bestätigte sie vorsichtig. Sie hörte ihr Herz pochen. Kaylas Atem ging langsam und schwer. „Sind Sie sicher, dass mit ihr alles in Ordnung ist?“

„Sie wird schon wieder. Ich weiß, was mit ihr los ist – aber ich brauche Ihre Hilfe“, sagte er. Er war offensichtlich verzweifelt. „Sagen Sie mir nur, dass ich Ihnen vertrauen kann, Claire.“

„Mir vertrauen? Natürlich können Sie mir vertrauen.“

„Ich brauche Ihre Hilfe“, wiederholte er. „Ich fürchte, ich habe da ein Problem.“

KAYLA stöhnte leise, als Nick sie vom Rücksitz des Autos in seine Arme hob. Sie lehnte den Kopf an seine Schulter.

„Sie sollte ins Bett, meinen Sie nicht?“, flüsterte Claire.

„Können wir nicht zur Scheune rübergehen? In Ihr Büro, meine ich.“

„Wollen Sie ihr nicht zuerst etwas von diesem Tylenol geben?“

„Ich muss mit Ihnen reden, Claire“, drängte er, während er Kayla über den Rücken streichelte. „Kann sie sich nicht in Ihrem Büro irgendwo hinlegen?“

„Im Wartezimmer steht ein Sofa“, erwiderte Claire. „Fahren Sie doch gleich zum hinteren Bereich des Grundstücks. Der Weg von da aus zur Scheune ist kürzer. Ich will nur schnell nach oben laufen und eine Decke und ein Kopfkissen holen. So wird sie es bequemer haben.“

Nick trug Kayla den Pfad entlang zur Scheune. Dort legte er sie aufs Sofa, breitete die Decke über sie und steckte ihr das Kissen unter den Kopf.

Sie regte sich kurz. „Wirst du die Tropfen besorgen, Daddy?“, murmelte sie.

„Ja, Kleines“, versprach er liebevoll, während Claire zusah. „Ganz bald.“

Claire führte Nick in ihr Büro und setzte sich hinter den Schreibtisch. Mit der Hand wies sie auf das Sofa, das ihrem Sessel gegenüberstand. Sie nahm einen Block aus der Schublade und setzte ihre Brille auf.

„Schreiben Sie nichts auf!“, verlangte er.

„Ich dachte, Sie wollten, dass es eine professionelle Sitzung wird.“

„Das will ich auch.“

„Na ja, gewöhnlich mache ich mir Notizen“, erklärte sie.

„Es wäre mir lieber, wenn Sie das nicht täten“, sagte er barsch.

Sie legte den Block zurück in die Schublade und nahm die Brille ab.

Er ließ sich auf dem Sofa nieder. „Hören Sie, ich würde mich wirklich besser fühlen, wenn ich für Ihre Dienste bezahlen könnte. Dann hätte ich das Gefühl, dass das, was ich Ihnen erzähle, vertraulich bleibt.“

„Ich werde alles vertraulich behandeln, Nick. Sie brauchen mich nicht zu bezahlen.“

„Ich würde mich besser fühlen, wenn ich es täte. Wie wär’s mit zweihundert pro Stunde? So viel bekommen Seelenklempner in der Großstadt“, sagte er und griff nach seiner Brieftasche.

„Nein, Nick, bitte. Ich werde Ihnen eine Rechnung schicken, wenn Sie sich damit besser fühlen.“

Er ließ den Blick durchs Zimmer schweifen, kratzte sich am Kopf und wandte sich dann wieder an Claire. „Ihre Mutter und ich leben in Scheidung.“

„Weiß Kayla das?“, fragte Claire mit klopfendem Herzen.

„Ich bereite sie behutsam darauf vor. Was Phoebe ihr gesagt hat, steht auf einem anderen Blatt.“

„Phoebe ist, wie ich annehme, Kaylas Mutter.“

„Mutter!“ Nick rümpfte die Nase. „Diese Bezeichnung verdient sie nicht. Sie will Kayla in ein Internat für blinde Kinder schicken. Weil sie sie loswerden will“, gab er verärgert zur Antwort.

„Warum lässt sie dann Kayla nicht einfach bei Ihnen leben?“

„So einfach ist das nicht. Phoebe hat Kayla nie gewollt“, erklärte er. „Sie war erst dreiundzwanzig, als Kayla geboren wurde. Phoebe ist meine zweite Frau. Meine erste Frau und ich, wir haben uns getrennt, als die Kinder aufs College gegangen sind. Ich bin Phoebe in Vermont begegnet. Ich war auf dieses Wochenende für Singles gegangen. Verrückt, aber ich war nicht allzu gut darin, neue Leute kennen zu lernen, und ich dachte, ich versuch’s mal. Wie auch immer, da war nun Phoebe, und sie war atemberaubend. Sie ist immer noch atemberaubend. Sieht aus wie ein Showstar. Sie hatte gerade die Kunstakademie absolviert und arbeitete dort als Kellnerin. Von da an bin ich abends immer dorthin gegangen, um zu essen. Hinterher hat sie mir erzählt, dass sie immer mit den anderen Mädchen tauschte, um sicherzugehen, dass sie auch meinen Tisch bekam."

„Es hatte Sie richtig erwischt", stellte Claire mit einem leisen Lächeln fest.

„Das hatte es. Eins führte zum anderen, und ein Jahr später haben wir geheiratet. Ihre Familie war nicht sonderlich begeistert von der ganzen Sache. Sie fanden, ich sei zu alt für sie. Am Ende sind wir dann durchgebrannt. Wir heirateten, und auf unserer Hochzeitsreise wurde sie schwanger. Das hat ihr nicht in den Kram gepasst. Jedenfalls, als sie im siebten Monat war, fuhr sie mit ihren Freundinnen zum Skilaufen. Ich sagte ihr, das solle sie nicht tun, es sei gefährlich. Sie versprach, nicht zu fahren, doch als ich dann eines Abends von der Arbeit nach Hause kam, lag da eine Nachricht, in der stand, dass sie an dem Nachmittag gefahren sei. Als ich am nächsten Morgen zur Arbeit ging, bekam ich den Anruf aus der Notaufnahme. Sie war schwer gestürzt und lag jetzt in den Wehen. In dieser Nacht wurde Kayla geboren.

Anfangs dachten die Ärzte, es wäre vermutlich nicht allzu schlimm. Ich meine, Phoebe war schon im siebten Monat und so, aber Kayla war so winzig. Zu winzig. Wahrscheinlich, weil Phoebe während der Schwangerschaft die meiste Zeit über auf Diät gewesen war. Ich schwöre, ich dachte schon, sie wolle das Baby im Mutterleib umbringen. Kayla kam blind zur Welt. Retinopathie durch Frühgeburt. Sie wurde mehrfach operiert und musste alle möglichen Eingriffe über sich ergehen lassen, aber nichts hat geholfen. Und Phoebe hat das Baby total abgelehnt. Sie wollte es nicht mal im Arm halten. Also war ich für die folgenden, na, so viereinhalb Jahre Mutter und Vater für Kayla. Und dann, etwa vor einem Jahr, fand ich heraus, dass sie eine Affäre mit dem Kerl hatte, dessen Apartment sie künstlerisch aufgemöbelt hatte."

„Ich verstehe allerdings nicht: Wenn sie kein Interesse an Kayla hat, warum tritt sie dann nicht einfach den Anspruch aufs Sorgerecht ab und überlässt Ihnen das Kind?"

„Aus finanziellen Gründen", erwiderte Nick. „An jenem Abend, an dem ich sie bei ihrem Freund erwischte, hat sie die Polizei gerufen und behauptet, ich hätte sie geschlagen. Sie kam nach Hause und sagte, sie hätte alles veranlasst, um Kayla auf dieses Internat für blinde Kinder in Maine zu schicken. Ich sagte ihr, sie würde Kayla auf keinen Fall wegschicken, und da nahm sie die große Glasvase, die wir im Wohnzimmer stehen hatten, und schleuderte sie nach mir. Sie zerbrach auf dem Fußboden, und dann hob sie eine der Scherben auf und ging auf mich los. Da packte ich sie am Arm. Ich bin nicht stolz darauf, zugeben zu müssen, dass ich sie geschlagen habe, aber ich musste sie mir vom Leibe halten, andernfalls hätte sie mich geschnitten."

„Und wo war Kayla?"

„Sie schlief. Wir hatten ein großes Apartment, und Kaylas Zimmer lag im hinteren Bereich. Da hinten war es ruhig."

„Und dann hat Phoebe Anzeige erstattet?"

„Ja. Sie haben mich festgenommen. Es sah nicht gut aus. Ich hatte ihre Lippe zum Bluten gebracht, und überall waren zerbrochenes Glas und Blut. Und als die Polizei eintraf, hat sie die Tränen fließen lassen. Ich rief meinen Anwalt an, und am nächsten Tag haben die Polizisten mich nach Hause begleitet und gewartet, während ich meine Koffer packte. Kayla war in der Schule. Phoebe hat eine einstweilige Verfügung gegen mich erwirkt, und da war mir klar, dass ich keine Chance hatte, jemals das Sorgerecht für Kayla zu bekommen."

„Ich bin immer noch etwas verwirrt. Was hat das jetzt mit Geld zu tun?"

„Ich bin zwar nicht reich, habe aber ein ganz gutes Einkommen. Wenn Phoebe Kayla behält, hat sie bessere Chancen, das Apartment zu behalten und Kindergeld und Alimente zu bekommen. Eine junge Ehefrau, die ihr Kind ablehnt, kann vor Gericht finanziell nicht bestehen, falls Sie verstehen, was ich meine. Ich wusste nur, dass ich Kayla unbedingt von dort fortbringen musste."

„Aber wie denn, wenn es eine einstweilige Verfügung gab?"

„Die Verfügung wurde aufgehoben. Ich habe eine Einzimmerwohnung in der Nähe, sodass ich Kayla im Moment so ziemlich jederzeit sehen kann, wenn ich will. Wie auch immer, Phoebe sagte, sie wäre diese Woche geschäftlich unterwegs, und da habe ich mich entschlossen, mit Kayla für eine kleine Erholungspause hierher zu fahren."

„Kayla erwähnt ihre Mutter nie."

„Nein, das tut sie nicht", bestätigte er nachdenklich. „Kinder haben ein Gespür, wissen Sie. Ich glaube, sie fühlt sich wohl hier. Sie fühlt sich wohl bei mir."

„Aber vorhin haben Sie gesagt, Kayla wüsste nicht, dass Sie sich scheiden lassen, und doch wohnen Sie nicht mehr zu Hause. Stellt sie keine Fragen?"

Nick wurde rot. „Ich habe ihr gesagt, wir würden eine kleine Auszeit nehmen, das ist alles. Das hat sie akzeptiert."

„Ich verstehe", sagte Claire. „Warum braucht sie Augentropfen?"

„Sie ist krank."

„Warum rufen Sie dann nicht ihren Arzt an? Er würde sich sicher mit einer Apotheke hier in Verbindung setzen. Es sind doch nur Augentropfen."

„Phoebe würde es bei Gericht gegen mich verwenden. Niemand weiß, wie Phoebe wirklich ist, verstehen Sie. Alle denken, sie sei die perfekte Mutter und ich irgendein Monster. Der Arzt wird ihr erzählen, dass ich das Medikament zu Hause gelassen habe, und sie wird es ihrem Anwalt weitersagen, und dann wird es heißen, ich sei unzuverlässig oder so etwas."

„Nick, ich glaube kaum …"

„Hören Sie, ich habe Angst, sie zu verlieren", erklärte er und stand auf. „Sie haben gesagt, Sie wären bei Ihrem Vater aufgewachsen. Womöglich habe ich Sie doch falsch eingeschätzt. Ich dachte, Sie würden es verstehen …"

„Ich verstehe ja, Nick", erwiderte Claire leise. „Aber warum sollte man Phoebe mehr Glauben schenken als Ihnen?"

„Na ja, wie hat Ihr Vater das Sorgerecht für Sie bekommen?"

„Ich finde nicht, dass das hier eine Rolle spielt", entgegnete sie. Bleib sachlich, ermahnte sie sich. Werde nicht persönlich, nicht emotional.

„Was ist los? Ich dachte, wir wären Freunde."

„Wir sind Freunde", sagte sie kühl. „Aber wir befinden uns in einer Sitzung, Nick. Da gibt es bestimmte Regeln."

„Ich brauche Ihre Hilfe. Sie hat ein juveniles Glaukom. Wenn sie zu lange ohne ihre Tropfen ist, tun ihr die Augen weh."

„Wie lange geht das schon so?"

„Ein paar Tage."

„Aber Sie sind doch gestern erst hier angekommen."

„Vergessen Sie's, okay?"

„Nick, ich helfe Ihnen gern. Ich weiß nur nicht, ob ein Arzt ihr ein Rezept ausstellt ohne einen Besuch in der Praxis."

„Aber es sind doch nur Augentropfen. Das haben Sie doch selbst gesagt."

„Nick, ich muss darüber nachdenken", sagte sie bedächtig. „Ich glaube, Sie reagieren übertrieben auf mögliche Auswirkungen darauf, dass Sie die Tropfen zu Hause vergessen haben. Sie sollten Kaylas Arzt anrufen."

„Nein!", schrie er. „Oder vielleicht meinen Sie ja, ich solle einfach mein

Kind und alles, was ich besitze, aufgeben?“ Er machte einen Schritt auf Claires Schreibtisch zu. „Vielleicht habe ich mich wirklich in Ihnen getäuscht.“

Claire schluckte schwer und bemühte sich, sich ihre Furcht nicht anmerken zu lassen. „Sie haben sich nicht in mir getäuscht, Nick. Ich muss nur darüber nachdenken, wie man am besten vorgeht, damit Sie zu Ihren Tropfen kommen. Das ist alles.“

Kayla erschien in der Tür. Ihre Augen waren rot und geschwollen. „Ich habe Schreien gehört“, sagte sie mit heiserer Stimme.

Nick ging hinüber und nahm Kayla auf den Arm. Er sah Claire direkt an. „Claire besorgt dir die Augentropfen, Kayla. Alles wird gut. Versprochen!“

Claire sah zu, wie das Kind sein Gesicht an den Hals seines Vaters schmiegte. Sie dachte an Jack. Was hätte er getan, wenn Sulie sie mitgenommen hätte, als sie ging? Ganz bestimmt wäre er bis ans Ende der Welt gegangen, um sie wiederzubekommen.

„Tun dir deine Augen weh, Kayla?“, fragte Claire.

Kayla nickte. „Sehr.“

„Wir werden dir etwas besorgen, was dir helfen wird“, sagte Claire. Sie sah zu Nick auf. „Tim Boyd ist Internist und ein guter Freund. Ich werde ihn fragen.“

„Danke“, sagte er.

Claire knipste das Licht im Flur aus. Nick ging mit dem Kind, das zusammengesunken in seinen Armen hing, vor ihr her. Sie schloss die Scheunentür und trat hinter ihnen auf den Weg.

„Sie können bis nach vorne fahren“, schlug sie vor.

„Es macht mir nichts aus, sie zu tragen“, entgegnete Nick. Zudem, ging es ihm durch den Kopf, stand das Auto jetzt an einer perfekten Stelle, wo es von der Straße aus nicht gesehen werden konnte.

CLAIRE machte eine Kanne Kaffee für Nick und Kakao für Kayla. Sie brachte beides in ihr Zimmer hinauf und versuchte, Kayla dazu zu bringen, an dem Kakao wenigstens zu nippen, doch Kayla wollte nur schlafen. Claire sah sie an, wie sie eingekuschelt unter dem weißen Laken lag.

„Sie haben mir noch gar nicht den Namen der Tropfen genannt“, sagte sie, ohne den Blick von Kayla abzuwenden.

Nick kramte in seiner Brieftasche und zog ein Stückchen Papier heraus. „Es sind dreierlei. Timoptic. Pred Forte. Atropin“, las er vor und reichte ihr den Zettel. „Hier, nehmen Sie den.“

Claire betrachtete Nick genauer. Er war kreidebleich und abgespannt. „Ich tue, was ich kann“, versprach sie und steckte den Zettel in ihre Tasche. Leise schloss sie die Tür und blieb dann noch einen Augenblick davor stehen. Sie hörte das leise Brummen des Fernsehers sowie ein Klicken, das, wie sie wusste, vom Schloss an Nicks Aktenkoffer herrührte. Auf Zehenspitzen stieg sie die kurze Treppe zu ihren Privaträumen hinauf. Aus heiterem Himmel tauchte Stella mit einem Mal neben ihr auf und folgte ihr ins Schlafzimmer. Genug war genug. Sie konnte sich nicht erinnern, wann sie und Eli einen ganzen Tag lang nicht miteinander gesprochen hatten. Sie setzte sich auf die Bettkante und rief bei Eli in der Praxis an.

„Daisy? Ich bin's. Ist er da?“, fragte sie.

„Hier? Nein, hier ist er nicht“, antwortete Daisy aufgeregt. „Wir haben den ganzen Tag noch nichts von ihm gehört. Ich dachte, er wäre vielleicht nach Hause gegangen. Ich hab versucht, dort anzurufen …“

„Warum sollte er denn nach Hause kommen? War er krank?“

„Hat er es Ihnen nicht erzählt? Das Pferd drüben auf der Hayes Farm ist gestorben.“

„Gestorben? Oh nein. Wann?“

„Ganz früh heute Morgen. Hat er Sie denn nicht angerufen?“

„Nein“, antwortete Claire. „Haben Sie's auf seinem Handy probiert?“

„Da war nur die Mailbox dran. Ich habe drei Nachrichten hinterlassen.“

Claire konnte sich selbst ins Telefon atmen hören. „Hören Sie, ich versuche es mal auf seinem Handy. Ich sage Ihnen Bescheid, wenn ich ihn erreicht habe.“

Sie legte auf und wählte immer wieder Elis Handynummer, in der Hoffnung, dass am Ende ihre Ausdauer den Sieg davontragen würde. Da hörte sie, wie im Flur die Tür aufging.

„Eli? Bist du das?“, rief sie.

„Ich bin's.“

„Wo bist du gewesen?“, rief sie. „Das kannst du nicht machen, Eli! Du kannst nicht einfach den ganzen Tag lang nicht anrufen!“

„Nicht“, entgegnete er. „Bitte nicht.“ Er ging an ihr vorbei und setzte sich in den großen Lehnsessel am Fenster. „Power ist gestorben. Ich hab's vermasselt, Claire.“

Sie kniete sich neben ihn auf den Fußboden. „Erzähl mir, wie es passiert ist.“

„Sie litt schon lange unter Koliken. Gestern schien es nicht anders zu sein, nur dass sie dieses Mal einen Darmverschluss hatte, und ich hab's übersehen.

Wenn ich bei ihr eine Rektaluntersuchung durchgeführt hätte, hätte ich es ertastet. Ich hätte operiert, den abgestorbenen Teil entfernt und den Darm wieder zusammengenäht. Aber ich habe keine Rektaluntersuchung gemacht. Ich habe sie nur angesehen, und sie hat reagiert wie immer, und ich habe daraus geschlossen, dass es dasselbe war wie immer."

„Eli, jeder macht mal einen Fehler. Sei nicht so streng mit dir."

„Ach ja? Sag mir mal, wie du dich fühlen würdest, wenn jemand in deine Sprechstunde käme und sich später dann von einem Gebäude stürzte. Weißt du, was Stu Hayes gesagt hat? Er sagte: ‚Ich schätze, Ihr Gefühl ist nicht so zuverlässig, wie Sie glauben.'"

„Er war erregt, Eli", erklärte sie. „Du praktizierst nun schon seit dreißig Jahren. Auch du bist nur ein Mensch."

„Vielleicht ist es gerade das, was mich so fertig macht. Ich hatte immer das Gefühl, ich hätte so eine Art sechsten Sinn, wenn es um Tiere ging."

„Das hast du auch", versicherte sie ihm sanft.

„Diesmal offensichtlich nicht."

Sie legte ihm die Hand auf die Schulter. „Lass uns irgendwohin fahren", schlug sie vor. „Komm schon. Wir bestellen uns eine Flasche Wein und sprechen über alles."

„Es tut mir Leid wegen heute Morgen. Ich weiß nicht, was ich mir dabei gedacht habe." Er schüttelte den Kopf. „Noch so ein miserabler Instinkt."

„Wie wär's, wenn wir landeinwärts fahren? Irgendwohin, wo uns keiner kennt, ja?"

Er erhob sich aus seinem Sessel. „Erst muss ich aus diesen Klamotten raus."

Sie beugte sich zu ihm hin und küsste ihn. „Du hättest mich heute anrufen sollen. Das weißt du auch. Tu das nie wieder."

„Wie ist alles gelaufen? Hat Kayla ihre Schuhe bekommen?"

„Das hat sie. Übrigens, meinst du, Tim Boyd würde telefonisch ein Rezept für Kayla durchgeben? Sie hat ein juveniles Glaukom, und Nick hat ihre Augentropfen zu Hause vergessen. Es geht ihr gar nicht gut."

„Warum bittet er nicht einfach ihren Arzt anzurufen? Die Apotheke hier hat vierundzwanzig Stunden geöffnet."

„Das möchte er nicht. Kannst du nicht Tim anrufen? Bitte."

„Wie kommt es nur, dass mir das nicht gefällt?", fragte er, während er Tims Nummer wählte. „Hallo, Tim. Eli Bishop. Tut mir Leid, dass ich dich zu Hause störe, aber wir haben gerade Gäste bei uns, und die kleine Tochter hat ein juveniles Glaukom. Sie braucht …" Er wandte sich an Claire, die ihm schon den Zettel in die Hand drückte. „Timoptic. Pred Forte. Atropin. Ihr Dad hat ihre Medizin zu Hause vergessen, und sie hat wirklich Schmerzen … Die Apotheke in Meadville wäre hervorragend. Ich weiß das sehr zu schätzen. Wirklich."

Er legte den Hörer auf die Gabel. „Was geht hier vor, Claire?"

„Ehrlich gesagt bin ich mir nicht ganz sicher. Wir reden beim Essen darüber. Versprochen. Lass uns schnell bei ihrem Zimmer vorbeigehen und Nick sagen, dass wir fahren, ja?"

Sie klopfte sachte an Nicks Tür. Er öffnete sie nur einen Spalt.

„Eli hat den Arzt angerufen. Wir fahren jetzt zur Apotheke", flüsterte sie. „Wie geht es ihr?"

„Sie schläft noch", antwortete Nick. Jetzt sah er auch Eli. „Hallo!"

„Es tut mir Leid, dass sie sich nicht wohl fühlt", sagte Eli. „Ich habe Tim Boyd veranlasst, dass er das Rezept für die Medikamente durchgibt."

„Wir holen sie schnell und sind in einer Stunde wieder zurück", versprach Claire.

„Danke", sagte Nick matt. „Sehr nett von Ihnen." Doch als er die Zimmertür schloss, spürte er, wie sich auf seiner Stirn Schweißperlen bildeten. Warum musste sie ihrem Mann von den Augentropfen erzählen? Was hatte sie ihm noch alles erzählt? Claire hatte gesagt, sie würde alles streng vertraulich behandeln. Lausige Seelenklempnerin. Er wäre gestern besser wieder gefahren. Nick ging zum Aktenkoffer hinüber und hob die Entwürfe hoch. Darunter lagen Bündel von kleinen Geldscheinen. Glättend strich er darüber, dann schloss er den Koffer ab und stellte ihn neben das Bett.

Nick sah auf Kayla hinunter und zog ihr die Bettdecke weg. „Zeit zu gehen, Kayla", sagte er.

„Nein, Daddy, bitte nicht."

„Es wird Zeit, Kayla."

Ihm blieb eine Stunde, doch er konnte alles in kürzerer Zeit schaffen. Wie immer waren ihre Koffer gepackt.

„Gehen wir", drängte er und zog sie am Arm. „Los! Duschen und dann Haare waschen mit dem Spezialshampoo."

Er musste ihr Haar wieder färben. Die echte Haarfarbe kam am Ansatz durch.

„Sein Auto ist nicht da", stellte Eli fest, als er bei der Pension vorfuhr. Claire hielt die Tüte mit Kaylas Medizin auf ihrem Schoß. „Sie müssen ausgegangen sein."

„Nein, er hat es unten an der Scheune stehen lassen."

„Wie kommt's, dass ich das vorhin nicht bemerkt habe?"

„Weil du vorhin nicht danach geschaut hast. Hör zu, ich bringe das hier schnell rauf und bin dann gleich zurück, ja?"

Claire war sicher, dass sie die Außenbeleuchtung angelassen hatte, als sie gegangen war, doch jetzt lag das Haus im Dunkeln. Sie schaltete die Beleuchtung am Vordach ein und öffnete die Tür. Dann lief sie die Treppe bis zum zweiten Absatz hinauf und blieb vor Zimmer acht stehen. Durch die Tür hörte sie den Fernseher. Sie klopfte leise. „Nick? Hier ist Claire. Sind Sie wach?" Claire wartete, dann klopfte sie noch einmal, diesmal lauter.

Sie ließ die kleine weiße Tüte vor der Tür stehen, ging wieder die Treppe hinunter, nahm den Hörer vom Telefon in der Halle ab und rief auf Zimmer acht an. Keine Antwort. Schnell ging Claire über die Veranda in die Küche und schaltete die Lichter für das hintere Grundstück ein. Der Taurus war weg. Claire lief ums Haus herum nach vorne, wo Eli im Pick-up wartete, und riss die Wagentür auf. „Sie sind weg!", rief sie mit großen Augen.

„Was?"

„Ihr Auto ist nicht mehr da. Ich würde gern im Zimmer nachsehen."

„Was zum Teufel geht hier vor, Claire?"

„Ich bin mir nicht sicher", gestand sie zitternd. „Ich habe den Fernseher laufen hören. Hol bitte einfach nur den Schlüssel. Bitte!"

Eli nahm den Schlüssel aus dem verschlossenen Schränkchen hinter der Rezeption und folgte Claire, die bereits die Treppe hinaufstürmte. Claire bekam einen ganz trockenen Mund, als Eli den Schlüssel ins Schloss steckte und langsam die Tür aufstieß. Mit Ausnahme des Lichtes vom Fernseher lag das Zimmer im Dunkeln. Eli schaltete die Deckenbeleuchtung ein. Die Kofferständer waren leer. Der Kleiderschrank stand offen und war ebenfalls leer.

Claire stand wie angewurzelt mitten im Raum und starrte auf das Bett, in dem Kayla geschlafen hatte.

„Das verstehe ich nicht", murmelte sie.

Eli ging ins Badezimmer und knipste das Licht an. Aus einer bernsteinfarbenen Flasche, die auf dem Wannenrand stand, tropfte eine violette Flüssigkeit. „Claire!", rief er und nahm die Flasche in die Hand. „Was ist das für ein Zeug?"

Sie nahm ihrem Mann die Flasche ab. „Haarfärbemittel." Sie wurde blass. „Oh mein Gott!", sagte sie und schloss die Augen. „Ich glaube, ich habe einen schrecklichen Fehler gemacht."

„SPRICH mit mir!“, verlangte Eli, während er zwei Drinks an der Verandabar einschenkte.

„Ich glaube, er hat sie einfach mitgenommen – entführt.“

„Aber er ist doch ihr Vater.“

Sie atmete tief durch. „Ich hatte heute ein Gespräch mit ihm. Ein dienstliches sozusagen, in meinem Büro. Nick und seine Frau leben in Scheidung. Er hat Angst, das Sorgerecht zu verlieren. Er behauptet, seine Frau habe falsche Anklage wegen Körperverletzung gegen ihn erhoben, und fürchtet, das Gericht könne das alleinige Sorgerecht für Kayla ihrer Mutter übertragen. Phoebe, das ist seine Frau, hat einmal sogar eine einstweilige Verfügung gegen ihn erwirkt.“ Sie atmete tief ein. „Das Haarfärbemittel – ich glaube, er hat ihre Haarfarbe verändert.“

„Aber warum sollte er jetzt Reißaus nehmen? Warum sollte er nicht wenigstens warten, bis er ihre Medikamente hat?“

„Ich weiß es nicht“, gestand sie und nahm einen Schluck von ihrem Drink. „Er sagte, Phoebe wäre Kayla gegenüber verantwortungslos. Sie hätte sie nicht mal haben wollen und sie in einem Internat für blinde Kinder in Maine angemeldet.“

„Das erklärt immer noch nicht, warum er einfach von hier verschwunden ist. Ohne Nachricht! Ohne Erklärung! Haut mit Sack und Pack ab, obwohl das Kind doch Schmerzen hat? Das ist unlogisch.“

„Ich weiß nicht, was ich denken oder glauben soll.“

„Claire, warum sollte ein Elternteil dem anderen, seinem Ehepartner, ein Kind wegnehmen?“

„Kontrolle“, erwiderte sie kompetent. „Zur Bestrafung des Ehepartners.“

„Und was passiert mit solchen Kindern?“

„Es ist grauenvoll. Sie sind verängstigt. In mancher Hinsicht ist es wie eine Gehirnwäsche. Sie vertrauen dem Entführer, weil das alles ist, was sie haben.“

„Also schön, wenn du das alles wusstest, wieso hast du ihm geglaubt, als er heute mit dir gesprochen hat? Warum hattest du von dem Augenblick an, als er zur Tür hereinkam, Vertrauen zu diesem Kerl?“

„Was macht das denn jetzt noch für einen Unterschied?“, rief sie verärgert. „Du musst jetzt wirklich nicht den Seelenklempner spielen, Eli.“

„Claire“, begann er geduldig. „Du hast heute zu mir gesagt, wir wären alle nur Menschen. Ich habe mich von der Krankengeschichte des Pferdes zu einem falschen Schluss verleiten lassen, anstatt dieses Mal nach etwas anderem zu suchen. Du tust gerade dasselbe.“

„Nein, das tue ich nicht.“

„Doch“, bekräftigte er und nahm ihre Hände. „Als er hier ankam, hast du einen Blick auf ihn geworfen, und du hast Jack und dich selbst gesehen und das Phantom einer Mutter, die ihr Kind im Stich lassen wollte. Du hast ein Urteil gefällt, das auf deiner eigenen Geschichte basierte.“

Claires Blick schweifte in die Ferne. „Wir hatten Bilder von Sulie auf dem Kaminsims stehen. Ein paar Jahre lang hat sie Postkarten geschickt, und manchmal hat sie auch an meinem Geburtstag angerufen. Und ich weiß noch, dass ich ein schlechtes Gewissen hatte, weil ich wollte, dass sie ganz verschwindet.“ Ihre Augen füllten sich mit Tränen. „Was für ein Ungeheuer war meine Mutter?“

„Ich weiß es nicht, Claire. Ich wünschte, ich könnte dir eine Antwort geben.“

Sie wischte sich mit dem Handrücken über die Wange. „Woher weiß ich, dass Phoebe nicht dieselbe Art Mutter ist wie Sulie? Woher weiß ich, dass Nick nicht die einzige Rettung für dieses Kind ist? Alles, was ich weiß, ist, dass sie fort sind und dass Kayla Schmerzen hat.“ Sie stand auf und ging zum Fenster, um noch einmal einen Blick auf den leeren Platz zu werfen.

„Was willst du unternehmen?“

Claire drehte sich um und straffte die Schultern. „Sam anrufen, bevor es zu spät ist.“

6. Kapitel

Kayla war in einen unruhigen Schlaf gefallen, als Nick sie in dem weichen weißen Bett in der Pension aufweckte. Sie spürte, wie ihr Vater sie an der Schulter schüttelte, sanft zuerst, dann heftiger. Und als sie die Augen in die vertraute Dunkelheit hinein öffnete, spürte sie die Schwellung um ihre Lider, den scharfen, stechenden Schmerz, der, nachdem er während des Schlafs verblasst war, jetzt nur allzu wirklich war.

Wir müssen uns auf den Weg machen, sagte er. Wie oft hatte er schon genau diesen Satz gesagt, wenn sie mitten beim Essen war oder es sich gerade im Bett eines Hotelzimmers bequem gemacht hatte? Sie stieß einen Protestschrei aus, als er ihr die Decke wegzog, doch er legte ihr die Finger auf die Lippen. „Es ist Zeit, Kayla“, zischte er.

Und sie wusste, das bedeutete, es war Zeit zu gehen, bevor jemand sie fand und Kayla fortbrachte.

Sie würde die Pension vermissen, wo die Luft nach Kiefern, Vanille und Salz roch.

„Ich will nicht fort“, murmelte sie.

„Du musst aufstehen, Kayla. Wir müssen zuerst noch dein Haar waschen.“

Er wollte wieder dieses eklige Shampoo benutzen, das so streng roch, dass ihr die Nase davon lief. Aber Daddy hatte ihr erklärt, es würde ihr Haar sauber machen und sie würde keine Kopfläuse bekommen. Sie hörte, wie er die Flasche schüttelte. Dann zählte sie die Schritte bis zum Bad, legte sich ein Handtuch um ihre Schultern und setzte sich artig auf den Wannenrand. Ihr Daddy goss ihr die Mixtur auf den Kopf. Der strenge Geruch brannte in ihren Augen, die sowieso schon so wehtaten, aber es hatte keinen Sinn, noch einmal etwas zu sagen.

Kayla hörte, wie ihr Vater packte, während sie mit dem Shampoo im Haar dasaß. Sie wagte es nicht, ein Wort zu sagen. Er hatte gesagt, sie solle ruhig sein. Als sie noch geschlafen hatte, glaubte sie, sie habe Elis Stimme gehört und danach Claires, die etwas davon sagte, dass sie zur Apotheke gehen und bald wieder zurück sein wollten. Vielleicht würden sie ja rechtzeitig mit den Tropfen zurückkommen, und dann würden ihre Augen aufhören wehzutun, und sie konnten sich voneinander verabschieden.

Daddy hob sie hoch, um sie in die Wanne zu stellen und ihr mit der Handbrause das Shampoo aus ihrem Haar zu spülen. Kayla legte den Kopf zurück, als ihr das warme Wasser über den Rücken lief. Sie sah nicht, dass die kurzen Haarsträhnen, die ihr Vater mit dem Handtuch trockenrieb, jetzt dunkelbraun waren.

NICK zog Kayla an, dann trug er das Gepäck zum Auto. Er kam zurück ins Zimmer, nahm geschickt Kayla auf den einen Arm und den Aktenkoffer unter den anderen. Ohne Licht fuhr er die enge, kurvenreiche Straße hinunter. Kayla saß auf dem Rücksitz und hielt ihren Bären fest an die Brust gedrückt. Die Schmerzen waren kaum noch auszuhalten. Keine halbe Stunde von Drifting entfernt, fing sie an zu schluchzen.

„Wohin fahren wir?“, fragte sie und bemühte sich, ihre Schluchzer zu dämpfen.

„Wir fahren einfach“, antwortete Nick, die Augen auf die Fahrbahn gerichtet.

„Warum denn? Können wir nicht auf Claire warten? Sie sagte, sie würde meine Tropfen besorgen. Vielleicht hat sie sie inzwischen. Warum können wir sie nicht einfach holen und dann wegfahren? Bitte, Daddy.“

„Ich habe mich doch die ganzen Monate über um dich gekümmert oder etwa nicht? Hast du gefroren oder bist hungrig oder krank gewesen?"

Ihr Schluchzen ließ nach. „Nein", wimmerte sie. „Nein."

„Dann sei jetzt still, Kayla, bis ich mir überlegt habe, was genau wir jetzt machen werden. Du willst doch nicht fortgehen, auf diese Schule, oder? Du willst doch nicht, dass Mami mir mein Geld wegnimmt und ich ins Gefängnis komme, oder?"

„Nein, Daddy", erwiderte sie flüsternd. „Nein."

Am Armaturenbrett ertönte ein Signal. Der Tank war so gut wie leer. Nick sah auf die Uhr. Claire war inzwischen sicher zurück. Sie hatte kein Recht gehabt, Eli etwas zu erzählen. Eli mochte ihn nicht, das war ihm klar. Er war sicher, dass sie an diesem Morgen seinetwegen gestritten hatten; das hatte er an Claires Gesichtsausdruck gemerkt, als sie zurückkam, nachdem sie Eli nach draußen begleitet hatte.

Nick schaltete das Radio ein. Ein lokaler Verkehrs- und Wetterbericht teilte mit, dass in der Nacht mit Nebel und Regenschauern zu rechnen sei. Er konnte noch einmal so um die vier Stunden fahren, sodass sie vielleicht noch 320 weitere Kilometer herunterreißen konnten. Cape Cod. Zu dieser Jahreszeit war es dort trostlos. Ein gutes Versteck. Doch zuerst musste er tanken.

Ein kleines Schild an der Autobahn verkündete, dass es an der nächsten Ausfahrt Benzin und eine Übernachtungsmöglichkeit gab. Hinter der Ausfahrt sah er das flimmernde Neonschild eines kleinen Motels und gegenüber eine Shelltankstelle. Er war im Begriff, in die Tankstelle abzubiegen, als er einen alten weinroten Pontiac Bonneville mit einem Zu-verkaufen-Schild hinter der Windschutzscheibe bemerkte, der am Straßenrand geparkt war. Daraufhin fuhr er noch ein Stück die Straße entlang und hielt auf dem düsteren Parkplatz eines geschlossenen Chinarestaurants an. „Warte hier!", schärfte er Kayla ein.

„Wohin gehst du?", fragte sie und bemühte sich, ihre Angst nicht zu zeigen.

„Bin gleich wieder da", sagte er. „Ich hole uns etwas zu trinken. Hier ist ein kleiner Imbiss. Die Türen schließe ich ab." Er öffnete seinen Aktenkoffer, nahm zwei Geldscheinbündel heraus, stopfte sie in die Taschen seines Jacketts und verstaute ihn dann unter dem Vordersitz.

Gehorsam blieb Kayla sitzen, den Bären fest umklammert. So etwas hatte sie schon viele Male mitgemacht. Doch als er diesmal die Wagentür öffnete, konnte sie keinen Imbissgeruch feststellen.

Nick überquerte die Straße und betrat die Tankstelle. Ein Junge so um die achtzehn saß in dem kleinen Shop und schaute fern.

„Ich wohne in dem Motel da drüben“, sagte Nick leutselig. „Wie ich sehe, haben Sie ein Auto zu verkaufen.“

„Ja, Sir“, bestätigte der Junge und sprang auf. „Es hat zwar schon achtzigtausend Kilometer auf dem Buckel, aber es läuft gut.“

„Was wollen Sie denn dafür haben?“

„Siebenhundert“, antwortete der Junge. „Aber ich bin für Angebote offen.“

„Wie wär's, wenn ich Ihnen achthundert gebe, und Sie geben mir die Schlüssel?“

„Aber Sie müssen noch den Fahrzeugbrief umschreiben lassen und solche Sachen, Sir. So kann ich es nicht machen, Sir. Das ist nicht legal. Ich muss …“

„Hören Sie, mein Sohn ist noch im Motel, und heute ist sein Geburtstag“, erklärte Nick wohlwollend. „Achtzehn Jahre wird er alt. Wir haben uns den ganzen Tag über gebrauchte Autos angesehen, und als ich heute Abend vor dem Motel hier hielt, sah ich dieses kleine Juwel. Ich möchte ihn gern überraschen. Wie wär's, wenn ich Ihnen achthundertfünfzig bar auf die Hand gebe und verspreche, morgen früh gleich als Erstes reinzukommen, damit wir den ganzen Papierkram erledigen? Was halten Sie davon?“

„Das kann ich nicht machen, Sir. Es ist nicht legal.“

„Ach, komm schon, Junge! Wir können uns morgen früh um den ganzen Rechtskram kümmern. Es ist doch nichts Illegales dabei, ein Auto quer über die Straße zu fahren, oder?“

Der Junge sah sich um. „Um wie viel Uhr können Sie denn morgen früh hier sein?“

„Punkt sieben. Sie haben mein Wort.“

„Ich hab noch nicht mal drin gesaugt oder so was“, wandte der Junge ein.

„Na, das können wir morgen früh gleich als Erstes machen. Wie heißen Sie übrigens?“

„Muldoon. Tommy Muldoon.“

„Nick Preston“, stellte Nick sich vor und streckte die Hand aus. „Jetzt kennen Sie meinen Namen und haben mein Wort.“

Mit diesen Worten nahm Nick acht Hundertdollarscheine und einen Fünfziger heraus und zählte sie dem Jungen vor, der ihm daraufhin die Schlüssel aushändigte.

Unter den Augen des jungen Mannes fuhr Nick den Wagen auf den

Parkplatz von „Benson's Motel". Er parkte ein, stellte den Motor ab und stieg aus. Grinsend hielt er die Schlüssel hoch und winkte dem Jungen zu. Er ging auf die Tür zum Foyer des Motels zu und beobachtete, wie der Junge in den Laden zurückkehrte. Dann ging er wieder zu dem Pontiac, ließ den Motor an und fuhr ohne Licht die Straße hinunter zu dem leeren Parkplatz, wo Kayla wieder einmal auf dem Rücksitz schlief. Er räumte das Gepäck in den Kofferraum des Pontiac um und nahm Kayla hoch, die sich nicht einmal regte.

Sie waren bereits etwa 60 Kilometer auf der Autobahn Richtung Westen gefahren, als Kayla aufwachte. Sie tastete über das kühle Vinyl der Sitzbank und auf dem Boden des Wagens nach ihrem Bären. „Teddy!", schluchzte sie. „Bitte, Daddy. Wo ist er? Wo ist unser Auto? Du hast ihn im Auto vergessen!" In dem Maße, wie ihre Schreie verzweifelter wurden, klang die Stimme ihres Vaters distanzierter, und seine Worte wurden kälter. Umzukehren und den Bären zu holen, sagte er, würde mehr Umstände machen, als sowohl sie als auch der Bär wert waren.

SAM UND Annie Merrill aßen zusammen auf der Polizeiwache zu Abend, als der Anruf von Eli hereinkam.

„Siehst du? Ich hab's dir doch gesagt", sagte Sam, während er nach dem Telefon griff. „In dem Moment, als ich mir die Lasagne in den Mund schiebe, kommt ein Anruf." Er schluckte und räusperte sich. „Polizeiwache Drifting. Chief Merrill."

„Hallo, Sam, Eli hier. Störe ich?"

„Stören? Annie und ich essen gerade zu Abend. Was gibt's?"

„Unsere Gäste, du weißt doch, Nick Pierce und seine Tochter – sie scheinen etwas überstürzt abgereist zu sein."

„Haben sie die Zeche geprellt?"

„Nein, sie haben schon im Voraus bezahlt. Es ist ein bisschen komplizierter."

„Was ist denn los, Eli?" Sam lehnte sich in seinem Stuhl vor.

„Wir wissen es nicht genau, aber hör mal zu. An dem Tag, an dem du hier warst, nachdem Kayla verschwunden war … hast du da das Kennzeichen von dem Kerl überprüft?"

„Nein, hab ich nicht", antwortete Sam unbehaglich. „Dafür bestand kein Anlass. Das Kind ist ja wieder aufgetaucht. Und somit ist alles in Ordnung."

„Hast du es dir notiert?"

„Klar habe ich es mir notiert.“ Sam zog das kleine braune Notizbuch aus seiner Schreibtischschublade und blätterte ein paar Seiten zurück. „Hier hab ich es.“

„Ich glaube, du solltest es überprüfen.“

„Willst du mir vielleicht mal sagen, warum?“

„Claire hat Grund zu der Annahme, dass der Kerl das Mädchen entführt hat, Sam.“

„Was?“

„Er hat sich heute mit ihr unterhalten, und da war von Sorgerechtsstreitigkeiten und solchen Sachen die Rede. Wie auch immer, das Kind ist krank, und wir waren unterwegs, um ihre Medikamente zu holen. Wir kamen zurück, und sie waren verschwunden. Sie haben ihr ganzes Gepäck mitgenommen. Nur im Badezimmer haben wir noch eine Flasche mit Haarfärbemittel gefunden.“

Sam lief es kalt den Rücken hinunter. „Ich überprüfe das Kennzeichen. Bleib dran.“ Er drehte seinen Sessel zum Computer und gab das Kennzeichen ein. „Ich werd verrückt. Der Wagen war in Long Island, New York, an einen Nicholas Preston vermietet worden. Er wurde am 21. März als gestohlen gemeldet. Also hat er ihn seit sechs Monaten.“

„Preston? Der Name des Kerls ist Pierce.“

„Also, ich sag dir was. Sie haben den Kerl als Preston gespeichert, und ich glaube, wir haben da ein Problem. Angefangen mit Diebstahl“, stellte Sam fest. „Ich bin gleich da. Fasst nichts mehr an, okay?“

SAM GING voran zu Zimmer acht mit Eli, Annie, Claire und Stella im Schlepptau. „Ihr müsst alle draußen warten“, erklärte Sam ernst. „Das hier ist ein Tatort.“ Er streifte sich Handschuhe über, steckte den Schlüssel ins Schloss und ging hinein. Zuerst machte er den Kleiderschrank auf und leuchtete mit seiner Taschenlampe in die Ecken, dann zog er jede Kommodenschublade heraus, ging auf die Knie und sah unter die Betten und hinter die Vorhänge. Schließlich ging er ins Bad und entdeckte die Flasche mit Haarfärbemittel, die noch auf dem Wannenrand stand.

Er ließ die Flasche in eine kleine Plastikhülle fallen, die er mit rotem Klebeband verschloss. Gleich darauf entdeckte er, dass zwischen Toilette und Wanne eine Plastiktüte steckte. Vorsichtig nahm er sie heraus. Sie war voll kleiner Fläschchen, alle mit Etiketten versehen.

„Was zum Teufel …“, begann er und rief Claire und Eli herbei. „Hier haben wir Timoptic von einer Apotheke in San Anselmo, Kalifornien, vom

Januar 2002. Atropin von Cherry's Arzneimittel in Queens vom März 2002. Ein Pred Forte von Lyle's Arzneimittel in Santa Fe, Mai 2002. Noch mehr Pred Forte und Atropin von einer Clark Apotheke in Dallas, Juli 2002. Sie sind ausgestellt auf eine Kayla Powell, Kayla Preston und Kayla Peterson."

„Und warum, glaubst du, hat er sie jetzt weggeworfen?", fragte Eli.

„Ich glaube nicht, dass er sie weggeworfen hat. Ich glaube, er hat sie versteckt und dann vergessen. Er hat die leeren Verpackungen aufgehoben, damit sie ihn nicht verraten", erklärte Sam.

„Was bedeutet das?", fragte Claire.

„Sieht aus, als wären sie schon mindestens seit Januar kreuz und quer durchs Land gezogen", erwiderte Sam. „Wofür sind die? Für welche Krankheit?"

„Sie hat ein juveniles Glaukom", erklärte Claire stockend. „Das sind die gleichen Medikamente, wie wir sie heute Abend für sie abgeholt haben." Sie schüttelte den Kopf. „Sie braucht sie ganz dringend."

„Was jetzt?", wollte Eli wissen.

„Jetzt fahren wir zum Revier zurück und checken die ZIVB", antwortete Sam.

„Was ist das?", fragte Claire.

„Die Zentrale Informationsstelle für Verbrechensbekämpfung. Und dann schauen wir mal, was sie über unseren Freund Nicholas – oder wie auch immer sein richtiger Name lauten mag – zu sagen hat", erwiderte Sam düster. „Und dann wollen wir hoffen, er ist so freundlich, einen weiteren Fehler zu machen, damit wir ihn kriegen können."

Claire legte den Kopf an Elis Schulter, als sie hinter Sam her zum Polizeirevier fuhren. Sie sprachen nicht miteinander, doch Eli hielt ihre Hand fest auf seinem Oberschenkel.

Sam hängte seine Jacke an den Haken hinter der Tür und setzte sich vor den Computer. Er tippte erst Nummern und Buchstaben und dann Namen ein: Nicholas Pierce, Preston, Petersen, Powell.

„Kein Treffer", stellte Sam fest. Keiner von denen ist sein richtiger Name. Ich sollte wohl das FBI einschalten." Er sah auf die Uhr an der Wand. „Neun Uhr. Vor morgen früh werde ich da keine Menschenseele erreichen."

„Kann ich den Computer mal benutzen?", fragte Claire. „Es gibt eine Website für vermisste und ausgebeutete Kinder, auf der ich gern nachsehen würde."

Eli stellte sich hinter seine Frau. Seine Hände ruhten auf ihren Schultern, Annie und Sam stellten sich rechts beziehungsweise links neben ihn.

„Woher weißt du von dieser Website?“, erkundigte sich Annie.

„Übers Ministerium“, erwiderte Claire. „Wir schauen alle gelegentlich mal nach, um sicherzugehen, dass wir nicht möglicherweise ein Kind behandeln, das nicht beim Elternteil mit dem Sorgerecht ist.“

Sie gab MISSINGCHILDREN.COM ein und landete auf der Website des Nationalen Zentrums für vermisste und ausgebeutete Kinder.

„Seht ihr, man kann bestimmte Daten eingeben und dann hoffen, einen Treffer in der Fotodatenbank zu landen. Ich wünschte nur, wir wüssten ihren richtigen Namen. Verdammt, Sam, dieses Ding ist aber langsam.“

Sie füllte die leeren Felder aus: Vorname, Alter, Größe, Gewicht, Haarfarbe, Augenfarbe. Unter Art der Entführung wählte sie „Familie“. Dann drückte sie auf die Entertaste und wartete.

Zwei Fotos tauchten auf dem Bildschirm auf. Da war Nicholas zu sehen, dessen Nachname mit „Parsons“ angegeben war, neben einem Bild von Tochter Kayla. Nicholas sah genauso aus, wie sie ihn kannten. Kayla jedoch sah vollkommen anders aus: Sie hatte langes kastanienbraunes Haar, das ihr über die Schultern fiel, ein volles Gesicht und rosige Wangen. Sie trug eine pinkfarbene Bluse mit Puffärmeln. Claire las laut vor:

> „Kayla befindet sich vermutlich in Begleitung ihres leiblichen Vaters, der kein Sorgerecht hat. Sie ist stark sehbehindert und benötigt möglicherweise medizinische Betreuung. Kayla wurde zuletzt in San Anselmo, Kalifornien, gesehen. Gegen den Entführer wurde Haftbefehl erlassen wegen rechtswidriger Flucht, um einer strafrechtlichen Verfolgung zu entgehen.“

Der Ort, an dem die Anzeige aufgegeben wurde, war San Anselmo. Das Kind wurde seit dem 26. Februar 2002 vermisst.

„Und was jetzt?“, fragte Claire, an Sam gewandt.

„Jetzt rufe ich beim FBI an. Aber zuerst leite ich eine Fahndung für das gesamte Gebiet ein. Connecticut, Massachusetts und Rhode Island.“

„Und dann?“, fragte Claire weiter.

„Dann beten wir um ein Wunder“, erwiderte Sam. „Und, wie ich bereits sagte, wir hoffen, dass Mr Parsons noch einmal einen Fehler macht.“

NICHOLAS schaltete das Radio ein und drehte sein Fenster herunter in der Hoffnung, dass der kühle Nachtwind Kaylas gedämpftes Schluchzen übertönen würde.

Sein Atem ging immer schneller, er schwitzte stark, und ihm war übel. Eli war es, der ihn aus Drifting vertrieben hatte. Claire war leichte Beute gewesen. Es war schlichtweg eine glückliche Fügung, dass Claire von ihrem Vater aufgezogen worden war und nur sich selbst sah, wenn sie ihn mit seinem Kind betrachtete. Doch schon in dem Moment, als Eli seine Hand schüttelte, wusste Nick, dass er weniger vertrauensselig sein würde.

Gerade fing er an, die Wirkung der Nachtluft auf seinem Gesicht zu spüren, da wurde er von einem Schrei aufgerüttelt. Anders als das langsame, stetige Schluchzen, das er zu ignorieren gelernt hatte, war es ein gewaltiger Sopranton, der dazu führte, dass er die doppelte Linie überfuhr. Er riss das Steuer gerade noch rechtzeitig herum.

„Meine Augen“, jammerte Kayla. „Du musst mir helfen, Daddy, bitte! Bitte!“

Wütend drehte er sich nach ihr um und wollte nach ihr schlagen, doch er erreichte sie nicht. „Still! Still, aber sofort! Hör auf, sie zu reiben!“

„Bitte“, schluchzte sie. „Hilf mir! Bitte!“

Nick ignorierte sie. Er würde noch zwei Stunden weiterfahren, und damit wäre er hoffentlich noch vor Mitternacht an der Spitze von Cape Cod.

TOMMY MULDOON traf am Mittwochmorgen um 6.30 Uhr an der Tankstelle ein. Der Parkplatz vor Benson's Motel auf der anderen Straßenseite war dunkel und anscheinend leer. Der Pontiac stand vermutlich hinten, wo sich die Gästezimmer befanden, überlegte Tommy.

Er wartete in der Tankstelle bis acht Uhr, als sein Bruder Brian hereinkam, um zu tanken.

„He, wo ist der Pontiac?“, fragte Brian und schaute sich suchend um.

„Jemand ist mit ihm auf einer Probefahrt unterwegs“, log Tommy. „Hör mal, Bri, kannst du hier einen Moment die Stellung halten? Ich muss mal schnell auf die andere Straßenseite.“

„Wozu? Ich werde zu spät zur Arbeit kommen.“

„Ich verspreche, es dauert nur zehn Minuten!“, rief Tommy, dabei rannte er schon über die schmale Straße.

Er lief nach hinten zu den Gästezimmern. Kein Pontiac. Noch nie zuvor war er in dem schmuddeligen Motel gewesen. Er ging zur Rezeption.

„He, Mr Benson“, stieß Tommy außer Atem hervor. „Ich suche diesen Burschen, der hier mit seinem Sohn wohnt. Ein Mann so um die fünfzig mit einem Jungen in meinem Alter.“

Mr Benson schüttelte den Kopf. „Nie gesehen.“

„Sind Sie sicher? Können Sie mal nachsehen, ob vielleicht jemand gestern Abend eingecheckt hat?“

„Ich bin gestern Abend um sieben weggegangen, und heute Morgen war noch keiner da.“

„Danke“, sagte Tommy und lief über die Straße zurück.

„Mensch, Tommy, was ist denn los?“

„Bri, ganz ruhig. Gestern Abend ist so ein Kerl hier hereingekommen und hat mir 850 bar auf die Hand für den Pontiac gegeben. Er hat gesagt, er würde heute Morgen wiederkommen, damit wir die Formalitäten erledigen könnten, und dann ist er einfach nicht aufgetaucht. Der Typ hat behauptet, er würde bei Benson wohnen, aber dort ist er nicht.“

„Vielleicht ist er ja beim Frühstück oder so.“

„Nein, Mr Benson sagt, es sei niemand da mit einem Sohn.“

„Du willst mir also erzählen, dass du einfach irgend so einem Kerl den Wagen gegeben hast?“

„Ich hab dir doch gesagt, er hat bezahlt, Bri. Schau her.“ Tommy nahm das Geld aus seiner Brieftasche. „Ich habe Angst, Bri. Was, wenn der Kerl das Auto dazu benutzt, eine Bank auszurauben oder so was?“

„Du musst die Polizei anrufen, Tommy“, sagte Brian und schüttelte den Kopf. „Jetzt gleich. Ich muss zur Arbeit. Ruf an, wenn du mich brauchst.“

Tommy ging in den Laden zurück und setzte sich in den verschlissenen braunen Lederdrehstuhl hinter der Kasse. Dann nahm er den Hörer ab und wählte die Nummer der Polizei.

„Sergeant Blanco“, meldete sich eine Stimme.

„Sergeant? Ich bin’s, Tommy, drüben von der Shelltankstelle.“

„He, Tommy. Was gibt’s?“

„Gestern Abend ist so ein Typ hier reingekommen, um sich den Pontiac anzusehen. Er hat mir 850 bar auf die Hand gegeben und sich dann einfach davongemacht. Der Kerl hat gesagt, er würde bei Benson wohnen und heute Morgen wiederkommen, um die Formalitäten zu erledigen und so. Aber der Kerl ist nicht aufgetaucht. Und ich hab bei Benson nachgefragt, aber er hat da überhaupt nicht eingecheckt.“

„Alles klar. Ich schicke einen Beamten rüber, Tommy.“

JOHN BLANCO schickte Joe Erickson zur Tankstelle. Joe war erst 25, nicht viel älter als Tommy.

„Erzähl mir doch einfach mal, was passiert ist“, ermunterte Erickson ihn. „Von Anfang an.“

Tommy berichtete ihm von Nick und nahm das Bargeld aus seiner Brieftasche. „Brauchen Sie das als Beweisstück oder so?“

„Steck das zur sicheren Aufbewahrung lieber wieder weg. Aber gib mir doch mal eine Beschreibung des Mannes.“

„Ein Mann so um die einsachtzig, schätze ich, bisschen größer als ich“, erklärte Tommy. „So ’ne Art graumeliertes Haar. Fünfzig vielleicht.“

Ericksons Funkgerät im Wagen knisterte. „Moment“, bat er. Er ging zum Auto hinüber, nahm das Funkgerät in die Hand und lauschte kurz. Es war eine Fahndungsmeldung nach einem dunkelblauen Taurus mit New Yorker Kennzeichen, der einem mutmaßlichen Kindesentführer gehörte. Er kam zu Tommy zurück. „Okay, wir werden die Augen offen halten. Momentan können wir nicht viel tun.“

„Was ist mit dem Geld?“

„Behalt das mal für den Moment. Vielleicht taucht der Kerl ja doch noch auf. Vielleicht ist ihm nur etwas dazwischengekommen.“

Erickson setzte sich wieder in seinen Streifenwagen und machte sich Notizen. Er fuhr bereits die Straße hinunter zurück zum Revier, als er sich überlegte, dass er sich ja mal den Parkplatz des verrammelten Chinarestaurants ansehen könnte, der sich immer mehr zu einem Schandfleck entwickelte. Erickson fuhr nach hinten, um zu prüfen, ob kein Müll dort abgeladen worden war. Der hätte nämlich eine Rattenplage zur Folge, so wie letzten Juli.

Doch nichts stand auf der Rückseite des Grundstücks – außer einem blauen Taurus. Er stieg aus dem Wagen und warf einen Blick durch die Fenster. Sein Herz begann schneller zu schlagen.

„Erickson hier. Ich bin hier bei ‚Ming’s Wok‘ am Highway zwölf“, sprach er ins Funkgerät. „Lest ihr mir noch mal die Fahndungsmeldung vor?“

Er machte große Augen, als Blanco jede Nummer und jeden Buchstaben des Kennzeichens vorlas, das er direkt vor seiner Nase hatte.

„Ich habe diesen blauen Taurus hier bei Ming’s Wok stehen“, berichtete er. „Leer.“

„Verstärkung unterwegs“, verkündete Blanco. „Gute Arbeit, Erickson.“

Innerhalb von dreißig Minuten waren sechs Polizisten auf Mings Grundstück am Highway 12. Der Taurus wurde auf Fingerabdrücke untersucht, der Teddy auf dem Boden vor dem Rücksitz kurzerhand in eine Tüte für Beweismaterial geworfen. Tommy Muldoon drüben in der Shelltankstelle sah die Lichter und hörte die Sirenen. Er schloss die Tür zum Laden, drehte das

Schild von GEÖFFNET auf GESCHLOSSEN und ging die Straße hinunter zu Ming's Wok. Sergeant Blanco war gerade vorgefahren.

„Hallo, Sergeant", grüßte Tommy. „Was ist los?"

„Wir suchen jemanden. Diesen Kerl hier", erklärte Blanco und zeigte ihm einen Computerausdruck, über dem quer „Nationales Zentrum für vermisste und ausgebeutete Kinder" stand.

Tommy bekam einen ganz trockenen Mund. „Was hat der gemacht?"

„Er wird wegen Kidnapping gesucht", erwiderte Blanco.

„Sergeant, das ist der Kerl, der meinen Wagen mitgenommen hat", sagte Tommy.

Blanco rief die Polizisten zu sich. „Sieht aus, als müssten wir eine Änderung an unserer Fahndungsmeldung vornehmen. Anscheinend fährt der Bursche jetzt einen weinroten Pontiac Bonneville mit Rhode-Island-Kennzeichen." Er legte die Hand auf Tommys Schulter. „Den hat er gestern Abend diesem jungen Mann hier weggenommen. Wie lautet das Kennzeichen, Tommy?"

„RCE 5398."

„Woher stammt die Fahndungsmeldung eigentlich ursprünglich?"

Ein älterer Polizist meldete sich zu Wort. „Aus Drifting, Connecticut. Das sind 140 Kilometer von hier. Sam Merrill ist der Chief dort."

Ein Lächeln trat auf Blancos Gesicht. „Sam Merrill. Mit dem habe ich vor zwanzig Jahren in Southport zusammengearbeitet. Verbinden Sie mich doch mal mit ihm, ja?"

„Sam? John Blanco. Erinnerst du dich noch an mich? Ja, lange her. Ich bin hier in Hubbard, Rhode Island. Wir haben euren blauen Taurus gefunden. Verlassen. Sieht allerdings so aus, als habe euer Freund ein anderes Auto gestohlen: weinroter Pontiac Bonneville. Kennzeichen Richard Charlie Edward 5398. Wir nehmen gerade die Fingerabdrücke in dem Fahrzeug. Keine Spuren, mit Ausnahme eines Teddys auf dem Rücksitz."

„Wir halten uns gegenseitig auf dem Laufenden, John", sagte Sam. „Schön, wieder mit dir zusammenzuarbeiten." Er war schon im Begriff aufzulegen. „Und, John, bitte hab ein Auge auf den Bären, ja?"

„Wird gemacht, Sam", versprach John.

Nachdem er aufgelegt hatte, rief Sam in der Pension an. Schon beim ersten Klingelzeichen nahm Claire ab.

„Man hat den Taurus gefunden", berichtete Sam. „Sieht aus, als habe unser Freund sich ein neues Fahrzeug besorgt."

„Wo?", fragte sie und streckte die Hand nach Eli aus. „Wo sind sie?"

„In Hubbard, Rhode Island. Wir haben die Marke und das Kennzeichen von dem Wagen, den er jetzt fährt, Claire. Wir werden den Kerl kriegen. Das habe ich im Gefühl."

„Du hältst uns auf dem Laufenden, ja, Sam?"

„Du hast mein Wort darauf."

7. Kapitel

In San Anselmo barg das Morgengrauen am Mittwoch keine Hoffnung auf einen Sonnenaufgang. Phoebe Parsons schlich auf Zehenspitzen den Korridor entlang in die Küche. Sie hatte schweres, schulterlanges kastanienbraunes Haar, das ihre Züge noch zarter wirken ließ. Ihr Gesicht war angespannt und müde, was sie viel älter aussehen ließ als ihre dreißig Jahre. Ihre Mutter, Corinne, schlief noch. Sie war am Tag nach Kaylas Verschwinden gekommen, um bei Phoebe zu bleiben. Caroline, ihre Schwester, die gerade aus Chicago zu Besuch war, war bereits in der Küche.

„Ich habe Kaffee gemacht", sagte Caroline.

„Wieso bist du denn schon so früh auf?"

„Ich bin immer noch auf Chicagoer Zeit eingestellt. Was ist deine Entschuldigung?"

„Ich schlafe nicht mehr", antwortete Phoebe. Mit ihrer schmalen Hand, die kurzen Nägel mit Farbe verkrustet, griff sie nach einer Kaffeetasse.

„Vielleicht können wir dir heute ja mal eine Maniküre machen lassen", drängte Caroline sanft.

„Das ist die Mühe nicht wert. Sie werden ja doch nur wieder dreckig." Sie schaute auf ihre Fingerspitzen. „Letzte Woche habe ich bei jemandem zu Hause ein Fenster gemalt. Zum ersten Mal seit dem Unfall. Kein richtiges Fenster, weißt du, eine Attrappe an der Wand. Ich kann immer noch nicht besonders gut den Pinsel halten."

„Du wirst immer mehr Beweglichkeit zurückgewinnen."

Phoebe streckte die Finger. „Das ist es nicht, was ich zurückhaben muss." Ihre Augen füllten sich mit Tränen. „Ich hatte eine schlimme Nacht."

Caroline legte den Arm um ihre Schwester. „Hör mal, wie wär's, wenn du und Mama und ich mal eine kleine Wanderung unternehmen?"

„Das möchte ich nicht. Ich möchte einfach nur hier neben dem Telefon bleiben."

„Phoebe, du hast doch dein Handy. Du kannst nicht die ganze Zeit nur dasitzen und warten.“

„Nächste Woche werden es sieben Monate. Sieben Monate!“

„Ich weiß“, sagte Caroline.

Phoebes Augen glitzerten feucht. „Ich werde niemals aufgeben, Caroline. Niemals. Aber ich kann nicht mal mehr in ihr Zimmer gehen. Ich bin immer hineingegangen und habe mich einfach nur auf ihr Bett gesetzt, und jetzt kann ich nicht einmal das mehr ertragen.“ Sie sah ihre Schwester an. „Sie hat in jener Nacht ihren Bären mitgenommen, den, den du ihr zu ihrem ersten Weihnachten geschenkt hast.“ Ihre Trauer verwandelte sich in Zorn. „Er hat ihre Augentropfen hier gelassen. Ich muss immer denken“ – sie hielt sich die Hand vor den Mund, sodass die Worte kaum herauskonnten –, „dass sie Schmerzen hat.“

Phoebes Erinnerung an die Nacht war verschwommen. So gegen elf Uhr war er an die Tür gekommen. Kayla schlief schon seit Stunden. Er sah so verloren aus, seine bleiche Haut hatte fast dieselbe Farbe wie sein Haar, das während der letzten paar Monate grauer geworden war. Sein Sportsakko war zerknittert.

„Lass mich nur einen Blick auf sie werfen“, bat er inständig, als er dort in der Tür stand.

Vor dem Sorgerechtsstreit hatte er sich nie für Kayla interessiert. Sie war eine Belastung für ihn. Das eine Mal, als Phoebe darauf bestanden hatte, dass er mit ihr kam und mit der Schulpsychologin sprach, hatte viel Überredungskunst erfordert. Er hatte dieses Baby nie gewollt. Sie hätte ihn schon vor Jahren verlassen sollen, doch sie hatte immer geglaubt, er würde sich vielleicht doch noch ändern.

Selbst in jener Nacht hatte ein Teil von ihr ihm vertraut. Jene Nacht – das letzte Mal, dass sie ihr Kind gesehen hatte.

„Jetzt hast du also bekommen, was du wolltest“, sagte er.

„Das habe ich nicht gewollt“, flüsterte sie. „Ich wollte, dass wir eine Familie sind. Es tut mir Leid, dass es so geendet hat.“

„Es tut dir Leid?“, höhnte er. „Du hast doch alles gekriegt, liebste Phoebe: das Haus, die finanzielle Unterstützung … Warum um alles in der Welt sollte es dir Leid tun?“

„Vielleicht gehst du jetzt besser, Nick“, sagte sie nervös. „Ich möchte nicht mit dir streiten.“

„Hast du einen Freund?“, fragte er und fuhr ihr langsam mit dem Finger übers Gesicht.

„Nein, ich habe keinen Freund“, erwiderte sie und drehte das Gesicht weg. „Du solltest wieder gehen.“

„Ich hab’s dir doch gesagt, ich möchte Kayla sehen.“

„Okay, ich bringe dich zu ihrem Zimmer, aber dann musst du wirklich gehen.“

„Du bringst mich zu ihrem Zimmer? Ich kenne mich immer noch in dieser Wohnung aus und brauche dich nicht, um mich irgendwohin zu bringen. Du und deine verdammten überwachten Besuche, als wäre ich irgend so ein Krimineller.“

„Es tut mir Leid, Nick. Wenn du nicht …“

„Wenn ich nicht was?“ Er packte ihren Arm und drehte ihn hinter ihren Rücken. Das war ihre letzte Erinnerung an jene Nacht. Als sie wieder aufwachte, lag sie auf den kühlen Küchenfliesen. Die Finger ihrer rechten Hand waren gebrochen und bluteten.

Sie rannte in Kaylas Zimmer und sah das leere Bett. Dann lief sie durchs Haus und schrie laut Kaylas Namen, wobei sie sich bemühte, bei Bewusstsein zu bleiben. Doch als sie wieder ohnmächtig zu werden drohte, wählte sie die 911. Das Nächste, an das sie sich erinnerte, war der Sanitäter, der ihr Riechsalz unter die Nase hielt. Fast hätte sie sich übergeben, als sie wieder zu sich kam. „Es geht nicht um mich!“, schrie sie. „Sie verstehen nicht! Mein kleines Mädchen!“, hörte sie sich rufen. „Er hat mein Kind mitgenommen!“

Corinne kam in die Küche. Ihr volles kastanienbraunes Haar, das einmal die gleiche Farbe gehabt hatte wie Phoebes, war an den Schläfen grau gesprenkelt. „Nun seh sich mal einer euch zwei Mädels an. Trinken Kaffee und kein Stückchen Toast oder so etwas. Besonders du, Phoebe. Du bist so dünn wie eine Bohnenstange. Dabei brauchst du deine Kräfte.“ Sie öffnete den Kühlschrank und nahm die Eierlage heraus. „Und danach werden wir was an der frischen Luft unternehmen. Du kannst nicht von früh bis spät neben dem Telefon sitzen, Phoebe.“

„Aber Mama“, protestierte Phoebe.

„Kein Aber. Ich will dich an der frischen Luft haben. Das ist gut für die Seele.“ Sie nahm Phoebes Gesicht zwischen ihre Hände. „Phoebe, wenn du nicht bei Kräften bist, nutzt du deiner Tochter überhaupt nichts, von dir selbst ganz zu schweigen.“

Phoebe schluckte schwer und nickte. „Letzte Nacht habe ich geträumt, sie sei krank. Ich rief nach ihr, und sie hörte mich auch und rief zurück, aber ich konnte nicht zu ihr.“

„Wir werden nie aufhören, nach ihr zu suchen. Das verspreche ich dir“, sagte Corinne und nahm ihre Tochter in den Arm.

Um halb zehn hatten die drei zu Ende gefrühstückt, geduscht und sich die Wandersachen angezogen. Phoebe überprüfte den Anrufbeantworter und lauschte ihrer Stimme.

„Hier spricht Phoebe Parsons. Bitte hinterlassen Sie Ihre Nachricht nach dem Signalton. Falls jemand irgendwelche Informationen bezüglich meiner Tochter Kayla hat, bitte wählen Sie meine Handynummer: 415-555-3446. Ich danke Ihnen und hoffe auf eine positive Antwort.“

Corinne und Caroline hörten vom Schreibtisch im Wohnzimmer aus zu.

„Sag mir die Wahrheit, Mama“, flüsterte Caroline. „ Glaubst du, wir werden je …“

„An manchen Tagen bin ich zuversichtlich, aber an anderen habe ich das Gefühl, wir werden sie nie mehr wiedersehen“, erklärte Corinne. „Ich weiß nur eins: Wenn ich diesen Mann jemals zu Gesicht bekomme, dann werde ich ihn umbringen. Das schwöre ich.“

NICK hatte die Stadtgrenze von Dennis, Massachusetts, am Mittwochmorgen kurz nach Mitternacht erreicht. Er fragte sich, wie lange der Junge an der Tankstelle nach Anbruch des Tages wohl auf ihn warten würde. Kayla schlief schon seit Stunden. Während er die enge Straße entlangfuhr auf der Suche nach einem kleinen Motel, spürte er, wie Panik in ihm aufstieg. Das hier war eine Sackgasse. Wenn er weiter nach Nordosten, zur Spitze des Capes fuhr, würde er sich selbst in eine Falle begeben. Was hatte er sich nur dabei gedacht? Er musste umdrehen. Dann würde er Kurs auf Manhattan nehmen. In dieser Stadt scherte sich keiner um den anderen. Das einzige Problem war, dass nur noch etwa 25 Riesen im Aktenkoffer übrig waren. Kaylas Collegefonds. Als ob ein Kind wie Kayla je aufs College gehen würde.

Nick schlief fast am Steuer ein. Er brauchte dringend einen Kaffee, wagte aber nicht anzuhalten. Sein Magen knurrte. Kayla lag immer noch zusammengerollt auf dem Rücksitz. Die Fahrt nach Manhattan von einer weiteren Stunde würde er nie schaffen. Es war noch nicht mal fünf Uhr morgens. In Rye fuhr er von der Autobahn ab. An dem Schild TOWN OF HARRISON bog er nach links. „Mario’s Motel“ lag an der Ecke gegenüber einem McDonald’s und einem Dunkin’s Donuts. Er fuhr auf den Parkplatz und wandte sich um, um Kayla zu wecken.

„Wir machen Halt“, sagte er. „Du musst aufwachen.“

„Wo sind wir?“, wollte sie wissen.

„In New York“, antwortete er. „Warte hier. Ich gehe rein und melde uns an. Und keine Faxen, Kayla. Ich bin gleich wieder da.“

Er schlug auf die kleine Silberglocke an der Rezeption, und ein hübsches junges Mädchen mit langen dunklen Haaren kam aus einem Hinterzimmer.

„Ein Einzelzimmer, bitte“, sagte er.

„MasterCard oder Visa?“

„Bar“, erwiderte Nick und griff nach seiner Brieftasche.

„Dann brauche ich Ihren Führerschein.“

Nick reichte ihr den texanischen Führerschein.

„Na, Sie sind aber weit weg von zu Hause. Wie viele Nächte werden Sie bleiben?“

„Eine. Wie viel macht das?“

„Achtzig Dollar.“

Er gab ihr vier Zwanzigdollarscheine.

„Danke“, sagte das Mädchen, während sie schon von einem breiten Holzbrett einen Schlüssel nahm, auf dem ZIMMER 16 stand. „Hinten herum und dann rechts. Parken können Sie vor der Tür.“

Er nahm den Aktenkoffer und seinen Koffer und öffnete die Tür zum Zimmer. Dann kehrte er zum Wagen zurück und schaute sich um, bevor er Kayla hineintrug und auf das Bett legte. Ihr ganzes Gesicht war rot und geschwollen.

„Was ist das für ein Ort?“, fragte sie.

„Ein Motel“, erwiderte er. „Wir bleiben nur für eine Nacht.“

„Warum?“

Er gab ihr keine Antwort. „Ich gehe mal rüber auf die andere Straßenseite und hole uns was zum Frühstück. Ich bin in zwanzig Minuten wieder da“, sagte er. „Und hör auf, deine Augen zu reiben.“

„Kannst du mir Tropfen besorgen?“, erkundigte sie sich vorsichtig.

Für einen Moment fühlte er, wie sich sein Herz zusammenzog. „Ich werde mein Bestes tun“, versicherte er. Nachher würde er in den Gelben Seiten nachsehen, ob es in der Gegend einen Augenarzt gab. Eine Frau, überlegte er. Jemand mit Mitgefühl. Ihm würde schon eine Geschichte einfallen, wie immer. Nur im Augenblick konnte er nicht klar denken. Sie musste aufhören, ihre Augen zu reiben, denn sie sah aus, als hätte sie jemand geschlagen.

IM DUNKIN'S DONUTS war um sieben Uhr am Mittwochmorgen bereits jede Menge los, als sich Streifenpolizist Steve D'Angelo seinen Kaffee holte, bevor um acht sein Dienst anfing. Er hatte dafür gesorgt, dass er rechtzeitig da war, damit er noch über die Straße zu Mario's gehen konnte, wo Gina am Vormittag die Rezeption betreute. Steve hatte ein Auge auf sie geworfen, seit er in seinem vorletzten Highschool-Jahr war und sie gerade angefangen hatte. Normalerweise hätte er am Mittwoch die Nachtschicht gemacht, aber er hatte mit Streifenpolizist Day getauscht.

„Ich habe dich gestern Abend vermisst“, sagte er und lehnte sich über die Theke, um Gina auf die Wange zu küssen.

„Ich musste lernen“, erklärte sie. „Und dann hat Mario mich gebeten, heute Morgen früher zu kommen, weil er sich einen Weisheitszahn ziehen lassen muss.“

„Wann hast du angefangen?“

„Viertel vor fünf“, antwortete sie gähnend. „Wir hatten auch schon einen neuen Gast, keine zehn Minuten nachdem ich hier war. Ein Bursche aus Texas.“

Steves Funkgerät an seiner Hüfte fing an zu rauschen. „Achtung, an alle Wagen! Fahndungsmeldung für die Neuenglandstaaten und die gesamte Ostküste! Gesucht wird ein weinroter Pontiac Bonneville mit dem Kennzeichen Richard Charlie Edward 5398. Rhode Island. Entführung durch nicht sorgeberechtigten Vater, Tochter besonders gefährdet. Ausstellende Behörde ist Drifting, Connecticut.“

Steve stellte das Funkgerät ab. „Wie steht's mit heute Abend? Meinst du, du kannst für heute mal die Bücher vergessen?“

Sie lächelte. „Hol mich so gegen sieben ab, ja? Und sei vorsichtig.“

„Ich bin immer vorsichtig.“

Steve schob sich hinters Lenkrad seines Streifenwagens. Er sah weder den Bonneville mit dem Rhode-Island-Kennzeichen drei Parklücken weiter noch den Mann, der durch die Vorhänge spähte und mit Erleichterung beobachtete, wie sich der Streifenwagen entfernte.

SOBALD Nick das Zimmer verlassen hatte, bewegte sich Kayla in Richtung Tür. Sie zählte. Fünfzehn Schritte. Zurück zum Bett, dann zehn Schritte bis zu einer Wand. Dann tastete sie sich rechts an der Wand entlang und kam an eine weitere Tür. Sie drehte den Knauf und spürte unter ihren Fingerspitzen kühle Kacheln. Das Bad, dachte sie. Kayla tastete nach dem Waschbecken und ließ Wasser über ihre Augen laufen. Dann zählte sie die Schritte zurück zum Bett, wo sie sich folgsam hinsetzte, bis ihr Vater zurückkam. Sie nahm sich ein Kissen und drückte es fest an sich. Es war zwar nicht ihr Teddy, aber es musste reichen. Zum ersten Mal, seit sie und ihr Vater unterwegs waren, hatte sie Angst. Richtig Angst. Nicht nur, weil ihre Augen so wehtaten, vielmehr weil ihr zum ersten Mal ihr Vater Angst einjagte. Sie hörte, wie ein Schlüssel herumgedreht wurde, dann wurde die Tür leise geschlossen.

„Da bin ich wieder", sagte Nick. Seine Stimme klang müde, fand sie. „Ich habe dir ein Eiersandwich und Orangensaft mitgebracht. Hier."

Trotz ihrer Schmerzen war sie halb verhungert.

„Ich rieche Kaffee, Daddy", sagte sie. „Was gibt es noch?"

„Einen Muffin", antwortete er mit vollem Mund.

„Wie ist der Name von diesem Ort?"

„Weiß nicht genau", brummte er. „Ich muss mich eine Weile ausruhen. Sieh fern oder so was, ja?"

Er gab ihr eine Fernbedienung in die Hand. Kayla wollte ihm nicht sagen, wie traurig er sie gerade jetzt machte. Sie wünschte, Mami würde ihr jetzt eine Geschichte vorlesen. Die von dem Häschen, das immerzu der Hasenmutter sagt, es würde weglaufen, und die Mutter sagt, sie würde es jederzeit wiederfinden. „Der kleine Ausreißer", so hieß sie.

„Wenn du dich in ein Segelboot verwandelst und von mir wegsegelst", sagte seine Mutter, „dann verwandle ich mich in den Wind und blase dich dahin, wohin ich dich haben will."

Zum ersten Mal wünschte sie, Mami könnte sich in den Wind verwandeln.

ES WAR beinahe Mittag, als zwei FBI-Agenten die Glastür zur Pension in Drifting öffneten, Sam voran. Die Agenten Susan Morse und Tim Hunt stellten sich Claire und Eli vor und wiesen sich aus.

„Können wir uns hier irgendwo unterhalten?", fragte Agentin Morse.

„Da draußen", erwiderte Claire und wies auf die Veranda.

Die fünf setzten sich auf zwei Korbsofas um den großen Couchtisch aus Glas. Susan Morse nahm ein Blatt aus ihrer Aktentasche. „Sind das die Leute, die hier eingecheckt haben?"

Claire erkannte die Fotos von der Website wieder. „Ja", antwortete sie. „Als Nick Pierce und Kayla."

Susan Morse kritzelte etwas auf einen Block. „Wann sind sie hier angekommen?"

„Montagmorgen", sagte Claire.

„Was für einen Eindruck hat das Kind auf Sie gemacht?"

„Er ist ohne sie zur Anmeldung reingekommen. Sie schlief im Auto.

Nachdem Nick eingecheckt hatte, sind wir rausgegangen zu seinem Wagen, um sie und das Gepäck zu holen, aber sie war weg. Ich habe Sam vom Strandtelefon aus angerufen."

„Machte der Vater einen nervösen Eindruck?"

„Nein. Ich meine, er war nervös, als er Kayla nicht finden konnte, aber sobald er sie dann sah, war er erleichtert. Er war sehr emotional." Claire zögerte. „Eigentlich wie jeder Elternteil, der sein Kind zurückbekommen hat."

„Wie hat Mr Parsons seine Rechnung bezahlt?", fragte Agentin Morse.

„Bar. Er erklärte, dass er es nicht mag, wenn er einen Monat später die Kreditkartenrechnung bekomme."

„Können wir die Liste der Anrufe sehen, die von seinem Zimmer aus geführt wurden?"

„Es gibt keine Anrufe", meldete sich Eli zu Wort. „Ich habe es überprüft."

„Was hat Sie veranlasst nachzusehen, Dr. Bishop?"

„Ich mochte ihn nicht", erwiderte er nüchtern. „Er hatte so etwas an sich, das mich gestört hat."

„Hatte Kayla etwas Ungewöhnliches an sich in Bezug auf ihr Verhalten oder ihre körperliche Verfassung?"

„Sie war mir gegenüber sehr anschmiegsam. Fast als Erstes erwähnte sie, dass ihre Mutter sie in ein Internat schicken wolle."

„Wann hat sie das gesagt?"

„Als wir am Strand waren. Doch als ich nachhakte, wollte sie nicht mehr darüber sprechen. Ich habe es nicht weiterverfolgt."

„Und körperlich?"

„Sie hatte eine Blase am Fuß. Ihre Turnschuhe waren zu eng. Sie ist klein für ihr Alter und dünn. Und gestern schwollen ihre Augen an und trockneten aus", berichtete Claire, dann hielt sie inne, um zu schlucken. „Sie hatte ziemliche Schmerzen. Und Nick hatte ihre Augentropfen vergessen. "

Agentin Morse sah Agent Hunt an und zog vielsagend die Augenbrauen hoch. „Fahren Sie fort, Frau Dr. Cherney."

„Mein Mann hat einen Freund von uns angerufen, Dr. Boyd, und der hat bei der Apotheke das Rezept durchgegeben. Als wir dann zurückkamen, vielleicht so eine Stunde später, waren er und Kayla verschwunden."

„Und dann haben Sie Chief Merrill angerufen", ergänzte Agent Hunt. „Was hat Sie veranlasst, ihn zu benachrichtigen?"

„Kayla war krank, als sie wegfuhren. Den ganzen Tag schon hatte sie

Schmerzen", erwiderte Claire. „Ich konnte nicht verstehen, wie er in diesem Zustand mit ihr fortgehen konnte, es sei denn, er lief vor etwas davon."

„Sonst noch etwas?", fragte Agentin Morse und blickte von Claire zu Eli.

„Er hat seinen Aktenkoffer keine Minute aus den Augen gelassen. Die ganze Zeit, als er hier war", erzählte Eli. „Er sagte, er habe Originalentwürfe darin, er sei Architekt."

„Das einzige Wahre, das er gesagt hat", stellte Susan Morse fest.

„Warum dann die Anhänglichkeit an den Aktenkoffer?", fragte Claire.

„Ich bin mir sicher, dass er Bargeld enthielt", antwortete die Agentin.

„Waren die Anzeigen gegen ihn wegen häuslicher Gewalt erfunden?", erkundigte sich Claire.

„Nein, das waren sie nicht", antwortete Agentin Morse.

„Und ich vermute mal, sie sind bereits geschieden. Die Website des ‚Nationalen Zentrums für vermisste und ausgebeutete Kinder' gab an, er wäre der Elternteil ohne Sorgerecht."

„Das ist richtig", bestätigte Agentin Morse. „Das Kind wird seit Februar vermisst. Sie wurde entführt an dem Abend, nachdem in der Sorgerechtsverhandlung die Entscheidung gefallen war. Der Mutter wurde das alleinige Sorgerecht zugesprochen."

„Aber wie hat er sie dann mitnehmen können?", fragte Claire sichtlich erschüttert.

„Er kam an jenem Abend zum Haus seiner Frau. Er sagte, er wolle nur einen Blick auf Kayla werfen. Aber dann packte er seine Frau und brach ihr dic Finger. Als sie wieder aus ihrer Ohnmacht erwachte, war ihre Tochter verschwunden."

„Oh nein", sagte Claire, und ihr Mund wurde ganz trocken. „Er hat behauptet, Phoebe hätte einen Skiunfall gehabt, als sie mit Kayla schwanger war, und sie wäre daraufhin zu früh zur Welt gekommen. Deshalb ist sie auch blind."

„Mrs Parsons zufolge hat er sie die Treppe hinuntergestoßen, als sie im siebten Monat war. Das Baby wurde am nächsten Tag geboren."

„Hat er Kayla jemals wehgetan?"

„Nicht körperlich, soweit uns oder der Mutter bekannt ist. Was die Gefühle angeht, das ist natürlich eine ganz andere Geschichte."

„Hat man sich schon mit der Mutter in Verbindung gesetzt?", wollte Eli wissen. „Weiß sie, dass Kayla hier gewesen ist?"

„Noch nicht", erwiderte Agent Hunt. „Wir wollen nicht, dass sie sich schon Hoffnungen macht."

„Wir fahnden die gesamte Ostküste rauf und runter“, schaltete sich Sam ein. „Jetzt müssen wir nur noch hoffen, dass er einen Fehler macht.“

Agentin Morse klappte ihr Notizbuch zu und griff in ihre Aktentasche. „Hier ist meine Karte. Vielen Dank, dass Sie uns Ihre Zeit geopfert haben.“

„Was wird am Ende mit ihm passieren? Wenn Sie ihn finden, meine ich“, fragte Claire.

Agentin Morse zog die Lippen zu einem dünnen Strich zusammen. „Bei weitem nicht genug“, antwortete sie.

8. Kapitel

Corinne lenkte den Wagen auf den Parkplatz von Rodeo Beach. „Ganz schön windig heute“, bemerkte sie, während sie sich ihre Jacke bis unters Kinn zuknöpfte. „Seid ihr bereit, Mädels? Phoebe, knöpf dir die Jacke zu!“

„Fertig“, erklärte Phoebe und tastete nach dem Handy an ihrer Hüfte.

Die drei schwangen sich ihre Rucksäcke auf den Rücken und steuerten auf den Hügel hinter dem Strand zu. Phoebe folgte ihrer Mutter und ihrer Schwester auf dem Weg. Etwas aus ihrem Traum der vergangenen Nacht verfolgte sie. Es war das Gefühl, dass Kayla ihr irgendwie näher war als während der vergangenen Monate. Die Ärzte hatten ihr in der Nacht, als sie geboren wurde, nur für einen kurzen Moment erlaubt, sie im Arm zu halten, und der Knöchel von Phoebes Finger war größer gewesen als Kaylas ganze Faust. Und dennoch hatte dieses winzige Baby mit der Energie eines Menschen, der überleben will, um sich geschlagen und geschrien. Und sie wusste, selbst als die Ärzte ihr sagten, dass sie blind sei, dass Kayla alle Widrigkeiten überwinden würde. Fast drei Wochen lang hatte sie neben ihrem Brutkasten gesessen und zugesehen, wie sich ihr kleiner Brustkorb hob und senkte, während die schrecklichen Schläuche und Elektroden ihren winzigen Körper noch kleiner erscheinen ließen. Sie pumpte ihre Milch in winzige Fläschchen ab und flößte sie ihr ein. Nick kam am Ende eines jeden Tages, stand vor dem Glasfenster und erklärte den Schwestern, er könne den Schmerz nicht ertragen. Und jedes Mal wenn Phoebe sein Gesicht sah, wandte sie sich ab.

„Du bist eine Transuse!“, rief Corinne, als Phoebe hinter ihnen zurückfiel. „Noch knapp zwei Kilometer, dann sind wir oben!“

„Ich komme schon!“, rief Phoebe zurück.

„Wenn wir oben sind, machen wir Rast. Es wäre besser für dich, wenn du einen kräftigen Appetit hättest, Miss Phoebe. Denn wir wollen mal sehen, ob wir nicht etwas Fleisch auf deine Knochen bekommen können!“

Und Phoebe dachte an Kayla mit ihrem glatten kleinen Körper, die weichen Falten ihrer Babyhaut. Dass Kayla schon mit zwei Jahren in ganzen Sätzen gesprochen hatte. Wie ihr Lächeln breiter wurde, wenn sie Schokoladeneis in ihren Mund löffelte. Wie sie den Teddybären neben sich setzte, wenn sie am Abend ihre Gebete sprach. Wie Kayla mit ihrem eigenen Körper zu verschmelzen schien, wenn sie ihr abends vorlas.

Phoebe spürte einen Windstoß und schloss die Augen. Einen Augenblick lang stand sie bewegungslos, dann setzte sie sich mitten auf den Pfad und verbarg das Gesicht in den Händen. Ihr Körper sank erschöpft wie eine Ziehharmonika zusammen. Sie wurde von dem Gefühl überwältigt, dass Kayla versuchte, sie zu erreichen. Und von dem noch schlimmeren Gefühl, dass ihr etwas zugestoßen war.

Wenn du dich in ein Segelboot verwandelst, verwandle ich mich in den Wind.

Ich bin der Wind, dachte sie. Ich muss es sein.

NICK schlief am Mittwochnachmittag bis drei Uhr. Er war verwirrt und wusste nicht genau, ob es nun drei Uhr morgens oder drei Uhr nachmittags war. Er zog die Rollos ein Stück auseinander und sah das Sonnenlicht.

„Daddy?“, meldete sich eine schwache Stimme aus dem anderen Bett. „Bist du auf?“

„Ich bin auf“, bestätigte er mit einer Stimme, die vom Schlaf noch ganz belegt war.

Er schaltete die Lampe auf dem Nachttisch ein und sah zu seiner Tochter hinüber. Ihr Gesicht war gerötet, ihre Augen waren geschlossen.

„Sie tun weh“, klagte sie.

Nick blieb ungerührt. „Du reibst sie ja auch die ganze Zeit. Ich hab dir doch gesagt, du sollst das lassen, oder nicht?“

„Du musst mir helfen“, bat sie zögernd.

Er zog das Telefonbuch aus der Nachttischschublade, legte es aber gleich wieder zurück. Wenn er sie in eine Notaufnahme brachte, würde man zu viele Fragen stellen. In einer Arztpraxis wäre es genauso.

„Ich hole uns was zu essen“, sagte er.

„Kann ich mit dir kommen? Ich mag nicht mehr hier bleiben.“

„Jetzt nicht“, erklärte er entschieden und steckte seine Brieftasche in die

Gesäßtasche. Nicht, solange dein Gesicht aussieht, als hätte dich jemand geschlagen, dachte er. „Leg die Kette vor, wenn ich weg bin."

Sie ging hinter ihm her und zählte die Schritte bis zur Tür. Ihre Hände tasteten nach der Kette. Dann zählte sie die Schritte zurück zum Bett. Kayla streckte die Hand nach dem Telefon aus. Was würde wohl passieren, wenn sie Mami anrief, überlegte sie. Ihre Finger wählten die Nummer. Es meldete sich eine Frauenstimme.

„Können wir Ihnen behilflich sein? Sie müssen die Neun vorwählen, wenn Sie nach draußen telefonieren wollen", sagte Gina. „Hallo? Hallo?"

Doch Kayla legte auf, denn ihr fiel wieder ein, dass Mami ja diejenige war, die sie wegschicken wollte.

STEVE D'ANGELO traf am Mittwochabend um sieben bei Ginas Haus ein. Der Dienst heute war mal wieder typisch gewesen. Erst der verbogene Kotflügel, dann zwei gestohlene Fahrräder, schließlich eine zerbrochene Fensterscheibe. Wenigstens würde er jetzt Gina sehen, die nach der Erdbeersahne-Waschlotion roch, die sie beim Duschen benutzte.

Er nahm sie zu „McHenry's" auf einen Burger mit, dann gingen sie in seine Wohnung, sodass sie ein paar Stunden miteinander verbringen konnten, bevor sie nach Hause musste, wo ihr Vater mit einer Stoppuhr auf sie wartete. Um Mitternacht verließen sie gerade Steves Wohnung, als Gina das Chemieheft einfiel, das sie bei Mario's an der Rezeption vergessen hatte.

„Dann düsen wir schnell mal da vorbei und holen es", schlug Steve vor.

„Es ist doch eine ganz andere Richtung", stöhnte sie. „Ich kann nicht glauben, dass ich es da liegen gelassen hab. Das kommt davon. Ich war so in Eile wegzukommen. Am Nachmittag ging es da drunter und drüber."

„Wie das denn?"

„Ach weißt du, die üblichen Verdächtigen, die sich einfach aus dem Staub machen. Und dann dieser Typ aus Texas, der heute Morgen angekommen ist."

„Hat er dich belästigt?"

„Nein, nichts dergleichen. Er ist den ganzen Tag über im Zimmer geblieben. Nur einmal ist er zu McDonald's rüber. Der sieht aus wie ein Obdachloser. Ich weiß ja nicht, was es mit ihm auf sich hat, aber ich möchte wetten, dass er keine Familie in Texas hat." Sie schüttelte sich. „Wer könnte schon mit dem verheiratet sein?"

Steve parkte vor dem Motel.

„Fahr doch bitte hinten rum, ja?“, bat Gina. „Mit meinem Schlüssel kann ich direkt durch die Hintertür rein.“

Steve fuhr den Honda nahe an den Hintereingang. Er schaltete das Autoradio ein und öffnete das Sonnendach. Der mitternächtliche Sternenhimmel funkelte.

Mit dem Heft in der Hand kam Gina aus dem Motel.

Steve lenkte den Wagen über den Parkplatz. „Das Auto da hat aber wenig Luft im Vorderreifen“, bemerkte er und zeigte auf den Pontiac.

„Das ist der Wagen von dem Widerling“, erklärte sie.

„Hast du nicht gesagt, er sei aus Texas?“

„Ist er auch.“

„Das Auto hat aber ein Rhode-Island-Kennzeichen.“ Sein Herz schlug plötzlich schneller. „Warte mal“, sagte er und hielt hinter dem Wagen. „Hast du was zum Schreiben? Schreib auf: RCE 5398.“

„Wozu?“, wollte sie wissen, während sie auf ihr Heft kritzelte.

Er fuhr zum McDonald’s hinüber, nahm sein Handy aus der Halterung an seinem Gürtel und das Heft von Ginas Schoß. Sergeant Reid Wilkins meldete sich. „He, Reid. Hör mal, ihr Jungs habt doch heute Morgen eine Fahndungsmeldung rausgegeben. Kannst du mir die noch mal vorlesen?“ Ein paar Minuten lang schwieg er. „Das ist er. Pontiac Bonneville. Du wirst es nicht glauben, aber ich hab den Wagen. Im Hinterhof von Mario’s Motel. Leer. Warte mal.“ Er wandte sich an Gina. „Weißt du noch, wie der Kerl hieß?“

„Nicholas Soundso“, antwortete sie.

„Nicholas Soundso. Heute Morgen ganz früh hat er bei Gina eingecheckt.“ Er hörte kurz zu, dann erwiderte er: „Ich warte, bis eure Jungs hier sind.“ Er klappte das Handy zu.

„Sagst du mir jetzt, was los ist?“, fragte Gina.

„Wir haben heute Morgen eine Fahndungsmeldung zu diesem Wagen reinbekommen“, erklärte Steve. „Der Kerl wird wegen Kindesentführung gesucht.“

Gina schlug die Hand vor den Mund. „Oh mein Gott.“

„Gina, er ist doch allein gekommen? Er hatte kein Kind dabei, oder?“

„Nein.“

„Gut. Sobald die Kollegen hier sind, bringe ich dich nach Hause. Und dann werden wir dafür sorgen, dass unser Freund hier nirgendwohin mehr ohne uns geht.“

Ein schwarzer Ford Crown Victoria stand mit ausgeschalteten Scheinwerfern und laufendem Motor vor der Einfahrt zum hinteren Parkplatz, ein weiterer versperrte den Weg zum vorderen. Steve ging zum zweiten Ford hinüber. Detective Todd Walker saß auf dem Fahrersitz.

„Also, was hat der Knabe auf dem Kerbholz?“, fragte Steve.

„Vater ohne Sorgerecht. Ist letzten Februar mit seiner Tochter aus San Anselmo, Kalifornien, abgehauen, nachdem er seine Frau ordentlich vermöbelt hatte. Anscheinend ist der Kerl kreuz und quer durchs Land gekurvt.“ Er sah zu Steve auf. „Willst du einsteigen? Könnte eine lange Nacht werden.“

Steve öffnete die Beifahrertür. „Wie alt ist das Kind?“

„Sieben. Und blind. Das Traurige ist, selbst wenn wir den Kerl schnappen, kriegt er eins auf die Finger, und dann kann er wieder nach Hause gehen“, sagte er. „Ganz schön beschissen.“

Corinne lud ihre Töchter am Mittwochabend nach der Wanderung zum Essen ein. Sie war, wie sich Phoebe noch aus ihrer Kindheit erinnerte, das, was die Nachbarn als unermüdlich bezeichneten, sie werkelte im Garten, gab Nachhilfeunterricht oder half in der Armenküche. Und die ganze Zeit über hatte sie rechtzeitig das Abendessen auf dem Tisch und immer ein offenes Ohr für ihre Töchter. Als ihr Mann Henry starb, brach ihre ganze Welt zusammen, doch sie stürzte sich in ihre guten Taten, wie sie es nannte. Und dann verschwand Kayla, und Corinne packte zwei Koffer, hinterließ den Schlüssel zu ihrem Haus bei einer Nachbarin und fuhr von Denver nach San Anselmo. Sie war bereits seit Februar hier.

„Dann mal los“, erklärte Corinne und schlug die Speisekarte auf. „Dieses Lokal ist bekannt für seine Suppen. Was meinst du, Phoebe?“

„Ich fühle mich nicht besonders“, sagte Phoebe.

„Weil du Hunger hast.“

„Nein, Mama. Du weißt doch, wie man plötzlich nachts aufwacht, kurz bevor das Baby anfängt zu schreien?“ Ihre Augen füllten sich mit Tränen. „Es ist, als könnte ich sie weinen hören. Und es bringt mich um.“

„Wir nehmen uns was zu essen mit“, entschied Corinne und klappte die Speisekarte wieder zu. „Ich bringe euch nach Hause.“

Corinne befürchtete, dass ihre Tochter allmählich zusammenbrach.

Wenn sich Sam Merrill selbst hätte in den Hintern treten können, so hätte er es getan. Immerzu ging er in Gedanken den Montagmorgen durch, an dem Kayla ihren Spaziergang am Strand unternommen hatte. Er hatte bei der Pension angehalten, und da hatte dieser Mann wie angewurzelt dagestanden. Warum durchkämmte er nicht die Straße oder sah unter der Veranda nach? Und dann die weiße Farbe auf dem verbeulten Kotflügel. Er hätte dem umgehend nachgehen müssen, als der Kerl behauptete, er wäre mit einem New Yorker Taxifahrer aneinander geraten.

Die Tür ging auf, und Claire und Eli kamen herein. „Du kannst nicht hier rumsitzen, ohne etwas zu essen", sagte Claire. „Wir haben dir was mitgebracht."

„Sagt bloß Annie nichts davon! Ich habe ihr Angebot den ganzen Abend ausgeschlagen."

„Wir haben gerade mit ihr gesprochen. Sie ist auf dem Weg hierher", berichtete Eli. „Wenn wir schon nicht schlafen können, können wir wenigstens zusammensitzen, oder?"

„Ich hätte am Montagmorgen sein Kennzeichen überprüfen sollen", erklärte Sam.

„Hinterher ist man immer schlauer", sagte Eli und dachte an Power. „Wir sind alle nur Menschen, Sam."

„Mit Ausnahme von Leuten wie Nicholas Parsons", stellte Sam zornig fest. „Ich werde es mir nie verzeihen, wenn wir dieses Kind nicht finden."

Annie hatte von der Tür aus zugehört. „Was soll ich nur mit euch machen?", fragte sie. „Du bist seit acht Uhr nicht mehr im Dienst, Sam Merrill. Ich habe eine Flasche Wein mitgebracht, und wir werden jetzt alle einen Cocktail trinken." Sie zog eine Flasche und vier Plastikbecher hervor.

Es war beinahe ein Uhr früh, als die vier beschlossen, die Polizeiwache zu verlassen. Sie waren schon auf dem Weg zur Tür, als das Telefon klingelte.

„Es ist für Sie, Chief", rief Nelson vom Empfang aus. „Harrison, New York Police Department."

„Merrill", meldete sich Sam. Er hörte einen Moment zu, und sein Gesicht begann zu strahlen. Er legte den Hörer auf und drehte sich zu den dreien um, die ihn erwartungsvoll anstarrten. „Der Pontiac ist vor einem Motel in Harrison, New York, gesichtet worden. Sie lassen den Wagen überwachen."

KAYLA hörte, wie ihr Vater die Pillen aus dem Fläschchen schüttete. Sie wusste, dass er manchmal etwas nahm, das ihm half einzuschlafen. Er hatte ihr einen Cheeseburger und Pommes und eine Cola mitgebracht. Er selbst hatte so eine Art gebackenes Fischsandwich gegessen. Jetzt stank das Zimmer nach ranzigem Öl. Sie hörte ihn tief atmen und wusste, dass er wieder eingeschlafen war. Ihr Haar fühlte sich fettig an, und ihre Augen klebten zusammen. Schon seit Tagen hatte sie nicht mehr gebadet. Bei Mami zu baden war immer noch am besten, dachte sie. Sie hatte ein Schaumbad, das nach Blumen roch. Und Mami drückte immer den Badeschwamm so aus, dass ihr das warme Wasser über den Rücken lief. Und dann kuschelte Mami sie in das riesige Handtuch und wiegte sie in ihrem Schoß, bis sie sich ganz mollig warm fühlte. Schließlich steckte sie sie in den weichen Schlafanzug. Kayla überlegte, wie lange sie schon nicht mehr in einem Schlafanzug geschlafen hatte.

Darüber nachzudenken, wie es einmal gewesen war, machte sie gleichzeitig traurig und froh. Wenn sie Teddy bei sich hätte, würde sie sich vielleicht ein kleines bisschen besser fühlen. Sie stellte sich vor, wie er jetzt irgendwo auf dem Rücksitz des alten Autos saß. Kayla hoffte, dass er sich – im Gegensatz zu ihr – nicht fürchtete. Sie hoffte, dass er wusste, dass sie ihn eines Tages finden und ihn wohlbehalten wieder bei sich haben würde.

In der Ferne hörte Kayla das Öffnen und Zuschlagen von Autotüren und die Stimme eines Mannes, die gedämpft und rau klang. Sie wünschte, sie hätten einfach in Drifting bleiben können. Es war dort fast wie zu Hause.

PHOEBE erwachte am Donnerstagmorgen kurz nach vier. Eine warme Brise wehte durch das offene Fenster. Sie hätte schwören können, dass sie im Flüstern des Windes die Stimme ihrer Tochter hören konnte: *Ich komme heim.* Sie drehte sich um in der festen Überzeugung, ihre schlafende Tochter neben sich zu spüren.

Um acht Uhr an diesem Morgen schlich Corinne auf Zehenspitzen in Phoebes Zimmer und setzte sich auf ihre Bettkante. Sie strich ihr die Haare aus dem Gesicht und streichelte sanft mit der Handfläche über ihre Wange, wie sie es schon getan hatte, als Phoebe noch ein Kind war. „Aufstehen, Schlafmütze“, sagte sie.

„Wo steckt Caroline?“, fragte Phoebe noch mit geschlossenen Augen.

„Sie telefoniert.“ Corinne zog den Atem ein. „Ich scheuche dich heute wieder hier raus.“

Phoebe stöhnte. „Schon wieder eine Wanderung? Muss das sein?“

„Es muss sein“, sagte Corinne bestimmt. „Ich lasse nicht zu, dass du hier rumsitzt.“ Corinne zog das Rollo hoch.

„Letzte Nacht war es so windig.“

„Tatsächlich? Ich habe nichts gehört. Na ja, es ist ein herrlicher Tag. Vielleicht hat der Wind alle Wolken weggeblasen“, meinte Corinne.

NICK schlief am Donnerstagmorgen nur bis sechs. Er schaute sich im Zimmer um. Kayla hatte sich in eine Fötusstellung zusammengerollt, ihre Fäuste waren unter dem Kinn geballt. Nick blickte auf die schmutzigen beigefarbenen Wände und atmete den strengen Geruch seines Körpers ein. Dereinst war er der geschniegelte Seniorpartner bei Parsons und Blanchard gewesen, dem angesehensten Architekturbüro in Marin County. Jetzt war er auf der Flucht.

Es war alles Phoebes Schuld. Hätte sie ihn nicht all die Male verhöhnt, sodass ihm ganz gegen seinen Willen die Hand ausgerutscht war! Hätte sie nicht die Polizei gerufen, nicht dafür gesorgt, dass diese Frau von der Jugendfürsorge jeden einzelnen seiner Besuche bei dem Kind überwachte! Er sah Phoebes Gesicht vor sich, ihre durchscheinende Haut, die sich aschgrau verfärbte, als ihre Hand in der Ofentür klemmte und sie auf den Küchenboden sank.

Nick fing an zu schwitzen, und sein Herz pochte wie wild.

„Zeit aufzubrechen!", rief er mit einer Stimme, die auch jetzt wieder von irgendwo außerhalb seiner selbst zu kommen schien.

„Daddy?", meldete sich Kayla. „Daddy?"

„Tut mir Leid", entschuldigte er sich. „Ich muss geträumt haben."

„Wie spät ist es?"

Er schaute auf die Uhr. „Sechs."

„Können wir heute rausgehen?"

„Später."

„Wie viel später?"

Zu viele Fragen, dachte er. Warum musste sie ihm nur andauernd Fragen stellen?

„Meine Augen wollen nicht aufgehen, Daddy", sagte sie mit zittriger Stimme. „Sie kleben zusammen."

„Was meinst du damit, sie wollen nicht aufgehen? Mach sie doch auf, Herrgott noch mal!" Er hatte vielleicht gerade einen Herzanfall, überlegte er. Ihm war schwindlig, und seine Haut war feucht.

„Vielleicht kann ich ja ein Bad nehmen", meinte Kayla leise, denn sie hatte Angst, ihn zu reizen. „Es hilft, wenn ich Wasser draufspritze."

„Ich muss unter die Dusche. Wenn ich fertig bin, helfe ich dir."

Den Rücken gegen die Kopfkissen gelehnt, saß sie da und lauschte, wie ihr Vater die Dusche laufen ließ. Vielleicht war heute ja der Tag, an dem sie die Augentropfen besorgten. Vielleicht wurde ja jetzt alles besser. Sie hörte, wie die Dusche abgestellt wurde und die Badezimmertür aufging.

„Jetzt geht es mir viel besser“, stellte Nick fest. Sein Herz hatte aufgehört zu rasen. Ihm war auch nicht mehr so schwindlig.

Kayla hörte, wie sein Koffer aufschnappte und er sich anzog. „Deinen Koffer hab ich im Kofferraum gelassen“, erklärte er. „Ich bringe ihn rein.“

„Und können wir danach frühstücken?“, fragte sie.

„Das machen wir unterwegs“, erwiderte er.

„Unterwegs? Wohin fahren wir denn jetzt?“, wollte sie wissen.

„Carolina“, antwortete er beinahe verträumt. „Es wird allmählich kalt hier. Bleib still sitzen. Ich bin gleich zurück.“ Inzwischen war er wieder ruhiger. Er würde sich auf der anderen Straßenseite einen Kaffee holen. Dann würde er voll tanken, den Reifendruck überprüfen und Richtung Süden fahren. Dort war es warm, und die Menschen waren freundlich. Savannah vielleicht. Oder Charleston. Er konnte dort ein neues Leben anfangen.

Nick stopfte seine Brieftasche in die Jacke und schob den Aktenkoffer unters Bett. Als er die Tür des Motelzimmers öffnete, sah er sich um. Gerade eben ging die Sonne auf, und der Himmel war mit violetten und orangefarbenen Streifen gefärbt. Er entdeckte den schwarzen Ford vor der Einfahrt. Einen Moment lang zögerte er, entschied dann aber, sich nichts dabei zu denken. Schließlich war das hier ein Motel. Den anderen zum Teil verdeckten schwarzen Wagen an der Stelle, wo der Parkplatz in eine Seitenstraße mündete, sah Nick nicht. Er ging hinüber zum Dunkin’s Donuts und bestellte sich einen schwarzen Kaffee und eine Tüte Donuts. Kurze Zeit später kam er zurück, stellte die Tüte auf das Autodach und steckte den Schlüssel ins Kofferraumschloss. Da hörte er hinter sich Schritte. Zwei Männer in dunklen Hosen und Sweatshirts kamen auf ihn zu.

„Nicholas Parsons?“, fragte der größere der beiden.

Nick gab keine Antwort. Er drehte sich auch nicht um.

„Nicholas Parsons?“

Nick schaute erst nach links, dann nach rechts, dann rannte er los. Im selben Augenblick kam der Wagen von der Seitenstraße auf sie zugefahren.

„Nehmen Sie die Hände hoch!“, dröhnte eine Stimme aus dem Wagen.

Nick hob die Hände hoch. Einer der Männer trat hinter ihn, klopfte ihn ab und nahm den Zimmerschlüssel aus seiner Tasche. Er drehte ihm die Arme auf den Rücken, sodass sich die Handschellen leicht anlegen ließen.

„Sie haben mir nicht meine Rechte vorgelesen“, beschwerte sich Nick. „Ich habe Rechte.“

„Du kriegst deine Rechte, wenn wir dir Fragen stellen“, sagte der Polizist. Er zog das Flugblatt des „Nationalen Zentrums für vermisste und ausgebeutete Kinder" aus seiner Gesäßtasche und hielt es Nick vors Gesicht. „Wir wissen, wer du bist."

Der Polizeibeamte warf den Schlüssel Steve D'Angelo zu, der aus dem Auto an der Seitenstraße stieg. „Zimmer sechzehn", sagte er. „Ist das Mädchen im Zimmer?"

Nick nickte. „Tun Sie ihr nicht weh."

„Wir sollen ihr nicht wehtun?", wiederholte Steve ungläubig.

Steve betrat das Zimmer und sah Kayla auf dem Bett sitzen.

„Daddy?", fragte sie atemlos. „Wer ist da?"

„Ich bin Polizist. Dein Daddy ist bei uns draußen. Er hat gesagt, es geht in Ordnung, wenn wir dich holen kommen."

Sie hüpfte vom Bett und begann die Schritte bis zur Tür zu zählen. „Ich will zu meinem Daddy", sagte sie und fing an zu weinen.

„Ich bringe dich zu ihm", erklärte Steve. „Gib mir deine Hand."

Kaylas Haare klebten an ihrem Kopf, die Augen waren rot und geschwollen. Ihre Kleider sahen aus, als habe sie nächtelang in ihnen geschlafen. „Wo ist er?", fragte sie mit bebenden Lippen.

„Er ist draußen bei den anderen Polizisten", antwortete Steve sanft. Sie mussten einen Krankenwagen rufen, dachte er bei sich. Das Gesicht des Kindes sah aus, als sei es geschlagen worden. „Niemand wird dir wehtun. Versprochen."

„Werdet ihr ihm wehtun?", wollte sie wissen.

„Ihm wird auch keiner wehtun. Das verspreche ich dir."

Sie streckte den Arm aus und legte ihre Hand in Steves. Er führte sie nach draußen und setzte sie in das andere Zivilfahrzeug der Polizei. „Sie möchte mit ihrem Vater sprechen", berichtete Steve Todd Walker. „Ich rufe erst mal einen Krankenwagen."

„Dem Kerl ist nicht zu trauen. Ich weiß nicht."

„Das Kind ist blind. Lass sie einfach nur mit ihm reden."

Nick saß auf der Rückbank des Zivilfahrzeugs. Todd lehnte sich zu ihm nach hinten. „Sagen Sie ihr, dass es in Ordnung geht, wenn sie mit uns kommt. Und wenn Sie irgendwelche Mätzchen versuchen, glauben Sie mir, dann wird es Ihnen mehr Leid tun, als Sie es je für möglich gehalten hätten." Todd zerrte Nick aus dem Wagen. „Hier ist Daddy, Kayla!"

„Daddy?", rief sie, als Steve mit ihr zu Nick hinüberging.

„Glaub ihnen kein Wort, Kayla!", schrie Nick. „Sie werden dich nach Hause zurückbringen, und sie wird dich dann wegschicken! Deine Mutter tut mir das an, Kayla! Ich bin der, der dich lieb hat, Kayla! Ich bin es!"

Kayla fing an zu kreischen. Steve D'Angelo nahm sie auf den Arm, während Todd Nick in den Wagen zurückstieß. „Du Mistkerl", schrie er.

Kayla hörte das Heulen einer Sirene und dann das Quietschen von Reifen. Eine Sanitäterin sprang aus dem Krankenwagen und ging zu Kayla. „Ich bin Melissa", sagte sie sanft. „Und ich bringe dich jetzt ins Krankenhaus, ja? Wir haben einen Krankenwagen hier. Alles wird gut." Melissa nahm Kayla aus Steves Arm.

Kayla fasste Zutrauen zu Melissas Berührung. „Meine Augen tun weh", schluchzte sie.

„Wie lange tun sie schon weh?", fragte Melissa.

„Ich weiß nicht", antwortete Kayla. „Wo ist mein Daddy?"

„Dein Daddy geht mit den Polizisten", erwiderte Melissa. „Aber wir kümmern uns ganz besonders gut um dich, in Ordnung? Komm, wir fahren zusammen hinten im Krankenwagen."

Kayla lehnte den Kopf an die Frau. „Bleibst du bei mir im Krankenhaus?", fragte Kayla.

Melissas Augen wurden feucht. „Ich werde fragen, ob ich das darf, wenigstens für ein Weilchen", sagte sie und schloss Kayla in die Arme.

UM 12.30 UHR am Donnerstag rief John Blanco Sam auf dem Polizeirevier an.

„Ich wollte, dass du es von mir erfährst", sagte er. „Sie haben sie in Harrison, New York, zu fassen gekriegt. Der Vater ist in Haft, das Kind ist im Krankenhaus Saint Agnes in White Plains."

„Geht es ihr gut?", fragte Sam.

„Sie scheint unverletzt zu sein", erwiderte Blanco.

„Wann hat man sie gefasst?"

„Gegen sieben heute Morgen. Ein Streifenpolizist hat das Auto hinter dem Motel entdeckt."

„Was ist mit der Mutter?"

„Sie haben mehrere Nachrichten auf ihrem Anrufbeantworter hinterlassen. Ihr Handy reagiert nicht. Sie versuchen noch immer, sie ausfindig zu machen."

Gleich nachdem Sam aufgelegt hatte, rief er in der Pension an. Claire war am Apparat.

„Sie haben ihn gefasst, in Harrison, New York", berichtete Sam. „Der Vater ist in Haft, und Kayla wird im Krankenhaus Saint Agnes in White Plains behandelt."

Claire legte auf und ging auf die Veranda hinaus, wo Eli gerade die Zeitung las. „Sie haben sie gefunden", berichtete sie. „In Harrison, New York. Sie haben Kayla gerade ins Krankenhaus Saint Agnes in White Plains gebracht."

Eli warf die Zeitung auf den Boden. „Das ist etwa drei Stunden von hier." Er stand auf. „Ich vermute mal, du würdest gern eine kleine Autofahrt unternehmen."

DIE NACHRICHTEN begannen am Donnerstagmorgen gegen zehn Uhr auf Phoebes Anrufbeantworter einzugehen, gerade als Corinne, Phoebe und Caroline durch den Faude Park stapften. Im Bereich des Parks gab es keinen Funkempfang, und so war Phoebes Handy für die folgenden sieben Stunden schmerzlich still, bis sie gegen vier Uhr wieder zur Haustür hereinkamen. Phoebe sah das rote Licht auf dem Gerät blinken und drückte mit zitternden Fingern die Taste. Die erste Nachricht war von Detective Tom Warren vom Polizeirevier in San Anselmo, dem leitenden Beamten in Kaylas Fall.

„Phoebe, hier ist Tom Warren, Polizei San Anselmo. 415-555-1200, Apparat 201." Die folgenden sechs Nachrichten lauteten genauso.

Phoebe wählte die Nummer, während Corinne und Caroline rechts und links von ihr Aufstellung nahmen. „Detective Warren, bitte", sagte sie. „Hier spricht Phoebe Parsons."

„Einen Moment bitte", bat die Stimme.

„Detective Brennan", meldete sich eine andere Stimme.

„Ich versuche, Detective Warren zu erreichen", sagte Phoebe. „Mein Name ist Phoebe Parsons."

„Man hat Ihre Tochter gefunden, Mrs Parsons. Es geht ihr gut."

Phoebe stand wie angewurzelt da. Sie vernahm die Stimme erneut, doch diesmal aus weiter Entfernung. „Mrs Parsons, man hat Ihre Tochter gefunden. Hören Sie mich, Mrs Parsons? Ist alles in Ordnung?"

„Ich höre Sie", erwiderte Phoebe. Sie lehnte sich gegen die Wand, dann ließ sie sich langsam auf den Boden sinken und fing an zu schluchzen.

Corinne nahm den Hörer. „Hier spricht Phoebes Mutter, Corinne Albert. Meine Tochter ist im Augenblick von ihren Gefühlen überwältigt", erklärte Corinne. Tränen brannten in ihren Augen. „Sie haben Kayla gefunden?"

„Man hat sie aufgestöbert, Mrs Albert. Sie ist zur Beobachtung im Krankenhaus Saint Agnes in White Plains, New York. Sie scheint in guter Verfassung zu sein", berichtete der Polizeibeamte. „Detective Warren hat den ganzen Tag über versucht, Ihre Tochter zu erreichen."

„Wir waren wandern“, sagte Corinne atemlos. „Das Handy hatte keinen Empfang. Wo haben Sie sie gefunden?“

„In einem Motel in Harrison, New York, Madam.“

Das Telefon signalisierte einen weiteren Anruf. „Bleiben Sie mal kurz dran, ja?“, bat Corinne und drückte eine weitere Taste.

„Detective Warren, Polizei San Anselmo“, meldete sich eine Stimme. „Phoebe Parsons, bitte.“

„Tom, hier ist Corinne. Wir haben es gerade gehört. Phoebe ist überwältigt.“

„Das kann ich verstehen“, sagte der Detective. „Um zehn heute Abend geht ein Flug von San Francisco. Sie haben drei Plätze für uns reserviert. Ich nehme an, Sie werden mitkommen, Mrs Albert. Ich hole Sie so gegen sechs ab.“

Corinne schaltete wieder zu Detective Brennan zurück. „Das war Tom Warren“, berichtete sie. „Er ist unterwegs.“

Caroline saß neben Phoebe auf dem Fußboden und hatte den Arm um ihre Schulter gelegt.

„Der Detective hat für uns um zehn einen Flug von San Francisco aus gebucht“, sagte Corinne, die jetzt vor Phoebe kniete. Sie wandte sich an Caroline. „Er hat nur drei Plätze gebucht, Schätzchen.“

„Du fährst mit, Mama“, entschied Caroline. „Ich werde einkaufen gehen und hier mal gründlich sauber machen.“

„Ich packe rasch ein paar Sachen zusammen“, kündigte Corinne an und zog Phoebe an den Händen hoch. „In Ordnung? Komm, steh jetzt auf!“

„Siehst du? Ich hatte Recht, Mama!“ Phoebe erhob sich wie ein Fohlen, das zum ersten Mal auf eigenen Füßen steht. Sie lächelte unter Tränen. „Ich sag’s dir, ich habe gehört, wie sie mich gerufen hat.“ Sie holte tief Luft und schloss die Augen. „Kayla kommt heim.“

9. Kapitel

Officer Joan Matthews saß draußen auf einem Stuhl, als Claire und Eli vor der Tür zu Kaylas Krankenzimmer stehen blieben.

„Mein Name ist Claire Cherney“, stellte sich Claire vor. „Das hier ist mein Mann, Eli Bishop. Kayla und ihr Vater haben in unserer Pension gewohnt, und …“

Officer Matthews unterbrach sie. „Wir kennen die ganze Geschichte“, sagte sie. „Die Ärzte wollen sie über Nacht zur Beobachtung dabehalten. Sie hat ganz schön was mitgemacht. Kayla ist dehydriert, deshalb haben sie sie an den Tropf gehängt."

„Hat man die Mutter inzwischen erreicht?", erkundigte sich Claire.

„Sie nimmt einen Flug um zehn von San Francisco aus. Wir erwarten sie so gegen acht morgen früh."

Claire nickte. „Kann ich Kayla sehen?"

„Sie schläft gerade, aber gehen Sie nur rein."

Langsam stieß Claire die Tür auf. Kayla lag auf dem Rücken, die geschwollenen Augen geschlossen. An ihrem dünnen Ärmchen hatte man eine Infusion angebracht. Claire stellte sich ans Fußende des Bettes. Sie war schon im Begriff, das Zimmer wieder zu verlassen, als sich Kayla regte.

„Kayla?", flüsterte Claire. „Ich bin's, Claire."

„Claire! Wie hast du mich gefunden?"

Claire setzte sich auf den Rand von Kaylas Bett. Sie nahm ihre Hand. „Genauso, wie ich dich an dem Morgen am Strand gefunden habe." Sanft drückte sie die Hand. „Geht es dir gut?"

„Meine Augen fühlen sich besser an", berichtete das Kind. „Die Ärzte haben mir Tropfen gegeben. Die Polizei hilft Daddy."

„Na, das sind ja alles gute Neuigkeiten", meinte Claire.

„Die Polizisten haben gesagt, Mami kommt her", erzählte Kayla. „Ich hab Angst, dass sie mich wegschickt."

„Glaub mir, Kayla, deine Mami will dich überhaupt nicht wegschicken", beruhigte sie Claire.

„Aber Daddy hat gesagt, sie will. Er hat gesagt, das wäre der Grund, warum wir weit von ihr weglaufen müssen, damit sie es nicht tun kann."

„Na, dann hat er nicht die Wahrheit gesagt, Kayla", erklärte Claire beklommen. „Mami kommt, um dich abzuholen, und niemand schickt dich irgendwo anders hin als heim nach San Anselmo."

„Wird Daddy ins Gefängnis kommen?"

Claire hielt den Atem an. „Das weiß ich nicht so genau, Kayla."

„Aber wieso hat er Sachen erzählt, die nicht stimmen?"

Claire schüttelte den Kopf. „Ich weiß es nicht. Aber weißt du was? Ich glaube, das kann am besten deine Mami beantworten. Frag sie, und sie wird dir alles erklären. Im Moment musst du nur zwei Dinge wissen: Dass es Daddy gut gehen wird und dass deine Mami dich niemals wegschicken würde. Sie hat dich sehr lieb, Kayla."

„Bleibst du bei mir?"

„Bis Mami da ist", versprach Claire. „Dann nimmt sie dich mit nach Hause, wo du hingehörst."

Kayla schlief in Claires Armbeuge, als am Freitagmorgen um halb neun die Tür zu ihrem Zimmer aufging. Eine junge Frau trat ein, die auf Claire kaum älter als ein Mädchen wirkte. Hinter ihr erschien eine Frau, deren Haar an den Schläfen grau meliert war. Die Augen der jungen Frau hatten einen intensiven Grünton, ein dicker kastanienbrauner Haarschopf umrahmte ihre feinen Gesichtszüge. Sie war dünn, und ihre Kleider hingen lose an ihrem Körper herunter. Kaum das Showgirl, als das Nick sie beschrieben hatte. Tatsächlich war sie Kaylas Ebenbild. Die junge Frau ging vorsichtig zum Bett hinüber. Claire löste sich sanft von Kayla und trat ohne ein Wort zur Seite. Die Frau blieb einen Augenblick lang stehen und sah das Kind an. Ihre Augen füllten sich mit Tränen. Es war ihr Kind, auch wenn es jetzt sehr kurze Haare trug und seine früher rosige Gesichtsfarbe von seinen Wangen verschwunden war. Vorsichtig berührte sie mit ihren Fingerspitzen Kaylas Stirn.

„Mami?", fragte Kayla und schlug die Augen auf. „Mami?"

„Ich bin es", flüsterte Phoebe und bemühte sich, nicht zu weinen. Vorsichtig setzte sie sich auf den Bettrand und nahm Kayla in ihre Arme. Sie küsste Kaylas Gesicht, dann die weiche Rundung ihres Halses. Langsam wiegte sie sie vor und zurück. „Meine Süße", sagte sie wieder und wieder.

Corinne trat hinter Phoebe. „Kayla?", sagte sie leise.

„Omi?" Kayla setzte sich kerzengerade auf. „Omi! Daddy hat gesagt, du seist gestorben."

Corinne tat einen schmerzvollen Atemzug. Sie ging auf die andere Seite des Bettes und rückte den Infusionsständer zur Seite, um eine Stelle zu finden, von der aus sie an Kayla herankam. Phoebe zog sich für einen Augenblick zurück, hielt aber weiter die Hand ihrer Tochter, während Corinne das Gesicht des Kindes zwischen ihre Hände nahm und sie auf beide Wangen küsste. „Da hatte Daddy Unrecht", erklärte sie.

Obwohl Phoebe zunächst an Claire vorübergegangen war, als wäre sie ein Geist, wusste sie von Detective Warren, dass Claire und Eli für Kaylas Auffinden verantwortlich waren. Doch erst als Kayla Phoebe fragte, ob sie schon ihre Freundin Claire kenne, erhob sich Phoebe von Kaylas Seite und ging zu ihr, die neben Eli in der Tür stand.

„Ich weiß nicht, wie ich Ihnen jemals danken kann."

Claire schloss Phoebe in die Arme. Beide Frauen weinten. Und exakt in diesem Augenblick offenbarten sich zwei Wahrheiten: Kayla wusste auf einmal, dass ihre Mutter tatsächlich der Wind war, und Claire wurde Zeuge eines Wiedersehens, nach dem auch sie sich tief in ihrem Innersten sehnte, wie sie nicht länger leugnen konnte.

DIE MORGENSONNE fiel durch die Jalousien in das Krankenzimmer, wo Kayla in der Armbeuge ihrer Mutter lag. Normalerweise brachte das Sonnenlicht Kayla dazu, die Augen zu schließen und sich abzuwenden, doch diesmal war sie begierig nach der Wärme der Sonne auf ihrem Gesicht.

„Wir fahren bald heim“, flüsterte Phoebe und zog Kayla noch näher an sich. „Der Doktor hat gesagt, du kannst ruhig heimgehen.“

„Mit Omi?“

„Mit Omi.“

„Warum hat Daddy gesagt, sie wäre gestorben?“

„Ich weiß es nicht“, gab Phoebe zur Antwort und strich Kayla über die Wange.

„Ich hab Teddy verloren, Mami“, erklärte Kayla plötzlich unter Tränen. „Er war in unserem Auto, und dann hat Daddy das neue Auto gekauft, und er ist verloren gegangen.“

„Wir werden die Polizei fragen, Schätzchen. Vielleicht haben sie ihn ja gefunden.“

„Mami?“ Kayla holte tief Luft. „Daddy hat gesagt, du wolltest mich wegschicken. Er hat gesagt, es gibt da diese Schule für blinde Kinder und da wolltest du mich hinschicken. Daddy hat gesagt, ich würde da auch wohnen.“ Sie weinte wieder. „Das war auch eine Lüge, nicht, Mami?“

Phoebe hielt die eigenen Tränen zurück. „Kayla, ich würde dich niemals wegschicken.“

„Warum hat Daddy es dann gesagt?“

„Daddy war sehr wütend auf mich, Kayla. Wenn man wütend ist, sagt man Dinge, die man nicht so meint. Alles, was du im Augenblick und für alle Zeiten wissen sollst, ist, dass es einfach nicht wahr ist.“

Genau in diesem Moment kam die Schwester ins Zimmer. „Detective D’Angelo hat gerade das hier rübergeschickt“, sagte sie und gab Phoebe eine kleine rosafarbene Einkaufstüte. „Er meinte, Kayla würde das vielleicht haben wollen.“

Phoebe reichte sie an Kayla weiter. Kayla griff in die Tasche hinein. „Es ist Teddy, Mami!“, rief sie und drückte das abgenutzte Stofftier an sich. „Jetzt sind alle wieder zu Hause.“

Detective Warren holte Phoebe, Kayla und Corinne am Freitagmittag ab. Kayla trug eine rosafarbene Hose und ein rosa-weiß gestreiftes Shirt, das Phoebe von zu Hause mitgebracht hatte. Die Schwellung an Kaylas Augen war abgeklungen, und ein Hauch von Rosa war auf ihre Wangen zurückgekehrt. Sie wollte die Hand ihrer Mutter nicht loslassen, selbst als Claire sich vor sie hinkniete.

„Ich werde dir schreiben", versprach Claire.

„Es ist besser, wenn wir telefonieren", erklärte Kayla. „Aber Mami kann mir die Briefe auch vorlesen."

Worte waren überflüssig. Corinne, Phoebe und Claire umarmten einander, Kayla hatten sie in ihre Mitte genommen.

ALS DER Wagen mit Kayla, Phoebe und Corinne vom Krankenhaus wegfuhr, hob Claire instinktiv die Hand zum Winken, obwohl sie wusste, dass Kayla es nicht sehen würde. Sie wusste außerdem, dass Kayla alles, was sie brauchte, an ihrer Seite hatte.

„Ich bin müde", sagte sie, an Eli gewandt.

Er nickte. „Ich auch. Zu müde, um noch nach Hause zu fahren."

„Du hast doch gesagt, du wolltest nach Manhattan. Wie wär's damit? Es ist – wie viel? – etwa vierzig Minuten von hier?"

In New York mieteten sie sich in einem kleinen Hotel auf der unteren Madison Avenue ein. Sie duschten, zogen die Tagesdecke von dem riesigen Doppelbett, legten sich auf den Rücken, verschränkten die Hände ineinander und fielen in einen tiefen Schlaf. Gegen 18 Uhr erwachten sie.

„Es ist wirklich verrückt, nicht?", bemerkte Claire plötzlich und stützte sich auf den Ellbogen. „Ich möchte Sulie finden und dann wieder doch nicht. Ich habe Angst davor."

„Wovor genau hast du Angst?", fragte er und drehte sich auf die Seite, um sie ansehen zu können.

„Vor dem, was ich vorfinden werde."

„Hast du schon jemals versucht, etwas herauszufinden? Sag mir die Wahrheit, Claire."

„Am vergangenen Montag", gab sie zu. „Ich bin auf eine dieser Vermisstensuche-Websites im Internet gegangen. Aber ich habe nichts gefunden."

„Es gibt noch andere Websites. Oder Privatdetektive."

„Daran hab ich auch schon gedacht. Aber weißt du, sie könnte auch mich finden. Heutzutage ist es leicht, Leute zu finden, wenn man will."

„Vielleicht hat sie genauso viel Angst wie du."

„Das lässt mich zu sehr hoffen", entgegnete sie. „Ich bin klug genug zu wissen, dass ich sie nicht romantisch verklären sollte." Sie fuhr mit dem Finger über seine Brust. „Wir sollten uns anziehen. Lass uns irgendwohin gehen, uns amüsieren."

An diesem Abend aßen sie in einem kleinen Pub an der 29. Straße Ost. „Manchmal frage ich mich, ob ihr eigentlich bewusst ist, wie viel sie verpasst hat." Claire trank einen Schluck Wein. „Weißt du, Sulie hat einmal eine Postkarte von einem Ort namens Cakebread geschickt. In Missouri oder Arkansas oder irgendwo. Das klang so süß. Jack zeigte mir immer die Postkarten und tat so, als wäre es ein freudiges Ereignis. Ich habe Sulie gehasst." Sie ließ das Kinn sinken. „Ich habe ihm allerdings nie gesagt, dass ich sie hasste, weil ich immer das Gefühl hatte, dass er sie noch liebte."

„Jack hat mir mal erzählt, Sulie wäre wie ein wildes Pferd gewesen, das nicht gezähmt werden konnte. Er hat sie beinahe verherrlicht. Sie wäre einfach zu jung gewesen, sagte er."

Claire traten Tränen in die Augen. „Das hat er gesagt? Siehst du, was ich meine? Er hat sie trotz allem geliebt."

„Eines musst du bedenken", sagte Eli und griff nach ihrer Hand. „Du kannst diese Frau suchen, aber du kannst nicht deine Mutter suchen. Sie hat dich zwar auf die Welt gebracht, aber sie war dir nie eine Mutter."

„Ich weiß", erklärte sie. „Du denkst, ich bin auf dem besten Weg, auf die Nase zu fallen."

„Ich hab dir doch gesagt, ich fange dich auf."

Sie lächelte ihn an. Er straffte die Schultern. „Claire, ich muss dich etwas fragen. Hast du je daran gedacht, sie könnte vielleicht …"

„Tot sein? Sie ist nicht tot, Eli."

„Wie willst du das wissen?"

„Ich weiß es einfach." Sie raffte ihr Haar zusammen, dann ließ sie es wieder fallen. „Ich muss den Klang ihrer Stimme hören. Ich möchte wissen, ob ihre Haut runzelig ist und ob sie graue Haare hat. Ob sie kocht, ob sie zeichnet, ob sie singt." Claire hielt inne. „Ob sie noch andere Kinder hat. Ob sie sich verliebt hat und vielleicht deshalb weggelaufen ist."

„Was wäre der beste Grund, den sie für ihr Weggehen nennen könnte?"

„Leidenschaft."

„Und der schlimmste?"

„Leidenschaft."

„Das verstehe ich nicht."

„Keine andere Leidenschaft auf der Welt ist so groß wie die, die wir für unsere Kinder empfinden. Für mich ist es die größte Sünde, die es gibt, ein Kind im Stich zu lassen."

Nach dem Essen spazierten sie die Straße entlang, wo eine Wahrsagerin sie in ihre Bude zu locken versuchte.

„Tante Helen hat mir erzählt, dass Sulie sich für eine Zigeunerin gehalten hat. Ihr Vater war Schneider, ihre Mutter Putzfrau. Tante Helen sagte, Sulie war der Meinung, sie wären ihr nicht gut genug gewesen. Genau wie wir. Ich schätze, wir waren ihr auch nicht gut genug." Claire blickte in die Ferne. „Ich erinnere mich an sie von den Fotos her. Sie war ganz dunkel. Sehr schön. Jedenfalls hat sie wirklich wie eine Zigeunerin ausgesehen." Claire blieb stehen und schlang die Arme um Elis Taille. „Weißt du, was mit am schlimmsten wäre? Wenn ich sie finde und sie am Ende noch mag."

„Was wäre daran so schlimm?"

„Ich will sie nicht mögen."

DIE GLÖCKCHEN an der Tür zu Annies Laden bimmelten, als Claire und Eli eintraten.

„Ich war gerade im Begriff zuzumachen", bemerkte Annie. Sie umarmte die beiden. „Ende gut, alles gut, wie ich höre."

„Das war vielleicht was", stimmte Claire zu.

„Was für eine Geschichte. Wisst ihr, Sam war derjenige, der darauf geachtet hat, dass sie den Bären wiederbekam", berichtete Annie stolz. „Er hat John Blanco in Hubbard angerufen. Und, wie war's in der Großstadt?"

„So lala", erwiderte Claire. „Es ist jetzt alles so anders."

Annie schaute Eli an. „Meinst du, du wirst je wieder zur Arbeit gehen?"

„Vielleicht nicht", antwortete Eli grinsend. „Ich genieße die Tage mit meiner Frau."

Er warf einen Blick auf Claire. Geh mal kurz weg, bedeuteten ihm ihre Augen.

„Ich werde mal Kaffee holen. Wollt ihr auch was?"

„Kaffee mit Haselnussgeschmack?", fragte Claire Annie.

„Unbedingt", erklärte Annie. Und sobald sich die Tür hinter Eli geschlossen hatte, sagte sie zu Claire: „Du bist wie ein offenes Buch, meine Liebe. Was ist los?"

Claire gab sich sichtlich einen Ruck. „Ich brauche deine Hilfe, um meine Mutter zu finden."

„Meine …?", fragte Annie erstaunt. „Wie kann ich …?"

„Sam hat doch diesen Computer, diese ZIVB."

„Ach, Claire. Das hat uns doch nicht mal bei Kayla geholfen. Du hast sie auf dieser Website gefunden."

„Das lag daran, dass wir ihren richtigen Namen nicht kannten. Warum können wir es nicht mal versuchen?", meinte Claire.

„Weil nur Sam befugt ist, dieses Ding zu benutzen. Er könnte große Schwierigkeiten bekommen."

„Es braucht ja keiner zu erfahren."

„Ich kann es einfach nicht. Du weißt, dass ich alles für dich tun würde …"

„Du kennst doch seinen Code, nicht wahr?"

Annie wurde rot. „Das sollte ich allerdings nicht."

„Ach, komm schon. Ehepartner wissen doch immer solche Sachen. Bettgeflüster. So nennen Eli und ich es. Meinst du vielleicht, ich erzähle ihm nichts von manchen meiner Fälle?"

„Sam würde mich umbringen."

„Na ja, vielleicht hätte er nichts dagegen, in die andere Richtung zu schauen. Nur dieses eine Mal. Bitte, Annie. Frag ihn. Es kann sein, dass wir überhaupt nichts finden. Aber bitte hilf mir, es zu versuchen."

Annie musterte das Gesicht ihrer Freundin. „Lass mich nur darüber nachdenken, wie ich es Sam beibringe. Ich werde dir helfen. Versprochen."

AM MONTAGNACHMITTAG um halb drei tauchte Sam bei der Pension auf, um, wie er sagte, Eli mit den Sturmfenstern zu helfen.

„Sturmfenster?", fragte Claire unschuldig. „Heute will Eli die Sturmfenster anbringen? Er ist doch in der Praxis."

„Du bist ein lausiger Gauner, Claire", stellte Sam fest. „Deine Komplizin wartet im Laden auf dich."

„Annie? Du meinst …"

Er hob die Hand. „Warum fährst du nicht schnell mal zum Laden. Kent wird um halb vier wieder auf dem Revier sein. Ihr habt eine Stunde."

„Sam, danke!", rief Claire und griff nach ihrer Handtasche.

Annie wartete bereits in ihrem Wagen, als Claire die Hauptstraße entlanggefahren kam. „Fahr mir nach zum Polizeirevier", sagte sie.

Auf dem Revier zog Claire einen Stuhl zu Annie hinüber, als diese den ZIVB Computer einschaltete und Sams Code eingab.

„Buchstabiere mir mal ihren Nachnamen", bat Annie.

„T-E-R-E-N-Z-I."

„Vorname?"

„Ursula."

„Letzte bekannte Adresse?"

„Eins-null-zwei Riverside Drive." Claire schluckte schwer.

„New York City", sagte Annie laut, während sie das leere Feld ausfüllte.

„Geburtsdatum?"

Claire blieb der Mund offen stehen. „Ich habe keine Ahnung. Ist das nicht erstaunlich?"

„Das Geburtsjahr?"

„Sie war fünfzehn Jahre jünger als Jack. Ich schätze, es muss so um 1938 herum sein."

„Geburtsort?"

„Italien, glaube ich."

„Okay und jetzt ab die Post", sagte Annie und drückte die Enter-Taste.

Auf dem schwarzen Bildschirm erschienen Reihen von Buchstaben in weißer Schrift. Dann stoppte der Suchlauf.

Ursula Terenzi Cherney. Vermisste Person. Ausstellende Behörde: Vermisstenabteilung des NYPD. Anzeige aufgegeben am 22. Januar 1959. Zuständiger Beamter: Detective Charles Wagner, 212-555-2246. Sonstiges: Zum letzten Mal gesehen am 11. August 1991 in „Morley's Bar und Grill" in Bar Harbor, Maine. Gemeldet von Gast Vincent DiFalco.

„Vincent", wiederholte Claire. Sie zitterte.

„Wer ist das denn?"

„Der Freund meines Vaters. Er ist vor ungefähr fünf Jahren gestorben."

„Er hat dir nie gesagt, dass er sie gesehen hat?"

„Vielleicht war er sich nicht sicher. Vielleicht wollte er nicht, dass ich mir Hoffnungen mache."

Annie druckte die Seite aus und fuhr den Computer herunter. „Wir müssen gehen", sagte sie. „Bald werden alle zurück sein."

Claire legte sich den Mantel um die Schultern.

„Was wirst du jetzt tun?", wollte Annie wissen.

„Versuchen, nicht zu träumen."

CLAIRE saß auf der Veranda, als Eli an diesem Abend heimkam.

„Und?", fragte er.

„Und was?", fragte sie zurück.

„Sam hat mir gesagt, dass du und Annie den Computer benutzt habt, um nach ihr zu suchen."

„Bist du sauer, weil ich es dir nicht gesagt habe?"

„Das musstest du allein tun.“ Er schenkte sich ein Glas Wein ein. „Ich wollte dir Zeit geben.“

„Sie existiert“, berichtete Claire.

„Das hast du doch immer gewusst.“

„Sie führen noch die Vermisstenanzeige. Vincents Name war genannt. Er glaubte, sie vor zehn Jahren in Bar Harbor, Maine, gesehen zu haben, in einem Lokal namens Morley's Bar und Grill.“

„Hast du da angerufen?“

„Ich habe mir nur die Telefonnummer besorgt, aber ich habe noch nicht angerufen.“

„Es könnte eine Sackgasse sein“, warnte er.

„Ich weiß“, gab sie zu und drehte sich zu ihm um. „Deshalb habe ich ja auch auf dich gewartet.“

„Was soll ich tun?“

„Stell dich hinter mich, wenn ich anrufe.“

„Hinter dich?“

„Falls ich umfalle.“

„Morley's Bar und Grill“, meldete sich eine Männerstimme. „Brad Morley am Apparat.“

„Ich suche nach Ursula Terenzi“, sagte Claire.

„Und Sie sind?“, erkundigte er sich vorsichtig.

„Ich bin ihre Tochter“, erwiderte Claire.

„Ihre Tochter?“, wiederholte er, unfähig, sein Erstaunen zu verbergen.

„Ich versuche, sie ausfindig zu machen“, stammelte Claire.

„Sie hat mal hier gearbeitet“, sagte er. „Ist lange her.“ Er hielt inne. „Ich verstehe nicht ganz. Ist das eine von diesen Adoptionsgeschichten?“

„Nein.“ Claire riss sich zusammen. „Ich habe bei meinem Vater gelebt. Wissen Sie, wo sie jetzt ist, Mr Morley?“

Wie Brad Morley berichtete, hatte sie ein halbes Dutzend Jahre den Sommer über dort gearbeitet. Im Winter war sie in Kalifornien oder Florida. Zu Anfang servierte sie, doch dann entdeckte Morley, dass sie singen konnte, und von da an trat sie jedes Wochenende auf.

Eines Abends nach der Show nahm sie ihr Trinkgeld und kam nie mehr zurück. Das war an dem Abend, als sich ein Mann an der Bar nach ihr erkundigt hatte. Er glaubte sie zu kennen und schwor, dass auch Sulie ihn wieder erkannt habe.

Das Letzte, was Brad von ihr hörte, war, dass sie in einem Café in Quebec arbeitete. In einer kleinen Stadt mit Namen Sainte Agathe. Dorthin hatte er ihren letzten Gehaltsscheck geschickt – vor etwa zehn Jahren.

Claire legte den Hörer auf und hielt sich die Hände vor den Mund. Sie ging zum Fenster hinüber. Der Vollmond überzog das Meer mit einem Silberstreifen. Wie soll ich meine Mutter nach 42 Jahren fragen, warum sie weggegangen ist? *Meine Mutter*, dachte sie und fröstelte unwillkürlich.

10. Kapitel

Weder Ursula Terenzi noch Ursula Cherney war in Sainte Agathe oder in irgendeinem der anderen über die Laurentian Mountains verstreuten kleinen Orte gemeldet. Claire surfte durch Websites und suchte in Städten und Adressbüchern nach dem Namen ihrer Mutter.

Am Freitagnachmittag sagte Claires letzte Patientin ihren Fünfuhrtermin ab. Claire packte ihre Unterlagen, die Aktentasche, Jacke und Handschuhe zusammen. Über Nacht war der Herbst zum Winter geworden. Dann rief sie Natalie und Jonah an. Sie hatte beide jetzt schon seit fast zwei Monaten nicht mehr gesehen und würde sie erst zu Thanksgiving wiedersehen. Sie fragte sich, wie eine Mutter es über Jahre hinweg aushalten konnte, nicht zu wissen, wie es ihrem Kind erging. Sie lehnte sich in ihrem Sessel zurück und schloss die Augen. Gab es irgendetwas, was Sulie zurückgelassen hatte, was Jack ihr nicht gezeigt hatte? Wo waren ihre Sachen? Es gab keine Ringe, keine Armbänder, keine Parfümflaschen. Nur die Fotografien – und die waren jetzt Asche.

Die Tür zur Scheune öffnete sich mit einem leisen Klopfen. „Ich habe kein fremdes Auto gesehen; daraus habe ich geschlossen, dass du allein bist“, sagte Eli.

„Meine letzte Patientin hat abgesagt“, erklärte Claire.

„Wieso bist du dann noch hier?“

„Ich hab die Kinder angerufen und ein bisschen Papierkram erledigt.“

Er ließ sich auf dem Sofa nieder. „Claire, ich habe in den Todesanzeigen von Quebec nach ihrem Namen gesucht. Ich hab sie nicht gefunden.“

„Du hast was? Wieso?“

„Ich hatte Angst, du könntest es selbst tun, wenn du allein bist.“

Sie erhob sich aus ihrem Sessel und setzte sich neben ihn aufs Sofa. „Aber ich versichere dir, sie ist nicht tot, Eli.“

„Du wirst nicht eher ruhen, bis du sie gefunden hast, oder?“

Claire schüttelte den Kopf.

„Sainte Agathe ist etwa acht Autostunden von hier entfernt“, sagte Eli. „Wenn wir jetzt losfahren, können wir nach Mitternacht dort sein.“

„Aber sie ist dort nicht gemeldet.“

„Das bedeutet nicht, dass sie nicht da ist. Und es bedeutet auch nicht, dass sich keiner dort an sie erinnert.“

Sainte Agathe lag in tiefem Schlummer, als sie kurz nach ein Uhr morgens dort eintrafen. Am Stadtrand gab es eine Frühstückspension, eine Miniaturausgabe der Pension in Drifting. Rot-weiße Markisen und die kanadische Flagge mit dem roten Ahornblatt flatterten im Wind. Der Besitzer öffnete in Morgenmantel und Hausschuhen. Trotz der späten Stunde empfing er sie freundlich und ging voraus zu dem kleinen Zimmer am Ende des Korridors im zweiten Stock.

Claire zog die Vorhänge auseinander und sah auf eine alte Steinkirche. Ihr goldenes Kreuz wurde von demselben Mondlicht erleuchtet, das auf den bunten Glasfenstern spielte. Sie wandte sich zu Eli um, der dabei war, ihre Jacken in den Schrank zu hängen. „Komm und schau“, sagte sie.

Gemeinsam sahen sie aus dem Fenster. „Gehen wir ins Bett“, schlug er vor und küsste ihren Nacken. „Schlaf mit mir.“

Sie lagen schon unter der weißen Daunendecke, ihre Körper ineinander verschlungen, als sich die Kirchentür öffnete und eine Frau die Stufen hinabstieg. Sie stülpte sich die Kapuze ihres Mantels über den Kopf und ging die Straße hinunter, eine Silhouette im Licht der Straßenlaterne.

In Sainte Agathe wechselte gerade die Jahreszeit. Das Laub war bereits von den Bäumen gefallen, und die Luft roch nach Schnee. Am Morgen, als Eli und Claire durch die engen Straßen gingen, begann es zu nieseln, ein eisiger Regen, der ihre Wangen benetzte.

Sie setzten sich in der Bäckerei an einen Ecktisch, tranken Kaffee und aßen mit Schinken gefüllte Croissants.

„Was kann ich sonst noch für Sie tun?“, erkundigte sich die junge Kellnerin.

Claire schaute Eli an und dann wieder zurück zu ihr. „Leben Sie hier?“

„Ein Stockwerk höher“, antwortete die junge Frau. „Mit meinem Mann. Das hier ist unsere Bäckerei.“

„Alles ist ganz köstlich“, versicherte Claire ihr. „Es ist sehr schön hier.“

„Ich bin hier aufgewachsen", erzählte sie strahlend. „Sie sind Amerikaner?"

„Ja", erwiderte Claire. „Ich bin auf der Suche nach jemandem. Kennen Sie eine Ursula Terenzi?"

„Nein."

„Sie singt."

„Ah, Sie wollen die Lieder hören. Sie singen im ‚La Nuit Magique'."

„Magische Nacht", erklärte Eli, an Claire gewandt. „Wo ist das?"

„Der Klub? In Sainte Jovite. Dreißig Kilometer von hier", sagte die junge Frau. „Kann ich Ihnen noch etwas bringen?"

„Nur die Rechnung", erwiderte Eli.

Die Kellnerin kam mit der Rechnung zurück. „Ich habe mit meinem Mann gesprochen. Die Frau, die im La Nuit Magique singt, heißt nicht Ursula. Sie heißt Sulie Bernard. Aber mein Mann sagt, sie singt jetzt nicht mehr."

La Nuit Magique war mit kleinen roten Laternen beleuchtet. Der Name war in irisierendem Blau auf ein Schild gemalt, das von silbernen Halbmonden und schimmernden Sternen eingerahmt wurde. Die Tische waren mit blau-weiß karierten Wachstüchern, glimmenden Kerzen sowie einer einzelnen Rose in einer Vase dekoriert. In der Ecke stand eine Staffelei mit dem Foto eines jungen Mannes namens Jean-Louis. Darunter war zu lesen, dass er an diesem Abend um elf Uhr singen würde.

Claire und Eli warteten im Eingangsbereich, während ein Mann mit weißen Haaren dem Pärchen, das vor ihnen hereingekommen war, einen Platz anwies. Eine Frau in einem fließenden schwarzen Rock, einem schwarzen Spitzenoberteil und einem breiten Gürtel, der ihre schlanke Taille betonte, ging von Tisch zu Tisch. Ihr schwarzes Haar war hochgesteckt, goldene Ohrringe hingen an ihren Ohren. Auf ihren hohen Wangenknochen war eine Spur zu viel Rouge aufgetragen, und ihre vollen Lippen waren rot geschminkt. Die Frau neigte sich zu einem jungen Mann hinab, der ihr etwas ins Ohr flüsterte und sie dann am Ellbogen auf den Stuhl neben sich zog.

Falls noch der leiseste Zweifel bei Claire geherrscht hatte, so war sie sich jetzt absolut sicher: der nach hinten geneigte Kopf der Frau, als sie lachte – es war dieselbe Neigung ihres Kopfes wie auf den Fotos, dieselbe Kontur ihres Kinns, dasselbe Funkeln in ihren dunklen Zigeuneraugen …

Der weißhaarige Mann wies auf einen Tisch in der Nähe des Klaviers, doch Eli sagte, sie hätten lieber einen Tisch im hinteren Bereich. Ah, ein

Liebespaar, neckte der Mann mit einem Zwinkern. Er sah aus, als wäre er so Ende 60. Er trug einen marineblauen Blazer mit einem Einstecktuch aus roter Seide und eine dunkelgraue Hose. Der Mann rückte Claires Stuhl zurecht und verbeugte sich. „Einen schönen Abend“, wünschte er. Sie murmelte ein Dankeschön, konnte jedoch den Blick nicht von der Frau wenden. Sie folgte ihr mit den Augen, als diese von Tisch zu Tisch ging. Komm nicht hierher, dachte Claire, als die Frau in ihre Richtung ging. Noch nicht.

„Sie sind wegen der Show hier?“, erkundigte sich die Frau.

„Das sind wir“, gab Eli zur Antwort.

„Jean-Louis wird Ihnen gefallen. Er ist für diese Woche hergekommen, um meinem Mann einen Gefallen zu tun. Ich bin Sulie Bernard. Dort hinten, das ist mein Mann Edward“, erklärte sie und zeigte auf den weißhaarigen Mann. „Würden Sie gerne einen Blick auf unsere Speisekarte werfen?“

„Ja, bitte“, sagte Eli. „Wir sind ziemlich hungrig.“

Sulie schnipste mit den Fingern, und ein junger Mann brachte zwei Speisekarten. „Guten Appetit“, wünschte sie. „Die Weinkarte finden Sie auf der Rückseite.“

Claire sah ihr nach.

„Claire?“, fragte Eli und streckte die Hand nach ihr aus. „Claire?“

„Sie ist immer noch eine Schönheit“, bemerkte Claire.

„Möchtest du hier bleiben? Wir können auch gehen. Sag mir, was du willst.“

Claire nickte, ihre Augen weiteten sich. „Sie ist Natalie“, flüsterte sie atemlos. „Ihre Züge, ihre Figur – genau wie Natalie.“

Jean-Louis’ Programm wollte nicht enden. Sulie saß mit Edward an einem Ecktisch in der Nähe des Klaviers und sang zur großen Freude der Stammgäste ein Lied mit Jean-Louis zusammen, Sinatras „Something Stupid“.

„Genug!“, rief Sulie auf Französisch. Sie genoss sichtlich den Applaus, während sie einen tiefen Knicks machte.

„Diva“, bemerkte Claire gedankenverloren. „Ich möchte jetzt gehen, Eli.“

Er winkte nach der Rechnung.

„Ich seh dich dann am Wagen“, sagte sie.

Sulie und Edward standen am Pult, als sie vorüberging.

„Hat Ihnen die Show gefallen?“, erkundigte sich Sulie.

„Er war sehr gut“, antwortete Claire.

„Die Nacht ist noch jung“, erklärte Sulie. „Sie gehen zu früh.“

Die Worte blieben Claire im Hals stecken. Das hast du auch getan, dachte sie. Sie war schon halb durch die Tür, als sie stehen blieb und sich umdrehte. „Übrigens“, sagte sie, kurz bevor sich die Tür hinter ihr schloss, „mein Name ist Claire.“

Es war schon zu einem Ritual für Sulie und Edward geworden, die folgende Stunde allein zu verbringen, wenn die Bar um zwei Uhr morgens schloss. Die Stühle waren umgedreht auf die Tische gestapelt, mit Ausnahme von zweien, die die Angestellten stehen ließen, da sie ihre Gewohnheit kannten. Die Kerzen waren ausgelöscht, zwei Wandleuchten aus Messing tauchten den Raum in ein dämmriges Licht. Edward schenkte Brandy in zwei Riesenkognakschwenker aus Kristall, die sie für den privaten Gebrauch in einem kleinen Holzschränkchen hinter der Bar aufbewahrten. Sulie löste ihr Haar und ließ es über die Schultern fallen. Edward hängte seinen Blazer über die Rückenlehne des Stuhls und stellte die Geldkassette zwischen sie. „Das war's“, sagte er. „Ein recht erfolgreicher Abend.“

„Hast du das Pärchen gesehen, das hinten saß?“

„Die blonde Frau mit dem großen Mann?“ Er schob ein Gummiband über ein Bündel Geldscheine. „Ich habe ihnen einen Tisch ganz vorne angeboten.“

„Ihr Name ist Claire. Sie sagte, ihr Name sei Claire.“

Er ging zum Safe hinüber.

„Hast du gehört, was ich gesagt habe?“, fragte sie.

„Ich habe dich gehört. Und?“

„Das war der Name meiner Tochter, Edward.“ Sie sah zu den an die Decke gemalten Sternen hinauf. „Sie war blond wie ihr Vater.“

„Was willst du eigentlich sagen?“, wollte er wissen.

Sie barg ihr Gesicht in beiden Händen. „Dass diese Frau meine Tochter ist. Sie hat mich gefunden.“

Die gesamte Rückfahrt zu ihrem kleinen Haus in Sainte Agathe über blieb Sulie schweigsam. Sie schaute aus dem Fenster, während Edward den Wagen über die kurvenreichen Straßen manövrierte. In mancherlei Hinsicht hatte Edward große Ähnlichkeit mit Jack: Er war erfahren, anständig, zuverlässig. Eigenschaften, nach denen sie sich sehnte, die sie brauchte, als sie Edward vor fünf Jahren, kurz vor ihrem 60. Geburtstag, heiratete. Eigenschaften, die sie an Jack nicht ertragen konnte, als sie 21 war. Damals wollte sie zum Mond fliegen. Er jedoch blieb mit beiden Beinen fest auf der Erde.

Lebhaft erinnerte sie sich an jenen Tag vor 42 Jahren. Diese Erinnerung verblasste nie. Jack trug wie gewöhnlich eine weiße Hose und einen weißen Kittel, an seinen Kragen war das rechteckige Schild mit seinem Namen geheftet: JACK CHERNEY. APOTHEKER. Alles an ihm war so vorhersehbar. Jeden Morgen trank er seinen schwarzen Kaffee, aß den nahezu verbrannten Toast, ein Stück Cheddarkäse sowie einen Löffel Blaubeermarmelade. Die Zeitung lag in drei Teile gefaltet neben ihm. Sie selbst trug an diesem Morgen einen gelben Morgenmantel und saß ihm in der goldgesprenkelten Essecke gegenüber.

„Gehst du heute mit Claire in den Park?“, fragte er. „Heute ist ein herrlicher Tag.“ Seine tagtägliche Feststellung.

Claire saß in ihrem Hochstuhl, zwischen ihren Fingern klebte zermatscht und feucht ein zerbröckelter Zwieback.

„Claire will nicht mehr in ihrem Sportwagen sitzen bleiben“, berichtete Sulie. „Sie scheucht die Tauben.“

Er lachte. „Solange die Tauben sie nicht scheuchen!“ Er warf einen Blick auf die Uhr. „Ich gebe auf sie Acht, während du dich anziehst, Sulie.“

Sie ließ sich ein Bad ein und versank in dem heißen Wasser. Er hatte ihr am Tag zuvor eine teures Lavendelbadeöl in einer schönen Flasche mitgebracht. Er brachte ihr andauernd etwas mit, doch gab er ihr nie das, was sie brauchte. Jack kam mit Frühlingsblumensträußen und besonderen Köstlichkeiten aus dem Geschäft nach Hause. Badeölen und Pralinen. Haarspangen und perlenbesetzten Kämmen. Und jeden Abend um sechs schenkte er sich aus der eisgekühlten Flasche seinen Wodka ein und las im Lehnsessel die Abendzeitung. Samstags nachts schlief er mit ihr, obwohl er vor ihrer Hochzeit andauernd mit ihr geschlafen hatte.

Sulie wickelte sich in ein Handtuch und setzte sich an ihren Frisiertisch. Dann bürstete sie ihr langes dunkles Haar, das ihr fast bis zur Taille reichte, und flocht es zu einem einzelnen Zopf. Mit dem Baby auf dem Arm kam er ins Schlafzimmer.

„Fertig?“, fragte er. „Sie ist nass. Du musst ihre Windel wechseln.“

„So gut wie“, erwiderte sie, während sie ihre Augen mit einem dünnen schwarzen Strich umrandete. Sie wich seinem Blick aus. „Ich bin gleich da.“

Seine Hände fühlten sich kalt an auf ihrer bloßen Schulter, als er sie auf den Nacken küsste. „Ich setze Claire in den Laufstall. Ich muss mich beeilen.“

„Auf Wiedersehen, Jack“, sagte sie zu seinem Spiegelbild.

Als er fort war, wurde ihr Körper von Schluchzern geschüttelt. Sie verschmolzen mit den Schreien des Babys im Laufstall. Sulie nahm Claire hoch, um sie zu beruhigen, und wiegte sie auf ihrer Hüfte, während sie Helens Nummer wählte.

Nachdem sie wieder aufgelegt hatte, setzte sie sich mit dem Baby auf dem Schoß auf den Boden.

„Ich kann das nicht", flüsterte sie Claire zu. „Ich bin für so was nicht geeignet." Behutsam setzte sie das Baby wieder in den Laufstall. Sie hatte Angst, dass sie, wenn sie es im Arm hielt und küsste, womöglich nicht mehr in der Lage sein würde fortzugehen. Sie packte den abgenutzten Lederkoffer, zog sich ihre besten Sachen an und holte die hundert Dollar, die sie beiseite geschafft hatte, unter der Matratze hervor. Es klingelte an der Tür. Das Baby sah mit feucht glänzenden blauen Augen zu ihr auf. „Es liegt nicht an dir", sagte sie, bevor sie Helen die Tür öffnete. „Es liegt an mir. Er wird für dich sorgen. Ich kann es nicht."

Und mit dem Greyhound-Bus, der in den weiß gekachelten Tunnel einfuhr, verschwand sie. Sulie war klug genug zu wissen, dass es Nächte voller Dämonen geben würde und Tage voller Gewissensbisse. Der Bus verließ den Tunnel, und sie sah, wie die Skyline von Manhattan in der Ferne verblasste. Sie wusste nicht, wo sie landen würde, doch sie wusste, dass es kein Zurück gab. Sulie war ein Detail, ging es ihr durch den Kopf, das Jacks Aufmerksamkeit entgangen war.

Edward bog in die Einfahrt ein. „Eine lange Nacht", unterbrach er ihre Gedanken.

„Ich komme bald rauf", erklärte sie. „Ich bin noch nicht müde."

Edward trug seinen Flanellmorgenmantel und die braunen Lederpantoffeln, als er ins Wohnzimmer trat. Sulie saß noch an derselben Stelle, an der er sie zurückgelassen hatte. „Es ist halb fünf", sagte er. „Komm ins Bett."

„Mach ich", versprach sie. „Gleich."

„Nur weil sie blond ist und Claire heißt, bedeutet es noch lange nicht, dass sie deine Tochter ist."

„Sie ist es", entgegnete Sulie. „Letzte Nacht bin ich in die Kirche gegangen. Du hast fest geschlafen. Es war schon nach Mitternacht. In letzter Zeit habe ich viel über sie nachgedacht und versucht, sie mir vorzustellen. Der Mann bei ihr. Das war vermutlich ihr Ehemann. Ob sie wohl Kinder haben?"

„Sie wird wiederkommen", sagte er und setzte sich neben sie. „Ich vermute, das war noch nicht das Ende. Nicht, wenn du ihre Mutter bist."

Sulie hob das Kinn und drehte den Kopf zur Seite. „Du bist ein lieber Mensch, Edward“, sagte sie und legte ihm die Hand auf die Wange. „Doch an diesem Punkt in meinem Leben wird mir klar, dass jede dahergelaufene Katze Junge kriegen kann.“

„Was soll das heißen?“

„Ich bin keine Mutter“, erklärte sie wehmütig. „Mütter lassen ihre Kinder nicht im Stich.“

AM FOLGENDEN Nachmittag spazierten Claire und Eli zu dem Spielplatz im Zentrum der Stadt.

„Letzte Nacht habe ich dir fast die ganze Zeit über beim Schlafen zugesehen“, sagte sie.

„Habe ich friedlich geschlafen?“

„Sehr.“ Sie lächelte.

„Du nicht.“

„Nicht letzte Nacht.“

„Du musst mit ihr sprechen, Claire.“

„Ich weiß nicht, was ich sagen soll.“

Es fing an zu nieseln. Claire sah zu, wie eine Mutter ihre Kinder zusammentrommelte, in einen Buggy setzte und sie mit einer Plastikplane vor dem Regen schützte.

Auf der anderen Seite des Spielplatzes stapfte eine Frau den Hügel hinauf. Ein Baguette ragte aus der braunen Lebensmitteltüte, die sie im Arm trug. Claire beobachtete sie, wie sie zu einem kleinen weißen Holzhaus hinaufstieg.

„Das ist sie“, erklärte Claire und beschleunigte ihre Schritte.

„Wohin willst du?“, fragte Eli, als sie von ihm weglief.

Die Frau kramte nach ihrem Schlüssel, öffnete die Tür mit dem Knie und schloss sie dann hinter sich.

„Ich werde jetzt klingeln.“ Claire drehte sich zu Eli um. „Ich muss das allein tun. Das verstehst du doch?“

„Ich verstehe es“, bestätigte er.

Eli blieb zurück, während Claire die Straße überquerte und den Pfad zum Haus hinaufging. Er sah zu, wie sie den Klingelknopf drückte und abwartete, bis die Frau die Tür öffnete. Eli zog sich die Kapuze seiner Jacke über den Kopf und setzte sich in dem kleinen Unterstand an der Bushaltestelle auf eine Bank.

SULIE öffnete die Tür, ihren Mantel noch über dem Arm. „Ich habe mich schon gefragt, ob du zurückkommen würdest."

Claire starrte sie nur an. Das habe ich mich auch gefragt, ging es ihr durch den Kopf. „Ich war mir nicht sicher", entgegnete sie.

„Wie hast du mich gefunden?", erkundigte sich Sulie, als hätte sie sie erwartet. Ganz ähnlich, wie man einem Vertreter an der Tür erklärt, dass man nichts kaufen möchte.

„Heutzutage kann man jeden finden. Über Computer."

„Komm rein", sagte sie.

Das Haus war zwar klein, aber gut geschnitten. Da standen ein Zweiersofa aus rotem Samt und zwei dazu passende Sessel sowie eine hohe Messinglampe. Claire ging zum Kamin hinüber. Auf dem Sims standen Fotos in silbernen Rahmen: die altvertrauten von Sulie aus lange vergangenen Tagen und eins mit dem weißhaarigen Mann von gestern Abend.

„Das war in Maine", erklärte Sulie, „auf unserer Hochzeitsreise."

„Wie lange bist du schon verheiratet?", fragte Claire. Sie nahm das Foto kurz in die Hand und stellte es dann wieder hin.

„Fünf Jahre. Ich war gerade dabei, Frühstück zu machen. Hast du Hunger?"

Claire schüttelte den Kopf. „Wie lange lebst du schon hier?"

„Zehn Jahre. So ungefähr. Gib mir deinen Mantel."

„Warum hier?", fragte Claire weiter, während sie aus dem Ärmel schlüpfte.

„Edward ist hier geboren. In diesem Haus ist er aufgewachsen." Sulie hängte Claires Mantel über den Stuhl.

„Warum hast du uns verlassen?", fragte Claire unvermittelt.

Sulie stand aufrecht vor Claire und sah ihr, ohne mit der Wimper zu zucken in die Augen. „Weil ich nicht bleiben konnte. Ich hatte keine Wahl."

„Doch", entgegnete Claire mit mehr Zorn, als sie vermutet hatte. „Du hast dich *entschieden* wegzugehen. Du hast eine *Wahl* getroffen."

„Warum bist du hergekommen? Um mich zu bestrafen?"

„Nein. Um zu verstehen. Um zu fragen, warum du gegangen bist." Ihre Stimme wurde beinahe unhörbar. „Wie konntest du ein Baby verlassen?"

Sulie ging zum Bücherregal hinüber und zog einen kleinen Bilderrahmen aus Leder zwischen zwei Büchern hervor. „Das bist du."

Claire betrachtete das Bild, ohne es zu berühren. „Und?"

„Ich habe es all die Jahre über aufbewahrt."

„Vermutlich hättest du jetzt gerne Beifall."

Sulie legte das Bild mit dem Gesicht nach unten aufs Regal. „Nur zu. Mach weiter, wenn du dich dann besser fühlst. Aber ich habe nicht dich verlassen, sondern ihn."

„Du hast uns verlassen", beharrte Claire, indem sie jedes Wort betonte.

„Das stimmt nicht ganz."

„Nicht ganz? Wie beruhigend!"

„Willst du es nun hören oder nicht?"

„Ich denke schon."

„Dann komm mit in die Küche, während ich koche."

Sulie nahm zwei Eier aus einer Glasschüssel im Kühlschrank und legte sie auf die Arbeitsplatte. Dann zog sie das Baguette aus der Tüte und schnitt es in zwei diagonale Stücke.

„Möchtest du auch etwas?" Sie gestikulierte mit der Hand. „Setz dich."

„Ich habe keinen Hunger", sagte Claire, zog sich einen Stuhl unter dem Tisch heraus und sah zu, wie Sulie Paprikaschoten in Scheiben schnitt, Olivenöl in eine Pfanne goss, die Paprikaschoten hineinwarf, das Innere aus den Brotstücken pflückte und dann die Eier aufschlug.

„Ich nehme an, der Mann, der gestern Abend bei dir war, ist dein Ehemann. Wo ist er jetzt?", fragte Sulie.

„Er wartet auf mich." Claire sah zu, wie Sulie behände die Kreation in der Pfanne würzte. „Wo ist dein Mann?"

„Er schläft." Sie drehte die Flamme auf dem Herd kleiner. „Wie geht es deinem Vater?"

„Mein Vater ist tot."

Sulie griff Halt suchend nach der Arbeitsplatte. „Seit wann?"

„Seit fast zwanzig Jahren. Er hatte einen Schlaganfall."

„Und Helen?"

„Tot. Seit fünf Jahren. Vince ist inzwischen auch gestorben."

„Alle sind sie gestorben", bemerkte Sulie mehr zu sich selbst.

„Jack war der Einzige, der zu jung gestorben ist", erklärte Claire, unfähig, ihr den Trost zu versagen.

Sulie nahm die Eier aus der Pfanne und stellte einen Teller vor sich und einen vor Claire hin, schob ihren aber zur Seite. „Kochst du auch?"

„Jack hat es mir beigebracht. Er hat mir alles beigebracht. Sogar das Nähen", berichtete sie herausfordernd.

„Ich schätze, das Beste, was ich hätte tun können, wäre gewesen, dir das Singen beizubringen."

„Ich habe mich immer selbst in den Schlaf gesungen."

„Wie heißt dein Mann?“, wechselte Sulie das Thema.

„Eli. Er ist Tierarzt.“

„Und du?“

„Ich bin Psychologin. Und Mutter.“ Claire griff nach ihrer Brieftasche. „Ich habe Fotos. Jonah ist zweiundzwanzig, Natalie achtzehn.“

„Sie sieht aus wie ich“, stellte Sulie fest, während sie sich die Bilder anschaute.

„Sie hat Elis Haarfarbe. Jonah hat meine. Jacks.“

„Du hast ihn Jack genannt?“, fragte Sulie und gab die Fotos zurück. „Warum?“

„Ich hatte das Gefühl, es wäre richtig so.“

„Ich habe dir im Laufe der Jahre Bilder geschickt.“

„Nein, nur die ersten paar Jahre“, stellte Claire richtig. „Ich habe sie verbrannt.“

„Du hast was? Du hast sie verbrannt?“

Claires Augen füllten sich mit Tränen, doch sie wollte nicht weinen. „Ich war dreizehn. Es war an meinem Geburtstag.“ Sie holte tief Luft. „Ich hatte kurz davor meine Periode bekommen. Du warst nicht da. Du warst nie für irgendetwas da.“ Da habe ich dich gehasst, dachte sie, sprach es aber nicht aus. „Hast du noch andere Kinder?“

„Mit fünfundzwanzig hatte ich eine Abtreibung. Danach konnte ich keine Kinder mehr bekommen.“

„Wolltest du denn?“

„Nein“, antwortete sie rasch. „Wirst du jetzt deine Eier essen?“

„Im Augenblick nicht.“

„Hat dein Vater wieder geheiratet? Gab es noch jemanden?“

„Er hat nie wieder geheiratet. Ob es jemand anders gegeben hat, weiß ich nicht.“

„Wie kann es denn sein, dass du das nicht weißt?“

„Er war diskret. Warum hätte ich ihn fragen sollen?“, entgegnete sie heftig. „Weißt du eigentlich, wie sehr er dich geliebt hat? Du warst wie ein Geist, der jahrelang über uns geschwebt ist. Warum hast du ihn geheiratet?“

„Weil er mich liebte“, erwiderte Sulie schlicht.

„Aber du hast ihn nicht geliebt.“

„Wieso denkst du, ich hätte ihn nicht geliebt?“

„Kannst du mich das wirklich ohne Schuldgefühle fragen? Soll ich dich etwa auch noch bemitleiden?“, stieß Claire beinahe kochend vor Wut hervor.

„Ich bin weggelaufen, Claire. Das musst du akzeptieren. Du warst ein Opfer, nicht die Ursache.“

„Und Jack? War er die Ursache?“

„Ich dachte, er wäre mein Gefängnis. Inzwischen ist mir klar, dass ich damals mein eigenes Gefängnis war.“

In der Diele ging eine Tür auf. „Edward steht gerade auf“, erklärte Sulie.

„Liebst du ihn?“

„Ich denke, schon. Manchmal frage ich mich, ob ich überhaupt jemanden wirklich lieben kann.“

„Warum?“

Sie zuckte mit den Schultern und lachte kurz auf. „Mit vierundsechzig wirkt man albern, wenn man als Grund angibt, dass man das Gefühl hat, man sei selbst nie geliebt worden. Darüber sollten wir hinaus sein.“

„Ist es das, was du empfindest?“

„Bist du jetzt die Therapeutin oder die Tochter?“, fragte Sulie.

„Weder – noch“, erwiderte Claire und schloss für einen Moment die Augen.

„Ich vermute, ich war einfach zu jung – für die Ehe – für Kinder.“

„Als Jonah zur Welt kam, war ich auch erst zweiundzwanzig.“

„Ich kann nicht hier sitzen und mich rechtfertigen, Claire.“ Sie fuhr sich mit den Fingern durchs Haar. „Es tut mir Leid, dass du nicht gefunden hast, was du gesucht hast. Du hast nicht die spießige Dame mit grauen Haaren angetroffen, die dich in ihre fleischigen Arme nimmt und dir einen Grund gibt, ihr zu verzeihen.“

„Du wagst, um Absolution zu bitten?“, fragte Claire.

„Es ist das wenigste, um was ich an diesem Punkt bitten kann.“

Ohne Rouge und Lippenstift wirkte Sulie nicht mehr glamourös, so wie sie es am Abend zuvor gewesen war. Claire sah einzelne graue Fäden in ihren Haaren und feine Fältchen um ihre Lippen.

„Ich muss dir vergeben“, sagte Claire.

„Warum das?“

„Damit ich mit mir selbst leben kann.“

„Also geht es dabei um dich.“

„Bist du selbst jetzt noch so herzlos, dass du es nicht ertragen kannst, wenn es um mich geht?“

Sulie ging zum Fenster und sah Eli auf dem Gehsteig stehen, die Hände in den Taschen seiner Lederjacke vergraben.

„Dein Mann steht draußen. Er hätte doch reinkommen können.“

„Ich wollte das hier allein machen."

„Wie lange bleibst du?"

„Wir müssen heute wieder fahren. Morgen müssen wir arbeiten." Claire sah sie skeptisch an. „Weißt du überhaupt, wo ich wohne? Du hast gar nicht gefragt."

„Wirst du es mir sagen?"

„In Drifting, Connecticut. Übrigens, wann ist dein Geburtstag?"

„Am 27. September."

„Kennst du meinen?"

„Natürlich: der 14. Dezember."

„Wie lange haben deine Wehen gedauert?"

„Sie haben mich betäubt. Wie lang waren deine?"

„Es ging schnell und heftig. Keine drei Stunden, bei beiden."

„Dein Mann war bei dir?"

Sie nickte. „Und Jack. Jack war dabei, als Jonah geboren wurde. Draußen vor dem Kreißsaal. Ich habe mir gewünscht, du wärst bei mir gewesen", sagte Claire leise. „Na ja, nicht unbedingt du persönlich – eine Mutter eben."

Sulie stieß einen tiefen Seufzer aus. „Werde ich dich wiedersehen?"

„Ich weiß es nicht." Claire nahm ihren Mantel vom Stuhl. „Vielleicht", sagte sie. „Wir werden sehen."

Sulies dunkle Augen glänzten feucht. „Es tut mir Leid", erklärte sie. „Du wirst es vielleicht nicht glauben, aber ich habe in letzter Zeit viel an dich gedacht. Mehr als vorher. Vorletzte Nacht bin ich in die Kirche gegangen."

„Um zu beten?"

„Nicht um zu beten. Ich bin hingegangen, um nachzudenken." Sulie half Claire in den Mantel. „Es tut mir Leid, Claire." Sie streckte die Hand aus. Lange, schlanke Finger mit lackierten Nägeln.

„Mir auch", sagte sie. Sie schüttelte Sulies Hand und unterdrückte ihren Wunsch, ihr näher zu sein, die Hand ihrer Mutter in beide Hände zu nehmen.

ELI SAH auf, als sich die Tür öffnete. Claire knöpfte sich den Mantel zu, während sie die Stufen hinunterstieg. Er bemerkte, wie Sulie hinter dem vorgezogenen Vorhang zusah, wie sie sich entfernte. Claire blieb vor ihm stehen. Tränen liefen ihr über die Wangen. Sie drückte das Gesicht in seine Jacke, während er sie festhielt.

„Ich habe sie nicht gefunden", schluchzte Claire. „Ich möchte heim."

Epilog

Abermals legte Claire einen Brief an Jack ganz hinten in die Schublade ihrer Frisierkommode.

Lieber Jack,
heute ist ein herrlicher Tag.

Auf den Tag genau ist es ein Jahr her, seit man Kayla wieder gefunden hat. Es ist auch ungefähr ein Jahr her, seit ich bei Sulie war. Ein Jahr, seit Natalie aufs College gegangen ist. Ein Jahr, dass Eli und ich allein sind.

In letzter Zeit sehe ich überall, wo ich gehe und stehe, Mütter mit ihren Töchtern. Ich beobachte sie, wie sie den Einkaufswagen mit dem Enkelkind festhalten,während ihre Töchter die Lebensmittel einpacken und bezahlen. Keine der Frauen sieht aus wie Sulie. Sie ist exotisch und glamourös. Aber ich glaube allmählich, dass möglicherweise mehr in ihr steckt, als sie mich hat spüren lassen. Immerhin hast du sie ja geliebt, Jack.

Es ist ein täglicher Kampf, mich mit Sulie auszusöhnen, obwohl es langsam besser wird. Mag sein, dass ich niemals die Antwort bekommen werde, die ich gerne hätte. Eine Antwort, mit der sie mir erklärt: Ich habe überall nach dir gesucht und konnte dich nicht finden. Oder: Ich hatte Amnesie. Solche verrückten Sachen gehen mir durch den Kopf. Sie wären allesamt besser als die Antwort, die sie mir gegeben hat und die einfach nur lautete, sie wäre eine Gefangene gewesen und hätte fliehen müssen. Ich schätze, als du Eli gesagt hast, sie sei wie eine wilde Stute gewesen, die sich nicht zähmen ließ, hattest du Recht. Du wusstest Bescheid.

Ich vermisse meine Kinder, doch inzwischen auf eine andere Art. Es ist komisch, wie wir uns auf Veränderungen einstellen. Jeden Morgen wache ich in Elis Armen auf. Wir sind wieder das, was wir vor 24 Jahren waren, doch mit einer besseren Kenntnis des anderen. Unsere Liebe ist geduldiger. Wir kennen die Stärken und Schwächen des anderen und haben weniger Erwartungen. Manchmal macht es mir Angst – er bedeutet mir einfach alles.

Natalie ist verliebt (jedenfalls diese Woche) in einen jungen Mann namens Ryan, und Jonah ist mit einem Mädchen namens Angela verlobt. Heute Morgen kamen ein Korb mit Blumen, Kaylas Foto und ein Brief von Phoebe. Sie schreibt, dass Kayla fünf Zentimeter gewachsen ist und fünf Pfund zugenommen hat. Ihr Haar ist über ihre Schultern hinausgewachsen und ist jetzt auch wieder kastanienbraun. Sie geht in die örtliche Schule. Allerdings ist sie immer noch ängstlich. Sie mag auch nicht über Nick sprechen. Nick hat acht Monate im Gefängnis gesessen und hat noch drei Jahre auf Bewährung. Nicht genug. Doch der Richter hat eine Kontaktsperre verfügt, sodass er erst einmal nicht in die Nähe von Phoebe oder Kayla kommen kann. Allerdings hat ihn das auch vorher nicht aufgehalten. Ich lege den Teil von Phoebes Brief bei, den ich dir gerne zeigen möchte.

Trotz der noch immer zurückbleibenden Angst bin ich erstaunt, dass der Schmerz darüber, sie verloren zu haben, aufgehört hat. Ich vermute, in mancher Hinsicht ist es, als ob man ein Kind zur Welt bringt. Wenn wir uns daran erinnern würden, würden wir nie wieder ein Kind haben wollen. Sie wurde für mich wiedergeboren an dem Tag, als man sie fand.

Manchmal denke ich, der Heilungsprozess wird für Kayla nicht abgeschlossen sein, bis sie ihren Vater noch einmal wiedersieht. Sosehr ich mich auch gegen diesen Gedanken sträube, glaube ich, dass es wirklich so ist. Ich weiß, dass sie mit zunehmendem Alter auf jede Menge unbeantwortete Fragen stoßen wird. Einerseits bete ich, dass er niemals mit ihr Kontakt aufnehmen möge; andererseits weiß ich, dass es eine Verständigung und eine Klärung geben muss, wenn sie älter ist, damit sie ihr Leben weiterleben kann.

Ich verbringe meine Tage mit Malen (habe gerade eine „gelbe Backsteinstraße" auf die Mauer eines örtlichen Kindergartens gemalt) und mit dem ehrenamtlichen Einsatz in einem Selbsthilfenetzwerk für Familien mit vermissten Kindern. Wir sind ein tolles Team. Leider haben wir es alle selbst schon durchgemacht.

Kayla schickt Ihnen einen Kuss (auch einen von Teddy), und Mama und ich bleiben Ihnen für immer zu Dank verpflichtet.

Mit großer Hoffnung,

Phoebe

Ich habe diesen Teil heute Morgen dreimal gelesen, Jack. Eines Tages wird auch Kayla Antworten brauchen.

Nächste Woche ist Sulies Geburtstag. Sie wird 65. Im Laufe der Jahre bin ich in so viele Geschäfte gegangen und habe mir Geschenke angesehen, die ich gerne gekauft hätte, wenn ich eine Mutter gehabt hätte. Gestern bin ich in die Stadt gefahren und ins Schreibwarengeschäft gegangen, um ihr eine Karte zu kaufen. Ich habe unter der Rubrik „Für Mutter" nachgesehen. Die Karten hatten glänzende Herzen und aufgedruckte Blumen. „Herzlichen Glückwunsch zum Geburtstag, Mutter" war da in großer, verschnörkelter Schrift zu lesen, und dann stand auf der Innenseite etwas Gereimtes, mit dem der Mutter für alles gedankt wurde, was sie geleistet hat, und ihr versichert wurde, wie wichtig sie doch sei. Jonah und Natalie haben mir oft solche Karten geschenkt. Ich habe sie alle aufgehoben – zusammen mit den Gipsabdrücken ihrer Hände, den Topflappen und Schlüsselketten. Jedenfalls habe ich schließlich eine neutrale Karte genommen mit einem Fliederbild und bin dann nach nebenan in Annies Laden gegangen. Ich wollte ihr etwas schicken. Da stand ein Korb mit herzförmigen Lavendelduftkissen. Ich weiß nicht, ob Sulie Lavendel mag. Und es kam mir komisch vor, ihr ein Herz zu schicken. Ich hab ihr stattdessen eine von diesen Säulenkerzen gekauft. Eine rote. In ihrem Wohnzimmer gibt es viel Rot. Sie riecht nach Zimt.

Phoebe hat vermutlich Recht, wenn sie sagt, es ist ein Prozess. Ich habe eine Ewigkeit gebraucht, bis ich entschieden hatte, was ich auf die Karte schreiben sollte. Besser konnte ich es nicht, Jack. Ich habe geschrieben:

Für Sulie.
Herzlichen Glückwunsch zum Geburtstag.
Mit großer Hoffnung,
Claire

STEPHANIE GERTLER

Foto: Judy Lawne

„Das Schreiben ist für mich eine Möglichkeit, Ängste und Träume zu teilen und Lösungen zu finden ..."

Immer wieder wird Stephanie Gertler gefragt, ob es sich bei ihren Romanen um wahre Geschichten handle. „In gewisser Weise, ja. Die Dinge sind vielleicht nicht genauso passiert, aber natürlich enthält auch die Fiktion viel Wahres."

Auch in *Den Gezeiten entgegen* steckt ein wahrer Kern. In ihrer Zeit als Journalistin hatte Stephanie Gertler eine Frau interviewt, deren Sohn von ihrem Exmann entführt worden war. (Zum Glück hatte man ihr Kind nach zehn Monaten gefunden und zur Mutter zurückgebracht.) „Ihre Geschichte hat mich geschockt." Für Stephanie Gertler war es schon eine schreckliche Vorstellung, ein Kind auch nur für ein paar Minuten im Supermarkt zu verlieren, was musste dann erst diese Mutter durchgemacht haben!

Das zweite wahre Element der Geschichte liegt in der Lebenssituation ihrer Protagonistin Claire: Als Stephanie Gertler mit dem Schreiben dieses Romans begann, hatte gerade das zweite Kind (ihre einzige Tochter) das Haus verlassen. Claires Gefühle stammen also quasi „aus erster Hand".

Auf diese beiden „realistischen Eckpunkte" gründete Stephanie Gertler ihre Geschichte, dann ließ sie ihrer Fantasie freien Lauf …

Stephanie Gertler studierte Journalismus und begann ihre Karriere bei der Miami-Redaktion der *Newsweek*. Mit ihrer Familie und fünf Hunden lebt sie in New York.

Der faule Henker

Jeffery Deaver

Qualvoll stirbt ein junges Mädchen
in einer New Yorker Musikschule.
Der Täter flieht
in einen fensterlosen Probenraum.
Drinnen fällt ein Schuss,
dann stürmen Polizisten das Zimmer.
Sie bleiben fassungslos stehen:
Der Raum ist leer!

Teil I: Effekt

Samstag, 20. April

Eins

Seien Sie gegrüßt, verehrtes Publikum. Herzlich willkommen. Willkommen zu unserer Show.

Es erwartet Sie ein ganz besonderer Nervenkitzel, denn unsere Illusionisten, Zauberer und Taschenspieler werden sich zwei Tage lang nach Kräften bemühen, Ihnen Vergnügen zu bereiten und Sie in ihren Bann zu schlagen.

Unsere erste Nummer stammt aus dem Repertoire eines Mannes, von dem jeder schon gehört hat: Harry Houdini, der größte Entfesselungskünstler der Vereinigten Staaten, wenn nicht sogar der ganzen Welt. Wir wollen uns heute an einer Nummer versuchen, die als „der faule Henker" bekannt geworden ist.

Der Künstler legt sich dazu auf den Bauch und lässt sich die Arme mit klassischen Darby-Handschellen auf den Rücken fesseln. Dann werden die Füße mit einem Strick verschnürt, und schließlich legt man dem Probanden eine Seilschlinge um den Hals, deren anderes Ende ebenfalls an den Knöcheln befestigt wird. Da jeder Mensch unwillkürlich versucht, die Beine auszustrecken, zieht die Schlinge sich zu und leitet den furchtbaren Vorgang der Strangulation ein.

Weshalb nennt man dieses Verfahren den „faulen Henker"? – Weil der Verurteilte sich selbst erdrosselt.

Bei vielen von Mr Houdinis riskanteren Auftritten waren Assistenten zugegen, um ihn im Notfall mit Messern und Schlüsseln befreien zu können. Oft hielt sich auch ein Arzt bereit. Heute wird es keine dieser Vorsichtsmaßnahmen geben. Falls dem Probanden nicht innerhalb von vier Minuten die Entfesselung gelingt, stirbt er.

Wir fangen gleich an … aber zuvor noch ein Hinweis: Vergessen Sie nie, dass Sie mit dem Besuch unserer Show die Realität hinter sich zurücklassen. Sie mögen felsenfest überzeugt sein, etwas Bestimmtes zu sehen, und doch existiert es gar nicht. Etwas anderes halten Sie eventuell für eine Illusion, obwohl es sich um nichts als die erbarmungslose Wirklichkeit handelt. Was sicher scheint, kann tödlich sein. Und die Bedrohungen, gegen die Sie sich wappnen, sind unter Umständen nur ein Ablenkungsmanöver, um Sie in noch größere Gefahr zu locken.

Was können Sie hier noch glauben? Wem dürfen Sie vertrauen?

Nun, verehrtes Publikum, die Antwort lautet, dass Sie am besten gar nichts glauben. Und Sie sollten niemandem trauen. Absolut niemandem.

Jetzt hebt sich der Vorhang, das Licht wird gedämpft und die Musik verklingt, sodass nur noch der Herzschlag all jener zu erahnen ist, die in gespannter Erwartung verharren. Und unsere Show beginnt …

DAS GEBÄUDE sah aus, als habe es schon so manches Gespenst beherbergt. Errichtet im gotischen Stil, schmutzig, finster, an der Upper West Side. Es stammte aus viktorianischer Zeit, hatte einst als Internat gedient und später als Sanatorium, in dem die für unzurechnungsfähig befundenen kriminellen Insassen den Rest ihres umnachteten Daseins zubringen mussten. Die Manhattan School of Music and Performing Arts hätte durchaus auch mehreren Dutzend Geistern Unterschlupf gewähren können.

Ein solcher Geist schwebte im Augenblick womöglich über dem warmen Körper der jungen Frau, die bäuchlings in dem dunklen Vorraum eines kleinen Auditoriums lag. Ihre reglosen Augen waren weit aufgerissen, aber noch nicht glasig. Ihr Gesicht war dunkelblau angelaufen, denn ein straffes Seil verband Hals und Fußgelenke.

Ebenfalls anwesend war der Mann, der die Frau getötet hatte und sie nun genau in Augenschein nahm. Er ließ sich Zeit und sah keinen Anlass zur Eile. Es war Samstag, noch ziemlich früh, und wie er in Erfahrung gebracht hatte, fand in dieser Schule am Wochenende kein Unterricht statt. Die Übungsräume lagen in einem anderen Gebäudeflügel. Der Mann beugte sich weiter vor, kniff die Augen zusammen und fragte sich, ob er wohl irgendeine Wesenheit erspähen würde, eine Art Seele, die sich von dem Körper der Toten löste. Fehlanzeige.

„UND SIE sind sicher, dass da jemand geschrien hat?“

„Ja … nein“, sagte der Wachmann. „Es war nicht unbedingt ein Schrei, wissen Sie. Jemand hat aufgeregt etwas gerufen. Nur ein oder zwei Sekunden lang.“

Officer Diane Franciscovich, eine Streifenbeamtin vom zwanzigsten Revier, fragte weiter: „Hat sonst noch jemand etwas gehört?“

Der schwergewichtige Wachmann atmete tief durch, sah die brünette Polizistin an und schüttelte den Kopf.

„Sollen wir Verstärkung rufen?“, fragte Nancy Ausonio, ebenfalls eine junge uniformierte Beamtin, aber kleiner als ihre Partnerin und blond.

Eher nicht, dachte Franciscovich, blieb jedoch unschlüssig. Die Streifen in diesem Teil der Upper West Side hatten meistens mit Verkehrsunfällen, Ladendiebstählen und entwendeten Fahrzeugen zu tun. Der Wachmann hatte die zwei Beamtinnen auf ihrer morgendlichen Runde erblickt und sie aufgeregt vom Bürgersteig nach drinnen gewinkt, damit sie ihm halfen, dem Schreien auf den Grund zu gehen.

„Lass uns damit noch warten“, sagte die ruhige Franciscovich. „Sehen wir erst mal nach.“

„Gruseliger Schuppen“, warf Ausonio ein.

Die dunklen Flure schienen endlos, doch es war nichts Außergewöhnliches zu entdecken. Dann blieb der Wachmann stehen. Franciscovich deutete auf einen Durchgang vor ihnen. „Wohin geht's dort entlang?“

„Es ist bloß …“, begann der Wachmann.

Franciscovich stieß die Tür auf.

Dahinter erstreckte sich ein kleines Foyer, an dessen anderem Ende eine Tür in den Vortragssaal A führte. Und in der Nähe jener Tür lag eine gefesselte junge Frau mit einem Seil um den Hals, die Hände mit Handschellen auf dem Rücken gefesselt. Ein braunhaariger, bärtiger Mann Anfang fünfzig kauerte über ihr. Überrascht blickte er auf.

Die Beamtinnen zogen ihre Waffe, und Franciscovich war erstaunt, wie ruhig ihre Hand blieb, als sie den Fremden anvisierte. „Sie da, keine hastige Bewegung! Nehmen Sie die Hände hoch.“

Der Mann kam der Aufforderung nach.

„Legen Sie sich auf den Bauch. Und ich will immer Ihre Hände sehen!“

Ausonio lief auf das Mädchen zu. In dieser Sekunde bemerkte Franciscovich, dass der Mann die rechte Hand über dem Kopf zur Faust geballt hatte. *Zisch …*

Ein gleißender Lichtblitz nahm ihr die Sicht. Er schien direkt der Hand des Verdächtigen zu entspringen. Ausonio erstarrte. Franciscovich duckte sich, kniff die Augen zusammen und schwenkte ihre Waffe hin und her. Dann sah sie, dass der Täter in den Vortragssaal lief. Er schlug die Tür hinter sich zu, und man hörte, wie er mit einem Stuhl oder Tisch den Zugang blockierte.

Ausonio kniete sich neben die junge Frau, schnitt mit einem Schweizer

Offiziersmesser das Seil durch, rollte sie auf den Rücken und versuchte eine Wiederbelebung.

„Gibt's noch andere Ausgänge?“, fragte Franciscovich den Wachmann.

„Nur einen … da hinten um die Ecke. Auf der rechten Seite.“

„He!“, rief sie Ausonio zu und rannte los. „Pass auf diese Tür auf!“

Sie hielt auf die Tür zu, die der Wachmann ihr genannt hatte, und forderte unterdessen über Funk Verstärkung an. Als sie den Kopf hob, entdeckte sie jemanden am Ende des Korridors. Sie blieb abrupt stehen und visierte die Brust des Mannes an.

„Um Gottes willen!“, krächzte der ältliche Hauswart und ließ seinen Besen fallen.

„Ist jemand aus dieser Tür gekommen?“, rief Franciscovich.

„Nein, Ma'am.“

„Wie lange sind Sie schon hier?“

„Ich weiß nicht. Zehn Minuten oder so.“

Aus dem Innern des Raums war Lärm zu vernehmen, als der Mörder sich offenbar gründlicher verbarrikadierte. Franciscovich schickte den Hauswart zu dem Wachmann ins Foyer und näherte sich vorsichtig der Seitentür. Mit schussbereit ausgestreckter Waffe drehte sie langsam den Knauf. Es war nicht abgeschlossen. Sie trat beiseite, um nicht in der Schusslinie zu stehen, falls der Mann durch das Holz feuerte.

„Nancy, hörst du mich?“, flüsterte Franciscovich in ihr Funkgerät.

Ausonio meldete sich mit zitternder Stimme. „Sie ist tot. Ich hab's versucht, aber sie ist tot.“

„Er ist immer noch da drinnen. Ich kann ihn hören.“

„Ich habe Verstärkung angefordert. Holen wir ihn uns.“

„Nein, wir bewachen diese Ausgänge, bis die Spezialeinheit eintrifft“, sagte Franciscovich. „Also, rühr dich nicht vom Fleck.“

In diesem Moment hörte sie den Mann von drinnen rufen: „Ich habe eine Geisel. Ich habe ein Mädchen bei mir. Falls ihr versucht, hier einzudringen, bringe ich sie um!“

„He, Sie da drinnen!“, rief Franciscovich. „Niemand versucht hier irgendwas. Keine Angst. Tun Sie bloß niemandem mehr weh.“ Sie hörte, wie Ausonio Kontakt zur Zentrale herstellte und meldete, dass sie es mittlerweile mit einem verschanzten Geiselnehmer zu tun hatten.

Drinnen ertönte ein Schuss.

„Glaubst du, er hat sie erschossen?“, fragte Ausonio über Funk.

„Keine Ahnung. Woher soll ich das wissen?“

„Diane“, flüsterte Ausonio. „Wir müssen da rein. Vielleicht ist sie verletzt.“ Dann rief sie: „He, Sie da drinnen!“ Keine Antwort. „He!“

„Womöglich hat er sich umgebracht“, sagte Franciscovich. Dann sah sie wieder dieses schreckliche Bild vor sich: Die Tür zum Foyer schwang auf, und fahles Licht fiel auf das Opfer, dessen Gesicht so blau und kalt wie ein Wintertag schien.

„Wir müssen da rein, Diane“, flüsterte Ausonio noch einmal.

„Okay. Wir gehen rein. Sag dem Wachmann, dass wir im Saal Licht brauchen.“

Es dauerte einen Augenblick, dann meldete Ausonio sich zurück. „Auf mein Signal schaltet er ein. Ich bin so weit. Auf drei. Du zählst.“

„Okay. Eins … Halt! Von dir aus gesehen befinde ich mich auf zwei Uhr. Erschieß mich nicht.“

„Okay. Mach weiter.“

„Eins.“ Franciscovich packte den Türknauf. „Zwei. Drei!“ Sie riss die Tür auf und schnellte in den Raum hinein. Im selben Moment wurde die grelle Beleuchtung eingeschaltet.

„Keine Bewegung!“, schrie sie – doch es war niemand da.

Sie schaute nach links zu dem anderen Eingang, wo Nancy Ausonio stand und ebenfalls fieberhaft den Raum absuchte.

Franciscovich registrierte ungefähr fünfzig hölzerne Klappstühle. Vier oder fünf lagen auf dem Rücken oder der Seite, nicht etwa zu einer Barrikade aufgetürmt, sondern als habe man sie achtlos umgeworfen. Zur Rechten befand sich eine niedrige Bühne, auf der ein ramponierter Konzertflügel stand.

Bei dem Saal handelte es sich um einen geschlossenen Kubus ohne Fenster. Die Schächte der Klimaanlage und Heizung waren lediglich fünfzehn Zentimeter breit. Eine Holzdecke, keine Akustikvertäfelung. Keine erkennbaren Falltüren auf der Bühne. Nur zwei Zugänge führten hinein: der Haupteingang, den Ausonio benutzt hatte, und die Brandschutztür, durch die Franciscovich eingetreten war.

„He!“, rief eine laute Stimme an der Tür.

Sie wirbelten herum und richteten die Waffen auf den leeren Vorraum. „Soeben sind ein Krankenwagen und ein paar Ihrer Kollegen eingetroffen.“ Es war der Wachmann, und er blieb außer Sicht.

Franciscovich rief ihn herein. Das Herz schlug ihr nach dem Schreck noch immer bis zum Hals.

„Ist denn, äh … ich meine, haben Sie ihn erwischt?“, fragte der Mann.

„Er ist nicht hier“, erwiderte Ausonio mit zittriger Stimme.

„Was?“

Er schaute vorsichtig um die Ecke. Die beiden Frauen standen wie gelähmt und versuchten vergeblich zu ergründen, wie der Mörder aus einem Raum ohne Ausgang hatte entkommen können.

„ER HÖRT Musik. Er interessiert sich neuerdings für Jazz“, erläuterte Thom dem Detective Lon Sellitto, während er ihn in Lincoln Rhymes Schlafzimmer führte.

„Nein, nein, ich befinde mich gerade bei der Arbeit und habe im Hintergrund nur eine CD laufen“, erklärte Lincoln Rhyme gereizt.

Thom deutete auf den Flachbildschirm vor Rhymes Flexicair-Bett. Der junge Betreuer, bekleidet mit einem weißen Hemd, einer beigefarbenen Stoffhose und einer leuchtend violetten Krawatte sagte: „Er arbeitet nicht. Es sei denn, man wollte es als Arbeit bezeichnen, dass er seit einer Stunde ein und dieselbe Seite anstarrt. Mir würde er so etwas nicht als Arbeit durchgehen lassen.“

„Kommando: Umblättern.“ Der Computer erkannte Rhymes Stimme und befolgte den Befehl, sodass die nächste Seite der *Forensic Science Review* auf dem Monitor erschien. „Möchtest du mir vielleicht ein paar Fragen zu dem Thema stellen, das ich da angestarrt habe?“, fragte er Thom bissig. „Die Zusammensetzung der fünf wichtigsten exotischen Toxine, die in letzter Zeit in den Labors europäischer Terroristen sichergestellt wurden?“

„Nein, wir müssen uns um andere Dinge kümmern“, entgegnete der Betreuer und spielte damit auf die diversen Körperfunktionen an, die bei querschnittsgelähmten Patienten wie Lincoln Rhyme mehrmals am Tag spezieller Aufmerksamkeit bedurften. „Bitte entschuldigen Sie uns kurz, Lon.“

„Na klar.“ Sellitto trat hinaus auf den Flur im ersten Stock von Rhymes Haus am Central Park West und schloss die Tür hinter sich.

Minuten später bat Thom den Detective wieder herein. „Kaffee?“

„Gern, den kann ich gut gebrauchen. Es ist noch viel zu früh am Samstagmorgen, um schon mit der Arbeit anzufangen.“

Der Betreuer verließ den Raum.

„Wir haben einen bizarren Fall, Lincoln“, sagte Sellitto. „Vor einer halben Stunde wurde hier ganz in der Nähe in einer Musikschule eine Leiche gefunden. Ich bin der leitende Beamte, und ein wenig Hilfe käme uns gerade recht.“

Sellitto zählte ein paar Fakten auf: Studentin ermordet, der Täter beinahe verhaftet, aber dann doch noch auf irgendeinem Fluchtweg entwischt, den bislang niemand gefunden hatte.

„Und der Tatort?“

„Ist noch ziemlich unberührt. Kann Amelia sich ihn mal vornehmen?“

AMELIA SACHS vom New York Police Department zog einen großen schwarzen Gerätekoffer auf Rollen hinter sich her und ging durch den halbdunklen Korridor der Musikschule. Ein halbes Dutzend Cops stand in der Nähe einer Doppeltür am Ende des Flurs. Der zerzauste Lon Sellitto sprach mit einem Wachmann. Hinter der offenen Tür sah Amelia eine helle Gestalt. Das Opfer.

„Wir brauchen Lampen“, sagte sie zu dem Techniker, der neben ihr ging. Der junge Mann nickte und lief zurück zum Einsatzwagen der Spurensicherung – einem Kombi voller kriminaltechnischer Werkzeuge. Sachs musterte die junge blonde Frau, die drei Meter vor ihr auf dem Rücken lag und deren Leib sich emporwölbte, weil die gefesselten Hände sich unter ihr befanden. Sogar im trüben Licht der Halle nahm Amelias geschulter Blick die tiefen Erdrosselungsmale am Hals wahr.

„Wer war als Erster am Tatort?“

„Wir beide“, sagte eine hoch gewachsene Frau mit kurzem braunem Haar, auf deren Namensschild D. FRANCISCOVICH stand, und deutete auf ihre blonde Partnerin, N. Ausonio.

Die beiden schilderten den Ablauf der Ereignisse. Das Auffinden des Täters, den Lichtblitz, die Flucht in den Vortragssaal, die Verbarrikadierung. Und dann war der Kerl auf einmal weg.

„Sie sagen, er hat behauptet, eine Geisel bei sich zu haben?“

„Das waren seine Worte“, bestätigte Ausonio. „Aber ansonsten wird hier in der Schule niemand vermisst. Wir sind überzeugt, dass er geblufft hat.“

„Das Opfer?“

„Swetlana Rasnikow, vierundzwanzig. Studentin.“

Sellitto sagte zu Sachs: „Bedding und Saul befragen soeben alle anderen, die heute Morgen im Gebäude gewesen sind.“

Sachs wies in Richtung des Tatorts. „Wer war da drin?“

„Die beiden Officers“, antwortete Sellitto. „Dann zwei Sanitäter und zwei Leute von der Spezialeinheit, doch die haben sich gleich wieder zurückgezogen, als keine Gefahr mehr drohte.“

„Der Wachmann war auch drinnen“, sagte Ausonio. „Aber nur für eine Minute.“

„Gut“, sagte Sachs. „Gibt’s Zeugen?“

„Als wir hergekommen sind, war da hinten ein Hauswart“, sagte Ausonio.

„Er hat nichts gesehen“, fügte Franciscovich hinzu.

„Dennoch brauche ich zu Vergleichszwecken die Abdrücke seiner Schuhsohlen“, sagte Sachs. „Würde eine von Ihnen den Mann bitte suchen?“

„Na klar.“ Ausonio machte sich auf den Weg.

Sachs entnahm dem schwarzen Koffer einen weißen Tyvek-Overall, streifte ihn über, setzte die Kapuze auf und zog sich Handschuhe an. Der Anzug gehörte zur Standardausrüstung der Spurensicherung der New Yorker Polizei und sollte verhindern, dass der Träger den Tatort versehentlich durch eigene Spurenpartikel verunreinigte – beispielsweise durch Haare oder Hautschuppen. Zwar verfügte der Overall über Füßlinge, doch Sachs kam trotzdem Rhymes strikter Anweisung nach und streifte sich Gummiringe über die Schuhe, damit man ihre Abdrücke zweifelsfrei von denen des Opfers und des Täters unterscheiden konnte.

Nachdem Amelia den Kopfhörer angelegt und das Funkgerät eingeschaltet hatte, ließ sie sich mit einem Festnetzanschluss verbinden, und kurz darauf drang Lincoln Rhymes tiefe Stimme an ihr Ohr. „Sachs, hörst du mich?“

„Ja. Es war genau, wie du gesagt hast – man hat ihn in die Enge getrieben, und dann ist er verschwunden.“

Der Techniker, den Sachs zum Wagen geschickt hatte, kehrte mit mehreren Stativlampen zurück. Sie stellte sie in der Halle auf und schaltete sie ein.

Es war in Fachkreisen durchaus umstritten, mit welcher Methode ein Tatort auf Spuren untersucht werden sollte. Lincoln Rhyme hatte vor seinem Unfall die meisten Tatorte allein inspiziert, und er bestand darauf, dass Amelia Sachs auf die gleiche Weise vorging. Er glaubte, wenn man bei der Untersuchung eines Tatorts allein blieb, konnte man viel eher eine innere Verbindung zu Opfer und Täter herstellen.

Genau diese mentale Beziehung versuchte Amelia Sachs nun herzustellen, während sie die Leiche der jungen Frau betrachtete. In der Nähe der Toten sah sie einen verschütteten Becher Kaffee, Notenblätter und ein Stück einer silbernen Flöte. Als der Mörder ihr das Seil um den Hals schlang, war die Frau offenbar gerade damit beschäftigt gewesen, das Instrument zusammenzustecken.

„Ich bin bei der Leiche, Rhyme“, sagte Amelia und schoss unterdessen einige Digitalfotos von der Toten.

„Fang an."

„Sie liegt auf dem Rücken – aber aufgefunden wurde sie bäuchlings. Die Beamten haben sie umgedreht, um eine Wiederbelebung zu versuchen. Typische Strangulationsmale." Sachs rollte die Frau nun vorsichtig zurück auf den Bauch. „Die Hände sind mit irgendwelchen altmodischen Handschellen gefesselt. Ihre Armbanduhr ist kaputt und zeigt exakt acht Uhr an. Das sieht nicht nach einem Zufall aus. Ein hübsches Modell, eine Seiko. Warum hat er die Uhr zertrümmert und nicht etwa gestohlen?"

„Gute Frage, Sachs ... Vielleicht hat es etwas zu bedeuten, vielleicht auch nicht."

Eine aufschlussreiche Feststellung für einen forensischen Wissenschaftler, dachte sie.

„Eine der Polizistinnen hat das Seil um den Hals durchgeschnitten, aber der Knoten ist unversehrt." Ein solcher Knoten konnte viel über die Person verraten, die ihn geknüpft hatte.

Dann sammelte Sachs mit einem Kleberoller kleinere Spurenpartikel ein. Man war in Fachkreisen allgemein zu der Ansicht gelangt, dass ein tragbarer Staubsauger zu viele unerwünschte Teilchen mit aufsaugte, und so griffen die meisten kriminaltechnischen Abteilungen mittlerweile auf diese Roller zurück. Amelia verpackte die gewonnenen Spuren in kleine Plastiktüten, kämmte mit einem Spezialkamm die Haare der Toten durch und nahm Proben unter den Fingernägeln der Leiche.

„Ich mache mich jetzt an das Gitternetz", sagte sie dann. Dieser Ausdruck stammte von Lincoln Rhyme und bezeichnete seine bevorzugte, weil gründlichste Methode zur Untersuchung eines Tatorts. Man durchmaß dabei das betreffende Areal in mehreren Bahnen erst senkrecht und dann waagerecht, wobei die Decken und Wände ebenso viel Beachtung finden mussten wie der Boden.

Sachs fing an, hielt nach weggeworfenen oder fallen gelassenen Gegenständen Ausschau, sammelte Partikel ein, nahm elektrostatische Abdrücke der Fußspuren und schoss Digitalfotos.

„Officer?", rief Sellitto. „Nur eine kurze Frage ... Soll ich Ihnen nicht lieber jemanden zur Verstärkung reinschicken?"

„Nein", sagte sie und dankte ihm insgeheim dafür, dass er sie an den verschwundenen Mörder erinnert hatte.

Ein weiterer von Lincoln Rhymes Wahlsprüchen lautete: Lass dir keine Einzelheit entgehen, aber pass auf dich auf. Sie tastete nach dem Griff der Glock, um die Waffe bei Bedarf schnell ziehen zu können – unter dem

Tyvek-Overall rutschte das Holster immer ein Stück nach oben –, und setzte die Suche fort.

„Okay, ich hab was“, teilte sie wenig später Rhyme mit. „In der Vorhalle, ungefähr drei Meter vom Opfer entfernt. Ein Stück schwarzer Stoff. Seide. Ich meine natürlich, es sieht wie Seide aus. Es liegt über einem Teil der Flöte des Opfers, also muss es von ihm oder ihr stammen.“

Darüber hinaus fand sich in der Vorhalle nichts. Amelia betrat das Auditorium. Hier gab es kein Versteck für einen Täter, keine Geheimtüren oder verborgenen Ausgänge.

„Rhyme, das ist irgendwie merkwürdig … Die umgeworfenen Stühle sind mit einer verbrannten Kordel umwickelt, außerdem mit Zündschnüren, so wie's aussieht. Ich rieche Nitrat- und Schwefelrückstände. Die Beamtinnen sagten, er habe einen Schuss abgefeuert. Aber es riecht nicht nach rauchlosem Schießpulver, sondern anders. Ah, okay … Da liegt ein kleiner grauer Knallkörper. Vielleicht war das der vermeintliche Schuss … Halt, da ist noch etwas. Eine kleine grüne Platine, an der ein Lautsprecher hängt, ungefähr fünf mal zwölf Zentimeter.“

Sie verpackte alles in Tüten, ging dann zur zweiten Tür – der Brandschutztür – hinaus und sicherte sämtliche Fußabdrücke, die sie dort fand. Schließlich nahm sie Kontrollproben, um sie später mit den Opfer- und Täterspuren vergleichen zu können. „Das wär's, Rhyme. Ich bin in einer halben Stunde zurück.“

„Und die Falltüren und Geheimgänge, von denen alle reden?“

„Ich kann keine finden.“

Sie kehrte ins Foyer zurück. Franciscovich und Ausonio standen an der Tür. „Haben Sie den Hauswart gefunden?“, fragte Amelia.

Ausonio schüttelte den Kopf. „Er hat dem Wachmann gesagt, er müsse seine Frau zur Arbeit fahren. Ich habe im Verwaltungsbüro die Nachricht hinterlassen, er möge sich bei uns melden.“

Sellitto wurde angefunkt und hörte kurz zu. „Bedding und Saul haben alle Zeugen vernommen und warten am Eingang“, verkündete er.

Sachs und Sellitto kehrten zur Vorderseite der Schule zurück. Dort trafen sie auf Bedding und Saul. Die beiden Detectives waren auf die Befragung von Zeugen spezialisiert.

„Wir haben mit den sieben Leuten gesprochen, die heute Morgen hier gewesen sind“, sagte Bedding. „Plus dem Wachmann.“

„Niemand kannte das Opfer besonders gut“, fügte Saul hinzu. „Als sie heute Morgen herkam, hat eine Freundin sie zum Vortragssaal begleitet.

Die Freundin hat dort niemanden gesehen. Die beiden standen fünf oder zehn Minuten im Vorraum und haben sich unterhalten. Gegen acht Uhr ist die Freundin gegangen."

„Demnach lag der Täter dort bereits auf der Lauer", sagte Rhyme, der über Funk mithörte.

„Das Opfer", sagte Saul, „stammt aus Georgien und ist vor etwa zwei Monaten eingereist. Sie war eher eine Einzelgängerin."

„Die anderen Studenten haben sich heute alle in verschiedenen Übungsräumen aufgehalten", fügte Bedding hinzu, „und keiner von ihnen hat etwas gehört oder eine unbekannte Person bemerkt."

„Warum war Swetlana nicht in einem der Übungsräume?", fragte Sachs.

„Ihre Freundin sagt, Swetlana habe die Akustik in dem Vortragssaal besser gefallen."

„Ehemann, fester Freund oder Freundin?", fragte Sachs und dachte dabei an die Regel Nummer eins bei Mordermittlungen: Täter und Opfer kannten sich meistens.

„Nicht dass die anderen Studenten wüssten."

„Wie ist er ins Gebäude gelangt?", wollte Rhyme wissen. Sachs ließ den Wachmann herbeiholen und gab die Frage weiter.

„Nur der Haupteingang ist offen", erklärte der Wachmann.

„Also hätte er an Ihnen vorbeigemusst, richtig?"

„Und er hätte sich eintragen müssen. Und die Kamera hätte ihn aufgenommen."

Sachs hob den Kopf. „Da hängt eine Überwachungskamera, Rhyme."

Sie versammelten sich hinter dem Schaltpult. Der Wachmann betätigte ein paar Knöpfe und spielte das Band ab. Sieben der Leute waren von Bedding und Saul überprüft worden.

Eine Person jedoch – ein braunhaariger, bärtiger älterer Mann in Jeans und ausgebeulter Jacke – hatte nicht zu den Zeugen gezählt, da waren die beiden sich einig.

„Das ist er", sagte Franciscovich. „Das ist der Mörder." Nancy Ausonio nickte.

Auf dem Band konnte man sehen, wie er sich in die Besucherliste eintrug und dann hineinging.

„Haben Sie ihn sich denn nicht genauer angesehen?", fragte Sachs.

„Ich hab nicht darauf geachtet", erwiderte der Wachmann ungerührt. „Wer sich einträgt, wird reingelassen. Das ist alles."

„Immerhin haben wir seine Unterschrift, Rhyme. Und einen Namen.

Natürlich dürfte beides gefälscht sein, aber wenigstens ist es eine Handschriftenprobe. Wo hat er unterzeichnet?", fragte Sachs, streifte sich Latexhandschuhe über und nahm das Besucherbuch. Sie spulten das Band zurück und ließen es vom Anfang ablaufen. Der Mörder war die vierte Person, die sich eintrug, aber an vierter Stelle der Liste stand der Name einer Frau.

„Zählt alle Leute, die sich heute da verewigt haben!", rief Rhyme.

Sie verfolgten, wie neun Personen ihre Namen eintrugen – acht Studenten, darunter das Opfer, und der Mörder.

„Insgesamt neun, Rhyme, aber auf der Liste stehen nur acht Namen", gab Amelia weiter.

„Ist der Wachmann sicher, dass der Täter sich auch wirklich eingetragen hat?", warf Rhyme ein. „Vielleicht hat er bloß so getan."

Amelia reichte die Frage an den seelenruhig wirkenden Mann weiter.

„Doch, das hat er. Ich hab's gesehen. Ich achte nicht immer auf die Gesichter, aber ohne Unterschrift kommt mir hier keiner ins Haus."

„Na gut, dann bring mir das Besucherbuch zusammen mit dem anderen Zeug her, und wir sehen es uns genauer an", sagte Rhyme.

Und nun, verehrtes Publikum, legen wir eine kurze Pause ein. Machen Sie es sich bequem. Unsere nächste Nummer folgt in Kürze …

Zwei

Der Mann ging an der Upper West Side von Manhattan den Broadway entlang. An einer Ecke hielt er plötzlich inne, als sei ihm gerade etwas eingefallen. Er nahm sein Mobiltelefon vom Gürtel und hob es ans Ohr. Dann sprach er und ließ beiläufig den Blick in die Runde schweifen. In Wahrheit führte er allerdings gar kein Telefonat, sondern vergewisserte sich, dass niemand ihm von der Musikschule gefolgt war.

Inzwischen sah Malerick völlig anders aus. Er war nun blond und bartlos, trug einen Jogginganzug. Hätten die Passanten genauer auf ihn geachtet, wären ihnen vielleicht ein paar Besonderheiten aufgefallen: Oberhalb des Kragens erstreckte sich ledriges Narbengewebe den Hals hinauf, und zwei Finger seiner linken Hand – der kleine und der Ringfinger – waren miteinander verschmolzen. Aber es achtete niemand auf ihn. Seine Gesten und Mimik waren nämlich vollkommen natürlich, was – wie jeder Illusionist weiß – dafür sorgte, dass er unsichtbar wurde.

Da er keinen Verfolger entdecken konnte, schlenderte er schließlich weiter, bog in eine Seitenstraße ab, folgte dem von Bäumen gesäumten Bürgersteig und stieg die Stufen zu dem Apartment hinauf, das er vor einigen Monaten gemietet hatte.

Wie ich schon sagte, unsere nächste Nummer folgt in Kürze.

Vorerst, verehrtes Publikum, sollten Sie sich vielleicht über die soeben gesehene Illusion austauschen und zu erraten versuchen, was als Nächstes auf dem Programm steht.

DIESE und noch Dutzende anderer Sätze kamen Malerick immer wieder ganz von selbst in den Sinn. Verehrtes Publikum ... Er sprach andauernd zu seinen imaginären Zuschauern. Ein Hintergrundrauschen voller Worte, in genau dem theatralischen Tonfall, den ein geschminkter Zirkusdirektor oder ein Illusionist aus viktorianischer Zeit benutzt haben würde. Geplapper hieß das in Fachkreisen – ein Monolog, der eine Beziehung zum Publikum herstellen und die zum Gelingen des Tricks notwendigen Informationen übermitteln sollte. Und der zum Ziel hatte, die Leute einzulullen und abzulenken.

Nach dem Feuer damals hatte Malerick den Kontakt zu seinen Mitmenschen weitgehend abgebrochen. An ihre Stelle war mehr und mehr das imaginäre verehrte Publikum getreten, das letztlich zu seinem ständigen Begleiter wurde. Er empfand es als einen verlässlichen Halt, denn es vermittelte ihm den Eindruck, nach dem tragischen Unglück vor drei Jahren nicht ganz allein dazustehen.

Die ursprüngliche Möblierung des Apartments schien eher karg und bestand aus ein paar schlichten Sofas und Sesseln sowie einem zweckmäßigen Esstisch, an dem gegenwärtig nur ein einziger Platz eingedeckt war. Die Schlafzimmer hingegen waren voll gestopft mit den Utensilien der Illusionistenzunft: Requisiten, Vorrichtungen, Seile, Kostüme, Gussformen zur Latexverarbeitung, Perücken, Stoffballen, eine Nähmaschine, Farben, Feuerwerkskörper, Schminke, Platinen, Batterien, Kollodiumpapier und Schießbaumwolle, Zündschnüre ... und unzählige andere Dinge.

Malerick bereitete sich einen Kräutertee zu und nahm am Esstisch Platz. Mit dem Verlauf des heutigen Morgens war er durchaus zufrieden. Er hatte die erste Probandin ganz mühelos getötet. Sie war völlig ahnungslos gewesen, obwohl er schon seit einer halben Stunde in der Ecke gelauert hatte, verborgen unter schwarzer Seide. Das überraschende Auftauchen der Polizei –

nun ja, das hatte ihn kurz aus dem Konzept gebracht. Aber wie alle guten Illusionisten war Malerick auf einen solchen Fall vorbereitet gewesen, und die Flucht war ihm perfekt gelungen.

Er beendete sein Frühstück, brachte die Tasse in die Küche, wusch sie sorgfältig ab und legte sie zum Trocknen auf ein Gestell. Diese Akribie war ihm bei allem, was er tat, zur zweiten Natur geworden; sein Mentor, ein leidenschaftlicher, humorloser und fast schon fanatischer Illusionist, hatte ihm die Disziplin gründlich eingebläut.

Dann sah sich der Mann die Videoaufnahme an, die er vom Schauplatz der nächsten Vorstellung angefertigt hatte. Er kannte dieses Band bereits in- und auswendig, doch er wollte sich ein weiteres Mal vergewissern. Sein Mentor hatte ihm nachdrücklich – und mitunter handgreiflich – eingeschärft, wie wichtig die 100:1-Regel war: Für jede Minute auf der Bühne musste man hundert Minuten proben.

Während er die Aufzeichnung verfolgte, zog er einen mit Samt bespannten Tisch zu sich heran und übte einige simple Kartentricks, ohne auf seine Hände zu achten: das präzise Mischen gezinkter Werte und das Abheben mit drei Stapeln. Danach ein paar schwierigere Aufgaben: das wiederholte Umdrehen einer Karte, das Auffächern des Stapels und das passgenaue Geben.

Dann nahm Malerick sich ein paar Kartentricks aus dem frühen Repertoire des Harry Houdini vor. Die meisten Leute kannten Houdini nur als Entfesselungskünstler, doch in Wirklichkeit war der Mann ein vielseitiger Zauberer gewesen. Malerick betrachtete Houdini als eines seiner großen Vorbilder. Zu Beginn seiner Karriere, noch als Teenager, war Malerick als „der junge Houdini" aufgetreten, und der hintere Teil seines jetzigen Namens, „erick", stellte nicht nur eine Anspielung auf sein früheres Leben – das Leben vor dem Feuer – dar, sondern war zudem als Hommage an Houdini gedacht, der als Erich Weisz das Licht der Welt erblickt hatte. Bei der Vorsilbe „Mal" hatte Malerick diese drei Buchstaben gewählt, weil sie dem lateinischen Wortstamm für „böse" entsprachen und somit widerspiegelten, welch dunklen Zweig der Kunst er bevorzugte.

Er konzentrierte sich auf das Video, zog die Abmessungen des Schauplatzes in Betracht, bedachte die Anordnung der Fenster und die Aufenthaltsorte eventueller Zeugen und konzipierte daraus seine jeweiligen Handlungen, so wie es jeder geübte Künstler tun würde. Während er zusah, mischten die Karten zwischen seinen Fingern sich scheinbar wie von selbst und blitzschnell, begleitet von einem leisen, schlangenartigen Zischeln.

Wäre bei dieser Stegreifdarbietung ein Publikum zugegen gewesen, hätten die Leute nun den Kopf geschüttelt und unwillkürlich geglaubt, einem Trugbild aufzusitzen, da das Gesehene sich anscheinend unmöglich erklären ließ.

Doch das Gegenteil war der Fall. Die Kartentricks, die Malerick beiläufig vollführte, hatten nichts Übernatürliches an sich, sondern waren das Ergebnis sorgfältig einstudierter Geschicklichkeitsübungen. Sie basierten auf einer Sinnestäuschung des Betrachters und den natürlichen Gesetzen der Physik.

„HALLO." Die junge Frau setzte sich auf den Stuhl neben dem Bett. „Also, wie fühlst du dich, Mum?" Kara stand auf und rückte ihrer Mutter das Daunenkissen zurecht. Dann setzte sie sich wieder und trank einen Schluck aus dem großen Starbucks-Becher.

Nachdem Kara während der Jahre in New York alle möglichen Haarfarben ausprobiert hatte, war ihre Wahl kürzlich auf eine Mischung aus Kastanienbraun und Lila gefallen, verbunden mit einer eher knabenhaften Frisur. Heute trug sie eine schwarze Stretchhose, ein ärmelloses dunkelviolettes Oberteil und flache Schuhe, obwohl sie weniger als 1,60 Meter maß.

„Ich hab morgen eine Show. Eine von Mr Balzacs kleinen Veranstaltungen. Aber diesmal lässt er mich solo auftreten." Kara schilderte ihrer Mutter voller Begeisterung den geplanten Ablauf der Aufführung und nahm sie derweil genau in Augenschein. Für eine Frau Mitte siebzig hatte sie außergewöhnlich glatte Haut, die zudem rosig gesund wie die eines Babys wirkte. Ihr Haar war weitgehend ergraut, aber es gab noch jede Menge widerspenstiger schwarzer Strähnen. Die Kosmetikerin des Hauses hatte es zu einer modischen Frisur aufgesteckt. „Wie dem auch sei, Mum, es wäre toll, wenn du auch kommen könntest."

Kara, die mittlerweile auf der Stuhlkante saß, bemerkte plötzlich, dass sie die Hände zu Fäusten geballt und sich am ganzen Körper verkrampft hatte. Die alte Dame war kaum noch ein menschliches Wesen. Bestenfalls ein kleines Kind, das mit offenen Augen schlief.

Ihre Mutter hatte heute kein einziges Wort gesprochen. Auch nicht während des gestrigen Besuchs. Sie hatte in einer Art Wachkoma gelegen. An manchen Tagen war es so. An anderen war sie zwar wach, stammelte aber nur erschreckenden Unsinn vor sich hin, der deutlich erkennen ließ, wie gnadenlos die unsichtbare Armee durch ihr Hirn marschierte und dabei Gedächtnis und Verstand auslöschte.

Doch hin und wieder trat ein zerbrechlicher Moment der Klarheit ein, als hätte es nie eine Gehirnblutung gegeben. In solchen Momenten redete Kara sich ein, dass ihre Mutter sich wieder erhole.

Ein Blick auf die Uhr. Sie war spät dran. Mr Balzac würde nicht erfreut sein. Sie ging hinaus auf den Flur.

Eine korpulente Schwarze in weißer Schwesterntracht hob grüßend die Hand. „Kara!“ Ihr rundes Gesicht verzog sich zu einem breiten Lächeln. „Ist sie immer noch wach?“

„*Hi*, Jaynene. Nein. Als ich herkam, war sie völlig weggetreten.“

„Oh, das tut mir aber Leid.“

„Hat Sie denn etwas gesagt?“, fragte Kara.

„Ja, aber nur Kleinigkeiten. Ich weiß nicht, ob sie wirklich etwas mitbekommen hat.“

„Ich muss jetzt zur Arbeit“, sagte Kara. „He, ich hab morgen eine Show. Im Laden. Wissen Sie noch, wo der ist?“

„Na klar. Wann denn?“

„Um vier. Kommen Sie doch auch. Und bringen Sie Pete mit.“

Die Schwester verzog das Gesicht. „Kleines, es gibt nur eine einzige Möglichkeit, dass dieser Kerl Sie an einem Sonntag zu Gesicht bekommt: Sie müssen beim Basketballmatch die Halbzeitshow bestreiten, und es muss im Fernsehen übertragen werden.“

VOR HUNDERT Jahren hatte in diesem Haus womöglich ein halbwegs erfolgreicher Finanzkaufmann gewohnt oder der begüterte Inhaber eines Geschäftes. Lincoln Rhyme, dem gegenwärtigen Besitzer des Stadthauses am Central Park West, war die Geschichte des Gebäudes jedoch herzlich egal. Auch das viktorianische Mobiliar, das einst diese Räume geziert hatte, wäre nicht nach seinem Geschmack gewesen. Ihm gefiel, was ihn derzeit umgab: ein Durcheinander aus robusten Tischen, Drehstühlen, Computern und wissenschaftlichen Geräten. Überall verliefen Leitungen und Kabel und bedeckten einen Großteil des ohnehin begrenzten Freiraums im Zimmer. Einige waren ordentlich aufgerollt und verbanden benachbarte Apparate miteinander, andere verschwanden in Löchern, die man einfach so in den Putz oder die Wandvertäfelung geschlagen hatte.

Im Hinblick auf seine eigene Person kam Lincoln Rhyme inzwischen weitgehend ohne Kabel aus, denn dank fortschrittlicher Infrarot- und Funksender war er in der Lage, die Haustechnik und seine Computer vom Rollstuhl oder Bett aus per Mikrofon zu steuern. Den Rollstuhl lenkte er mit dem linken Ringfinger über ein MKIV-Touchpad, aber alle anderen Befehle gab Rhyme mit seiner Stimme – ob er nun einen Anruf erledigen, eine E-Mail verfassen oder das Abbild des Stereomikroskops auf einen der Monitore legen wollte.

Rhyme hörte die Haustür ins Schloss fallen und vernahm das ungleichmäßige Geräusch von Schritten, die sich durch den Flur näherten. In einem der Besucher erkannte Rhyme sofort Amelia Sachs; für eine so hoch gewachsene Frau hatte sie einen überaus leichten Tritt. Dann vernahm er das charakteristische Trampeln von Lon Sellittos großen Füßen.

„Sachs, war es ein großer Tatort?“, fragte er, als sie das Zimmer betrat.

„Nein, nicht so groß.“ Sie runzelte die Stirn. „Wieso?“

Sein Blick war auf die grauen Plastikkisten voller Beweismaterial gerichtet, die Amelia und einige Beamte hereintrugen. „Ich hatte nur irgendwie den Eindruck, weil es so lange gedauert hat, alles abzusuchen.“ Wenn Rhyme zu lange warten musste, wurde er gereizt. Er hasste nichts so sehr wie Langeweile.

Amelia Sachs hingegen wirkte ausgesprochen gut gelaunt und ließ sich von seinem Unmut nicht im Mindesten beirren. „Hier ist einiges recht merkwürdig, Rhyme“, sagte sie lediglich.

„Leg los. Was ist passiert?“

„Die Kolleginnen hörten von drinnen einen Schuss und beschlossen, den Zugriff zu versuchen. Sie sind gleichzeitig durch die beiden einzigen Türen des Raums vorgedrungen, aber der Täter war verschwunden.“

Sellitto zog seine Notizen zurate. „Die Beamtinnen beschreiben ihn als Anfang fünfzig, mittelgroß, braunhaarig, Vollbart. Es war ein Hauswart vor Ort, aber der hat angeblich niemanden durch die Tür kommen sehen. Die Schule wird uns seinen Namen und die Telefonnummer durchgeben. Mal sehen, ob ich sein Gedächtnis nicht ein wenig auffrischen kann.“

„Was habt ihr über das Opfer? Und wie lautet das Tatmotiv?“

„Es war weder Vergewaltigung noch Raub“, sagte Sachs.

„Die Studentin ist in letzter Zeit offenbar Single gewesen“, fügte Sellitto hinzu, „und auch davor gab es keinen Freund, der Probleme bereitet hätte.“

„War sie nur Studentin, oder hatte sie außerdem einen Job?“, fragte Rhyme.

„Nur Studentin, aber nebenbei ist sie anscheinend irgendwo aufgetreten.“

Rhyme bat Thom, ihnen wie so oft als Protokollant zu dienen und die einzelnen Punkte auf einer der großen weißen Wandtafeln festzuhalten.

Es klingelte an der Haustür, und Thom verschwand kurz nach draußen. Mel Cooper betrat den Raum, der schlanke Kriminaltechniker mit schütterem Haar, den Rhyme schon seit einigen Jahren kannte. Nachdem Cooper alle Anwesenden begrüßt hatte, schob er sich die dicke Harry-Potter-Brille ein Stück höher auf die Nase und musterte prüfend die Kisten mit Beweismaterial. „Womit haben wir es hier zu tun?“, fragte er ruhig.

Sellitto schilderte noch einmal den Ablauf des Verbrechens, während Cooper sich Latexhandschuhe anzog. Rhyme fuhr mit seinem Rollstuhl näher heran. „Da – was ist das?“ Er meinte die grüne Platine, an der ein Lautsprecher befestigt war.

„Die habe ich im Vortragssaal gefunden“, sagte Sachs. „Der Verdächtige hat sie dort platziert – das haben die Fußabdrücke ergeben.“

Rhyme machte nie einen Hehl daraus, dass er nicht auf allen Fachgebieten bewandert war. Funde wie Computer, Mobiltelefone und diese seltsame Platine gehörten in Expertenhände.

„Bringt das Ding zum FBI. Zu Tobe Geller“, ordnete er an.

In der New Yorker Zweigstelle des FBI arbeitete ein begabter junger Elektronikspezialist, und falls überhaupt jemand ihnen verraten konnte, was diese Platine bewirkte und woher sie eventuell stammte, dann Geller, das wusste Rhyme.

Sachs reichte die Tüte an Sellitto weiter, der sie einem uniformierten Beamten übergab. Dann wandten sie ihre Aufmerksamkeit den pyrotechnischen Utensilien zu, die in der Musikschule gefunden worden waren: den Zündschnüren und dem Feuerwerkskörper.

Zumindest eines der Geheimnisse hatte Sachs lüften können. Der Mörder, so erläuterte sie, hatte mehrere Stühle halb nach hinten gekippt und in dieser Position mit dünnen Baumwollkordeln fixiert. Danach hatte er in der Mitte jedes Strangs eine Lunte befestigt und sie angezündet. Nach einer Weile hatte die Flamme das Baumwollband erreicht und durchtrennt, woraufhin der jeweilige Stuhl zu Boden gefallen war und den akustischen Eindruck erweckt hatte, der Täter befinde sich noch im Raum. Eine weitere Zündschnur hatte mit einiger Verzögerung den Knallkörper explodieren lassen, was von den Beamtinnen irrtümlich für einen Schuss gehalten worden war.

„Lässt das Material sich irgendwie zurückverfolgen?“, fragte Sellitto.

„Diese Allerweltszündschnur hilft uns nicht weiter, und der Feuerwerkskörper wurde zerstört.“ Cooper schüttelte den Kopf. Und die Kordel erwies sich als ordinärer Baumwollfaden, wie es ihn an jeder Ecke zu kaufen gab.

„Dann war da noch dieser Blitz", sagte Sachs. „Als die Beamtinnen den Kerl bei dem Opfer sahen, hob er die Hand, und es flammte ein gleißendes Licht auf, fast wie eine Leuchtkugel. Sie wurden beide geblendet."

„Irgendwelche Überreste?"

„Ich konnte keine finden."

„Machen wir weiter. Was ist mit den Fußspuren?"

Cooper rief die Datenbank der New Yorker Polizei auf, in der die Abdrücke von Schuhsohlen gespeichert waren. „Die Schuhe sind schwarze Slipper Marke Ecco", teilte er nach einigen Minuten mit. „Offenbar Größe 44."

„Partikel?"

Sachs holte aus einer der Kisten mehrere Plastiktüten, in denen sich jeweils ein Streifen Klebeband befand. „Das hier habe ich mit dem Roller rund um das Opfer und bei den Fußabdrücken des Täters aufgelesen."

Cooper nahm die Tüten und legte jeden der rechteckigen Streifen in eine eigene kleine Schale. Die meisten der Partikel entsprachen Amelias Kontrollproben, was bedeutete, dass sie nicht vom Täter oder Opfer stammten, sondern auf natürlichem Weg an den Tatort gelangt waren. Auf manchen der Streifen klebten jedoch Fasern, die Sachs ausschließlich dort gefunden hatte, wo der Täter entlanggegangen war oder etwas berührt hatte.

„Unters Mikroskop damit."

Der Techniker nahm die Streifen mit einer Pinzette, montierte sie auf Objektträger, legte den ersten unter das Stereomikroskop und drückte einen Knopf. Der Anblick, der sich ihm durch das Okular bot, wurde nun zu dem großen Flachbildschirm des Computers übertragen, sodass alle es sehen konnten. Die Fasern erschienen als dicke gräuliche Stränge.

Bei einer forensischen Untersuchung waren Spuren dieser Art von großer Bedeutung, denn Fasern kamen überall vor und ließen sich leicht klassifizieren. Rhyme erkannte sofort, dass es sich in diesem Fall weder um glänzende Viskose noch um ein Polymerprodukt handelte; demnach mussten es Naturfasern sein. „Sieh dir die Zellstruktur an. Ich wette, sie ist exkremental."

„Was?", fragte Sellitto. „Exkrement?"

„Exkrement wie Seide. Die kommt nämlich aus dem Verdauungstrakt von Raupen. Grau gefärbt, mit matter Oberfläche. Hat der Täter graue Kleidung getragen?"

„Nein", berichtete Sellitto.

„Das Opfer auch nicht", sagte Sachs.

„Ah“, sagte Cooper beim Blick durch das Okular. „Das hier dürften Haare sein.“ Auf dem Monitor wurde eine lange braune Strähne sichtbar.

„Und zwar menschliche Haare!“, rief Rhyme. „Aber sie sind falsch.“

„Falsch?“, fragte Sellitto.

„Nun, es ist zwar Echthaar“, erklärte Rhyme ungeduldig, „aber es stammt von einer Perücke. Sieh dir mal das Ende da an. Das ist keine Wurzel, sondern Klebstoff. Natürlich könnte es von einer anderen Person hinterlassen worden sein, aber wir sollten es in der Tabelle vermerken.“

Cooper setzte die Untersuchung fort und stellte fest, dass auf zweien der Klebebänder ein winziger Erdkrümel beziehungsweise ein wenig pflanzliches Material hing.

„Zuerst die Pflanze, Mel“, verlangte Rhyme.

Bei seiner Tatortarbeit in New York hatte Lincoln Rhyme stets besonderen Wert auf die Erd-, Pflanzen- und Tierspuren gelegt, weil genau genommen nur ein Achtel der Stadt auf dem nordamerikanischen Festland, der Rest hingegen über mehrere Inseln verteilt liegt. Aus diesem Grund kamen manche Mineralien, Pflanzen und Tiere je nach Bezirk und teils sogar je nach Viertel mehr oder weniger häufig vor, sodass man gewisse Spuren mit einiger Verlässlichkeit spezifischen Orten zuordnen konnte.

Kurz darauf erschien das Abbild eines rötlichen Zweigs und eines Blattstückchens auf dem Monitor.

„Gut“, verkündete Rhyme. „Das ist roter Hickory. Soweit ich weiß, wachsen diese Bäume hier bei uns nur im Central und im Riverside Park. Und … oh, schaut euch das an. Dieses blaugrüne Zeug. Eine Flechte, nicht wahr? Und ich würde auf Parmelia conspersa tippen.“

„Schon möglich“, sagte der Techniker zögernd.

„Und diese Sorte kommt überall im Central Park vor … Damit haben wir zwei Verweise auf den Park. Gut. Jetzt nehmen wir uns die Erdprobe vor.“

Cooper wechselte den Objektträger. Das Bild des Mikroskops war wenig aufschlussreich. „Schick einen Teil davon durch den Chromatographen“, sagte Rhyme.

Der Chromatograph spaltet eine unbekannte Substanz in ihre Bestandteile auf, deren genauere Bestimmung dann das Spektrometer übernimmt.

Coopers Analyse ergab, dass die von Sachs sichergestellte Erdprobe mit einem Öl durchtränkt war. Leider existierte kein entsprechender Referenzeintrag in der Datenbank, und so erfuhren sie lediglich, dass es sich um einen anorganischen Stoff handelte.

„Setzt euch mit dem FBI-Labor in Verbindung!“, befahl Rhyme. „Womöglich haben die das Zeug schon mal gesehen." Er betrachtete eine der Plastiktüten. „Ist das der schwarze Stoff, den du gefunden hast?"

Amelia nickte. „Das Tuch lag in der Ecke des Vorraums, in der das Opfer erdrosselt wurde."

„Hat es der Frau gehört?", fragte Cooper. Vorsichtig nahm er den Stoff in Augenschein. „Seide."

Das Tuch war erstaunlich groß, ungefähr zwei mal anderthalb Meter, doch es ließ sich zu einem kleinen Viereck zusammenfalten.

„Aufgrund der Zeitangaben wissen wir, dass er sie dort bereits erwartet hat", sagte Rhyme. „Ich wette, er hat sich in die Ecke gekauert und dieses Tuch über sich ausgebreitet. Damit war er nahezu unsichtbar."

Cooper fand auf dem schwarzen Stoff mehrere Partikel. Er berührte eines mit einer feinen Sonde. Das Material war elastisch.

„Das ist irgendein Gummi", vermutete Rhyme. „Von einem Luftballon – nein, dafür sind sie zu dick. Steck es in den Chromatographen."

Während sie auf das Ergebnis warteten, klingelte es an der Tür.

Thom ging nach draußen und kehrte mit einem Umschlag zurück. „Die Fingerabdrücke!", verkündete er.

„Ah, gut", sagte Rhyme. „Schick sie an AFIS, Mel."

Die leistungsstarken FBI-Server des Automatischen Fingerabdruck-Identifizierungs-Systems würden eine Vielzahl digitalisierter Bundes- und Staatskarteien abfragen und innerhalb weniger Stunden ein Resultat liefern. Wenn gutes und deutlich erkennbares Ausgangsmaterial vorlag, dauerte die Abgleichung manchmal nur Minuten.

„Wie ist die Qualität?", fragte Rhyme.

„Ziemlich sauber." Sachs legte ihm die Fotos vor. Rhyme fiel sofort auf, dass zwei Finger des Mörders – der kleine und der Ringfinger der linken Hand – verformt waren. Sie schienen zusammengewachsen zu sein, und zwar mit vollkommen glatter Haut, ohne jede Papillarleiste. Rhyme kannte sich recht gut in forensischer Pathologie aus, doch er vermochte nicht zu erkennen, ob hier ein Geburtsfehler oder eine Unfallfolge vorlag.

Irgendwie komisch, dachte Rhyme. Der linke Ringfinger des Täters ist geschädigt, und meiner ist der einzige Körperteil unterhalb des Halses, den ich überhaupt noch bewegen kann.

Dann runzelte er die Stirn. „Warte noch eine Minute mit dem Scannen, Mel … Fällt dir irgendetwas Ungewöhnliches daran auf, Sachs?"

„Nicht wirklich", sagte sie. „Moment mal …" Sie lachte. „Die sind alle gleich."

„Er muss eine Art Handschuh mit falschen Papillarleisten tragen“, sagte Cooper.

Auf einem der Bildschirme erschienen die Ergebnisse der spektrometrischen Analyse. „Okay, wir haben hier reinen Latex und … was ist das?“, fragte Cooper. „Der Computer hat es als ein Alginat identifiziert.“

„Es ist ein Pulver, das man mit Wasser anrührt, um daraus Abdruckmassen zu erstellen. Zahnärzte benutzen es, um Kronen und andere Prothesen anzufertigen. Vielleicht war unser Mann einfach nur in medizinischer Behandlung.“

Cooper las die weiteren Stoffe vor. „Außerdem gibt es minimale Spuren von Rizinusöl, Propylenglykol, Cetylalkohol, Glimmer, Eisenoxid, Titandioxid, Steinkohlenteer und ein paar neutrale Pigmente.“

„Manches davon kommt in Make-up vor“, sagte Rhyme.

„Schreibt es mit auf die Tafel. Wir werden noch sehen, ob es etwas zu bedeuten hat.“

Mel Cooper wandte sich der Mordwaffe zu, dem Seil, und legte es auf ein Porzellantablett. Nach einer Weile blickte er auf. „Es handelt sich um ein Seil mit weißer Hülle und schwarzem Kern, beides aus geflochtener Seide und daher so leicht und dünn, dass es nicht dicker als ein normales Seil wirkt, obwohl es in Wahrheit zwei Komponenten sind.“

„Das wird immer rätselhafter“, sagte Sachs.

„Ja“, stimmte er ihr beunruhigt zu. „Und der Knoten?“

„Wurde von einem Experten geknüpft, aber ich erkenne die Technik nicht wieder“, sagte Cooper.

Tobe Geller von der Abteilung für Computerkriminalität rief aus seinem New Yorker FBI-Büro an. „Das ist ja ein tolles Ding, Lincoln“, sagte er.

„Wie schön, dass wir Ihnen eine kleine Freude machen durften“, murmelte Rhyme. „Können Sie uns über unser Spielzeug denn auch etwas Nützliches mitteilen?“

„Es ist ein digitaler Audiorekorder. Ihr Täter hat etwas damit aufgenommen, den Ton auf einer Festplatte gespeichert und es dann so programmiert, dass alles mit Verzögerung wieder abgespielt wurde. Wir wissen nicht, um was für eine Aufzeichnung es sich gehandelt hat – er hat ein Löschprogramm eingebaut und alle Daten vernichten lassen.“

Rhyme murmelte: „Als er behauptete, er habe eine Geisel bei sich, war das bloß eine Sounddatei. Wir sollten glauben, dass er sich noch in dem Raum aufhielt.“

„Das passt. Eine menschliche Stimme dürfte damit ziemlich echt klingen.“

„Auf der Platte ist nichts mehr drauf?“

„Nein, alles weg.“

Rhyme seufzte enttäuscht; es blieb Sachs überlassen, sich bei Geller herzlich für die Hilfe zu bedanken.

Das Team wandte sich nun der Armbanduhr des Opfers zu. Außer dem genauen Zeitpunkt der Zerstörung barg sie keinerlei Hinweise. Bisweilen legten Täter falsche Spuren, indem sie vor der absichtlichen Beschädigung einer Uhr die falsche Zeit einstellten, doch hier lag offenbar kein solcher Täuschungsversuch vor. Was sollten sie davon halten?

Rhymes Blick fiel auf die Tüte mit dem Besucherbuch. „Der fehlende Name.“ Er überlegte. „Neun Leute haben sich eingetragen, aber es stehen nur acht Namen da … Ich glaube, wir benötigen einen Experten.“ Er wandte den Kopf zum Mikrofon. „Kommando: Telefon. Anrufen, Kincaid Komma Parker.“

Kurz darauf ertönte am anderen Ende die gelassene Stimme eines der hervorragendsten Dokumentengutachter des Landes. „Hier bei Kincaid.“

„Parker, hier spricht Lincoln. Wir brauchen deine Hilfe bei einem Fall. Folgendes ist passiert: Der Täter hat sich am Eingang eines Gebäudes in ein Besucherbuch eingetragen.“

„Und nun soll die Handschrift analysiert werden?“

„Das Problem ist: Es gibt keine Handschrift.“

„Und du bist sicher, dass der Täter nicht bloß so getan hat?“

„Hundertprozentig. Der Wachmann dort hat Tinte auf Papier gesehen, kein Zweifel.“

„Kann man noch irgendwas erkennen?“

„Nein, nichts. Wie hat er das angestellt?“

„Er hat den Namen verschwinden lassen“, erklärte Kincaid. „Er hat eine Tinte benutzt, die wieder unsichtbar wird.“

„Wird dieses Zeug in bestimmten Läden verkauft?“

„Hm“, überlegte Kincaid. „Höchstwahrscheinlich in einem Spielwarenladen oder in einem Fachhandel für Zauberkünstler. Das ist etwas für einen Entertainer.“

Ein Entertainer, dachte Rhyme ärgerlich und schaute zur Tafel, an der die Fotos der armen Swetlana Rasnikow hingen. „Okay, danke, das hilft uns schon weiter, Parker.“ Rhyme beendete das Telefonat. „Je mehr wir erfahren, desto weniger wissen wir“, stellte er mürrisch fest.

Bedding und Saul riefen an und berichteten, dass Swetlana in der Musikschule offenbar allseits beliebt gewesen sei und dort keine Feinde gehabt habe. Ihre Nebenbeschäftigung schien in dieser Hinsicht ebenfalls unverdächtig: Sie hatte auf Kindergeburtstagen Singspiele veranstaltet.

Aus der Gerichtsmedizin traf ein Päckchen ein. Es enthielt die Handschellen, mit denen das Opfer gefesselt worden war. Sie waren uralt, schwer und aus ungleichmäßig geschmiedetem Eisen gefertigt.

Cooper bürstete den Bereich rund um die Schlüsselöffnungen ab und klopfte die Fesseln sorgfältig aus, fand aber keine verwertbaren Partikel. Zumindest das Alter der Handschellen war ein ermutigender Umstand, denn es limitierte die Anzahl der möglichen Herkunftsorte. Rhyme wies Cooper an, die Fesseln zu fotografieren und einige Bilder auszudrucken, die man dann diversen Händlern vorlegen konnte.

Sellitto erhielt einen Anruf. Er hörte kurz zu und wirkte auf einmal ziemlich verwirrt. „Unmöglich … Sind Sie sicher? … Ja, okay. Danke.“ Er legte auf und sah Rhyme an. „Das war der Verwalter der Musikschule. Es gibt da keinen Hauswart. Das Reinigungspersonal arbeitet samstags nicht. Außerdem sieht keiner von denen so aus wie der Kerl, dessen Beschreibung wir haben.“

„Oh, verdammt!“, fluchte Rhyme. „Das war er! Der Hauswart hat ganz anders ausgesehen als der Täter, nicht wahr?“

Sellitto blätterte seine Notizen durch. „Anfang sechzig, kahlköpfig, grauer Overall.“

„Grauer Overall!“, rief Rhyme. „Daher die Seidenfasern.“

„Wovon redest du da?“, fragte Cooper.

„Unser Täter hat die Studentin ermordet. Dann wurde er von den Beamtinnen überrascht, blendete sie mit dem Lichtblitz, rannte in den Vortragssaal, zündete die Lunten an und schaltete den Digitalrekorder ein, damit man glaubte, er befände sich weiterhin im Raum. Stattdessen hat er jedoch die Hauswartverkleidung angezogen und ist zur zweiten Tür hinausgelaufen.“

„Wie zum Teufel soll er das alles geschafft haben?“, wollte Sellitto wissen. „Er war doch höchstens für sechzig Sekunden außer Sicht.“

„Ach ja?“, fragte Rhyme zynisch und fuhr zur Tafel, an der Thom die Ausdrucke von Amelias Digitalfotos aufgehängt hatte. Er musterte zuerst die Fußabdrücke des Täters und danach die Spuren, die Sachs auf dem hinteren Flur gesichert hatte, wo der Hauswart sich aufgehalten hatte.

„Die Schuhe!“, rief er.

„Sind es dieselben?“, fragte Sellitto.

„Ja“, sagte Sachs und kam zur Tafel. „Ecco, Größe 44.“

„Okay, was haben wir?“, fragte Rhyme. „Ein Täter Anfang fünfzig, durchschnittliche Statur und bartlos, zwei verformte Finger – und das ist auch schon alles, was wir wissen.“ Doch dann runzelte Rhyme die Stirn. „Nein“, murmelte er finster, „das ist nicht alles. Er hatte Kleidung zum Wechseln und seine Mordinstrumente dabei … Der Täter geht methodisch vor. Er wird es wieder tun.“

Sachs nickte mit bitterer Miene.

Rhyme suchte nach einem verbindenden Element. Die schwarze Seide, das Make-up, der Kostümwechsel, die Verkleidungen, der Lichtblitz und die Pyrotechnik. Die verschwindende Tinte. „Ich vermute“, sagte Rhyme langsam, „dass unser Mann sich recht gut aufs Zaubern versteht.“

Sellitto nickte. „Leuchtet mir ein. Aber was machen wir jetzt?“

„Das liegt doch auf der Hand“, sagte Rhyme. „Wir besorgen uns auch einen.“

„Einen was?“, fragte Sellitto.

„Einen Zauberkünstler natürlich.“

„MACH das noch mal.“

Sie hatte es bereits achtmal vorgeführt. „Noch mal?“

Der Mann nickte. Also machte Kara es noch mal.

Der Dreitaschentuchtrick kam beim Publikum immer gut an. Es ging darum, drei verschiedenfarbige Seidentücher, die hoffnungslos verknotet schienen, voneinander zu trennen, was nur mit einiger Übung reibungslos zu bewerkstelligen war. Nach Karas Ansicht hatte sie sich ziemlich gut geschlagen.

David Balzac war leider anderer Meinung. „Deine Münzen haben geklimpert“, sagte er seufzend – was bedeutete, dass der Trick unbeholfen und durchschaubar wirkte. Der alte Mann mit dem weißen Schopf und dem von Nikotin verfärbten Spitzbart schüttelte verärgert den Kopf.

Sie standen auf einer kleinen Bühne im hinteren Teil des Smoke & Mirrors, eines Ladens, den Balzac vor zehn Jahren gekauft hatte, kurz nach seinem Rückzug aus den internationalen Zauberkünstler- und Illusionistenkreisen. In dem Geschäft wurden Zauberutensilien verkauft, Kostüme und Requisiten verliehen sowie kostenlose Amateurshows für die Kunden und Nachbarn veranstaltet.

Vor anderthalb Jahren hatte Kara, damals freiberufliche Zeitschriftenredakteurin, endlich allen Mut zusammengenommen und war zum ersten Mal auf die Bühne gestiegen. Danach hatte der große Balzac ihr mitgeteilt, sie könne mit der richtigen Ausbildung eine großartige Illusionistin werden. Dann bot er ihr eine Stelle in seinem Laden an, um in Zukunft ihr Mentor und Lehrer zu sein.

Balzac galt als namhafter Künstler mit mehrjährigem Engagement in Las Vegas. Der Mann hatte Dutzende von Welttourneen hinter sich und kannte nahezu jeden noch lebenden Berufskollegen. Das Illusionistenhandwerk war Karas große Leidenschaft, und nun bot sich ihr eine einmalige Chance. Sie nahm sein Angebot, ohne zu zögern, an.

Bei der ersten Sitzung war sie argwöhnisch, denn ihr war klar, was der Mann womöglich unter dem Begriff „Mentor" verstehen würde, vor allem angesichts der Tatsache, dass er vierfach geschieden und sie eine attraktive, vierzig Jahre jüngere Frau war. Die Lektion verlief dann tatsächlich sehr aufregend für sie – allerdings aus einem vollkommen anderen Grund.

Er zerriss sie in der Luft und kritisierte jedes Detail ihrer Technik, bis sie in Tränen ausbrach. Dann machten sie mit der Arbeit weiter. Und so begann eine achtzehn Monate währende Hassliebe zwischen Mentor und Schülerin, die Kara sechs oder sieben Tage pro Woche auf Trab hielt, denn sie musste üben, üben und nochmals üben.

Freunde fragten sie manchmal, woher ihre an Besessenheit grenzende Begeisterung für die Zauberkunst rühre. Als Schülerin mit guten Noten, die zum Turnverein ging und im Schulchor sang, wurde ihr Interesse für die Unterhaltungsbranche ganz undramatisch geweckt, nämlich in Cleveland und in Begleitung ihrer Großeltern: beim Besuch einer Vorstellung des erfolgreichen Illusionistenduos Penn & Teller. Einen Monat später machte die ganze Familie einen Ausflug nach Las Vegas. Dort sah Kara fliegende Tiger und spektakuläre Feuerzauber.

Mehr war nicht nötig. Darüber hinaus gab es natürlich einen wichtigen Beweggrund für Karas nie erlahmenden Eifer, und der manifestierte sich in den ungläubigen und entzückten Mienen ihres Publikums.

Im Verlauf der letzten anderthalb Jahre mit David Balzac hatte Kara allerdings bisweilen den Eindruck gehabt, ihr sei jegliches Talent abhanden gekommen. Doch immer wenn sie kurz vor dem Aufgeben stand, nickte Balzac oder deutete ein Lächeln an. Einige Male hatte er sie sogar ausdrücklich gelobt. In solchen Momenten war ihre Welt in Ordnung.

Für ein Privatleben blieb allerdings so gut wie keine Zeit mehr, denn Kara hielt sich immer häufiger im Laden auf, führte die Bücher und das Inventar. Vor rund einem Jahr hatte sich dann der Zustand ihrer Mutter verschlechtert. Seitdem brachte Kara, das Einzelkind, ihr letztes bisschen Freizeit im Pflegeheim zu. Ein anstrengendes Leben. Aber sie kam vorläufig damit zurecht.

In ein paar Jahren würde Balzac sie für bühnenreif befinden und hinaus in die weite Welt entlassen.

Nun führte Kara also ein weiteres Mal den Dreituchtrick vor. Sssss t … die ineinander verschlungenen Tücher lösten sich und flatterten wie Siegesflaggen empor.

„Ah“, sagte Balzac, begleitet von einem kaum wahrnehmbaren Nicken.

Es war keine allzu überschwängliche Gefühlsäußerung, aber Kara hatte gelernt, sich mit wenig zufrieden zu geben.

Sie legte die Utensilien beiseite und trat hinter den Tresen des voll gestopften Verkaufsraums, um die Waren der Freitagnachmittagslieferung einzubuchen. Balzac kehrte an seinen Computer zurück und widmete sich wieder einem Artikel über Zauberei.

„Haben Sie schon gehört, dass der Cirque Fantastique bei uns gastiert?“, rief Kara. „Heute Abend ist Premiere!“

Der alte Illusionist antwortete lediglich mit einem Brummen.

„Gehen Sie hin?“, hakte Kara nach. „Ich denke, wir sollten uns das anschauen.“

Der Cirque Fantastique gehörte zu einer neuen Generation von Veranstaltungsunternehmen, die altvertraute Zirkusnummern, Theater in der Tradition der Commedia dell'Arte, zeitgenössische Musik- und Tanzdarbietungen und Taschenspielertricks unter einem Dach vereinten.

David Balzac war ein Künstler der alten Schule: Las Vegas, Atlantic City, The Late Show. „Wieso etwas ändern, was funktioniert?“, murrte er häufig. Kara hingegen liebte den Cirque Fantastique und war entschlossen, ihren Lehrer in eine der Vorstellungen mitzunehmen. Noch bevor sie jedoch versuchen konnte, ihn zu überreden, öffnete sich die Tür des Ladens. Eine attraktive rothaarige Polizistin kam herein und erkundigte sich nach dem Eigentümer.

„Das bin ich, David Balzac.“

„Wir ermitteln in einem Fall“, erklärte die Beamtin. „Einer der Beteiligten scheint ein halbwegs geübter Zauberkünstler zu sein. Wir hoffen, dass Sie uns vielleicht helfen können.“

„Sie meinen, jemand zieht irgendeinen Schwindel ab?“, fragte Balzac. Er klang misstrauisch. Seine Profession war in der Vergangenheit schon häufig mit Gaunern in Verbindung gebracht worden.

„Nun ja“, sagte die Polizistin, „eigentlich geht es um einen Mord.“

Drei

Ich habe hier die Liste einiger Gegenstände, die wir am Tatort sichergestellt haben“, sagte Amelia Sachs. „Wurden die eventuell bei Ihnen gekauft?“

Balzac nahm den Zettel, den sie ihm reichte. Während er las, ließ Sachs den Blick durch das Smoke & Mirrors schweifen. Der schwarz gestrichene, höhlenartige Laden in Manhattans Chelsea-Viertel roch nach Schimmel, Chemikalien und Kunststoff – Letzteres vor allem infolge der Ausdünstungen der vielen hundert Kostüme, die wie schlaffe Gestalten an langen Kleiderstangen hingen. Die schmutzigen Vitrinen enthielten zahllose Kartenspiele, Zauberstäbe, falsche Münzen und verstaubte Kartons mit jeweils allen Utensilien für eine bestimmte Vorführung.

Balzac wies auf die Liste. „ Natürlich gibt es manches davon bei uns zu kaufen. Aber das gilt auch für jeden anderen Laden dieser Art im ganzen Land und außerdem für viele Spielwarengeschäfte.“

„Was ist hiermit?“ Sachs zeigte ihm ein Foto der alten Handschellen.

„Mit Entfesselungstricks kenne ich mich nicht aus.“

Die junge Frau mit den bemerkenswert blauen Augen und den schwarzen Fingernägeln sah sich das Bild an. „Das sind Darbys“, sagte sie. „Im neunzehnten Jahrhundert waren Handschellen wie diese bei Scotland Yard gebräuchlich. Houdini hat dieses Modell bevorzugt.“

„Woher könnten die stammen?“

Balzac lehnte sich auf seinem Bürostuhl zurück. „Keine Ahnung.“

Sachs hielt ihm abermals die Liste entgegen. „Sie sagten, manches davon gäbe es hier zu kaufen. Führen Sie eine Kundenkartei?“

„Nein, die Daten unserer Kunden werden nicht gespeichert. Tut mir Leid. Ich wünschte, wir könnten Ihnen behilflich sein.“

„Ich ebenfalls“, sagte Sachs. „Denn sehen Sie, dieser Kerl hat eine Frau ermordet und ist mithilfe von Zaubertricks entkommen. Und wir befürchten, dass er es wieder tun wird.“

Balzac runzelte beunruhigt die Stirn. „Schrecklich … Sie sollten es mal bei East Side Magic and Theatrical versuchen. Die sind größer als wir.“

„Einer meiner Kollegen ist bereits dort.“

„Ah, na bitte.“

Schweigend ließ Sachs einen Moment vergehen. „Tja, falls Ihnen noch etwas einfällt, rufen Sie mich bitte an“, sagte sie dann.

Sie nickte zum Abschied der jungen Frau zu und registrierte den Pappbecher, aus dem sie trank. „He, gibt's hier irgendwo in der Nähe anständigen Kaffee?"

„Ecke Fünfte und Neunzehnte", lautete die Antwort.

„Da kriegt man auch gute Bagels", sagte Balzac. Nun, da er sich weder anzustrengen noch ein Risiko einzugehen brauchte, wirkte er auf einmal sehr leutselig.

Sachs verließ den Laden und fand das empfohlene Café. Sie ging hinein und bestellte einen Cappuccino. Dann lehnte sie sich an den schmalen Mahagonitresen vor dem Fenster, nippte an dem heißen Getränk und beobachtete das samstägliche Treiben hier in Chelsea – Verkäufer aus den Bekleidungsgeschäften der Gegend, Berufsfotografen, reiche Yuppies, die in den riesigen Lofts wohnten, arme Künstler, Liebespaare. Und die Angestellte eines Ladens für Zaubereibedarf, die soeben das Café betrat.

„Hallo", sagte die Frau mit dem rötlich lilafarbenen Haar, die eine abgenutzte Handtasche aus falschem Zebrafell über der Schulter trug. Sie bestellte einen großen Kaffee, schüttete etwas Zucker hinein und gesellte sich zu Sachs.

Amelia hatte im Smoke & Mirrors nur deswegen nach einem Café gefragt, weil ein verstohlener Blick der Angestellten zu besagen schien, dass diese mit ihr unter vier Augen sprechen wollte.

„Wissen Sie, David ist generell …", setzte die junge Frau an.

„Wenig entgegenkommend?"

„Ja. Er misstraut allem, was außerhalb seiner eigenen Welt liegt, und will nichts damit zu tun haben. Er hat befürchtet, wir würden Zeugenaussagen zu Protokoll geben müssen oder so. Ich soll nicht abgelenkt werden."

„Wovon?"

„Von dem Beruf."

„Der Zauberkunst?"

„Ja. David ist eigentlich eher mein Mentor als mein Chef."

„Wie heißen Sie?"

„Kara – das ist mein Künstlername, aber ich benutze ihn meistens."

„Also", sagte Sachs, „was hatte der Blick drüben im Laden zu bedeuten?"

„In Bezug auf die Liste hat David Recht. Man kann die Sachen überall kaufen. Aber die Darbys, diese Handschellen, die sind selten. Sie sollten sich mit dem Houdini and Escapology Museum in New Orleans in Verbindung setzen. Es ist das beste auf der ganzen Welt. Können Sie mir verraten, was bei diesem Mord geschehen ist?"

Für gewöhnlich gab Sachs nur sehr zögernd Informationen über laufende Ermittlungen preis, aber in diesem Fall waren sie auf fremde Hilfe dringend angewiesen, und so schilderte sie Kara in groben Zügen den Ablauf der Ereignisse.

„Oh, wie furchtbar", flüsterte die junge Frau.

„Ja", entgegnete Sachs leise. „Das ist es."

„Die Art, wie er geflohen ist … Da gibt es etwas, was Sie wissen sollten, Officer. Übrigens, ist der Dienstgrad überhaupt richtig, oder sind Sie ein Detective oder so?"

„Nennen Sie mich einfach Amelia."

Kara trank einen Schluck Kaffee. „Können Sie sich etwas unter dem Begriff ‚Illusionist' vorstellen?", fragte sie.

„David Copperfield", antwortete Sachs. „Und Houdini."

„Copperfield, ja, Houdini, nein – der war Entfesselungskünstler. Nun, das Illusionistenhandwerk ist etwas anderes als die üblichen Taschenspielertricks, also als so etwas zum Beispiel …" Kara hielt einen Vierteldollar hoch, schloss kurz die Hand und öffnete sie wieder. Die Münze war weg.

Sachs lachte. Wo zum Teufel hatte Kara das Geldstück gelassen?

„Das war ein typisches Taschenspielerkunststück. Bei den Illusionisten geht es um größere Objekte, Menschen oder Tiere. Was Sie mir eben beschrieben haben, ist ein klassischer Illusionistentrick. Er heißt ‚Der Verschwundene'."

„Erzählen Sie mir mehr darüber."

„Im Grunde geht es darum, wie man aus einem geschlossenen Raum entkommt. Das Publikum verfolgt, wie der Illusionist auf der Bühne eine kleine Kammer betritt, deren Rückseite man ebenfalls sehen kann, weil dahinter ein großer Spiegel aufgestellt ist. Es hört ihn von innen an die Wände hämmern. Die Assistenten klappen die Seiten herunter, und der Mann ist nicht mehr da. Dann dreht einer der Assistenten sich um und oh Wunder: Es ist der Illusionist."

„Wie funktioniert das?"

„Die Rückseite der Kammer hat einen Ausgang. Der Illusionist verbirgt sich unter einem großen Stück schwarze Seide, sodass die Zuschauer ihn nicht im Spiegel erkennen können, und schlüpft sofort wieder nach draußen. In einer der Wände befindet sich ein Lautsprecher, aus dem die Stimme des Mannes ertönt, als wäre er noch im Innern, sowie eine kleine Apparatur, die für die nötigen Klopfgeräusche sorgt. Sobald er draußen ist, legt der Illusionist hinter der Seide in Windeseile das Assistentenkostüm an."

Sachs nickte. „Stimmt, so ist es abgelaufen.“ *Der Verschwundene* … Sachs fiel die blitzschnelle Verwandlung des Mörders in einen alten Mann ein, und sie dachte daran, wie abweisend Balzac gewesen war. Sie fragte: „Wo ist Mr Balzac heute Morgen um acht Uhr gewesen?“

„Hier. Ich meine, im Laden. Er ist früher aufgestanden, weil einer seiner Freunde irgendwo in der Stadt eine Vorstellung gibt und sich ein paar Sachen leihen wollte. Ich habe ihn heute früh angerufen, um Bescheid zu sagen, dass ich mich verspäten würde.“

Sachs nickte und dachte nach. „Können Sie sich eine Weile freinehmen? Wir haben wirklich große Angst, dass dieser Mann noch jemanden umbringt. Nur für ein paar Stunden.“

„Nein, auf gar keinen Fall. Er wird mich nicht lassen. Sie wissen nicht, wie David ist.“

„Aber ich weiß, dass ich keinen weiteren Mord zulassen werde, falls ich es irgendwie verhindern kann.“

Kara trank aus und spielte geistesabwesend mit der Tasse. „Er benutzt unsere Tricks, um Menschen zu töten“, flüsterte sie entsetzt.

Sachs sagte nichts dazu, sondern setzte auf die nachdrückliche Wirkung der Stille.

Schließlich verzog die junge Frau das Gesicht. „Meine Mutter lebt in einem Pflegeheim, und Mr Balzac weiß das. Ich schätze, ich könnte ihm vormachen, dass ich nach ihr sehen muss.“

„Wir wüssten Ihre Hilfe sehr zu schätzen.“ Sachs sah auf Karas perfekte schwarze Fingernägel. „Ach ja, eines noch: Wo ist dieser Vierteldollar geblieben?“

„Schauen Sie unter Ihrer Kaffeetasse nach“, erwiderte das Mädchen.

Sachs hob die Tasse an. Da lag die Münze.

„LINCOLN, das ist Kara.“

Die junge Frau war vorgewarnt, das sah Rhyme ihr an, aber sie riss dennoch überrascht die Augen auf und bedachte ihn mit dem Blick, den er so gut kannte, begleitet von dem Lächeln. Es war der berühmte Starr-seinen-Körper-nicht-an-Blick, verbunden mit dem Ach-Sie-sind-behindert-das-ist-mir-gar-nicht-aufgefallen-Lächeln.

Die elfenhafte junge Frau betrat das Arbeitszimmer in Rhymes Haus. „Hallo. Amelia hat mich gefragt, ob ich Ihnen bei Ihrem Fall helfen kann. Freut mich, Sie kennen zu lernen.“ Sie schaute ihm unverwandt in die Augen.

Okay, Kara. Keine Angst. Lass den Krüppel einfach deine Meinung hören, und dann darfst du gleich wieder abhauen. Er betonte, wie sehr auch er sich freue, ihre Bekanntschaft zu machen.

Außer Kara hatten sie keinen einzigen Zauberkünstler auftreiben können.

Niemand aus den anderen Fachgeschäften der Stadt war ihnen eine große Hilfe gewesen.

Sachs stellte der jungen Frau Lon Sellitto und Mel Cooper vor. Thom nickte ihr zu und bot eine Erfrischung an.

„Vielleicht einen Kaffee?", fragte sie.

„Kommt sofort", sagte der adrette blonde Mann und ging in die Küche.

„Officer Sachs hat erzählt, Sie könnten uns womöglich behilflich sein", wandte Rhyme sich an Kara.

„Hoffentlich."

„He, wie wollen wir ihn nennen?" Sellitto wies auf die Tafel. Wenn die Identität eines Verdächtigen unbekannt war, erhielt er von der Polizei häufig einen Spitznamen. „Wie wär's mit ‚Zauberkünstler'?"

„Nein, das klingt zu lasch", sagte Rhyme mit Blick auf die Fotos des Opfers. „Was haltet ihr von ‚Hexer'?"

Der Detective schrieb die Wörter über die Tabelle. *Der Hexer* …

„So, und nun lasst uns versuchen, mehr über ihn herauszubekommen", sagte Rhyme.

„Schildern Sie für die anderen bitte noch einmal ‚den Verschwundenen'", sagte Sachs.

Die junge Frau beschrieb den Illusionistentrick, der fast hundertprozentig dem Vorgehen des Hexers in der Musikschule entsprach. Leider schloss sie mit der enttäuschenden Mitteilung, dass diese Nummer den meisten Illusionisten bekannt sein dürfte.

„Bitte erläutern Sie uns, wie ein solcher Trick in technischer Hinsicht abläuft", bat Rhyme. „Falls der Täter etwas Ähnliches noch mal versucht, wissen wir wenigstens, womit wir zu rechnen haben."

„Ich soll also aus dem Nähkästchen plaudern, ja?"

„Ich bitte darum."

„Nun", sagte Kara, „jeder Zaubertrick besteht aus einem Effekt und einer Methode. Der Effekt ist, was das Publikum zu sehen bekommt. Sie wissen schon: die schwebende Jungfrau oder die Münzen, die durch eine solide Tischplatte fallen. Die Methode ist die Technik, die der Zauberkünstler zu diesem Zweck anwendet – Drähte, an denen das Mädchen hängt, oder die Vorrichtung unter dem Tisch, aus der identische Münzen fallen, während die ursprünglichen Geldstücke in der Hand des Taschenspielers verschwinden.“

Effekt und Methode, dachte Rhyme. Fast so wie das, was wir hier tun: Der Effekt ist, dass wir einen Täter fangen, obwohl dies zunächst unmöglich erscheint. Und unsere Methoden sind Wissenschaft und Logik.

„Den Ablauf des ersten Tricks, des Verschwundenen, habe ich ja bereits beschrieben“, fuhr Kara fort. „Damit begebe ich mich auf dünnes Eis – Mr Balzac, mein Mentor, hat nichts für Kollegen übrig, die öffentlich die Methoden anderer preisgeben.“

Thom schob einen Servierwagen ins Zimmer und schenkte jedem, der wollte, eine Tasse Kaffee ein. Kara nahm einige Stücke Würfelzucker dazu und trank dann mit schnellen Schlucken.

Danach gingen sie mit Kara die einzelnen Beweisstücke durch. Die junge Frau nahm alles genau in Augenschein und kam zu dem wenig zufrieden stellenden Schluss, das meiste davon sei nahezu überall problemlos erhältlich.

Das außen weiße und innen schwarze Seil zum Beispiel sei eigentlich ein Utensil, das auf der Bühne überraschend die Farbe wechseln sollte, und werde im ganzen Land über die einschlägigen Fachgeschäfte vertrieben. Der Knoten gehe auf Houdini zurück und sei von ihm bei all jenen Nummern eingesetzt worden, zu deren Ablauf es gehört hatte, das Seil letztlich durchzuschneiden. Sich auf andere Weise zu befreien sei für den Gefesselten nahezu unmöglich.

„Auch ohne die Handschellen hätte das Mädchen keine Chance gehabt, ihm zu entkommen“, sagte Kara leise.

Das Rizinusöl in dem Make-up bedeute, dass er eine sehr realistisch wirkende Theaterschminke benutze, fuhr Kara fort, und der Latex stamme, genau wie Rhyme vermutet hatte, wahrscheinlich von den falschen Fingerkuppen, die ebenfalls zum üblichen Handwerkszeug eines Zauberkünstlers zählten. Das Alginat war nach Karas Ansicht nicht auf eine zahnärztliche Behandlung zurückzuführen, sondern auf die Verwendung von Gussformen zur Latexverarbeitung, mit denen der Täter die Fingerkuppen oder die Glatze des Hauswartkostüms hergestellt hatte. Die unsichtbar werdende Tinte sei eher ungewöhnlich.

Nur wenige der Gegenstände seien einzigartig, erklärte sie: beispielsweise die vom Täter zusammengebaute Platine. Und die Darby-Handschellen seien überaus selten. Rhyme ordnete an, jemand solle Kontakt zu dem Museum in New Orleans aufnehmen, von dem Kara erzählt hatte.

Sellitto setzte sich mit der Dienststelle in Verbindung und leitete alles Notwendige in die Wege.

„Was ist mit seiner Flucht?", fragte der Detective dann. „Wie konnte er sich so schnell als Hauswart verkleiden?"

„So etwas heißt bei uns Proteuszauber", sagte Kara. „Verwandlungskunst. Ich beschäftige mich schon seit Jahren damit. Man kann erstaunliche Resultate damit erzielen. Und sehen Sie, echte Verwandlungskünstler wechseln nicht bloß die Kleidung, sondern sind außerdem gute Schauspieler. Sie gehen anders, halten sich anders, sprechen anders. Alles ist genau vorbereitet. Die Kleidungsstücke lassen sich herunterreißen – sie werden von Druckknöpfen oder Klettverschlüssen zusammengehalten. Und sie bestehen aus Seide oder Nylon, sind also sehr dünn, sodass man mehrere Schichten übereinander tragen kann."

„Seide?", fragte Rhyme. „Wir haben nämlich graue Seidenfasern gefunden. Laut Aussage der Kollegen vor Ort trug der Hauswart einen grauen Overall. Die Fasern waren bearbeitet, sodass die Oberfläche matt erschien."

Kara nickte. „Sie sollen den typischen Seidenglanz verlieren und wie Baumwolle oder Leinen aussehen. Daneben benutzen wir faltbare Hüte, Gamaschen und natürlich Perücken. Um ein Gesicht zu verändern, fängt man am besten bei den Augenbrauen an, denn allein dadurch erreicht man schon sechzig oder siebzig Prozent Unterschied. Dann fügt man einige Prothesen hinzu: Latexstreifen und -polster, bestrichen mit einem hautverträglichen Klebstoff. Gute Verwandlungskünstler können sogar innerhalb von Sekunden das Geschlecht wechseln."

Rhyme wollte konkrete Vorschläge hören. „Können Sie uns etwas wirklich Greifbares nennen, das wir bei der Suche nach dem Täter beachten sollten?"

Sie schüttelte den Kopf. „Ich sehe hier nichts, das auf einen bestimmten Laden oder Ort hindeutet, aber es gibt durchaus ein paar Besonderheiten: Die Tatsache, dass er das zweifarbige Seil und die falschen Fingerkuppen benutzt hat, verrät mir, dass er die üblichen Taschenspielertricks kennt. Das heißt, er kann problemlos Schusswaffen und Messer am Körper verbergen oder jemandem unbemerkt die Schlüssel und den Ausweis entwenden. Überdies ist er ein Verwandlungskünstler, und ich brauche wohl nicht zu erläutern, welche Probleme das für Sie mit sich bringt. Am wichtigsten aber ist etwas anderes – die Art seines Verschwindens, die Zündschnüre und Knallkörper, die unsichtbar werdende Tinte, die schwarze Seide und der Lichtblitz bedeuten, dass der Mann als klassischer Illusionist ausgebildet wurde."

„Warum ist das wichtig für uns?"

„Weil es hier um mehr als nur um die Anwendung technischer Tricks geht. Illusionisten beschäftigen sich mit Psychologie und bauen darauf ihre Nummern auf – nicht nur die Augen, sondern auch der Verstand des Publikums soll in die Irre geführt werden. Der Zuschauer soll von ganzem Herzen glauben, was er sieht, obwohl es sich in Wahrheit genau umgekehrt verhält. Ein Prinzip sollten Sie also stets bedenken."

„Was denn?", fragte Rhyme.

„Täuschung … Mr Balzac sagt, sie sei der Kern einer jeden Illusion. Kennen Sie den Ausdruck, die Hand sei schneller als das Auge? Tja, das stimmt nicht. Das Auge ist immer schneller. Daher verleitet ein Illusionist das Auge dazu, nicht zu bemerken, was die Hand tut. Balzac hat mir jede Menge Regeln eingehämmert – zum Beispiel, dass die Zuschauer etwas Vertrautes ignorieren, um sich stattdessen auf das Ungewöhnliche zu konzentrieren. Sie nehmen eine Reihe von Dingen überhaupt nicht wahr, wenn es eines gibt, das sich merklich davon abhebt. Sie kümmern sich nicht um reglose Gegenstände oder Personen, sondern reagieren auf Bewegungen. Soll etwas unsichtbar werden? Man muss eine Geste nur vier- oder fünfmal wiederholen, und schon schweift das Interesse des Publikums gelangweilt ab. Das ist genau der Moment, auf den du gewartet hast.

Okay, also … Der Täter wird zwei verschiedene Arten der Täuschung einsetzen: zunächst die physische Täuschung. Schauen Sie mir zu." Kara trat neben Sachs, hob langsam den rechten Arm, wies auf einen Punkt an der Wand und kniff die Augen zusammen. Dann ließ sie die Hand wieder sinken. „Sehen Sie, Sie haben auf meinen Arm und auf die Stelle an der Wand geachtet. Eine vollkommen natürliche Reaktion. Vermutlich ist keinem von Ihnen aufgefallen, dass ich mit meiner Linken nach Amelias Pistole gegriffen habe."

Sachs zuckte kaum merklich zusammen, sah an sich hinunter und erkannte, dass Kara die Glock tatsächlich ein Stück aus dem Holster gezogen hatte.

„Seien Sie bloß vorsichtig damit", sagte Amelia und steckte die Pistole wieder zurück.

„Das wäre also die physische Täuschung. Sie ist ziemlich einfach, ganz im Gegensatz zur psychologischen Täuschung. Die Zuschauer sind nicht dumm. Sie wissen, dass man versuchen wird, sie zu überlisten. Immerhin sind die Leute aus genau diesem Grund in die Vorstellung gekommen, oder? Deshalb bemühen wir uns, das Misstrauen des Publikums zu beschwichtigen. Die wichtigste Regel der psychologischen Täuschung lautet, sich ungekünstelt zu verhalten. Sobald du dich unnatürlich benimmst, kommt das Publikum dir auf die Schliche. Okay, ich sage, ich werde Ihre Gedanken lesen, und tue dann Folgendes." Sie legte Sachs die Hände auf beide Schläfen und schloss kurz die Augen.

Dann wich sie zurück und gab Amelia den Ring, den diese soeben noch am linken Ohr getragen hatte.

„Ich habe nicht das Geringste gespürt."

„Aber die Zuschauer würden sofort wissen, wie ich es angestellt habe – denn es ist kein natürliches Verhalten, jemanden zu berühren, während man vorgibt, seine Gedanken zu lesen. Doch nehmen wir an, ich behaupte, ich wolle Ihnen ein Wort zuflüstern." Sie beugte sich dichter an Sachs heran und schirmte dabei mit der rechten Hand ihren Mund ab. „Sehen Sie, das ist eine ganz natürliche Geste."

„Doch den anderen Ring haben Sie nicht bekommen", sagte Sachs lachend.

„Dafür aber Ihre Halskette. Sie ist weg."

Amelia hielt nach dem Schmuckstück Ausschau und sah Kara an, die ihr die leere rechte Hand entgegenstreckte. „Weg", wiederholte sie.

„Aber mir fällt auf, dass Sie Ihre linke Faust hinter dem Rücken halten", warf Rhyme argwöhnisch ein. „Wobei es sich, nebenbei bemerkt, um eine eher unnatürliche Geste handelt. Daher gehe ich davon aus, dass dort die Kette ist."

„Ah, Sie sind gut", sagte Kara. „Aber nicht auf diesem Gebiet, fürchte ich." Sie öffnete die linke Hand. Es war nichts darin.

„Die linke Hand zur Faust ballen? Tja, das war die wichtigste Täuschung von allen. Ich habe das gemacht, weil ich wusste, dass es Ihnen auffallen und Ihre ganze Aufmerksamkeit auf meine linke Hand lenken würde. Und sobald Sie davon überzeugt waren, schaltete Ihr Verstand auf stur und zog keine andere Erklärung mehr in Betracht. Während Sie auf meine linke Hand gestarrt haben, hatte ich Gelegenheit, die Kette in Amelias Tasche gleiten zu lassen."

Sachs griff hinein und zog das Schmuckstück heraus.

Cooper klatschte Beifall. Rhyme gab ein anerkennendes Grunzen von sich.

Kara nickte in Richtung der Tafel. „Darauf müssen Sie sich bei diesem

Killer einstellen. Auf Täuschungen. So wie ich wird er Ihr eigenes Misstrauen – und Ihre Intelligenz – gegen Sie einsetzen. Genau genommen ist er sogar auf Ihr Misstrauen und Ihre Intelligenz angewiesen, sonst funktionieren seine Tricks nicht. Mr Balzac sagt, die besten Illusionisten beherrschen ihre Nummern dermaßen gut, dass sie direkt auf ihre Methode verweisen, direkt auf das, was sie tatsächlich tun werden. Doch der Zuschauer glaubt ihnen nicht und schaut in die andere Richtung. Wenn das geschieht, ist nichts mehr zu retten." Sie sah auf die Uhr. „Ich muss jetzt wirklich gehen … Ach ja, eines noch. Es ist ein Zirkus in der Stadt, der Cirque Fantastique. Die haben einen hervorragenden Verwandlungskünstler. Vielleicht sollten Sie sich die Nummer mal ansehen."

Sachs nickte. „Das Zelt steht direkt gegenüber im Central Park."

Kara ging zur Tür. „Warten Sie", sagte Rhyme. Sie drehte sich um. „Ich möchte, dass Sie bleiben. Arbeiten Sie mit uns an dem Fall. Wenigstens heute. Sie könnten mit Lon oder Amelia die Leute beim Zirkus befragen."

„Nein, ehrlich, es geht nicht."

„Wir könnten Ihre Hilfe wirklich gut gebrauchen", sagte Rhyme. „Bitte. Es ist sehr wichtig."

Die junge Frau zögerte. „Glauben Sie wirklich, dass er noch jemanden umbringen wird?"

„Ja", erwiderte er, „wir sind davon überzeugt."

Schließlich nickte die junge Frau. „Wenn ich schon gefeuert werde, dann immerhin für einen guten Zweck." Sie schaute zu der Tafel. „Machen Sie das bei all Ihren Fällen? Die Spuren und Erkenntnisse aufschreiben, meine ich."

„Ja", bestätigte Sachs.

„Mir fällt da gerade noch etwas ein: Die meisten Zauberer spezialisieren sich. Es kommt mir ungewöhnlich vor, dass der Hexer als Verwandlungskünstler und als Illusionist geschult ist. Lassen Sie uns seine Techniken notieren. Vielleicht hilft das, die Anzahl der Verdächtigen zu begrenzen."

„Ja", sagte Sellitto. „Ein Profil. Gut."

Die junge Frau verzog das Gesicht. „Mr Balzac wollte weggehen und irgendetwas mit seinem Freund unternehmen … Oh Mann, das wird ihm gar nicht gefallen." Sie sah sich im Zimmer um. „Darf ich hier irgendwo ein Telefon benutzen? Sie wissen schon, einen dieser besonderen Apparate."

„Ein besonderer Apparat?", fragte Thom.

„Ja, einer ohne Mithörer. Damit niemand Zeuge wird, wie ich meinen Boss anlüge."

SACHS und Kara hielten auf das riesige weiße Zelt des Cirque Fantastique im Central Park zu. Kara sah auf einer der Bänke ein Liebespaar sitzen. „Er ist mehr als nur Ihr Chef, nicht wahr?“, fragte sie.

„Lincoln Rhyme? Ja, stimmt.“

„Es ist mir aufgefallen … Wie haben Sie beide sich kennen gelernt?“

„Bei einem Fall. Ein mehrfacher Entführer. Vor ein paar Jahren.“

„Stört Sie seine Behinderung?“

„Nein“, entgegnete Sachs einfach.

„Können die Ärzte nichts für ihn tun?“

„Es gibt einen bestimmten chirurgischen Eingriff, über den er seit einer Weile nachdenkt. Die Prozedur ist allerdings riskant und würde wahrscheinlich ohnehin keine Verbesserung bewirken. Letztes Jahr hat er einen bereits angesetzten Operationstermin wieder abgesagt und seitdem nicht mehr davon gesprochen. Vorerst scheint es kein Thema für ihn zu sein, doch vielleicht ändert er seine Meinung irgendwann wieder. Wir werden sehen.“

„Sie klingen nicht, als wären Sie für diesen Eingriff.“

„Das bin ich auch nicht. Das Wagnis ist hoch und die Erfolgsaussicht gering. Ich finde, man sollte die Risiken abwägen. Manchmal ist es das Risiko wert und manchmal nicht. Aber falls Lincoln sich letztlich für die Operation entscheidet, stehe ich hinter ihm. So läuft das bei uns.“

Dann erzählte Sachs, dass Rhyme sich schon mehrfach Reizstrombehandlungen unterzogen hatte, um die Muskeln zu stimulieren, und unter Anleitung von Thom und einigen Physiotherapeuten Übungsprogramme absolvierte. „Lincoln redet nicht viel darüber, aber hin und wieder verdrückt er sich einfach, zieht mit Thom und den Physiotherapeuten sein Training durch, und ich höre ein paar Tage nichts von ihm.“

„Auch so eine Art Verschwundener, was?“, fragte die junge Frau.

„Ja“, sagte Sachs und lächelte.

Sie schwiegen für einen Moment, dann fuhr Kara fort: „Die meisten Kerle, die ich kennen lerne, wollen eines von zwei Dingen. Entweder nur Sex für eine Nacht oder das exakte Gegenteil – eine feste Beziehung mit anschließender Heirat und einem Häuschen im Grünen … beides behagt mir nicht. Ich will weder das eine noch das andere. Na ja, zu einer kurzen Affäre hier und da lasse ich mich trotzdem noch hinreißen. Man sollte schon realistisch bleiben.“

Sie näherten sich dem leuchtenden Zelt, und Sachs sah, wie Karas Gesicht bei diesem Anblick erstrahlte.

„Würden Sie gern an einem Ort wie diesem arbeiten?“, fragte Sachs.

„Oh ja, das können Sie laut sagen. Das hier ist meine Vorstellung vom Himmel.“

„Sie sollten sich hier bewerben.“

„Ich? Sie machen Witze“, entgegnete Kara. „Ich bin noch nicht mal annähernd so weit. Man muss perfekt sein, um hier zu arbeiten. Man muss der Beste sein.“

„Warum?“

„Für das Publikum“, erklärte Kara. „Mr Balzac betont es immer wieder: Jeder Atemzug, den du auf der Bühne tust, gilt deinem Publikum. Ein Illusionszauber kann nicht bloß mittelprächtig sein. Du darfst nicht einfach nur genügen – du musst elektrisieren.“

Sachs zuckte zusammen, als über ihr ein lauter Knall ertönte. Sie hob den Kopf und sah zwei riesige Banner, die in zwölf oder dreizehn Meter Höhe im Wind flatterten. Auf einem stand in gemalten Lettern der Name CIRQUE FANTASTIQUE. Auf dem anderen sah man die Abbildung eines schmalen Mannes in einem schwarz-weiß karierten Kostüm. Er hielt die Arme ausgestreckt, und seine Handflächen wiesen nach oben, als bitte er das Publikum hinein. Die obere Hälfte seines Gesichts lag unter einer schwarzen stupsnasigen Maske mit grotesken Zügen verborgen. Es war ein beunruhigendes Bild.

Sachs musste sofort an den Hexer denken, der sich durch vielerlei Masken tarnte. Und ebenso seine Motive und Pläne.

Kara folgte Amelias Blick. „Das ist Arlecchino, der Harlekin“, sagte sie. „Kennen Sie die Commedia dell'Arte?“

„Nein“, antwortete Sachs.

„Eine italienische Theaterform. Es gab sie von der Mitte des sechzehnten Jahrhunderts an. Der Cirque Fantastique hat sie sich zum Thema genommen. In den Stücken der Commedia dell'Arte gab es etwa ein Dutzend fester Charaktere. Die Schauspieler trugen die typischen Masken, um kenntlich zu machen, wen sie verkörperten.“

Amelia sah einen Wachmann näher kommen, der anscheinend ihre Uniform entdeckt hatte. „Kann ich Ihnen helfen, Officer?“

Sie erkundigte sich nach dem Direktor. Der sei leider gerade nicht da, erklärte der Mann und fragte, ob sie stattdessen mit einer der Assistentinnen sprechen wolle.

Sachs war einverstanden, und wenig später tauchte eine zierliche, gestresst wirkende Frau vor ihnen auf.

„Was kann ich für Sie tun?“, fragte sie mit unbestimmbarem Akzent.

Sachs stellte sich und Kara vor. „Wir untersuchen eine Reihe von Straftaten und würden gern wissen, ob in Ihrer Show Illusionisten oder Verwandlungskünstler auftreten."

„Ja, natürlich", sagte sie. „Irina und Vlad Klodoja."

Kara nickte. „Ich habe schon von den beiden gehört, na klar. Vor ein paar Jahren waren sie noch beim Moskauer Staatszirkus."

„Sind die Leute den ganzen Morgen hier gewesen?"

„Ja. Sie haben bis vor ungefähr zwanzig Minuten geprobt. Dann sind sie zu einem Einkaufsbummel aufgebrochen."

„Okay", sagte Sachs. „Wir werden einen Streifenwagen in der Nähe des Zeltes postieren. Falls jemand Ihre Angestellten oder das Publikum belästigt oder sich sonst wie verdächtig verhält, geben Sie bitte sofort den Beamten Bescheid." Das war Rhymes Idee gewesen.

„Ich werde alle entsprechend instruieren. Aber würden Sie mir vielleicht verraten, worum es hier geht?"

„Ein offenbar als Illusionist geschulter Mann war heute Morgen in einen Mordfall verwickelt. Unseres Wissens besteht keinerlei Verbindung zu Ihrem Unternehmen, aber wir wollten auf Nummer Sicher gehen."

Sie bedankte sich bei der Assistentin, die ihnen besorgt alles Gute wünschte.

Sachs wählte Rhymes Nummer. Thom hob ab. Sie nannte ihm die Namen der ukrainischen Künstler. „Mel oder jemand anders soll beim FBI nachfragen, ob etwas gegen die Leute vorliegt."

„Alles klar."

Sie unterbrach die Verbindung und machte sich mit Kara auf den Rückweg.

Hinter ihr ertönte erneut ein lauter Knall, der auch diesmal wieder von den windgepeitschten Bannern stammte – und der ausgelassene Harlekin lockte weiterhin Passanten in sein magisches Königreich.

Haben Sie eine Erfrischung zu sich genommen, verehrtes Publikum? Sitzen Sie bequem?

Gut, denn es ist nun an der Zeit, mit der zweiten Nummer zu beginnen.

Der Name P. T. Selbit sagt Ihnen vermutlich nichts, doch wenn Sie schon einmal eine Zaubervorstellung besucht oder einen Illusionisten im Fernsehen gesehen haben, kennen Sie mit Sicherheit einige der Tricks, die dieser Engländer Anfang des zwanzigsten Jahrhunderts populär gemacht hat. Eine meiner Lieblingsnummern aus Selbits Repertoire stammt aus dem

Jahr 1922. Der Titel sagt eigentlich schon alles: „Der Blutgötze oder Die Vernichtung eines Mädchens".

Heute darf ich Ihnen eine aktualisierte Variante von Selbits bekanntester Illusion präsentieren, die er in Dutzenden von Ländern aufgeführt hat. Sie heißt …

Nein, lieber nicht … Nein, verehrtes Publikum. Ich glaube, ich erhalte die Spannung noch ein wenig aufrecht.

Haben Sie nun viel Spaß bei der Vorstellung. Ich hoffe, Sie werden sich gut unterhalten. Mit Ausnahme einer bestimmten Person, die alles andere als begeistert sein dürfte.

Vier

Das Stück war um Mitternacht zu Ende gewesen. Danach hatten sie im „White Horse" ein paar Drinks gekippt. Um drei Uhr war er zu Hause eingetroffen, und um halb neun musste dieser bescheuerte Klempner mit seinem dämlichen Hämmern anfangen. Wie viele Stunden Schlaf waren das?

Doch Tony Calvert beschloss, dass es vermutlich besser war, sich das Ausmaß der eigenen Erschöpfung gar nicht erst vor Augen zu führen. Wenigstens hatte er eine Anstellung am Broadway.

Calvert klappte den großen gelben Schminkkoffer zu und schaute in den Spiegel neben der Tür. Er sah besser aus, als er sich fühlte. Ein Visagist kannte hunderte von Möglichkeiten, um Müdigkeit durch Munterkeit zu ersetzen.

Calvert zog die Lederjacke an, schloss die Tür ab und ging wenige Minuten vor zwölf den Flur seines Apartmentgebäudes im East Village hinunter. Er benutzte wie immer den Hinterausgang und gelangte auf die Gasse hinter dem Haus. Gerade als Calvert Richtung Straße losgehen wollte, registrierte er etwas in einer der seitlich abzweigenden Nischen.

Er spähte ins Halbdunkel. Ein Tier. Eine Katze, die sich anscheinend verletzt hatte. Sie lag auf der Seite und miaute leise.

Calvert näherte sich behutsam, um das Tier nicht zu erschrecken. Er ging in die Hocke, stellte den Schminkkoffer ab und streckte die Hand vorsichtig aus. Dann berührte er das Fell und zog die Finger sofort wieder zurück. Das Tier war eiskalt und völlig ausgemergelt – er konnte die steifen Knochen unter der Haut spüren. War es in diesem Moment gestorben? Er berührte es erneut. Moment mal, das unter dem Fell waren ja gar keine Knochen, sondern Stangen.

Dann hob er den Kopf und entdeckte in drei Meter Entfernung eine Gestalt. Calvert keuchte auf. Da kauerte ein Mann … Nein, doch nicht, erkannte er. Das war er selbst, und zwar als Bild in einem großen Spiegel, der am Ende der dunklen Abzweigung in der Ecke stand. Dann aber sah sich Calvert langsam vornüberkippen – weil der Spiegel auf das Pflaster fiel und zerbrach.

Der bärtige Mann mittleren Alters, der sich dahinter versteckt hatte, sprang vor und hob ein langes Metallrohr.

Calvert riss den Schminkkoffer hoch und blockte den Schlag damit ab. Dann rappelte er sich auf und rannte los. Der Angreifer wollte ihm folgen, rutschte aber auf den glatten Pflastersteinen aus und fiel hart auf ein Knie.

„Nehmen Sie das Geld!“ Calvert zerrte seine Brieftasche aus der Jacke und schleuderte sie hinter sich, aber der Mann achtete nicht darauf, sondern folgte ihm. Er befand sich zwischen Calvert und der Straße; somit blieb nur der Weg zurück ins Gebäude.

Schlüssel!, dachte Calvert. Hol die Schlüssel raus! Er zog sie aus der Jeans. Falls ich die Tür nicht im ersten Anlauf aufbekomme, dann war's das … dann bin ich tot.

Calvert krachte gegen das metallene Türblatt, traf – oh Wunder – sofort das Schlüsselloch und drehte den Schlüssel herum. Der Riegel glitt zurück, Tony zog den Schlüssel heraus, sprang ins Haus und riss die Stahltür hinter sich zu. Das Schnappschloss rastete automatisch ein.

Er lief den Flur entlang zu seiner Wohnung, öffnete auch diese Tür in Windeseile, sprang hinein, knallte die Tür zu und schloss sie ab.

Hastig rannte er in die Küche, packte den Telefonhörer und wählte die Notrufnummer. „Notrufzentrale der Polizei und Feuerwehr“, meldete sich gleich darauf die Stimme einer Frau.

„Ein Mann hat mich gerade angegriffen! Er ist draußen! Ich habe die Türen abgeschlossen. Sie müssen die Polizei vorbeischicken! Er könnte immer noch in der Gasse sein!“

Calvert spürte plötzlich einen Lufthauch im Gesicht.

„Hallo, Sir, sind Sie noch da?“, fragte die Frau am anderen Ende der Leitung.

Calvert wirbelte herum und schrie auf. Nur ein kurzes Stück vor ihm stand der Bärtige mit dem Rohrstück und zog in aller Ruhe das Telefonkabel aus der Wand.

„Was?“, flüsterte Calvert und bemerkte die Narben am Hals des Fremden sowie seine deformierte Hand. „Was wollen Sie?“

Der Angreifer ignorierte ihn für einen Moment und schaute sich um – musterte erst den Küchentisch und dann den großen hölzernen Couchtisch im Wohnzimmer. Der Anblick schien ihm zu gefallen.

DER SERGEANT stieg aus dem ersten Fahrzeug, bevor es vollständig zum Stillstand gekommen war. Der Notruf lag nur sechs Minuten zurück. Obwohl jemand die Verbindung unterbrochen hatte, war die Nummer des Teilnehmers auf dem Display der Zentrale angezeigt worden, und so wussten sie, aus welchem Gebäude und welcher Wohnung der Anruf stammte.

Er schickte einen seiner Männer auf die Rückseite, um den Hinterausgang und die rückwärtigen Fenster zu überwachen, und ließ einen weiteren vorn bei den Wagen Position beziehen. Der dritte Officer lief mit dem Sergeant zur Lobby.

Das hier war Alphabet City, benannt nach den drei Nord-Süd-Avenues A, B und C. Die Gegend gehörte noch immer zu den gefährlichsten Ecken Manhattans. Falls sie Glück hatten, würde der Täter nur mit einem Messer bewaffnet sein.

Nun ja, wenigstens einen Lichtblick gab es – sie mussten niemanden auftreiben, der ihnen die Sicherheitstür öffnen würde. Eine ältere Frau, die sichtlich an ihrem schweren Einkaufsbeutel zu schleppen hatte, aus dem eine große Ananas ragte, war gerade auf dem Weg nach draußen. Mit überraschtem Blick hielt sie den beiden Beamten die Tür auf. Diese eilten hinein und beantworteten die Frage nach dem Anlass ihres Hierseins mit einem unverbindlichen: „Kein Grund zur Besorgnis, Ma'am."

Apartment 1 J lag im Erdgeschoss und im hinteren Teil des Gebäudes. Der Sergeant klopfte laut an die Tür. „Polizei. Aufmachen!"

Drinnen regte sich nichts. Er drehte am Knauf. Noch mehr Glück. Es war nicht abgeschlossen. Der Sergeant stieß die Tür auf, zuckte gleich wieder zurück und wartete einen Moment. Schließlich wagte er einen Blick um die Ecke.

„Oh Herr im Himmel", flüsterte er, als er sah, was dort mitten im Wohnzimmer lag.

DAS GEHEIMNIS erfolgreicher Proteuszauberer bestand darin, simple, aber entscheidende Änderungen am eigenen Erscheinungsbild und Verhalten vorzunehmen, während man gleichzeitig das Publikum mit einer Täuschung ablenkte. Und keine Veränderung war so entscheidend wie die Verwandlung in eine 75-jährige Frau.

Malerick hatte gewusst, dass die Polizei schnell vor Ort sein würde, und war daher nach dem kurzen Auftritt in Tony Calverts Apartment sogleich in eines seiner Fluchtkostüme geschlüpft: ein hochgeschlossenes blaues Kleid und eine weiße Perücke. Die elastischen Hosenbeine seiner Jeans zog er bis unter den Saum des Kleides hoch, sodass die fleischfarbenen Stützstrümpfe sichtbar wurden. Der Bart kam ab und wurde durch eine dicke Schicht Altfrauenrouge ersetzt. Ein paar Dutzend Striche mit einem dünnen sienafarbenen Stift verliehen ihm die Falten einer 75-Jährigen. Dann wechselte er die Schuhe.

Zur Vorbereitung der Täuschung nahm er eine Einkaufstasche, füllte sie halb mit Zeitungspapier – sowie mit dem Rohr und der anderen Waffe, die er für seine Nummer benutzt hatte – und verstaute zuletzt eine große, frische Ananas aus Calverts Küche darin. Falls er beim Verlassen des Gebäudes jemandem begegnete, würde der sich im Wesentlichen auf die Ananas konzentrieren.

Nun, etwa vierhundert Meter von dem Haus entfernt und noch immer als Frau verkleidet, bog er in eine dunkle Gasse ab, riss sich das Kleid, das von winzigen Klettverschlüssen zusammengehalten wurde, mit einem Ruck vom Leib und versteckte es samt der Perücke unter der dreißig Zentimeter breiten elastischen Bandage, die er um den Bauch trug.

Er zog die Hosenbeine herunter, entnahm einem Beutel in seiner Tasche einige Wattepads und wischte sich damit das Rouge und die Falten aus dem Gesicht. Mit einem kleinen Taschenspiegel überzeugte er sich, dass alle Schminkspuren beseitigt waren. Die gebrauchten Pads warf er zu der Ananas in den Einkaufsbeutel, steckte diesen dann in eine grüne Mülltüte und warf sie weg.

Auf der Straße wandte Malerick sich in Richtung der nächstbesten U-Bahn-Linie, die zur West Side fuhr.

Und wie hat Ihnen unsere zweite Nummer gefallen, verehrtes Publikum?

Er selbst war recht zufrieden mit dem Ergebnis. Die hohe Kunst des Schlösseröffnens war ihm seit vielen Jahren vertraut und gehörte zu den ersten Dingen, die sein Mentor ihm damals beigebracht hatte. Es war jedoch mitunter sehr Zeit raubend, mit dem Dietrich jeden einzelnen Zapfen aus dem Weg zu schieben und dadurch das Drehen des Schließzylinders zu ermöglichen, und so hatte Malerick sich eine überaus schwierige Technik angeeignet, die man als „Scheuern“ bezeichnete. Dabei wurde der Dietrich schnell vor und zurück bewegt und stieß die Zapfen des Schlosses beiseite. Insgesamt hatte Malerick nur knapp dreißig Sekunden benötigt, um erst das Schloss des Hinterausgangs und dann Calverts Wohnungstür zu öffnen.

An der Treppe zur U-Bahn-Station kaufte er sich eine *New York Times* und blätterte ein paar Seiten um, während er in Wirklichkeit die Passanten beobachtete. Auch diesmal schien ihm niemand gefolgt zu sein. Er lief die Stufen hinunter, um die Bahn nicht zu verpassen. Die nächste Nummer würde überaus schwierig werden und erforderte einige Vorarbeit, denn er wollte nicht riskieren, sein Publikum zu enttäuschen.

„DAS SIEHT schlimm aus, Rhyme." Amelia Sachs stand an der Tür von Apartment 1 J und sprach in das Mikrofon ihres Headsets.

Einige Stunden zuvor hatte Lon Sellitto angeordnet, dass die Zentrale ihn über jeden Mord in New York City unverzüglich zu informieren hätte. Als sie von diesem speziellen Toten erfuhren, gelangten sie zu dem Schluss, es müsse sich um eine weitere Tat des Hexers handeln: Die rätselhafte Art und Weise, auf die der Täter sich Zutritt zu der Wohnung verschafft hatte, wies bereits in diese Richtung, doch der maßgebliche Umstand war die Tatsache, dass man die Armbanduhr des Opfers zerschmettert hatte – genau wie beim ersten Mord an jenem Morgen.

Die Todesursache hingegen war diesmal eine andere und hatte Sachs zu der anfänglichen Bemerkung verleitet. Während Sellitto den Detectives und Streifenbeamten auf dem Flur Anweisungen erteilte, betrachtete Sachs das bedauernswerte Opfer – einen jungen Mann namens Anthony Calvert. Er lag rücklings auf dem Couchtisch im Wohnzimmer. Man hatte seine Hände und Füße an die jeweiligen Tischbeine gefesselt und ihn dann in der Körpermitte durchgesägt.

Sachs schilderte Rhyme den grausigen Anblick, der sich ihr bot.

„Tja, es ist nur folgerichtig", stellte der Kriminalist ungerührt fest. „Er bleibt seinem Zauberthema treu. Die Seile beim ersten Mord, die Säge in diesem Fall." Er wandte sich mit lauter Stimme an jemanden im Raum, vermutlich an Kara. „Das ist doch ein Zaubertrick, oder? Jemanden in der Mitte durchzusägen?" Er wartete die Antwort ab und sprach dann wieder mit Sachs. „Sie sagt, es sei eine klassische Illusionistennummer."

Dann bemerkte Sachs eine deutliche Verletzung an Calverts Schläfe. Die Wunde hatte nur wenig geblutet, was darauf schließen ließ, dass der Herzschlag schon kurz nach der Zertrümmerung des Schädels ausgeblieben war.

„Rhyme, wie es scheint, ist das Opfer gestorben, bevor es zersägt wurde."

Der Anblick des Opfers erschütterte sie nachhaltig. Doch sie wollte es so. Der Tod verdiente nach ihrer Ansicht einen Moment der Stille. Sachs erlaubte sich diesen, damit ihr Herz nicht irgendwann versteinerte, wie es bei Menschen in diesem Beruf nur allzu häufig geschah.

Ein Sergeant und ein uniformierter Officer gesellten sich zu Sellitto, der an der Wohnungstür stand. „Wir haben die Nachbarn befragt", sagte einer von ihnen. „Der Tote war ein netter, ruhiger Kerl. Alle haben ihn gemocht. Schwul, aber keiner von der harten Sorte oder so. In letzter Zeit scheint er Single gewesen zu sein."

Sachs nickte. „Es klingt nicht danach, als hätte er den Mörder gekannt, Rhyme", sagte sie ins Mikrofon.

„Das haben wir auch nicht angenommen, oder?", erwiderte der Kriminalist. „Der Hexer geht nach einem anderen Schema vor – wie auch immer das im Einzelnen aussehen mag."

„Womit hat er sein Geld verdient?", fragte Amelia die Beamten.

„Er war Maskenbildner an einem Broadwaytheater. Wir haben seinen Schminkkoffer in der Gasse gefunden. Er war auf dem Weg zur Arbeit."

Ein Detective asiatischer Abstammung kam zur Tür und klappte sein Mobiltelefon zu. Er arbeitete beim neunten Revier, zu dessen Bezirk diese Gegend gehörte. „Was haben wir denn hier?", fragte er jovial.

„Na, was schon?", murmelte Sellitto. „Weiß jemand, wie der Täter entkommen konnte? Das Opfer hat noch eigenhändig den Notruf gewählt. Ihre Beamten dürften nach zehn Minuten vor Ort gewesen sein."

„Nach sechs, um genau zu sein", sagte der Detective.

„Wir haben uns ohne Sirene genähert und alle Ausgänge und Fenster im Blick behalten", berichtete der Sergeant. „Als wir hereinkamen, war der Körper noch warm. Dann sind wir von Tür zu Tür gegangen, aber leider ohne Ergebnis."

„Gab es Zeugen?"

Der Sergeant nickte. „Die einzige Person beim Eingang war eine alte Dame. Sie hat uns ins Haus gelassen. Wenn sie zurückkommt, werden wir mit ihr sprechen. Vielleicht hat sie den Täter gesehen."

„Sie ist weggegangen?", fragte Sellitto.

„Keine Sorge", sagte der Detective. „Wir haben jedem eine Nachricht unter der Tür hindurchgeschoben. Sie wird uns anrufen."

„Nein, wird sie nicht", sagte Sachs und seufzte. „Das war der Täter."

„Sie war ungefähr siebzig Jahre alt. Und sie hat eine große Einkaufstasche mit sich herumgeschleppt. Man konnte deutlich eine Ananas …"

„Sehen Sie", unterbrach Amelia ihn und deutete in Richtung des Küchentresens, auf dem zwei spitze Blätter lagen.

Verflucht. Sie hatten ihn direkt vor der Nase gehabt – nur wenige Zentimeter entfernt.

„In der Einkaufstasche steckte vermutlich auch die Mordwaffe", sagte Rhymes Stimme in ihrem Ohr.

Sachs wiederholte das für den Detective vom neunten Revier. Dann streifte sie sich den Tyvek-Overall über und untersuchte den Tatort – das Apartment, den Flur und die Gasse. Dort fand sie das seltsamste Beweisstück, das ihr jemals untergekommen war: eine schwarze Spielzeugkatze.

Sie war schon zum Wagen unterwegs, als Sellitto sie zu sich rief.

„He, warten Sie, Officer!" Er hatte soeben ein Telefonat geführt. „Der Captain und der stellvertretende Polizeichef wollen mich sprechen. Ich muss Sie bitten, etwas für mich zu erledigen. Wir werden unser Team vergrößern. Ich möchte, dass Sie jemanden abholen."

DIE SEUFZERBRÜCKE, so nannten sie den Gang, der in luftiger Höhe die beiden Türme des Untersuchungsgefängnisses von Manhattan an der Centre Street verband. Amelia Sachs überquerte die Brücke auf ihrem Weg zum Untersuchungsgefängnis – technisch gesehen der Bernard-B.-Kerik-Komplex, doch insgeheim weiterhin als die „Gruft" bekannt, genau wie früher das ursprüngliche Stadtgefängnis auf der anderen Straßenseite. Hier nannte Sachs einem Justizbeamten ihren Namen, übergab ihm ihre Pistole und betrat die gesicherte Lobby jenseits der lauten, elektrisch verriegelten Tür, die hinter ihr wieder ächzend ins Schloss fiel.

Wenige Minuten später kam der Mann, den sie abholen sollte, aus einem nahen Verhörraum. Er war durchtrainiert, Ende dreißig, mit schütterem braunen Haar und einem leichten Lächeln auf dem Gesicht. Zu seiner Jeans und dem blauen Anzughemd trug er ein schwarzes Sportsakko.

„Hallo, Amelia", begrüßte Detective Roland Bell sie.

Zwei weitere Männer traten aus dem Verhörzimmer und gesellten sich zu ihnen. Der erste war ein Detective, den Amelia bereits kannte: Luis Martinez, ein ruhiger Mann mit flinken, aufmerksamen Augen.

Der andere Mann trug eine khakifarbene Stoffhose, ein schwarzes Polohemd und ein ausgeblichenes Blouson. Er wurde Sachs als Charles Grady vorgestellt, doch sie hatte ihn ohnehin sofort erkannt; der stellvertretende

Bezirksstaatsanwalt genoss bei den New Yorker Strafverfolgungsbehörden regelrechte Berühmtheit. Während die meisten seiner Kollegen schon längst lukrativere Posten angenommen hatten, war der schlanke Harvardabsolvent dem Staatsdienst treu geblieben. Es genügte dem Mittvierziger vollauf, bei der Staatsanwaltschaft zu arbeiten und seiner Lieblingsbeschäftigung nachzugehen, die laut seinen eigenen Worten darin bestand, die bösen Jungs hinter Gitter zu bringen.

Und er war verdammt gut in seinem Job; seine Erfolgsbilanz vor Gericht gehörte zu den besten in der Geschichte der Stadt.

Gradys aktueller Fall war der Grund für Bells Anwesenheit. Der Staat bereitete die Anklage gegen einen 45-jährigen Versicherungsvertreter namens Andrew Constable vor, wohnhaft in einer Kleinstadt nördlich von New York. Bekannt geworden war Constable aber weniger durch seine Hausratpolicen als vielmehr wegen der von ihm geleiteten rechtsradikalen Miliz namens „Gesellschaft der Patrioten“. Man warf ihm vor, mehrere Morde und rassistisch motivierte Gewalttaten vorbereitet zu haben. Um den Fall vor neutraler Kulisse verhandeln zu können, hatte man ihn an die hiesige Staatsanwaltschaft verwiesen.

Vor ein paar Tagen hatte sich dann das FBI gemeldet. Agenten hatten erfahren, dass man mit einem akuten Anschlag auf Gradys Leben rechnen musste. An diesem Punkt hatte man beschlossen, Roland Bell einzuschalten.

Normalerweise kümmerte der sympathische, aus North Carolina stammende Bell sich gemeinsam mit Lon Sellitto um Mordfälle und andere Kapitalverbrechen, doch darüber hinaus stand er einer Gruppe von New Yorker Polizisten vor, die sich intern spaßeshalber „die Zeugenschutzengel“ nannten.

Bell verspürte, wie er es ausdrückte, „eine Art Ehrgeiz, genau die Leute am Leben zu erhalten, die auf irgendwelchen Todeslisten stehen“. Als Resultat widmete er sich neben der Vielzahl von regulären Fällen auch noch diversen Personenschutzaufgaben.

Mittlerweile stand Grady unter ständiger Bewachung, und die hohen Tiere der Behörde hatten entschieden, die Jagd auf den Hexer zu forcieren. Das Team von Sellitto und Rhyme sollte aufgestockt werden, und Bell war der folgerichtige Kandidat.

„Das also ist Andrew Constable“, sagte Grady zu Bell und wies auf die Tür des Verhörraums. „Entspricht er Ihren Erwartungen?“

„Gerechnet habe ich mit einem Hinterwäldler, einem dieser typischen

Fanatiker", antwortete Bell. „Aber dieser Kerl macht eigentlich einen ganz vernünftigen Eindruck."

Grady verzog das Gesicht. „Der Schuldspruch wird ein hartes Stück Arbeit."

„Man benötigt mich bei einem anderen Fall", sagte Bell. „Meine Leute bleiben bei Ihnen und Ihrer Familie. Falls Sie mich sprechen möchten – ein Anruf genügt."

„Danke, Detective", sagte Grady.

Luis Martinez bemerkte, dass Grady die Tür ansteuern wollte, und schloss sofort zu ihm auf. „Bitte warten Sie eine Minute, Charles." Er verließ den Sicherheitsbereich, holte sich von dem Aufseher am Eingang seine Pistole zurück und nahm die Brücke und die nähere Umgebung sorgfältig in Augenschein.

In diesem Moment erklang hinter ihnen eine sanfte Stimme. „Hallo, Miss."

Sachs drehte sich um und sah Andrew Constable neben einem kräftigen Justizbeamten stehen. Der Gefangene war ziemlich groß und hielt sich kerzengerade. Er hatte leicht ergrautes, dichtes gewelltes Haar. Neben ihm stand sein kleiner dicker Anwalt.

„Gehören Sie zu Mr Gradys Beschützern?", fragte Constable.

„Ich arbeite nicht an diesem Fall", entgegnete sie reserviert.

„Ach, nein? Ich wollte für Sie nämlich wiederholen, was ich auch schon zu Detective Bell gesagt habe. Ehrlich, ich weiß nicht das Geringste über diese Drohungen gegen Mr Grady. Ich würde Mr Grady niemals ein Leid zufügen. Immerhin gehört Fairness zu den Dingen, die dieses Land groß gemacht haben." Er lachte. „Ich werde ihn vor Gericht besiegen. Davon bin ich absolut überzeugt – und zwar dank meines brillanten jungen Freundes hier." Er deutete auf seinen Anwalt. Dann wirkte er plötzlich neugierig. „Detective Bell, ich habe mich gefragt, ob es Sie vielleicht interessiert, was meine Patrioten da oben in Canton Falls die ganze Zeit machen. Ich meine nicht diesen Blödsinn über angebliche Verschwörungen, sondern worum es uns wirklich geht."

„Ich weiß nicht, worauf Sie hinauswollen, Sir", antwortete der Detective mit hörbarem Widerwillen.

„Die Rechte der Bundesstaaten, die Interessen der arbeitenden Bevölkerung, das Für und Wider einer dezentralen Regierung", sagte Constable. „Sie sollten sich mal unsere Internetseite ansehen, Detective." Er lachte. „Die Leute rechnen mit Hakenkreuzen, aber sie bekommen Thomas Jefferson."

Als Bell nichts darauf erwiderte, schüttelte der Häftling verlegen den Kopf. „Herrje, bitte verzeihen Sie … Manchmal geht einfach mein Temperament mit mir durch – immer diese lächerlichen Predigten. Kaum stehen ein paar Leute um mich herum, ist es auch schon passiert."

„Gehen wir", sagte der Wärter.

„Also gut", entgegnete der Gefangene, nickte erst Sachs, dann Bell zu und schlurfte den Gang hinunter. Die Kette der Fußfesseln klirrte leise. Sein Anwalt verabschiedete sich mit stummem Gruß von Grady und verließ den Sicherheitsbereich. Kurz darauf schlugen Grady, Bell und Sachs denselben Weg ein und gesellten sich zu Martinez.

„Er wirkt gar nicht wie ein Ungeheuer", sagte Amelia.

„Ein paar verdeckte Ermittler der Bundesbehörde für Alkohol, Tabak und Feuerwaffen haben im Staat New York illegale Waffengeschäfte untersucht und sind dabei auf ein Komplott gestoßen, hinter dem nach unserer Ansicht Constable steckt", erklärte Grady. „Einige seiner Leute sollten mit fingierten Notrufen Streifen der Staatspolizei in entlegene Winkel des Bezirks locken. Sofern unter den Beamten Schwarze waren, wollte man sie entführen, nackt ausziehen und lynchen."

Sachs war entsetzt. „Meinen Sie das ernst?"

Grady nickte. „Und das sollte nur der Anfang sein. Man hoffte, die zunehmende Anzahl ermordeter Farbiger würde eine Art Aufstand der schwarzen Bevölkerung bewirken und den Weißen überall im Land einen Grund liefern, Vergeltung zu üben und sie auszulöschen. Wenn alles nach Wunsch verlief, würden die Latinos und Asiaten sich den Schwarzen anschließen und könnten im Zuge der weißen Revolution gleich mit erledigt werden."

„Und das in der heutigen Zeit?"

„Glauben Sie mir, Sie wären überrascht."

Bell nickte Luis zu. „Er steht jetzt unter deiner Obhut. Lass ihn nicht aus den Augen."

„Selbstverständlich", sagte der Detective. Grady und sein schlanker Leibwächter verließen die Lobby, während Sachs und Bell sich am Schalter ihre Waffen zurückholten. Auf dem Weg über die Seufzerbrücke in das Justizgebäude setzte Amelia den Kollegen über den Hexer und seine Opfer in Kenntnis.

Bell erschauderte. „Das Motiv?"

„Kennen wir nicht."

„Wie sieht der Täter aus?", fragte Bell.

„Auch in diesem Punkt müssen wir passen."

„Demnach hat niemand ihn zu Gesicht bekommen, richtig?"

„Im Gegenteil, er wurde sogar von mehreren Leuten gesehen. Allerdings war er beim ersten Mal ein dunkelhaariger Mittfünfziger mit Vollbart, beim zweiten Mal ein glatzköpfiger Hauswart Anfang sechzig und zuletzt eine Frau Mitte siebzig."

„Ich bin gut", sagte Bell kopfschüttelnd und klopfte auf die Automatikpistole, die rechts an seinem Gürtel hing. „Aber ich brauche ein Ziel."

DIE SICHERGESTELLTEN Spuren vom zweiten Tatort waren eingetroffen, und Mel Cooper breitete sie soeben auf mehreren Tischen in Rhymes Arbeitszimmer aus.

Unterdessen hatte Rhyme Erkundigungen über die ukrainischen Illusionisten vom Cirque Fantastique eingezogen und erfahren, dass nichts gegen sie vorlag. Die beiden Beamten, die zu dem Zelt abkommandiert worden waren, hatten keine verdächtigen Vorfälle zu melden.

Kurz darauf betrat Sachs das Zimmer und brachte Roland Bell mit. Bell begrüßte alle Anwesenden, doch Kara war neu für ihn. Er sah sie fragend an. „Ich bin so eine Art Beraterin", sagte sie und deutete auf Rhyme. „Ähnlich wie er."

„Freut mich, Sie kennen zu lernen", sagte Bell und registrierte erstaunt, dass sie ganz beiläufig drei Münzen gleichzeitig über die Knöchel einer Hand wandern ließ.

Sachs ging zu Cooper, um mit der Arbeit an den Spuren zu beginnen.

„Wer war das Opfer?", fragte Rhyme.

„Anthony Calvert. Zweiunddreißig, Maskenbildner am Broadway."

„Kannte er die Frau von der Musikschule?"

„Anscheinend nicht", sagte Sellitto.

Sachs trat an die Tafel und hängte die Digitalfotos der Leiche auf. Rhyme fuhr mit seinem Rollstuhl näher heran und nahm die grausigen Bilder prüfend in Augenschein.

„Was für eine Waffe hat er benutzt?", fragte Roland Bell.

„Das sieht nach einem Fuchsschwanz aus", sagte Cooper, der einige Nahaufnahmen der Verletzungen betrachtete.

Rhyme vernahm auf einmal einen merkwürdigen Laut, ein abgehacktes Zischen.

Er wendete den Rollstuhl und entdeckte Kara hinter sich. Das Geräusch kam von ihrem hektischen Atmen. Sie starrte wie versteinert die Fotos von

Calverts Leiche an. Ihre weit aufgerissenen Augen schimmerten feucht. Schließlich wandte sie sich ab.

Als Rhyme die Qual auf ihrem Gesicht sah, erkannte er, dass sie an ihre Grenzen gestoßen war. Sie würde aufgeben. Sein Leben – die Arbeit bei der Spurensicherung – hatte zwangsläufig mit dieser Art von Schrecken zu tun; ihre Welt nicht.

Sachs machte einen Schritt auf sie zu, blieb jedoch stehen, als Rhyme den Kopf schüttelte. Er wusste, dass die Entscheidung längst gefallen war und sie das Mädchen gehen lassen mussten.

Und damit irrte er sich.

Kara atmete ein letztes Mal geräuschvoll ein und wieder aus – fast wie ein Turmspringer, der an den Rand des Bretts vortrat – und drehte sich mit entschlossenem Blick zur Tafel um. Dann nickte sie. „P. T. Selbit“, sagte sie.

„Ist das ein Name?“, fragte Sachs.

Kara nickte erneut. „Selbit war ein britischer Illusionist, der genau diese Nummer in den 1920er-Jahren aufgeführt hat. Sie heißt ‚Die zersägte Frau‘. Alles passt, die Rückenlage, die gefesselten Arme und Beine. Der einzige Unterschied ist, dass er einen Mann für den Auftritt gewählt hat.“ Sie erschrak über den Versprecher. „Ich meine, für den Mord.“

„Ist die Nummer weitgehend unbekannt?“, erkundigte Rhyme sich.

„Nein. Jeder, der sich auch nur ein bisschen mit der Geschichte der Zauberkunst auskennt, weiß darüber Bescheid.“

Rhyme wandte sich an Sachs. „Okay, beschreib uns, was bei Calvert geschehen ist.“

„Wie es aussieht, wollte das Opfer zur Arbeit gehen und hat das Haus durch den Hinterausgang verlassen – laut Auskunft der Nachbarn machte er das immer so. Er kam an einer Seitengasse vorbei und sah das hier.“ Sie wies auf die schwarze Katze in einer der Plastiktüten.

Kara sah genauer hin. „Das ist ein Automat, eine Art Roboter. Bei uns heißt so etwas ein Falsum. Ein Requisit, das vom Publikum für echt gehalten werden soll.“ Sie drückte einen Knopf, und das Tier fing plötzlich an, sich zu bewegen und täuschend echt zu miauen.

„Calvert muss die Katze bemerkt haben und zu ihr gegangen sein. Vermutlich hat er geglaubt, sie sei verletzt“, fuhr Sachs fort. „Auf diese Weise hat der Hexer ihn in die Sackgasse gelockt.“

„Woher stammt das Ding?“, fragte Rhyme Cooper.

„Hersteller ist die Firma Sing-Lu in Hongkong. Ich habe mal auf deren

Internetseite nachgeschaut. Die Katze gibt es bei uns landesweit in hunderten von Geschäften zu kaufen."

Rhyme seufzte. „Nicht zurückverfolgbar" schien für diesen Fall zum Leitsatz zu werden.

Sachs berichtete weiter. „Calvert ist also zu dieser Katze gegangen und hat sich neben sie gekniet. Der Täter hatte sich irgendwo versteckt und ..."

„Der Spiegel", fiel Rhyme ihr ins Wort und blickte kurz zu Kara.

Die junge Frau nickte. „Illusionisten benutzen häufig Spiegel. Wenn man sie geschickt ausrichtet, kann man dahinter alles Mögliche verschwinden lassen."

„Aber es ging etwas schief, und das Opfer konnte vorerst entwischen", sagte Sellitto. „Und jetzt wird's wirklich verrückt. Calvert hat es bis in die Wohnung geschafft und dort einen Notruf gemacht. Laut seinen Angaben konnte er den Täter aussperren und beide Türen abschließen. Dann wurde die Verbindung unterbrochen. Der Hexer ist ihm irgendwie gefolgt."

„Er muss wohl Calverts Schlüssel gehabt haben."

„Nein", widersprach Kara. „Er hat das Schloss geknackt."

Rhyme schüttelte den Kopf. „Er soll innerhalb von sechzig Sekunden zwei Türen geöffnet haben?"

Kara seufzte. „Ja, er hat innerhalb von sechzig Sekunden zwei Türen geöffnet. Und wir dürfen das nicht einfach ignorieren. Es verrät uns etwas Neues über ihn – etwas Wichtiges: dass verschlossene Türen für ihn kein Hindernis darstellen."

Rhyme sah Sellitto an. „Damals beim Raubdezernat hab ich ein Dutzend Einbrecher festgenommen, und keiner von denen konnte dermaßen schnell ein Schloss öffnen", sagte der Detective.

„Mr Balzac lässt es mich zehn Stunden pro Woche üben", sagte Kara. „Ich könnte Ihre Haustür in dreißig Sekunden aufbekommen und den zusätzlichen Riegel in einer Minute. Und ich beherrsche die Scheuertechnik nicht. Falls der Hexer gut darin ist, halbiert das die benötigte Zeit."

Mit einem widerwilligen Nicken gab Rhyme nach. „Okay", sagte er zu Thom. „Schreib auf, dass unser Mann außerdem erstklassig mit einem Dietrich umgehen kann."

„Wir wissen nicht genau, womit der Hexer das Opfer niedergeschlagen hat", fuhr Sachs fort. „Der Täter hat die Waffe mitgenommen."

Das Material der Fingerabdruckspezialisten traf ein. Rhyme sah sofort, dass sie von den falschen Fingerkuppen stammten.

Sie wandten sich nun den von Sachs sichergestellten Spuren zu und stießen auf winzige Mengen des gleichen anorganischen Öls, das sie am Morgen in der Musikschule gefunden hatten. Auch Latex, Make-up und Alginat waren abermals vorhanden.

„Du sagst, er hat auch Calverts Uhr zertrümmert?“, fragte Rhyme Amelia.

„Ja. Genau um zwölf. Ein paar Sekunden danach.“

„Bei dem anderen Opfer war es acht Uhr. Offenbar folgt er einer Art Zeitplan. Und vermutlich ist heute Nachmittag um vier die nächste Person an der Reihe.“

Von jetzt an gerechnet in weniger als drei Stunden.

„Ich hab hier zwei Schuhe“, sagte Sachs und nahm eine Tüte aus einem Karton. „Marke Ecco, genau wie in der Musikschule – und die Größe stimmt ebenfalls überein.“

„Er hat sie zurückgelassen. Warum?“, überlegte Sellitto.

„Ich nehme an, ihm war bewusst, dass wir aufgrund der Spuren vom ersten Tatort die Marke mittlerweile kennen würden“, sagte Rhyme. „Und in seiner Verkleidung als ältere Frau musste er befürchten, bei den Streifenbeamten mit solchem Schuhwerk Verdacht zu erregen.“

Mel Cooper nahm sich die Schuhe vor. „Zwischen Oberleder und Sohle klebt eine ganze Menge Zeug“, sagte er und kratzte die Partikel ab.

„Pack es unter das Mikroskop, Mel!“, befahl Rhyme.

Das Abbild der Probe erschien auf dem Computermonitor.

„Okay, verschaffen wir uns einen Überblick“, sagte Rhyme.

Hunderte von Formen wanderten über den Bildschirm, manche schwarz, andere rot oder grün, einige lichtdurchlässig. Rhyme kam sich, wie so oft, wenn er durch ein Mikroskop sah, beinahe wie ein Voyeur vor, so, als blickte er auf eine Welt hinab, die nichts von dem Beobachter ahnte.

Eine Welt, die womöglich aufschlussreiche Botschaften in sich barg.

„Haare“, sagte Rhyme. „Tierhaare.“ Die Anzahl der Schuppen verriet es ihm.

„Hund, würde ich sagen“, meinte Cooper. Rhyme war der gleichen Meinung.

„Was ist denn dieses lange Zeug?“, fragte Sellitto.

Rhyme sah es sich genauer an. „Trockenes Gras, glaube ich. Aber dieses andere Material gibt mir Rätsel auf. Schick es durch den Chromatographen, Mel.“

Wenig später lag das Ergebnis der spektrometrischen Analyse vor.

„Fäulnisprodukte, teilweise verdaute Fasern und Gras. Es handelt sich um Hundekot“, erklärte Rhyme. „Was haben wir sonst noch vom Tatort vorliegen?“

„Nichts“, erwiderte Sachs. „Das war alles.“

Rhyme überflog noch einmal die Einträge auf der Wandtafel. Sie hatten Rätsel zu lösen, und ihnen stand nur wenig Zeit zur Verfügung. Ihnen blieben weniger als drei Stunden, um den Hexer zu ergreifen, bevor dieser sich das nächste Opfer suchen würde.

Fünf

Die berühmte Hammerstead-Reitschule existierte immer noch am ursprünglichen Ort an der Upper West Side, wo sie 1885 erbaut worden war. In der Reitschule waren derzeit neunzig Tiere untergebracht, einige gehörten privaten Pferdehaltern, andere konnten gemietet werden. Soeben wurde eines der Mietpferde von einer Pflegerin, einem rothaarigen Teenager, von seiner Box über eine steile Rampe nach unten zu einer wartenden Reiterin gebracht.

Als Cheryl Marston den munteren langbeinigen Schecken sah, verspürte sie das gleiche freudige Hochgefühl wie an jedem Samstag um diese Zeit. „He, Donny Boy!“, rief sie das Tier beim Namen. „Bis in einer Stunde“, sagte sie zu der Pflegerin und schwang sich auf Donny Boys Rücken.

Ein leichter Druck auf die Rippen, und schon ging es los. Sie bogen auf die 86. Straße ein und hielten gemächlich auf den Central Park zu. Das laute Klappern der beschlagenen Hufe auf dem Asphalt ließ die Leute aufblicken, und so musterten sie nicht nur das prächtige Tier, sondern hoch auf ihm auch die Frau mit dem schmalen, ernsten Gesicht, die mit Reithose, roter Jacke und samtschwarzem Helm bekleidet war, unter dem ein langer blonder Zopf hervorschaute.

Als sie den Park erreichten, sah Cheryl kurz nach Süden und erspähte in der Ferne das Bürogebäude, wo sie als Firmenanwältin arbeitete. Sie spürte die Sonne im Gesicht, während Donny Boy über den dunklen Pfad trabte, umgeben von Narzissenblüten, Forsythien und Flieder.

Eine halbe Stunde lang umrundete sie in aller Ruhe das große Wasserreservoir. Sie ritt einen kurzen Galopp und fiel wieder in den Trab zurück, als sie die scharfen Wegbiegungen im wenig bevölkerten Nordteil des Parks nahe Harlem erreichte.

Sie war sich nicht ganz sicher, wie es dazu kommen konnte. Gerade als sie in langsamem Tempo eine schmale Lücke zwischen zwei Büschen passieren wollte, flatterte eine Taube Donny Boy genau ins Gesicht. Wiehernd hielt er so abrupt an, dass Cheryl beinahe abgeworfen wurde. Dann bäumte er sich auf, und sie rutschte fast nach hinten über die Kruppe.

„Ruhig, Donny!“, rief sie und versuchte, seinen Hals zu tätscheln.

Dennoch tänzelte er weiterhin panisch auf der Hinterhand umher. Zu beiden Seiten ragten scharfkantige Steine aus dem unebenen Boden. Falls Donny Boy sich nicht beruhigte, würde er womöglich das Gleichgewicht verlieren und sie unter sich begraben.

„Donny!“, stieß sie keuchend hervor. Aber er bäumte sich schon wieder auf und kam auf den Hinterbeinen den Felsen immer näher. Donnys Hufe klapperten auf den Steinen, und sie spürte die riesigen Muskeln vor Panik zittern, als der Hengst merkte, wie seine Balance schwand.

Dann tauchte wie aus dem Nichts ein Mann im Jogginganzug zwischen den Büschen auf, sprang vor und packte das Zaumzeug.

„Nein, nicht!“, schrie Marston. „Er dreht durch!“

Der schlanke Mann achtete nicht auf sie, sondern blickte dem Pferd direkt in die Augen und sagte etwas, das sie nicht verstand. Es war kaum zu glauben, doch der Schecke beruhigte sich und stand nun wieder auf allen vieren. Der Mann zog den Kopf des Pferdes nach unten zu sich und sprach noch ein paar Worte. Schließlich trat er zurück. „Alles in Ordnung?“, fragte er die Reiterin.

„Ich glaube schon.“ Cheryl atmete tief durch.

„Was war denn los?“

„Ein Vogel hat ihn erschreckt. Ist ihm genau ins Gesicht geflogen. Wurde er am Auge getroffen?“

Der Mann schaute nach. „Sieht nicht so aus. Vielleicht sollten Sie lieber einen Tierarzt konsultieren, aber ich kann keine Verletzung entdecken.“

„Wie haben Sie das geschafft?“, fragte sie. „Sind Sie …?“

„Ein Pferdeflüsterer?“, erwiderte er lachend. „Nein, überhaupt nicht. Aber ich reite viel.“

„Ich weiß nicht, wie ich Ihnen danken soll.“

„Haben Sie ihn bei Hammerstead gemietet, oder gehört er Ihnen?“

„Bei Hammerstead. Ich reite ihn jede Woche.“

Nachdem sie sich nunmehr beruhigt hatte, nahm Cheryl den Fremden genauer in Augenschein.

Er war ein stattlicher Mann Anfang fünfzig mit gestutztem Vollbart und dichten Augenbrauen, die über seiner Nase aneinander stießen. Auf Hals und Brust konnte sie bei ihm schlimme Narben erkennen, und seine linke

Hand war deformiert. Doch in Anbetracht seiner wichtigsten Eigenschaft spielte all das keine Rolle: Er mochte Pferde. Cheryl Marston, 38 und seit vier Jahren geschieden, bemerkte plötzlich, dass sie und der Fremde einander interessiert musterten.

Er lachte leise. „Ich hab … Ich hab mich gefragt, ob es wohl ungehörig wäre, Sie zu einer Tasse Kaffee einzuladen."

„Ganz und gar nicht", erwiderte sie. Seine offene Art gefiel ihr. „Ich beende erst noch meine Stunde. Es sind noch ungefähr zwanzig Minuten … und ich möchte das Pferd weiter beruhigen. Haben Sie so viel Zeit?"

„Zwanzig Minuten sind perfekt. Ich hole Sie am Stall ab."

„Gut", sagte Cheryl. „Ach, eines würde ich gern wissen: Reiten Sie mit englischem oder Westernsattel?"

„Meistens auf dem blanken Pferderücken. Ich hab das mal beruflich gemacht."

„Wirklich? Wo denn?"

„Ob Sie's glauben oder nicht, ich war früher Zirkusreiter", antwortete er schüchtern.

MEL COOPERS Computer gab einen leisen Klingelton von sich, was bedeutete, dass eine E-Mail eingetroffen war.

„Post von unseren Freunden an der Neunten und Pennsylvania." Er entschlüsselte die Nachricht aus dem FBI-Labor. „Das Ergebnis der Ölanalyse. Der Markenname lautet Tack-Pure. Ein Lederpflegemittel, hauptsächlich für Reiterbedarf, also Sättel, Zügel und so weiter."

Rhyme ließ seinen Rollstuhl herumwirbeln. „Der Kot an den Schuhen des Hexers."

„Was ist damit?", fragte Sachs.

„Er stammt nicht von Hunden, sondern von Pferden! Hunde sind Fleischfresser. Gras und Heu fressen sie nicht … Also gut, lasst uns nachdenken. Der Schmutz und die Erde und das andere Zeug haben auf den Central Park hingedeutet. Und die Haare … Kennt ihr den Hundehügel? Der liegt ebenfalls im Park."

„Gleich auf der anderen Straßenseite", sagte Sellitto und deutete zum Fenster hinaus. „Da gehen doch alle mit ihren Kläffern spazieren."

„Kara, hat der Cirque Fantastique Pferde?", fragte Rhyme.

„Nein", sagte sie. „Es gibt dort überhaupt keine Tiernummern."

„Okay, damit fällt der Zirkus weg … Was könnte unser Täter sonst noch vorhaben? Unmittelbar am Hundehügel führt der Reitweg vorbei, richtig?

Eventuell reitet er selbst oder hat Reiter ausgespäht. Einer von denen könnte zur Zielperson werden."

„Es gibt doch hier in der Gegend einen Stall, nicht wahr?", fragte Sellitto.

„Findet es heraus!", rief Rhyme. „Und schickt sofort ein paar Leute hin."

Sachs sah auf die Uhr. Es war kurz nach halb zwei. „Uns bleiben noch zweieinhalb Stunden bis zum nächsten Opfer."

„Gut", sagte Sellitto. „Ich werde im Park und am Stall Beobachtungsteams platzieren. Wenn die bis halb drei Position bezogen haben, ist noch genug Zeit übrig."

Währenddessen bemerkte Rhyme, dass Kara die Stirn runzelte. „Was gibt's?", fragte er.

„Wissen Sie noch, was ich Ihnen über Täuschungen erzählt habe?"

„Ja."

„Nun, es gibt auch so etwas wie zeitliche Täuschungen. Dabei sollen die Zuschauer glauben, etwas würde zu einem bestimmten Zeitpunkt geschehen, obwohl es in Wahrheit in einem anderen Moment passiert. Beispielsweise könnte ein Illusionist irgendetwas in gleichmäßigen Intervallen tun. Dann jedoch verkürzt der Künstler das Intervall, die Zuschauer geben nicht Acht, und so entgeht ihnen vollständig, was er tut. Man kann eine solche Zeittäuschung vorhersehen, weil der Illusionist das Publikum immer wissen lässt, wie groß das Intervall ist."

„Demnach glauben Sie nicht, dass wir bis vier Uhr Zeit haben?", fragte Rhyme.

Kara zuckte die Achseln. „Er weiß, dass Sie inzwischen die Uhren gefunden haben, er weiß, dass Sie schlau sind. Wenn ich an seiner Stelle wäre, würde ich mir das nächste Opfer vor vier Uhr schnappen. Ich wäre jetzt bereits unterwegs."

„Verstanden", sagte Rhyme. „Vergesst die Beobachtungsteams. Lon, schick die Spezialeinheit in den Park. Mit vollem Gerät."

Cooper blickte von seinem Computer auf. „Ich hab den Stall gefunden. Die Hammerstead-Reitschule."

Bell, Sellitto und Sachs rannten zur Tür.

SIE WAR vorsichtig, stellte Malerick fest. So wie es wohl jede Frau gewesen wäre, die in Manhattan gerade einen Mann kennen gelernt hat, selbst wenn dieser Fremde schüchtern, freundlich und in der Lage war, scheuende Pferde zu beruhigen.

Dennoch taute Cheryl Marston nach und nach spürbar auf.

Nachdem der Tierarzt Donny Boy untersucht und ihm eine gute Gesundheit bescheinigt hatte, waren Malerick und seine nächste ahnungslose Probandin vom Stall zu „Ely's Café" geschlendert, das unweit des Riverside Drive lag. Die Frau plauderte nun fröhlich mit „John" über ihr Leben in der Stadt und ihre schon früh erwachte Begeisterung für Pferde.

Für den heutigen Auftritt im Central Park hatte Malerick sich aus dem Fundus von Howard Thurston bedient, einem bekannten Illusionisten des frühen 20. Jahrhunderts, der auf Tiernummern spezialisiert gewesen war. Malerick fing von Hand eine Taube und streichelte sie so lange, bis sie hypnotisiert war. Als Cheryl Marston sich näherte, schleuderte Malerick die Taube mit Wucht an den Kopf des Pferdes. Donny Boys anschließende Panik und das Aufbäumen wurden jedoch nicht durch den Vogel verursacht, sondern durch einen Ultraschallsender, dessen Frequenz das Gehör des Tiers marterte. Als Malerick zwischen den Büschen hervortrat, um Cheryl zu „retten", schaltete er den Sender ab, und als er dann das Zaumzeug packte, kam das Pferd bereits von selbst wieder zur Ruhe.

Nun ließ die Vorsicht der Reiterin immer mehr nach, denn sie erfuhr, wie viel sie und der Fremde gemeinsam hatten. Zumindest vermeintlich.

Die Illusion klappte, weil Malerick sich vornehmlich auf die Körpersprache seines Gegenübers konzentrierte. Er registrierte die subtilen Veränderungen in Cheryls Haltung, Mimik oder Gestik, mit denen sie auf seine Bemerkungen reagierte. Manches davon verriet ihm, wenn er einen wichtigen Punkt getroffen hatte.

So erwähnte er beispielsweise eine Bekannte, die kürzlich eine Scheidung durchgemacht habe, und konnte leicht erkennen, dass es Cheryl ebenso ergangen war – und zwar unter großen Schmerzen. Also verriet er ihr, auch er selbst sei mittlerweile geschieden, denn seine Frau habe ihn betrogen und verlassen.

„Ich habe freiwillig auf ein Boot verzichtet, nur um diesen Mistkerl loszuwerden", sagte sie verbittert. „Ein acht Meter langes Segelboot."

Weder Cheryl noch der fiktive John hatten Kinder. Aber alle beide hatten Katzen, geschiedene Eltern und spielten gern Tennis. Was für ein Zufall! Wie gut sie doch zusammenpassten …

Es wird langsam Zeit, dachte er. Besonders eilig hatte er es allerdings nicht. Selbst wenn die Polizei inzwischen einige Anhaltspunkte für sein Vorgehen besaß, würde sie mit dem nächsten Mord erst um sechzehn Uhr rechnen; es war gerade mal kurz nach zwei. Dennoch wollte er unbedingt mit seiner nächsten Nummer beginnen.

Malerick nahm mit der linken Hand seinen Löffel und klopfte wie geistesabwesend damit auf den Tisch. Cheryl schaute unwillkürlich hin, nur für den Bruchteil einer Sekunde, aber sie verschaffte Malerick dadurch genug Zeit, ein geschmackloses Pulver aus einer winzigen Kapsel in ihre Kaffeetasse zu schütten, während er mit der betreffenden Hand nach dem Zucker griff.

Schon kurz darauf konnte Malerick erkennen, dass das Mittel Wirkung zeigte, denn Cheryls Blick schien ein wenig abzuschweifen. Einen Verdacht schöpfte sie allerdings nicht. Das war das Gute an dem berüchtigten Tranquilizer Rohypnol: Man erkannte nicht, dass man unter Drogen stand. Nicht bis zum nächsten Morgen. Was in Cheryl Marstons Fall ohnehin belanglos sein würde.

Er sah sie an und lächelte. „He, soll ich Ihnen mal was zeigen, was Ihnen Freude machen wird?"

„Was Freude macht?", fragte sie schleppend und grinste breit.

Er bezahlte die Rechnung. „Ich hab mir erst kürzlich ein Boot gekauft."

Sie lachte verzückt auf. „Ein Boot? Ich liebe Boote. Was für eins?"

„Ein Segelboot, zwölf Meter lang. Meine Frau und ich hatten ein ähnliches Modell", sagte Malerick bekümmert. „Bei der Scheidung wurde es ihr zugesprochen."

„John, nein, Sie machen Scherze!", rief sie kichernd. „Mein Mann und ich hatten auch eins! Und bei der Scheidung wurde es ihm zugesprochen."

„Wirklich?" Er lachte und stand auf. „He, lassen Sie uns zum Fluss gehen. Sie können es von dort aus sehen."

„Sehr gern." Sie erhob sich auf unsicheren Beinen und nahm seinen Arm.

Er führte sie zur Tür. Die Dosis schien richtig bemessen zu sein. Cheryl war gefügig und vergesslich, würde aber bei Bewusstsein bleiben. Sie wandten sich in Richtung Riverside Park. Er blieb bei seinem Wagen stehen, einem gestohlenen Mazda, und nahm eine schwere Sporttasche von der Rückbank. Etwas in der Tasche klirrte laut und metallisch. Cheryl schaute hin und öffnete den Mund, schien dann aber zu vergessen, was sie sagen wollte.

„Hier entlang." Malerick führte sie auf einer Fußgängerbrücke über den Parkway und hinunter zu einem menschenleeren Uferstreifen. Er legte ihr einen Arm um die Schultern. „Mein Boot liegt da unten."

„Wirklich?", fragte sie und lachte. Dann fügte sie hinzu, dass auch sie und ihr Exmann früher ein Boot besessen hätten. Leider sei es bei der Scheidung ihm zugesprochen worden.

Die Reitschule war ein Teil des alten New York. Amelia Sachs stieg ein durchdringender Stallgeruch in die Nase, und durch den überwölbten Torweg konnte sie im Innern des alten Gebäudes die Pferde und ihre Reiter sehen. Mit den beigefarbenen Hosen, den roten Reitjacken und den samtenen Helmen strahlten die Leute eine gewisse Würde aus.

Vor und in der Eingangshalle stand ein halbes Dutzend uniformierter Beamter. Lon Sellitto hatte mit einer Vielzahl weiterer Kollegen im Park Position bezogen und hielt im Umkreis der Reitwege nach dem geheimnisvollen Täter Ausschau.

Sachs und Bell betraten das Büro, und der Detective zeigte der Frau hinter dem Tresen seine goldene Dienstmarke. „Ja?", fragte sie besorgt. „Gibt es ein Problem?"

„Ma'am, werden bei Ihnen die Sättel mit Tack-Pure behandelt?"

„Ja, Sir, das ist richtig."

„Wir haben heute am Schauplatz eines Mordes Spuren dieses Mittels gefunden", fuhr Bell fort. „Es könnte sein, dass der Täter jemandem hier nachspioniert – einem Angestellten oder einem Reiter."

„Nein! Wem denn?"

„Tut mir Leid, wir sind uns in diesem Punkt nicht sicher. Und wir wissen auch nicht genau, wie der Verdächtige aussieht. Er dürfte von mittlerer Statur sein. Etwa fünfzig Jahre alt. Weiß. Eventuell trägt er einen Bart und hat braune Haare. Die Finger seiner linken Hand sind womöglich deformiert. Wir möchten Sie bitten, Ihre Angestellten und die derzeit erreichbaren Stammkunden zu befragen, ob sie jemanden gesehen haben, auf den die Beschreibung zutrifft."

„Natürlich", sagte sie zögernd.

Bell nahm einige der Uniformierten mit und ging durch ein Tor. „Wir sehen uns ein wenig um!", rief er Sachs zu.

Es war jetzt genau vierzehn Uhr. Sachs nahm Kontakt mit der Zentrale auf und ließ sich mit Rhymes Anschluss verbinden. Wenig später meldete sich der Kriminalist. „Sachs, Lons Teams haben im Central Park bislang nichts entdecken können. Hattet ihr mehr Glück?"

„Die Chefin hier befragt soeben das Personal und die Reiter. Bell und seine Leute durchsuchen die Ställe." Sie sah die Managerin mit einigen Angestellten sprechen. Plötzlich nickte ein Mädchen mit rundem Gesicht und roten Haaren langsam.

„Moment mal, Rhyme. Das könnte etwas sein."

Die Chefin winkte Sachs zu sich.

Die junge Pferdepflegerin sagte: „Es gibt hier eine Reiterin, die kommt jeden Samstag. Cheryl Marston."

„Immer zur gleichen Zeit?", rief Rhyme in Sachs' Ohr. „Frag sie, ob die Frau jede Woche zur gleichen Zeit kommt. Leute mit festen Gewohnheiten lassen sich am leichtesten ausrechnen."

Sachs reichte die Frage weiter.

„Oh ja, allerdings", sagte das Mädchen. „Man könnte die Uhr nach ihr stellen."

„Und was ist mit ihr?"

„Heute ist sie von einem Ritt zurückgekommen. Vor ungefähr einer halben Stunde. Sie wollte, dass der Tierarzt sich das Pferd mal anschaut, weil ihm nämlich ein Vogel ins Gesicht geflogen war. Während wir damit zugange waren, hat sie mir von einem Mann erzählt, der zufällig in der Nähe war und Donny beruhigt hat. Sie ist ganz aufgeregt, weil sie jetzt mit ihm einen Kaffee trinken geht. Ich hab ihn unten gesehen, er hat auf sie gewartet. Und da denk ich, was ist denn bloß mit seiner Hand los? Es sah aus, als hätte er nur drei Finger."

„Das ist er!", sagte Sachs. „Weißt du, wohin die beiden gegangen sind?"

Sie deutete nach Westen. „Ich glaube, in diese Richtung."

„Sie soll den Mann beschreiben!", rief Rhyme.

Das Mädchen erklärte, er habe einen Bart und merkwürdige Augenbrauen gehabt. „Fast wie zusammengewachsen." *Um ein Gesicht zu verändern, fängt man am besten bei den Augenbrauen an.*

„Und seine Kleidung?", fragte Sachs.

„Anorak, Jogginghose, Laufschuhe."

Und nun, liebe Freunde, wenden wir uns der Entfesselungskunst zu.

Die folgende Nummer gehörte zu den spektakulärsten in Harry Houdinis Repertoire und wurde von ihm selbst entwickelt. Er ließ sich fesseln, kopfüber an den Fußgelenken aufhängen und dann in einen schmalen Wassertank eintauchen. Um nicht zu ertrinken, blieben ihm nur wenige Minuten, in denen er den Oberkörper aufrichten, seine Knöchel losmachen und den verschlossenen Deckel der Kammer öffnen musste.

Natürlich war der Tank präpariert. Die Gitterstäbe, die vermeintlich verhindern sollten, dass er die Scheibe einschlug, dienten ihm als Haltegriffe, um sich zu den Fußgelenken hochzuziehen. Die Schlösser dort und am Deckel der Kammer verfügten über versteckte Hebel und ließen sich problemlos entriegeln.

Ich brauche wohl kaum zu betonen, dass wir bei unserer Variante dieser beliebten Nummer auf derlei Hilfsmittel verzichten werden. Und ich habe mir gestattet, ein paar Veränderungen vorzunehmen. Selbstverständlich nur zu Ihrer Unterhaltung.

Und nun, in Anlehnung an Mr Houdini: die Wasserfolterkammer!

MALERICK, mittlerweile ohne Bart und bekleidet mit Baumwollhose und weißem Hemd, wickelte die Ketten fest um Cheryl Marston.

Verdeckt durch dichtes Gebüsch, befanden sie sich am Ufer des Hudson River in einer winzigen Bucht, die früher offenbar als Anleger für Beiboote gedient hatte. Im Laufe der Jahre war durch angeschwemmte Erde und Treibgut die Einfahrt versandet und hatte diesen Pfuhl von etwa drei Meter Durchmesser geschaffen. Auf einer Seite stand ein verrotteter Steg mit einem rostigen Kran, der einst dazu benutzt worden war, Boote aus dem Wasser zu hieven. Malerick warf nun ein Seil über den Ausleger, fing das Ende ein und knotete es an Cheryls Fußkette fest.

„Nein, nein, neiiin", flüsterte die halb bewusstlose Frau. „Das tut weh. Bitte! …"

Malerick verschloss ihr den Mund mit einem Streifen Isolierband. Dann atmete er tief durch, packte mit festem Griff das Seilende und zog es zu sich herunter. Die Füße der wimmernden Anwältin wurden angehoben, und sie rutschte langsam auf das brackige Wasser zu.

AUF DEM großen zentralen Platz des West Side College, gelegen zwischen 79. und 80. Straße, fand an diesem herrlichen Frühlingsnachmittag ein gut besuchter Kunstgewerbemarkt statt. Sachs und Bell liefen die Straßen entlang und suchten den Markt, die Restaurants und die Gassen ab.

Sie fanden nichts. Doch dann, nach einer endlos scheinenden Weile, stießen sie auf eine Spur.

Die beiden Cops betraten Ely's Café in der Nähe des Riverside Drive. Sachs packte Bell am Arm und deutete zur Kasse. Dort auf dem Tresen lagen ein schwarzer Reithelm und eine Lederpeitsche.

Sachs lief zum Geschäftsführer, einem dunkelhäutigen Araber. „Hat eine Frau diese Sachen hier vergessen?"

„Ja, vor zehn Minuten. Sie …"

„War ein Mann bei ihr?"

„Ja. Sie hat den Helm und die Reitgerte liegen lassen."

„Wissen Sie, wohin die beiden gegangen sind?", fragte Bell.

„Ich habe zufällig gehört, wie er sagte, er wolle ihr sein Boot zeigen. Aber ich hoffe, er hat sie nach Hause gebracht.“

„Wie meinen Sie das?“, fragte Sachs.

„Die Frau war krank. Sie konnte nicht mehr gerade gehen. Als wäre sie betrunken, aber die beiden hatten bloß Kaffee. Und als sie hereinkam, war noch alles in Ordnung.“

„Er hat sie unter Drogen gesetzt“, wandte sich Sachs an Bell. „Wir müssen sie schnellstens finden.“

„Er hat was von einem Boot erzählt, also lassen Sie uns nach Westen gehen. Zum Hudson.“

HUSTEND und würgend kam Cheryl aus dem trüben Wasser des ekelhaften Tümpels zum Vorschein und drehte sich langsam um die Längsachse. Sie baumelte in Ketten an einem Seil kopfüber von einem metallenen Auslegerkran herunter. Ihr Blut sammelte sich im Kopf, und ihre Schläfen pochten. Was war los? Dieser Mann schaute ihr mit freundlicher und neugieriger Miene beim Sterben zu. Sie verstand nicht, wie er ihr so etwas antun konnte, der Mann, der so nett zu Pferden war, aber so grausam zu ihr.

Er sah zu ihr hinunter, dann ließ er sie erneut an dem Seil in den abscheulichen Teich hinab. Cheryl gab auf. Sie atmete tief durch die Nase ein, um den tröstlichen Tod in ihre Lunge zu ziehen.

„DA!“, RIEF Amelia Sachs.

Sie und Bell rannten auf ein dichtes Gehölz am Ufer des Hudson River zu. Dort stand ein Mann in kakifarbener Hose und weißem Hemd und hielt ein Seil, das über einen kleinen rostigen Auslegerkran verlief und dessen anderes Ende unter der Wasseroberfläche verschwand.

„He, Sie da!“, rief Bell.

Er hatte braunes Haar, ja, aber die Kleidung war anders. Kein Bart. Und die Augenbrauen wirkten auch nicht besonders buschig. Seine linke Hand konnte Sachs nicht erkennen.

Als sie näher kamen, blickte er sichtlich erleichtert auf. „Helfen Sie mir!“, schrie er. „Da ist eine Frau im Wasser!“

Bell und Sachs liefen zwischen den Büschen hindurch. „Trauen Sie ihm nicht!“, rief Amelia ihrem Kollegen keuchend zu.

Der Mann zog fester, woraufhin ein weiblicher Körper aus dem Wasser auftauchte. Er war mit einer Kette umwickelt. Sie waren fast da. Bell forderte über Funk Verstärkung und einen Krankenwagen an.

„Helfen Sie mir! Ich kann sie nicht allein hochziehen!“, rief der Retter Bell und Sachs zu. Vor lauter Anstrengung kamen ihm die Worte nur keuchend über die Lippen. „Dieser Mann, er hat sie festgebunden und ins Wasser gestoßen. Er wollte sie umbringen!“

Sachs zog ihre Waffe und richtete sie auf den Fremden.

„He, was machen Sie da?“, fragte er erschrocken. „Ich versuche, die Frau zu retten!“ Er sah auf das Handy an seinem Gürtel. „Ich bin derjenige, der die Polizei verständigt hat.“

Sie konnte seine linke Hand noch immer nicht erkennen; er hielt sie mit der Rechten umschlossen.

„Lassen Sie das Seil nicht los, Sir“, sagte Sachs.

„Ich hab nichts getan!“ Er atmete merkwürdig pfeifend. Vielleicht litt er an Asthma.

Bell achtete darauf, nicht in Amelias Schusslinie zu laufen, packte den Ausleger und schwang ihn in Richtung des schlammigen Ufers. Als die Frau in Reichweite kam, zog er sie zu sich heran, und der Fremde ließ langsam das Seil durch seine Hände gleiten, bis sie am Boden lag. Sie regte sich nicht. Der Detective zog ihr den Klebestreifen vom Mund und fing mit der Wiederbelebung an.

Sachs sah, dass das Opfer sich bewegte … Ja! Sie hatten sie rechtzeitig erreicht. Dann bemerkte Sachs jenseits des Schauplatzes ein Stück glänzenden dunkelblauen Stoff. War das die Windjacke, die der Täter abgelegt hatte?

Der Fremde folgte ihrem Blick und sah den Gegenstand ebenfalls.

Einige Passanten waren stehen geblieben und beobachteten, was vor sich ging. „He, Lady, Achtung!“, rief plötzlich ein Mann voller Panik. „Der Jogger – da, rechts! Er hat ’ne Kanone!“

Sachs ging blitzschnell in die Knie, wirbelte nach rechts und suchte den Angreifer. „Roland, aufpassen!“

Bell hatte neben dem Opfer seine Pistole in Anschlag genommen und sah in die gleiche Richtung wie Sachs.

Aber Amelia konnte niemanden in einem Jogginganzug entdecken. Oh nein, dachte sie. Ein Bauchredner. Als sie sich umwandte, blitzte in der Hand des „Retters“ ein gleißender Feuerball auf, blieb in der Luft schweben und blendete sie.

„Amelia!“, rief Bell. „Ich kann nichts sehen! Wo ist er?“

Aus Richtung des Hexers peitschten mehrere schnelle Schüsse auf. Sachs visierte die Richtung an, aus der das Geräusch kam. Bell tat es ihr gleich. Mit zusammengekniffenen Augen suchten sie nach einem Ziel, doch als sie wieder alles erkennen konnten, war der Mörder nicht mehr da. Ihre Waffen zielten auf ein paar dünne Rauchschwaden – die Überreste der gezündeten Knallkörper.

Dann erblickte Sachs den Hexer in östlicher Richtung auf der anderen Seite des Parkway. Er sprang die breiten Stufen zum nahe gelegenen College hinauf und verschwand im Gedränge des Kunstgewerbemarkts wie eine Schlange im hohen Gras.

SIE WAREN überall … Dutzende von Polizisten. Und alle suchten nach ihm.

Durch den Sprint war er völlig außer Atem, und seine Lunge schmerzte. Erschöpft lehnte Malerick sich gegen die kühle Kalksteinwand eines der Unterrichtsgebäude. Er schaute zurück nach Westen, in die Richtung, aus der er gekommen war. Die Polizei hatte dort bereits alles abgeriegelt. Der Norden und Süden des Platzes wurde von hohen Betonbauten eingenommen. Die Fenster waren verriegelt, und es gab keine Türen. Der einzige Ausgang lag im Osten, auf der anderen Seite des fußballplatzgroßen Geländes voller Verkaufsstände und dichter Menschenmengen.

Er machte sich auf den Weg dorthin, aber er beeilte sich nicht. Als Illusionist wusste er, dass hastige Bewegungen Aufmerksamkeit erregten. Er besichtigte die angebotenen Waren, nickte beifällig einem Straßenmusikanten zu, lachte über einen Clown, der Ballons verkaufte. Er tat, was alle anderen taten. Und so kam er langsam nach Osten voran. Unterdessen fragte er sich, wie die Polizei ihn wohl ausfindig gemacht hatte. Es war beinahe, als hätten sie vorhergesehen, dass er jemanden in diesem Teil der Stadt entführen würde. Wie konnte das sein?

Vor ihm lag der Ausgang – die östliche Treppe, die vom Platz hinunter zum Broadway führte. Nur noch fünfzehn Meter bis zur Freiheit, nur noch zwölf.

Aber dann sah er die Signallichter. Ein halbes Dutzend Uniformierte sprangen aus den Streifenwagen, liefen die Stufen empor und mischten sich unter die Menge. Sekunden später sah er am oberen Ende der Westtreppe die Polizistin mit dem stählernen Blick und dem feuerroten Haar auftauchen, die ihn schon beim Tümpel verhaften wollte.

Was tun?, überlegte Malerick verzweifelt. Unter seiner gegenwärtigen Kleidung trug er noch genau ein Kostüm. Es war seine letzte Reserve.

Nun kam auch der athletische braunhaarige Cop, der Cheryl Marston wieder belebt hatte, die Stufen herauf.

Malerick wusste, dass man ihn früher oder später entdecken würde. Es musste ihm gelingen, so schnell wie möglich von hier zu verschwinden. Er ging zu den Toiletten, betrat eines der transportablen Kunststoffhäuschen und änderte sein Erscheinungsbild. Dreißig Sekunden später kam er wieder zum Vorschein als bezopfter Motorradrocker mit Bierbauch, der eine dreckige schwarze Jeans, eine Baseballmütze und ein schmieriges Denimhemd mit Harley-Davidson-Aufdruck trug.

Er schnappte sich eine Zeitung und nahm sie in die linke Hand, um seine Finger zu verbergen. Dann bewegte er sich von neuem in Richtung Osten.

Die Treppe hinunter zum Broadway war etwa 25 Meter breit und von den Uniformierten weitgehend abgeriegelt worden. Jeder, der den Bereich verlassen wollte, wurde angehalten und musste sich ausweisen.

Die rothaarige Polizistin stand nur ein kurzes Stück von ihm entfernt. Sie setzte einen Funkspruch ab. „Hier Einheit fünfachtachtfünf. Bitte verbinden Sie mich mit dem Festnetzanschluss von Lincoln Rhyme." Ein paar Sekunden vergingen. „Wir sind auf dem Markt, Rhyme. Er muss hier irgendwo sein … Die Ausgänge wurden schnell genug abgeriegelt. Wir werden ihn finden, selbst wenn wir dazu jeden einzelnen Besucher filzen müssen."

Malerick tauchte in der Menge unter.

SACHS nahm die Leute in ihrer Umgebung ein weiteres Mal in Augenschein – ein älteres Ehepaar, ein Motorradfahrer mit Harley-Hemd, zwei junge Europäerinnen, die mit einem Verkäufer feilschten. Ein Mann entfernte sich von ihr. Er humpelte. Das konnte nicht der Hexer sein. Oder doch? Sie tappte im Dunkeln.

Da erklang eine Stimme aus ihrem Funkgerät. „Wagen viersieben an alle verfügbaren Einsatzkräfte im Umfeld des 10-24 am Fluss. Verdächtiger hat soeben Sperre am östlichen Ende des Marktes durchbrochen. Befindet sich jetzt zu Fuß in nördlicher Richtung auf der West End, Nähe 78. … Bekleidet mit Jeans, blauem Hemd mit Harley-Davidson-Logo und schwarzer Baseballmütze. Dunkle Haare und Zopf. Waffen kann ich nicht entdecken … Er taucht in der Menge unter."

Der Motorradfahrer! Und ich hatte ihn direkt vor meiner Nase!

Sachs bemerkte Roland Bell, der stirnrunzelnd dem Funkverkehr lauschte. Sie sahen sich an, und er nickte in Richtung der Treppe.

Ungeachtet ihrer schmerzhaften Arthritis eilte sie, zwei Stufen gleichzeitig nehmend, Roland Bell hinterher die Treppe hinunter.

ER IST *schnell. Aber ich bin schneller.* Der Streifenbeamte Lawrence Burke rannte die West End Avenue entlang. Fünf oder sechs Meter vor ihm floh der Verdächtige, irgendein Motorradrocker mit Harley-Hemd.

Im Zickzack wich Burke den Fußgängern aus, genau wie damals in der Highschool beim Football. „He, du! Stehen bleiben!“, keuchte Burke.

Der Kerl schlitterte linksherum in eine Gasse. Burke schaffte die Kurve besser. Sobald er auf einen Meter heran war, hechtete er sich nach vorne und erinnerte sich daran, dass man hoch zielen und den Körper des anderen zum Abfedern des Aufpralls benutzen musste.

„Oh Mann“, stöhnte der Motorradrocker, als sie auf die Pflastersteine krachten. „Ich hab nichts getan! Warum haben Sie mich verfolgt?“

„Halt's Maul“, murmelte Burke, legte ihm Handschellen an und fesselte ihm außerdem die Fußgelenke mit einem Plastikband. Schön fest. Dann filzte er den Mann sorgfältig und fand eine Brieftasche. Allerdings war kein Ausweis oder Führerschein darin, sondern nur Geld.

„Ich werd Sie verklagen! Falls Sie mir was anhängen wollen, haben Sie sich geschnitten, Mister.“

Dann jedoch zog Burke Hemd und T-Shirt des Mannes hoch und erschrak. Brust und Bauch waren übel vernarbt. Noch merkwürdiger war allerdings der Beutel um seine Taille. Der Cop rechnete mit Drogen, aber stattdessen versteckte der Kerl darin eine Jogginghose, ein Trikot mit hohem Kragen, eine kakifarbene Stoffhose, ein weißes Hemd und ein Mobiltelefon. Und Make-up.

Burke drückte den Knopf an seinem Handy. „Einheit fünfzweieinszwei an Zentrale … Ich habe den Kerl von dem 10-24 erwischt. Kommen.“

„Standort?“

„Anderthalb Blocks östlich der West End. Moment mal. Ich muss nachschauen, wie die Querstraße heißt.“ Burke ging zum Eingang der Gasse, um das Straßenschild zu lesen und auf die Ankunft seiner Kollegen zu warten.

SACHS und Bell eilten die West End Avenue hinauf, um zu Burke und dem verhafteten Mörder zu gelangen. Dann bogen sie auf die 88. Straße ein. Bell bemerkte eine Gasse. „Da“, sagte er und streckte den Arm aus.

Die Gasse war leer. „Er hat doch Achtundachtzigste gesagt, oder?“, wollte Sachs sich vergewissern.

Bell benutzte sein Funkgerät. „Einheit fünfzweieinszwei, auf welcher Straße befinden Sie sich? Kommen.“

Sachs kniff die Augen zusammen und schaute die Gasse hinunter. „Oh nein!"

Sie lief bis zu einem Abfallhaufen vor. Dort auf dem Pflaster lag ein offenes Paar Handschellen, daneben ein durchtrenntes Plastikband. „Er hat die verdammten Handschellen aufbekommen und die Fußfessel durchgeschnitten." Sachs drehte sich um.

Bell meldete einen 10-39 – entflohenen Verdächtigen – und fügte hinzu, ein Streifenpolizist werde vermisst. Wie die Zentrale bestätigte, hatte Burke keinen weiteren Funkspruch abgesetzt.

Sachs suchte die gesamte Gasse ab, doch weder sie noch Bell konnten auch nur das Geringste entdecken.

Was für ein furchtbarer Tag. Erst die zwei Toten vom Vormittag. Und nun wurde ein Cop vermisst.

„Sie können sich den Tatort hier vornehmen, Amelia", sagte Bell. „Ich werde das Opfer befragen. Mal sehen, ob sie uns mehr verraten kann."

Auf der 88. Straße parkte ein Bus der Spurensicherung. Sachs ging hin und suchte sich die Ausrüstung zusammen, um die verschiedenen Tatorte zu untersuchen, das Café, den Tümpel und die Gasse.

SACHS schritt an den diversen Schauplätzen das Gitternetz ab, schoss erste Digitalaufnahmen und überließ das Terrain dann den Foto- und Fingerabdruckspezialisten. Danach kehrte sie zum Markt zurück und traf sich mit Roland Bell, der unterdessen im Krankenhaus bei Cheryl Marston gewesen war. Sie lieferte ihnen eine gute Personenbeschreibung. Außerdem wusste sie noch, dass er bei einem Wagen angehalten hatte, und nannte ihnen die Bauart sowie die Anfangsbuchstaben des Nummernschilds.

Wie sich herausstellte, war ein Wagen, auf den die Beschreibung zutraf – ein beigefarbener Mazda 626, Baujahr 2001 –, eine Woche zuvor beim Flughafen White Plains als gestohlen gemeldet worden. Sellitto schrieb das Fahrzeug sofort zur dringlichen stadtweiten Fahndung aus.

Bell schloss soeben seinen Bericht über Cheryl Marstons grausame Tortur ab, als einer der Streifenbeamten ihn unterbrach. „Hier kam gerade eine Meldung rein – ein Streifenwagen hat ihn am Central Park West Höhe Zweiundneunzigste gesehen. Sie haben ihn verfolgt, aber er ist einfach über den Bürgersteig gebrettert und in den Park geflohen. Die Streife wollte folgen, hat sich aber in der Böschung festgefahren."

Sachs wies auf die Kisten voller Beweismaterial. „Verfrachten Sie alles in ein Auto, und bringen Sie es zu Rhyme!", rief sie, saß zehn Sekunden später am Steuer ihres Camaro und startete den starken Motor. Dann legte sie die Kreuzgurte an und zurrte alles fest.

Sachs bog schlitternd nach Norden auf den Central Park West ein, drückte den Saugnapf des blauen Signallichts aufs Armaturenbrett und steckte das Kabel in die Buchse des Zigarettenanzünders. Die helle Leuchte fing an zu rotieren, und Amelia betätigte im gleichen Rhythmus die Hupe.

Aus ihrem Headset, das auf dem Beifahrersitz lag, ertönte eine Stimme. Sie setzte es auf.

„Amelia? Roland hier“, meldete sich Bell. „Er hat den Park am Central Park North wieder verlassen, vor weniger als einer Minute. Er will nach Norden.“

Eine neue Stimme erklang in ihrem Headset. „Sachs, wir haben ihn!“

„Wo, Rhyme?“

„Er ist nach Westen auf die 125. Straße eingebogen“, erklärte der Kriminalist, „nahe der Fifth Avenue.“

„Ich werd versuchen, ihm den Weg abzuschneiden. Aber schick mir Verstärkung!“, rief sie.

Hupend drang Sachs mitten auf die belebte Kreuzung an der 125. Straße vor und versperrte mit ihrem Camaro die beiden Fahrspuren nach Westen. Dann sprang sie aus dem Wagen und zog die Pistole. Der Verkehr in Richtung Osten war ebenfalls vorübergehend zum Erliegen gekommen. „Aussteigen! Dies ist ein Polizeieinsatz. Steigen Sie aus, und gehen Sie in Deckung!“, schrie Sachs den Fahrern zu. Die Fahrer gehorchten unverzüglich. Nun waren sämtliche Fahrspuren der 125. Straße blockiert.

In einiger Entfernung sah Sachs den Mazda hektisch nach Westen durch den Verkehr kurven und in hohem Tempo auf ihre improvisierte Straßensperre zukommen. Der Hexer registrierte die Blockade erst, nachdem er die letztmögliche Seitenstraße passiert hatte. Mit einer Vollbremsung hielt er an. Hinter ihm stellte sich ein Müllwagen quer. Der Fahrer hatte die Situation erkannt und schnell reagiert. Er lief weg und ließ das Fahrzeug als Hindernis stehen.

Sachs beugte sich über die Motorhaube des Camaro und visierte die Windschutzscheibe des Mazda an.

Hier war er also nun, der Hexer. Sie konnte sein Gesicht und das blaue Harley-Hemd sehen. Unter der schwarzen Mütze flog der falsche Zopf hin und her, weil der Mann sich verzweifelt nach einem Fluchtweg umsah.

Aber es gab keinen.

„Sie! Dort im Mazda! Aussteigen und hinlegen!“

Keine Reaktion. Na los, du Mistkerl, dachte sie. Leg einen Gang ein. Gib mir einen Vorwand …

In Gedanken ging sie den weiteren Ablauf durch. Falls er nur zu fliehen versuchte, würde sie den Kühler oder einen Reifen zerschießen und sich bemühen, ihn lebend zu erwischen. Aber falls er auf sie oder den Fußweg zuhielt und somit Unbeteiligte in Gefahr brachte, würde sie ihn töten.

Und dann sah Sachs, wie etwas großes Gelbes sich langsam hinter den Mazda schob. Ein Schulbus, randvoll mit Kindern, umrundete den Müllwagen. Der Fahrer war vollkommen ahnungslos und blieb schräg hinter dem Hexer stehen.

Sogar bei einem direkten Treffer würde die Kugel womöglich das Ziel durchdringen und als Querschläger den Bus gefährden.

Sachs sah hinter der Windschutzscheibe des Mazda die leichte Bewegung des Hexers, als dieser den Kopf hob, nach rechts schaute und den Bus im Rückspiegel entdeckte.

Dann wandte sein Blick sich wieder ihr zu, und sie hatte den Eindruck, dass der Mann lächelte, als er nun feststellte, dass sie in dieser Situation nicht schießen konnte.

Die Vorderräder des Mazda drehten lautstark durch, als der Hexer das Gaspedal trat und mit achtzig Stundenkilometern auf Sachs zuraste.

Sachs lief zur Seite, um von dort aus einen gezielten Schuss anbringen zu können.

Sie richtete die Glock auf den Kopf des Hexers. Da das Ziel sich schnell bewegte, musste sie ungefähr einen Meter vorhalten. Doch auf der anderen Straßenseite gab es Dutzende von Fenstern, und mehrere Leute hockten geduckt auf dem Gehweg. Es war schlichtweg unmöglich, auch nur eine einzige sichere Kugel abzufeuern.

Frustriert senkte sie die Waffe und verfolgte, wie der Mazda direkt auf den Camaro zuschoss.

Oh, bitte nicht den Wagen … Nein!

Sie erinnerte sich daran, wie ihr Vater den damals fast schrottreifen 69er-Sportwagen gekauft und wie sie gemeinsam Motor und Aufhängung restauriert, das Getriebe erneuert und das Leergewicht verringert hatten, um die effektive Leistung zu steigern. Dieser Wagen und die Liebe zur Polizeiarbeit stellten sein wichtigstes Vermächtnis an seine Tochter dar.

Zehn Meter vor dem Camaro steuerte der Hexer hart nach links auf Sachs zu. Sie sprang beiseite, und er vollführte sofort den nächsten Schlenker zurück. Der Mazda geriet ins Rutschen und prallte in flachem Winkel gegen die Beifahrertür und den vorderen rechten Kotflügel des Camaro, sodass dieser quer über zwei Fahrbahnen weggeschleudert wurde.

Der Mazda rollte zurück auf die Straße und weiter in Richtung Norden. Sachs' Blick streifte den Camaro. Der Schaden war beträchtlich, aber wenigstens klemmte der eingedrückte Kotflügel nicht am Rad fest. Ja, sie konnte den Kerl vermutlich einholen. Sie stieg ein und ließ den Motor an.

Innerhalb weniger Sekunden hatte Sachs Tempo hundert erreicht. Der Camaro eierte wie wild, blieb aber weitgehend in der Spur. Der Hexer war kein annähernd so guter Fahrer wie sie, und allmählich schloss Amelia zu ihm auf. Dann bog er in eine Seitenstraße ein. Sie schlitterte um die Ecke und hielt an. Er war nirgendwo zu entdecken.

Der einzig mögliche Fluchtweg war eine kurze Sackgasse, die vor einigen dichten Büschen und kleinen Bäumen endete. Über den Wipfeln konnte Sachs die erhöhte Fahrbahn des Harlem River Drive erkennen. Dahinter lag nur noch die schlammige Flussböschung.

Dann erwachte plötzlich ihr Funkgerät zum Leben. „An alle Einheiten im Umkreis Frederick Douglass und 153. Uns wurde ein 10-54 gemeldet.“ *Autounfall mit möglichem Personenschaden*. „Ein Fahrzeug ist in den Harlem River gestürzt. Mazda oder Toyota. Neues Modell. Beige.“

Sachs fuhr die Sackgasse hinunter und parkte auf dem Gehweg. Als sie ausstieg, trafen ein Krankenwagen und ein Transporter der Spezialeinheit ein und drangen langsam durch das Gebüsch vor, das der Mazda in hohem Tempo durchbrochen hatte. Amelia folgte zu Fuß über den herumliegenden Abfall. Als die Sträucher hinter ihr lagen, sah sie eine Ansammlung klappriger Hütten und Schuppen vor sich. Hier lebten mehrere Dutzend Obdachlose, zumeist Männer.

Anscheinend hatte der Hexer erwartet, jenseits der Büsche auf eine Straße zu treffen. Sachs sah die tiefen Bremsspuren im Schlamm. Der Fahrer musste die Kontrolle verloren haben: Der Wagen war ausgebrochen, mit einer Hütte kollidiert und dann in den Fluss gestürzt.

Zwei Beamte der Spezialeinheit halfen den – zum Glück unverletzten – Bewohnern der Hütte aus den Trümmern, während die anderen am Ufer nach dem Fahrer Ausschau hielten.

Sachs funkte Rhyme und Sellitto an und fasste die Vorgänge kurz zusammen. Anschließend ging sie zu einigen Männern, die sich lautstark auf Spanisch unterhielten. Sie hatten Angelruten dabei. Die Männer berichteten, das Auto sei mit hoher Geschwindigkeit durch die Büsche gerast und direkt in den Fluss gestürzt. Sie alle hatten einen Mann mit einem Hut auf dem Fahrersitz gesehen und waren absolut sicher, dass er nicht mehr rechtzeitig rausspringen konnte.

Es trafen weitere Einsatzwagen ein, dazu mehrere Fernsehteams, die erst die Überreste der Hütte filmten und ihre Kameras dann auf das Polizeiboot richteten, von dessen Heck sich soeben zwei Taucher rückwärts ins Wasser fallen ließen.

Da die Bergungsversuche sich auf den Fluss konzentrieren würden, konnte Sachs den Schauplatz am Ufer übernehmen. In ihrem Camaro lagen nur wenige Ausrüstungsgegenstände, doch immerhin zählte eine große Rolle gelbes Plastikband dazu, mit dem sie nun einen Teil des Ufers absperrte. Unterdessen fuhr der Wagen der Spurensicherung vor. Sie schleppte einen der Gerätekoffer zur Absperrung und öffnete ihn.

Dann stieg Sachs in den Tyvek-Overall und fing mit der Arbeit an. Sie ließ sich Zeit und suchte sorgfältig. Nach den Erfahrungen dieses schrecklichen Tages würde sie dem ersten äußeren Anschein nicht mehr glauben.

DER KLEINE rote Ball konnte unmöglich von Karas ausgestreckter rechter Hand zu dem Fleck hinter ihrem Ohr gelangen. Und dennoch war es so. Wie ist das nur möglich?, grübelte Rhyme.

Er befand sich mit ihr im Arbeitszimmer seines Hauses und wartete auf Amelia Sachs und Roland Bell. Mel Cooper legte soeben die Beweisstücke auf den Tischen bereit, und Kara gab eine kleine Privatvorstellung.

„Wo wohnen Sie?“, fragte er Kara.

„Im Village.“

„Woher kommt Ihr Akzent?“, fragte er.

„Aus dem Mittelwesten. Aber ich bin schon mit achtzehn nach New York gekommen, um in Bronxville aufs College zu gehen.“

„Sarah Lawrence, Schauspielstudium“, vermutete Rhyme.

„Anglistik.“

„Und es hat Ihnen hier gefallen, also sind Sie geblieben.“

„Na ja, richtig gut wurde es erst, als ich aus den Vororten wegkam und mitten in der Stadt wohnen konnte. Nach dem Tod meines Vaters ist meine Mutter ebenfalls hergezogen, um in meiner Nähe zu sein.“

„Wo wohnt sie?“

„Sie lebt in einem Pflegeheim an der Upper East Side.“

„Ist sie sehr krank?“

„Nichts Ernstes. Sie kommt schon wieder auf die Beine.“ Kara ließ geistesabwesend die Bälle über Fingerknöchel und Handfläche kreisen.

Rhyme schaute zur Tür. Keine Spur von Thom. „Bitte tun Sie mir einen Gefallen.“

„Na klar.“

„Ich brauche etwas Medizin.“

Kara sah an der Wand einige Tablettenröhrchen stehen.

„Nein, da drüben auf dem Bücherregal.“

„Ah, ich verstehe. Welche Sorte?“, fragte sie.

„Die ganz außen. Macallan, achtzehn Jahre alt.“

Kara kam Rhymes Wunsch nach und goss einen kräftigen Schluck des rauchigen Whiskys in Rhymes Becher – nahezu geräuschlos und mit einer blitzschnellen Bewegung. Thom hätte in unmittelbarer Nähe stehen können und würde nichts davon bemerkt haben. Kara steckte den Becher in die Halterung am Rollstuhl und schob den Strohhalm durch den Deckel.

„Genehmigen Sie sich auch einen“, sagte Rhyme.

Kara schüttelte den Kopf und deutete auf die Kaffeekanne, die sie fast im Alleingang geleert hatte. „Das ist meine Droge.“

Rhyme trank einen Schluck Scotch, lehnte den Kopf zurück, ließ die scharfe Flüssigkeit in seinen Rachen rinnen und schluckte sie hinunter.

„Ich möchte Ihnen ein Geständnis ablegen“, sagte Kara.

„Ja?“

„Als ich Sie zum ersten Mal gesehen habe, ist mir ein bestimmter Gedanke gekommen.“ Sie zögerte. „Ich dachte, was für ein unglaublicher Illusionist Sie doch sind“, bekannte sie mit einem Lächeln.

„Ich?“, fragte Rhyme verblüfft.

Kara nickte. „Es ist alles eine Frage von Wahrnehmungsvermögen und Realität. Die Leute schauen Sie an und sehen, dass Sie behindert sind. Und vermutlich denken die meisten, Sie seien geistig zurückgeblieben oder zumindest schwer von Begriff. Stimmt’s?“

Sie hatte Recht. Leute, die ihn nicht kannten, sprachen oft langsamer oder lauter und erklärten ganz offensichtliche Dinge in möglichst einfachen Worten.

„Ein Publikum würde sofort von gewissen Annahmen ausgehen und überzeugt sein, dass Sie unmöglich hinter den dargebotenen Illusionen stecken können. Die eine Hälfte würde sich allein auf Ihren Zustand konzentrieren, die andere Hälfte beschämt die Blicke abwenden. Und in dem Moment hätten Sie praktisch schon gewonnen … Wie dem auch sei, hier stand ich nun also zum ersten Mal vor Ihnen, und ich benahm mich nicht verständnisvoll, fragte nicht nach Ihrem Befinden. Ich hab einfach nur gedacht, Mann, was wäre das für ein genialer Künstler. Das war ziemlich krass, und ich hatte den Eindruck, es ist Ihnen nicht entgangen."

Rhyme war geradezu entzückt. „Glauben Sie mir, ich kann mit Mitleid nicht viel anfangen. Krassheit finde ich wesentlich besser."

Sie hob ihren Kaffeebecher. „Auf den berühmten Illusionisten, den Unbeweglichen."

Dann hörten sie, wie die Haustür sich öffnete, unmittelbar gefolgt von den Stimmen von Sachs und Sellitto.

„GLAUBEN wir denn überhaupt, dass er tot ist und bei den Fischen liegt?", fragte Lon Sellitto.

„Ich glaube es erst, wenn ich seine Leiche sehe", sagte Rhyme.

Eines jedoch machte ihm ein wenig Mut: Es war bereits nach vier Uhr, und es gab bislang keine weiteren Berichte über einen Mord oder ein ungeklärtes Verschwinden.

„Was ist mit Larry Burke?", fragte Rhyme.

Sellitto schüttelte den Kopf. „Es befinden sich mehrere Dutzend Leute auf der Suche nach ihm. Aber ich fürchte, er liegt im Kofferraum des Mazda."

„Der Wagen wurde noch nicht geborgen?"

„Er wurde noch nicht mal gefunden. Das Wasser ist schwarz wie die Nacht. Einer der Taucher meinte, bei der starken Strömung könnte ein Fahrzeug mehrere hundert Meter abtreiben, bevor es den Grund erreicht."

„Kümmern wir uns um die Spuren", sagte Rhyme. „Was haben wir, Sachs?"

„In dem Café leider gar nichts", sagte Sachs und verzog das Gesicht. „Das Personal hatte den Tisch gereinigt und den Boden gewischt."

„Was ist mit diesem Tümpel, an dem ihr ihn gestellt habt?"

„Dort konnten wir ein paar Spuren sichern", sagte Sachs. „Er hat uns wieder mit Schießbaumwolle geblendet und dann einige Knallkörper gezündet."

„Also gut." Rhyme seufzte. „Was sonst noch?"

„Zwei Ketten unterschiedlicher Länge." Er hatte sie um Cheryl Marston geschlungen. Auf keiner war ein Hersteller vermerkt.

Die Sporttasche, die der Täter aus dem Wagen mitgenommen hatte und in der wahrscheinlich die Ketten und das Seil verstaut gewesen waren, trug keinerlei Markennamen und stammte aus chinesischer Fabrikation. Cooper hielt die offene Tasche umgedreht über ein Porzellantablett und klopfte mehrmals kräftig auf den Boden. Ein wenig weißes Pulver rieselte heraus. Es handelte sich um Rohypnol.

„Ein beliebter Tranquilizer“, erklärte Sachs für Kara.

Ferner fanden sich im Innern der Tasche Kügelchen einer klebrigen, lichtdurchlässigen Substanz. Das gleiche Material schien im Reißverschluss und an dem Tragegriff zu haften. „Das kommt mir nicht bekannt vor“, sagte Cooper.

Aber Kara sah es sich genauer an. „Klebewachs. Vielleicht hat er sich eine offene Kapsel der Droge an die Handfläche geklebt und bei einer passenden Gelegenheit in das Getränk der Frau geleert.“

Darüber hinaus stieß Cooper in der Tasche auf winzige Metallspäne und einen runden schwarzen Fleck – als hätte dort eine kleine Farbdose gestanden. Die Untersuchung mit dem Mikroskop erbrachte, dass die Späne offenbar aus Messing bestanden und ungewöhnliche maschinelle Bearbeitungsspuren trugen. Lincoln Rhyme konnte sich keinen Reim darauf machen. „Schick ein paar Fotos an unsere Freunde vom FBI.“

Cooper fertigte Bilder an und sandte sie als E-Mail nach Washington. Der schwarze Fleck rührte von dokumentenechter Tinte her, doch die Datenbank erbrachte keinen Aufschluss über die exakte Marke.

„Was ist das?“, fragte Rhyme mit Blick auf eine Plastiktüte, in der ein dunkelblaues Kleidungsstück lag.

„Da hatten wir echtes Glück“, sagte Sachs. „Das ist die Windjacke, die er getragen hat, als er Cheryl Marston abholte. Wir haben einige Dinge in den Taschen gefunden.“

Zuerst widmeten sie sich einem Presseausweis, ausgestellt von einem der großen Kabelsender. Der Name des Reporters lautete Stanley Saferstein, und auf dem Foto war ein schlanker braunhaariger Mann mit Bart zu sehen. Sellitto rief beim Sender an, und wie sich herausstellte, war Saferstein einer der leitenden Journalisten. Der Ausweis war ihm letzte Woche gestohlen worden, und zwar während oder kurz nach einer Pressekonferenz in Manhattan.

In der Jacke hatte sich außerdem ein graues Stück Plastik befunden, die Türkarte eines Hotels. Rhyme war hocherfreut. Obwohl kein Hotelname darauf stand, würden auf dem Magnetstreifen hoffentlich das Hotel und die Zimmernummer kodiert sein. Auf der Rückseite der Karte war in kleinen Buchstaben der Name des Herstellers vermerkt: APC Inc., Akron, Ohio.

Einige Minuten später hatten sie den Firmenchef persönlich am Telefon. Rhyme schilderte ihm die Situation und beschrieb den Schlüssel.

„Ach, das ist der APC-42, unser beliebtestes Modell. Ich fürchte, Sie werden in jedem Hotel nachfragen müssen, ob dort graue APC-42er benutzt werden. Wir haben die betreffenden Informationen hier irgendwo in unserem System, aber das könnte ein oder zwei Tage dauern."

Nach Ende des Telefonats beschloss Rhyme, nicht tatenlos abzuwarten, und veranlasste Sellitto, den Schlüssel an Bedding und Saul weiterzuleiten. Die Detectives sollten die Hotels von Manhattan abklappern und herausfinden, wo dieser APC-42 zum Einsatz kam.

Roland Bell kehrte von den Einsatzorten an der West Side zurück, und Cooper fasste die bisherigen Ergebnisse für ihn zusammen. Dann nahmen sie die nächsten Spuren in Angriff und stellten fest, dass die Jacke des Hexers noch etwas enthielt: die Rechnung eines Restaurants namens „Riverside Inn", gelegen in Bedford Junction, New York. Laut diesem Beleg hatten am Samstag, dem sechsten April – also genau vor zwei Wochen –, vier Leute dort zu Mittag gegessen.

Sachs schüttelte den Kopf. „Wo zum Teufel liegt Bedford Junction?"

„Ein ganzes Stück nördlich, glaube ich", sagte Mel Cooper.

„Auf der Rechnung steht eine Telefonnummer", sagte Bell. „Die Chancen stehen schlecht, aber wer weiß?" Es war weit hergeholt – zu weit, so wie Rhyme es erwartet hatte. Der Geschäftsführer und die Bedienungen dort hatten keine Ahnung, um welche Gäste es sich gehandelt haben könnte.

„Das gefällt mir nicht", sagte Sachs. „Wieso isst er mit drei anderen Leuten zu Mittag?"

„Wiederholungstäter sind fast immer Einzelgänger", warf Sellitto ein.

„Da wäre ich mir nicht so sicher", gab Kara zu bedenken. „Er ist Illusionist, vergessen Sie das nicht. Die benötigen für ihre Nummern stets auch andere Leute. Denken Sie an die Freiwilligen aus dem Publikum. Und an die Assistenten auf der Bühne, die offen vor den Zuschauern agieren. Darüber hinaus gibt es geheime Helfer. Das sind die Leute, die für den Illusionisten arbeiten, ohne dass das Publikum es weiß, und sie tarnen sich als Bühnenarbeiter, Zuschauer oder Freiwillige. In einer guten Show kann man nie ganz sicher sein, wer wer ist."

„Und jetzt die Spuren aus der Gasse, in der Burke ihn erwischt hat."

Der erste Gegenstand waren die Handschellen des Beamten.

Rhyme besah sie sich aus der Nähe. „Ich sehe hier am Schloss frische Kratzer. Ich würde sagen, es wurde mit einem Dietrich geöffnet …"

„Burke hat ihn mit Sicherheit gefilzt", wandte Sachs ein. „Wo hatte er also den Dietrich versteckt?"

„Da gibt's mehrere Möglichkeiten", sagte Kara. „Zum Beispiel in seinen Haaren oder im Mund."

„Mund?", grübelte Rhyme. „Versuch's mal mit dem UV-Licht, Mel."

Cooper setzte eine Schutzbrille auf und hielt die Handschellen unter ultraviolettes Licht. „Ja, hier sind winzige Schmierspuren und Tröpfchen rund um das Schlüsselloch." Was ein deutlicher Hinweis auf Körperflüssigkeiten, vornehmlich Speichel, war, erklärte Rhyme Kara.

„Houdini hat das ständig so gemacht", sagte Kara. „Manchmal ließ er jemanden aus dem Publikum in seinem Mund nachsehen. Unmittelbar vor der Nummer küsste ihn dann seine Frau – um ihm Glück zu wünschen, behauptete er, doch in Wahrheit hat sie ihm auf diese Weise einen Schlüssel in den Mund geschoben."

Sachs hatte zudem ein Stückchen Metall mit gezackter Kante gefunden.

„Ja, das stammt auch von ihm", sagte Kara. „Ein weiteres typisches Hilfsmittel der Entfesselungskünstler. Eine kleine Säge. Damit hat er vermutlich die Fußfessel aus Plastik durchtrennt."

„Und die Säge hatte er ebenfalls im Mund? Wäre das nicht viel zu gefährlich?"

„Mit etwas Übung ist es relativ sicher."

„Hast du etwas am Flussufer gefunden, wo der Wagen ins Wasser gestürzt ist, Sachs?"

„Nur die Reifenspuren im Schlamm."

„Was ist mit Cheryl Marston?", wandte Sellitto sich an Bell.

Der Detective berichtete von dem Gespräch mit ihr: Cheryl Marston hatte den Hexer als schlank und kräftig beschrieben, mit einem Vollbart und Narben an Hals und Brust. „Ach ja, und sie hat bestätigt, dass seine Finger tatsächlich deformiert sind, genau wie wir vermutet haben. Miteinander verschmolzen, hat sie gesagt. Und er ist ihr gegenüber unter dem Namen ‚John' aufgetreten."

Nutzlose Informationen, dachte Rhyme.

„Schließlich hat er ihr die Drogen verabreicht, sie ans Ufer verfrachtet und kopfüber ins Wasser getaucht", fasste Bell zusammen.

„Das war eine Variation von Houdinis Wasserfolterkammer", erklärte Kara. „Eine seiner berühmtesten Nummern."

„Wie lief seine Flucht von dort ab?", wollte Rhyme von Sachs wissen.

„Zuerst war ich mir gar nicht sicher, ob es sich überhaupt um den Hexer handelte", sagte sie. „Seine Kleider und auch die Augenbrauen waren anders. Dann hat er mich abgelenkt. Er ist ein Bauchredner. Ich hab ihm direkt ins Gesicht gesehen – und seine Lippen haben sich nicht bewegt."

„Ich möchte wetten, er hat Wörter ohne die Buchstaben b, m oder p gewählt", sagte Kara. „Vermutlich auch ohne f und v."

„Sie haben Recht. Ich glaube, es war so etwas wie: ‚He, Achtung, da, rechts, der Jogger hat 'ne Kanone.'" Sie verzog das Gesicht. „Ich hab weggeschaut – in die gleiche Richtung wie er. Dann hat er diese Schießbaumwolle gezündet und uns geblendet. Er hat mich kalt erwischt."

„Nehmen Sie's nicht zu schwer", tröstete Kara. „Das Gehör lässt sich von allen Sinnen am einfachsten überlisten."

Sachs fuhr fort. „Während Roland und ich noch immer geblendet waren, ist der Hexer weggerannt und auf dem Markt in der Menge verschwunden. Und fünfzehn Minuten später habe ich ihn gesehen – diesen Rocker mit dem Harley-Hemd. Das muss man sich mal vorstellen, er stand direkt vor meiner Nase!"

„Oh Mann", sagte Kara und schüttelte den Kopf. „Seine Münzen klimpern definitiv nicht."

„Was war das?", fragte Rhyme. „Münzen?"

„Ach, das ist so eine Redensart in unserer Branche. Ursprünglich bezog sie sich darauf, dass ein gelungener Münztrick absolut geräuschlos verläuft, aber inzwischen benutzt man sie allgemein, wenn jemand wirklich gut ist. Man sagt auch, eine Nummer sei ‚wasserdicht'."

Sie ging zu der Tafel, die für das Täterprofil reserviert war, nahm den Filzstift und trug die neuen Punkte ein. „Also, er ist Taschenspieler, Hellseher und sogar Bauchredner. Und er kennt sich mit Tiernummern aus. Dass er Schlösser öffnen kann, wissen wir seit dem zweiten Mord, aber er ist außerdem Entfesselungskünstler. Welchen Bereich der Zauberkunst beherrscht er denn eigentlich nicht?"

HARRY HOUDINI war als Entfesselungskünstler sehr berühmt, doch er hatte viele großartige Vorgänger und eine Reihe fähiger Zeitgenossen. Der wesentliche Unterschied zwischen ihm und all den anderen lag darin, dass Houdini bei jedem seiner Auftritte eine Herausforderung aussprach. Wo auch immer er gerade gastierte, er forderte die Einheimischen auf, ihn mit einem beliebigen Gegenstand zu fesseln oder ihn irgendwo vor Ort einzusperren, wo er dann versuchen würde, sich zu befreien. Und mit jeder neuen Herausforderung wurde Houdini noch berühmter.

Mir geht es ebenso, dachte Malerick, als er nach seiner Flucht vom Harlem River sein Apartment betrat. Aber die Ereignisse des heutigen

Nachmittags machten ihm immer noch zu schaffen. Damals, vor dem Feuer, als er noch regelmäßig aufgetreten war, hatte er sich oft in Gefahr befunden. In wirklicher Gefahr. Sein Mentor hatte ihm eingetrichtert, dass man stets ein Risiko eingehen musste, um das Publikum zu fesseln. Diese spezielle Nummer jedoch hatte sich als eine Kette beachtlicher Herausforderungen erwiesen; die Polizei war viel besser als erwartet.

Jetzt musste er dringend etwas erledigen. Er zog die Vorhänge des Apartments zu und stellte eine Kerze auf den Kaminsims, unmittelbar neben einen kleinen hölzernen Kasten mit Einlegearbeiten. Nachdem er die Kerze mit einem Streichholz entzündet hatte, setzte er sich auf das Sofa und konzentrierte sich auf seine Atmung. Langsam atmete er ein und wieder aus.

Seine Augen wichen nicht von der Flamme ab, und er versank in einer Art Meditation. Er hoffte inständig, der seelenverwandte Geist möge erscheinen und ihm ein Zeichen schicken. Malerick benutzte die Kerze als Kommunikationsmittel, weil es ein Feuer gewesen war, das ihm das Liebste geraubt hatte.

Und dann flackerte die Kerze! Ja, er sah es ganz genau. Die Flamme bewegte sich einen Millimeter in Richtung des hölzernen Kästchens. Möglicherweise bedeutete dies, dass die Seele der geliebten Person nun neben ihm schwebte.

„Bist du da?“, flüsterte er. „Bist du’s?“

Er atmete unendlich langsam, weil er fürchtete, durch seinen Hauch die Flamme erzittern zu lassen. Malerick wollte einen eindeutigen Beweis, dass er nicht allein war. Schließlich verlosch die Kerze von selbst.

Es wurde Zeit, sich für die nächste Nummer bereitzumachen.

Feuer und Illusion sind nah miteinander verwandt. Feuer, verehrtes Publikum, ist ein Spielzeug des Teufels, und der Teufel ist von jeher eng mit der Magie verknüpft. Feuer zerstört, und Feuer erschafft. Feuer verwandelt.

Und es steht im Mittelpunkt unserer nächsten Nummer. Ich nenne sie „Der Eingeäscherte“.

„Wo bleibt denn das Essen?“, fragte Sellitto und sah aus dem Fenster. Sachs und Kara waren zu einem nahen kubanischen Restaurant aufgebrochen, um für sie alle ein paar Kleinigkeiten zu holen.

Der stämmige Detective drehte sich zu Rhyme und Thom um. „Habt ihr schon mal eines dieser kubanischen Sandwiches probiert? Das sind wirklich die besten.“

Doch das Essen war Thom nicht wichtig. Er maß Rhymes Blutdruck. Die Werte lagen ziemlich hoch. „Das gefällt mir nicht“, sagte er. „Zeit fürs Bett.“

„Es ist erst kurz nach halb zehn“, entgegnete Rhyme. „Da draußen läuft ein Killer frei herum, der sich ständig neu überlegt, in welchen Abständen er jemanden umbringen möchte. Ich habe Wichtigeres zu tun.“

„Nein, das hast du nicht. Wenn du für heute noch nicht ganz Schluss machen willst, einverstanden. Aber wir werden jetzt nach oben gehen, um uns um einige Dinge zu kümmern, und dann solltest du dich eine Weile ausruhen.“

„Das ist ein Fall von Krüppelmisshandlung“, murmelte Rhyme, fügte sich jedoch in sein Schicksal. Das Risiko war ihm bewusst. Wenn ein Querschnittsgelähmter zu lange in einer Position verharrte, wenn seine Gliedmaßen abgeschnürt wurden, bestand die Gefahr, dass es zu einer autonomen Dysregulation kam. Der daraus resultierende hohe Anstieg des Blutdrucks konnte einen Schlaganfall nach sich ziehen. So willigte Rhyme ein, sich etwas auszuruhen.

Oben im Schlafzimmer kümmerte Thom sich um die notwendigen Körperfunktionen. „Okay. Zwei Stunden Ruhe.“

„Eine Stunde“, murrte Rhyme.

„Eine Stunde“, gab Thom sich geschlagen. „Unter der Voraussetzung, dass du schläfst.“

Der Betreuer ging hinaus und schloss die Tür hinter sich. Rhyme schloss die Augen, doch im Geiste ließ er die Spuren Revue passieren und versuchte, einen Sinn dahinter zu entdecken: die Messingspäne, der Hotelschlüssel, der Presseausweis, die Tinte ... Schließlich riss er die Augen wieder auf. Schlafen ging nicht.

Er spürte einen Luftzug auf der Wange und wurde noch wütender auf Thom – weil dieser die Klimaanlage nicht abgeschaltet hatte. Wenn ein Querschnittsgelähmter Schnupfen bekam, musste ständig jemand in der Nähe bleiben, um ihm die Nase zu putzen. Er rief sich die Lüftungs- und Heizungskontrolle auf den Bildschirm, doch ein Blick auf den Monitor verriet ihm, dass die Klimaanlage nicht in Betrieb war.

Da! Jetzt spürte er es wieder, ganz eindeutig ein Luftzug, nur diesmal auf der anderen, der rechten Wange. Er wandte schnell den Kopf. Kam das von den Fenstern? Nein, die waren auch alle geschlossen.

Doch dann bemerkte er die Tür. Oh nein, dachte er und erschauderte bis ins Mark. Die Schlafzimmertür verfügte über einen Riegel, der nur von innen vorgeschoben werden konnte, nicht von außen.

Jemand hatte ihn vorgeschoben!

Wieder streifte der Atem seine Haut. Heiß diesmal. Ganz aus der Nähe. Und er hörte ein leises pfeifendes Geräusch. Er keuchte auf, als unvermittelt eine Hand vor seinem Gesicht erschien. Zwei der Finger waren deformiert, miteinander verschmolzen. Die Hand hielt eine Rasierklinge, und die scharfe Kante wies genau auf Rhymes Augen.

„Falls Sie um Hilfe rufen oder irgendein lautes Geräusch von sich geben, werden Ihre Augäpfel dran glauben müssen“, flüsterte der Hexer. „Verstanden?“

Lincoln Rhyme nickte.

Die Klinge verschwand blitzschnell aus der Hand des Hexers.

Der Mann – braunhaarig, bartlos, bekleidet mit einer Polizeiuniform – ging im Zimmer umher und sah sich die Bücher und die CDs an. Dann kehrte er zu Rhyme zurück. „Tja“, stieß er mit kehligem Flüstern hervor und ließ den Blick über das Flexicair-Bett wandern. „Sie sind nicht ganz das, was ich erwartet habe.“

„Der Wagen“, sagte Rhyme. „Heute am Fluss. Wie haben Sie das angestellt?“

„Ach, das!“, erwiderte er geringschätzig. „Ich habe von vornherein nicht im Wagen gesessen, sondern bin schon vorher ausgestiegen ... Ein simpler Trick: ein geschlossenes Fenster – sodass die Augenzeugen hauptsächlich eine Spiegelung sehen würden – und meine Mütze auf der Kopfstütze.“

„Demnach stammten die Spuren im Schlamm gar nicht von einem Bremsversuch“, folgerte Rhyme. „Die Reifen haben beim Beschleunigen durchgedreht. Sie haben einen Stein auf das Gaspedal gelegt.“

„Ein Stein wäre den Tauchern bei der Bergung des Wagens aufgefallen. Ich habe das Pedal mit einem Schuh verkeilt.“ Der Hexer sah Rhyme tief in die Augen. „Doch Sie haben zu keinem Zeitpunkt an meinen Tod geglaubt.“

„Wie sind Sie ins Zimmer gekommen, ohne dass ich Sie gehört habe?“

„Ich war schon etwa zehn Minuten vor Ihnen hier. Und ich bin unten in Ihrer Befehlszentrale gewesen oder wie Sie das nennen.“

„Sie haben die Beweismittel hergebracht?“ Rhyme erinnerte sich vage an einen Streifenbeamten mit einer Kiste Beweismaterial.

„Richtig. Ich hab draußen auf dem Gehweg gewartet. Dann kam dieser Cop mit den Kisten. Ich sagte Hallo und hab meine Hilfe angeboten. Sobald man eine Uniform trägt und scheinbar zielgerichtet handelt, schöpft keiner je Verdacht.“

„Und hier oben haben Sie sich dann versteckt – unter einem Stück Seide, das der Farbe der Wände entsprach.“

„Der Trick hat's Ihnen besonders angetan, was?"

Rhyme betrachtete stirnrunzelnd die Uniform des Mannes. Sie sah echt aus, nicht wie ein Kostüm. Auf einmal wurde ihm alles klar. Er wusste, woher die Verkleidung stammte. Von Larry Burke, dem Streifenpolizisten, der den Hexer in der Nähe des Marktes verhaftet hatte. „Sie haben ihn getötet … Sie haben ihn getötet und seine Klamotten gestohlen."

Der Hexer zuckte die Achseln. „In umgekehrter Reihenfolge."

„Wo liegt seine Leiche?", fragte Rhyme leise.

„An der West Side."

Rhyme mochte nicht mehr zur aktiven Truppe gehören, doch im Herzen würde er immer ein Cop bleiben. Und es gab kein engeres Zugehörigkeitsgefühl als zwischen Polizeikollegen. Mühsam zwang er sich zur Ruhe. „Wie haben Sie mich gefunden?", fragte er.

„Auf dem Straßenmarkt am West Side College stand ich dicht neben dieser rothaarigen Polizistin. Ich hörte, wie sie mit Ihnen über Funk gesprochen und dabei Ihren Namen genannt hat. Danach war es nicht weiter schwierig, Sie zu finden. Sie sind eine regelrechte Berühmtheit."

„Eine Berühmtheit? Ein Krüppel wie ich?"

„Wie es scheint."

Rhyme schüttelte den Kopf. „Das ist lange her", sagte er langsam. „Das Kommando hat längst ein anderer."

Das Wort „Kommando" wurde von dem Mikrofon am Kopfende des Betts erfasst und an die Spracherkennungssoftware des Computers weitergeleitet. „Kommando" war das Schlüsselwort, das den Rechner veranlasste, einen Befehl entgegenzunehmen. Auf dem Monitor, den nur Rhyme, nicht aber der Hexer sehen konnte, öffnete sich ein Programmfenster. ANWEISUNG?, stand dort zu lesen.

„Kommando?", fragte der Hexer. „Wie meinen Sie das?"

„Ich habe früher die kriminaltechnische Abteilung geleitet. Heute gehen die jungen Beamten dort zwar noch ans Telefon, wenn ich mich melde, aber von selbst würden sie nie bei mir anrufen."

Der Computer erfasste die beiden Schlüsselwörter. WEN MÖCHTEN SIE ANRUFEN?, lautete die stumme Reaktion.

Rhyme seufzte. „Nur als Beispiel: Neulich wollte ich jemanden dort sprechen. Einen Lieutenant. Lon Sellitto."

Der Computer meldete: KONTAKTIERE TEILNEHMER LON SELLITTO.

„Und ich hab zu ihm gesagt …"

Der Hexer runzelte plötzlich die Stirn. Er trat hastig vor, drehte den

Monitor von Rhyme weg, las die Bildschirmanzeige und verzog das Gesicht. Dann riss er das Telefonkabel und den Stecker des Computers aus der Wand. Das Gerät erstarb mit einem leisen Ächzen.

Rhyme drückte den Kopf tief in die Kissen und fürchtete, der Hexer würde die schreckliche Rasierklinge zücken. Doch er schien eher beeindruckt als wütend zu sein.

„Sie wissen, was das gewesen ist, nicht wahr?“, fragte er mit kaltem Lächeln. „Eine klassische verbale Täuschung. Ein Kniff, würden wir dazu sagen. Das war gut. Ihre Worte klangen ganz natürlich – bis Sie den Namen erwähnt haben. Der hat es ruiniert. Denn, sehen Sie, mir gegenüber einen Namen zu nennen war nicht mehr natürlich. Es ließ mich misstrauisch werden. Aber bis dahin waren Sie gut.“

Der Unbewegliche ...

„Doch ich bin ebenfalls gut.“ Der Hexer lächelte, trat einen Schritt zurück und schaute quer durch den Raum auf die Schatten auf der gegenüberliegenden Wand. „Und nun, verehrtes Publikum, werden wir unseren Auftritt mit ein paar Taschenspielertricks beginnen. Unser Proband hier wird mir dabei assistieren.“ Er sprach diese Worte in einem unheimlichen, theatralischen Tonfall. Dann hob der Killer die Hand und zeigte die schimmernde Rasierklinge. Mit einer fließenden Bewegung hob der Hexer den Bund von Rhymes Hose an und schleuderte die Klinge wie eine Frisbeescheibe in Richtung der nackten Leistengegend.

Rhyme starrte auf die Vorderseite seiner Hose und wartete darauf, dass man das Blut sehen würde.

Dann lächelte der Hexer. „Doch vielleicht ist die Klinge gar nicht dort ... Vielleicht ist sie woanders.“ Er griff sich in den Mund und zog das kleine stählerne Rechteck heraus. Dann holte er noch drei weitere Klingen aus seinem Mund.

Rhyme sah zur Uhr. Thom war erst vor fünfzehn Minuten gegangen.

„Warum machen Sie das?“, fragte er. „Aus welchem Grund haben Sie all diese Leute getötet?“

„Es wurden nicht alle getötet“, korrigierte der Hexer ihn verärgert. „Die Nummer mit der Reiterin am Hudson River haben Sie mir verdorben.“

„Na gut, von mir aus. Was sollten also diese Überfälle?“

„Es war nichts Persönliches“, sagte er und bekam einen Hustenanfall. „Es ging eher um das, wofür diese Leute standen, als um die eigentlichen Personen.“

Der Hexer schaute zur Tür. „Wir haben nicht viel Zeit.“ Er ging langsam um Rhymes Bett herum und atmete immer noch schwer. „Es gibt eine Nummer namens ‚Der brennende Spiegel'. Eine meiner Lieblingsnummern. Am Anfang schaut ein eitler Illusionist in einen Spiegel und entdeckt auf der anderen Seite des Glases eine schöne Frau. Sie winkt ihn zu sich, und schließlich erliegt er der Versuchung und schreitet hindurch. Das Publikum sieht, dass die beiden die Seiten getauscht haben und die Frau nun vor dem Spiegel steht. Dann steigt jählings eine große Rauchwolke auf, und die Frau verwandelt sich in Satan.

Der Illusionist ist jetzt in der Hölle gefangen und wird an den Boden gekettet. Rund um ihn lodern plötzlich Flammen empor. Kurz bevor die Flammen ihn verschlingen, kann er sich von den Ketten befreien und springt durch das Feuer hinter den Spiegel in Sicherheit. Der Teufel verschwindet. Der Illusionist zertrümmert den Spiegel mit einem Hammer. Dann bleibt er stehen und schnippt mit den Fingern. Es gibt einen Lichtblitz, und – Sie haben es vermutlich schon erraten – der Mann verwandelt sich in den Teufel … Das Publikum liebt diese Nummer … Aber ich weiß, dass so mancher insgeheim wünscht, das Feuer würde gewinnen und der Illusionist sterben." Er hielt inne. „Und natürlich kommt so etwas bisweilen tatsächlich vor."

„Wer sind Sie?", flüsterte Rhyme.

„Ich?" Der Hexer beugte sich vor. „Ich bin der Zauberer des Nordens", erwiderte er leidenschaftlich. „Ich bin der größte Illusionist aller Zeiten. Ich bin Houdini. Ich bin der Mann, der dem brennenden Spiegel entflieht. Der sich von Handschellen und Ketten, von Seilen befreien kann oder aus verschlossenen Räumen, von allem …" Er sah Rhyme durchdringend an. „Außer … außer von Ihnen. Sie sind zu gut. Ich muss Sie vor morgen Nachmittag aufhalten …"

„Warum? Was geschieht morgen Nachmittag?"

Der Hexer antwortete nicht, sondern blickte ins Halbdunkel. „Und nun, verehrtes Publikum, kommen wir zu unserer Hauptnummer – ‚Der Eingeäscherte'. Sehen Sie sich unseren Probanden an – keine Ketten, keine Handschellen, keine Seile. Trotzdem kann er unmöglich entkommen."

In der Hand des Hexers tauchte ein kleiner grauer Gegenstand auf, und der Killer klebte Rhyme einen Streifen Isolierband auf den Mund. Dann löschte der Mörder alle Lampen bis auf ein kleines Nachtlicht, kehrte zu Rhymes Bett zurück, streckte den Zeigefinger aus und schnippte mit dem Daumen dagegen. Eine fast zehn Zentimeter hohe Flamme stieg aus der Fingerspitze empor.

Der Hexer schwenkte den Finger hin und her. „Wie ich sehe, schwitzen Sie.“ Er hielt die Flamme dicht vor Rhymes Gesicht. „Feuer … Ist es nicht faszinierend? Kaum etwas verfügt über eine dermaßen starke Anziehungskraft. Feuer ist die perfekte Ablenkung. Jeder achtet ganz automatisch darauf. Das Publikum wendet den Blick nicht davon ab und würde daher auch niemals bemerken, was ich mit meiner anderen Hand mache. Zum Beispiel …“

Er hielt urplötzlich Rhymes Whiskyflasche umschlossen und nahm einen Schluck. Dann hielt er sich den brennenden Finger dicht vor die Lippen und sah Rhyme an, der unwillkürlich erschrak. Doch der Hexer lächelte, wandte sich ab, blies den Feuerstrahl in Richtung Zimmerdecke und wich ein Stück zurück, während die gleißende Helligkeit wieder zu Finsternis wurde.

Rhyme schaute in eine Ecke seines Zimmers.

Der Hexer lachte. „Der Rauchmelder? Um den habe ich mich schon gekümmert und die Batterie entfernt.“ Er schickte noch einen Flammenstrahl zur Decke und stellte die Flasche ab.

Auf einmal hatte er ein weißes Taschentuch in der Hand und streckte es Rhyme entgegen. Es war mit Benzin getränkt. Der beißende Dunst brannte in Rhymes Augen und Nase. Der Hexer rollte das Taschentuch zu einem kurzen Band zusammen, riss Rhymes Pyjamajacke auf und legte es ihm wie einen Schal um den Hals.

Dann ging er zur Tür, schob leise den Riegel beiseite, öffnete die Tür und schaute hinaus.

Rhyme roch noch etwas anderes außer dem Benzin. Was war das? Ein schwerer, rauchiger Duft … Oh, der Scotch. Der Geruch war betäubend. Überall war Whisky. Und Rhyme begriff entsetzt, was der Mann da tat. Er hatte mit dem Alkohol eine Spur vom Bett zur Tür gelegt, wie eine Lunte. Der Hexer schnippte mit dem Finger, und ein weißer Feuerball flog von seiner Hand in die Pfütze aus Single Malt Whisky.

Der Alkohol entzündete sich, und blaue Flammen züngelten über den Boden. Gleich würde das Feuer über die Bettwäsche nach oben klettern und erst Rhymes Körper verschlingen, was er nicht spüren würde, und dann unter schrecklichen Qualen seinen Kopf.

Er sah zu dem Hexer, aber der Mann war weg. Rauch stieg ihm in Augen und Nase.

Und schon streckten sich die ersten blaugelben Flammen nach den Decken am Fußende von Lincoln Rhymes Bett.

Sechs

Ein gewissenhafter Streifenpolizist, der vielleicht ein merkwürdiges Geräusch gehört oder eine offene Tür gesehen hatte, verschwand in einer Gasse an der West Side. Fünfzehn Sekunden später kam ein anderer Mann daraus zum Vorschein. Er trug einen dünnen kastanienbraunen Rollkragenpullover, eine enge Jeans und eine Baseballmütze.

Malerick, der die Rolle von Officer Larry Burke abgelegt hatte, ging zielstrebig den Broadway hinauf. Vor einer Kneipe blieb er stehen und sah hinein. Ja, dies schien genau der richtige Ort zu sein, um eine Weile abzuwarten.

Er setzte sich auf einen Hocker am Tresen und bestellte sich ein Sprite und ein Putensandwich. Dann sah er sich um: die Spielautomaten mit ihrem elektronischen Gedudel, der Raum verqualmt und dunkel. Er hörte trunkenes Gelächter und das Stimmengewirr banaler Gespräche. Das alles versetzte ihn zurück in seine Jugend, damals in der Wüstenstadt.

Las Vegas glich einem Spiegel, der von gleißenden Lichtern umgeben war. Es war ein schmutziger, erbarmungsloser Ort, in dessen Seitenstraßen die fröhliche Neonwelt des Strips schon nach ein oder zwei Blocks verblasste. Und überall die staubige, endlose beigefarbene Wüste. In diese Welt wurde Malerick hineingeboren.

Sein Vater war Geber am Blackjacktisch, seine Mutter Kellnerin im Kasinorestaurant – zwei aus dem Heer dienstbarer Geister in Las Vegas. So wie viele andere Kinder, die oft allein waren, weil ihre Eltern in langen und häufig wechselnden Schichten arbeiten mussten – ob nun in Vegas oder sonst wo auf der Welt –, hatte ihr Sohn an einem anderen Ort Trost gesucht. Und dieser Ort war der Strip.

Der Strip war seine Zuflucht. Vor allem die Läden für Zaubereibedarf. Las Vegas galt in der Branche weltweit als Hauptstadt der Zauberkunst. Für den Jungen waren die Geschäfte Orte, an denen Zauberkünstler und solche, die es werden wollten, sich trafen, um Klatsch auszutauschen und sich über ihre Tricks zu unterhalten.

In einem dieser Läden lernte der Junge etwas Wichtiges über sich selbst. Er mochte schmächtig, schüchtern und ein langsamer Läufer sein, aber er war außerordentlich geschickt. Die Männer, die hier arbeiteten – Verkäufer in Zauberläden sind normalerweise angehende Zauberer oder solche im Ruhestand –, führten ihm die unterschiedlichsten Tricks vor, und er machte sie ihnen sofort nach.

Jeden Nachmittag lief er nach Schulschluss gleich in seinen Lieblingsladen, wo er aufmerksam zuhörte und das Wissen wie ein Schwamm in sich aufsog. Zu Hause übte er unaufhörlich. Bisweilen engagierte ihn einer der Geschäftsführer, damit er den Kunden die Ware demonstrierte.

Er konnte sich immer noch genau an seinen allerersten Auftritt erinnern. Von jenem Tag an drängte „Der junge Houdini" – so sein erster Künstlername – sich bei jeder nur möglichen Gelegenheit auf die Bühne. Wie herrlich es doch war, das Publikum zu faszinieren, zu entzücken. Oder es zu erschrecken. Das gefiel ihm ganz besonders.

Schließlich flog er auf – durch seine Mutter. Sie bemerkte irgendwann, dass der Junge kaum noch Zeit zu Hause verbrachte, und durchsuchte sein Zimmer nach einem Hinweis.

„Ich habe dieses Geld gefunden!", herrschte sie ihn eines Abends an, als er zur Hintertür hereinkam, stand vom Essen auf und watschelte in die Küche. „Bitte erklär mir das."

„Es stammt aus dem Abracadabra."

„Was ist das?"

„Ein Laden. In der Nähe des Tropicana. Ich habe dir davon erzählt ..."

„Du hast auf dem Strip nichts zu suchen."

„Mom, es ist bloß ein Fachgeschäft für Zaubereibedarf."

„Wo bist du gewesen? Hast du getrunken? Hauch mich mal an."

„Mom, nein." Er scheute vor der massigen Frau zurück. Ihr Shirt war mit Pastasoße befleckt, und ihr Atem stank abscheulich. „Ich war nur in dem Laden. Manchmal trete ich dort auf und bekomme etwas Trinkgeld."

„Du trittst auf? Als was denn?"

„Als Zauberkünstler." Er war enttäuscht. Er hatte es ihr schon vor Monaten erzählt. „Sieh mal." Er zeigte ihr einen Kartentrick.

„Gar nicht mal schlecht", sagte sie und nickte. „Aber weil du mich angelogen hast, werde ich dieses Geld behalten."

„Ich hab nicht gelogen!"

„Du hast mir nicht erzählt, was du machst. Das ist das Gleiche wie eine Lüge." Mit einiger Anstrengung stopfte sie sich das Geld in eine Tasche ihrer Jeans, was wegen der Fettwülste gar nicht so einfach war. Dann zögerte sie. „Okay, hier hast du zehn Dollar zurück. Vorausgesetzt, du verrätst mir etwas. Hast du deinen Vater je zusammen mit Tiffany Loam gesehen?"

„Keine Ahnung ... Wer ist das?"

„Das weißt du sehr wohl, also tu nicht so scheinheilig. Sie ist Kellnerin im ‚Sands' und war vor ein paar Monaten mit ihrem Mann zum Essen bei uns. Die Frau mit der gelben Bluse. Hast du die beiden gesehen? Wie sie gestern zusammen in die Wüste gefahren sind?"

„Nein, hab ich nicht."

Sie musterte ihn durchdringend und kam zu dem Schluss, dass er die Wahrheit sagte. „Falls du sie doch siehst, sagst du mir sofort Bescheid."

Und dann kehrte sie zu ihrem Teller Spaghetti zurück, der im Wohnzimmer auf einem Tablett vor dem Fernseher stand.

Als der Junge eines Tages wieder mal eine kleine Show gab, betrat ein schlanker, ernster Mann den Laden. All die Zauberkünstler und Verkäufer verstummten. Er war ein berühmter Illusionist und zu jener Zeit im Tropicana engagiert. Jeder hier hatte von seinem jähzornigen Temperament gehört, und seine dunklen, schaurigen Nummern waren weithin berüchtigt.

Nach der Vorstellung winkte der Illusionist den Jungen zu sich. „Zeig mir noch ein paar Tricks." Er wies auf einen mit Samt bespannten Tisch.

Der Junge fing an, ziemlich nervös.

„Zeig mir deine Hände", sagte der Illusionist.

Der junge Houdini streckte ihm beide Hände entgegen, und der Mann berührte sie und strich mit den Daumen darüber. Für den Jungen fühlte es sich so an, als würde zwischen ihnen elektrischer Strom fließen.

„Du hast die richtigen Hände, um ein ganz Großer zu werden", flüsterte der Illusionist ihm leise zu. „Du hast den Ehrgeiz, und ich weiß, dass du die nötige Grausamkeit besitzt ... Aber du hast keine Vision. Noch nicht." Eine Rasierklinge kam zum Vorschein, und der Mann zerschnitt damit ein Stück Papier, das zu bluten begann. Er zerknüllte das Blatt und entfaltete es wieder. Es gab weder einen Schnitt noch Blut. Dann reichte er es dem Jungen, der bemerkte, dass auf der Rückseite eine Adresse stand, geschrieben mit roter Tinte.

Der Illusionist beugte sich zum Ohr des Jungen hinunter. „Komm vorbei", flüsterte er. „Du hast noch viel zu lernen. Und ich kann dir viel beibringen."

Der junge Houdini brachte aber nicht den nötigen Mut auf, um tatsächlich hinzugehen. Dann, an seinem fünfzehnten Geburtstag, sorgte seine Mutter dafür, dass sein Leben sich dauerhaft veränderte: In einem Wutanfall schleuderte sie ihrem Mann einen Teller Bandnudeln an den Kopf, weil sie offenbar mehr über die verdächtige Mrs Loam erfahren hatte. Flaschen flogen, Zierrat ging zu Bruch, die Polizei kam.

Jetzt hatte der Junge endgültig genug. Am nächsten Tag besuchte er den Illusionisten, und der Mann willigte ein, sein Mentor zu werden. Der Zeitpunkt war perfekt gewählt. Zwei Tage später wollte der Mann zu einer ausgedehnten Tournee durch die Vereinigten Staaten aufbrechen. Er brauchte einen Assistenten. Der junge Houdini plünderte sein geheimes Bankkonto und tat, was auch sein berühmter Namensvetter getan hatte: Er lief von zu Hause weg, um als Zauberkünstler zu arbeiten, und sah keinen seiner Verwandten jemals wieder.

ALS ES noch zwei Blocks bis zu Rhymes Haus waren, hörte sie die Sirenen. Das Heulen schien aus Rhymes Richtung zu kommen.

Natürlich war es nicht so, entschied Amelia Sachs. Doch dann sah sie die blau-roten Signallichter – und die befanden sich tatsächlich auf dem Central Park West bei Rhymes Adresse. Ein komischer Zufall.

Komm schon, Mädchen, das bildest du dir nur ein, beruhigte sie sich. Die schrecklichen Morde des Hexers hatten sie durcheinander gebracht. Vergiss es.

Amelia nahm die große Papiertüte mit den nach Knoblauch duftenden kubanischen Speisen auf den anderen Arm und ging mit Kara weiter den bevölkerten Bürgersteig entlang. Sie plauderten über Karrieren, über den Cirque Fantastique.

Ein Krankenwagen raste an ihnen vorbei. Mit quietschenden Reifen kam er an der Ecke neben Rhymes Haus zum Stehen.

Sachs' Herz pochte wie wild. Sie ließ die Tüte fallen und lief los. Als sie um die Ecke bog, schaute sie zum ersten Stock und keuchte erschrocken auf. Aus Rhymes Schlafzimmerfenster drang Rauch.

Sachs duckte sich unter der Absperrung hindurch, rannte auf die Löschmannschaft zu, die im Eingang stand, und sprang die Vordertreppe hinauf.

„Nein, Amelia!", hallte Lon Sellittos barsche Stimme durch den Korridor.

Sie drehte sich voller Panik um. Der Lieutenant wollte wohl verhindern, dass sie Lincolns verkohlte Leiche zu Gesicht bekam.

„Lon!"

Der Detective umarmte sie. „Nein, nein, keine Sorge. Es ist alles in Ordnung. Thom hat ihn nach hinten ins Gästezimmer gebracht. Hier unten."

Thom gesellte sich mit grimmigem Gesicht zu ihnen. „Es geht ihm gut, Amelia. Er hat keine Verbrennungen erlitten, sondern nur ein wenig Rauch eingeatmet. Kein Grund zur Besorgnis."

„Was ist passiert?", fragte sie den Detective.

„Der Hexer", murmelte Sellitto. „Er hat Larry Burke ermordet und ihm die Uniform gestohlen. Auf diese Weise ist er ins Haus gekommen und hat sich irgendwie in Rhymes Schlafzimmer geschlichen. Dann hat er rund um sein Bett Feuer gelegt. Jemand auf der Straße hat den Qualm gesehen und den Notruf gewählt. Die Zentrale hat dann unverzüglich bei mir angerufen. Thom, Mel und ich haben den Großteil der Sachen retten können, bevor die Feuerwehr eintraf."

„Aber den Hexer haben wir wieder nicht erwischt, oder?", fragte Sachs.

Er lachte verbittert auf. „Na, was glauben Sie wohl? Er ist spurlos verschwunden. Hat sich in Luft aufgelöst."

„LINCOLN!" Sachs eilte ins Zimmer, setzte sich auf den Rand des Betts und drückte Rhyme fest. Er vergrub sein Gesicht in ihrem Haar. Sie weinte. Seit sie sich kannten, hatte er vielleicht zweimal Tränen in ihren Augen gesehen.

„Keine Vornamen", flüsterte er. „Denk dran, das bringt Unglück."

„Bist du in Ordnung?"

„Ja, alles bestens", sagte er leise. Ihn hatte die unbegründete Furcht beschlichen, die Rauchpartikel könnten sich irgendwie in seiner Lunge festsetzen, sobald er lauter sprach. „Nimm dir den Tatort vor. Er muss etwas zurückgelassen haben. Da war dieses Taschentuch, das er mir um den Hals gelegt hat. Und er hatte mehrere Rasierklingen bei sich."

Sachs nickte und verließ den Raum.

Zwanzig Minuten später kehrte sie zurück. „Da gab's nicht viel", berichtete sie. „Ich hab dieses Taschentuch und ein paar Schuhabdrücke. Er trägt ein neues Paar Eccos."

„Dann such noch einmal. Du hast etwas übersehen. Da muss noch mehr sein."

„Vergiss den Tatort. Es ist alles verbrannt. Ich vernehme jetzt den Zeugen." Sachs ging zur Tür und rief nach Lon Sellitto. „Haben Sie Ihr Diktiergerät dabei?"

„Sicher." Er nahm es aus der Tasche und gab es ihr. „Wir haben einen Zeugen?"

„Also, wer zum Teufel ist es?", wollte Rhyme wissen.

„Du", sagte sie und zog sich einen Stuhl heran.

„Ich? Lächerlich."

„Nein. Nicht lächerlich." Sie betätigte den Aufnahmeknopf an Sellittos kleinem Diktiergerät.

„Hier spricht NYPD Patrol Officer Amelia Sachs. Ich befrage Lincoln Rhyme, Zeuge eines 10-24 tätlichen Überfalls und einer 10-29 Brandstiftung am Central Park West, Haus Nummer dreivierfünf. Heute ist Samstag, der zwanzigste April." Sie stellte den Rekorder neben Rhyme auf den Tisch. „Also", sagte Sachs. „Beschreib mir den Täter."

Er schickte einen unwilligen Blick zur Decke. „Es war ein Mann von mittlerer Statur, schätzungsweise zwischen fünfzig und fünfundfünfzig Jahre alt, bekleidet mit einer Polizeiuniform. Diesmal ohne Bart. Mit Narbengewebe und Verfärbungen an Hals und Brust."

„Du konntest seine Brust sehen?"

„Verzeihung", sagte er spöttisch. „Mit Narbengewebe im unteren Halsbereich und vermutlich bis hinunter auf die Brust. Der kleine und der Ringfinger seiner linken Hand waren miteinander verschmolzen. Er hatte … schien braune Augen zu haben."

„Gut, Rhyme", sagte sie. „Seine Augenfarbe kannten wir bislang nicht."

„Und wir dürfen uns auch jetzt nicht sicher sein. Vielleicht hat er ja gefärbte Kontaktlinsen getragen", wandte er ein.

„Also", fuhr Sachs fort. „Was hat er gesagt?"

„Sachs", sagte er höhnisch. „Glaubst du nicht, ich könnte ein wenig verängstigt und verwirrt gewesen sein?"

Sie legte ihm eine Hand auf die Schulter, eine Stelle, an der er die Berührung spüren konnte „Ich weiß, dass du Zeugen nicht traust. Aber manchmal bekommen sie eben doch etwas mit … Das ist mein Spezialgebiet, Rhyme. Ich lotse dich hindurch. Genau wie du mich immer durch das Gitternetz führst. Wir werden etwas Wichtiges finden."

Sie stand auf und ging zur Tür. „Kara?"

Kurz darauf betrat die junge Frau das Zimmer.

Sachs bat Kara, die Vernehmung aufmerksam zu verfolgen; vielleicht würde eine Äußerung des Täters ja hilfreiche Schlussfolgerungen gestatten. Dann setzte sie sich wieder. „Versetz dich in dein Schlafzimmer, Rhyme. Beschreib uns, was passiert ist."

Er fing an und schilderte den Ablauf, soweit er sich noch entsinnen konnte. Die merkwürdigen Worte des Mannes gingen ihm durch den Kopf. „Er tat irgendwie so, als würden wir eine Nummer aufführen und ich sei sein Assistent. Eines weiß ich mit Sicherheit. Er leidet an Asthma. Zumindest klang er kurzatmig. Er hat oft nach Luft geschnappt und gekeucht."

„Gut", sagte Sachs. „So klang er auch schon am Tümpel nach dem Mordversuch an Marston. Ich hatte es ganz vergessen. Was hat er sonst noch gesagt?"

„Das war's so ziemlich. Er wollte mich abfackeln und hat vorher gedroht, mich aufzuschlitzen …"

„Na los, Rhyme, zurück an den Tatort. Wie hast du überhaupt gemerkt, dass er da war? Hast du etwas gehört?“

„Nein, ich habe einen Luftzug gespürt. Er hat mir auf Hals und Wange gepustet.“

„Und zu welchem Zweck?“

„Um mir Angst einzujagen, schätze ich. Es hat übrigens funktioniert.“ Rhyme schloss die Augen. „Er hat gedroht, mich zu blenden, falls ich versuchen sollte, um Hilfe zu rufen.“

„Wie ist er ins Haus gekommen?“

„Zusammen mit dem Beamten, der die Kisten mit den Beweismitteln vom Nachmittag brachte.“

„Von nun an wird jeder überprüft, der durch diese verdammte Tür kommt“, sagte Sellitto. „Absolut jeder.“

„Was hat er noch gesagt?“, fuhr Sachs fort.

„Ich weiß es nicht“, murmelte Rhyme. Er war wütend auf Sachs, weil sie ihn drängte. Sie musste doch verstehen, wie schwer es ihm fiel, dorthin zurückzukehren – zu den Flammen und dem Rauch, der seine Lunge gefährdete …

Moment mal. Rauch … „Feuer“, sagte Rhyme. „Ich glaube, darüber hat er am meisten geredet. Er war regelrecht besessen davon. Und er hat eine Illusionistennummer erwähnt. Den … ja, genau, ‚Den brennenden Spiegel‘.“

Rhyme und Sachs sahen Kara an. Sie nickte. „Ich habe von dem Trick gehört. Aber er ist selten. Man braucht eine Menge technischer Vorbereitungen, und alles ist ziemlich gefährlich. Heutzutage würden die meisten Theaterbesitzer diese Nummer gar nicht erst gestatten.“

„Ich hab erzählt, dass er sich wie bei einem Bühnenauftritt benommen hat, erinnerst du dich? Er hat mit jemandem geredet. ‚Mein irgendwas Publikum‘, hat er gesagt.“

„Ein imaginäres Publikum.“

„Richtig. Warte … Ich glaube, es hieß ‚wertes Publikum‘. Er hat die Leute direkt angeredet.“

Sachs sah Kara an. Die junge Frau zuckte die Achseln. „Wir reden immer mit den Zuschauern. Das heißt bei uns Geplapper. Früher sagten Zauberkünstler Sachen wie ‚mein hoch geschätztes Publikum‘.“

Sachs beugte sich zu Rhyme vor. „Nehmen wir an, dies wäre dein Schlafzimmer. Du liegst im Flexicair-Bett. Wo hat er gestanden?“

„Da. Neben dem Fußende, mit dem Gesicht zu mir. Jetzt weiß ich wieder … Er hat über die Opfer geredet. Er sagte, er habe sie getötet, weil sie für etwas standen."

Sachs runzelte die Stirn. „Da stimmt was nicht. Du benutzt deine Ausdrucksweise, nicht seine. Mörder bezeichnen die Leute, die sie töten, niemals als ‚Opfer'. Eine Vermenschlichung dieser Art findet nicht statt. Zumindest nicht bei einem Serientäter wie dem Hexer. Hat er einen von ihnen speziell erwähnt? Was ist mit Cheryl Marston?"

Rhyme schloss die Augen und schüttelte den Kopf. „Ich weiß wirklich …"

Und dann fiel es ihm ein. „Reiterin. Er hat sie ‚die Reiterin' genannt."

„Hervorragend!", sagte sie.

Rhyme war plötzlich mächtig stolz.

„Was ist mit den anderen?"

„Nein, sie war die Einzige, auf die er sich konkret bezogen hat."

„Demnach sind die Opfer für ihn Leute, die etwas Bestimmtes tun", sagte Sellitto. „Damit kann der jeweilige Beruf gemeint sein, muss es aber nicht. Aber was fangen wir damit an?"

Sachs antwortete: „Das wissen wir noch nicht, Detective. Doch wir sind ihm wieder einen Schritt näher gekommen." Sie zog ihre Aufzeichnungen zurate und wandte sich wieder an Rhyme: „Fällt dir noch etwas ein?"

„Nein", sagte er. „Ich glaube, das war alles."

„Okay. Gut, Rhyme."

Er durchschaute ihren Tonfall sofort. Es bedeutete, dass sie noch nicht fertig war.

„Du warst nicht die ganze Zeit geknebelt, oder?", hakte Sachs nach.

„Nein, erst am Schluss."

„Das heißt also, dass auch du etwas übermittelt hast. Du hast an einem Austausch teilgenommen. Denk darüber nach, Rhyme."

Ihre Frage setzte in seinem Gedächtnis etwas in Bewegung. „Ich weiß es wieder!", sagte er. „Ich habe ihn gefragt, wer er ist."

„Gute Frage. Was hat er geantwortet?"

„Er sagte, er sei ein Zauberer …" Rhyme kniff angestrengt die Augen zusammen und versuchte, sich zu erinnern. „Mir fiel dazu gleich ‚Der Zauberer von Oz' ein … Die böse Hexe des Westens." Er runzelte die Stirn. „Ja, genau. Er sagte, er sei der Zauberer des Nordens."

„Kommt Ihnen das irgendwie bekannt vor?", wandte Sachs sich an Kara.

„Nein."

„Er sagte, er könne allem entfliehen. Nur bei uns habe er Zweifel bekommen. Nun ja, bei mir. Deshalb ist er hier aufgetaucht. Er sagte, er müsse mich vor morgen Nachmittag loswerden.“ Rhyme seufzte. „Ich glaube, das war jetzt wirklich alles, Sachs.“

Sachs schaltete das Diktiergerät aus, beugte sich vor und wischte ihm mit einem Papiertaschentuch den Schweiß von der Stirn.

Sellitto fragte leise an, ob vielleicht etwas zu essen im Haus sei, da sein heiß ersehntes kubanisches Sandwich den Transport hierher nicht geschafft hatte. Thom verschwand in der Küche. Sachs reichte Kara die Aufzeichnungen und bat sie, das Profil des Hexers um alle relevanten Punkte zu ergänzen. Die junge Frau stand auf und ging ins Arbeitszimmer.

Einige Minuten später kam Mel Cooper ins Zimmer. Man hatte den Mazda im Fluss gefunden. Aber es gab keine Spur von Larry Burke. Cooper hielt eine Plastiktüte hoch. „Hier sind sämtliche Spuren aus dem Mazda.“ In der Tüte befand sich ein gefalteter vierseitiger Bogen der *New York Times*.

„Kannst du das Datum erkennen?“, fragte Rhyme.

Cooper nahm das durchweichte Papier in Augenschein. „Vorgestern.“

„Dann muss die Zeitung vom Hexer stammen“, stellte Rhyme fest. „Der Wagen wurde einige Tage davor gestohlen. Kannst du etwas darauf entziffern?“

„Nein. Und ich möchte es vorerst nicht auseinander falten. Es ist noch zu nass.“

„Okay, schick es an das Dokumentenlabor.“

Cooper bestellte einen Boten, der das Beweisstück zum NYPD-Labor nach Queens bringen würde, und verschwand dann im Arbeitszimmer, um die Zeitung für den Transport in ein geeigneteres Behältnis umzupacken.

Kurz darauf kehrte Kara mit einem Kaffeebecher zurück. „Als ich drüben die Einträge ergänzt habe, bin ich auf eine Idee gekommen“, sagte sie zu Sachs. „Also habe ich jemanden angerufen. Und ich glaube, es ist mir gelungen, seinen wirklichen Namen herauszufinden.“

„Wessen Namen?“, fragte Rhyme.

„Nun ja, den des Hexers.“ Während Kara den Kaffee umrührte, konnte man das leise Klirren des Löffels hören. Ansonsten herrschte im Raum Totenstille.

„Sie wissen seinen Namen?“, fragte Sellitto. „Wer ist er?“

„Ich glaube, er heißt Erick Weir. W-E-I-R. Er ist bis vor ein paar Jahren als Illusionist aufgetreten. Ich habe Mr Balzac angerufen, ihm unser Profil vorgelesen und einige der Dinge erzählt, die der Hexer vorhin zu Lincoln gesagt hat. Er meinte, dass das alles nach Weir klinge.“

„Warum?“, fragte Sachs.

„Nun, zunächst mal stimmt das ungefähre Alter. Anfang fünfzig. Weir war bekannt für riskante Nummern und hantierte gern mit Rasierklingen und Messern. Er gehört außerdem zu den wenigen Leuten, die je ‚Den brennenden Spiegel' aufgeführt haben. Und wissen Sie noch, dass ich gesagt habe, die meisten Zauberer würden sich spezialisieren? Es kommt nur sehr selten vor, dass jemand so vielseitig begabt ist: Illusionist, Taschenspieler, Entfesselungs- und Verwandlungskünstler, sogar Bauchredner und Hellseher. Tja, Weir war so jemand. Und er war ein Houdini-Fachmann. Manches von dem, was der Hexer heute getan hat, basiert auf Houdini-Nummern. Und dann hat er diese merkwürdige Sache über den Zauberer des Nordens gesagt. Es gab im neunzehnten Jahrhundert einen gewissen John Henry Anderson, der unter genau diesem Künstlernamen aufgetreten ist – *Zauberer des Nordens*. Er hatte viel Pech mit diversen Bränden. David hat mir erzählt, Weir habe bei einem Zirkusbrand schwere Verletzungen erlitten."

„Die Narben", sagte Rhyme. „Die Fixierung auf das Feuer."

„Und vielleicht leidet er nicht an Asthma, sondern hat bei dem Brand eine Schädigung der Lunge davongetragen", gab Sachs zu bedenken.

„Wann war dieser Unfall?", fragte Sellitto.

„Vor drei Jahren. Das Zirkuszelt, in dem sie aufgetreten sind, wurde zerstört, und Weirs Frau kam ums Leben. Sie hatten gerade erst geheiratet."

Es war eine gute Spur. „Mel!", rief Rhyme und vergaß seine Befürchtung, er könne dadurch die eigene Lunge schädigen. „Mel!"

Einen Augenblick später stand Cooper im Zimmer. „Dir geht's ja schon deutlich besser, wie ich höre."

Rhyme sagte: „Eine umfassende Suchanfrage in allen Datenbanken. Es geht um einen gewissen Erick Weir. W-E-I-R. Künstler, Illusionist. Das könnte unser Täter sein."

„Du hast seinen Namen herausgefunden?", fragte der Techniker beeindruckt.

Rhyme schaute zu Kara. „Sie hat seinen Namen herausgefunden."

Nach einer Weile kam Cooper mit mehreren Ausdrucken zurück. „Es ist nicht viel", sagte er. „Erick Albert Weir. Geboren in Las Vegas, Oktober 1950. Über die ersten Jahre gibt's praktisch keinerlei Unterlagen. Weir hat als Assistent für diverse Zirkusunternehmen und Kasinos gearbeitet und sich dann als Illusionist und Verwandlungskünstler selbstständig gemacht. Vor drei Jahren hat er Marie Cosgrove geheiratet. Kurz danach ist er im Thomas Hasbro and The Keller Brothers Circus in Cleveland aufgetreten. Während einer Probe brach ein Feuer aus. Das Zelt wurde zerstört. Er erlitt zahlreiche Verbrennungen dritten Grades, und seine Frau kam ums Leben. Ab diesem Zeitpunkt wird er nirgendwo mehr erwähnt."

„Wir müssen seine Angehörigen ausfindig machen."

Sellitto rief ein paar Kollegen vom Morddezernat an und betraute sie mit der Aufgabe.

„Ein paar Sachen hab ich noch", sagte Cooper und blätterte die Ergebnisse durch. „Einige Jahre vor dem Feuer wurde Weir in New Jersey festgenommen und wegen fahrlässiger Körperverletzung verurteilt. Ein Zuschauer hatte sich infolge einer Bühnenpanne schlimme Verbrennungen zugezogen. Bei einer der Shows fand der Veranstalter heraus, dass Weir für eine bestimmte Nummer eine echte Schusswaffe mit scharfen Patronen benutzte. Als Weir sich weigerte, das zu ändern, wurde ihm gekündigt." Der Techniker las erneut ein paar Zeilen, bevor er fortfuhr. „In einem der Artikel bin ich auf die Namen zweier Assistenten gestoßen, die zum Zeitpunkt des Feuers für ihn gearbeitet haben. Einer wohnt in Reno, der andere in Las Vegas. Die Polizei von Nevada hat mir die Telefonnummern besorgt."

„Bei denen ist es noch früher am Abend", sagte Rhyme nach einem Blick zur Uhr. „Hol das Telefon, Thom."

Thom verschwand, kehrte gleich darauf mit dem Telefon zurück, stöpselte es ein und stellte es dicht neben Rhyme auf den Nachttisch.

Sellitto wählte die Nummer des ersten Assistenten auf Coopers Liste. Es meldete sich ein Anrufbeantworter mit der Stimme von Arthur Loessers Frau und teilte ihnen mit, dass die Familie nicht zu Hause sei und man doch bitte eine Nachricht hinterlassen möge. Sellitto tat, wie ihm geheißen, und versuchte sein Glück bei dem nächsten Assistenten.

John Keating hob beim ersten Klingeln ab. Sellitto stellte sich ihm vor und bat den Mann, im Zusammenhang mit einem aktuellen Fall einige Fragen zu beantworten. Für einen Moment herrschte Schweigen. Dann ertönte Keatings nervöse Stimme aus dem kleinen Lautsprecher. „Okay. Ich schätze, das geht in Ordnung."

„Sie haben mal für einen Mann namens Erick Weir gearbeitet, nicht wahr?", fragte Sellitto.

„Mr Weir? Nun, äh. Ja. Hab ich. Warum?" Seine Stimme überschlug sich fast.

„Wir haben nur ein paar allgemeine Fragen", sagte Sellitto. „Haben Sie in letzter Zeit von ihm gehört?"

Keatings Sätze klangen wie ein abgehacktes Stakkato. „Ich hatte jahrelang nichts von Mr Weir gehört. Ich dachte, er sei tot. Da war dieses Feuer, in Ohio. Er hat Verbrennungen abbekommen. Echt übel. Dann ist er verschwunden. Und vor sechs oder sieben Wochen ruft er plötzlich bei mir an.“

„Von wo?“, fragte Rhyme.

„Keine Ahnung. Er hat’s nicht gesagt, und ich hab nicht gefragt.“

„Was wollte er denn?“, wollte Rhyme wissen.

„Er wollte wissen, ob ich noch Kontakt zu jemandem von dem Zirkus habe, wo damals das Feuer ausgebrochen ist. Der Hasbro Circus. Aber Hasbro ist längst nicht mehr im Geschäft. Nach dem Brand hat der Eigentümer den Laden dichtgemacht und eine andere Art von Show aufgezogen. Weshalb sollte ich also mit jemandem von dort in Kontakt bleiben?“

„Können Sie uns ein paar allgemeine Dinge über ihn erzählen?“, fragte Sachs. „Was für Freunde er hat, wo er gern hingeht, seine Hobbys?“

„Klar“, kam es sofort zurück. „In allen drei Fällen die Illusionistenbranche. Es gab nichts anderes. Er ist vollkommen in dem Beruf aufgegangen.“

„Was ist mit seiner Haltung anderen Leuten gegenüber?“, versuchte Sachs es erneut. „Seiner Weltanschauung?“

Er schwieg lange. „Drei Jahre habe ich zweimal die Woche fünfzig Minuten lang versucht, aus ihm schlau zu werden, und es ist mir nicht gelungen. Auch nicht seit dem Feuer. Und er hasst mich immer noch nicht los. Ich …“ Keating stieß ein grelles Gelächter aus. „Haben Sie das gehört? Ich hab ‚hasst‘ gesagt. Ich wollte ‚lässt‘ sagen. Er lässt mich immer noch nicht los. Was für ein Freud’scher Versprecher!“

„Wir haben gehört, seine Frau sei bei dem Feuer ums Leben gekommen“, sagte Rhyme. „Wissen Sie etwas über ihre Familie?“

„Marie? Nein, sie hatten erst ein oder zwei Wochen vor dem Brand geheiratet. Die beiden waren total verliebt. Wir haben gedacht, sie würde ihn beruhigen. Aber wir haben sie nie so richtig kennen gelernt.“

„Können Sie uns jemanden nennen, der eventuell mehr über Weir weiß?“

„Art Loesser. Das war sein erster Assistent. Ich war Nummer zwei. Man hat uns ‚Ericks Jungs‘ genannt. Alle haben das.“

„Loessers Nummer kennen wir bereits“, sagte Rhyme. „Sonst noch jemand?“

„Da fällt mir nur noch der damalige Direktor des Hasbro Circus ein. Er heißt Edward Kadesky und ist heute Produzent in Chicago, glaube ich. Hören Sie, ich sollte langsam Schluss machen.“

Sie beendeten das Gespräch. Sachs ging zum Telefon und unterbrach die Verbindung. „Ach du liebe Güte“, murmelte sie.

„Nun ja, wenigstens haben wir eine Spur“, sagte Rhyme. „Macht diesen Kadesky ausfindig.“

Mel Cooper verschwand für einige Minuten. Als er zurückkam, hatte er die Büroräume von Kadesky Productions an der South Wells Street in Chicago ausfindig gemacht. Sellitto rief dort an und landete beim Auftragsdienst, was am späten Samstagabend wenig überraschend war. Er hinterließ eine Nachricht.

„Okay“, sagte er dann. „Weir hat seinem Assistenten das Leben schwer gemacht. Er ist labil. Er hat früher Zuschauer verletzt und ist heute ein Serientäter. Aber was treibt ihn an?“

Sachs hob den Kopf. „Lasst uns Terry anrufen.“

Terry Dobyns war Kriminalpsychologe beim NYPD. Sellitto rief Dobyns zu Hause an.

„Terry.“

„Lon. Ich kann das Echo des Lautsprechers hören. Demnach dürfte Lincoln auch dort sein.“

„Genau“, bestätigte Rhyme. Er hatte viel für Dobyns übrig. Der Psychologe war damals die erste Person gewesen, die er zu Gesicht bekommen hatte, als er nach dem Unfall, bei dem er sich das Rückgrat gebrochen hatte, aufgewacht war.

„Verzeih die späte Störung“, sagte Sellitto. „Aber wir brauchen Hilfe bei einem Serientäter.“

„Der Typ aus den Nachrichten?“

„Richtig. Wir stecken fest. Und er hat Lincoln mitgeteilt, dass er morgen Nachmittag wieder zuschlagen wird.“

„Er hat es Lincoln mitgeteilt? Am Telefon oder in einem Brief?“

„Persönlich“, sagte Rhyme.

Sellitto und Rhyme setzten den Psychologen ausführlich über Weirs Verbrechen in Kenntnis und fassten ihre bisherigen Ergebnisse zusammen.

Dobyns stellte einige Fragen. Dann überlegte er eine Weile. „Ich sehe in ihm zwei Kräfte am Werk“, sagte er schließlich. „Tritt er immer noch als Künstler auf?“

„Nein, seit dem Brand nicht mehr“, sagte Kara.

„Ein Auftritt vor Publikum ist eine so intensive Erfahrung, dass ein erfolgreicher Künstler den Verlust dieser Möglichkeit als sehr gravierend empfinden dürfte“, sagte Dobyns. „Durch das Feuer wurde im Grunde die gesamte frühere Existenz des Mannes ausgelöscht.“

Der Verschwundene, dachte Rhyme.

„Das wiederum bedeutet, dass sein Antrieb inzwischen nicht mehr der Ehrgeiz ist, nicht die Liebe zum Beruf und auch nicht der Wunsch, sein Publikum zu unterhalten, sondern Zorn. Und der wird durch die zweite Kraft zusätzlich verstärkt: Das Feuer hat ihn verunstaltet und seine Lunge geschädigt."

„Und er will es den anderen heimzahlen?"

„Ja, aber nicht unbedingt im wörtlichen Sinn. Das Feuer hat ihn gewissermaßen ermordet – seine alte Identität –, und indem nun er jemanden umbringt, fühlt er sich besser. Es reduziert die Anspannung, die der Zorn in ihm entstehen lässt."

„Warum genau diese Opfer?"

„Etwas an diesen Leuten steht in direkter Verbindung zu seinem Zorn. Ich weiß nicht, worum es sich handeln könnte – dazu wissen wir zu wenig über ihn."

„Eines noch, Terry. Er schien außerdem zu einem imaginären Publikum zu sprechen … Warte, ich dachte, er habe ‚wertes' Publikum gesagt, aber jetzt fällt mir ein, dass es ‚verehrtes' heißen muss."

„‚Verehrtes'", wiederholte der Psychologe. „Das ist wichtig. Nachdem man ihm die Karriere und die Frau genommen hatte, richtete seine Verehrung, seine Liebe, sich auf ein Publikum – eine unpersönliche Menge. Leute, die Gruppen oder Menschenmengen bevorzugen, können für Einzelpersonen gefährlich werden. Und in Weirs Fall ist diese Gemütsverfassung sogar noch gefährlicher, weil er nicht zu einem echten, sondern nur zu seinem imaginären Publikum spricht. Das lässt mich befürchten, dass reale Personen keinerlei Wert für ihn besitzen. Dieser Kerl wird eine harte Nuss für euch."

„Danke, Terry."

Sie beendeten das Gespräch, und Thom sagte zu Rhyme: „Du gehst jetzt schlafen."

„Hä?", machte der Detective, willigte dann aber ein. „Also gut, von mir aus." Er war tatsächlich müde. Und obwohl er es nicht zugeben würde, hatte das Feuer ihm eine Heidenangst eingejagt.

Die anderen machten sich auf den Heimweg.

Sachs ging zur Treppe nach oben. „Ich geh duschen!", rief sie.

Zehn Minuten später hörte Rhyme ihre Schritte auf der Treppe, aber sie kam nicht gleich zu ihm. Aus verschiedenen Ecken des Hauses drangen dumpfe Geräusche an seine Ohren, dazu ein leises Gespräch mit Thom. Schließlich kehrte Amelia in das Gästezimmer zurück. Sie trug ihren Lieblingsschlafanzug – ein schwarzes T-Shirt und seidene Boxershorts –, hatte diesmal aber zwei eher untypische Utensilien mitgebracht: ihre Pistole und die lange Diensttaschenlampe.

„Dieser Kerl kommt viel zu leicht durch verschlossene Türen", sagte sie und legte die beiden Dinge auf den Nachttisch. „Ich habe jeden Quadratzentimeter des Hauses überprüft, jede Tür mit einem Stuhl blockiert und Thom angewiesen, laut zu schreien, sobald er etwas hört – und sich bloß nicht vom Fleck zu rühren. Ich bin in der Stimmung, jemanden zu erschießen, aber möglichst nicht Thom."

Teil II: Methode

Sonntag, 21. April

Sieben

Der Sonntagvormittag verlief enttäuschend, denn die Fahndung nach Erick Weir kam nicht voran. Das Team erfuhr, dass der Illusionist nach dem Feuer in Ohio mehrere Wochen auf der Intensivstation eines örtlichen Krankenhauses verbracht hatte und dann einfach von dort verschwunden war, ohne sich offiziell abzumelden. Anscheinend hatte er wenig später sein Haus in Las Vegas verkauft, aber es existierten keinerlei Unterlagen über den Erwerb einer neuen Bleibe.

Im Straftatenregister lagen keine Einträge über Weir vor. Sellittos Männer fanden lediglich heraus, dass beide Elternteile Weirs verstorben waren, er keine Geschwister hatte und sich weitere Angehörige nicht ermitteln ließen.

Später am Vormittag rief Art Loesser, Weirs anderer Assistent, aus Las Vegas an. Der Mann war nicht überrascht zu erfahren, dass sein früherer Chef im Zusammenhang mit einem Verbrechen gesucht wurde, und erzählte ihnen, was sie bereits wussten: dass Weir zwar einer der weltbesten Illusionisten sei, den Beruf aber viel zu ernst nehme, bei den Nummern zu große Risiken eingehe und zu Gefühlsausbrüchen neige. Loesser litt auch heute noch wegen der damaligen Lehrzeit an Albträumen.

„Wann haben Sie ihn zuletzt gesehen?", fragte Sachs. Heute trug sie Zivil – Jeans und eine dunkelgrüne Strickbluse.

„Im Krankenhaus, auf der Intensivstation. Er sprach immer nur davon, dass er es allen heimzahlen würde, die ihm je wehgetan hätten. Wenig später ist er verschwunden."

Dann aber fügte der frühere Schützling hinzu, dass Weir völlig unerwartet vor zirka zwei Monaten angerufen habe. Loessers Frau sei ans Telefon gegangen. „Er hat keine Nummer hinterlassen und gesagt, er würde sich noch mal melden, was jedoch nie geschehen ist. Gott sei Dank. Glauben Sie mir, ich weiß nicht, wie ich das verkraftet hätte."

„Hat er denn Ihrer Frau gegenüber keinen Grund für den Anruf genannt?"

„Sie sagte, er habe seltsam gewirkt, irgendwie erregt. Und er hat geflüstert, sodass sie ihn kaum verstehen konnte. Ich kann mich noch daran erinnern. Seine Lunge ist durch das Feuer geschädigt worden. Seit dem Unfall klingt er noch Furcht einflößender."

Allerdings, dachte Rhyme.

„Er hat gefragt, ob wir etwas von Edward Kadesky gehört hätten – der war damals Produzent der Hasbro Show. Das ist alles."

Darüber hinaus konnte Loesser mit keinen weiteren Informationen dienen, und sie beendeten das Gespräch.

Thom führte zwei Streifenbeamtinnen ins Arbeitszimmer. Sachs nickte ihnen zu und stellte sie Rhyme vor. Diane Franciscovich und Nancy Ausonio. Die beiden waren als Erste am Tatort in der Musikschule eingetroffen und hatten den Auftrag erhalten, die Spur der altmodischen Handschellen zurückzuverfolgen.

„Bei den Handschellen handelt es sich um Darbys, genau wie Sie vermutet haben", sagte Ausonio. „Die Dinger sind relativ selten – und teuer. Aber wir haben hier eine Liste …"

„Oh mein Gott, sieh mal." Franciscovich deutete auf die Wandtafel, auf der Thom notiert hatte: Täter heißt Erick A. Weir.

Ausonio blätterte in den Unterlagen, die sie in der Hand hielt. „Erick Weir hat letzten Monat ein solches Paar Handschellen per Post bestellt, und zwar bei Ridgeway Antique Weapons in Seattle."

„Adresse?", fragte Rhyme aufgeregt.

„Ein Postfach in Denver, aber die Mietzeit ist abgelaufen."

„Wie hat er gezahlt?", fragte Sachs.

„Bar."

„Er macht keine dummen Fehler", fügte Rhyme hinzu. „Diese Spur wird uns nicht weiterführen. Aber wenigstens haben wir eine Bestätigung, dass Weir tatsächlich unser Täter ist."

Rhyme bedankte sich bei den beiden Beamtinnen, und Sachs brachte sie zur Tür. In diesem Moment kam Kara mit einem großen Becher Kaffee in der Hand herein.

Sellitto erläuterte Bell gerade seine neueste Methode der Gewichtsreduzierung, als er durch das Klingeln des Telefons unterbrochen wurde.

„Lincoln?“, ertönte die Stimme aus dem Lautsprecher. „Hier spricht Bedding. Wir haben unsere Türkartensuche nun auf drei Hotels eingrenzen können: das ‚Chelsea Lodge‘, das ‚Beckman‘ oder das … Wie heißt der Laden?“

„… oder das ‚Lanham Arms‘“, sprang sein Partner Saul ein.

„Richtig. Außer denen benutzt niemand das Modell 42 in dieser Farbe. Wir sind gerade im Beckman. Vierunddreißigste und Fünfte.“

„Hört mal, Gentlemen“, sagte Bell.

„Hallo, Roland. Der Akzent ist unverkennbar.“

„Ihr habt das Lanham Arms erwähnt. Wo liegt das?“

„An der 75. Straße Ost. Nähe Lexington Avenue.“

„Der Name kommt mir irgendwie bekannt vor, aber ich weiß nicht, woher.“

„Es steht als Nächstes auf unserer Liste.“

Sie überließen das Detective-Duo seiner mühsamen Aufgabe.

Coopers Computer gab einen Piepton von sich. Der Techniker las die eingetroffene E-Mail vor. „Vom FBI-Labor in Washington … Das ist endlich der Bericht über die Metallspäne aus der Sporttasche des Hexers. Hier steht, die Bearbeitungsspuren deuten darauf hin, dass die Späne aus einem Uhrwerk stammen.“

„Es ist ein Zeitzünder“, sagte Sachs ernst.

„Eine Spritbombe?“, fragte Cooper und deutete auf das mit Benzin getränkte Taschentuch, das Weir am Vorabend zurückgelassen hatte.

„Er hat Benzin und ist auf Feuer fixiert.“

Rhyme bemerkte, dass es kurz vor zwölf war. Bald würde das nächste Opfer sterben. Aber wann?

Er spürte am Hinterkopf einen Schauder der Enttäuschung und Wut. Das Gefühl wanderte den Nacken hinunter und verlor sich in seinem tauben Leib.

Sie mussten jetzt etwas unternehmen. Aber sie wussten zu wenig, um daraus konkrete Schlüsse zu ziehen.

Ein Fax kam an. Cooper las es vor. „Von unserem Dokumentenfachmann aus Queens. Sie haben die Zeitung aus dem Mazda entfaltet. Es gibt darauf weder handschriftliche Vermerke, noch wurde irgendetwas angestrichen. Das hier sind die Schlagzeilen.“

Er befestigte das Blatt an der Tafel.

STROMAUSFALL LEGT POLIZEIREVIER LAHM
ELTERN BEMÄNGELN SICHERHEITSLAGE AN MÄDCHENSCHULE
PROZESS GEGEN MILIZFÜHRER BEGINNT AM MONTAG
FRÜHLINGSVERGNÜGEN FÜR KINDER UND JUNG GEBLIEBENE
GOUVERNEUR UND BÜRGERMEISTER BERATEN NEUEN PLAN FÜR DIE WEST SIDE

„Eine davon hat etwas zu bedeuten", sagte Rhyme. Aber welche?

Sellittos Telefon klingelte. Alle starrten ihn an, denn sie befürchteten, nun von dem nächsten Opfer zu erfahren. Doch anscheinend handelte es sich nicht um schlechte Neuigkeiten. Der Detective hob überrascht eine Augenbraue und sagte: „Tatsächlich? Nun, es ist ganz in der Nähe. Könnten Sie herkommen?" Dann nannte er Rhymes Adresse und unterbrach die Verbindung.

„Wer war das?"

„Edward Kadesky. Der Manager von diesem Zirkus in Ohio, in dem Weir den Unfall hatte. Er ist in der Stadt. Sein Auftragsdienst in Chicago hat ihn benachrichtigt. Er kommt her, um mit uns zu reden."

DER MANN war stämmig und mittelgroß, hatte graues gewelltes Haar und dazu passend einen silbrigen Vollbart. Rhyme, der nach Weirs gestrigem Besuch äußerst misstrauisch geworden war, begrüßte Edward Kadesky und bat ihn, sich auszuweisen.

„Sie haben hoffentlich nichts dagegen", sagte Sellitto und erläuterte ihm, dass es kürzlich Ärger mit einem verkleideten Verdächtigen gegeben habe.

Kadesky kam der Aufforderung nach und reichte Sellitto seinen in Illinois ausgestellten Führerschein. Mel Cooper warf einen kurzen Blick auf das Foto und den Produzenten und nickte Rhyme zu. Der Techniker hatte sich zuvor bereits bei der Straßenverkehrsbehörde von Illinois eingeloggt und von dort die Daten der Fahrerlaubnis sowie ein Foto des Mannes angefordert. Alles stimmte überein.

„In Ihrer Nachricht hieß es, es gehe um Erick Weir", sagte Kadesky.

„Wir verdächtigen ihn mehrerer Morde", entgegnete Rhyme.

„Nein! Wen hat er umgebracht?"

„Einige Leute aus New York. Und einen Polizeibeamten", erklärte Sellitto. „Wir hatten gehofft, Sie könnten uns mit ein paar Informationen dienen, die uns die Suche nach Weir erleichtern."

„Ich habe seit kurz nach dem Brand nichts mehr von ihm gehört. Er hat mir die Schuld daran gegeben … Das ist jetzt drei Jahre her. Weir und seine Assistenten haben in unserer Show Illusions- und Verwandlungszauber aufgeführt. Oh, sie waren gut. Absolut verblüffend. Aber Weir hat den Leuten Angst eingejagt. Er war ein kleiner Diktator. Und dann seine beiden Assistenten – wir haben sie nur ‚die Rechtgläubigen' genannt. Er hatte sie indoktriniert. Für ihn war das Illusionistenhandwerk wie eine Religion. Manchmal wurde während der Proben oder der Vorstellung jemand verletzt. Weir war das völlig egal. Er hat gedacht, dass Zauberei stets am besten funktioniert, wenn damit ein gewisses Risiko verknüpft ist." Der Produzent lachte verbittert auf. „Aber das ist für die heutige Unterhaltungsbranche schwerlich geeignet, nicht wahr? An einem Sonntagmorgen, noch vor der Nachmittagsvorstellung, habe ich den Inspizienten angewiesen, ihn zu entlassen."

„War das am Tag des Brandes?", fragte Rhyme.

Kadesky nickte. „Der Inspizient fand ihn auf der Bühne. Weir war gerade damit beschäftigt, Gasleitungen für eine seiner Nummern zu verlegen, ‚Der brennende Spiegel'. Als er erfuhr, was wir beschlossen hatten, machte er einfach mit den Vorbereitungen weiter. Also bin ich zur Bühne gegangen, und er hat die Beherrschung verloren und mich gepackt. Eine der Gasleitungen war undicht. Wir sind auf ein paar Metallstühle gefallen, und dann muss wohl ein Funke das Gas entzündet haben. Weir erlitt schwere Verbrennungen, und seine Frau kam ums Leben. Das gesamte Zelt wurde zerstört. Wir haben erwogen, ihn zu verklagen, aber er hat sich aus dem Krankenhaus geschlichen und ist verschwunden." Der Produzent sah auf die Uhr. Es war Viertel vor zwei. „Wissen Sie, in fünfzehn Minuten beginnt meine Show … Ich glaube, es wäre eine gute Idee, noch ein paar zusätzliche Polizeiwagen nach drüben zu beordern. Immerhin hält Weir sich irgendwo in der Gegend auf, und Sie wissen ja nun, was zwischen uns vorgefallen ist."

„Nach drüben?", fragte Rhyme.

„Zu meiner Show." Er deutete in Richtung Central Park.

„Das ist Ihre Show? Der Cirque Fantastique?"

„Genau. Ich dachte, das wüssten Sie. Der Cirque Fantastique ist der alte Hasbro and Keller Brothers Circus."

Rhyme schaute zu Kara. Sie schüttelte den Kopf. „Als ich Mr Balzac gestern Abend angerufen habe, hat er nichts davon gesagt."

„Das ist also im Grunde genommen die gleiche Show, aus der Weir rausgeflogen ist", sagte Rhyme.

„Im Prinzip, ja. Die Nummern sind zwar ganz anders, aber es sind fast die gleichen Leute wie vor drei Jahren. Ich …"

„Das hat Weir die ganze Zeit vor", verkündete Rhyme. „Die Show ist sein Ziel. Der Cirque Fantastique."

Er überflog die Einträge auf der Wandtafel ein weiteres Mal aus diesem neuen Blickwinkel.

„Die gottverdammten Hunde! Seht auf die Tafel. Die Tierhaare und die Partikel aus dem Central Park, vom Hundehügel! Direkt vor dem Fenster." Er nickte wütend in Richtung der Vorderseite seines Hauses. „Er hat nicht Cheryl Marston auf dem Reitweg beobachtet; es ging ihm um den Zirkus. Die Zeitung aus seinem Mazda – achtet auf die Schlagzeile: FRÜHLINGSVERGNÜGEN FÜR KINDER UND JUNG GEBLIEBENE. Ruft in der Redaktion an, und bringt in Erfahrung, ob damit der Zirkus gemeint ist. Thom – ruf Peter an! Schnell."

Der Betreuer war eng mit einem Journalisten der *Times* befreundet. Thom schnappte sich den Hörer und wählte die Nummer. Es dauerte weniger als eine Minute, um den Artikel nachzuschlagen. „Es ging tatsächlich um den Zirkus", teilte Thom den anderen mit. „Einschließlich aller möglichen Details – Anfangszeiten der Vorstellungen, die verschiedenen Nummern, sogar ein paar Anmerkungen zu den Sicherheitsmaßnahmen."

„Weir hat sich gründlich vorbereitet ...", unterbrach Rhyme. „Und dieser Presseausweis soll ihm Zutritt zum Bereich hinter der Bühne verschaffen." Er kniff die Augen zusammen und sah erneut auf die Tafel. „Ja! Jetzt wird mir alles klar. Die Opfer. Wofür standen sie? Für Jobs im Zirkus. Ein Maskenbildner. Eine Reiterin ... Und das erste Opfer! Sie ist vor Kindern aufgetreten – so wie ein Clown es tun würde."

„Dazu kommt seine Vorgehensweise bei den Morden", sagte Sachs. „Es waren alles Zaubertricks."

„Genau. Er hat es auf die Show abgesehen. Terry Dobyns meint, es geht ihm vornehmlich um Rache. Zum Teufel, er hat eine Benzinbombe gelegt."

„Mein Gott", sagte Kadesky. „Wir haben mehr als zweitausend Zuschauer! Und die Show fängt in zehn Minuten an."

Um zwei Uhr nachmittags ... „Die erste Sonntagsvorstellung", fügte Rhyme hinzu. „Genau wie vor drei Jahren in Ohio."

Sellitto nahm sein Funkgerät und rief die Beamten, die beim Zirkus stationiert waren. Es antwortete niemand. Der Detective runzelte die Stirn, ging zu Rhymes Telefon und wählte eine Nummer.

„Hier Officer Koslowski", ertönte gleich darauf die Stimme eines Mannes.

Sellitto nannte ebenfalls seinen Namen. „Warum ist Ihr Funkgerät ausgeschaltet, Officer?", schnauzte er.

„Tja, man hat uns abgezogen, Lieutenant."

„Man hat was?"

„Vor einer halben Stunde kam ein Detective vorbei und hat gesagt, wir würden nicht mehr gebraucht und könnten uns den Rest des Tages freinehmen."

„Beschreiben Sie ihn."

„Anfang fünfzig, Bart, braune Haare."

„Wohin ist er gegangen?"

„Keine Ahnung. Er ist zu unserem Wagen gekommen, hat uns seine Dienstmarke gezeigt und uns weggeschickt."

Sellitto knallte den Hörer auf die Gabel. „Es passiert ..." Er wandte sich an Sachs. „Rufen Sie das Bombenräumkommando." Dann setzte er sich mit der Zentrale in Verbindung und ließ Kranken- und Feuerwehrwagen zum Zirkus beordern.

Kadesky rannte zur Tür. „Wir müssen das Zelt evakuieren."

„Ich will Beamte in Zivil im Park", sagte Rhyme. „Wenn mich nicht alles täuscht, wird der Hexer dort sein."

„Dort sein?", fragte Sellitto.

„Um das Feuer zu beobachten. Ich erinnere mich an den Blick, mit dem er die Flammen in meinem Zimmer betrachtet hat. Eine solche Gelegenheit lässt er sich um alles in der Welt nicht entgehen."

DAS FEUER selbst war nicht seine größte Sorge. Während Edward Kadesky im Laufschritt die kurze Distanz zwischen Lincoln Rhymes Haus und dem Zelt des Cirque Fantastique zurücklegte, dachte er daran, dass dank der schwer entflammbaren Stoffe sogar die schlimmsten Zirkuszeltbrände sich nur relativ langsam ausbreiteten. Nein, viel gefährlicher war die Panik, der alles niedertrampelnde, zermalmende und erstickende Ansturm.

Um die Leute zu retten, mussten sie aus dem Zelt gebracht werden, bevor Angst um sich griff. Edward Kadesky rannte ins Zelt und sah die 2600 Zuschauer, die gespannt auf den Beginn seiner Show warteten.

Kadeskys Assistentin, eine junge Brünette, bemerkte seinen sorgenvollen Blick und kam sofort an seine Seite. „Was ist los?", flüsterte sie.

Er erzählte ihr, was er erfahren hatte.

„Wie packen wir die Sache an?", fragte sie kurz und bündig.

Er überlegte einen Moment und gab ihr dann einige Anweisungen.

Sie nickte. Dann ging sie zuerst zu dem Beleuchter und danach zu dem Kapellmeister, um ihnen Kadeskys Anordnungen auszurichten.

Kadesky schaute zum Orchester und nickte. Ein Trommelwirbel setzte ein.

Als er mit breitem Lächeln in die Mitte der Manege trat, senkte sich Schweigen über das Publikum. Er blieb stehen, und der Trommelwirbel hörte auf. Einen Augenblick später richteten sich zwei weiße Lichtkegel auf ihn. Er hob ein kabelloses Mikrofon an die Lippen und fing an zu sprechen. „Guten Tag, meine Damen und Herren, willkommen im Cirque Fantastique." Ruhig, freundlich, autoritär. „Wir haben für Sie heute eine herrliche Show vorbereitet. Und gleich zu Beginn muss ich Sie um Nachsicht bitten. Es findet draußen vor dem Zelt ein besonderer Auftritt statt. Daher möchte ich Sie nun ersuchen, Ihre Tickets bei sich zu behalten und hinaus in den Central Park zu gehen. Suchen Sie sich in der Nähe eine hübsche Stelle. Wenn Sie die Gebäude am Südrand des Parks sehen können, werden Sie garantiert nichts versäumen."

Die Leute murmelten gespannt. Was meinte er denn nur? Würden irgendwelche Draufgänger einen Drahtseilakt zwischen den Wolkenkratzern wagen?

„So, die unteren Reihen zuerst, schön geordnet."

Das Licht ging an. Die Zuschauer unterhielten sich angeregt und steuerten langsam die Ausgänge und damit die Sicherheit an. Doch Kadesky dachte: Es war jetzt 14.10 Uhr. Wann mochte die Bombe hochgehen? Vermutlich nicht jetzt gleich. Weir würde die Nachzügler einkalkulieren und ihnen Zeit geben wollen, ihre Plätze einzunehmen – damit es möglichst viele Opfer gab. Und wo war sie versteckt?

MALERICK befand sich im vierzehnten Stock des Lanham Arms Hotels und ging den Korridor entlang. Bekleidet war er mit einer täuschend echten Pagenuniform, und auf dem schweren Tablett, das er trug, standen eine Cloche und eine Vase mit einer großen roten Tulpe.

Nur eines unterschied ihn von den anderen Pagen des Lanham: Unter der Metallhaube auf dem Tablett befanden sich nicht eine Portion Eier Benedict, sondern eine geladene Beretta Automatik mit dickem Schalldämpfer sowie ein Lederetui mit Dietrichen und anderen Werkzeugen.

Malerick fragte sich, was im weißen Zelt des Cirque Fantastique wohl gegenwärtig vorgehen mochte. Immerhin hatte er die letzten Tage darauf verwandt, Spuren zu fingieren und diese dann an den Tatorten zurückzulassen, um dadurch die Polizei zu dem Zirkus zu führen. Besser gesagt irrezuführen.

Eine gute Täuschung und der richtige Kniff waren die Schlüssel einer jeden gelungenen Illusion, und niemand beherrschte dieses Spiel besser als Malerick, der Mann, der wie ein aufflackerndes Streichholz aus dem Nichts erschien und gleich einer ausgeblasenen Flamme wieder verschwand. Der Mann, der sich von selbst in Luft auflöste.

Die Polizei würde im Augenblick natürlich hektisch nach der Benzinbombe suchen. Aber es gab keine Bombe.

Am Ende des Flurs schaute Malerick sich um und konnte niemanden mehr entdecken. Eilig stellte er das Tablett neben einer Tür auf den Boden, hob die Cloche an, nahm die schwarze Pistole und das Lederetui und schob beides in eine Reißverschlusstasche seiner Pagenuniform.

Mit schnellen Bewegungen öffnete er ein Fenster und trat in fünfzig Meter Höhe vorsichtig auf den Vorsprung hinaus, der etwa einen halben Meter breit war.

Nach nur fünf Metern erreichte er die Ecke des Hotels, blieb stehen und sah zum Nachbargebäude des Lanham Arms hinüber.

Es handelte sich um ein Apartmenthaus an der 75. Straße Ost, das zwar nicht mit einem Sims, dafür aber mit einer Feuertreppe aufwarten konnte, keine zwei Meter von Malerick entfernt. Er nahm einen kurzen Anlauf, übersprang die Kluft, bekam problemlos das Geländer der Feuerleiter zu fassen und schwang sich hinüber.

Er stieg zwei Etagen nach oben, blieb an einem Fenster im 16. Stock stehen und schaute ins Haus. Der Gang war menschenleer. Malerick legte Pistole und Etui auf dem Fensterbrett ab und riss sich mit einer schnellen Bewegung die falsche Pagenuniform vom Körper. Darunter trug er einen grauen Anzug mit weißem Hemd und Krawatte. Er steckte sich die Waffe in den Gürtel, und mit dem Werkzeug öffnete er das Schloss des Fensters. Dann kletterte er hindurch.

Malerick folgte dem Korridor bis zu der gesuchten Wohnung. Vor der Tür blieb er stehen und hatte innerhalb von drei Sekunden das Schloss geöffnet, nach weiteren fünf den Zusatzriegel. Unmittelbar darauf stand er im Flur des Apartments. Leise schloss er die Tür.

An der Wand hingen ein paar Familienfotos und ein unbeholfenes Aquarell von New York City. Es stammte laut Signatur von einem Kind namens „Chrissy" – Christine Grady, Tochter von New Yorks stellvertretendem Bezirksstaatsanwalt Charles Grady. Der Mann, in dessen Wohnung er sich befand.

Und für dessen Ermordung Malerick 100 000 Dollar erhalten würde.

EDWARD KADESKY trat aus dem Zelt hinaus ins Freie. Die Bombenräumer und ein Dutzend Feuerwehrleute hatten das Zelt durchsucht und kein Anzeichen für einen Sprengsatz gefunden. Eine mit einer Plane abgedeckte Kiste hatte sich als ein Stapel Kartons voller Toilettenpapier erwiesen. Die Suche war auf die Wohnanhänger und Lastwagen ausgedehnt worden, hatte aber dort ebenfalls kein Resultat erbracht.

Sachs, die als eine der ersten Polizeibeamten eingetroffen war, runzelte die Stirn. Sie hatten sich geirrt? Wie konnte das sein? Die Beweislage war doch so eindeutig. Im Fall des Hexers hatte alles danach ausgesehen, als würden die Spuren direkt auf den Cirque Fantastique weisen.

MALERICK hielt inne, um auf die Stimmen in Wohnzimmer und Küche zu lauschen. Er kannte sich mit den Räumlichkeiten aus; er war schon einmal kurz hier gewesen – getarnt als Wartungsmonteur. Dabei war es ihm aber nur um die grundlegenden Details gegangen, um die Anordnung der Zimmer und die Lage von Zugangs- und Fluchtwegen.

Nun hängte sich Malerick die falsche NYPD-Dienstmarke um den Hals, mit deren Hilfe er schon die beiden Polizisten am Cirque Fantastique weggeschickt hatte. Er schaute in einen Spiegel. Ja, die Rolle saß. Er sah genau wie ein Detective aus, der hergekommen war, um einen Staatsanwalt vor eventuellen Mordanschlägen zu schützen.

Und jetzt, verehrtes Publikum, die eigentliche Show beginnt …

MALERICK bog um die Flurecke und betrat das Wohnzimmer.

„Na, wie sieht's aus?“, fragte der Mann in dem grauen Anzug. Luis Martinez, der ruhige, schlanke Detective aus Roland Bells Team, zuckte zusammen.

Martinez saß auf der Couch und hatte die Sonntagsausgabe der *New York Times* auf dem Schoß. Er warf einen kurzen Blick auf Dienstmarke und -ausweis des Neuankömmlings. „Sie sind die Ablösung?“

„Richtig.“

„Wie sind Sie hereingekommen? Hat man Ihnen einen Schlüssel gegeben?“

„Ja, in der Zentrale.“ Der Neuankömmling sprach mit heiserem Flüstern, als sei er erkältet.

„Sie Glückspilz“, murmelte Luis. „Wir hier müssen uns einen teilen. Das ist echt nervig.“

„Wo steckt Mr Grady?“

„In der Küche. Seine Frau und Chrissy auch“, sagte Luis. Er runzelte die Stirn. „Ich glaube, ich kenne Sie noch gar nicht.“

„Ich bin Joe David“, sagte der Mann. „Normalerweise arbeite ich drüben in Brooklyn. Das ist meine erste Schicht hier. Beim Personenschutz, meine ich.“

„Tja, und gleichzeitig Ihre letzte, würde ich sagen.“ Luis ließ die Zeitung fallen, sprang von der Couch auf, zog seine Glock und richtete sie auf den Mann, von dem er wusste, dass es Erick Weir war. „Er ist hier!“, brüllte er.

Zwei weitere Beamte, die in der Küche gewartet hatten – Detective Bell und Lon Sellitto –, drängten sich durch eine andere Tür in den Raum. Sie packten Weirs Arme und zogen eine schallgedämpfte Pistole aus seinem Gürtel.

„Runter, los, los los!“, rief Sellitto und drückte dem Mann die Mündung seiner Waffe ins Gesicht. Wenn der Kerl jetzt sein eigenes Gesicht sehen könnte!, dachte Luis. Ihm waren im Laufe der Jahre schon viele verblüffte Täter begegnet, aber dieser Weir schlug sie alle.

„Wo zum Teufel kommt der denn her?“, fragte Sellitto atemlos.

Bell verständigte die anderen über Funk. „Weiß der Himmel, wie er das fertig gebracht hat, aber er ist ins Haus gekommen.“

Zwei uniformierte Kollegen eilten in das Apartment. Sie waren in der Nähe des Aufzugs versteckt gewesen. „Anscheinend hat er das Flurfenster aufgestemmt“, sagte einer von ihnen. „Sie wissen schon, das Fenster an der Feuertreppe.“

Bell sah Weir an und begriff, was geschehen war. „Der Sims am Lanham? Sie sind gesprungen?“

Weir sagte nichts, aber es musste so gewesen sein.

Sellitto streifte sich Latexhandschuhe über, durchsuchte den Mann und fand Einbruchwerkzeug sowie diverse Requisiten. Am merkwürdigsten waren die sorgfältig festgeklebten falschen Fingerkuppen. Sellitto zog sie ihm ab und verstaute sie in einer Plastiktüte.

„Irgendein Ausweis?“, fragte Bell.

Sellitto schüttelte den Kopf. „Nur dieses Spielzeug hier“, sagte er mit Blick auf die relativ schlecht gefälschte Dienstmarke.

„Wie konnten Sie davon wissen?“, fragte Weir.

Sellitto reagierte ausweichend. „Tja, soll ich Ihnen mal was sagen? Da gibt es jemanden, der wird Ihnen diese Frage gern persönlich beantworten. Kommen Sie, wir machen einen kleinen Ausflug.“

Der gefesselte Killer stand im Eingang des Arbeitszimmers. „Willkommen zurück“, sagte Lincoln Rhyme.

„Aber … das Feuer.“ Verwirrt schaute der Mann zu der Treppe, die nach oben zum Schlafzimmer führte.

„Tut mir Leid, dass wir Ihnen den Auftritt verdorben haben“, sagte Rhyme kalt. „So ganz konnten Sie mir wohl doch nicht entfliehen, nicht wahr, Weir?“

„So heiße ich nicht mehr“, zischte der Hexer. „Weir bin ich früher mal gewesen.“

Rhyme erinnerte sich an die Aussage des Psychologen Terry Dobyns, das Feuer habe Weirs alte Identität „ermordet“. „Wie nennen Sie sich heute?“

„Das bleibt ein Geheimnis zwischen mir und meinem Publikum.“

Ach ja, sein verehrtes Publikum.

„Wie haben Sie mich gefunden?“, fragte der Mann mit keuchender Stimme. „Ich habe Sie doch zum …“

„Zum Cirque Fantastique geführt? Ja, allerdings.“ Immer wenn es Rhyme gelungen war, einen Verdächtigen zu überlisten, besserte seine Laune sich beträchtlich, und er bekam Lust, ein wenig zu plaudern. „Sie wollen sagen, Sie haben uns in die Irre geführt. Wissen Sie, ich habe mir noch mal die Beweisstücke angeschaut, und da kam es mir so vor, als würde dieser ganze Fall sich ein bisschen zu einfach gestalten.“

„Einfach?“ Weir hustete kurz.

„Nachdem die anderen losgerannt waren, um beim Zirkus nach Benzinbomben zu suchen, hatte ich irgendwie den Eindruck, manche der Spuren seien uns untergeschoben worden. Sie wirkten so offensichtlich – an den von Ihnen in der Wohnung des zweiten Opfers zurückgelassenen Schuhen klebten Hundehaare und Partikel, die auf den Central Park hindeuteten. Es kam mir in den Sinn, dass ein schlauer Täter die Schuhe absichtlich präpariert und am Tatort platziert haben könnte, damit wir sie finden und an den Hundehügel neben dem Zirkus denken würden. Und dann all das Gerede über Feuer, als Sie gestern Abend bei mir zu Besuch gewesen sind.“

„Aber ich habe versucht, Sie zu töten!“, keuchte Weir. „Falls ich Ihnen das alles erzählt hätte, um Sie abzulenken, wäre Ihr Tod doch völlig sinnlos gewesen.“

Rhyme lachte. „Sie haben zu keinem Zeitpunkt versucht, mich zu töten. Es sollte lediglich so aussehen und die Glaubhaftigkeit Ihrer Erzählungen stützen. Nachdem Sie den Brand gelegt hatten, sind Sie sofort aus dem Haus gerannt und haben von einer Telefonzelle aus die Feuerwehr alarmiert. Ich habe mich bei der Zentrale vergewissert. Der Anrufer hat behauptet, er könne vom Telefon aus die Flammen sehen. Leider steht die Zelle hier gleich um die Ecke, und man hat mein Zimmer von dort aus nicht im Blick."

Weir schloss die Augen, als ihm die Tragweite seines Fehlers bewusst wurde.

Rhyme warf einen Blick auf die Wandtafel. „Alle Opfer hatten Berufe oder Interessen, die zum Zirkus passen – eine Musikerin, ein Maskenbildner, eine Reiterin. Und auch die Mordtechniken waren Zaubertricks. Aber falls Sie es wirklich darauf angelegt hätten, Kadesky fertig zu machen, hätten Sie uns vom Cirque Fantastique weggeführt und nicht umgekehrt. Demnach wollten Sie uns von etwas anderem ablenken. Wovon also? Am dritten Tatort, am Fluss, haben wir Sie überrascht – Ihnen blieb keine Zeit mehr, die Jacke mit dem Presseausweis und der Hoteltürkarte mitzunehmen, was bedeutete, dass dies vermutlich keine fingierten Spuren waren, sondern dass ein Zusammenhang mit Ihren tatsächlichen Absichten bestand." Rhyme hielt zufrieden inne, ehe er fortfuhr: „Die Türkarte stammte aus einem von drei Hotels – darunter das Lanham Arms. Detective Bell kam der Name irgendwie bekannt vor, also hat er seinen Terminkalender überprüft. Wie sich herausstellte, hat er letzte Woche in der Hotelbar mit Charles Grady Kaffee getrunken, um das Sicherheitskonzept für die Familie zu besprechen. Roland sagte, das Lanham liege unmittelbar neben dem Haus mit Gradys Apartment. Und der Presseausweis? Ich habe den ursprünglichen Besitzer angerufen. Der Reporter hat über den Fall Andrew Constable berichtet und Charles Grady bereits mehrfach interviewt ... Wir haben ein paar Messingspäne gefunden und schon befürchtet, sie würden von einem Zeitzünder stammen. Aber ein Schlüssel oder ein Werkzeug kommt als Quelle genauso in Betracht."

Sachs übernahm. „Dann der Bogen aus der *New York Times*, den wir aus dem Wagen im Fluss gefischt haben. Es stand ein Artikel über den Zirkus darin, richtig. Aber es gab auch einen Artikel über den Prozess gegen Constable."

„Und außerdem war da noch die Restaurantrechnung in Ihrer Jacke", fuhr Rhyme fort.

„Welche Rechnung?", fragte Weir stirnrunzelnd.

„Von einem Restaurant in Bedford Junction. Vom vorletzten Samstag."

„Ich weiß nicht, wovon Sie reden."

Rhyme redete weiter. „Wie sich herausgestellt hat, ist Bedford Junction der Nachbarort von Canton Falls, wo Constable wohnt."

„Wer ist dieser Constable, den Sie hier ständig erwähnen?“, fragte Weir schnell. Aber seine Miene verriet Rhyme, dass er genau Bescheid wusste.

Sellitto übernahm. „War der Milizionär Jeddy Barnes einer der Leute, mit denen Sie zu Mittag gegessen haben?“

„Ich weiß nicht, wen Sie meinen.“

„Aber Sie kennen die ‚Gesellschaft der Patrioten‘, oder?“

„Ich weiß nur das, was in der Zeitung gestanden hat.“

„Das glauben wir Ihnen nicht“, sagte Sellitto.

„Glauben Sie, was Sie wollen“, erwiderte Weir schroff. Er bekam einen Hustenanfall. Danach sah er quer durch den Raum. „Und wer sind Sie?“

„Ich bin Illusionistin“, sagte Kara herausfordernd.

„Eine von uns“, spottete Weir. „Und Sie sind was? Eine Beraterin oder so? Vielleicht komme ich nach meiner Freilassung mal vorbei. Vielleicht lasse ich Sie verschwinden.“

„Eine Freilassung wird es für Sie in diesem Leben nicht mehr geben, Weir“, stellte Sachs fest.

„Nun, ich habe Ihre Frage nach dem Wie beantwortet, Weir“, sagte Rhyme. „Was halten Sie davon, mir etwas über das Warum zu erzählen? Wir dachten, es ginge um Rache an Kadesky, aber dann stellte sich heraus, dass Sie hinter Grady her sind. Was sind Sie? So eine Art Auftragsmörder in Illusionistengestalt?“

„Rache?“, fragte Weir aufbrausend. „Wofür, zum Teufel, soll Rache denn gut sein? Nimmt sie die Narben weg und bringt meine Lunge in Ordnung? Bekomme ich dadurch meine Frau zurück? … Sie begreifen nicht das Geringste! Das Einzige, was mir jemals etwas bedeutet hat, ist der Auftritt. Die Illusion, die Zauberkunst. Das Feuer hat mir alles weggenommen. Ich bin nicht mehr kräftig genug, um aufzutreten. Meine Hand ist entstellt. Meine Stimme ist ruiniert. Wer würde meine Vorstellungen besuchen wollen? Ich kann die eine Sache nicht mehr tun, für die Gott mir Talent geschenkt hat. Wenn die einzige Möglichkeit für einen Auftritt darin besteht, das Gesetz zu brechen, dann ist das mein Weg.“ Er sah sich um und lachte. „Sie glauben ernsthaft, Sie könnten mich auf Dauer einsperren?“

Sellitto wandte sich an Rhyme und Sachs. „Ich nehme ihn jetzt mit in die Stadt. Mal sehen, ob er uns nicht doch noch etwas mitzuteilen hat.“

Er wollte zur Tür gehen, doch Rhyme hielt ihn zurück. „Warte mal. Nachdem Larry Burke ihn verhaftet hatte, ist er die Handschellen wieder losgeworden.“

„Stimmt.“

„Wir haben Speichelspuren gefunden, weißt du noch? Sieh nach, ob er einen Dietrich oder Schlüssel im Mund versteckt hat."

„Das habe ich nicht. Ehrlich", versicherte Weir.

Sellitto zog die Latexhandschuhe an, die Cooper ihm reichte. „Aufmachen. Wenn Sie mich beißen, lass ich Ihre Eier verschwinden."

Der Hexer öffnete den Mund. Sellitto leuchtete mit der Taschenlampe hinein und tastete ein wenig darin herum. „Nichts."

Jetzt meldete Kara sich zu Wort. „Überprüfen Sie seine Zähne. Rütteln Sie daran. Vor allem an den Backenzähnen."

Der Hexer seufzte. „Backenzahn oben rechts. Rechts von mir aus gesehen, meine ich."

Sellitto griff in Weirs Mund und zog vorsichtig. Seine Hand kam mit einem falschen Zahn wieder zum Vorschein. Im Innern befand sich ein kleines gebogenes Stück Metall.

Der Detective sagte: „Kann er damit wirklich etwas anfangen?"

Kara nahm es genauer in Augenschein. „Oh, ein Paar Standardhandschellen hätte er damit in ungefähr vier Sekunden geöffnet."

Rhyme fiel etwas ein. „Meinst du nicht auch, dass er uns mit dem Hinweis auf den Zahn vielleicht von etwas anderem ablenken wollte?"

Kara nickte. „Sie haben Recht."

Sellitto suchte noch einmal. Am linken Unterkiefer wurde der Detective dann fündig. Dort war ein identischer Dietrich versteckt. „Ich sorge dafür, dass Sie ein ganz besonderes Quartier erhalten", verkündete Sellitto drohend. Dann ließ er Weirs Füße mit zwei Paar Handschellen aneinander fesseln.

„Ich kann so nicht gehen!", klagte Weir keuchend.

„Kleine Schritte", entgegnete Sellitto ungerührt. „Machen Sie ganz kleine Schritte."

Acht

Der Mann erhielt die Nachricht in einem Imbiss an der Route 244. Da er in seinem Wohnwagen kein Telefon hatte – er wollte keines und traute den Dingern nicht –, erledigte er alle Gespräche von dort aus.

Hobbs Wentworth war ein Mann von der Statur eines Bären. Ein dünner roter Bart umrahmte sein Gesicht, und er hatte lockiges Haar. Niemandem in Canton Falls, New York, wäre bei dem Gedanken an Hobbs der Begriff „Karriere" eingefallen, obwohl er schuften konnte wie ein Ochse. Er lieferte stets einen guten Gegenwert für die Bezahlung, solange es sich um eine Tätigkeit im Freien handelte, für die nicht zu viel Hirnschmalz verlangt wurde, und sofern sein Arbeitgeber ein weißer Christenmensch war.

Hobbs lebte seit seiner Geburt in Canton Falls, und es gefiel ihm hier. Es gab jede Menge gute Jagdreviere, von denen kaum eines überwacht wurde. Hobbs boten sich zahlreiche Gelegenheiten, seinen Neigungen nachzugehen. Dazu gehörte beispielsweise, in der Sonntagsschule Geschichten aus der Bibel zu erzählen, wofür er eine besondere Begabung hatte.

Im Anschluss an eine jener Unterrichtsstunden suchte er nun „Elma's Diner" auf. Die Kellnerin kam zu ihm. „Hallo, Hobbs." Sie reichte ihm ein Stück Papier. *Ruf mich an. J. B.,* lautete die Nachricht.

„War das Jeddy Barnes?", fragte sie. „Es hörte sich am Telefon so an."

Er ignorierte die Frage. Während er zu dem Münzfernsprecher ging, dachte er an das Mittagessen im Riverside Inn zurück, an dem er vor zwei Wochen drüben in Bedford Junction teilgenommen hatte. Außer ihm waren aus Canton Falls noch Frank Stemple und Jeddy Barnes dabei gewesen, ferner ein Mann namens Erick Weir, den Barnes später nur noch „den Zauberer" genannt hatte, weil er tatsächlich ein gelernter Bühnenzauberer war.

Bei Hobbs' Ankunft hatte Barnes ihm sehr geschmeichelt, denn er war aufgestanden und hatte zu Weir gesagt: „Und hier, Sir, darf ich Ihnen den besten Gewehr- und Bogenschützen des Bezirks vorstellen."

Hobbs hatte mit der Gabel im Tagesgericht herumgestochert und zugehört, als Barnes und Stemple erzählten, wie sie Weir kennen gelernt hatten. Der Mann war so eine Art Söldner. Auf diesem Gebiet wusste Hobbs Bescheid, denn er hatte *Soldier of Fortune* abonniert, das weltweit anerkannte Fachblatt zum Thema.

Anfangs hatte Barnes einem Treffen mit Weir eher zögerlich gegenübergestanden. Aber Weir nahm kein Blatt vor den Mund und erklärte offen, er persönlich teile ihre extremen Überzeugungen in Bezug auf Einwanderer und Schwarze nicht – er wolle lediglich Geld verdienen. Damit hatte keiner von ihnen ein Problem.

Der Zauberer erläuterte seinen Plan, dann gab er ihnen die Hand und ging.

Hobbs sollte sich „auf Abruf bereithalten", für den Fall, dass er gebraucht würde. Und dieser Fall war offenbar nun eingetreten. Hobbs wählte Barnes' Nummer. „Ja?", meldete sich eine schroffe Stimme.

„Ich bin's."

Da die Staatspolizei nach den Hausdurchsuchungen bei Andrew Constables „Gesellschaft der Patrioten“ vor einigen Monaten im gesamten Bezirk nach Barnes fahndete, hatten sie vereinbart, alle Telefongespräche so knapp wie möglich zu halten.

„Du musst tun, was wir beim Mittagessen besprochen haben“, sagte Barnes.

„Zum See fahren und das Angelzeug mitnehmen? Wann?“

„Jetzt. Sofort.“ Barnes unterbrach die Verbindung, und Hobbs bestellte einen Kaffee und ein Schinkensandwich, beides zum Mitnehmen.

Kurz darauf verließ Hobbs den Imbiss. Er musste noch einen kurzen Zwischenstopp zu Hause bei seinem Wohnwagen einlegen. Dann würde er in den alten, rostigen und auf eine fiktive Person zugelassenen Dodge umsteigen und so schnell wie möglich zum „See“ fahren, was nichts anderes als ihr Kodewort für einen bestimmten Ort in New York City war.

Und das „Angelzeug“, das er mitnehmen sollte, bestand gewiss nicht aus Rute und Schnur.

AUF DER einen Seite des fest mit dem Boden verschraubten Tisches in der „Gruft“ saß mit verkniffenem Gesicht Joe Roth, der dickliche Anwalt von Andrew Constable, für den Charles Grady momentan die Anklage vorbereitete. Auf der anderen Seite saßen Charles Grady und Roland Bell. Amelia Sachs stand.

Die Tür des Verhörraumes im Untersuchungsgefängnis ging auf. Constables Wärter brachte den Gefangenen herein, öffnete die Handschellen und fesselte ihm die Hände vor den Leib. Dann zog er sich auf den Gang zurück und schloss die Tür.

„Es hat nicht geklappt“, lauteten die ersten Worte, die Grady an Constable richtete.

„Was hat nicht …?“, setzte Constable an.

„Ich meine Erick Weir“, sagte Grady.

„Wen?“ Der Mann runzelte die Stirn. Es sah echt aus.

Der Staatsanwalt berichtete ihm von dem versuchten Anschlag durch den früheren Illusionisten.

„Nein, nein, nein … Ich hatte mit dieser Angelegenheit nichts zu tun“, beteuerte Constable. „Ich habe es Ihnen schon die ganze Zeit gesagt, Charles. Es gibt da ein paar Leute, mit denen ich früher zu tun hatte und die nun gewaltig über die Stränge schlagen. Die betrachten Sie und den Staat als Feinde – als Verbündete der Juden oder der Schwarzen oder von sonst wem – und verdrehen meine Worte, um mich als Entschuldigung für diese Angriffe auf Sie zu benutzen."

„Lassen Sie uns keine Spielchen spielen, Charles", wandte Roth sich an Grady. „Falls Sie einen Beweis dafür haben, dass eine Verbindung zwischen meinem Mandanten und dem Einbruch in Ihre Wohnung besteht, dann …"

„Weir hat gestern zwei Leute umgebracht – und einen Polizeibeamten. Es geht also um vorsätzlichen Mord."

Constable zuckte zusammen. Sein Anwalt blieb unbeeindruckt. „Nun, das tut mir sehr Leid, Charles. Aber ich darf anmerken, dass Sie keine diesbezügliche Anklage gegen meinen Mandanten erhoben haben. Weil es Ihnen nämlich nicht möglich ist, einen nachweislichen Zusammenhang zu diesem Weir herzustellen, oder?"

Grady ignorierte ihn. „Wir verhandeln derzeit mit Weir über eine Kronzeugenregelung."

Sachs schwieg, ebenso wie Bell. Es gehörte nicht zu ihrer beider Aufgaben, mit Verdächtigen zu diskutieren. Der Detective war hier, um Grady im Auge zu behalten und möglichst mehr über die versuchten Mordanschläge und eventuelle weitere Attentate zu erfahren. Sachs war gekommen, um einen besseren Eindruck von Constable und dessen Partnern zu gewinnen und so die Beweisführung gegen Weir untermauern zu helfen.

Constable schüttelte den Kopf. „Hören Sie, ich hätte von Ihrem Tod doch überhaupt keinen Nutzen. Man würde einen anderen Staatsanwalt schicken und den Prozess fortsetzen, nur dass ich noch zusätzlich eine Mordanklage am Hals hätte. Weshalb sollte ich das wollen?"

„Weil Sie ein Fanatiker sind. Ein Killer und ein …"

„Jetzt reicht's!", unterbrach Constable ihn aufgebracht. „Ich musste mir schon eine ganze Menge gefallen lassen, Sir. Ich wurde festgenommen und vor den Augen meiner Familie gedemütigt. In der Presse und hier in der Haft werde ich fortwährend beleidigt. Und wissen Sie, was mein einziges Verbrechen ist?" Er sah Grady direkt in die Augen. „Ich stelle unbequeme Fragen."

„Andrew." Roth legte ihm eine Hand auf den Arm. Doch der Häftling riss sich ungestüm los, sodass die Ketten laut klirrten. Er war empört und würde sich nicht den Mund verbieten lassen.

„Ich frage Sie, ob Sie nicht auch der Meinung sind, dass eine Regierung ab einer gewissen Größe den Kontakt zur Bevölkerung verliert. Sehen Sie doch nur, was in Washington passiert ist. Da lässt man einfach Terroristen in unser Land spazieren, die vorhaben, uns zu töten. Und wir wagen es nicht, ihnen von vornherein den Zutritt zu verwehren oder wenigstens bei der Einreise ihre Fingerabdrücke zu registrieren und sie mit einer Ausweispflicht zu belegen. Gestatten Sie mir die Frage, wieso wir alle nicht einfach zugeben, dass zwischen den einzelnen Rassen und Kulturen Unterschiede bestehen? Ich habe nie behauptet, eine davon sei besser oder schlechter als eine andere. Aber ich behaupte, dass Sie scheitern werden, falls Sie hergehen und versuchen, die Rassen und Kulturen zu vermischen."

Grady ließ sich von der Tirade nicht weiter beeindrucken. „Bevor Sie hier weiter das arme Opfer spielen, wüsste ich gern Ihre Meinung zu der Tatsache, dass Erick Weir vor zwei Wochen mit drei anderen Leuten im Riverside Inn von Bedford Junction zu Mittag gegessen hat. Von dort aus sind es nur zwei Kilometer bis zum Versammlungssaal der Gesellschaft der Patrioten in Canton Falls und ungefähr fünf bis zu Ihrem Haus."

Constable sah seinen Anwalt an, doch dieser schüttelte den Kopf.

„Tja, Joe, es reicht mir jetzt langsam", sagte der Staatsanwalt. „Alles, was Sie anzubieten haben, ist: ‚Er hat dies nicht getan, er hat jenes nicht getan'. Nun, wenn das tatsächlich stimmt", wandte er sich direkt an Constable, „dann strengen Sie sich gefälligst an und liefern mir einen Beweis. Nennen Sie mir die Namen der Verantwortlichen für die Anschläge auf mich und meine Familie, dann können wir miteinander reden."

Roth und Constable berieten sich flüsternd.

„Mein Mandant wird einige Anrufe tätigen", sagte Roth schließlich.

Grady stand auf. „Falls ich bis heute Abend um neun Uhr noch nichts von Ihnen gehört habe, gehen wir morgen wie geplant vor Gericht."

DIE BÜHNE machte nicht allzu viel her. Nachdem David Balzac sich vor zehn Jahren aus dem internationalen Geschäft zurückgezogen und das Smoke & Mirrors gekauft hatte, war die hintere Hälfte des Ladenlokals einem kleinen Theater gewichen. Hier veranstaltete er kleine Shows – jeden Sonntagnachmittag und Donnerstagabend bei freiem Eintritt –, damit seine Schüler die Gelegenheit zum öffentlichen Auftritt erhielten und erste Erfahrungen sammeln konnten.

Kara wusste, dass zwischen dem Training zu Hause und einer Vorstellung vor Publikum Welten lagen. Wenn man vor anderen Leuten auftrat, geschah etwas Unerklärliches.

Es war nun kurz vor 16 Uhr am Sonntag, und die Sitze des Theaters füllten sich allmählich. Kara war durchaus zuversichtlich, was ihre Nummern anbelangte. Und nun, während der letzten paar Minuten vor dem Auftritt, dachte sie nicht mehr über die einzelnen Tricks nach, sondern beobachtete das Publikum und freute sich über diesen flüchtigen Moment der Ausgeglichenheit.

Sie spähte abermals durch den Vorhangspalt. Mittlerweile waren die meisten Plätze besetzt. Es freute sie, Jaynene aus dem Pflegeheim zu sehen, deren massige Gestalt für einen Augenblick den Durchgang ausfüllte.

Dann traf um kurz nach 16 Uhr ein letzter Zuschauer ein – jemand, mit dessen Besuch sie nie im Leben gerechnet hätte.

„Alles breit genug hier", merkte Lincoln Rhyme trocken an und fuhr mit seinem glänzenden Storm Arrow zu einer Stelle auf halber Strecke des Mittelgangs. Eine Stunde zuvor hatte er Sachs und Thom mit dem Vorschlag überrascht, sie sollten doch mit seiner Großraumlimousine zu Balzacs Laden fahren und gemeinsam Karas Show besuchen.

Als Rhyme sich nun in dem ärmlichen Theater umsah, bemerkte er eine korpulente Farbige, die ihn musterte. Zögernd stand sie auf und kam zu ihnen herüber. Dann fragte sie Rhyme, ob sie die Polizeibeamten seien, von denen Kara ihr erzählt habe. Er bejahte, und sie stellten sich einander namentlich vor. Die Frau hieß Jaynene und sagte, sie arbeite als Krankenschwester in dem Altenpflegeheim, in dem Karas Mutter untergebracht sei.

„Kara hat mir erzählt, sie sei krank", sagte Rhyme. „Geht es ihr besser?"

„Ja, ein wenig", sagte die Frau.

Rhyme spürte, dass mehr dahinter steckte.

Dann wurde das Licht gedämpft, und die Gespräche verstummten. Ein weißhaariger Mann betrat die Bühne.

Ah, folgerte Rhyme, der berüchtigte Mentor, David Balzac. Der Mann stellte sich nicht vor, sondern ließ den Blick über die Zuschauer schweifen. „Meine Damen und Herren, es freut mich, Ihnen heute eine meiner vielversprechendsten Schülerinnen präsentieren zu dürfen. Sie wird Ihnen ein paar der eher esoterischen Illusionen aus der Geschichte unserer Profession darbieten. Seien Sie nicht überrascht" – ein dämonischer Blick, der nur Rhyme zu gelten schien – „oder schockiert über das, was nun folgt. Und jetzt, Ladys und Gentlemen … hier ist sie … Kara!"

Rhyme hatte beschlossen, sich wie ein Wissenschaftler zu verhalten. Er würde es genießen, Karas Methoden zu durchschauen, ihre Tricks zu analysieren.

Die junge Frau kam heraus auf die Bühne. Sie trug einen engen schwarzen Einteiler mit einem halbmondförmigen Ausschnitt auf der Brust und darüber ein schimmerndes, durchsichtiges Gewand, das an eine transparente römische Toga erinnerte. Sie bewegte sich so grazil und geschmeidig wie eine Tänzerin, blieb stehen und ließ den Blick langsam über das Publikum wandern. Dann endlich: „Verwandlung“, sagte sie in theatralischem Tonfall. „Verwandlung … Wie sehr sie uns fasziniert. Alchemie – aus Blei und Zinn wird Gold …“ Sie hielt eine Silbermünze hoch, schloss die Hand darum, öffnete sie sofort wieder, enthüllte dabei eine Goldmünze und warf diese in die Luft, wo sie zu einem goldenen Konfettiregen wurde.

Ein lautes Ah ertönte, und die Zuschauer applaudierten.

„Es gibt ein Buch“, sagte Kara mit ernster Miene, „das vor zweitausend Jahren von dem römischen Dichter Ovid geschrieben wurde. Der Titel lautet ‚Die Metamorphosen‘. Eine Metamorphose – so wie die Verwandlung einer Raupe zu einem …“ Sie öffnete die Hand, und ein Schmetterling flatterte empor.

„Die Metamorphosen …“, fuhr Kara fort. „Es ist ein Buch über Verwandlungen. Über Menschen, die zu anderen Menschen werden, zu Tieren, Bäumen, leblosen Objekten. Manche von Ovids Geschichten sind tragisch, andere fesselnd, aber alle haben sie eines gemeinsam.“ Sie hielt inne und rief dann: „Magie!“ Und mit einem Lichtblitz verschwand sie in einer Rauchwolke.

Während der nächsten vierzig Minuten bezauberte Kara das Publikum mit einer Reihe von Illusionen und Taschenspielereien, die auf einigen der Dichtungen aus Ovids Buch basierten. Was Karas Methoden anbelangte, so gab Rhyme sein Vorhaben vollständig auf. Nach einem lang anhaltenden, begeisterten Beifall ging sie von der Bühne ab. Fünf Minuten später kam sie in Jeans und weißer Bluse wieder zum Vorschein.

Ein Angestellter des Ladens stellte auf einem Tisch einige Erfrischungen bereit. Sachs kam mit einem Glas Wein zurück und nickte Kara zu, die sich gleich darauf zu ihnen gesellte. „He, das ist ja toll!“, sagte Kara. „Ich hätte nie gehofft, Sie hier zu sehen.“

„Was soll ich sagen?“, erwiderte Sachs. „Es war fantastisch.“

„Hervorragend“, schloss Rhyme sich an.

„Kara“, sagte Sachs, „Sie müssen sich unbedingt beim Cirque Fantastique bewerben. Ich meine es ernst – das war absolut professionell.“

Kara lachte. Rhyme sah ihr an, dass ihr das Thema unangenehm war.

„Ich liege genau in der Zeit“, verkündete sie fröhlich. „Man darf es nicht übertreiben. Viele Leute machen den Fehler, das Programm zu hastig anzugehen.“

„Lasst uns etwas essen", schlug Thom vor. „Ich sterbe vor Hunger. Jaynene, kommen Sie auch mit?"

Die Krankenschwester war sofort einverstanden und schlug ein neues Restaurant in der Nähe der Jefferson Market Library vor.

Kara jedoch verneinte und sagte, sie müsse bleiben und an einigen der Nummern arbeiten, die ihr bei dem heutigen Auftritt nicht hundertprozentig geglückt seien. Sie umarmte Sachs und verabschiedete sich. Dann tauschten sie ihre Telefonnummern aus. Rhyme dankte ihr noch einmal für die Hilfe im Fall Weir. „Ohne Sie hätten wir den Hexer nicht fangen können."

„Wir werden Ihre Show in Las Vegas besuchen!", rief Thom.

Rhyme wendete den Storm Arrow in Richtung Ausgang. Dabei sah er, dass Balzac ihn beobachtete. Dann widmete der Illusionist sich Kara, die zu ihm kam. In seiner Gegenwart wurde sie jäh zu einer völlig anderen Frau, schüchtern und befangen. Eine Metamorphose, dachte Rhyme.

UNTEN in der „Gruft" packten zwei Wärter den Häftling an beiden Armen und ließen ihn mit kleinen Schritten zum Registrierschalter schlurfen.

Er sieht gar nicht gefährlich aus, dachte Justizbeamtin Linda Welles. Nein, sie konnte wirklich nicht begreifen, warum man so viel Aufhebens um diesen mageren alten Kerl machte. Weir, Erick A.

„Lassen Sie seine Finger nicht aus den Augen. Und unter keinen Umständen dürfen Sie ihm die Handschellen abnehmen." Das waren Detective Sellittos Worte gewesen. Trotz dessen Befürchtungen ließ der Häftling sich anstandslos fotografieren und die Fingerabdrücke abnehmen. Welles und Hank Gersham, einer ihrer hoch gewachsenen Kollegen, nahmen Weir jeweils an einem Arm und bogen auf den langen Korridor zum Zellentrakt ein.

Einen Augenblick später stöhnte der Gefangene auf und taumelte gegen Linda Welles. „Ein Krampf!", keuchte er. „Oh Gott … tut das weh! Die Fußfesseln!" Sein linkes Bein war durchgestreckt und zitterte.

„Sollen wir ihn losmachen?", fragte Gersham.

Welles zögerte. „Nein", beschloss sie. „Wir legen ihn hin."

Sie ließen Weir vorsichtig auf den Boden sinken, und Welles fing an, das steife Bein zu massieren. Dann bemerkte sie, dass Weir die gefesselten Hände hinter dem Rücken zur Seite genommen hatte. Sein Hosenbund war ein paar Zentimeter nach unten gerutscht.

Sie sah, dass auf seiner Hüfte ein Stück Heftpflaster geklebt hatte. Nun war es halb abgelöst, und darunter … was zum Teufel war das denn? Ein Schlitz in der Haut.

In diesem Moment traf seine durchgestreckte Handfläche sie mitten ins Gesicht und brach ihr das Nasenbein.

Ein Schlüssel! Er hatte unter der Haut einen Schlüssel oder Dietrich versteckt.

Ihr Partner streckte sofort den Arm aus, aber Weir war blitzschnell auf den Beinen und rammte ihm den Ellbogen gegen die Kehle. Gersham ging ächzend in die Knie und rang hustend nach Luft.

Weir griff nach Welles' Pistole und wollte sie aus dem Holster ziehen. Die Beamtin packte den Kolben der Waffe mit beiden Händen und hielt mit aller Kraft dagegen. Blut von der Nase floss ihr in den Rachen, und sie fing an zu würgen.

„Hilfe!", rief Welles und spuckte Blut. „Hilfe, schnell!"

Am Ende des Flurs öffnete sich eine Tür, und jemand rannte los, aber der Gang schien zehn Meilen lang zu sein. Sie fielen beide zu Boden. Die Augen des Häftlings waren nur Zentimeter von Welles' Gesicht entfernt, und der Lauf der Waffe drehte sich langsam in ihre Richtung.

Nicht mit mir, dachte Welles wütend, stemmte einen Fuß gegen die Wand und stieß sich ab. Weir rollte unfreiwillig nach hinten, und sie fiel auf ihn. Mit ohrenbetäubendem Knall löste sich ein Schuss, und Welles spürte den harten Rückstoß.

Dann wurde ihr klar, dass sie nicht länger um die Waffe ringen musste, sondern sie allein in der Hand hielt. Sie sprang auf.

Die Kugel hatte den Gefangenen seitlich in den Kopf getroffen und eine schreckliche Wunde verursacht. Hinter ihm an der Wand klebten Blut, Hirnmasse und Knochenstücke. Weir lag auf dem Rücken und starrte mit leerem Blick zur Decke. Von seiner Schläfe rann Blut auf den Boden.

Zitternd heulte Welles auf. „Verflucht, was hab ich da angerichtet! Oh nein! Helfe ihm doch jemand!" Dann fiel sie auf die Knie und fing lauthals zu schluchzen an.

„CONSTABLE möchte Ihnen etwas mitteilen", ertönte die forsche Stimme von Joe Roth, Andrew Constables Anwalt, am anderen Ende der Leitung. „Er hat ein paar Leute in Canton Falls angerufen. Wie es aussieht, hat eine Hand voll ehemaliger Mitglieder der Gesellschaft der Patrioten sich selbstständig gemacht."

„Haben Sie schon von Weirs Tod gehört?", fragte Charles Grady.

„Ja … Ich glaube wirklich, dass Andrew nichts mit den Anschlägen auf Sie zu tun hatte, Charles.“

„Und er hat stichhaltige Informationen?“, fragte Grady.

„Ja, die hat er“, erwiderte Roth. „Er will mit Ihnen von Angesicht zu Angesicht sprechen. Wie schnell können Sie ins Untersuchungsgefängnis kommen?“

„Ich bin in einer halben Stunde da.“ Grady legte auf.

„Ich komme mit“, sagte Luis, der ruhige Leibwächter.

Nach Weirs Tod hatte Lon Sellitto alle anderen Beschützer abgezogen.

„Nein, Sie bleiben hier bei meiner Familie, Luis. Dann ist mir etwas wohler zumute.“

SACHS’ verbeulter gelber Camaro SS hielt vor der Centre Street 100. Sie legte den NYPD-Parkausweis auf das Armaturenbrett, stieg aus und nickte einigen Leuten von der Spurensicherung zu, die neben ihrem Einsatzwagen standen. „Wo muss ich hin?“

„Erdgeschoss, hinten. Der Korridor zum Zellentrakt.“

„Abgeriegelt?“

„Ja.“

„Wessen Waffe?“

„Die von Linda Welles. Justizbeamtin. Sie ist ziemlich mitgenommen. Die Kanaille hat ihr die Nase gebrochen.“

Sachs nahm einen der Gerätekoffer, befestigte ein kleines Rollengestell daran und zog ihn auf dem Weg zum Eingang des Justizgebäudes hinter sich her. Die Kollegen taten es ihr gleich und folgten ihr.

Ein versehentlich abgefeuerter Schuss beim Kampf zwischen einer Beamtin und einem Täter, der zu fliehen versuchte? Reine Formsache. Dennoch handelte es sich um einen Todesfall, und die Untersuchungskommission würde einen vollständigen Tatortbericht verlangen.

Ein Posten überprüfte ihre Dienstausweise und führte sie dann durch ein Ganglabyrinth in den Keller. Schließlich erreichten sie eine geschlossene Tür, die mit gelbem Absperrband markiert war. Ein Detective sprach soeben mit einer uniformierten Beamtin. Die Nase der Frau war frisch versorgt worden.

Sachs stellte sich den beiden vor und erklärte, sie werde nun den Tatort inspizieren. Sie fragte Linda Welles, was geschehen sei.

„Er hat nur zwei oder drei Sekunden gebraucht. Für alle Schlösser. Einfach so, dann waren sie auch schon offen. Aber nicht mit meinem Schlüssel. Er hatte einen Dietrich oder so an der Hüfte. Sie werden es selbst sehen." Sie nickte in Richtung des Korridors, wo Weirs Leiche lag. „Er hat einen Einschnitt in der Haut. Unter einem Pflaster. Alles ging so schnell."

Sachs nahm an, dass er sich einen Schnitt zugefügt und dadurch ein kleines Versteck geschaffen hatte.

„Dann hat er meine Waffe gepackt. Ich hab versucht, die Kontrolle zu behalten, und ich hab versagt." Welles fasste sich vorsichtig an die Nase und fing an zu weinen.

„Wir haben ihn festgenommen und durchsucht", sagte Sachs sanft. „Und wir haben den Schlüssel ebenfalls übersehen." Sachs streifte sich Latexhandschuhe über und bat um die Waffe der Frau. Sie nahm die Glock, zog das Magazin heraus, entfernte die Patrone aus der Kammer und verstaute alles in einer Plastiktüte.

Das Team der Spurensicherung versammelte sich vor der Tür des Korridors, in dem der Zwischenfall stattgefunden hatte, öffnete die Koffer und legte die Ausrüstungsgegenstände bereit, um Partikel einzusammeln, Fingerabdrücke zu nehmen, Videoaufnahmen anzufertigen und Fotos zu schießen.

Sachs zog den weißen Tyvek-Overall an, setzte das Headset auf und bat die Zentrale, mit Lincoln Rhymes Wohnung verbunden zu werden. Sie riss das Absperrband herunter und öffnete die Tür.

„Oh, verdammt!", fluchte sie.

„Dir auch einen guten Abend, Sachs", ertönte Rhymes bissige Stimme in ihrem Ohr.

„Ich fasse es nicht, Rhyme. Die Gerichtsmedizin hat den Toten abtransportiert, bevor ich ihn mir vornehmen konnte." Sachs schaute in den Gang und sah Blut, sonst nichts.

Die Grundregel lautete, dass ein Tatort nur dann vom medizinischen Personal betreten werden durfte, wenn es dort Verletzte zu versorgen gab. Im Fall eines Mordes durfte niemand die Leiche berühren, auch nicht der Dienst habende Gerichtsmediziner, bevor die Spurensicherung ihre Arbeit getan hatte.

„Gibt's ein Problem, Amelia?", rief einer der Techniker von der Tür aus.

„Sieh mal", erwiderte sie verärgert und wies auf den Korridor. „Die Gerichtsmedizin hat die Leiche schon abgeholt. Wie konnte das passieren?"

Der junge Mann mit dem Bürstenschnitt runzelte die Stirn und sah seinen Partner an. „Äh, also, der Doktor steht draußen. Er wartet darauf, dass wir fertig werden und er den Toten mitnehmen kann."

Der Schreck fuhr ihr in die Glieder. „Rhyme, du glaubst doch nicht …?“

„Was siehst du, Sachs?“, schnauzte er sie an. „Wie sehen die Blutspritzer aus?“

Sie lief zum Schauplatz des Kampfes und musterte die Blutflecke an der Wand. „Das sieht nicht nach den üblichen Folgen einer Schusswunde aus, Rhyme.“

„Gibt’s Hirnmasse und Knochen?“

„Ja, da klebt graues Zeug, aber es sieht ebenfalls nicht ganz richtig aus.“

„Unterzieh das Blut einem Schnelltest.“

Sachs rannte zurück zur Tür, schnappte sich das katalytische Testset, kehrte in den Gang zurück und nahm eine Probe von der Wand. Gleich darauf erhielt sie das Ergebnis. „Ich weiß nicht, was das ist, aber es ist definitiv kein Blut. Rhyme, er hat die Schießerei inszeniert.“

„Gib Alarm.“

„Es ist ein Fluchtversuch!“, schrie Sachs. „Schließt alle Ausgänge!“

Ein Detective rief zurück: „Die Posten an allen Ausgängen wurden verständigt. Aber das hier ist kein Hochsicherheitskorridor. Nachdem wir die Türen geschlossen hatten, konnte er einfach aufstehen und sonst wohin abhauen. Vermutlich sitzt er jetzt in der U-Bahn nach Queens.“

„Geben Sie sofort eine Fahndungsmeldung raus“, sagte Sachs. Doch vorerst überließ Sachs die Fahndung dem Detective und wandte sich wieder ihrem Aufgabengebiet zu: dem Tatort, dessen Untersuchung zunächst wie eine Formsache ausgesehen hatte und nun zu einer Angelegenheit von Leben und Tod geworden war.

„DAS WAR sein Plan B“, sagte Kara. Sie hatten die junge Frau soeben zurück zu Rhyme bringen lassen.

„Sein Plan B?“, fragte der Kriminalist.

„Ja, es war seine Alternative. Alle guten Illusionisten sichern ihre Nummern ab. Falls man Mist baut, braucht man einen Fluchtplan, um die Situation zu retten. Weir muss einkalkuliert haben, dass man ihn eventuell erwischen würde, und hat entsprechende Vorkehrungen getroffen.“

„Wie hat er das angestellt?“

„Unter seinem Haar steckte eine mit Blut gefüllte Blase und ein Knallkörper.“

„Und die Augen?“, fragte Rhyme. „Laut Aussage der Zeugen waren die Augen offen. Er hat kein einziges Mal geblinzelt, und sein Blick war glasig.“

„Er könnte Tropfen benutzt haben, die das Auge feucht halten. Dann braucht man zehn oder fünfzehn Minuten lang nicht zu blinzeln.“

Rhyme seufzte. „Wo zum Teufel bleiben die Beweismittel?“, rief er dann mürrisch und schaute von der Tür zu Mel Cooper, als könnte der schlanke Techniker die Lieferung aus dem Untersuchungsgefängnis auf Kommando herbeizaubern.

Wie sich herausstellte, gab es in dem Gebäudekomplex sogar zwei Tatorte: den Korridor, in dem der Fluchtversuch stattgefunden hatte, und eine Abstellkammer im Keller des benachbarten Justizgebäudes. Eines der Suchteams hatte dort in einer versteckten Tüte Kleidungsstücke, die gefälschte Wunde und einige andere Gegenstände gefunden.

Es klingelte an der Tür. Thom öffnete, und gleich darauf eilte Roland Bell ins Arbeitszimmer. „Ich kann's gar nicht glauben“, sagte er völlig außer Atem. „Wurde es bestätigt? Ist er tatsächlich abgehauen?“

„Allerdings“, murmelte Rhyme finster. „Die Spezialeinheit sucht alles ab. Amelia ist auch dort.“

„Ich glaube, wir sollten Charles Grady und seine Familie lieber in einem bewachten Ausweichquartier unterbringen“, sagte Bell.

„Gute Idee“, stimmte Sellitto zu.

Bell nahm sein Mobiltelefon und wählte eine Nummer. „Luis? Hier ist Roland. Hör zu, Weir ist geflohen … Nein, nein, er war ganz und gar nicht tot. Er hat die Sache inszeniert. Ich möchte Grady und seine Familie an einen sicheren Ort umsiedeln, bis … Was?“

Alle Anwesenden starrten Bell an. „Wer ist bei ihm? … Allein?“

Bell wandte sich an Sellitto. „Luis sagt, du hättest angerufen und das Bewachungsteam abgezogen.“

„Wen habe ich angerufen?“

„Unsere Leute bei Grady. Alle bis auf Luis sollten nach Hause gehen.“

„Warum sollte ich so etwas tun?“, fragte Sellitto. „Scheiße, er hat uns schon wieder reingelegt. Genau wie mit den Posten beim Zirkus, die er heimgeschickt hat.“

„Es kommt noch schlimmer“, erklärte Bell. „Grady ist allein zum Gefängnis unterwegs, um dort mit Constable wegen irgendeiner Prozessabsprache zu verhandeln.“ Er wandte sich wieder an Martinez. „Luis, behalt die Familie im Auge. Und ruf das Team an. Hol alle sofort zurück. Ich versuche, Charles zu erreichen.“ Er unterbrach die Verbindung und wählte eine andere Nummer. „Nur die Mailbox.“ Er hinterließ eine Nachricht: „Charles, hier spricht Roland. Weir ist entkommen. Sobald Sie dies hier hören, suchen

Sie bitte sofort einen bewaffneten Beamten auf, den Sie persönlich kennen, und rufen Sie mich zurück." Er beendete das Gespräch und schüttelte den Kopf. „Was für ein Desaster."

„Ich weiß nur eines", sagte Rhyme. „Er wird nicht die Stadt verlassen. Er genießt das alles."

„DANKE, Sir. Vielen Dank."

Der Justizbeamte, der Andrew Constable soeben in das Verhörzimmer in einem der oberen Stockwerke der „Gruft" in Lower Manhattan schob, stutzte kurz, als er diese freundlichen Worte vernahm.

Einen Augenblick später kam Joseph Roth ins Zimmer.

„Hallo, Joe. Hat Grady sich einverstanden erklärt zu verhandeln?"

„Ja. Er müsste in zirka zehn Minuten hier sein, Andrew. Können Sie Namen nennen?"

„Darauf können Sie wetten", sagte Constable. „Es sind Freunde von mir. Gute Freunde. Früher zumindest. Und dieses Mittagessen im Riverside Inn? Einige von ihnen haben diesen Weir angeheuert, damit er Grady umbringt. Viele der Patrioten werden mich voll und ganz unterstützen. Machen Sie sich keine Sorgen."

„Gut", sagte Roth. Er wirkte erleichtert. „Ich glaube, es wird alles ein gutes Ende nehmen."

„Danke, Joe. Ich bin froh, dass ich Sie engagiert habe."

„Ich muss gestehen, Andrew, ich war zunächst ein wenig überrascht, dass Sie sich für einen jüdischen Anwalt entschieden haben. Sie wissen schon – nach allem, was ich über Sie gehört hatte."

„Aber dann haben Sie mich kennen gelernt."

„Dann habe ich Sie kennen gelernt."

Sie wurden von einem Justizbeamten unterbrochen, der die Tür öffnete und Roth nach draußen winkte. Dort unterhielten sie sich kurz.

Als der Anwalt zurückkehrte, wirkte er besorgt. „Wir müssen eine Weile hier bleiben. Weir konnte fliehen. Er könnte noch im Gebäude sein."

„Nein! Ist Grady in Sicherheit?"

„Keine Ahnung."

Der Häftling seufzte verärgert. „Wissen Sie, wer diesen Verbrecher dingfest machen wird? Ich selbst, ob Sie's glauben oder nicht. Ich habe genug von diesem ganzen Mist. Ich werde herausfinden, wo Weir sich aufhält und was er plant."

„Sie? Wie denn?"

„Ich lasse alle meine Leute aus Canton Falls nach Jeddy Barnes suchen. Womöglich können sie ihn überzeugen, uns zu verraten, wo dieser Weir ist und was er vorhat. Ganz im Vertrauen, Joe. Grady ist mir scheißegal. Ich tue das für mich. Wenn ich denen Weir und Jeddys Kopf auf einem Tablett serviere, wird man mir vielleicht endlich glauben, dass ich es ehrlich meine. Und jetzt lassen Sie uns ein paar Anrufe erledigen und diesem Durcheinander auf den Grund gehen."

HOBBS WENTWORTH kam nicht allzu oft aus Canton Falls heraus.

Während er nun, als Mitarbeiter einer Putzkolonne verkleidet, einen Handkarren mit Besen, Schrubbern und seinem „Angelzeug" (einem halbautomatischen Sturmgewehr Modell Colt AR-15) vor sich herschob, erkannte Hobbs, dass das Leben in der großen Stadt sich seit seinem letzten Besuch vor zwanzig Jahren ziemlich verändert hatte.

Und er stellte fest, dass stimmte, was er gehört hatte: Die weiße Rasse wurde von einem langsam nagenden Krebsgeschwür bedroht. Es gab in diesem Teil von New York City mehr Japaner – oder auch Chinesen, wer konnte die schon auseinander halten? – als in Tokio. Und überall Latinos, wie Mückenschwärme. Und auch noch Araber, dazu Inder und Pakistani.

Doch Gott hatte Hobbs Wentworth zum gesegneten Freiheitskämpfer berufen. Denn Jeddy Barnes und dessen patriotische Freunde wussten, dass Hobbs außer den Bibelstunden mit Kindern noch eine andere Vorliebe hatte. Er tötete Menschen. Und zwar sehr, sehr gekonnt. Das runde Dutzend Einsätze der letzten paar Jahre war perfekt über die Bühne gegangen. Und nun würde er der Liste einen Staatsanwalt hinzufügen.

Er schob den Karren durch die fast leere Tiefgarage an der Centre Street, blieb vor einer der Türen stehen und wartete. Er wirkte ganz teilnahmslos – genau wie ein Putzmann, dessen Spätschicht beginnt. Nach ein paar Minuten öffnete sich die Tür, und eine Frau kam heraus. Sie lächelte, zog die Tür aber hinter sich ins Schloss und sagte, es tue ihr zwar Leid, aber sie könne ihn nicht hineinlassen. Er möge doch bitte Verständnis haben, denn er kenne ja die Sicherheitsvorschriften.

Eine Minute später warf er ihre Leiche in den Karren und nahm ihr den Dienstausweis ab. Er zog die Magnetkarte durch das Lesegerät, und die Tür öffnete sich mit einem Klicken.

Dann fuhr er mit dem Aufzug in den zweiten Stock und schob dabei den Wagen weiter vor sich her. Die Leiche der Frau lag unter einigen Müllsäcken verborgen. Oben fand er das Büro, das Mr Weir für diesen Einsatz ausgewählt hatte. Die Tür war abgeschlossen, aber der kräftige Mann trat sie einfach ein.

Im Zimmer nahm Hobbs das Gewehr aus dem Karren, montierte das Zielfernrohr und hob die Waffe zur Probe an die Schulter. Ein erstklassiges Sichtfeld. Er konnte gar nicht danebenschießen.

Wenn Grady auftauchte, sollte Hobbs durch das geschlossene Fenster fünf Schüsse auf ihn abgeben, einen nach dem anderen. Die erste Kugel würde das Glas zertrümmern und dadurch vielleicht abgelenkt werden, aber die anderen vier würden den Staatsanwalt töten.

WO? Wo steckte Weir? Roland Bell lief die Centre Street entlang und schaute in die Autos, an denen er vorbeilief, zu den Lastwagen, in die Gassen. Seine Waffe war schussbereit, aber er hatte sie nicht gezogen. Es schien ihm am sinnvollsten, Grady auf der Straße abzufangen, bevor er das Gebäude betrat – denn hier draußen hatte der Staatsanwalt bessere Überlebenschancen. Bell bezweifelte, dass diese Leute ein hohes Risiko eingingen – das passte nicht zu ihrem Verhaltensprofil. Der Killer würde seinen Schuss abgeben, nachdem Grady den Wagen geparkt hatte und sich unterwegs zum Eingang des Justizgebäudes befand. Und es würde ein simpler Schuss werden – es gab hier praktisch keine Deckung.

Wo steckte Weir? Und – genauso wichtig – wo steckte Grady?

Seine Frau hatte gesagt, er habe das Familienauto genommen, nicht den Dienstwagen. Bell hatte eine Fahndungsmeldung herausgegeben, aber der Volvo des Staatsanwalts war noch nirgendwo aufgetaucht.

Der Detective drehte sich langsam auf der Stelle und hielt angestrengt Ausschau. Sein Blick fiel auf das gegenüberliegende Gebäude, einen neuen Behördenbau mit Dutzenden von Fenstern in Richtung der Centre Street. Vor einiger Zeit hatte Bell in diesem Haus mit einer kurzen Geiselnahme zu tun gehabt und wusste daher, dass sich an einem Sonntag so gut wie niemand dort aufhalten würde. Ein perfektes Versteck, um auf Grady zu warten. Aber das galt auch für die Straße – um beispielsweise aus einem vorbeifahrenden Wagen zu schießen.

Wo, wo?

„ICH BIN im letzten Flügel des Untergeschosses und gehe von Tür zu Tür, Rhyme."

Sachs war nun in der „Gruft" und arbeitete sich durch die Gänge vor. „Okay, lass uns jetzt Funkstille halten, Rhyme. Ich melde mich wieder."

Rhyme und Cooper wandten sich wieder den Beweismitteln zu. In dem Gang, der zum Zellentrakt der „Gruft“ führte, hatte Sachs Splitter eines Rinderknochens und graue Gummistücke sichergestellt, die benutzt worden waren, um Schädel- und Hirnfragmente zu simulieren. Außerdem hatte sie Proben des falschen Bluts genommen.

Die Abstellkammer, in der Weir sich umgezogen hatte, erwies sich als etwas ergiebiger – sie fanden eine Papiertüte mit dem blutigen Knallkörper und der Blase sowie den Kleidungsstücken, die sie seit der Verhaftung in Gradys Wohnung kannten: dem grauen Anzug und einem Paar hochwertige Lederschuhe Marke Oxford. Cooper hatte darauf bei der Untersuchung wichtige Spuren entdeckt: unter anderem dicke Nylonfasern und weiteres falsches Blut. Die Fasern stammten von einem aschgrauen Teppich. Das falsche Blut von dieser Fundstelle war Farbe. Cooper schickte die chemische Zusammensetzung und Fotos ans FBI und bat um die schnellstmögliche Ermittlung von Fabrikat und Herkunft.

Dann kam Rhyme eine Idee. „Kara!“, rief er. Sie saß neben Mel Cooper, ließ einen Vierteldollar über die Finger wandern und starrte das Computerabbild einer Faser an. „Würden Sie mir einen Gefallen tun?“

„Gern.“

„Könnten Sie bitte zum Cirque Fantastique gehen und Kadesky aufsuchen? Erzählen Sie ihm von der Flucht, und finden Sie heraus, ob er sich im Zusammenhang mit Weir noch an weitere Einzelheiten erinnern kann. Alles, was uns verraten könnte, wie er derzeit vielleicht aussieht.“

„Eventuell hat er ja noch alte Zeitungsausschnitte oder Fotos, auf denen Weir in Verkleidung zu sehen ist“, sagte sie.

Rhyme betonte, er halte das für eine gute Idee. Dann widmete er sich wieder der Wandtafel.

Es war noch eine Stunde bis zur Abendvorstellung, und der Cirque Fantastique erwachte langsam zum Leben.

In dem Bereich hinter der Bühne fand Kara eine freundliche Zirkusangestellte, der sie ihr Anliegen erläuterte – dass ein wegen Mordes gesuchter ehemaliger Illusionist als jemand identifiziert worden sei, mit dem Mr Kadesky vor langer Zeit zusammengearbeitet habe, und dass sie deshalb mit Mr Kadesky sprechen müsse. Die Assistentin lud Kara ein, so lange zu warten, bis der Produzent vom Abendessen zurückkehrte. Sie gab Kara eine Karte für eine der VIP-Logen, entschuldigte sich und machte sich wieder an die Arbeit.

ROLAND BELL stand an der Centre Street zwischen dem hoch aufragenden Justizgebäude, dessen zwei Türme in luftiger Höhe durch die Seufzerbrücke verbunden waren, und dem unscheinbaren Bürobau gegenüber.

Es gab noch immer keine Spur von Charles Grady. Und keine Spur von Erick Weir.

Er drehte sich um und entdeckte Charles Grady, der lässig die Straße heraufgeschlendert kam. Bell rannte sofort los. „Charles!", rief er. „In Deckung! Weir ist geflohen!"

Erschrocken kauerte sich Grady zwischen zwei geparkten Fahrzeugen auf den Gehweg. „Was ist passiert?", rief er. „Meine Familie!"

„Wir haben zusätzliche Leute hingeschickt", sagte der Detective.

„Aber Weir …"

„… hat die Schießerei im Gefängnis inszeniert."

Bell erreichte schließlich Grady und blieb über ihm stehen. Die dunklen Fenster des Behördengebäudes auf der anderen Straßenseite lagen in seinem Rücken.

„Bleiben Sie einfach in Deckung, Charles", sagte Bell. „Wir werden das Kind schon schaukeln." Er nahm das Funkgerät vom Gürtel.

HOBBS WENTWORTH beobachtete, wie seine Zielperson – der Staatsanwalt – dort unten auf dem Bürgersteig hockte und durch einen Mann in einem Sportsakko abgeschirmt wurde, offenbar ein Polizist.

Das Fadenkreuz des Zielfernrohrs wanderte über den Rücken des Beamten und suchte vergeblich nach einem freien Schussfeld. Hobbs musste ziemlich bald etwas unternehmen. Der Cop sprach in sein Funkgerät. Noch eine Minute, dann würde es hier von Polizisten wimmeln.

Also gut. Er würde dem Bullen in den Oberschenkel schießen, sodass der Mann höchstwahrscheinlich nach hinten kippte und die Sicht auf den Staatsanwalt freigab. Er gab dem Cop noch ein paar Augenblicke, in denen er von selbst beiseite treten konnte.

Der Cop stand immer noch über Grady gebeugt.

So, das war's, dachte Hobbs. Er visierte das Bein des Bullen an und verstärkte langsam den Druck auf den Abzug.

MEHRERE Schüsse hallten gedämpft durch die Straßenschlucht. Bell zuckte zusammen.

„Da schießt jemand!", rief Charles Grady. „Sind Sie verletzt?"

„Unten bleiben", sagte Bell und ging neben ihm in die Hocke. Er wirbelte herum, hob die Waffe und musterte angestrengt die Fassade des gegenüberliegenden Bürogebäudes. Hektisch zählte er die Fenster ab.

„Ich hab seinen Standort!“, rief er ins Funkgerät. „Zweiter Stock, fünftes Büro vom Nordende des Gebäudes.“

Kurz darauf hielt ein gepanzertes Fahrzeug der Spezialeinheit vor ihnen. Fünf Sekunden später saßen Bell und Grady im Innern. Mit quietschenden Reifen entfernte der Wagen sich vom Ort des versuchten Anschlags.

Bell hatte sich ausgerechnet, dass das Behördengebäude für ein Attentat auf Grady das beste Schussfeld bot. Er hatte sich dort draußen selbst als Köder angeboten, denn seit dem Geiselnahmeeinsatz in dem Gebäude wusste er etwas, das ansonsten kaum öffentlich bekannt war: Wie bei vielen der neueren Behördenbauten konnten die Fenster nicht geöffnet werden und bestanden zum Schutz vor Bombenanschlägen aus Panzerglas.

Also hatte er versucht, den Attentäter zum Schuss zu verleiten, und gehofft, dass die Kugel die Form eines Spinnennetzes auf dem Verbundglas erscheinen lassen und den Standort des Mannes preisgeben würde.

Und sein Plan hatte funktioniert.

„Spezialeinheit vier an Bell. Der Schauplatz ist gesichert. Es ist schon toll, wenn jemand sich durch eigene Dummheit ans Messer liefert. Kommen.“

„Genau“, bestätigte Bell. „Wo hat er sich selbst getroffen? Kommen.“

Bell hatte den Standort des Schützen nicht dank der Risse im Glas erkannt, sondern aufgrund eines großen Blutspritzers an der Scheibe. Der Leiter der Spezialeinheit erklärte, dass die Kupfermantelgeschosse, die der Mann auf Bell abgefeuert hatte, als Querschläger vom Glas abgeprallt seien und den Attentäter an einem halben Dutzend Stellen getroffen hätten, wobei eine große Arterie oder Vene verletzt worden sei. Als das Einsatzteam das Büro erreicht habe, sei der Mann bereits verblutet gewesen.

„Bitte sagen Sie mir, dass es Weir ist. Kommen.“

„Nein, tut mir Leid. Es ist jemand namens Hobbs Wentworth.“

JOSEPH ROTH, der zusammen mit Andrew Constable im Verhörraum saß, wirkte verunsichert. Ihnen war soeben mitgeteilt worden, dass ein Mann mit einem Gewehr vor wenigen Minuten einen Anschlag auf Grady verübt hatte, und zwar unmittelbar vor dem Gebäude. Doch der Attentäter war nicht Weir gewesen. „Ich fürchte, dass Grady jetzt andere Sorgen hat, als sich um uns zu kümmern“, sagte der Anwalt. Er fuhr mit dem Zeigefinger die Liste mit Namen und Telefonnummern enlang. Constables Leute in

Canton Falls hatten sie ihnen genannt; sie waren das Resultat ihrer Nachforschungen über Weirs Pläne. „Glauben Sie, dass jemand von diesen Leuten Genaueres über Weir weiß?“, wollte der Anwalt wissen.

Constable beugte sich vor und betrachtete die Aufstellung. Dann warf er einen Blick auf die Uhr seines Anwalts und schüttelte langsam den Kopf. „Das möchte ich bezweifeln“, sagte er.

„Sie … Sie bezweifeln es?“

„Ja. Sehen Sie diese erste Nummer? Das ist die chemische Reinigung an der Harrison Street in Canton Falls. Als Nächstes folgt die Baptistenkirche. Und die Namen?“

„Richtig“, sagte Roth. „Jeddy Barnes’ Helfershelfer.“

Constable lachte in sich hinein. „Herrje, nein. Die sind alle nicht echt.“

„Das verstehe ich nicht.“

„Natürlich verstehst du das nicht, du jämmerlicher Scheißjude“, flüsterte Constable und hieb dem Anwalt beide Fäuste an die Schläfe.

Andrew Constable war ein kräftiger Mann, und der dickbäuchige Joe Roth war ihm nicht gewachsen. Constable drückte ihn gegen den Tisch und schlug ihm hart auf den Kehlkopf.

Der Häftling bearbeitete den blutenden Mann mit gefesselten Fäusten. Innerhalb kürzester Zeit war Roth bewusstlos. Constable setzte ihn mit dem Rücken zur Tür auf einen Stuhl. Falls einer der Wärter zufällig einen Blick in den Raum warf, würde es so aussehen, als habe Roth sich mit gesenktem Kopf in die Unterlagen vertieft. Er würde den Anwalt später töten. Vorerst, zumindest für die nächsten paar Minuten, musste hier alles ganz unverdächtig aussehen. Noch ein paar Minuten – dann würde er frei sein. Denn nur darum ging es bei Erick Weirs Plan.

Constables bester Freund, Jeddy Barnes, der stellvertretende Leiter der Gesellschaft der Patrioten, hatte Weir nicht für den Mord an Grady engagiert, sondern dafür, dass er den Häftling aus dem als überaus sicher bekannten Untersuchungsgefängnis von Manhattan befreite und ihn mitten in der Wildnis Neuenglands absetzte, wo die Miliz ihren Feldzug würde fortsetzen können, um das Land von den Schwarzen, Schwulen, Juden und Ausländern zu befreien, all denen, die Constable in seinen wöchentlichen Ansprachen vor der Gesellschaft der Patrioten anprangerte.

Eine Waffe wäre nicht schlecht, dachte Constable und zog den metallenen Druckbleistift aus der Hemdtasche des Anwalts. Mit der nadelscharfen Spitze ließ sich hervorragend zustechen. Dann nahm er gegenüber von Roth Platz, lehnte sich wartend zurück und ließ den Plan Revue passieren, den Weir sich ausgedacht hatte. Es war ein Meisterwerk. Am Anfang stand Weirs ausgeklügelte Idee, die Polizei davon zu überzeugen, dass Grady ermordet werden sollte. So würde die Aufmerksamkeit der Polizei nur der vermeintlichen Mordverschwörung gelten und nicht etwa anderen Verbrechen – wie beispielsweise dem geplanten Gefängnisausbruch.

Weir selbst ließ sich bei einem Attentat auf Grady absichtlich erwischen, um in Haft genommen zu werden. Unterdessen sollte Constable ein eigenes Ablenkungsmanöver starten und die Gegner besänftigen, indem er ganz vernünftig tat, seine Unschuld beteuerte und Grady heute Abend zum Justizgebäude lockte, um ihm angeblich belastendes Material über Barnes und dessen Mitverschwörer auszuhändigen.

Bei Gradys Ankunft würde Hobbs Wentworth einen Mordversuch unternehmen, doch es spielte keine Rolle, ob er dabei Erfolg hatte; wichtig war nur, dass Hobbs die Polizei vom Untersuchungsgefängnis ablenkte. Dann würde Weir – der sich nach seinem vorgetäuschten Tod frei im Gebäude bewegte – nach hier oben schleichen und Constable hinausschaffen.

Da hörte Constable – genau zum verabredeten Zeitpunkt – das charakteristische Summen der äußeren Zugangstür. Ah, sein Transport in die Freiheit war eingetroffen.

Die Tür des Verhörzimmers schwang auf. Doch es handelte sich um die rothaarige Polizistin, die er gestern bei Detective Bell gesehen hatte.

„Ein Verletzter!“, rief sie mit Blick auf Roth. „Holt einen Krankenwagen!“

Hinter ihr nahm einer der Justizbeamten den Telefonhörer ab, während der andere einen roten Knopf an der Wand betätigte, woraufhin eine Alarmsirene erschallte.

Was ging hier vor sich? Constable war ratlos. Wo steckte Weir?

Er schaute zurück zu der Frau und entdeckte eine Dose Pfefferspray in ihrer Hand – hier im Sperrbereich die einzige erlaubte Waffe. Constable fasste einen schnellen Entschluss, stöhnte laut auf und hielt sich den Leib. „Ich bin niedergestochen worden!“

Die Frau runzelte die Stirn und sah sich im Raum um. Constable sackte zu Boden. Wenn sie näher kommt, steche ich ihr mit dem Stift ins Gesicht, dachte er. Weir musste ganz in der Nähe sein.

Komm schon, Kleine. Komm ein bisschen näher.

„Und Ihr Anwalt?“, fragte sie. „Wurde er ebenfalls niedergestochen?“

„Ja! Es war irgendein Schwarzer.“

Nur noch ein paar Schritte …

Constable hob den Kopf, um sein Ziel anzuvisieren.

Und schaute genau in die Sprühöffnung des Pfeffersprays, etwa dreißig Zentimeter entfernt. Die Frau drückte den Knopf herunter, und der Strahl traf ihn mitten ins Gesicht.

AMELIA SACHS steckte die Sprühdose ein. Nachdem ihr der halb verdeckte Stift in Constables Hand aufgefallen war, hatte sie es zutiefst genossen, diesen bösartigen Fanatiker wie ein Schwein quieken zu hören, als sie ihn besprühte. Sie trat beiseite, damit die beiden Justizbeamten den Häftling packen und hinauszerren konnten.

Joseph Roth atmete, war jedoch bewusstlos und schwer verletzt. Bald darauf traf ein Sanitätsteam ein und kümmerte sich um den Anwalt.

Sachs ging hinaus. Sie rief Rhyme an, um ihn über die letzten Vorfälle zu unterrichten. „Constable hat ihn erwartet, Rhyme", schloss sie.

„Wen? Weir?"

„Ja. Als ich zur Tür hereingekommen bin, war er ziemlich überrascht. Ich bin sicher, dass er auf jemanden gewartet hat."

„Das also ist Weirs Absicht? Er will Constable zur Flucht verhelfen?"

„Ja, meine ich."

„Diese verfluchten Täuschungen", murmelte Rhyme. „Er hat uns dazu gebracht, nur auf das Mordkomplott gegen Grady zu achten." Er zögerte. „Es sei denn, die Fluchthilfe ist ebenfalls ein Ablenkungsmanöver, und Weir hat tatsächlich vor, Grady zu töten."

Sie überlegte kurz. „Das könnte natürlich sein."

„Und ihr habt keine Spur von Weir gefunden?"

„Nein, keine. Aber ich suche weiter."

RHYME wandte sich vom Fenster ab, durch das er den Abendhimmel betrachtet hatte, und fuhr zurück zu der Wandtafel. Das frustrierende Gefühl war kaum zu ertragen. Rhyme hatte schon vor langer Zeit akzeptiert, dass er in seinem Zustand niemals in der Lage sein würde, einen Täter im physischen Sinne zu ergreifen. Doch er konnte mit seinem scharfen Verstand die gesuchten Verbrecher wenigstens mental bezwingen. Nur bei Erick Weir, dem Hexer, wollte es ihm einfach nicht gelingen.

Roland Bell war mit Charles Grady heil in der Wohnung eingetroffen, wo die Familie nun ihre Sachen packte, um in ein sicheres Versteck der New Yorker Polizei umzuziehen.

Sachs, Sellitto und die Spezialeinheit suchten die beiden Justizgebäude ab. Kara wartete beim Cirque Fantastique auf Kadesky. Eine Einheit zur

Spurenauswertung nahm sich soeben das Bürogebäude vor, in dem der tote Hobbs Wentworth lag, und die Techniker in Washington waren immer noch mit der Analyse der Fasern und des Kunstbluts aus dem Untersuchungsgefängnis beschäftigt.

Was konnte Rhyme darüber hinaus tun, um Weir auf die Schliche zu kommen? Nur eines. Er beschloss, etwas zu versuchen, das er schon seit Jahren nicht mehr gemacht hatte. Rhyme fing höchstpersönlich an, einige Gitternetze abzuschreiten.

Die Suche begann im Untersuchungsgefängnis und führte ihn durch gewundene Korridore, die gespenstisch grün leuchteten. Um Mauerecken, in Abstellkammern und Heizungsräume. Alles bei dem Versuch, sich auf die Spur – und in den Kopf – von Erick Weir zu begeben.

Natürlich fand diese Suche mit geschlossenen Augen und lediglich in Gedanken statt. Dennoch schien es ihm irgendwie angemessen, eine rein imaginäre Verfolgung aufzunehmen; immerhin hatte der Gesuchte sich plötzlich in Luft aufgelöst.

DIE AMPEL sprang auf Grün, und Malerick beschleunigte langsam. Während er sich im abendlichen Verkehr treiben ließ, stellte er sich amüsiert vor, wie abgrundtief verwirrt Constable zurzeit sein musste, wie er zunehmend in Panik geriet und darauf wartete, dass Weir eintraf, um ihn aus dem Gebäude zu schaffen – was selbstverständlich niemals geschehen würde.

Der Prozess könnte wie geplant eröffnet werden, und weder der verblüffte Andrew Constable noch Barnes oder Wentworth oder sonst jemand würde je begreifen, dass man sie nur benutzt hatte.

Und auch die Polizei dürfte völlig verwirrt sein.

Tja, verehrtes Publikum, es passiert sogar schon seit zwei Tagen: ein ausgeklügelter Auftritt, der sich einer perfekten Mischung aus physischer und psychologischer Täuschung bedient.

Physisch – indem er die Aufmerksamkeit der Polizei gleichzeitig auf Charles Gradys Wohnung und auf das Untersuchungsgefängnis richtete.

Psychologisch – indem er den Verdacht von seinem wahren Vorhaben ablenkte und stattdessen ein überaus glaubhaftes Motiv präsentierte, von dem Lincoln Rhyme stolz annahm, es eigenständig herausbekommen zu haben: den Auftragsmord an Grady und die Durchführung von Andrew Constables Flucht.

Seine wahren Beweggründe hatten allerdings nicht das Geringste mit dem Fall Constable zu tun. Alle Hinweise, die er so deutlich hinterlassen hatte – die den Illusionistennummern nachempfundenen Angriffe auf die ersten drei Opfer, welche jeweils für einen Aspekt des Zirkus standen, die Schuhe mit den Hundehaaren, die Anspielungen auf das Feuer in Ohio und die Verbindung zum Cirque Fantastique … all das hatte die Polizei überzeugt, dass er sich nicht wirklich an Kadesky rächen wollte, denn es schien, wie Lincoln Rhyme es ihm ins Gesicht gesagt hatte, viel zu offensichtlich. Er musste in Wahrheit etwas anderes vorhaben.

Hatte er aber nicht!

Er trug inzwischen die Kleidung eines Sanitäters und bog mit dem Krankenwagen, den er steuerte, soeben in den Serviceeingang des Zeltes ein, das den Cirque Fantastique beherbergte. Er parkte den Wagen unter der Logentribüne, stieg aus und schloss die Tür ab. Keiner der Bühnenarbeiter, Polizisten oder Wachmänner achtete auf ihn oder den Rettungswagen. Nach der heutigen Bombenwarnung war es absolut normal, dass ein solches Fahrzeug hier stand – absolut natürlich, wie ein Illusionist es ausdrücken würde.

Sehen Sie nur, verehrtes Publikum, hier ist Ihr Illusionist, mitten auf der Bühne und doch vollständig unsichtbar. Er ist der Verschwundene – zugegen, aber unbemerkt.

Bei dem Fahrzeug handelte es sich gar nicht um einen gewöhnlichen Krankenwagen, sondern um ein Falsum. Er hatte den Wagen vor ein paar Monaten gekauft und umgebaut. Statt der medizinischen Ausrüstung enthielt der Laderaum nun ein Dutzend Plastikfässer mit insgesamt 2650 Liter Benzin. Eine simple Zündvorrichtung würde die Flüssigkeit bald zum Leben erwecken und einen tödlichen Regen über die mehr als zweitausend Zuschauer niedergehen lassen. *Und über Edward Kadesky.*

Erinnern Sie sich noch an unser Gespräch, Mr Rhyme? Meine Worte waren bloß Geplapper. Kadesky und der Cirque Fantastique haben mein Leben zerstört und mir das Liebste genommen, und dafür werde ich ihn vernichten. Es geht tatsächlich nur um Rache.

Der Illusionist verließ nun vollkommen unbemerkt und ganz beiläufig das Zelt und verschwand im Central Park. Er würde die Kleidung wechseln und im Schutz der Dunkelheit zurückkehren. Dann würde er sich einen guten Aussichtspunkt suchen und das Finale seiner Show genießen.

FAMILIEN, Freunde, Paare, Kinder schlenderten ins Zelt, füllten allmählich die Bänke und Logen und verwandelten sich langsam von Individuen in ein Wesen namens Publikum.

Kara wandte den Blick ab und hielt einen der Wachmänner an. „Ich warte schon eine ganze Weile. Wissen Sie zufällig, wann Mr Kadesky zurückkommt? Es ist wirklich wichtig."

Nein, er wusste es nicht.

Sie wandte sich wieder dem hell erleuchteten Innenraum des riesigen Zirkuszeltes zu, ließ die Magie des Ortes auf sich wirken und spürte die Erregung, die gespannte Erwartung ... Oh, was würde sie dafür geben, nun hinter dem Vorhang zu stehen!

Bin ich denn gut genug?, grübelte sie. Balzacs Stimme erklang unnachgiebig in ihrem Kopf: noch nicht, noch nicht, noch nicht ... Er hatte Recht. Sie musste ihm vertrauen. Außerdem war da noch ihre Mutter ...

Kadeskys Assistentin tauchte auf und winkte sie zu sich. „Er hat gerade angerufen. Er musste ein Radiointerview geben, wird aber bald hier sein. Das da vorn ist seine Loge. Warum warten Sie nicht dort auf ihn?"

Kara nickte, ging zu dem Platz und setzte sich.

Bumm. Eine laute Trommel hallte durch das Zelt. Das Licht wurde gedämpft und ging vollständig aus. Die Menge verstummte schlagartig.

Bumm ... bumm ... bumm. Der Trommelschlag ertönte in langsamer Folge. Ein strahlend heller Lichtkegel richtete sich auf die Mitte der Manege, wo nun Arlecchino in seinem eng anliegenden schwarz-weiß karierten Kostüm und der dazu passenden Halbmaske stand. Er reckte ein langes Zepter hoch in die Luft und sah sich schelmisch um. Er trat vor und fing an, die Manege zu umrunden, gefolgt von einer Prozession seltsamer Gestalten, zu denen nicht nur andere Figuren der Commedia dell'Arte zählten, sondern auch Geister, Feen, Prinzessinnen und Prinzen, Zauberer. Manche gingen, manche tanzten, einige schlugen ein Rad, aber ganz langsam, als befänden sie sich unter Wasser.

Maskierte Gesichter, weiß, schwarz, silbern oder golden bemalt, Gesichter voller glitzernder Pünktchen. Feierlich, würdevoll, ausgelassen, grotesk. Die Parade war regelrecht hypnotisierend. Und ihre Botschaft war unmissverständlich: Was auch immer außerhalb des Zeltes existieren mochte, besaß hier drinnen keine Gültigkeit. Das Herz schlug nicht mehr im eigenen Rhythmus, sondern folgte dem klaren Trommelschlag, und die Seele des Zuschauers ließ sich von dieser wundersamen Prozession fesseln und folgte ihr bereitwillig in die Welt der Illusion.

Wir kommen nun zum Finale unserer Show, verehrtes Publikum.

Es ist an der Zeit, unsere berühmteste – und umstrittenste – Illusion zu präsentieren. Eine Variation des berüchtigten „Brennenden Spiegels".

Ich muss Sie aber warnen, verehrtes Publikum, denn die letzte versuchte Aufführung dieses Tricks hat mit einer Tragödie geendet.

Ich weiß es, denn ich war dabei.

Nehmen Sie sich also bitte um Ihretwillen einen Moment Zeit, schauen Sie sich im Zelt um, und überlegen Sie, was Sie im Fall einer Katastrophe tun würden …

Doch bei näherem Nachdenken fällt mir ein – nein, es ist bereits zu spät.

MALERICK war in den Central Park zurückgekehrt und stand etwa fünfzig Meter vom leuchtenden weißen Zelt des Cirque Fantastique entfernt.

Er hatte erneut einen Bart angelegt und trug einen Jogginganzug und ein hochgeschlossenes Trikot. Unter einer Baseballmütze schauten ein paar verschwitzte blonde Strähnen hervor. Mithilfe einer Flasche Wasser hatte er sich zu falschen Schweißflecken verholfen, die das Erscheinungsbild seiner gegenwärtigen Rolle abrundeten: ein unbedeutender Angestellter beim abendlichen Fitnessprogramm, der eine Verschnaufpause eingelegt hatte und beiläufig das Zirkuszelt musterte.

Er sah zwei Gestalten, die direkt außerhalb des großen Serviceeingangs standen, durch den er vor kurzem den Krankenwagen ins Innere gefahren hatte. Ein Mann und eine junge Frau. Sie sprachen miteinander und beugten sich jeweils dicht zum Ohr des anderen vor, um die Musik zu übertönen.

Ja! Der Mann war Kadesky. Malerick hatte schon befürchtet, der Produzent könnte zum Zeitpunkt der Explosion nicht anwesend sein. Die Frau war diejenige, die er bei Lincoln Rhyme gesehen hatte. Die junge Frau mit dem rotvioletten Haar.

Kadesky wies nach drinnen, und die beiden gingen hinein. Malerick schätzte, dass sie sich nur drei oder vier Meter neben der Ambulanz befanden. Er schaute auf die Uhr. Gleich war es so weit.

Und nun, meine Freunde, mein verehrtes Publikum …

Genau um 21 Uhr schoss ein Feuerstrahl aus dem Zelteingang. Gleich darauf sah man hinter der Leinwand die Umrisse der gewaltigen Flammen, die sich quer durch den Innenraum wälzten und die Tribünen, Zuschauer und Kulissen verschlangen. Die Musik verstummte abrupt, gellende Schreie ertönten, und aus der Zeltspitze stieg schwarzer Rauch empor.

Malerick beugte sich vor. Der entsetzliche Anblick faszinierte ihn. Er wartete noch einen Moment ab, aber er wusste, dass bald hunderte von Polizisten hier ausschwärmen würden. Er steuerte den Gehweg an, blieb dann aber noch einmal stehen und drehte sich um. Vor dem Zelt hingen halb vom Rauch verdeckt die riesigen Banner. Auf einem von ihnen streckte der maskierte Arlecchino die Arme aus und zeigte seine leeren Handflächen.

Sehen Sie her, verehrtes Publikum, ich habe nichts zu verbergen.

Doch das entsprach nicht der Wahrheit. Die Figur hielt wie ein geübter Taschenspieler etwas hinter den Fingern versteckt. Und nur Malerick wusste, was das war. Der scheue Harlekin hatte den Tod mitgebracht.

Teil III: Hinter den Kulissen

Sonntag, 21. April, bis Donnerstag, 25. April

Neun

Amelia Sachs' Camaro raste mit 140 Stundenkilometern über den West Side Highway. Dem Killer war es gelungen, sie durch einen erneuten Geniestreich zu überlisten. Weir hatte es weder auf Charles Gradys Tod noch auf Andrew Constables Flucht abgesehen. Sein wahres Ziel war ihnen noch vor wenigen Stunden viel zu offensichtlich vorgekommen – der Cirque Fantastique.

Gerade als Amelia mit schussbereiter Waffe vor der Tür eines der letzten möglichen Verstecke im Untergeschoss des Justizgebäudes stand, hatte Rhyme sie angerufen und über die neue Situation in Kenntnis gesetzt. Jedermann wurde gebraucht, und Rhyme wollte, dass sie so schnell wie möglich losfuhr.

„Ich komme sofort", hatte sie erwidert.

MALERICK schlenderte langsam aus dem Park, während Leute an ihm vorbei in die entgegengesetzte Richtung liefen, auf das Feuer zu.

Am Central Park West stieß er an der Ecke einer der Querstraßen mit einer jungen Asiatin zusammen.

„Wissen Sie, was da passiert ist?", fragte sie.

Ja, allerdings, dachte Malerick. Der Mann und der Zirkus, die mein Leben zerstört haben, gehen soeben zugrunde. Doch er runzelte die Stirn und sagte ernst: „Nein, keine Ahnung. Aber es scheint ziemlich schlimm zu sein."

Er ging weiter nach Westen und begann mit einem ausgedehnten Spaziergang zurück zu seinem Apartment. Dabei schlug er nicht nur einige

Umwege ein, sondern wechselte auch mehrmals die Verkleidung, um absolut sicherzustellen, dass ihm niemand folgte.

Sein Plan sah vor, dass er die heutige Nacht in der Wohnung verbringen und dann am Morgen nach Europa abfliegen würde, wo er wieder öffentlich auftreten wollte – und zwar unter seinem neuen Namen. Bisher hatte außer seinem verehrten Publikum keine Menschenseele je etwas von „Malerick“ gehört, aber das würde sich bald ändern.

Und nun geht die Show zu Ende, verehrtes Publikum, so wie immer.

Ich hoffe, ich konnte Ihnen Aufregung und Vergnügen bereiten. Ich hoffe, Sie sind mir mit Staunen auf diese Reise in die Unterwelt gefolgt, wo Leben sich in Tod verwandelt, Tod in Leben und das Wirkliche ins Unwirkliche. Ich verneige mich vor Ihnen, verehrtes Publikum …

ALS ER wohlbehalten wieder in seiner Wohnung war, zündete Malerick eine Kerze an, setzte sich auf das Sofa und ließ die Flamme nicht aus den Augen. Heute Abend, nach der endlich vollzogenen Vergeltung würde sie erzittern und ihm eine Botschaft übermitteln, davon war er fest überzeugt.

Die Kerze flackerte. Ja!

Allerdings ging das Flackern nicht auf den Geist einer längst verstorbenen geliebten Person zurück, sondern allein auf den kühlen Luftzug, der ins Zimmer strömte, als ein halbes Dutzend Polizisten in voller Körperpanzerung in die Wohnung stürmte. Sie schleuderten den keuchenden Illusionisten zu Boden, und die rothaarige Beamtin hielt ihm eine Pistole an den Hinterkopf. Dann las sie ihm mit ruhiger Stimme seine Rechte vor.

DAS GEWICHT Lincoln Rhymes und seines Rollstuhls ließ die Arme der beiden schwitzenden Polizeibeamten zittern, als sie ihn die Stufen ins Gebäude hinaufschleppten. Im Treppenhaus übernahm er selbst und lenkte den Storm Arrow in die Wohnung des Hexers. Neben Amelia Sachs blieb er stehen.

Dann sah er zu, wie Bell und Sellitto den verblüfften Täter durchsuchten. Rhyme hatte vorgeschlagen, einen Arzt aus der Gerichtsmedizin hinzuzuziehen. Der traf kurz darauf ein und nahm sich den Mann genauer vor. Es erwies sich als eine gute Idee; der Arzt fand mehrere Schlitze in der Haut des Mannes – sie sahen wie kleine Narben aus, ließen sich aber öffnen. Im Innern waren winzige metallene Werkzeuge versteckt.

„Lassen Sie ihn auf der Krankenstation des Untersuchungsgefängnisses röntgen“, sagte Rhyme.

Nachdem man dem Hexer drei Paar Handschellen und zwei Paar Fußfesseln angelegt hatte, brachten zwei Beamte den Mann am Boden in eine sitzende Position. Er bedachte Rhyme mit einem verwunderten, ja geradezu bestürzten Blick. Der Kriminalist besichtigte unterdessen ein Schlafzimmer voller Requisiten und Utensilien.

„Wie?", flüsterte der Hexer.

„Es gab nicht allzu viele Spuren, aber sie ließen erkennen, was Sie in Wahrheit vorhatten", begann Sachs. „Wir haben die Tüte mit der Kleidung und der falschen Wunde gefunden – in der Abstellkammer im Untergeschoss des Justizgebäudes. An den Sachen klebte ein wenig getrocknete rote Farbe. Und Teppichfasern."

„Ich dachte, die Farbe sei Kunstblut." Rhyme schüttelte den Kopf. „Wie das FBI-Labor uns mitgeteilt hat, handelt es sich aber um einen orangeroten Autolack, der ausschließlich für Rettungsfahrzeuge verwendet wird. Auch die Fasern stammen aus einem Wagen – sie gehören zu einem strapazierfähigen Industrieteppich, der in Krankenwagen des Herstellers General Motors gebräuchlich war."

„Daraus hat Lincoln gefolgert, dass Sie kürzlich eine alte Ambulanz gestohlen oder gekauft und dann hergerichtet haben", übernahm Sachs. „Dann sind ihm die Messingspäne wieder eingefallen. Was wäre, falls unsere ursprüngliche Vermutung zuträfe und es tatsächlich einen Zeitzünder gäbe? Und da Sie in Lincolns Schlafzimmer ein mit Benzin getränktes Taschentuch zurückgelassen hatten, schien es nicht weit hergeholt, dass Sie eine Brandbombe in einem angeblichen Rettungswagen verstecken würden."

„Danach habe ich einfach nur Logik walten lassen ...", sagte Rhyme.

„Das soll heißen, er ist einer Eingebung gefolgt", spöttelte Bell.

„Ich habe also Logik angewendet. Kara hatte uns geschildert, dass ein Illusionist die Aufmerksamkeit des Publikums mitunter genau auf den Trick lenkt, direkt auf das, was er tatsächlich tun wird. Und genau das haben auch Sie getan. Ich muss gestehen, es war eine brillante Idee. Dieses Kompliment mache ich nicht besonders oft ... Sie wollten sich an Kadesky für das Feuer rächen, das Ihr Leben ruiniert hat. Folglich haben Sie einen Plan entworfen und sind dabei analog zu einer Bühnennummer verfahren und haben vielschichtige Täuschungen eingebaut. Täuschung Nummer eins: Sie haben eine ‚Nötigung' begangen – laut Kara ist dies das Wort, das Illusionisten dafür benutzen, nicht wahr?"

Der Killer erwiderte nichts.

„Zunächst haben Sie uns ‚genötigt' zu glauben, Sie wollten aus Gründen persönlicher Vergeltung den Zirkus zerstören. Aber ich habe es Ihnen nicht abgenommen – es war zu offensichtlich. Und unser Misstrauen führte zu Täuschung Nummer zwei: Sie haben uns den Zeitungsartikel über Grady, den Restaurantbeleg, den Presseausweis und den Hotelschlüssel untergeschoben, damit wir daraus folgern würden, Sie wollten den Staatsanwalt umbringen … Was die Jacke am Hudson River betrifft, so wollten Sie sie ohnehin dort zurücklassen, richtig? Wir sollten sie am Tatort finden."

Weir nickte.

„Und als Folge hielten wir Sie für einen Auftragskiller, der Charles Grady ermorden sollte. Wir glaubten, Sie durchschaut zu haben, und unser Argwohn verflüchtigte sich … wenigstens einigermaßen."

Der Hexer rang sich ein mattes Lächeln ab. „Einigermaßen!", keuchte er.

„Daher folgte Täuschung Nummer drei. Sie ließen uns glauben, Sie hätten sich absichtlich verhaften lassen, um ins Untersuchungsgefängnis zu gelangen, und zwar nicht etwa, um Grady zu töten, sondern um Constable zu befreien. Bis dahin wären der Zirkus und Kadesky komplett aus unserem Bewusstsein verschwunden."

„Aber warum hat er sich die Mühe gemacht, extra einen angeblichen Fluchtplan für Constable zu entwickeln?", wollte Bell wissen.

„Na ja, ganz einfach", warf Sellitto ein. „Wir sollten möglichst gründlich von dem Zirkus abgelenkt werden, damit er es leichter haben würde, dort die Bombe zu legen."

„Nein, Lon, da irrst du dich", sagte Rhyme langsam. „Es gab einen anderen Grund."

Diese Worte und vielleicht auch der seltsame Tonfall, in dem Rhyme sie aussprach, veranlassten den Killer, sich ihm zuzuwenden. Zum ersten Mal an diesem Abend nahm der Kriminalist im Blick des Mannes Verunsicherung, wenn nicht gar Angst wahr.

Volltreffer, dachte Rhyme. Dann sagte er: „Weißt du, es gab nämlich noch eine vierte Täuschung."

„Eine vierte?", wiederholte Sellitto.

„Ganz recht … Er ist nicht Erick Weir", verkündete Rhyme.

„Nicht Weir?", fragte Sellitto.

„Das stand im Zentrum all seiner Aktionen an diesem Wochenende", fuhr Rhyme fort. „Er wollte Rache an Kadesky und dem Zirkus üben. Nun, es ist einfach, sich zu rächen, wenn einem die eigene Haut egal ist. Aber er wollte nicht im Gefängnis landen, sondern davonkommen und weiter auftreten. Also hat er seine Identität geändert und wurde Erick Weir, ließ sich heute Nachmittag verhaften und vor seiner Flucht noch die Fingerabdrücke abnehmen."

Sellitto nickte. „Damit nach dem Anschlag auf Kadesky und den Zirkus alle nach Weir suchen würden und nicht nach ihm." Er runzelte die Stirn. „Aber wer zum Teufel ist er?"

„Arthur Loesser, Weirs Protegé."

Der Killer keuchte leise auf, als der letzte Rest Anonymität – und damit die Hoffnung auf Flucht – sich in Luft auflöste.

„Aber Loesser hat uns doch aus dem Westen angerufen", wandte Sellitto ein.

„Nein, hat er nicht. Ich habe das bei der Telefongesellschaft überprüfen lassen. Als er anrief, stand auf dem Display des Apparats KEINE ANRUFERKENNUNG, weil das Gespräch zuerst zu seinem Konto bei einem auswärtigen Netzbetreiber geschaltet und von dort aus wieder in die Stadt zurückgeführt wurde, aber Ausgangspunkt war ein Kartentelefon an der 87. Straße West. Die Frauenstimme auf seinem Anrufbeantworter in Las Vegas war eine Fälschung."

„Und er war auch derjenige, der Keating, den anderen Assistenten, angerufen und sich dabei als Weir ausgegeben hat, richtig?", fragte Sellitto.

„Ja. Er musste schon im Vorhinein eine entsprechende Fährte legen. Also hat er beispielsweise die Darby-Handschellen auf Weirs Namen gekauft."

Rhyme sah den Killer an. „Was macht die Stimme?", fragte er spöttisch. „Geht's der Lunge schon besser?"

„Sie wissen doch, dass die völlig in Ordnung ist!", herrschte Loesser ihn an. Das pfeifende Keuchen war weg.

Rhyme nickte in Richtung des Schlafzimmers. „Ich habe da drüben Entwürfe für ein paar Werbeplakate gesehen. Ich nehme an, die stammen von Ihnen. Der Name darauf lautet ‚Malerick'. So nennen Sie sich jetzt, ja?"

Der Killer nickte. „Ich habe meinen alten Namen gehasst. Ich konnte den Gedanken an die Zeit vor dem Feuer nicht mehr ertragen. Es war zu schlimm, daran erinnert zu werden. Inzwischen bin ich Malerick … Wie sind Sie auf die Idee gekommen?"

„Ich habe mir Ihre Fingerabdrücke aus der Kartei des Gefängnisses schicken lassen, und Mel hat sie untersucht. Die Tintenabdrücke sind tatsächlich die von Weir, aber die darüber hinaus hinterlassenen Papillarleisten gehören zu Loesser. Es gibt einen AFIS-Eintrag über ihn, weil er damals in New Jersey zusammen mit Weir wegen dieser fahrlässigen

Körperverletzung festgenommen wurde. Außerdem haben wir die Waffe der Justizbeamtin überprüft. Sie hatte die Glock wieder an sich genommen, sodass er keine Chance bekam, die Spuren zu beseitigen. Auch dort konnten wir Abdrücke von Loesser nachweisen."

„Aber er müsste doch viel jünger als Weir sein", gab Sellitto zu bedenken.

„Er ist jünger als Weir." Rhyme schaute auf Loessers Gesicht. „Die Falten bestehen aus Latex, genau wie die Narben – sie sind alle unecht. Loesser ist zwanzig Jahre jünger als Weir, er musste also altern." Rhyme betrachtete Stirn und Wangenknochen des Killers. „Der Latex muss doch ziemlich unbequem sein."

„Man gewöhnt sich daran."

„Sachs, lass uns doch mal nachschauen, wie er wirklich aussieht."

Sie zog ihm den Bart sowie die Falten um Augen und Kinn ab. Das zum Vorschein kommende Gesicht war eindeutig sehr viel jünger. Auch die Proportionen wirkten ganz anders.

„Die Finger auch." Rhyme wies mit dem Kopf auf die linke Hand des Täters.

Um die angebliche Verschmelzung glaubhaft wirken zu lassen, hatte Loesser die Finger mit einer Bandage zusammengebunden und unter einer dicken Latexprothese verborgen.

„Fast ein perfektes Verbrechen", sagte Rhyme. „Ein Täter, der dafür sorgt, dass jemand anders verdächtigt wird. Wir wären von Weirs Schuld überzeugt gewesen, denn immerhin lag eine eindeutige Identifizierung vor. Dann hätte er sich einfach in Luft aufgelöst. Loesser hätte sein eigenes Leben weiterführen können, und Weir wäre nie wieder aufgetaucht. Der Verschwundene."

„Aber eines verstehe ich nicht", sagte Sellitto. „Loesser legte es darauf an, dass wir den echten Weir jagen. Wieso sollte er seinem Mentor so etwas antun?"

„Warum habe ich wohl die beiden kräftigen jungen Beamten gebeten, mich die Stufen zu dieser Wohnung hinaufzuschleppen, Lon?", fragte Rhyme. Er schaute zum Kaminsims hinauf. „Ich glaube, ich habe unseren Täter gefunden, Lon." Dort auf dem Sims standen eine Kerze und ein Kasten mit Einlegearbeiten. „Das da ist Erick Weir, richtig? Seine Asche."

„Ja, das stimmt", sagte Loesser leise. „Er wusste, dass ihm nicht mehr viel Zeit blieb, und wollte unbedingt von der Intensivstation in Ohio weg, um in seinem Haus in Las Vegas sterben zu können. Eines Nachts habe ich ihn dort rausgeholt und nach Hause gefahren. Ein paar Wochen später war er tot. Ich habe den Nachtwächter eines Krematoriums bestochen und ihn eingeäschert."

„Und die Fingerabdrücke?", fragte Rhyme. „Haben Sie sie ihm nach dem Tod abgenommen und entsprechende Stempel angefertigt, um die falsche Karteikarte vorzubereiten?"

Loesser nickte.

„Demnach haben Sie all dies schon seit Jahren geplant?"

„Ja!", erwiderte Loesser hitzig. „Sein Tod ist wie eine Brandwunde, die immer noch schmerzt."

„Sie haben so viel riskiert, um Ihren Boss zu rächen?", fragte Bell.

„Boss? Er war viel mehr als mein Boss", fuhr Loesser ihn wütend an. „Sie begreifen überhaupt nichts. An Mr Weir denke ich jeden Tag rund um die Uhr. Seit jenem ersten Tag, als er in diesen Laden in Vegas kam, wo ich gerade auftrat ... Damals habe ich mich ‚Der junge Houdini' genannt ... Was für ein Tag! Mr Weir hat mir zwar manchmal das Leben zur Hölle gemacht, aber er sah, was in mir steckte. Er hat sich um mich gekümmert. Er hat mir das Illusionistenhandwerk beigebracht ..." Das Gesicht des Mannes umwölkte sich. „Und dann wurde er mir weggenommen. Wegen Kadesky. Er und sein verfluchter Zirkus haben Mr Weir getötet ... Und mich auch. Arthur Loesser ist in jenem Feuer gestorben." Er sah den Kasten an, und auf seinem Antlitz zeichnete sich dabei eine Mischung aus Kummer, Hoffnung und dermaßen seltsamer Zuneigung ab, dass Rhyme einen Schauder verspürte, der ihm vom Hals hinunter in den tauben Leib kroch.

Loesser sah wieder Rhyme an. „Tja, Sie haben mich erwischt, aber trotzdem sind Mr Weir und ich die Sieger. Der Zirkus existiert nicht mehr, und Kadesky ist erledigt, falls er überhaupt überlebt hat."

„Ach, richtig, der Cirque Fantastique und das Feuer." Rhyme schüttelte ernst den Kopf. „Denken Sie noch einmal zurück. Sie stehen im Central Park, beobachten die Flammen, den Qualm. Und Sie hören die Schreie ... Sie überlegen sich, lieber zu verschwinden, weil man bald nach Ihnen suchen wird. Sie machen sich auf den Weg hierher. Jemand – eine junge Frau, eine Asiatin – stößt mit Ihnen zusammen. Sie wechseln ein paar Worte über die Vorgänge im Park. Dann trennen sich Ihre Wege."

„Wovon zum Teufel reden Sie da?", fragte Loesser schroff.

„Werfen Sie doch mal einen Blick auf die Unterseite des Armbands Ihrer Uhr", sagte Rhyme. Loesser drehte das Handgelenk. Die Ketten klirrten leise. Auf dem Uhrenarmband klebte eine kleine schwarze Scheibe. Sachs entfernte sie. „Ein GPS-Peilsender. Wir sind dem Signal hierher gefolgt."

„Aber wer …? Moment! Das war diese Illusionistin, dieses Mädchen! Kara!"

Rhyme fuhr fort: „Wir haben Sie im Park entdeckt, mussten aber befürchten, dass Sie uns entwischen. Ein nicht ganz unbegründeter Verdacht, oder? Daher habe ich Kara gebeten, sich ebenfalls zu verkleiden. Sie ist wirklich gut. Bei dem kleinen Zusammenstoß an der Straßenecke hat sie Ihnen dann den Peilsender verpasst."

„Wir hätten Sie eventuell schon auf der Straße verhaften können", übernahm Sachs, „aber Sie sind ein wenig zu gut im Fliehen. Außerdem wollten wir Ihr Versteck ausfindig machen."

„Das bedeutet ja, dass Sie schon vor dem Feuer Bescheid gewusst haben!"

„Ach übrigens, Ihr Krankenwagen", sagte Rhyme beiläufig. „Das Räumkommando hat die Bombe gefunden und innerhalb einer Minute gefahrlos entschärft. Dann hat man das Fahrzeug sofort gegen ein anderes ausgetauscht, damit Sie nichts merkten. Wir sind davon ausgegangen, dass Sie den Brandanschlag persönlich verfolgen wollten. Daher haben wir jede Menge Beamte in Zivil zum Park geschickt und nach einem Mann Ausschau halten lassen, der ungefähr Ihre Statur besitzt, eine Weile das Feuer beobachtet und bald darauf den Bereich verlässt. Mehrere der Kollegen haben Sie bemerkt, und wir ließen Ihnen von Kara den Sender anhängen. Und Hokuspokus …", Rhyme lächelte über seine Wortwahl, „… hier sind wir."

„Aber das Feuer … ich habe es doch gesehen!"

„Was Sie gesehen haben, war der Qualm mehrerer Rauchgranaten, die wir oben am Zelt befestigt haben", erklärte Sachs. „Die Flammen stammten von einem Propanbrenner am Bühneneingang. In der Manege wurden ebenfalls ein paar Brenner entzündet und die Schatten der Flammen auf die Zeltbahn projiziert."

„Ich habe Schreie gehört", flüsterte Loesser.

„Oh, das war Karas Idee. Kadesky hat dem Publikum erzählt, man würde eine kleine Programmpause einlegen, damit ein Filmteam eine Szene im Zelt drehen könne – und zwar über ein Zirkusfeuer. Auf Kommando fingen dann alle an zu schreien. Die Leute hatten riesigen Spaß dabei."

„Nein", flüsterte der Hexer. „Es war …"

„… eine Illusion", fiel Rhyme ihm ins Wort. „Es war alles nur eine Illusion."

Ersonnen vom flinken Verstand des Unbeweglichen.

Zwei Beamte führten den mehrfach mit Hand- und Fußfesseln gesicherten Killer zur Tür hinaus.

Zehn

Die Kratzer auf der Vertäfelung waren wegpoliert und alle Spuren des Brandes aus Rhymes Schlafzimmer „fortgezaubert“ worden, wie Thom sich ausgedrückt hatte. Nun war es Nacht, der Raum dunkel. Rhyme lag in seinem Flexicair-Bett und starrte zum Fenster hinaus. Erst vor zehn Minuten war er eingedöst, aber gleich wieder aufgeschreckt, weil das Publikum im Zirkuszelt plötzlich stürmisch applaudierte.

„Gilt für die denn keine Sperrstunde?“, murmelte Rhyme Amelia Sachs zu, die neben ihm im Bett lag.

„Ich könnte den Generator zerschießen“, antwortete sie mit klarer Stimme. Offenbar hatte sie bislang kein Auge zugetan. Ihr Kopf ruhte neben seinem auf dem Kissen, ihre Lippen berührten seinen Hals, und er spürte das leichte Kitzeln ihrer Haare und die Wärme ihrer weichen Haut. Er genoss ihre Nähe.

Sie waren allein im Haus, hatten Thom ins Kino geschickt und den Abend mit ein paar neuen CDs, fünfzig Gramm Kaviar und reichlich Champagner verbracht.

Jetzt schmiegte sich Sachs an ihn und schlief bald darauf ein.

Nicht so Lincoln Rhyme. Während er dalag und der Musik und der Stimme des Conférenciers aus dem Zirkus lauschte, kam ihm so mancher Gedanke.

Es ging dabei – was keine große Überraschung war – um den Zirkus.

SPÄT am nächsten Morgen betrat Thom das Schlafzimmer und stellte fest, dass Rhyme Besuch hatte. „Hallo“, begrüßte er Jaynene Williams, die Krankenschwester aus dem Stuyvesant Manor.

„Thom.“ Sie gab ihm die Hand.

Der Betreuer hatte einige Einkäufe erledigt und war sichtlich verwundert, jemanden hier anzutreffen. Aber dank des Computers, der Überwachungskameras und der verschiedenen Kontrollsysteme war Rhyme problemlos in der Lage, jemanden anzurufen, zu sich einzuladen und die Tür zu öffnen, sobald der Betreffende klingelte.

„Kein Grund, so schockiert zu sein“, sagte Rhyme sarkastisch. „Ich habe durchaus schon Leute in mein Haus gebeten, wie du weißt.“

„Höchstens alle Jubeljahre. Und jetzt gibt's Kaffee für alle.“

Nachdem der Betreuer gegangen war, um Kaffee zu machen, sagte

Rhyme: „Es gibt da ein Problem, das mir keine Ruhe lässt. Ich glaube, Sie können mir weiterhelfen. Zumindest hoffe ich das."

Sie beäugte ihn misstrauisch. „Eventuell."

„Wie lange kennen Sie Kara?", fragte er.

„Kara? Etwas mehr als ein Jahr. Seit ihre Mutter ins Stuyvesant Manor eingezogen ist."

„Das ist ein ziemlich teurer Laden, nicht wahr?"

„Und wie", bestätigte Jaynene.

„Ist ihre Mutter versichert?"

„Nur bei der Gesundheitsfürsorge. Das meiste bezahlt Kara aus eigener Tasche." Sie hielt kurz inne. „So gut es eben geht. Im Augenblick ist sie flüssig, aber sie war schon oft genug im Rückstand."

Rhyme nickte langsam. „Ich möchte Ihnen noch eine Frage stellen. Bitte denken Sie gut nach, bevor Sie antworten. Und Sie müssen unbedingt ehrlich sein."

„Tja", sagte die Krankenschwester, „ich werde mich bemühen."

AN JENEM Nachmittag kam Roland Bell zu Besuch. Sie saßen gemeinsam in Rhymes Wohnzimmer und unterhielten sich über die Beweislage im Fall Andrew Constable.

Charles Grady hatte beschlossen, den Beginn des Prozesses gegen Constable zu verlegen, um weitere Anklagepunkte hinzuzufügen – versuchter Mord an seinem eigenen Anwalt, Verschwörung zum Mord und Beteiligung an einem Verbrechen mit Todesfolge. Im Verfahren gegen Arthur Loesser würde er wegen des Mordes an Larry Burke auf die Todesstrafe plädieren. Die Leiche des Streifenbeamten war in einer Gasse an der Upper West Side gefunden worden.

Amelia Sachs betrat den Raum. Nach dem Gespräch mit Jaynene und den anschließenden Ereignissen hatte auch Rhyme Neuigkeiten zu vermelden, und er hatte bereits vergeblich versucht, Sachs zu erreichen. Auch jetzt blieb keine Zeit für einen Austausch von Informationen, denn ein weiterer Besucher traf ein.

Thom führte Edward Kadesky ins Zimmer. „Mr Rhyme", sagte er und nickte Sachs zu. Roland Bell gab er die Hand. „Ich habe Ihre Nachricht erhalten. Es hieß, Sie wollten noch etwas wegen des Falls besprechen."

Rhyme nickte. „Ich habe heute Vormittag ein paar Nachforschungen angestellt und mich um einige Unklarheiten gekümmert."

Sachs runzelte die Stirn.

Auch der Produzent wirkte beunruhigt. „Weirs Assistent – Loesser. Er ist doch nicht etwa entkommen, oder?"

„Nein, nein. Der sitzt weiterhin in Haft."

Es klingelte wieder an der Tür. Thom verschwand und kehrte gleich darauf mit Kara zurück. Sie sah sich um und fuhr sich mit der Hand durch das kurze Haar, das nicht mehr lila schimmerte, sondern nun rötlich war. „Hallo", begrüßte sie die Anwesenden und schien überrascht, Kadesky hier anzutreffen.

„Danke, dass Sie gekommen sind", wandte der Kriminalist sich an Kara. „Ich möchte lediglich noch ein paar Einzelheiten des Falls erörtern. Es geht mir um den Abend, an dem der Hexer den präparierten Krankenwagen in das Zirkuszelt gefahren hat."

Die junge Frau nickte. „Ich bin gern behilflich, wenn ich kann."

„Die Vorstellung sollte um zwanzig Uhr beginnen, nicht wahr?", fragte er Kadesky.

„Richtig."

„Und als Loesser das Fahrzeug abgestellt hat, waren Sie noch nicht von diesem Radiointerview zurück?"

„Nein, war ich nicht."

Rhyme sah Kara an. „Aber Sie waren da?"

„Ja. Ich hab gesehen, wie der Rettungswagen ins Zelt fuhr, aber ich habe mir nichts dabei gedacht."

„Wo genau hat Loesser geparkt?"

„Unter der Logentribüne", sagte sie.

„Aber nicht vorn unter den teuren Sitzen, oder?", fragte er Kadesky.

„Nein", bestätigte der Mann.

„Lincoln, worauf wollen Sie hinaus?", fragte Bell.

„Ich will darauf hinaus, dass Loesser die Bombe so abgestellt hat, dass sie den größtmöglichen Schaden anrichten würde, während gleichzeitig einige der Logengäste die Chance erhielten, mit heiler Haut zu fliehen. Woher wusste er, welche Stelle am besten geeignet war?"

„Keine Ahnung", erwiderte der Produzent. „Vermutlich hat er die Örtlichkeiten vorher ausgekundschaftet."

„Es kann sein, dass er sich vorher umgesehen hat", pflichtete Rhyme ihm bei. „Aber es wäre ziemlich riskant gewesen, beim Zirkus herumzuschnüffeln. Immerhin hatten wir Wachposten aufgestellt. Ist es denn nicht möglich, dass jemand mit Ortskenntnissen ihm bedeutet haben könnte, dort zu parken?"

„Mit Ortskenntnissen?“, fragte Kadesky stirnrunzelnd. „Wollen Sie behaupten, jemand habe ihm geholfen? Nein, keiner meiner Leute würde so etwas tun.“

Rhyme wandte sich erneut an Kara. „Sie haben bei den Logenplätzen gewartet?“ Sie nickte, und er fragte weiter: „In der Nähe der hinteren Reihen?“

Kara sah sich verlegen im Zimmer um. „Kann schon sein. Ja, ich glaube, es war so.“

„Ich frage, weil mir etwas eingefallen ist, das Sie uns erzählt haben, Kara“, fuhr Rhyme fort. „Es ging um die Leute, die an einer Illusionistennummer beteiligt sind. Da gibt es zunächst den Assistenten, dann den Freiwilligen aus dem Publikum. Und schließlich ist da noch jemand: der Helfer. Jemand, der in Wahrheit für den Zauberer arbeitet, vermeintlich aber nichts mit ihm zu tun hat.“

„Das ist richtig“, sagte Kadesky. „Viele Zauberkünstler setzen Helfer ein.“

Rhyme sah Kara an und sagte scharf: „Und genau das sind Sie die ganze Zeit gewesen, nicht wahr?“

Die junge Frau keuchte auf.

„Nein!“, rief Kadesky. „Sie?“

„Sie braucht dringend Geld, und Loesser hat ihr für ihre Hilfe fünfzigtausend Dollar gezahlt“, fuhr Rhyme fort. „Und Balzac hängt ebenfalls mit drin.“

„Kara?“, flüsterte Sachs. „Nein. Das glaube ich nicht.“

Kara schüttelte weinend den Kopf. „Amelia, es tut mir so Leid … Aber Sie verstehen es nicht … Mr Balzac und Weir waren Freunde. Sie sind jahrelang zusammen aufgetreten. Loesser hat ihn in seine Pläne eingeweiht, und die beiden haben mich gezwungen, ihm zu helfen. Aber Sie müssen mir glauben, ich wusste nicht, dass jemand zu Schaden kommen würde. Mr Balzac hat gesagt, es gehe lediglich um eine Erpressung – um es Mr Kadesky heimzuzahlen. Als mir klar wurde, dass Loesser Morde beging, war es bereits zu spät. Er sagte, falls ich nicht weiter mitspielen würde, käme ich in den Knast.“ Dann rannte Kara plötzlich auf die Tür zu.

„Vorsicht, Roland!“, rief Rhyme.

Bell sprang vor und packte sie. Die beiden gerieten ins Stolpern und landeten in der Ecke des Raums. Der Detective schaffte es, Kara Handschellen anzulegen, dann nahm er sein Funkgerät vom Gürtel und rief einen Streifenwagen, um die Verhaftete ins Untersuchungsgefängnis bringen zu lassen.

Rhyme seufzte leise. „Ich wollte dich vorher einweihen, Sachs, aber ich konnte dich nicht erreichen. Ich wünschte, es wäre nicht wahr. Aber da siehst du's. Kara und Balzac haben uns übertölpelt, als wären wir ihr Publikum gewesen."

„Ich hab … ich kann einfach nicht begreifen, wie sie das angestellt hat", flüsterte Sachs.

„Sie hat die Beweise manipuliert, uns angelogen und falsche Spuren gelegt … Roland, gehen Sie doch bitte zur Tafel. Ich werde es euch gleich aufzeigen."

Bell ging zur Tafel und deutete auf die von Rhyme bezeichneten Einträge, während der Kriminalist erläuterte, auf welche Weise Kara sie hereingelegt hatte.

„Da ist ein Streifenwagen gekommen!", rief Thom kurz darauf aus dem Flur. Eine Polizistin betrat das Zimmer und gesellte sich zu Sachs und Kadesky. Sie trug eine modische Brille und schaute sich neugierig um. Dann wandte sie sich an Bell. „Sie wollen jemanden abtransportieren lassen, Detective?", fragte sie mit spanischem Akzent.

Bell wies auf die Zimmerecke. „Die Frau da drüben."

Die Beamtin warf einen Blick auf Kara, die reglos dalag. „Okay, ich nehme sie gleich mit." Sie zögerte. „Aber vorher möchte ich eine Frage stellen."

„Eine Frage?" Rhyme runzelte die Stirn.

Sie musterte Kadesky von oben bis unten. „Können Sie sich ausweisen, Sir?"

„Schon wieder? Das hatten wir doch erst neulich."

„Sir, bitte."

Verärgert griff der Mann nach hinten und zog seine Brieftasche aus der Hose. Nur war es leider nicht seine Brieftasche.

Verdutzt starrte er eine abgenutzte schwarz-weiß gestreifte Geldbörse an.

Die Beamtin sagte: „Es tut mir Leid, Sir. Ich verhafte Sie wegen Diebstahls."

„Es muss ein Irrtum vorliegen." Kadesky klappte die Geldbörse auf und schaute hinein. Dann lachte er verblüfft und hielt den Führerschein hoch, sodass alle ihn sehen konnten. Es war der von Kara.

Ein Zettel mit einer Notiz war auch darin. *Erwischt!*, stand darauf.

„Das ist …", sagte Kadesky und sah sich die Polizistin genauer an. „He, sind Sie das etwa?"

Die „Beamtin" lachte und nahm die Brille, die Dienstmütze und die brünette Perücke ab. Darunter kam wieder das kurze rötliche Haar zum

Vorschein. Mit einem Handtuch, das der nun heftig kichernde Roland Bell ihr reichte, wischte sie sich den dunklen Teint vom Gesicht und zog die dichten Augenbrauen ab. Dann nahm sie dem erstaunten Edward Kadesky ihre Geldbörse ab und gab ihm seine Brieftasche zurück, die sie entwendet hatte, als sie bei dem angeblichen Fluchtversuch zwischen ihm und Sachs hindurchgeschlüpft war.

Sachs und Kadesky starrten beide auf die Person, die in der Ecke am Boden lag. Die junge Illusionistin ging hin und hob die Vorrichtung auf, ein federleichtes Gestell in Form einer auf dem Bauch liegenden Person. Die Kleidung ähnelte der Jeans und der Windjacke, die Kara bei der Verhaftung getragen hatte. Die Arme des Gestells endeten in zwei Latexhänden, die mit Bells Handschellen gefesselt waren. Kara hatte sich daraus befreit und sie der Puppe angelegt.

Als Sachs und die anderen sich umgedreht hatten – abgelenkt durch Rhymes Verweis auf die Wandtafel –, war Kara aus den Handschellen geschlüpft, hatte das Gestell entfaltet und war lautlos nach draußen geschlichen, um sich im Korridor umzuziehen.

Nun klappte sie die Vorrichtung wieder auf die Größe eines kleinen Kissens zusammen, das vorhin unter ihrer Jacke gesteckt hatte.

Kadesky schüttelte den Kopf. „Sie haben die komplette Flucht und die Verwandlung in weniger als einer Minute geschafft?"

„In vierzig Sekunden."

„Ich vermute, der Zweck dieser Aktion ist, dass Sie bei uns vorsprechen möchten, ja?", fragte Kadesky zynisch.

Kara zögerte, und Rhyme warf ihr einen aufmunternden Blick zu.

„Nein, das hier war meine Bewerbung. Ich will einen Job."

Kadesky sah sie prüfend an. „Das war eine einzelne Nummer. Beherrschen Sie noch andere?"

„Jede Menge."

„Wie oft haben Sie im Rahmen einer einzigen Vorstellung das Kostüm gewechselt?"

„42-mal. Dreißig Charaktere. Im Verlauf eines halbstündigen Auftritts."

„42 Wechsel in einer halben Stunde?", fragte der Produzent und zog die Augenbrauen hoch. Er überlegte nur wenige Sekunden. „Kommen Sie nächste Woche vorbei. Ich werde das aktuelle Programm nicht verändern, aber unsere Künstler könnten eine Assistentin und zweite Besetzung gebrauchen. Und vielleicht können Sie ein paar Auftritte in unserem Winterquartier in Florida absolvieren."

Rhyme und Kara sahen sich an. Er nickte entschlossen. „Okay", sagte die junge Frau zu Kadesky und gab ihm die Hand.

Der Produzent warf einen Blick auf das mit Sprungfedern versehene Drahtgestell, das sie alle zum Narren gehalten hatte. „Haben Sie das selbst gebaut?"

„Ja."

„Sie sollten es sich patentieren lassen." Dann nickte er allen zum Abschied zu und ging hinaus.

Sachs lachte. „Verdammt, ihr habt mich hinters Licht geführt. Wann habt ihr euch das ausgedacht?"

Es habe letzte Nacht angefangen, erklärte Rhyme, als er die Musik aus dem Cirque Fantastique gehört habe. Seine Gedanken hätten sich um Kara gedreht und darum, wie gut ihre Vorstellung im Smoke & Mirrors gewesen sei. Er habe an ihr mangelndes Selbstbewusstsein und an Balzacs erdrückenden Einfluss denken müssen.

Und ihm war eingefallen, was Sachs ihm über die fortschreitende Senilität ihrer Mutter erzählt hatte.

Was wiederum dazu führte, dass er am nächsten Morgen Jaynene zu sich einlud.

„Ich möchte Ihnen noch eine Frage stellen", hatte Rhyme zu der Frau gesagt. „Bitte denken Sie gut nach, bevor Sie antworten. Und Sie müssen unbedingt ehrlich sein."

Die Frage lautete: „Wird ihre Mutter sich je wieder erholen?"

„Nein. Die alte Dame muss betreut werden. Allerdings nicht unbedingt bei uns. Kara zahlt für Rehamaßnahmen, ein Beschäftigungsprogramm und die medizinische Notfallversorgung."

„Was würde mit ihr in einem gewöhnlichen Altenheim passieren?"

„Ihr Zustand würde sich verschlimmern, und irgendwann wäre es vorbei. Das Gleiche wird mit ihr aber auch bei uns geschehen, nur dass Kara sich dabei finanziell ruiniert."

Nachdem Jaynene gegangen war, hatte Rhyme Kara angerufen, und sie war vorbeigekommen. Das Gespräch zwischen ihnen war etwas unbeholfen verlaufen. Für Rhyme war die Konfrontation mit einem grausamen Killer nichts im Vergleich zu dem Eindringen in die verletzliche Sphäre eines anderen Lebens.

„Ihr Auftritt letzten Sonntag hat mich beeindruckt", hatte er gesagt. „Und ich bin nicht leicht zu beeindrucken. Sie sollten regelmäßig auf der Bühne stehen."

„Ich bin noch nicht so weit. Irgendwann kommt der Tag."

Rhyme schwieg lange, bevor er weitersprach. „Das Problem bei einer solchen Einstellung ist, dass der Tag manchmal eben nicht kommt." Er schaute an seinem Körper hinunter. „Manchmal ... kommt etwas dazwischen. Und dann stehen Sie da und haben diesen einen wichtigen Schritt nie gemacht. Und für den Rest Ihres Lebens bedauern Sie es."

„Aber Mr Balzac ... Er will nur das Beste für mich."

„Nein, will er nicht. Ich hab keine Ahnung, was er will, aber jedenfalls denkt er dabei nicht an Sie. Sehen Sie sich doch Weir und Loesser an. Und Keating. Mentoren können einen sehr starken Einfluss ausüben. Danken Sie Balzac für alles, was er getan hat, bleiben Sie ihm freundschaftlich verbunden, und schicken Sie ihm Logenkarten für Ihre erste Show in der Carnegie Hall. Aber lösen Sie sich von ihm – und zwar jetzt, solange Sie es noch können."

„Ich stehe nicht unter fremdem Einfluss", sagte sie lachend.

Rhyme erwiderte nichts darauf und spürte, dass sie darüber nachdachte, wie sehr Balzac sie in Wahrheit gängelte. Dann fuhr er fort: „Nach allem, was wir getan haben, steht Kadesky in unserer Schuld. Amelia hat mir erzählt, dass Sie ganz begeistert vom Cirque Fantastique sind. Ich glaube, Sie sollten dort vorsprechen."

„Es gibt noch einen anderen Hinderungsgrund. Meine ..."

„Mutter", fiel Rhyme ihr ins Wort. „Ich habe mich mit Jaynene unterhalten. Suchen Sie Ihrer Mutter ein Heim, das ihr alles gibt, was sie braucht – Pflege und Zuwendung. Nicht ein Rehazentrum, das Sie in den Ruin treiben wird ... Falls Sie erkannt haben, dass für Ihr Leben eine Bestimmung existiert, müssen Sie ihr unbedingt Priorität einräumen. Suchen Sie sich eine Anstellung beim Cirque Fantastique. Oder bei einer anderen Show. Aber Sie müssen weiterziehen."

Sie schüttelte den Kopf. „Sehen Sie, Lincoln, selbst wenn ich mich dafür entscheiden sollte ... Wissen Sie, wie viele Leute sich nach einem Job beim Cirque Fantastique sehnen? Die bekommen da hundert Bewerbungen pro Woche."

Er lächelte. „Ich habe mir über diesen Punkt bereits ein paar Gedanken gemacht. Der Unbewegliche möchte Ihnen die Idee für eine Nummer unterbreiten, die wir gemeinsam aufführen sollten ..."

Damit beendete Rhyme die Schilderung für Sachs.

„Wir haben beschlossen, den Trick ‚Der fliehende Verdächtige' zu nennen", sagte Kara. „Ich werde ihn in mein Repertoire aufnehmen."

„Und Balzac?“, fragte Sachs. „Er hatte in Wahrheit nichts mit der Sache zu tun?“

Rhyme nickte in Richtung Kara. „Reine Erfindung.“

Kara bot an, aus dem kubanischen Restaurant etwas zu essen zu holen, da ihnen dieser Genuss doch neulich entgangen sei. Doch noch bevor sie eine Entscheidung treffen konnten, klingelte Rhymes Telefon. Kurz darauf ertönte Sellittos Stimme aus dem Lautsprecher. „Lincoln, störe ich?“

„Kommt darauf an“, brummte er. „Was gibt's?“

„Uns ist leider keine Pause vergönnt ... Wir brauchen mal wieder deine Hilfe. Es hat sich ein absonderlicher Mord ereignet.“

„Also gut, also gut“, murrte der Kriminalist.

In Wirklichkeit verbarg sich hinter Lincoln Rhymes barschem Tonfall vor allem eines: wie sehr er sich darüber freute, dass es ihm auch in nächster Zeit nicht langweilig werden würde.

DER MORDFALL war in der Tat absonderlich.

Zwei Tote in einem abgelegenen Winkel von Roosevelt Island – dem schmalen Landstreifen voller Apartments, Krankenhäuser und gespenstischer Ruinen mitten im East River. Da sie unweit des Hauptgebäudes der Vereinten Nationen liegt, wohnten auf der Insel viele Diplomaten und UN-Angestellte.

Auch die Opfer zählten zu dieser Personengruppe – sie waren Abgesandte vom Balkan mit niedrigem Dienstrang. Man hatte ihnen die Hände gefesselt und jeweils zwei Kugeln in den Hinterkopf gejagt.

Bei der Untersuchung des Tatorts war Amelia Sachs auf ein paar merkwürdige Dinge gestoßen. Sie hatte Asche einer Zigarettenmarke gefunden, die anhand der Tabakdatenbanken nicht identifiziert werden konnte, sowie Partikel einer Pflanze, die nicht im Stadtgebiet heimisch war. Am seltsamsten aber war, dass jedem der beiden Toten der rechte Schuh fehlte und sich nirgendwo finden ließ.

AMELIA SACHS umrundete ihren gelben Camaro auf dem Polizeiparkplatz in der Centre Street und untersuchte die Front- und Seitenschäden, die durch den Zusammenprall mit Loessers Mazda in Harlem entstanden waren.

Sie beschloss, den Camaro zu einer Werkstatt in Astoria, Queens, zu bringen, die sie bereits aus Erfahrung kannte. Die Mechaniker dort waren fachkundig und voller Verehrung für einen hochgezüchteten Sportwagen wie diesen.

Sie setzte sich ans Steuer und ließ den Motor an, dessen tiefes Dröhnen dazu führte, dass ein halbes Dutzend Passanten sich fast den Hals verrenkte. Als sie auf die Straße einbog, traf sie noch eine Entscheidung. Vor einigen Jahren war nach einer Rostbehandlung eine Neulackierung des von Werk aus schwarzen Wagens fällig gewesen. Damals hatte sie aus einer Laune heraus ein leuchtendes Gelb gewählt. Wieso auch nicht? Sollte es nicht jedem freigestellt sein, bei der Farbe seiner Zehennägel, Haare oder Fahrzeuge individuelle Marotten auszuleben?

Da man nun ein Viertel der Bleche des Chevy austauschen musste, was ohnehin eine komplette Lackierung bedeutete, würde sie sich diesmal für einen anderen Farbton entscheiden. Ihre Wahl fiel sofort auf Feuerrot, was in zweierlei Hinsicht von Bedeutung war. Zum einen hatte ihr Vater stets gesagt, ein Sportflitzer solle nach Möglichkeit eine solche Lackierung haben, und zum anderen passte es genau zur Farbe von Rhymes schickem Fortbewegungsmittel, dem Rollstuhl Modell Storm Arrow. Amelia wusste, dass der Kriminalist natürlich völlig gleichgültig tun, sich insgeheim aber unsagbar darüber freuen würde.

Ja, dachte sie, ich nehme Rot.

Sie zog kurz in Erwägung, den Chevy gleich in Queens abzuliefern, beschloss dann aber, noch damit zu warten. Es machte ihr nichts aus, den verbeulten Wagen noch ein paar Tage länger zu fahren. Im Augenblick wollte sie vor allem zurück zu Lincoln Rhyme, um erneut an die Arbeit zu gehen. Es galt, ein paar knifflige Geheimnisse zu enträtseln: zwei ermordete Diplomaten, unbekannte Pflanzenpartikel, merkwürdige Abdrücke in schlammigem Boden und zwei fehlende rechte Schuhe.

JEFFERY DEAVER

Foto: David Sharpe

„Ich liebe es, mein Publikum zu verblüffen – genauso wie die Zauberkünstler."

Den entscheidenden Anstoß zu dem Thriller *Der faule Henker* erhielt Jeffery Deaver bei einer Galavorstellung des weltbekannten *Big Apple Circus*, die er mit dem Sohn eines Geschäftsfreundes besuchte.

„Wir waren total begeistert von der Show der Verwandlungskünstler, und mir ging unwillkürlich durch den Kopf, wie beängstigend es sein müsste, wenn ein Verbrecher blitzschnell sein äußeres Erscheinungsbild verändern könnte und innerhalb von Sekunden zu einer gänzlich anderen Person werden würde. Und da ich selbst es genauso wie die Zauberkünstler liebe, mein Publikum zu verblüffen und auf die falsche Fährte zu locken, lag der Gedanke nahe, einen Roman über Tarnung und Täuschung und das Metier der Illusionisten zu schreiben."

Doch ehe der erste Satz zu Papier gebracht werden konnte, verwandte Jeffery Deaver mehrere Monate auf Recherchen über das Handwerk der Illusionisten. Neben den Entfesselungskünsten des legendären Houdini war er besonders beeindruckt von den Künsten der Illusionisten Arturo Brachetti und Ricky Jay. „Alle im Roman beschriebenen Tricks und Shownummern sind echt", betont Deaver, „obwohl ich sie natürlich ein wenig abgewandelt habe, da der Hexer ja darauf aus ist, Unheil anzurichten, während die Gefahren und Risiken bei den richtigen Zauberkünstlern größtenteils auf Täuschungen beruhen."

Derzeit arbeitet Deaver, der nach einer Scheidung allein und wahlweise in Kalifornien und Virginia lebt, an seinem zwanzigsten Roman: einem Thriller, der im Berlin des Jahres 1936 spielt.

David Baldacci
DAS

GESCHENK

Auf einer langen Zugfahrt
kann man die unterschiedlichsten Leute treffen:
eine exotische Kartenlegerin,
einen Priester im Ruhestand,
einen prozesswütigen Rechtsanwalt,
ein junges Paar,
das gegen den Widerstand der Eltern heiraten will,
einen berühmten Filmproduzenten ...
und den Menschen,
der das eigene Leben von Grund auf verändert.

Kapitel 1

Tom Langdon war Journalist und Globetrotter. Das Vagabundenleben lag ihm im Blut. Den größten Teil seines Berufslebens hatte er in fremden Ländern zugebracht und über Kriege, Hungersnöte, praktisch sämtliche Katastrophen und alles Elend auf Erden berichtet. Dabei hatte Tom ein schlichtes Ziel verfolgt: Er hatte die Welt verändern wollen, indem er die allgemeine Aufmerksamkeit auf deren Missstände lenkte. Immer wieder hatte er über Schrecknisse berichtet – und dabei mit ansehen müssen, wie die Lebensbedingungen der Menschen sich mehr und mehr verschlechterten. So war er schließlich desillusioniert nach Amerika zurückgekehrt und hatte auf der Suche nach einem Mittel gegen seine Melancholie begonnen, belanglose Artikel für Frauen- und Wohnzeitschriften, Gartenratgeber und ähnliche Publikationen zu schreiben. Doch nachdem er ausgiebig die Wunder des Kompostierens gepriesen hatte und die innere Befriedigung, die ein selbst verlegter Holzfußboden verschafft, konnte er nicht von sich behaupten, die private und berufliche Erfüllung gefunden zu haben.

Nun stand Weihnachten vor der Tür, und Toms dringendstes Problem bestand darin, von der Ostküste nach Los Angeles zu gelangen. Dort wohnte seine Freundin, die Filmschauspielerin Lelia Gibson, mit der Tom die Feiertage verbringen wollte. Nach jahrelangen Auftritten in drittklassigen Horrorfilmen hatte sie sich aufs Synchronisieren verlegt und lieh nun ihre Stimme einer Reihe von Figuren in allgemein beliebten Samstagvormittags-Zeichentrickfilmen. Niemand konnte mit größerer Fertigkeit schrullige Waldschrate und ähnlich putzige Wesen sprechen lassen als Goldkehlchen Lelia Gibson. Eine Vitrine voller Auszeichnungen, ein exorbitantes Einkommen und ein ansehnlicher Anteil an Vermarktungsrechten belegten das auf eindrucksvolle Weise.

Tom und Lelia hatten sich während eines Nachtflugs von Südostasien in die Vereinigten Staaten kennen gelernt und auf Anhieb blendend verstanden. Anfangs hatte Tom gemeint, das hätte am vielen Alkohol gelegen, den sie konsumiert hatten, doch als die Wirkung zwei Stunden nach der Landung in Los Angeles verflogen war, fand er Lelia noch immer sehr attraktiv – wenn auch ein wenig verrückt und exzentrisch –, und auch Lelia schien sich unverändert von Tom angezogen zu fühlen. Er blieb über Nacht in Kalifornien, später besuchte sie ihn an der Ostküste, und so entwickelte sich eine angenehme, zwanglose Beziehung „von Küste zu Küste".

Dass sie nicht das ganze Jahr zusammenlebten, hielt Tom für einen entscheidenden Vorteil, blieb es ihm und Lelia doch auf diese Weise erspart, die ungezählten Schwierigkeiten zu meistern, mit denen Paare sich herumschlagen mussten, die einen gemeinsamen Haushalt führten. Er war kurze Zeit verheiratet gewesen, hatte aber keine Kinder. Heute würde seine Exfrau nicht einmal ein R-Gespräch von ihm entgegennehmen, wenn er auf der Straße läge und verblutete. Tom hatte einmal die Gelegenheit gehabt, mit einer anderen Frau ein schönes Leben zu führen, doch die Beziehung war in die Brüche gegangen. Inzwischen war ihm klar, dass es der größte Fehler seines Lebens gewesen war, Eleanor Carter nicht geheiratet zu haben. Tom war 41 und hatte vor zwei Monaten seine Mutter durch einen Schlaganfall verloren; sein Vater war bereits mehrere Jahre vorher gestorben. Als Einzelkind war er nun ganz allein. Die Hälfte seines Erdendaseins war verstrichen, und was hatte er vorzuweisen? Eine gescheiterte Ehe, eine eher lockere Beziehung mit einer kalifornischen Synchronstimmenkönigin, eine Lkw-Ladung Zeitungsartikel und ein paar Journalistenpreise. Alles in allem war es eine armselige Rechtfertigung für seine Existenz.

Und nun fuhr Tom – immer noch ein unternehmungslustiger Mensch und erneut von Fernweh getrieben – mit der Eisenbahn zu Weihnachten nach Los Angeles zu seiner Geliebten Lelia. Warum mit dem Zug?, könnte man fragen, wo es doch jede Menge günstiger Flüge gab, mit denen er sein Ziel in einem Bruchteil der Zeit erreicht hätte.

Nun, wohl jeder Mensch, der häufig fliegt, kann eine Zeit lang die auf Flughäfen vorgeschriebenen Sicherheitschecks ertragen, bei denen Detektorstäbe in geheiligte Körperregionen geschoben oder das Handgepäck durchwühlt wird, aber irgendwann platzt ihm der Kragen. Das war Tom auf dem New Yorker Flughafen La Guardia passiert. Kurz zuvor war er aus Italien zurückgekommen, wo er für eines seiner belanglosen Themen recherchiert hatte – diesmal war es um Weinherstellung gegangen –, und nun war er müde, verkatert und missgelaunt. Nach seiner Ankunft in New York hatte er gerade einmal drei Stunden im Apartment eines Freundes geschlafen, ehe er schon wieder zum Flughafen musste, um gleich nach Texas weiterzufliegen. Dort sollte er einen Artikel über Teenager-Schönheitswettbewerbe auf dem Land schreiben.

In der Sicherheitsschleuse am Flughafen La Guardia war der Suchstab gegen diverse empfindliche Teile von Toms Anatomie geklatscht, die zu berühren für besagten Suchstab tabu war. Währenddessen war es einem anderen Sicherheitsmenschen gelungen, jeden – aber auch wirklich jeden – Gegenstand aus Toms Koffer aufs Transportband zu kippen. Hilflos hatte Tom mit ansehen müssen, wie seine persönlichsten Utensilien vor den neugierigen Blicken wildfremder Menschen vorüberglitten.

Wie um diesem unerquicklichen Vorfall zu einem grandiosen Finale zu verhelfen, wurde Tom davon in Kenntnis gesetzt, dass sein Ausweis Misstrauen erweckt habe. Statt nach Dallas zu fliegen, werde er sich daher der Gesellschaft einer ganzen Kompanie Angehöriger diverser Organisationen wie des FBI und der CIA, der Drogenfahndung und der New Yorker Polizei erfreuen, und das für eine nicht näher genannte Zeitspanne. Dies überschritt für Tom die Grenze des Erträglichen. Und so kam es zum Ausbruch. Er brüllte Ausdrücke, die er üblicherweise im Umkreis von zehn Kilometern um jede Kirche niemals in den Mund nehmen würde, als er sich auf die Sicherheitsmannschaft stürzte, den Suchstab packte und mittendurch brach.

Wenngleich die Hochrufe anderer Passagiere Toms Laune spürbar besserten, war er nicht allzu stolz auf seinen Gefühlsausbruch.

Glücklicherweise erteilte die Strafrichterin, vor der er zu erscheinen hatte, Tom nur eine strenge Verwarnung und wies ihn an, an einem Kurs zur Bewältigung von Aggressionsschüben und Gewaltanwendung teilzunehmen, was er auch vorhatte – aber erst, wenn seine schier unstillbare Gier verflogen war, den Burschen mit dem Suchstab zu Hackfleisch zu verarbeiten. Die andere Folge seines Ausbruchs war jedoch das Verbot, in den nächsten zwei Jahren ein Flugzeug zu betreten, das innerhalb der Vereinigten Staaten unterwegs war.

Und in diesem Moment kam Tom die Erleuchtung. Kein Flugzeug mehr benutzen zu können musste ein Wink Gottes sein: Tom würde für die Reise nach Los Angeles den Zug nehmen, und er würde eine Geschichte darüber schreiben.

Abgesehen davon, dass er die Feiertage mit Lelia verbringen konnte, hatte er ein grandioses Motiv für eine solche Reise: Tom war entfernt verwandt mit jener Olivia Langdon, die sich bleibenden Ruhm erworben hatte, indem sie jenen produktiven Schriftsteller heiratete, den seine Freunde als

Samuel Clemens kannten und der als Mark Twain zu Weltruhm gelangt war.

Tom wusste seit seiner Kindheit von dieser Verbindung, und sie hatte ihn dazu angeregt, sich seinen Lebensunterhalt mit Schreiben zu verdienen. Auch Mark Twain war Journalist gewesen. Er hatte in Nevada angefangen, beim *Territorial Enterprise* in Virginia City, ehe er zu Ruhm und Reichtum gelangt war – bevor er dann Bankrott gegangen war, um später erneut zu Ruhm und Reichtum zu gelangen.

Zwar hatte Tom bedeutende Preise gewonnen, doch nach eigener Einschätzung war er kein Mann, der die Fähigkeit besaß, erinnerungswürdige Prosa zu schaffen, die unverrückbar und in erhabener Schönheit Jahrhunderte überdauern würde. Er war kein Mark Twain. Aber schon die unbedeutende verwandtschaftliche Verbindung zum Schöpfer von „Huckleberry Finn" sorgte dafür, dass Tom sich als etwas Besonderes fühlte.

Kurz bevor Toms Vater gestorben war, hatte er seinem Sohn erzählt, dass Mark Twain der Legende nach während seiner späteren Lebensjahre einst eine weihnachtliche Eisenbahnfahrt quer über den Kontinent unternommen hatte. Angeblich hatte er sich umfangreiche Notizen über diese Reise gemacht, sie aus irgendeinem Grund aber nie zu einer Geschichte verarbeitet. Genau darum war Tom von seinem Vater gebeten worden: „Mach die Eisenbahnfahrt, mein Sohn, schreib die Geschichte, beende, was Mark Twain nicht beendet hat, und mach dem Langdon-Zweig der Familie alle Ehre."

Als Tom die gemurmelte Bitte seines Vaters hörte, verschlug es ihm die Sprache.

Zu Weihnachten in einer Eisenbahn quer durchs Land fahren, um etwas zu beenden, das Mark Twain *angeblich* nicht beendet hatte? Tom hatte geglaubt, sein Vater habe im Fieberwahn gesprochen, und der Wunsch war unerfüllt geblieben. Nun aber, da Tom sich auf dem heimatlichen Kontinent nicht mehr per Flugzeug fortbewegen konnte, ohne dass man ihm die Fingerabdrücke abgenommen und ihm Handschellen angelegt hätte, würde er endlich die Eisenbahnfahrt für seinen alten Herrn machen. Und vielleicht auch für sich selbst. Auf mehr als viereinhalbtausend Kilometern Amerika würde er versuchen, sich selbst zu finden und seinem Leben, das er so verpfuscht zu haben schien, doch noch zu einer gewissen Bedeutung zu verhelfen.

Hätte Tom vorher gewusst, wie nachhaltig das Ereignis, das ihm zwei Stunden nach Besteigen des Zuges widerfuhr, sein Leben verändern sollte, wäre er vielleicht lieber zu Fuß nach Kalifornien gegangen.

Kapitel 2

Tom stieg vor dem Hauptbahnhof in Washington aus dem Taxi. Hier würde seine Reise beginnen. Er hatte im „Capitol Limited" ein Schlafwagenabteil reserviert, der ihn nach Chicago bringen würde. Der „Capitol Limited" bewältigte das erste Teilstück seiner Reise, und der ehrwürdige „Southwest Chief" befuhr den zweiten, viel längeren Abschnitt.

Als Vorbereitung auf seine Transkontinentalreise hatte Tom sich in Leben, Werk und Humor von Mark Twain vertieft. Er hatte noch einmal „Die Arglosen im Ausland" gelesen, Twains Schilderung einer fünf Monate währenden Fahrt auf einem Dampfschiff nach Europa und ins Heilige Land. Für Tom war es eins der unterhaltsamsten und respektlosesten Reisebücher, die je geschrieben worden waren. Tom fuhr zwar nicht nach Übersee, doch in vielerlei Hinsicht kam er sich wie ein Entdeckungsreisender im eigenen Land vor, denn ironischerweise hatte er vom gesamten Rest der Welt mehr gesehen als von Amerika.

Der „Cap", wie der „Capitol Limited" liebevoll genannt wurde, würde Washington um 16.05 Uhr verlassen, unterwegs zwölfmal halten und am nächsten Morgen um 9.19 Uhr in Chicago eintreffen.

Tom holte die Fahrkarten vom Schalter, vertraute seine Skiausrüstung dem Angestellten vom Gepäckservice an – Lelia und Tom wollten die Weihnachtsfeiertage auf den verschneiten Hängen von Tahoe verbringen – und begab sich zum Wartesaal an seinem Bahnsteig. Während in manchen Bahnhöfen seit kurzem eine gründliche Gepäckkontrolle vorgenommen wurde, konnte man hier noch praktisch in letzter Minute erscheinen und einsteigen. Es gab keine Sicherheitskontrollen, keine aufdringlichen Detektorstäbe und keine Fragen der Art, ob man einem Fremden ermöglicht habe, einem eine handliche Atombombe ins Handgepäck zu legen, während man auf der Toilette war. Man stieg einfach ein und fuhr mit. In der modernen Welt der unzähligen Vorschriften war diese Verfahrensweise überaus erfrischend.

Im Wartesaal suchte Tom sich einen Sitzplatz und machte sich daran, die anderen Reisenden zu studieren. Ein hübsches junges Paar neben Tom hielt Händchen und wirkte äußerst nervös. Neben ihnen saß ein älterer Geistlicher, der die Füße auf seine Reisetasche gelegt hatte und ein Nickerchen hielt. Dem Priester gegenüber hatte sich eine schlanke, knochig wirkende Frau niedergelassen. Ihr Alter konnte Tom nur erahnen, da sie einen langen bunten Schal wie einen Turban um den Kopf geschlungen hatte. Sie trug Holzschuhe, so groß wie Fünfzehnkilohanteln. Auf dem Sitz neben ihr waren Tarotkarten ausgebreitet, die sie eingehend studierte. Sobald jemand an ihr vorbeiging, schaute sie mit einem Blick auf, der zu sagen schien: *Ich weiß alles über dich.* Es konnte einem ein bisschen unbehaglich werden. Tom hatte sich einmal von einem alten Mann auf den Virgin Islands die Hand lesen lassen. Der Alte hatte Tom ein langes Leben mit einem Stall voller Kinder, einer liebenden Ehefrau und allen denkbaren Annehmlichkeiten prophezeit. Tom hatte oft daran gedacht, den Scharlatan noch einmal ausfindig zu machen und sein Geld zurückzuverlangen.

Ein paar Minuten später nahm Tom sein Gepäck und begab sich auf den Bahnsteig. Der „Capitol Limited" rief ihn.

DRAUSSEN war es bitterkalt, und die dicken Wolken verhießen Schnee oder zumindest Schneeregen. Bei einem solchen Wetter mussten Flugpassagiere mit Startverzögerungen und vereisten Tragflächen rechnen, doch für den unerschütterlichen „Cap" hatten solche Unbilden der Witterung keine Bedeutung – sein Ziel hieß weiterhin Chicago. Toms Lebensgeister erwachten. Der Beginn jeder Reise ließ seinen Adrenalinspiegel gewaltig steigen, und jetzt war er geradezu begierig auf ein Abenteuer.

Er ging zum vorderen Zugende und sah die beiden dieselelektrischen Lokomotiven. Er hatte einiges über diese Ungetüme gelesen. Sie waren jeweils unglaubliche 130 Tonnen schwer und ausgestattet mit 16 Zylindern, die 4250 PS erzeugten.

Diesmal bestand die Anordnung des „Cap" – in der Eisenbahnersprache Wagenstand genannt – aus zwei Lokomotiven, einem Gepäckwagen, drei Personenwagen, einem Speisewagen, zwei Schlafwagen und einem kombinierten Liege- und Übergangswagen. Im Übergangswagen war der größte Teil des Zugbegleitpersonals untergebracht. Der Wagen verfügte über Türen, die es ermöglichten, von den Doppelstockwaggons in die einstöckigen Waggons zu gelangen – daher die Bezeichnung „Übergangswagen".

Tom ging weiter bis zu einem Schlafwagenschaffner, dem er seine Fahrkarte zeigte. „Einen Schlafwagen weiter, Sir. Regina wird sich um Sie kümmern", erklärte der Angestellte.

Regina stand vor einem imponierend großen, ungefähr fünf Meter hohen, doppelstöckigen Eisenbahnwaggon, einem so genannten „Superliner", dem schwersten Personenwaggon der Welt. Sie hatte makellose dunkelbraune Haut und schien viel zu jung zu sein, um schon zu arbeiten. Sie trug eine rot-weiße Weihnachtsmannmütze und war gerade dem nervösen jungen Paar beim Einsteigen behilflich gewesen. Tom trat vor und zeigte ihr seine Fahrkarte. Sie suchte seinen Namen auf ihrer Liste und hakte ihn ab. „In Ordnung, Mr Langdon, Sie sind in der oberen Etage in Abteil D. Dort rechts die Treppe hinauf und dann nach links den Gang entlang."

Tom bedankte sich bei ihr und setzte vorsichtig einen Fuß aufs Trittbrett. Seine Erfahrungen mit Schlafwagen beschränkten sich darauf, dass er den Film „Der unsichtbare Dritte" von Alfred Hitchcock mit dem tadellos eleganten Cary Grant und einem sehr finsteren James Mason gesehen hatte. Eingedenk dieses Films wusste Tom, dass sein Schlafwagenabteil elegant eingerichtet und geräumig sein musste, Platz für zwei Betten hatte und über einen Arbeitsbereich, einen kleinen Vorraum zum Empfang von Besuchern und ein vollständig ausgestattetes Badezimmer mit Whirlpool verfügte. Er stieg die Treppe hinauf, die Regina ihm gezeigt hatte. Mit dem Gepäck bereitete der Aufstieg einige Schwierigkeiten, da die Treppe scharfe Neunziggradkehren vollführte.

Dann schaute er auf und erkannte, dass er ein beachtliches Hindernis vor sich hatte.

Die Frau war schon älter und schien mit einer Art Nachthemd bekleidet zu sein, obwohl es Nachmittag war. Sie befand sich am oberen Ende der Treppe und machte Anstalten herunterzusteigen. Tom stand auf der vorletzten Stufe. „Gestatten Sie", sagte er höflich.

„Ich komme schon!", verkündete die Frau mit einer dröhnenden Baritonstimme.

„Wenn Sie mich nur kurz vorbeilassen würden …", sagte er. Aber das stand außer Frage. Die Frau war nicht annähernd so groß wie Tom, dafür aber – taktvoll ausgedrückt – deutlich breiter.

„Hallo, Regina!", rief die Frau hinunter.

„Hallo, Agnes Joe!", erwiderte Regina.

Da keiner von beiden bereit war zurückzuweichen, vereinigten Tom und Agnes Joe sich in einem seltsam unbeholfenen Tango, einen Fuß vor, einen zurück.

Schließlich meinte Tom: „Agnes Joe, mein Name ist Tom Langdon. Ich habe Abteil D. Wenn Sie für einen winzigen Moment zurücktreten könn…"

Er schaffte es nicht, den Satz zu beenden, denn statt ihm Platz zu machen, versetzte Agnes Joe ihm einen leichten Stoß mit ihrem massigen

Unterarm, wodurch Tom die Treppe hinunterstolperte und rücklings auf dem Boden des Waggons landete.

Agnes Joe wuchtete ihre Körpermassen die Treppe hinunter und war immerhin höflich genug, über Toms lang hingestreckten Körper hinwegzusteigen, um Regina einen Schein in die Hand zu drücken. „Das ist für dich, Schätzchen. Vielen Dank, dass du mein Gepäck versorgt hast."

Tom hatte seine Zweifel, dass Mark Twain seinerzeit die transamerikanische Eisenbahnfahrt auf ähnliche Weise begonnen hatte.

Er rappelte sich auf, funkelte die ältere Frau wütend an und ging ebenfalls zu Regina.

„Ich kümmere mich um Ihr Gepäck, Mr Langdon. Stellen Sie es ruhig da drüben hin, bis ich die anderen Passagiere eingecheckt habe."

„Vielen Dank. Und sagen Sie Tom zu mir." Er reichte Regina einige Dollars. „Arbeiten Sie schon lange in diesem Zug?", fragte er.

„Vier Jahre."

„Das ist ja eine halbe Ewigkeit."

„Keineswegs, ein paar Kollegen sind zwanzig Jahre mit dem ‚Cap' gefahren."

Tom beobachtete Agnes Joe, die sich mühsam wieder die Treppe hinaufwuchtete. „Offensichtlich kennen Sie Agnes Joe."

„Ja, klar. Soviel ich weiß, reist sie schon seit ungefähr zehn Jahren mit diesem Zug."

„Zehn Jahre! Dann muss sie diese Strecke geradezu lieben."

Regina lachte. „Ich glaube, sie ist unterwegs, um ihre Familie zu besuchen. Sie ist nett."

Tom rieb sich die Stelle, wo die nette Agnes Joe ihn voll erwischt hatte. „Fährt sie auch in diesem Schlafwagen?"

„Ja, gleich neben Ihnen."

Freude, schöner Götterfunken, dachte Tom. Er ging zurück zur Treppe, wo Agnes Joe unerklärlicherweise immer noch auf derselben Stufe verharrte. „Kann ich Ihnen irgendwie helfen?"

„Alles okay, Süßer. Lassen Sie mir nur ein wenig Zeit."

„Vielleicht sollte ich mich an Ihnen vorbeischlängeln und Sie von oben hochziehen." Tom wollte eigentlich nichts anderes als an ihr vorbeikommen, die Beine in die Hand nehmen und sich in seiner feudalen Suite einschließen, während Cary Grant draußen Wache hielt.

„Ich brauche nur Platz, Herzchen."

Die letzte Bemerkung wurde durch einen wuchtigen Ellbogenstoß unterstrichen, der irgendwie Toms linke Niere traf. Als der Schmerz so weit abgeklungen war, dass er seinen Oberkörper aufrichten konnte, war Agnes Joe verschwunden. In diesem Augenblick kam er sich wieder vor wie ein Kriegsberichterstatter.

Kapitel 3

Tom öffnete die Tür zu Abteil D, und nach zwei Schritten prallte er bereits an die gegenüberliegende Wand. Es gab ein Waschbecken, einen winzigen Wandschrank, einen Stuhl neben einem Klapptisch und einen großen Spiegel an der Wand gegenüber dem Bett. Und dann war da noch das große Panoramafenster, das einen einladenden Blick auf die Natur draußen lieferte, wo ein paar Schneeflocken, die lautlos herabschwebten, Tom einen Anflug von Weihnachtsstimmung verschafften. Gar nicht mal so übel, sagte sich Tom. Was die Geräumigkeit anging, schlug dieses Arrangement sogar die erste Klasse in einem Flugzeug um Längen.

Dieser Eindruck hielt sich, bis Tom die Tür öffnete und seine Toilette besichtigte. Genau genommen waren es Toilette und Dusche, dem Schild draußen an der Tür zufolge. Tom betrachtete seine nicht gerade zierliche Figur. Er war ziemlich sicher, dass er sich in die Kabine hineinzwängen konnte. Sobald er drin wäre, müssten allerdings drei oder vier starke Männer mit schwerem Gerät bereitstehen, um ihn wieder herauszuhieven.

Er drehte sich um und wollte sich setzen, als er an der Wand gegenüber dem Bett etwas vorbeihuschen sah. Es war Agnes Joe. Wie war das möglich? Dies war sein Abteil! Dann sah er das Problem: Die Wände zwischen den Abteilen ließen sich öffnen, wahrscheinlich für Wartungsarbeiten oder so. Doch das Ergebnis war, dass Tom ins Abteil seiner Nachbarin blicken konnte. Während seiner Tätigkeit als Reporter hatte er schon mit schmutzigen und spuckenden Kamelen, mit Wüstennomaden und anderen ungewaschenen Individuen biwakiert, aber er hatte wirklich nicht den Wunsch, jetzt neben Agnes Joe zu schlafen.

Er ging zu der Wand, um sie an Ort und Stelle zu schieben, lugte dabei durch den Spalt zwischen den beiden Abteilen und sah sich plötzlich Auge in Auge mit Agnes Joe.

„Falls Sie bei mir den Spanner spielen wollen, Herzchen – vergessen

Sie's lieber", sagte sie. „Außerdem wollen Sie sich meine Antiquitäten bestimmt nicht unbedingt angucken. Suchen Sie sich etwas Weibliches, das eher Ihrem zarten Alter entspricht, Süßer."

Okay, dachte Tom, die Dame scheint so etwas wie die Stadtexzentrikerin zu sein. Er beschloss mitzuspielen. „Ihre Antiquitäten sehen aber noch ganz ordentlich aus."

„Hören Sie bloß mit dem Süßholzraspeln auf. Das verfängt bei mir nicht, weil ich nicht zu dieser Sorte Frauen gehöre. Aber wir können nach dem Abendessen im Salonwagen einen Drink nehmen und einander besser kennen lernen." Sie klimperte tatsächlich mit den Wimpern.

„Nur ein Volltrottel würde ein solches Angebot ausschlagen."

Sie schenkte ihm ein schelmisches Lächeln. „Tut mir Leid, dass ich Sie die Treppe runtergeworfen habe, Tom. Mir muss die Hand ausgerutscht sein."

„Da es nun mal passiert ist, bin ich froh, dass es Ihre Hand war."

Er drehte sich um und sah Regina mit seinem Gepäck dastehen. Sie blickte zur Trennwand und schüttelte den Kopf. „Ist die Wand schon wieder aufgesprungen? Ich habe den Wartungsdienst gebeten, den Schaden zu beheben."

„Hallo, Regina", sagte Agnes Joe durch die Öffnung und deutete mit einem Kopfnicken auf Tom. „Nimm dich vor diesem Knaben in Acht. Der hat es faustdick hinter den Ohren."

„Okay." Regina schob die Wand wieder in ihre vorgeschriebene Position zurück und brachte Toms Koffer herein. „Tut mir Leid."

„Schon gut. Mir kommt sie ziemlich harmlos vor."

„Da wäre ich mir nicht zu sicher." Sie setzte sich aufs Bett und holte einen Notizblock hervor. „Der Speisewagen öffnet um halb sechs. Wenn Sie Ihre Mahlzeit nicht dort einnehmen wollen, können Sie auch im Café im Salonwagen einen Imbiss bestellen. Das ist der Wagen hinter dem Speisewagen, untere Etage. Sie müssen Tyrone – er ist der Salonwagenkellner – nur Ihre Fahrkarte zeigen. Dort ist für Schlafwagenpassagiere alles gratis."

„Ich esse im Speisewagen. Wie wär es mit sieben Uhr?"

Regina notierte es. „Während Sie essen, mache ich Ihr Bett."

„Gibt es im Speisewagen irgendwelche Bekleidungsvorschriften?"

Regina lächelte belustigt. „Also, ich habe dort schon alles an Kleidung gesehen, was man überhaupt tragen kann. Was Sie im Augenblick tragen, ist völlig in Ordnung."

Er sprach mit Regina über die winzigen Ausmaße seiner Duschtoilette, und sie klärte ihn darüber auf, dass sich die größeren Abteile mit Umkleideraum in der unteren Etage befänden und nach dem Prinzip „Wer zuerst kommt, mahlt zuerst“ verteilt würden. „Die meisten der körperlich ein wenig stärker entwickelten Fahrgäste bemühen sich darum“, fügte sie diplomatisch hinzu.

Als sie aufstand, um zu gehen, sagte Tom: „Ich bin Journalist und will einen Bericht über meine Eisenbahnfahrt quer durchs Land schreiben.“

Das schien sie zu interessieren. „Wie fahren Sie denn weiter? Mit dem ‚California Zephyr‘ nach San Francisco oder mit dem ‚Southwest Chief‘ nach Los Angeles?“

„Mit dem ‚Southwest Chief‘ nach Los Angeles.“

„Großartig! Ein wundervoller Zug mit bewegter Geschichte. Sie werden dort interessante Leute treffen. Das wird eine tolle Fahrt. Die meisten Angestellten auf dem ‚Chief‘ wollen gar nicht mehr dort weg.“

Tom holte seinen Schreibblock hervor und machte sich ein paar Notizen. „Wie Sie es beschreiben, hört es sich beinahe so an, als wäre der Zug ein lebendes Wesen.“

„Nun, auf gewisse Weise sind Züge das auch. Man verbringt so viel Zeit darin, dass man ihre Eigenarten kennen lernt. Es ist, als hätte man eine Beziehung mit ihnen. Ich weiß, das klingt seltsam, aber so ist es nun mal.“

„Hm, wenn ich an einige meiner früheren Beziehungen denke, wäre ein Rendezvous mit einer hundert Tonnen schweren Diesellok sicher eine angenehme Abwechslung gewesen.“

Regina lachte. „Meine Mutter, Roxanne, arbeitet auf dem ‚Southwest Chief‘ als Chefin des Bordservice. Ich treffe sie, sobald wir in Chicago sind, und sage ihr Bescheid, dass Sie mit ihr fahren. Wenn Ihnen jemand Geschichten erzählen kann, dann meine Mom.“

„Ist das üblich? Ich meine, arbeiten viele Familien bei Amtrak?“

„Nun, bei mir sind’s meine Mutter und eine ganze Schar von Onkel und Tanten, Kusinen und Vettern. Sie sind überall verstreut. So bin ich überhaupt darauf gekommen, selbst bei der Eisenbahn anzufangen. Übrigens ist auch mein Sohn bei Amtrak angestellt. Er ist beim Wagenreinigungsdienst.“

Tom schaute sie verblüfft an. „Ihr Sohn? Sie sehen aus, als hätten Sie gerade die Schule hinter sich.“

Sie lächelte. „Agnes Joe hat Recht. Man muss sich wirklich vor Ihnen in Acht nehmen. Aber danke für das Kompliment.“ Ihre Miene wurde ernst. „Wo ich herkomme, ist es etwas ganz Besonderes, bei der Eisenbahn zu arbeiten. Die Leute schauen zu einem auf, verstehen Sie?“

Tom nickte. Ein interessanter Aspekt. Er würde ihn in seine Geschichte einfließen lassen. „Ob auch anderes Zugpersonal bereit ist, mit mir zu reden? Was meinen Sie?"

„Na klar."

Als sie ging, spürte Tom, wie der Zug anrollte. Er blickte auf die Uhr. Es war Punkt 16.05 Uhr. Der legendäre „Capitol Limited" machte sich auf die Reise.

VON DER Fahrdienstleitstelle freigegeben, glitt der „Capitol Limited" die Schienen entlang. Er zog los in Richtung Westen wie der junge Mark Twain, der die Reise von Missouri nach Nevada in einer schaukelnden Überlandpostkutsche unternommen und dabei nachts auf Postsäcken geschlafen und tagsüber neben dem Kutscher hoch oben auf dem Bock gesessen hatte. Mark Twain hatte viel Schönes und Einzigartiges gesehen, sich aber auch herumgeplagt mit Salzwüsten, störrischen mexikanischen Gäulen, schlechtem Essen und Langeweile, während Tom Langdon sich eines behaglichen Bettes, einer eigenen Toilette und Agnes Joes im Zimmer nebenan erfreuen konnte. Tom wusste allerdings noch nicht, ob er oder Mark Twain sich für das bessere Reiseprogramm entschieden hatten.

Er rief Lelia übers Handy an. Er hatte ihr nichts von der Eisenbahnreise erzählt, weil er sie überraschen wollte. Sie war auch überrascht, aber nicht ganz so, wie Tom es sich vorgestellt hatte.

„Du fährst mit einem Zug quer durch die Staaten?", rief Lelia in den Hörer. „Hast du den Verstand verloren?"

„Früher haben die Leute das auch getan, Lelia."

„Klar, in der Steinzeit."

„Ich mache die Fahrt wegen einer Geschichte über das Weihnachtsfest." Den anderen Grund für diese Reise verschwieg er ihr, denn er hatte noch keine Vorstellung, welche Rolle Lelia in seiner Zukunft spielen sollte – jene Zukunft, über die er sich auf dieser Reise klar werden wollte.

„Ich habe einen Privatjet gechartert", sagte Lelia, „der um Punkt sechs am Weihnachtsabend startet."

„Ich hab meine Skier dabei und werde pünktlich sein. Der Zug ist morgens in Los Angeles."

„Und wenn er sich verspätet?"

„Ich bitte dich, Lelia. Wir sind pünktlich in Los Angeles."

Er hörte, wie sie einen langen Seufzer von sich gab. Das tat sie neuerdings des Öfteren. Dabei führten beide eine scheinbar ideale Beziehung.

Sie aßen meist auswärts, unternahmen lange romantische Spaziergänge am Strand von Santa Monica, gingen auf der Fifth Avenue shoppen, schliefen bis mittags und sahen einander dann für ein, zwei Monate nicht mehr. Würden mehr Ehen auf ähnliche Weise geführt, wäre die Scheidungsrate erheblich niedriger, da war Tom sich sicher. Deshalb fragte er sich, was die vielen Seufzer in letzter Zeit zu bedeuten hatten.

„Sieh bloß zu, dass du herkommst. Ich habe keine Lust, die Pläne der anderen zu durchkreuzen."

„Der anderen? Welcher anderen?"

„Der Leute, die mit uns nach Tahoe fliegen."

Das war ihm neu. „Welche Leute?"

„Freunde aus der Branche – mein Agent, mein Manager und noch ein paar Bekannte. Wir haben doch darüber gesprochen."

„Nein, haben wir nicht. Ich glaubte, wir beide wären allein, wie die letzten beiden Jahre."

„Ich dachte mir, es wäre zur Abwechslung mal ganz nett."

„Was soll das heißen? Langweilst du dich, wenn du mit mir allein bist?"

„Das habe ich nicht gesagt."

„Das brauchst du auch nicht. Dass du eine ganze Kompanie zu unserem Weihnachtsfest eingeladen hast, drückt es klar und deutlich aus."

„Ich möchte jetzt nicht darüber diskutieren. Ich hielt es nur für ganz lustig, mit ein paar netten Leuten gemeinsam die Weihnachtstage in Tahoe zu verbringen. Und es ist ja auch nicht so, dass wir nicht mal allein sind. Ich habe ein gemeinsames Zimmer für uns gebucht, Liebling. Und ich hab einen Teddy gekauft, nur für dich – einen ganz speziellen, erotischen Weihnachtsteddy", fügte sie mit leicht atemloser Stimme hinzu.

Es hatte Tom schon immer gestört, dass Frauen glaubten, sie könnten einen Streit mit einem Mann einfach dadurch für sich entscheiden, dass sie an seine primitiven Instinkte appellierten. Trotzdem hörte er sich erwidern: „Ach, Schatz, ich will mich ja auch nicht mit dir streiten. Ich bin rechtzeitig da, ich schwör's." Er unterbrach die Verbindung und hatte für einen kurzen Moment eine Vision erotisch aufreizender Teddys. Manchmal bin ich doch so ein Typ, dachte er trübsinnig.

DER ERSTE Bahnhof, an dem sie hielten, war Rockville in Maryland, knapp 25 Minuten nach der Abfahrt in Washington. In der Nähe von Rockville befand sich eine schlichte weiße Kirche. Dort war der Schriftsteller F. Scott Fitzgerald begraben worden, nachdem er in seinem letzten Willen verfügt hatte, er wolle auf dem Lande zur ewigen Ruhe gebettet werden. Tom nahm sich vor, für seine spätere Grablegung ähnlich detaillierte Instruktionen zu hinterlassen. Dann holte er seinen Laptop hervor und formulierte erste Beobachtungen für seine Geschichte, obgleich er bis jetzt noch nicht allzu viel gesehen hatte.

Schließlich machte er sich auf die Suche nach jemandem, mit dem er sich unterhalten konnte. Der Zug setzte sich wieder in Bewegung, und Tom stützte sich an der Wand des Gangs ab, um nicht das Gleichgewicht zu verlieren. Als er an Abteil A vorbeiging, kam der ältere Geistliche heraus, den er bereits im Wartesaal gesehen hatte, und prallte gegen ihn.

„Hallo, Pater", sagte Tom.

„Mittlerweile pensioniert", sagte der heilige Mann freundlich. „Allerdings kleide ich mich immer noch wie ein Priester, da ich keine anderen Sachen besitze außer einem schokoladenbraunen Polyesterfreizeitanzug aus den Siebzigern, für dessen Erwerb ich immer noch um Vergebung bitten muss. Ich bin Pater Paul Kelly."

„Tom Langdon. Sie verbringen das Weihnachtsfest in Chicago?"

„Nein, ich fahre nach Los Angeles. Meine Schwester und ihre Kinder und Enkel leben dort. Ich verbringe die Feiertage bei ihnen."

„Sie nehmen sicher den ‚Southwest Chief', nicht wahr?"

„Genau."

„Ich auch. Wir sehen uns bestimmt nach dem Abendessen im Salon. Dann könnten wir uns zusammensetzen und ein paar Zigarren den Garaus machen, die ich mitgebracht habe." Tom hatte das Mundstück der Tabakspfeife bemerkt, das aus der Jackentasche des Priesters ragte.

Pater Kelly legte ihm eine Hand auf den Arm. „Danke, mein Sohn – Eisenbahnen sind in der Tat das zivilisierteste Mittel zu reisen, nicht wahr? Vielleicht bekommen wir ja auch diese Filmleute zu Gesicht."

„Welche Filmleute?"

Pater Kelly beugte sich näher zu ihm. „Die sind in der großen Limousine gekommen, die fast bis an den Zug herangefahren ist. Ich habe mich diskret erkundigt, um wen es sich handelt, weil ich von Natur aus neugierig bin. Es sind zwei Personen, wie ich gehört habe. Die eine soll ein berühmter Regisseur oder Produzent sein, die andere ein Star oder möglicherweise Drehbuchautor. Sie nehmen diesen Zug als Vorbereitung für einen Film, den sie über eine solche Reise drehen wollen."

„Das ist wirklich ein erstaunlicher Zufall", stellte Tom fest und erzählte, dass er eine Geschichte über die Eisenbahnfahrt schreiben wolle. Das schien dem Priester sehr zu gefallen. „Da haben Sie sich das richtige Thema ausgesucht. Ich bin im Laufe meines Lebens mit unzähligen Zügen gefahren, und sie stecken stets voller Überraschungen."

NACH seinem Gespräch mit Pater Kelly durchquerte Tom den nächsten Teil des Waggons. Hier befanden sich die einfachen Abteile ohne eigene Toilette oder Dusche. Sie waren kleiner und zogen sich zu beiden Seiten eines Mittelganges hin. Tom bemerkte, dass der Gang vor ihm durch zwei Hände versperrt wurde, die einander festhielten. Als er näher kam, sah er, dass die Hände dem nervösen jungen Paar gehörten.

„Hallo! Muss ich etwas bezahlen, um durchgelassen zu werden?", fragte Tom belustigt.

Sie sahen ihn an und erwiderten sein Lächeln. „Entschuldigen Sie", sagte der junge Mann, während das Mädchen schüchtern den Blick senkte. Die beiden waren um die zwanzig und sahen mit ihren blonden Haaren und der glatten Haut wie Bruder und Schwester aus.

„Fahren Sie über Weihnachten auch nach Chicago?"

„Nicht ganz …", begann der junge Mann ein wenig verlegen.

„Steve", unterbrach die junge Frau ihn, „wir kennen ihn doch gar nicht."

„Ich finde", sagte Tom, „in einem Zug gelten besondere Regeln. Die lange gemeinsame Reise macht die Menschen mitteilsam. Deshalb fange ich gleich mal an. Ich bin Journalist und schreibe einen Bericht über eine Fahrt quer durch Amerika. Deshalb bin ich hier. Und Sie?"

Die beiden schauten einander an. Dann sagte Steve: „Wir … äh, wollen heiraten."

Tom streckte ihnen beide Hände entgegen. „Herzlichen Glückwunsch! Das ist ja toll! Übrigens, ich heiße Tom."

„Steve. Das ist meine Verlobte Julie."

„Sie wollen also in Chicago den Bund fürs Leben schließen?"

„Nein, wir heiraten im Zug", erwiderte Steve.

„Im Zug? In diesem Zug?"

„Nein", sagte Julie. „Im ‚Southwest Chief' auf der Fahrt nach Los Angeles. Der Zug geht morgen Nachmittag."

„Das ist ja grandios! Ich fahre auch mit dem ‚Chief'. Ist die Hochzeitsgesellschaft schon an Bord, oder treffen Sie erst in Chicago zusammen?"

„Unsere Familien wissen gar nicht, dass wir heiraten, und wären auch nicht damit einverstanden", sagte Julie, wobei sie sich mit dem Handrücken über die Augen wischte.

Steve sah Tom an und versuchte, den Sorglosen zu spielen. „Deshalb machen wir's auf eigene Faust. Weil wir einander lieben."

„Seine Familie ist nicht mit mir einverstanden", erklärte Julie. „Nur weil ich aus einem Kaff in den Appalachen komme, bin ich für die Abschaum. Okay, mein Dad hat seit seinem sechzehnten Lebensjahr im Bergwerk geschuftet, und meine Mom hat keinen Schulabschluss", sie sah Steve an, „und deine Eltern gehören zur besseren Gesellschaft von Connecticut. Aber meine Familie ist kein Abschaum! Sie ist ebenso gut wie deine."

„Ist denn *Ihre* Familie mit der Heirat einverstanden?", fragte Tom Julie und versuchte, die Spannung ein wenig abzubauen.

„Sie mögen Steve sehr, aber sie finden, dass ich zu jung bin. Steve und ich besuchen beide dasselbe College in Washington. Dort haben wir uns kennen gelernt. Meine Eltern wollen, dass ich studiere, bevor ich heirate."

„Hm, das ist verständlich, vor allem, wenn Ihre Eltern selbst nie die Chance hatten, eine Universität zu besuchen. Sie wollen sicher nur das Beste für Sie."

„Das Beste für mich ist Steve." Sie lächelte ihn an, und Tom hatte keinen Zweifel, dass dem jungen Mann zu Herzen ging, was Julie im Augenblick durchmachte. Die beiden mochten noch ziemlich jung sein, aber sie waren auf jeden Fall alt genug, um Hals über Kopf ineinander verliebt zu sein.

„Ich werde das College abschließen", fuhr Julie fort, „und dann studiere ich Jura an der Universität von Virginia. Ich werde meinen Eltern alle Ehre machen. Aber das alles tue ich als Steves Frau."

„Tja", sagte Tom, „es ist Ihr Leben, und ich finde, Sie sollten dem Ruf Ihres Herzens folgen."

„Danke", sagte Julie und legte kurz eine Hand auf seinen Arm.

Wenn er selbst diesen Rat doch nur bei Eleanor befolgt hätte! Dann wäre sicher vieles anders. Ironischerweise hatten auch sie sich auf dem College kennen gelernt. Nach dem Abschluss hatten sie sich gemeinsam dem Enthüllungsjournalismus verschrieben und ein paar bedeutende Reportagen veröffentlicht, ehe sie den Sprung gewagt und sich als Überseebüro eines frisch gegründeten Nachrichtendienstes hatten einstellen lassen. Dabei hatten sie Erfahrungen gemacht, die sicherlich für mehrere normale Menschenleben gereicht hätten. Sie hatten sich ineinander verliebt, wie Steve und Julie, und hätten ebenfalls heiraten sollen. Doch zwischen ihnen war es so abrupt zu Ende gegangen, dass es Tom noch immer schrecklich schmerzte, sich ihre letzten gemeinsamen Augenblicke ins Gedächtnis zu rufen.

„Ist der Geistliche denn schon im Zug?" Tom war kurz der Gedanke gekommen, dass Pater Kelly in offizieller Funktion an Bord war, doch der Priester hatte ja erklärt, er habe sich zur Ruhe gesetzt. Außerdem hätte er die bevorstehende Trauung bestimmt erwähnt.

Steve schüttelte den Kopf. „Der Priester steigt in Chicago zu. Unsere Brautjungfer und unser Trauzeuge ebenfalls."

„Na, dann wünsche ich viel Glück. Ich gehe davon aus, dass der ganze Zug eingeladen ist", fügte Tom hinzu.

„Ja, sicher, und wir hoffen sehr, dass jemand erscheint", sagte Steve.

„Stimmt", meinte Julie, „sonst wird es eine ziemlich triste Feier."

„Ich werde kommen, Julie, und ich bringe alle meine Freunde aus dem Zug mit." Zwar hatte Tom noch keine Freunde im Zug, aber konnte es so schwer sein, im „Cap" Freundschaften zu schließen?

„Im Salonwagen, gegen neun Uhr morgens", sagte Steve. „Die Haltestelle heißt La Junta."

„Das ist spanisch und bedeutet so viel wie ‚Verbindung' oder ‚Vereinigung'", erklärte Julie. „Für eine Trauung klingt das ziemlich passend."

„Eins würde mich interessieren – warum ausgerechnet in einem Zug?"

Julie lachte. „Wahrscheinlich hört es sich albern an, aber als mein Großvater aus dem Zweiten Weltkrieg nach Hause kam, hat meine Großmutter ihn in New York abgeholt. Sie hatten sich bereits vor dem Krieg verlobt, hatten die Trauung aber aufgeschoben, weil mein Großvater sie nicht zur Witwe machen wollte. Er meinte, wenn er den Krieg überstehe, sei das ein Zeichen Gottes, dass sie füreinander bestimmt seien. Er kam tatsächlich heil zurück. Großmutter, die vier lange Jahre gewartet hatte, fuhr nach New York – mit der festen Absicht, dort so schnell wie möglich zu heiraten. Aber das wollten auch sehr viele andere Soldaten. Die beiden hätten wochenlang auf einen Geistlichen warten müssen. Deshalb bezahlten sie einen Priester, dass er in ihrem Zug mitfuhr, und sobald sie die Grenze von Virginia überschritten hatten, wurden sie getraut."

„Und ich nehme an, es hat mit den beiden geklappt?"

„Sie waren fünfundfünfzig Jahre verheiratet. Vor zwei Jahren sind beide gestorben – binnen einer Woche."

„Dann wünsche ich Ihnen beiden das gleiche Glück", sagte Tom und brach auf zum Salonwagencafé.

Er schlenderte durch den Speisewagen und nickte den Angestellten flüchtig zu. Sie schienen eifrig damit beschäftigt zu sein, das Abendessen vorzubereiten, sodass Tom beschloss, sie nicht mit Fragen zu belästigen. Er setzte den Weg zum Salonwagen fort. Dort hatten es sich einige Fahrgäste vor dem Fernseher gemütlich gemacht. Andere blickten hinaus auf die vorbeihuschende Landschaft.

Tom stieg die Wendeltreppe hinunter und traf auf Tyrone, den Salonwagenkellner. Sein Arbeitsplatz war beengt, aber bestens aufgeräumt. An den Wänden befanden sich gekühlte Schrankfächer voller Sandwiches, Eiscreme und ähnlichen Leckereien. Außerdem gab es heiße und kalte Getränke. Tyrone war um die dreißig und ungefähr so groß wie Tom. Er war das Ebenbild von Elvis Presley, nur dass er schwarz war, und er pflegte diese Ähnlichkeit offenbar, was man an seiner Frisur sehen konnte. Tom gefiel das.

„Ich öffne in zwanzig Minuten, Sir", sagte Tyrone. „Meine Ware wurde verspätet geliefert. Normalerweise habe ich längst geöffnet. Ich sag über die Lautsprecheranlage Bescheid."

„Kein Problem, Tyrone."

Während Tyrone seine Waren ausbreitete, musterte er Tom voller Interesse. „Sind Sie der Schriftsteller, von dem Regina mir erzählt hat?"

„Genau der bin ich."

„Cool. Was wollen Sie wissen?"

„Zuerst mal, warum Sie Elvis-Fan sind."

Er lachte. „Die Haare haben mich verraten, stimmt's? Immer sind es die Haare."

„Ja, es war tatsächlich die Frisur."

„Danke, vielen Dank." Tyrone machte einen eleganten kleinen Hüftschwung. „Ich kenne alle Songs von Elvis und sämtliche Posen. Für 'nen Weißen hatte der Typ das ziemlich gut drauf."

„Arbeiten Sie schon lange auf diesem Zug?"

„Sieben Jahre. Seit 93 bin ich bei Amtrak."

„Ich wette, in der Zeit haben Sie eine Menge gesehen."

„Das kann ich Ihnen flüstern. Ich habe Sachen erlebt – oh Mann! Sobald die Leute in 'nem Zug sitzen, ist es so, als würden sie sämtliche Hemmungen ablegen. Übrigens, mögen Sie vielleicht 'ne Cola oder so etwas?"

„Nur wenn Sie nichts Stärkeres anzubieten haben."

Tyrone öffnete eine Bierflasche und reichte sie Tom, der sich an die Wand lehnte.

„Ihnen gefällt die Arbeit hier, nicht wahr?"

„He, es ist bloß ein Job. Aber zugegeben, er macht auch Spaß. Ich weiß, wie ich mir die Zeit vertreiben kann, und ich unterhalte mich gern mit den Passagieren. Vor allem die Kids haben's mir angetan. Eisenbahnen und Kinder passen super zueinander." Er redete weiter, während er seine Vorbereitungen fortsetzte. „Mir gefällt's hier. Die Crew ist ein klasse Team. Wir halten zusammen und helfen uns gegenseitig, wie in einer Familie."

„Wollen Sie für immer auf dem ‚Cap' bleiben?"

„Weiß ich noch nicht. Am liebsten würde ich ja die Leiter weiter raufsteigen, dahin, wo man richtiges Geld machen kann."

„Und wo ist das? Im Management?"

Tyrone lachte. „Management? Machen Sie Witze? Richtig Knete macht man mit der roten Mütze, als Zugführer. Die Typen scheffeln Dollars, als würden sie die Scheine selbst drucken."

„Ich brauch einen Drink, und zwar sofort!"

Tom und Tyrone fuhren herum und erblickten einen Gentleman in einem dreiteiligen Nadelstreifenanzug, der unzufrieden dreinschaute.

Tyrone verdrehte die Augen. „Tag, Mr Merryweather. Wie geht's Ihnen?"

„Mir geht es gar nicht gut, und ich will einen Drink. Scotch mit Soda on the Rocks. Sofort."

„Ich habe noch nicht geöffnet, Sir. Wenn Sie sich ein wenig gedulden würden …"

Merryweather machte einen Schritt nach vorn. „Dieser Gentleman dort hat ein Bier, und ich vermute, er hat es von Ihnen. Wenn Sie sich also weigern, für mich die Bar zu öffnen, dann", er warf einen Blick auf Tyrones Namensschild, „dann, Tyrone, empfehle ich Ihnen, sich schon mal nach einem neuen Job umzusehen, weil Sie nämlich arbeitslos sind, sobald ich aus diesem Zug ausgestiegen bin." Er warf einen Blick auf seine Armbanduhr. „Ich warte, Tyrone."

„Gewiss, Sir. Ihr Scotch mit Soda kommt sofort – schon unterwegs." Tyrone mixte den Drink und reichte ihn dem Gast.

Merryweather trank einen Schluck. „Mehr Scotch. Ihr Ganoven spart immer am Alkohol. Zweigen Sie von dem Fusel für sich selbst was ab?"

„He", mischte Tom sich ein, „regen Sie sich ab."

Merryweather wandte sich ihm zu. „Wissen Sie zufälligerweise, wer ich bin?"

„Ja, eine Nervensäge. Und offensichtlich auch noch stolz darauf."

Merryweather grinste so verkniffen, dass es aussah, als würde seine Miene jeden Moment einfrieren. „Verraten Sie ihm, wer ich bin, Tyrone."

„Ich schenke Ihnen Scotch nach. Schließen wir Waffenstillstand, ja?"

„Ich bin Gordon Merryweather, der König der Sammelklagen. Und wenn Sie weiter eine so große Klappe haben, zerre ich Sie vor Gericht und hole mir alles, was Sie besitzen. Aber so, wie Sie aussehen, dürfte das nicht viel sein."

Tom machte Anstalten, sich mit geballten Fäusten auf den Burschen zu stürzen.

„Na los, schlagen Sie nur zu!", meinte Merryweather. „Dann habe ich sogar noch das Vergnügen, Sie in den Knast zu bringen!"

Tyrone schob sich zwischen die beiden. „He", sagte er. „Bleiben Sie friedlich, meine Herren! Es ist Weihnachtszeit. Mr Merryweather, Sie fahren doch auch über die Feiertage nach Hause zu Ihrer Frau und Ihren Kindern, nicht wahr? Ich wette, Sie bringen ihnen eine Menge Geschenke mit."

„Ich bin geschieden. Meine Kinder sind verwöhnte Gören und verdienen weder meine Liebe noch meine Großzügigkeit." Mit diesen Worten marschierte Gordon Merryweather mitsamt seinem Whisky Soda davon. Als er ungefähr die Hälfte des Gangs zurückgelegt hatte, hörten sie ihn lachen.

Tom schaute Tyrone an. „Eigentlich hatte ich damit gerechnet, dass er irgendwann ‚Ist alles nur Spaß!' sagt."

Tyrone schüttelte den Kopf. „Mit diesem Mann sollten Sie sich nicht anlegen. Er würde dafür sorgen, dass Sie sich die nächsten Jahre vor Gericht mit ihm herumschlagen müssten."

„Verstehen Sie mich nicht falsch, aber warum fährt der König der Sammelklagen mit der Eisenbahn? Er kann sich doch sicher einen Privatjet leisten."

„Soviel ich gehört habe, hat der ach so gefährliche Mr Merryweather Angst vorm Fliegen. Ich wünschte, er würde sich seinen eigenen Zug kaufen und sich von meinem fern halten."

„Tja, Tyrone, vielen Dank, dass Sie mich davon abgehalten haben, ihm seinen Scotch mitsamt Glas in den Hals zu rammen. Ich habe noch Pläne für mein Leben, in denen Gefängnisse eigentlich keine Rolle spielen. Und vielen Dank für das Gespräch und das Bier."

Tyrone lächelte. „Gern geschehen. Kommen Sie nach dem Essen wieder her. Dann serviere ich die härteren Sachen."

Kapitel 4

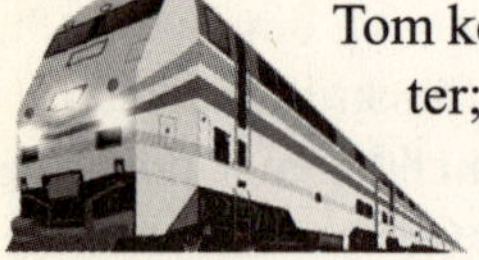

Tom kehrte in sein Abteil zurück und schaute aus dem Fenster; es war Viertel nach fünf am Nachmittag und schon dunkel. Sie hatten soeben Harper's Ferry in West-Virginia passiert, einen Ort, der durch John Brown unsterblich gemacht worden war. Brown hatte dort vor Ausbruch des Bürgerkriegs zwischen Nord- und Südstaaten das nationale Munitions- und Waffenlager in die Luft gejagt und war anschließend dafür an den Galgen gekommen.

Tom hielt die Zeit für gekommen, sich die Filmleute näher anzusehen, lief auf der anderen Seite des Speisewagens weiter und gelangte so in den dortigen Schlafabteilabschnitt. Er war sich sicher, dass die Hollywoodleute erster Klasse reisten, und schlenderte durch diesen Teil des Waggons in der Hoffnung, dass einer der Filmleute sich aus seinem Versteck wagte.

Der Vorhang des ersten Abteils war sorgfältig zugezogen, sodass er nichts sehen konnte. Allerdings hörte er, dass sich drinnen jemand bewegte. Beim nächsten Abteil stand der Vorhang einen Spaltbreit offen. Tom blieb stehen und warf einen raschen Blick hinein. Ein junger Mann mit Bürstenhaarschnitt und in einem schwarzen Rollkragenpullover ging in dem kleinen Raum auf und ab. Als er sich umdrehte, konnte Tom erkennen, dass er ein Headset trug, einen Ohrhörer mitsamt Mikrofon, der mit einem Handy in einer Gürtelhalterung verbunden war.

Das war doch wohl nicht der berühmte Regisseur? Dieser junge Mann machte eher den Eindruck, als könnte es sich bei ihm um den Star oder den Drehbuchschreiber handeln. Tom tippte auf den Drehbuchschreiber.

Er ging zum nächsten Abteil und wollte gerade einen Blick hineinwerfen, als ein Mann die Tür aufschob und beinahe mit ihm zusammenstieß.

„Verzeihung“, sagte er. „Ich habe gerade erfahren, dass in meinem Abteil das Rauchen verboten ist.“

Tom blickte auf die nicht angezündete Zigarette in der Hand des Mannes. Er taxierte ihn mit raschem Blick von Kopf bis Fuß. Der Fremde war mittelgroß, Anfang sechzig, hatte volles silbergraues Haar, eine gesunde kalifornische Bräune und war teuer gekleidet: schwarze Hose, weißes Seidenhemd, Tweedsakko und Bruno-Magli-Schuhe. Tom witterte sofort den lässigen Gagenmillionär.

„In der unteren Etage gibt es einen Rauchersalon“, ließ er den Mann wissen.

„Dann werde ich ihn aufsuchen. Hab schon an die hundertmal versucht, dieses Laster aufzugeben, und alles ausprobiert – Pflaster, sogar Hypnose. Alles für die Katz.“

„Ich habe früher zwei Schachteln am Tag geraucht, aber jetzt reicht mir gelegentlich eine gute Zigarre.“

Das schien sein Interesse zu wecken. „Und wie haben Sie das geschafft?“

„Mein Leben hing davon ab.“

„Verstehe. Wer will schon an Lungenkrebs sterben?"

„Nein, so habe ich das nicht gemeint. Ich war mal Nachrichtenkorrespondent in Übersee und gehörte zu einem Konvoi von Journalisten, die von Guerillas angegriffen wurden. Wir sprangen alle raus und rannten in die Berge. Ein Typ von Reuters, um die fünfzig und starker Raucher, hat's nicht geschafft. Er kippte einfach um, wahrscheinlich Herzinfarkt. Ich kämpfte mich den Berg hoch, und mein Herz und meine Lunge fühlten sich an, als würden sie jeden Moment platzen. Es kam mir vor, als müsste ich für jede Zigarette büßen, die ich je geraucht hatte. Seitdem habe ich keine Zigarette mehr angerührt."

„Eine tolle Story. Sie sind Kriegsberichterstatter, nicht wahr?"

„Nicht mehr. Das gefährlichste Thema, über das ich in letzter Zeit geschrieben habe, war, wie man Wandschränke so aufteilt, dass auch der Ehemann ein bisschen Platz für seine Sachen darin findet. Oder ich lasse mich über potenzielle Katastrophen beim heimischen Grillabend aus."

Der Mann lachte und streckte ihm die Hand entgegen. „Das klingt echt witzig. Übrigens, ich bin Max Powers."

Tom hatte längst das Gefühl, den Mann zu kennen, und als dieser nun seinen Namen sagte, wusste Tom, wen er vor sich hatte: den berühmten Regisseur, der zu den zehn einflussreichsten Persönlichkeiten Hollywoods zählte. Wenngleich er für seine ungemein erfolgreichen Kassenschlager bekannt war, war er auch mehrmals für den Oscar nominiert worden und hatte die begehrte Trophäe im Jahr zuvor tatsächlich erhalten.

„Tom Langdon. Ich habe viele Ihrer Filme gesehen, Mr Powers. Sie verstehen sich darauf, eine Geschichte zu erzählen."

„Danke. Genau das versuche ich immer wieder. Und sagen Sie ruhig Max zu mir." Er ließ die ungerauchte Zigarette in seiner Hemdtasche verschwinden und schaute sich verschwörerisch um. „Wir versuchen gerade, eine Geschichte über diese Art der Beförderung zusammenzustoppeln."

„Vielleicht, weil Züge irgendwie etwas Besonderes sind?"

„Richtig. Mein alter Herr war Schaffner auf der Santa-Fe-Strecke, als Züge noch die klassische Art des Reisens waren. Er hatte öfter einrichten können, dass ich vorn auf der Lok mitfahren durfte. Ich kann Ihnen sagen – es gibt kein großartigeres Gefühl. Seitdem weiß ich, dass es einiges über Eisenbahnen zu erzählen gibt, und jetzt will ich das endlich tun."

Tom erzählte ihm von der Reportage, für die er recherchierte, und von den Eindrücken, die er bereits gewonnen hatte. „Es geht nicht darum, möglichst schnell von A nach B zu kommen. Der Weg ist das Ziel. Dieser Zug ist wie ein Lebewesen, das man eingehend betrachten und dem man aufmerksam zuhören sollte, um sich auf seinen Rhythmus einzustimmen."

Max ergriff Toms Arm. „Sie verstehen genau, worauf ich hinauswill." Er schlug sich plötzlich mit der flachen Hand vor die Stirn. „Ich hatte gerade eine grandiose Erleuchtung. Sie sind Journalist, kennen praktisch die ganze Welt ... Sie sollten sich mit meinem Drehbuchschreiber zusammentun – ich meine, für diese Fahrt, zum Recherchieren. Sie könnten Ihre Notizen austauschen, Geschichten, die Sie gehört haben. Selbstverständlich bezahle ich Sie. Schreiben Sie Ihre Geschichte! Aber das, was Sie darin unterbringen, kann dazu beitragen, meinem Film Leben zu verleihen. Das ist doch ideal! Zwei Fliegen mit einer Klappe, Sie verstehen?"

Tom nickte. Allerdings verspürte er kein großes Verlangen, mit dem Zehnjährigen mit seinem Headset zusammenzuarbeiten. Aber zu Toms Verwunderung führte Max ihn am Abteil mit dem Telefonierer vorbei und klopfte an die Tür des ersten Abteils.

„Kann ich reinkommen? Ich bin's, Max."

Die Tür glitt auf – und in diesem Moment hatte Tom das Gefühl, als würde ihm der Boden unter den Füßen weggezogen.

Eleanor Carter blickte ihn an.

Max stellte vor: „Eleanor Carter – Tom Langdon. Tom, das ist Eleanor."

Weder Tom noch Eleanor brachten ein Wort hervor. Sie starrten einander so lange an, dass Max schließlich fragte: „Äh ... kennen Sie sich?"

„Ist viele Jahre her", antwortete Eleanor rasch.

Sie war noch schöner als beim letzten Mal, als Tom sie gesehen hatte – und schon damals hatte sie die Messlatte sehr hoch gelegt. Eleanor war groß und immer noch schlank, und sie trug ihr kastanienbraunes Haar immer noch auf aufregende Weise schulterlang. Sicher, in ihrem Gesicht waren einige Fältchen mehr, aber die großen grünen Augen besaßen nach wie vor eine Intensität, dass Tom unwillkürlich nach einer Sitzgelegenheit suchte, ehe der Blick dieser Augen ihn umwarf. Eleanor trug einen weißen Pullover über einer blauen Bluse, deren Kragen oben herausschaute, eine graue Wollhose und elegante schwarze Schuhe mit flachen Absätzen.

„Wie ist es dir ergangen?", erkundigte sie sich kühl.

„Ich habe gearbeitet. Im letzten Jahr vorwiegend hier in den Staaten", brachte Tom mühsam hervor.

„Ich weiß. Ich habe deinen Artikel über Duncan-Phyfe-Möbel gelesen, den du fürs *Journal für Architektur* geschrieben hast. Es war der erste Artikel über antike Möbel, bei dem ich herzlich gelacht habe. Er war richtig gut."

Toms Magen verkrampfte sich, und die Kehle wurde ihm trocken, als die großen smaragdgrünen Augen ihn musterten. Die Empfindung seines unmittelbar bevorstehenden Untergangs war irgendwie tröstlich für ihn, so als würde dieses Ende wenigstens schnell und relativ schmerzlos erfolgen. Er fand seine Stimme wieder. „Du bist also Drehbuchautorin."

Max ergriff das Wort. „Eleanor ist eines der bestgehüteten Geheimnisse Hollywoods. Sie ist spezialisiert auf Manuskriptbearbeitungen. Sie wissen schon, wenn es in einem Skript Probleme gibt und man ein Wunder braucht – dann ruft man Eleanor, und sie bringt alles auf den rechten Weg. Und nun ist es mir endlich gelungen, sie zu überreden, ihr erstes eigenes Drehbuch in Angriff zu nehmen."

„Das überrascht mich nicht – sie war immer schon Spitzenklasse." Er erhielt keine Reaktion auf dieses Kompliment. Tom hatte das Gefühl, als würden seine Füße plötzlich in Zementklötzen stecken.

„Was liegt an, Max?", fragte Eleanor.

Offensichtlich hatte sie keine Lust, in Erinnerungen zu schwelgen. Sie wollte diese Angelegenheit – genau genommen die Begegnung mit Tom – zu einem schnellen Ende bringen.

Max erklärte Eleanor seine „glänzende Idee", während Tom sich fragte, ob er sich vor die Räder des „Cap" stürzen sollte. Es gab nicht den geringsten Zweifel, dass Eleanor vom genialen Einfall des Starregisseurs alles andere als begeistert war.

Trotzdem sagte sie: „Lass mich darüber nachdenken, Max."

„Na klar. Wie wär's, wenn wir uns später auf einen Drink treffen? Ich habe gehört, dass es in diesem Zug tatsächlich Alkohol geben soll."

„Den gibt es", bestätigte Tom und schaute zu Eleanor, aber sie blickte in die Ferne.

„Abgemacht. Treffen wir uns um, sagen wir, acht Uhr?", schlug Max vor.

„Ich habe schon für sieben einen Tisch reserviert." Hoffnungsvoll blickte Tom zu Eleanor, als wollte er sie animieren, ihm Gesellschaft zu leisten.

„Ich habe in Washington sehr spät zu Mittag gegessen", sagte sie. „Deshalb lasse ich das Abendessen lieber ausfallen."

„Ich streiche das Abendessen ebenfalls, Tom", schloss Max sich an. „Ich muss ein paar wichtige Telefonate führen."

„Tja, wenn Sie verhungern, sind Sie selbst schuld."

„Keine Bange. Kristobal hat einige meiner Leibgerichte mit an Bord gebracht. Ich halte mehr von gelegentlichen kleinen Snacks."

„Kristobal?"

„Mein Assistent. Er bewohnt dieses Abteil.“ Max deutete auf den Vorhang, hinter dem Tom den jungen Mann mit dem Headset gesehen hatte.

Bei der Erwähnung seines Namens tauchte Kristobal aus seinem Abteil auf. „Brauchen Sie irgendetwas, Mr Powers?“

„Nein, danke. Das ist Tom Langdon. Möglicherweise ist er uns bei unserem Projekt behilflich.“

Kristobal war jung, gut aussehend und athletisch. Er verdiente in einer Woche wahrscheinlich mehr als Tom in einem Jahr. Außerdem schien er sehr tüchtig und intelligent zu sein. Aus all diesen Gründen war er Tom auf Anhieb unsympathisch.

„Hervorragend, Sir“, sagte Kristobal. Tom schüttelte ihm die Hand.

Max nickte zufrieden. „Gut, das wäre also erledigt. Eleanor wird über meinen Vorschlag nachdenken, und wir treffen uns um acht. Jetzt muss ich aber unbedingt eine rauchen, sonst krieg ich noch Atemnot.“ Suchend blickte er sich um.

Tom wies ihm den Weg. „Da lang, zwei Wagen weiter, durch den Speiseraum in den Salonwagen, die Treppe runter und nach rechts. Dann sehen Sie schon die Tür mit der Aufschrift RAUCHERSALON.“

„Danke, Tom. Sie sind unbezahlbar. Ich weiß, dass diese Sache ein ganz großes Ding wird. Es ist wie ein Omen. Meine Handleserin prophezeite mir ‚eine Zufallsbegegnung‘, und Sie sehen ja, was passiert ist.“ Er klemmte sich die Zigarette zwischen die Lippen und trabte davon.

Kristobal kehrte in sein Abteil zurück. Eleanor und Tom waren allein. Ein paar Sekunden standen sie untätig da und mieden jeden Blickkontakt.

„Ich kann nicht glauben, dass das hier wirklich geschieht“, meinte Eleanor schließlich. „Dass ich ausgerechnet dir in diesem Zug begegnen muss.“ Sie schüttelte langsam den Kopf.

„Für mich war die Überraschung mindestens genauso groß.“ Er zuckte mit den Schultern. „Toll siehst du aus, Ellie.“

Eleanor blickte ihn fest an. „Ich will nicht um den heißen Brei herumreden. Max ist ein großartiger Filmemacher, aber manchmal hat er spontane Einfälle, die nicht funktionieren. Ich glaube, das ist einer davon.“

„Ich will nicht, dass du dich zu etwas bereit erklärst, das dir nicht gefällt.“

„Dann kann ich Max also sagen, dass du nicht interessiert bist?“

„Wenn du es so willst, Ellie, ist es okay.“

„Ja. Das ist genau, was ich will.“ Sie kehrte in ihr Abteil zurück und schob die Tür zu.

Er fragte sich unwillkürlich, ob es zu spät war, die Fahrkarte zurückzugeben und sich den Fahrpreis zurückerstatten zu lassen mit der Begründung, dass er in seinem jetzigen scheintoten Zustand die Reise schwerlich würde beenden können.

UNSICHEREN Schrittes ging Tom zu seinem Abteil zurück und ließ sich aufs Bett fallen. Eleanor in diesem Zug? Unmöglich! Es wäre Tom nie in den Sinn gekommen, dass er seine Selbstfindungsreise in nächster Nähe zu ausgerechnet jener Person unternahm, deren Fehlen in seinem Leben wohl erst dazu geführt hatte, dass er diese Reise überhaupt machte.

Als Tom sich aufrichtete und aus dem Fenster in die abendliche Dunkelheit starrte, befand er sich plötzlich nicht mehr in einem Zug, der nach Chicago unterwegs war. Er war wieder in Tel Aviv. Er und Ellie hatten sich wegen der Nähe zum Ben-Gurion-Flughafen für diese Küstenstadt entschieden. Man war nie mehr als zwei Stunden Flugzeit von jener Art Storys entfernt, über die zu berichten Tom und Eleanor hergekommen waren. Das einzig Berechenbare am Nahen Osten war seine Unberechenbarkeit. Man wusste immer ganz genau, dass etwas passieren würde, nur wusste man nie, wo und wie.

In den Jahren, die sie in Israel gelebt hatten, waren Tom und Ellie auf der Suche nach Storys durchs Land gereist. Sie hatten Jerusalem besichtigt und waren im Jordan geschwommen. Einmal waren sie auch nach Bethlehem gefahren, weil Eleanor den Ort hatte sehen wollen, an dem Jesus auf diese sündige Welt gekommen war. Obgleich er nicht gerade ein religiöser Mensch war, war es für Tom ein beeindruckendes Erlebnis gewesen.

Eleanor und Tom hatten zu den wenigen amerikanischen Journalisten in Israel gehört, die Weihnachten gefeiert hatten: Sie hatten in ihrer Wohnung einen kleinen Christbaum aufgestellt, ein Weihnachtsessen zubereitet und einander Geschenke gemacht. Dann hatten sie auf das dunkle Mittelmeer hinausgeblickt, hatten das Panorama und die Gerüche des Wüstenklimas in sich aufgenommen und waren schließlich Arm in Arm eingeschlafen. Diese Weihnachtsfeste in Tel Aviv gehörten zu den schönsten Erlebnissen in Toms Leben. Mit Ausnahme des letzten.

Eleanor hatte damals die Wohnung verlassen, um rasch noch ein paar Lebensmittel einzukaufen. Ungefähr vierzig Minuten später war sie wiedergekommen und hatte erklärt, sie wolle nach Hause zurück; sie sei es leid, ständig über die Gefahren dieser fremden Welt zu berichten. Zuerst hatte Tom geglaubt, sie mache einen Scherz, aber Eleanor packte ihre Sachen und rief bei der El Al an, um einen Flug zu buchen. Sie versuchte, auch für Tom einen Platz zu reservieren, doch er lehnte ab und erklärte, er komme nicht mit. Nur eine Stunde vorher war alles noch bestens gewesen. Nun war sein ganzes Leben in sich zusammengestürzt.

Tom wollte von Ellie wissen, was in der vergangenen Dreiviertelstunde passiert sei, dass sie eine Entscheidung getroffen habe, die für sie beide das ganze Leben veränderte, und ohne sich die Mühe zu machen, vorher mit ihm darüber zu sprechen. Eleanors einzige Antwort lautete, dass es an der Zeit sei, nach Hause zurückzugehen. Aus dem Gespräch wurde eine hitzige Diskussion, und als Eleanor schließlich ihre Koffer gepackt hatte, schrien sie einander an. Tom war so durcheinander, dass er bis zum heutigen Tag nicht wusste, was genau er eigentlich gesagt hatte.

Eleanor hatte ein Taxi gerufen und sich zum Flughafen bringen lassen. Tom war ihr gefolgt. Schließlich war es so weit, dass der Pendelbus vor der Abflughalle stand. In diesem Moment fragte Eleanor ihn noch einmal, ob er mit ihr käme. Wenn er sie wirklich liebte, erklärte sie, würde er sie begleiten. Tom erinnerte sich, wie er dastand, Tränen in den Augen hatte und von Trotz und Wut erfüllt war. Nein, sagte er, er komme nicht mit.

Und dann schaute er ihr nach, wie sie die Rolltreppe hinauffuhr. Sie drehte sich ein letztes Mal um. Ihr Gesichtsausdruck war so traurig, dass er beinahe gerufen hätte, sie solle warten, er komme doch mit – aber die Worte kamen ihm nicht über die Lippen. Stattdessen machte er kehrt, ging davon und verließ Ellie, so wie sie ihn verlassen hatte.

Damals hatte er Eleanor das letzte Mal gesehen. Bis vor fünf Minuten. Er hatte noch immer keine Ahnung, was Eleanor damals dazu gebracht hatte, so plötzlich abzureisen. Und er hatte bis heute keine vernünftige Erklärung dafür, weshalb er sie nicht begleitet hatte.

Schlagartig kehrte Tom wieder nach West-Virginia und auf die stählernen Gleise zurück. Die Wärme im Abteil, das Singen der Räder, Toms völlig überdrehter Verstand und die Dunkelheit draußen schafften es schließlich mit vereinten Kräften, ihn in einen unruhigen Schlaf fallen zu lassen.

WAS IMMER es gewesen sein mochte – es musste Toms Schlafwagen mit voller Wucht getroffen haben. Das Geräusch war sehr laut, so als hätte eine Kanonenkugel die eine Seite des Waggons voll erwischt. Tom fiel beinahe vom Bett. Er schaute auf die Uhr: halb sieben. Der riesige „Capitol Limited“ wurde schnell langsamer. Schließlich blieb der Zug stehen. Als Tom aus dem Fenster sah, erkannte er, dass sie sich fernab jeder Zivilisation befanden. Brandgeruch stieg ihm in die Nase. In der Dunkelheit sah er hier und da Lichter, wo das Zugpersonal den Schaden untersuchte.

Tom trat hinaus auf den Gang und traf dort Pater Kelly.

„Haben Sie das gehört?“, fragte der Priester.

„Ich glaube, wir sind mit irgendwas zusammengestoßen“, erwiderte Tom. „Oder es war etwas auf den Gleisen, und wir haben es überrollt.“

Regina kam mit sorgenvoller Miene herbei. Sie trug einen großen Packen zerknüllter Zeitungen.

„Was ist los, Regina?“, fragte Tom.

„Wir sind mit irgendetwas zusammengeprallt. Aber es geht gleich weiter.“

Tom sah, was Regina unter dem Arm trug. „Sie scheinen eine Menge für alte Zeitungen übrig zu haben.“

„Jemand hat sie in den Abfalleimer gestopft. Ich weiß nicht mal, woher sie kamen. Die einzige Zeitung im Zug ist der *Toledo Blade*, und den nehmen wir erst morgen früh im Bahnhof auf.“ Sie ging weiter.

Tom kam sich plötzlich ungemein clever vor, dass er ein Zeitpolster in seinen Reiseplan eingefügt hatte. Nun sah es so aus, als würde er es brauchen. Zu Mark Twains Zeiten maß die Strecke von St. Joseph, Missouri, bis nach Kalifornien dreitausend Kilometer. Dafür hatte die Postkutsche rund zwanzig Tage gebraucht. Zwar hatte Tom über 1500 Kilometer mehr vor sich als Mark Twain damals, dafür war das, was ihn zog, tausende Male stärker als die Kraft der Kutschpferde. Und doch suchte Tom in Gedanken schon nach einem geeigneten Versteck, in dem er sich vor Lelia in Sicherheit bringen könnte, falls er zu Weihnachten nicht bei ihr erschien.

Agnes Joe gesellte sich zu ihnen. Sie trug noch ihr Nachthemd, hatte sich jedoch zusätzlich einen Morgenmantel übergezogen. „Wir sind auf irgendwas geprallt“, stellte sie fest.

„Sieht so aus“, entgegnete Tom, während er versuchte, sich an ihr vorbeizudrücken. Er musste jedoch feststellen, dass ihr Körper den Gang in seiner gesamten Breite versperrte, wie sie so vor ihm stand. Amtrak musste unbedingt breitere Waggons bauen, um der zunehmenden Körperfülle der Amerikaner Rechnung zu tragen.

Agnes Joe holte einen Apfel aus der Tasche und biss herzhaft hinein. „Ich weiß noch, wie wir vor drei … nein, vier Jahren ebenfalls etwa hier waren und plötzlich stehen blieben.“

„Ach? Und was ist damals passiert?“, fragte Tom.

„Warum kommen Sie nicht mit in mein Abteil, machen es sich dort gemütlich und hören sich meine Geschichte an?“

Pater Kelly und Tom wechselten einen raschen Blick, dann verschwand der Priester in der Sicherheit seiner Kaninchenhöhle und ließ den Journalisten allein. So viel zum Thema christliche Hilfe in Zeiten der Not, dachte Tom.

„Ich würde Ihre Einladung ja gern annehmen, aber ich muss mich fürs Abendessen frisch machen. Ich habe um sieben einen Platz reserviert."

„Ich auch."

Dem Blick nach zu urteilen, mit dem Agnes Joe ihn bedachte, musste Tom davon ausgehen, dass sie offensichtlich auf ein eindeutiges Angebot von ihm wartete. Er hingegen hatte für sie nur ein mattes Lächeln auf Lager, als es ihm endlich gelang, sich an ihr vorbeizuquetschen und in sein Abteil zu flüchten. Er verriegelte die Tür, zog den Vorhang vor und hätte wohl auch das Bett zur Sicherheit vor die Tür geschoben, wäre es nicht an der Wand festgeschraubt gewesen.

WÄHREND Tom den Blick durch den Speisesaal schweifen ließ, kehrte er in Gedanken wieder zum „Unsichtbaren Dritten" zurück. Im Film betritt Cary Grant, auf der Flucht vor der Polizei und dem Eisenbahnschaffner, den eleganten Speisewagen. Als armer Flüchtling vor der Justiz hat Grant keine Fahrkarte. Der in eine makellose Uniform gehüllte Oberkellner geleitet ihn zum Tisch der hinreißend sexy aussehenden Eva Marie Saint. Es stellt sich heraus, dass sie den Kellner mit einem Trinkgeld bestochen hat, damit er Cary zu ihr an den Tisch setzt. Schöne Frauen machten so was ständig mit dem armen Cary Grant. Sie vollzog eine Art verbales Vorspiel am Tisch in einer der heißesten, mit unterschwelliger Erotik erfüllten Filmszenen, die Tom kannte. Im Augenblick konnte er sich nur Eleanor in der Rolle Eva Marie Saints vorstellen. Welche Ironie des Schicksals, dachte er, weil es keine Möglichkeit gab, dass diese Vorstellung sich für ihn je erfüllte.

Tom wurde zwei Fremden gegenübergesetzt, einem Mann und einer Frau, beide mittleren Alters. Unglücklicherweise hatte die Frau nicht die geringste Ähnlichkeit mit Eva Marie oder Eleanor. Am Tisch auf der anderen Seite des Mittelgangs saßen Steve und Julie. Sie unterhielten sich mit gedämpften Stimmen und wirkten noch immer hochgradig nervös.

„Das ist diese Woche schon das zweite Mal, dass ich mit einem Zug fahre und etwas Unvorhergesehenes passiert", bemerkte die Frau, die Tom gegenübersaß. Sie stellte sich als Sue Bunt aus Wisconsin vor. Sie war um die fünfzig, groß, ein wenig korpulent und hatte das Haar kurz geschnitten.

„Was sagt man dazu!", sagte der Mann. Er hatte sich nicht vorgestellt.

„Normalerweise fahre ich nicht mit dem Zug, aber die Flugverbindungen sind für meine Zwecke nicht mehr so günstig“, erklärte Sue.

„Was machen Sie denn beruflich?“, fragte Tom.

„Ich bin Handlungsreisende für einen Hersteller von Gesundheitskost“, antwortete sie, während sie reichlich Butter auf ihr Brötchen strich.

„Frohe Weihnachten!“, wünschte die Kellnerin, als sie zu ihnen kam und ihnen Gläser mit Punsch servierte, eine alte „Capitol-Limited“-Tradition zur Weihnachtszeit, wie man ihnen erklärte.

„Frohe Weihnachten!“, erwiderten sie. Dann erkundigte Sue sich bei der Kellnerin, was mit dem Zug los sei.

„Der Schaffner meint, wir fahren bald wieder. Es hat wohl irgendwas auf den Schienen gelegen.“

Sie bestellten. Tom entschied sich für Schweinebraten und bat um einen Screwdriver als Aperitif. Er setzte das Glas gerade an die Lippen, als er spürte, wie er zur Seite geschoben wurde. Er wandte sich um – und da war Agnes Joe. Sie hatte sich neben ihn gequetscht und ließ ihm höchstens zwanzig Zentimeter Platz für seine Mahlzeit.

„Hallo, Agnes Joe“, begrüßten der Mann und Sue sie wie aus einem Munde.

Als Tom sie ein wenig genauer betrachtete, war er verblüfft. Agnes Joes Haar war frisiert, sie hatte sich sogar geschminkt und sah nicht mehr annähernd so alt aus wie vorher. Es war eine solch erstaunliche Verwandlung, dass Tom sie nur wortlos anstarren konnte.

„Hallo, Agnes Joe“, begrüßte die Kellnerin sie. „Das Übliche?“

„Klar, mit extra Zwiebeln.“

„Ich nehme an, dass Sie oft mit diesem Zug fahren“, sagte Tom, nachdem die Kellnerin sich entfernt hatte.

„Oh, ich liebe den Zug und die Menschen, die mit ihm fahren. Ich habe es eine Zeit lang mit dem Fliegen versucht. Ich habe sogar eine Pilotenlizenz für Zivilflugzeuge, aber ich ziehe die Eisenbahn vor.“

Agnes Joe, in den Pilotensessel einer zweisitzigen Cessna gezwängt, die dicken Finger um den Steuerknüppel geschlungen und die mächtigen Füße auf den Pedalen der Seitenruder – für Tom grenzte das an eine Wahnvorstellung. Er bestellte sich ein Glas Rotwein und aß seine Mahlzeit, die sich als köstlich erwies. Dabei schaute er sich im Wagen um. An einem anderen Tisch wurde einer gut aussehenden Schwarzen mittleren Alters von einem jungen, ebenfalls gut aussehenden Koreaner der Hof gemacht. An wieder einem anderen Tisch tafelten einige Geschäftsleute mit der Tarot-Dame.

Sie hatte ihre Karten vor den Überresten ihres gegrillten Huhns ausgebreitet. Wo sonst war ein Zusammentreffen wirtschaftlicher Macht mit schicksalsträchtigen Tarotkarten bei einer wohlschmeckenden Mahlzeit so zwanglos vorstellbar? Vielleicht haben Züge wirklich etwas Besonderes, dachte Tom.

Kapitel 5

Als das Abendessen beendet war, flüchtete Tom in den Salonwagen, der, wie er bald feststellte, bei sämtlichen erfahrenen Bahnreisenden als der „Barwagen" bekannt war. Tom besorgte sich unten bei Tyrone einen Gin und setzte sich dann in die obere Etage des Salons. Der Zug stand noch immer, doch wenigstens hatte sich der Brandgeruch verzogen.

Im Salon lief der Fernseher. Eine Kinderschar und ihre Eltern hatten sich dort versammelt, um einen Weihnachtsfilm anzusehen. In anderen Nischen des Wagens waren kleinere Gruppen in Gespräche vertieft, und ein paar einzelne Fahrgäste schauten aus den dunklen Fenstern oder betrachteten in den Glasscheiben ihre eigenen Spiegelbilder. Tom trank seinen Gin und beobachtete eine Gruppe Erwachsener in seiner Nähe. Einer las, eine Frau strickte, ein dritter trug Kopfhörer und hörte Musik.

„Sind Sie alle unterwegs, um irgendwo die Weihnachtstage zu verbringen?", fragte Tom freundlich.

Die strickende Frau blickte auf und lächelte. „Ich fahre nach South Bend in Indiana, um die Feiertage bei meinem Enkel zu verbringen. Wahrscheinlich läuft es wieder mal darauf hinaus, dass ich koche und den Hausputz mache und seine Wäsche wasche, aber das ist schon in Ordnung. Dafür sind Großmütter nun mal da. Außerdem ist Weihnachten. Wer möchte da schon alleine sein?"

„Da kann ich Ihnen nur beipflichten", meinte Tom und stellte sich vor.

Sie reichte ihm die Hand. „Pauline Beacon. Wohnen Sie in Washington?"

„Ja. Mitten in der Stadt."

„Ich weiß nicht, wie man diesen Verkehr ertragen kann", meldete der Mann sich zu Wort, der gelesen hatte. Er war Mitte vierzig, hatte eine beginnende Glatze und einen beachtlichen Bauch. „Ich bin auf der Rückfahrt nach Toledo. Hatte geschäftlich in Washington zu tun, musste mir einen

Wagen mieten und auf dem verflixten Autobahnring herumfahren. Ich weiß nicht, wie Sie damit fertig werden. Es ist der reinste Wilde Westen auf Rädern. Total verrückt." Er schüttelte den Kopf. „Übrigens, mein Name ist Rick", stellte er sich vor. „Nennen Sie mich einfach Toledo-Rick."

„Fahren Sie alle gern mit der Eisenbahn?", fragte Tom.

„Ich fliege nicht gern", gestand Pauline. „Und Eisenbahnen erinnern mich irgendwie an meine Kindheit. Wie ist es bei Ihnen?"

Tom hob die Schultern. „Ich fliege sehr viel, aber es wurde irgendwie langweilig. Also habe ich mir gesagt, dass ich mal versuchen sollte, auf zivilisiertere Art und Weise zu reisen."

„Tja", warf Rick ein, „normalerweise fliege ich auch, aber ich konnte ein besonders billiges Eisenbahnticket ergattern. Im Augenblick sieht's allerdings so aus, als wäre es kein besonders gutes Geschäft gewesen. Immerhin kann ich davon ausgehen, dass ich Weihnachten zu Hause bin."

„Haben Sie Familie?"

„Eine Frau und sechs Kinder. Vier sind noch im Teenageralter, drei davon Mädchen. Ich verstehe sie nicht mal ansatzweise."

In diesem Moment kam Agnes Joe mit einem Bier herein und setzte sich zu ihnen. Sie stellte sich nicht vor. Genau wie im Speisewagen schien jeder Anwesende sie zu kennen.

„Wie ist es mit Ihnen, Tom?", fragte Rick. „Wohin wollen Sie? Zu Ihrer Familie?"

Tom schüttelte den Kopf. „Ich habe keine."

„Na, na. Jeder hat irgendwo Familie", widersprach Pauline.

„Nicht jeder", stellte Agnes Joe richtig. „Ich bin auch allein."

„Ich habe nicht behauptet, dass ich allein bin. Ich bin Reporter und war fast überall auf der Welt. Ich habe Freunde in sechzig, siebzig Ländern."

„Freunde sind Freunde, aber Familie ist Familie", meinte Pauline, und wahrscheinlich hatte sie Recht.

„Geschieden oder noch nie verheiratet?", wollte Agnes Joe wissen. Als Reaktion auf Toms verwunderten Blick schaute sie vielsagend auf seinen nackten Ringfinger.

„Geschieden. Allerdings war meine Ehe so kurz, dass ich mich nie richtig verheiratet gefühlt habe."

„Offenbar haben Sie nicht die richtige Frau geheiratet", sagte Pauline.

„Wie kann man da sicher sein?", fragte Toledo-Rick.

„Ach, da gibt es viele Möglichkeiten", antwortete Agnes Joe. „Meistens ist es so, dass man es spürt. Zum Beispiel dass es einem völlig egal ist, ob man isst, trinkt, schläft oder auch nur atmet, solange man mit dem oder der Betreffenden zusammen ist." Sie sah Tom fragend an. „Haben Sie das schon mal bei jemandem empfunden?"

Alle warteten gespannt auf Toms Antwort.

„He, das wird jetzt aber ziemlich persönlich", stellte er fest.

„So ist das nun mal, wenn man mit der Eisenbahn fährt", sagte Pauline lächelnd, während sie gemütlich zwei links, zwei rechts weiterstrickte.

Tom blickte einen Moment lang aus dem Fenster.

„Wie hieß sie denn?", fragte Agnes Joe leise.

„Eleanor."

„Ist es lange her, seit Sie Eleanor das letzte Mal gesehen haben?"

„Nein, gar nicht so lange. Aber was vergangen ist, sollte man nicht wieder aufwärmen. Ich will nach Los Angeles, um Weihnachten mit meiner Freundin Lelia zu verbringen."

„Ist Ihre Freundin Schauspielerin?", fragte Pauline aufgeregt.

„In gewisser Weise, ja. Haben Sie am Samstagvormittag schon mal Cuppy, den Wunderbiber, im Fernsehen gesehen?"

Pauline schaute ihn verständnislos an und ließ beim Stricken tatsächlich eine Masche fallen.

Nach mehreren vergeblichen Versuchen, den Sachverhalt zu erklären, beschloss Tom, das Thema ganz fallen zu lassen.

Die Unterhaltung wurde ohnehin unterbrochen, als einer der Bahnangestellten, verkleidet als Weihnachtsmann, den Salonwagen betrat. Sofort ließen sämtliche Kinder, sogar die älteren, den Fernseher im Stich und drängten sich um den Mann in Rot.

„Das finde ich aber nett", sagte Tom, als der Weihnachtsmann jedem Kind ein kleines Geschenk überreichte.

„Das machen sie jedes Jahr", erzählte Agnes Joe.

Tom betrachtete sie mit erwachendem Interesse. Er erinnerte sich, dass Regina gesagt hatte, sie glaube, Agnes Joe würde viel mit der Eisenbahn fahren, um ihre Familie zu besuchen. Doch Agnes Joe hatte gerade eben gestanden, dass sie allein war. Was bezweckte sie dann mit ihren ausgedehnten Bahnreisen?

„Fahren Sie bis Chicago?", fragte Tom sie.

„Ja."

„Um dort Weihnachten zu feiern?", wollte Tom weiter wissen.

„Nein. Ich fahre mit dem ‚Southwest Chief' weiter nach Los Angeles. Genau wie Sie."

Mit Agnes Joe zwei Tage im „Chief"! Tom fragte sich, ob er nicht lieber jetzt gleich aus dem Zug springen sollte, während er noch stand.

Gerade da durchlief den guten alten „Capitol Limited" ein Ruck, und er schickte sich an, die Fahrt fortzusetzen. Freudenrufe brandeten im Salonwagen auf, und eine Stimme drang aus der Lautsprecheranlage. „Meine Damen und Herren, entschuldigen Sie bitte die Verzögerung, aber jetzt haben wir alles wieder in Ordnung gebracht. Am nächsten Bahnhof wartet ein Technikerteam. Wir legen dort einen kurzen Stopp ein, um auf Nummer Sicher zu gehen, dass wirklich alles okay ist, dann geht's weiter. Wir haben den Zwischenfall bereits gemeldet, sodass niemand seinen Anschlusszug verpasst. Vielen Dank für Ihr Verständnis."

Toledo-Rick und Pauline entschuldigten sich und verließen den Salon.

Agnes Joe beugte sich zu Tom herüber und raunte: „Der ‚Southwest Chief' fährt eine wunderschöne Strecke mit herrlichem Blick auf die Berge und die Prärie. Auf dem Weg zur Küste geht es durch insgesamt acht Bundesstaaten."

„Sehr interessant." Tom war jetzt überzeugt, dass Agnes Joe in seinem Abteil herumgeschnüffelt und seine Fahrkarte für den „Chief" entdeckt hatte. Er beschloss, sein Abteil durch eine Falle zu sichern und dazu das schwerste Objekt zu benutzen, das er finden konnte.

„Ja, es ist eine wundervolle Fahrt", sagte Agnes Joe. „Schöner kann man gar nicht nach Los Angeles kommen."

„Sicher." Tom stellte sein Glas ab. „Warum wollen Sie eigentlich nach Los Angeles?"

„Ich habe Freunde dort. Wir wechseln uns jedes Jahr zu Weihnachten mit dem Besuchen ab. Dieses Jahr bin ich an der Reihe."

„Das hört sich nach einer sehr schönen Tradition an. Regina hat mir erzählt, dass Sie viel mit der Eisenbahn reisen. Und mir scheint, viele Leute im Zug kennen Sie."

„Oh, ich bin nun mal ein freundlicher Mensch. War ich schon immer. Nur weil ein Mädchen zart und schüchtern ist, muss es nicht die ganze Zeit das arme Mauerblümchen spielen."

Zuerst glaubte Tom, sie meinte diesen Unsinn tatsächlich ernst, dann aber musste sie über ihren eigenen Scherz lachen, und Tom gelangte widerstrebend zu dem Schluss, dass Agnes Joe vielleicht doch nicht so übel war. Wenn sie sich nur von seinen Nieren und seinen persönlichen Dingen fern halten würde, wäre alles in bester Ordnung.

„Diese Frau, zu der Sie fahren … haben Sie ernste Absichten mit ihr?"

„Kommt darauf an, was Sie ‚ernst' nennen", sagte Tom. „Wir sehen uns seit drei Jahren mehr oder weniger regelmäßig."

„Mehr oder weniger? Was ist das? Eine kalifornische Spezialität?"

„Es ist unsere Spezialität."

„Nun, ich würde Ihnen nicht raten, zu heiraten. Ich habe es zweimal versucht, und beide Male hat es nicht geklappt."

„Haben Sie Kinder?"

„Ein Mädchen, natürlich längst erwachsen. Aus meiner ersten Ehe. Ich habe meinen ersten Mann kennen gelernt, als wir beim Zirkus gearbeitet haben. Ich gehörte zu den Akrobaten – Kunstreiterin, Artistin. Als ich jung war, bin ich sogar bei einer Hochseilnummer aufgetreten."

„Am Trapez?"

Sie sah ihn ein wenig ungehalten an. „Auf dem Seil. Ich war damals ein bisschen leichter. Meine Tochter ist immer noch beim Zirkus."

„Sehen Sie sie oft?"

„Nein." Agnes Joe schnappte sich ihr Bierglas und ging hinaus. Eigentlich hätte Tom erleichtert sein müssen, doch er war es nicht. Er schien sich an diese Frau zu gewöhnen – wie an einen Quälgeist vielleicht, aber immerhin. Außerdem gab es gewisse Ungereimtheiten ihre Vergangenheit betreffend, die den Enthüllungsreporter in Tom wachrüttelten.

Während er dasaß und nachdachte, rollte der Zug durch den Graham-Tunnel, bremste kurz darauf, als er sich Cumberland in Maryland näherte, und durchquerte dann Cumberland auf dem Mittelstreifen der Hauptstraße. Bald würden sie die Grenze nach Pennsylvania erreichen. Die Staatsgrenzen hatten hier einen ziemlich seltsamen Verlauf. Es kam sogar vor, dass sich die Lokomotive und das Ende des Zuges in Maryland befanden, während der Mittelteil durch West-Virginia rollte.

Während Tom versonnen beobachtete, wie draußen vor dem Fenster die Schneeflocken einen fröhlichen Tanz aufführten, kamen Eleanor und Max herein, gefolgt von dem stets dienstbereiten Kristobal. Tom atmete tief durch, leerte sein Glas und erwog, bei seinem Freund Tyrone gleich eine ganze Batterie Cocktails zu bestellen. Er war sicher, dass er jede Menge Alkohol brauchen würde, um das nun folgende Intermezzo zu überstehen.

Eleanor hatte sich umgezogen und trug nun einen langen türkisfarbenen Rock und eine weiße Baumwollbluse mit einem Kettengürtel um ihre schlanke Taille. Das Haar trug sie hochgesteckt. Vielleicht, ging es Tom durch den Kopf, hatte sie in ihrer kleinen Waschzelle geduscht, und er stellte sich vor, wie das warme Wasser über ihre langen, geschwungenen …

Nein, er durfte diesen Gedanken auf keinen Fall weiterverfolgen, wollte er nicht durchdrehen. Dennoch war die Tatsache, dass Eleanor sich frisch gemacht hatte und mitgekommen war, ein hoffnungsvolles Zeichen – bis Tom ihren Gesichtsausdruck gewahrte. Mordlustig war der Begriff, der ihm unwillkürlich in den Sinn kam.

„Tom!“, tönte Max in jenem begeisterten Tonfall, der ausdrückte: Ich bin stinkreich und eine allseits beliebte Stimmungskanone! „Tut mir Leid, dass wir uns verspätet haben. Eleanor und ich mussten einige Dinge klären. Junge, Junge, was für eine Fahrt bis jetzt, was?“

Kristobal starrte in die Dunkelheit hinaus. „Wenigstens fährt das Ungetüm wieder.“

„Ist das Ihre erste Fahrt mit der Eisenbahn, Kristobal?“, fragte Tom.

„Ja, und hoffentlich meine letzte.“

„Er gehört einer anderen Generation an“, erklärte Max, während er seinem Assistenten einen aufmunternden Klaps auf den Arm gab. „Er hat's nicht so mit den Eisenbahnen – nicht so wie Sie und ich.“

„Ja, Ellie und ich sind viel mit der Eisenbahn gefahren, als wir in Europa waren. Erinnerst du dich noch, Ellie?“

„Man nennt mich jetzt Eleanor. Nein, ich erinnere mich nicht.“

Der Gin hatte Tom mittlerweile von Kopf bis Fuß gewärmt und aufgelockert, und sein Mund ließ sich kaum mehr unter Kontrolle halten. „Recht so, Ellie, das ist Vergangenheit. Weg mit dem Alten, her mit dem Neuen, Schöneren, Besseren.“ Er sah Max an. „Sie und Eleanor haben sich unterhalten, sagten Sie?“

„Ja, wir haben die Angelegenheit durchdiskutiert. Wenn Sie wollen, können Sie beide sofort anfangen.“

Tom warf Eleanor einen verwirrten Blick zu. „Ich dachte …“

„Wenn Max sich für etwas erwärmt, entwickelt er eine ansteckende Begeisterung, die einen regelrecht überrollt“, erklärte Eleanor mit gepresster Stimme, ohne Tom anzusehen.

„Also, wie sollen wir's angehen?“, fragte Tom unternehmungslustig.

„Was konnten Sie denn bis jetzt in Erfahrung bringen?“, fragte Max.

Tom lehnte sich zurück und drehte sein Glas in der Hand. „Zunächst mal ist da eine ziemlich verrückte Dame namens Agnes Joe in diesem Zug, die um einiges schwerer ist als ich und mal beim Zirkus am Trapez war.“ Er deutete auf Steve und Julie. „Die beiden wollen an Bord des ‚Southwest Chief‘ heiraten. Ach ja, und Elvis Presley ist wieder auferstanden, in Gestalt eines Schwarzen namens Tyrone, der im Salonwagen einen Teufelsdrink namens ‚Heizkessel' mixt. Und dann ist noch ein Priester im Zug, der mir gleich die Letzte Ölung geben kann, wenn wir nicht pünktlich in Los Angeles einfahren. Dann muss ich nämlich stark damit rechnen, dass meine Freundin mich abmurkst."

Bei den letzten Worten blickte Tom Eleanor vielsagend an. Schließlich hatte sie ihn sitzen lassen.

Sie blinzelte. Sie blinzelte tatsächlich. Tom hatte keine Ahnung, ob es eine Reaktion auf seine Bemerkung war, aber es machte ihn ein wenig nüchterner.

„Donnerwetter", sagte Max. „Sie sind ja schon ganz schön rumgekommen."

„Einmal Reporter, immer Reporter. Genau wie Ellie … ich meine, Eleanor."

„Über diesen Teil ihres Lebens hat sie nie ausführlich gesprochen."

Eleanor ergriff rasch das Wort. „Vielleicht sollten Tom und ich uns gleich in die Arbeit stürzen, Max. So viel Zeit haben wir nämlich nicht. Möglicherweise muss ich mich in Chicago verabschieden und nach Los Angeles fliegen. Eine persönliche Angelegenheit. Sie hat sich gerade erst ergeben."

Tom stellte sein Glas auf den Tisch. Klar hat sie sich gerade erst ergeben, ging es ihm durch den Kopf – in Gestalt meiner Person.

Max schien über die mögliche Änderung von Eleanors Plänen nicht allzu glücklich zu sein, richtete dann aber seine Aufmerksamkeit auf Steve und Julie. „Sie sagen, die beiden wollen im ‚Chief' heiraten?"

Tom erläuterte die Situation, was die Familien des jungen Paares betraf.

„Das arme Kind", sagte Eleanor mit aufrichtigem Mitgefühl. „So sollte eine Hochzeit nicht ablaufen."

Da sie über Hochzeiten sprachen, warf Tom einen raschen Blick auf Eleanors Hand. Er sah keinen Trauring und auch keinen Verlobungsring. Es war schwer zu glauben, dass sie niemand anderen gefunden haben sollte.

„Was ist denn nun der inhaltliche Ansatz deines Drehbuchs?", fragte er. Er hatte keine Ahnung vom Filmemachen, versuchte aber, so zu tun, als wäre er ein erfahrener Zelluloidzauberer.

„Hängt davon ab, was wir im Zug erleben. Max wünscht sich eine Liebeskomödie. Ich stehe eher auf einen Krimi mit einer halbwegs vernünftigen Menge an Leichen."

„Warum nicht beides? Wenn es richtig inszeniert wird, gibt es nichts Spaßigeres als einen Berg von Toten auf Schienen."

Max deutete auf Tom und sah Eleanor triumphierend an. „Siehst du? Ich liebe diesen Knaben. Er geht völlig neue Wege. Schon mal daran gedacht, Tom, als Autor ins Filmgeschäft einzusteigen?“

Toms Blick schweifte zurück zu Eleanor. „Bis vor zwei Stunden eigentlich nicht.“

„Es ist nicht so einfach, wie es aussieht“, warnte sie.

„Was ist schon einfach?“, konterte er.

Max entschuldigte sich und begab sich hinüber zu Steve und Julie, gefolgt von Kristobal. Max begann lebhaft auf das Paar einzureden, aber Tom konnte kein Wort verstehen. Es musste jedoch irgendwas Aufregendes sein, denn Steve und Julie reagierten, als wären sie tief beeindruckt.

„Hat Max was Besonderes vor?“, fragte Tom.

„Das hat er meistens“, erwiderte Eleanor.

„Ich hätte nie gedacht, dass du dich einmal in Los Angeles niederlässt.“

„Irgendwo müssen wir alle irgendwann eine Bleibe finden.“ Sie blickte zu ihm auf. „Sieh dich doch an: von Beirut zu Duncan Phyfe.“

„Über Kriege zu berichten ist was für junge Männer. Und ich bin nicht mehr so ganz taufrisch“, sagte Tom. „Außerdem, auf wie viele Weisen kann man denn darüber berichten, dass Menschen sich gegenseitig umbringen? Mir sind schon vor fünf Jahren die Adjektive dazu ausgegangen.“

„Hast du es geschafft, die Welt zu verändern?“ Die Worte hörten sich zwar sarkastisch an, nicht aber die Art, wie Eleanor die Frage stellte.

„Sieh dich um“, forderte er sie auf, „und du hast die Antwort.“

„Du hast länger durchgehalten als die meisten.“

Länger als du, dachte Tom.

Sie machte eine kurze Pause, ehe sie die nächste Frage stellte: „Wie geht es deinen Eltern?“

„Ich habe beide verloren. Meine Mutter erst vor kurzem.“

„Das tut mir Leid, Tom. Sie waren gute Menschen.“

Er dachte kurz daran, Eleanor zu erklären, weshalb er mit diesem Zug fuhr, entschied sich dann aber dagegen. Das Gefühl intimer Vertrautheit zwischen ihnen existierte nicht mehr.

Sie beobachteten, wie Max und Kristobal sich eilig entfernten und das völlig perplexe junge Pärchen zurückließen.

„Womit sollen wir anfangen?“, fragte Eleanor.

Tom deutete auf Julie und Steve. „Mit den beiden dort“, sagte er.

Sie setzten sich zu ihnen, nachdem Tom das Paar mit Eleanor bekannt gemacht hatte. Dann berichteten Steve und Julie abwechselnd und in geradezu ehrfürchtigem Tonfall, was Max vorgeschlagen hatte.

„Er will die gesamte Feier ausrichten, einschließlich Bewirtung und Dekoration und sogar der musikalischen Untermalung“, sagte Julie.

„Und er will alles aus eigener Tasche bezahlen“, fügte Steve erleichtert hinzu. „Er sagte, er würde mit Amtrak verhandeln.“

„Ist er wirklich der berühmte Filmregisseur?“, fragte Julie.

„Allerdings“, versicherte Eleanor. „Und sein Herz ist fast genauso groß wie sein Ego.“

„Ich komme mir vor, als hätten wir das große Los gezogen“, sagte Steve, wobei er die Hand seiner Braut ergriff.

„Von wo kommen Sie?“, wollte Eleanor von Julie wissen.

„Wahrscheinlich haben Sie noch nie von dem Ort gehört – Dickenson County in Virginia.“

„Mein Dad war in Virginia auf der Highschool, in Clintwood. Und zwei meiner Tanten wohnen in Virginia, in Grundy.“

„Du liebe Güte!“, rief Julie. „Ich habe noch nie jemand getroffen, der auch nur eine Ahnung hatte, wo das ist.“

„Ich bin auf einer kleinen Farm in Ost-Kentucky aufgewachsen, gegen die Clintwood eine Großstadt ist.“ Eleanor schaute das Paar an. „Ich finde es sehr mutig, was Sie beide vorhaben.“

„So fühlen wir uns aber gar nicht“, gestand Steve mit einem nervösen Lachen.

„Sie wären erstaunt, was Sie alles erreichen können, wenn Sie einander wirklich lieben.“

Julie ergriff Eleanors Hand. „Sie kommen aus so einer Gegend wie ich – und sehen Sie sich an, was aus Ihnen geworden ist! Es macht mich rasend, dass Steves Eltern nicht begreifen, dass allein zählt, wohin man geht, und nicht, woher man kommt.“

Eleanor nickte. „Sie heiraten ja nicht Steves Eltern. Vielleicht glauben die beiden, für ihren Sohn wäre keine Frau gut genug. Aber lassen Sie ihnen Zeit. Vielleicht lenken sie noch ein. Sonst haben sie einen Verlust zu beklagen.“

Pater Kelly kam herein und erkundigte sich, ob sie Lust hätten, in den unteren Salon zu kommen, wo eine Pokerrunde stattfinden sollte. Sie unterbrachen ihr Gespräch über Herzensangelegenheiten und begaben sich in den für Erwachsene reservierten Teil des Barwagens.

TOM HATTE in seinem Leben schon viele Schauplätze unbarmherziger Pokerschlachten gesehen. Diese Orte wurden zumeist von unterbezahlten Journalisten mit steinernen Mienen bevölkert, die darauf aus waren, ihr

Einkommen aufzubessern. Rein äußerlich erschien die Gruppe im Salonwagen mehr oder weniger harmlos, aber genau das waren die Typen, vor denen man sich besonders in Acht nehmen musste.

Die bei dieser Pokerrunde benutzten „Chips" waren Kartoffelchips; deshalb kauften sie mehrere Tüten. Von Tom animiert, nahm Eleanor sogar einen von Tyrones hochprozentigen „Heizkesseln". Der ebenholzfarbene Elvis und der Journalist wechselten einen erstaunten Blick, als Eleanor ihr Glas in einem Zug leerte und sich dann niederließ, um Karten zu spielen.

„Das ist geradezu übermenschlich! Und Sie wollen mir erzählen, Sie kennen die Dame?", flüsterte Tyrone.

„Ich bin mir jetzt nicht mehr so sicher", erwiderte Tom genauso leise.

Sie spielten Poker, Blackjack und Gin Rummy und hatten am Ende in etwa genauso viele Chips wie zu Beginn der Partie, dazu jede Menge Material sowohl für Toms Reportage als auch für Eleanors Filmdrehbuch. So gab es einen Zeitgenossen mit sechs Fingern, der mehr gewann, als er verlor – ohne Beweise dafür zu haben, vermutete Tom, dass es etwas mit dem zusätzlichen Finger und vielleicht mit einem oder zwei versteckten Assen zu tun hatte –, und ein unangenehmer Spieler machte sich ständig über die Spielfehler seiner Gegner lustig. „Dieser Kerl muss schon in der ersten Filmszene dran glauben", flüsterte Eleanor Tom ins Ohr.

Als die Runde sich schließlich auflöste, holte Tom seine Havannas hervor und blickte Pater Kelly an, der sich als recht passabler Spieler entpuppt hatte. „Der Rauchersalon ruft, Pater."

Eleanor folgte ihnen, obgleich Tom wusste, dass sie nicht rauchte – zumindest hatte sie nicht geraucht, als er noch mit ihr zusammen gewesen war. Er warf ihr einen fragenden Blick zu.

Sie zuckte mit den Schultern. „Max ist der Boss. Wer A sagt, muss auch B sagen."

Der Rauchersalon war gut besetzt, aber sie fanden noch drei freie Plätze fast am Ende. Pater Kelly und Tom erweckten ihre Zigarren zum Leben, während Eleanor sich zurücklehnte und die Augen schloss.

„Müde?", fragte Tom zwischen zwei Zügen. „Du lebst sicher noch nach Westküstenzeit."

„Eigentlich war ich schon eine ganze Woche in Washington, ehe wir losfuhren."

„Was ist denn in Washington?"

Ohne die Augen aufzuschlagen, sagte sie: „Jemand."

Tom ließ die Havanna sinken und den Blick ziellos schweifen. Jemand.

Eleanor hatte jemanden. Na ja, warum sollte sie nicht jemanden haben? Sie war immer noch jung und intelligent und schön. Und er selbst hatte in gewisser Weise ja auch jemanden.

Toms Begeisterung für Eleanor war in dem Moment entflammt, als er sie das erste Mal gesehen hatte. Alles schien irgendwie langsamer abzulaufen, als er sie damals auf dem Universitätsgelände an sich vorbeischlendern sah. Es schien, als wären sie beide allein auf der Welt. Und es war nicht nur Eleanors Schönheit; es war auch die Art und Weise, wie sie sich bewegte, wie sie redete, wie sie einem in die Augen schaute und aufmerksam zuhörte, was man zu sagen hatte. Doch es war noch viel mehr. Wie Agnes Joe es so treffend beschrieben hatte: Es hatte Tom damals nicht mehr interessiert, ob er gegessen, geschlafen, ja sogar geatmet hatte, solange nur Eleanor in seiner Nähe gewesen war. Ihr Temperament hatte eine eigene Anziehungskraft auf ihn ausgeübt. Sie hatte ihre ganz eigenen Meinungen, und sie feuerte ihre Argumente mit tödlicher Zielsicherheit ab. Doch auf jeden leidenschaftlichen Ausbruch folgte eine zärtliche Berührung ihrer Hand oder ein auf Toms Lippen gehauchter Kuss, denn am Ende hatte er trotz mehrerer ernsthafter Rivalen Eleanors Herz gewonnen …

Toms Träumereien wurden plötzlich durch das Erscheinen eines Mannes unterbrochen. Er war ungefähr einsneunzig groß, schlank, um die 25 Jahre alt und musterte alle Anwesenden mit einem ausgesprochen überheblichen Blick. Er trug einen der aktuellen Mode entsprechenden Dreitagebart und verwaschene Jeans, doch sein Seidenhemd war ein teures Designermodell. Unterm Arm trug er ein Schachbrett und einen Kasten mit Schachfiguren. Tom verfolgte, wie der Bursche Platz nahm, das Spiel aufbaute und während der nächsten Stunde alle besiegte, die sich mit ihm anlegten.

Der Typ war gut, richtig gut. Die durchschnittliche Dauer eines Spiels betrug gerade mal zehn Minuten. Während der Verlierer beschämt das Schlachtfeld räumte, lachte der Kerl nach jedem Sieg und rief dann laut: „Der Nächste, bitte!“

Hätte Tom nur den Hauch einer Chance gehabt, diesen Burschen zu schlagen, hätte er es versucht, aber er hatte schon mit dem Damespiel seine liebe Not.

Nach einer Weile verabschiedete sich Pater Kelly. Tom erwartete nicht, ihn an diesem Abend noch einmal wiederzusehen, denn der Priester hatte einiges getrunken. „Wenn ich jetzt eine Messe lesen müsste, wäre ich wohl kaum in der Lage dazu. Ich bin mir nicht mal sicher, ob ich Ihnen sagen kann, aus wie vielen Teilen die Heilige Dreifaltigkeit besteht.“

Tom wünschte ihm eine gute Nacht und durfte dann erleben, wie Eleanor sich erhob und den Schachkönig herausforderte, der, wie sie mittlerweile wussten, auf den Namen Slade hörte. Alle Augen richteten sich auf sie, als sie dem Objekt des allgemeinen Hasses gegenüber Platz nahm und den ersten Zug machte. Tom hatte völlig vergessen, dass Eleanor überhaupt Schach spielte, aber dann fiel es ihm wieder ein: Während ihrer Zeit in Israel waren sie mit einem Rabbi befreundet gewesen, der ein außerordentlich guter Schachspieler war. Er hatte Eleanor eine Strategie beigebracht, die fast immer funktionierte.

Drei Züge später bemerkte Tom bei Eleanor den Anflug eines Lächelns, und er ertappte sich dabei, wie er selbst mit einem verschwörerischen Lächeln darauf reagierte.

Vier Züge später konnte der mächtige Slade nur noch ungläubig aufs Schachbrett starren. Eleanor bot seinem König Schach, und Slade fand keinen Fluchtweg mehr.

Die Zuschauer erhoben sich und bedachten die Siegerin mit lang anhaltendem Beifall. Durch den Alkohol und einen Ansturm von Gefühlen in eine ausgelassene Stimmung versetzt, klatschte Tom, bis ihm die Hände wehtaten. Slade klemmte sich das Schachbrett und den Kasten mit den Figuren unter den Arm und murmelte irgendetwas von Anfängerglück.

Wäre da nicht *jemand* in Washington gewesen, Tom hätte Eleanor geküsst.

Kapitel 6

Die Gestalt, die Toms Schlafwagen betrat, war schwarz gekleidet und hatte die Absicht, sich einen teuer aussehenden Füllfederhalter anzueignen. Als Nächstes wurde Pater Kellys silbernes Kreuz gestohlen. Anschließend huschte der Dieb zu den anderen Erste-Klasse-Schlafabteilen, entwendete Max' vergoldete Geldklammer, Eleanors silberne Haarbürste und Kristobals vierhundert Dollar teure Sonnenbrille. Die letzte Station war Gordon Merryweathers Suite, wo der Dieb sich die Uhr des Rechtsanwalts schnappte, außerdem Bargeld und den Palm Pilot. Die kriminelle Aktion nahm nicht mehr als zehn Minuten in Anspruch. Als Regina kurz danach durch den Gang schlenderte, war der Dieb verschwunden.

TOM UND Eleanor standen zusammen vor dem Rauchersalonwagen. „Du hast den Typ richtig aufs Kreuz gelegt. Dieser Gesichtsausdruck … einfach wunderbar.“ Tom drückte sie leicht an sich, eine Geste, die sie nur halbherzig erwiderte. „Gott sei Dank gab es diesen Schach spielenden Rabbi in Tel Aviv. Wie hieß er noch?“

„Ich kann mich nicht erinnern“, antwortete sie leise.

Tom sah sie an, und seine gehobene Stimmung löste sich in Luft auf. *Rabbi Soundso, Tel Aviv, die Szene der letzten Begegnung – nein, der letzten Schlacht hätte viel besser gepasst.*

Er hätte es nicht tun sollen. Er wusste, dass es falsch war, tat es aber dennoch. „Kannst du es mir vielleicht jetzt erklären, nachdem du so viele Jahre Zeit hattest, dir darüber klar zu werden, weshalb du mich damals verlassen hast?“

„Willst du behaupten, du weißt es nicht?“

„Woher denn? Nichts von dem, was du mir damals als Erklärung angeboten hattest, ergab einen Sinn.“

„Weil du nicht richtig zugehört hattest, wie immer.“

„Das ist Quatsch, das weißt du genau.“

„Ich brauche nicht hier zu stehen und mir deine dummen Vorwürfe anzuhören.“

„Du hast Recht. Setz dich auf den Fußboden, und ich mach weiter. Ich hatte Jahre Zeit, mich darauf vorzubereiten. Ich könnte dir eine so lange Latte von Vorwürfen machen, dass sie reicht, bis der gute alte ‚Southwest Chief‘ in drei Tagen in den Pazifik rauscht!“

„Ich wusste gleich, dass es so kommen würde! Schon als ich dich sah, wusste ich es. Du hast dich kein bisschen geändert.“

„Warum hast du mich verlassen?“

Sie schüttelte traurig den Kopf. „Tom, wenn du nicht einmal jetzt verstehst, was der Grund dafür war, wirst du es niemals begreifen.“

Er starrte sie an. „Tut mir Leid. Irgendwie ist mein Gehirn eingerostet, was weiblich verklausulierte Aussagen angeht. Kannst du mir nicht behilflich sein? Was hast du gerade gemeint?“

Sie schüttelte den Kopf. „Sogar nach all den Jahren hast du es nicht geschafft.“

„Was habe ich nicht geschafft?“

„Erwachsen zu werden.“

Ehe er antworten konnte, hörten sie Gesang, und in diesem Moment nahm eine Schar Weihnachtssänger, die sich aus Angestellten der Eisenbahn und

Fahrgästen zusammensetzte, um sie herum Aufstellung. Tyrone leitete den Chor.

„Wollen Sie nicht mitmachen?“, fragte er, als das Lied beendet war. „Eine Dame, die einen ‚Heizkessel‘ runterkippen kann wie nichts, muss ich unbedingt näher kennen lernen.“

Eleanor marschierte davon, die Arme vor der Brust verschränkt.

Tyrone schaute verdutzt Tom an. „He, Mann, hab ich was Dummes gesagt?“

„Nein, Tyrone, ich habe wohl was Dummes gesagt.“ Dann suchte auch Tom das Weite.

Auf dem Rückweg zu seinem Abteil hörte er Gelächter aus der unteren Etage des Schlafwagens. Lachen – das würde ihm jetzt sicher gut tun. Er eilte die Treppe hinunter, wandte sich nach rechts und ging in die Richtung der Stimmen. Hier befanden sich die weniger luxuriösen Schlafabteile. Am Ende des Gangs sah er Regina und die Tarot-Dame, die vor einem Abteil standen und sich unterhielten. Regina winkte ihn heran. Die Tarot-Dame trug immer noch die bunte Kopfbedeckung, hatte aber inzwischen Slipper angezogen. Sie war jetzt ungefähr zehn Zentimeter kleiner und, aus der Nähe betrachtet, recht zierlich, und sie hatte leuchtend blaue Augen, die schelmisch funkelten. Tom vermeinte, aus dem Abteil hinter ihr den Geruch von Weihrauch wahrnehmen zu können.

„Ich nehme an, das ist Ihre Unterkunft“, sagte Tom zu der Tarot-Dame.

„Oh, Mr Langdon, Sie scheinen ja geradezu hellseherische Fähigkeiten zu besitzen“, stellte sie mit einem kehligen Lachen fest.

„Woher wissen Sie …“ Er verstummte und starrte Regina an. „Ah! Ich brauche wohl keine geheimnisvollen Kräfte zu bemühen. *Sie* haben es ihr verraten.“

Regina nickte. „Darf ich Sie mit Drusella Parton bekannt machen, Tom? Sie brauchen Drusella nichts zu erzählen, sie weiß nämlich schon alles.“

Drusella streckte ihm eine zarte Hand entgegen. „Gute Freunde nennen mich Misty. Und ich weiß jetzt schon, dass wir gute Freunde sein werden, also dürfen Sie Misty zu mir sagen.“ Misty hatte einen Südstaatenakzent.

„New Orleans?“, fragte Tom.

„Mit einem Schuss Baltimore. Sehr gut, Tom.“

„Wie ich gehört habe, arbeiten Sie jetzt für diese Filmleute, Tom“, meinte Regina.

„Ist das wirklich Max Powers?“, wollte Misty wissen. „Ich liebe seine Filme.“

„Die Frau im Team“, fuhr Regina fort, „ist laut Passagierliste eine gewisse Eleanor Carter, aber ich glaube, sie ist in Wirklichkeit ein Filmstar, der inkognito reist. Die Dame hat Klasse. Sie ist atemberaubend. Ist sie ein Filmstar, Tom?“

„Ich kenne sie persönlich. Sie ist Schriftstellerin, keine Schauspielerin. Obgleich ich Ihnen hinsichtlich ihres atemberaubenden Aussehens nicht widersprechen kann. Wir haben vor Jahren gemeinsam einige Reportagen gemacht.“

„Wie ich hörte, war sogar noch ein bisschen mehr zwischen euch“, bemerkte Misty.

Tom starrte sie an. „Was wissen Sie denn darüber?“

„Gerüchte verbreiten sich in einem Zug noch schneller als anderswo. Man kriegt eine Menge zu hören.“

„Ich muss mich jetzt empfehlen, meine Damen“, erklärte Tom.

„Ich auch,“ sagte Regina.

Als sie sich entfernten, rief Misty: „Ach, Tom?“

Er wandte sich um, und sie fächerte ihre Tarotkarten auseinander. „Ich habe so eine Ahnung, dass zwischen uns irgendeine Verbindung besteht.“

„Misty, er hat eine Freundin in Los Angeles, die er über Weihnachten besuchen will“, sagte Regina. „Sie ist die Stimme von Cuppy, dem Wunderbiber, im Fernsehen.“

Tom verschlug es beinahe die Sprache. „Woher wissen Sie *das* denn?“

„Agnes Joe hat es mir erzählt.“

Tom schaute die Frauen entgeistert an. „Wozu brauchen wir noch die CIA, wenn wir Sie beide haben?“

„Wissen Sie, Tom“, meinte Misty, „ein erwachsener Mann braucht eine erwachsene Frau. Zeichentrickfilme können einen nachts nicht wärmen, mein Freund.“

„Misty ist schon eine Kanone“, sagte Tom zu Regina, nachdem sie die Treppe hinaufgestiegen waren.

Regina lächelte. „Ach, sie ist nur nett, wie die Leute aus dem Süden es nun mal sind.“

„Ich vermute, sie fährt oft mit der Eisenbahn.“

„Na klar. Sie sagt den Leuten die Zukunft voraus, liest ihnen aus der Hand, legt für sie die Karten, und alles gratis. Sie hat ein kleines Studio in New Orleans, im French Quarter unweit vom Jackson Square. Ich war schon mal dort. Es ist sehr hübsch.“

„Sie scheinen Ihre Passagiere wirklich gut zu kennen.“

„Sie bedeuten mir sehr viel. Eigentlich …“

„Sie kleine Diebin!“

Sie fuhren herum, und da war Gordon Merryweather. „Ich wurde bestohlen, und ich wette, Sie waren es! Sie hatten als Einzige die Möglichkeit! Ich werde dafür sorgen, dass Sie rausfliegen und Weihnachten im Knast verbringen!“, brüllte er.

„Augenblick mal“, erwiderte Regina. „Ihr Ton gefällt mir nicht und Ihre Anschuldigung noch weniger. Wenn Sie irgendwas vermissen, mache ich einen Bericht.“

„Ihre kleine Rede können Sie sich sparen“, sagte Merryweather schroff. „Ich will mein Eigentum zurück, und zwar auf der Stelle!“

„Da ich nicht weiß, um welche Dinge es sich handelt und wer sie entwendet hat, dürfte das ein wenig schwierig sein, Sir.“

Tom trat zwischen sie. „Jetzt hören Sie mal zu. Ich bin kein Staranwalt wie Sie, aber ich weiß so viel: Wenn Sie keinen stichhaltigen Beweis vorlegen können, wer Ihre Sachen gestohlen hat, verleumden Sie diese Frau vor einem Zeugen, und das kann sehr teuer für Sie werden.“

Merryweather starrte ihn argwöhnisch an. „Was wissen Sie von Verleumdung?“

„Ich heiße Tom Langdon. Ich bin Reporter, habe sogar einen Pulitzer-Preis gewonnen. Ich hab mal eine Geschichte über einen amerikanischen Anwalt in Russland geschrieben, der sich einige üble Dinge hat zuschulden kommen lassen. Im Augenblick schreibt er seine Revisionsanträge im Gefängnis. Und wenn es etwas gibt, das wirkungsvoller ist als Gerichtsurteile, ist es eine Story in einer Zeitung, an der sich die ganze Welt erfreuen kann.“

Merryweather fauchte Regina an: „Mein Palm Pilot, zweihundert Dollar in bar und meine Tag-Heuer-Uhr. Ich will alles zurück, ehe der Zug in Chicago einfährt, oder es werden Köpfe rollen!“ Er stapfte davon.

„Meine Mutter hat mich gelehrt, die Menschen zu lieben, aber sie kannte Gordon Merryweather nicht“, murmelte Regina.

ELEANOR ging in ihr Abteil, verriegelte die Tür und ließ sich aufs Bett sinken, das während des Abendessens vorbereitet worden war. Sie knipste das Licht aus, und das Abteil versank in Dunkelheit. Nun konnte sie aus dem Fenster schauen und beobachten, wie die Schneeflocken immer dichter fielen – was dem „Capitol Limited“ nicht viel ausmachte. Der Zug war mit der üblichen Reisegeschwindigkeit unterwegs. Ihre Finger bewegten sich über die kalte Fensterscheibe und zeichneten komplizierte Muster und Symbole auf die glatte Oberfläche.

In Gedanken war sie wieder in Tel Aviv. Es war Weihnachten. Sie war damals so glücklich und doch so verzweifelt gewesen, dass sie die Schizophrenie ihres Lebens nicht mehr ertragen konnte. Das war an jenem Weihnachtsmorgen geschehen, als die Zukunft mit dem Mann, den sie liebte, zerstob. Sie erinnerte sich noch genau, wie sie damals zu ihm hinuntergeblickt hatte, als sie im Flughafen mit der Rolltreppe nach oben zur Abflughalle fuhr, und wie er sich einfach umgedreht und sie im Stich gelassen hatte. Bei dieser Erinnerung ließ sie ihren Tränen freien Lauf und verlor alle Selbstbeherrschung, die sie sich so eisern erkämpft hatte, um ihr Leben überhaupt führen zu können. Sie hatte es für unmöglich gehalten, dass er ihr jemals wieder so etwas antun konnte, aber er hatte es getan – mit einem einzigen Blick und wenigen Worten. Eleanor war völlig hilflos.

Es klopfte an der Tür, und ihr Körper verkrampfte sich. Sie war nicht bereit, Tom wiederzusehen, nicht jetzt, vielleicht nie wieder.

„Eleanor? Du schläfst doch nicht?"

Sie hatte den Atem angehalten und atmete nun erleichtert aus. Es war Max, nicht Tom. „Einen Moment."

Sie knipste das Licht an, wischte sich mit einem feuchten Tuch übers Gesicht, fuhr sich mit den Fingern durchs Haar und öffnete die Tür.

Max kam rasch ins Abteil und schloss die Tür hinter sich. „Alles in Ordnung? Du siehst nicht gut aus."

„Wahrscheinlich bin ich nur müde."

„Also, es ist alles in die Wege geleitet für die Hochzeit. Ich habe mit den Amtrak-Leuten gesprochen. Die Sache geht klar."

„Das ist großartig", sagte Eleanor leise.

„Und wie läuft es mit Tom? Bekommt ihr Material zusammen?"

„Erstklassiger Stoff. Bald kann ich mit den ersten Notizen anfangen."

Max betrachtete sie mitfühlend. „Möchtest du mir vielleicht was über diesen Langdon erzählen? Für mich hat es ganz den Anschein, als wärt ihr viel mehr gewesen als nur Reporterkollegen."

„Erinnerst du dich noch daran, dass du mich damals, als du mich eingestellt hast, gefragt hast, was in mir den Wunsch weckte zu schreiben, was mich immer wieder zum Schreiben antreibt?"

„Klar. Das frage ich alle meine Autoren."

„Nun, die Antwort auf diese Frage ist Tom Langdon. Ich habe ihn geliebt, Max. Mit allem, was ich geben konnte. Als es zwischen uns zu Ende war, gab es eine schreckliche Leere in meinem Innern. Und mir blieb nur die Möglichkeit, mir den Schmerz von der Seele zu schreiben."

„Das war gut für mich, aber bitter für dich", sagte Max leise. „Du hast ihn also geliebt, und er hat offensichtlich immer noch sehr viel für dich übrig. Was ist passiert?"

Eleanor stand auf und ging in dem beengten Abteil auf und ab. „Zwei Menschen können einander lieben, aber nicht dasselbe wollen. Und dann funktioniert es zwischen ihnen nicht, egal, wie gern sie sich haben."

„Und was will Tom?"

„Ich glaube, das weiß er selbst nicht. Aber ich weiß, was er nicht will: an irgendjemanden gebunden sein."

„Und weißt du, was du willst?"

„Welcher Mensch weiß schon, was er wirklich will, Max? Du vielleicht?"

„Was diese Frage angeht, bin ich wohl nicht der Richtige. Meine Interessen ändern sich ständig. Das gehört zu meinem Leben, nehme ich an. Aber vielleicht will ich glücklich sein. Vielleicht ist es das Glück, das wir alle suchen."

„Viele Menschen suchen es vergeblich, und vielleicht gehöre ich dazu."

„Eleanor, du bist eine intelligente, talentierte, erfolgreiche und attraktive Frau in der Blüte ihres Lebens."

„Und vielleicht braucht diese Frau gar keinen Mann, um ihr Leben auszufüllen."

„Ich will ja nicht sagen, dass jeder verheiratet sein muss, um glücklich zu sein, aber lass dich auch nicht zu der Annahme hinreißen, dass du im Leben *niemanden* brauchst, um glücklich zu sein."

MAX GING weiter zu Kristobals Abteil, wo sein Assistent im Begriff war, den ganzen Raum auseinander zu nehmen.

„Was ist los?", fragte Max.

„Ich suche meine Sonnenbrille."

„Deine Sonnenbrille? Guck mal aus dem Fenster. Es ist Nacht!"

„Ich meine, sie ist weg."

„Dann kauf dir eine neue."

„Die hat vierhundert Dollar gekostet!"

„Hm, hm. Übrigens, das mit der Hochzeit geht klar."

„Toll, Sir! Sie sind ein Genie."

„Das sagst du immer. Ich will ja keine Pannen!"

„Wann habe ich Sie jemals im Stich gelassen, Mr Powers?"

„Ich weiß, ich weiß. Aber niemand ist unfehlbar, und ich will nicht, dass du ausgerechnet bei dieser Sache zum ersten Mal versagst. Okay?"

„Habe ich verstanden, Sir."

„Du bist ein guter Junge. Aber wenn wir nach Los Angeles kommen, kürze ich dein Gehalt."

„Warum, Sir?", fragte Kristobal fassungslos.

„Weil nicht mal ich vierhundert Dollar für eine Sonnenbrille ausgebe."

TOM HATTE einige Zeit geschlafen, war nun aber hellwach. Schließlich stand er auf und holte sein Notizbuch hervor, doch er konnte seinen Füller nicht finden, auch nicht, als er das ganze Abteil durchsuchte. Eleanor hatte ihm diesen Füller geschenkt, als sie das erste Mal gemeinsam nach Übersee gereist waren. Schließlich brach er die Suche ab und trat hinaus auf den Gang, weil er Musik hörte.

Die Klänge kamen aus Agnes Joes Abteil. Tom ging bis zur Tür und blickte vorsichtig hinein. Agnes Joe saß vollständig bekleidet auf ihrer Sitzbank. Auf dem Klapptisch vor ihr stand ein altes Grammophon. Tom hörte die Klänge von „Stille Nacht".

Agnes Joe hob den Kopf, sah ihn und schien ein wenig unangenehm berührt, dass jemand sie bemerkt hatte. „Ich hoffe, die Musik stört Sie nicht."

„Was gibt es in dieser Woche Schöneres als Weihnachtslieder?"

„Ich habe diesen kleinen Plattenspieler immer bei mir. Er hat mal meiner Mutter gehört. Sie können gern hereinkommen und zuhören."

Tom nahm ebenfalls auf der Sitzbank Platz, und sie betrachtete ihn aufmerksam. „Regina hat mir erzählt, sie hätten ihr geholfen, als dieser widerliche Anwalt auf sie losging. Das war Ihre gute Tat für heute, Tom – den Schutzengel zu spielen."

„Nun, es heißt ja, dass zur Weihnachtszeit mehr Engel unterwegs sind als sonst."

„Das habe ich noch nie gehört. Haben Sie sich das gerade ausgedacht?"

„Um ehrlich zu sein, ja."

Sie hörten sich noch ein paar stimmungsvolle Lieder an. Im Abteil duftete es nach Fliederseife, und alles sah sehr adrett aus. Tom bemerkte eine prall gefüllte Reisetasche, die zwischen Stuhl und Wand gezwängt war. Eine Decke lag darauf. Als Tom den Blick wieder hob, bemerkte er, dass Agnes Joe ihn aufmerksam betrachtete. Ihr Gesicht hatte einen traurigen Ausdruck angenommen. In diesem Moment kam eine vierköpfige Familie – Mutter, Vater und zwei Kinder – lachend durch den Gang.

„Zu Weihnachten herrscht in Eisenbahnen eine ganz besondere Atmosphäre. Züge sind wie geschaffen für Familienreisen", sagte Agnes Joe.

„Wie kommt es, dass Sie Weihnachten nicht bei Ihrer Familie verbringen?“

„Nun, da müsste man zuerst mal eingeladen werden.“

„Soll das heißen, Sie verstehen sich nicht mit Ihrer Tochter?“

„Ich verstehe mich mit ihr. Aber sie scheint Probleme mit mir zu haben.“

„Das tut mir Leid, Agnes. Wirklich.“

„Zum Glück habe ich viele Freunde im Zug. Ich sage immer, dass man seine Familie dort findet, wo es sich ergibt. Man muss nur die Augen offen halten. So wie Sie.“

„Was meinen Sie mit ‚so wie ich‘?“

„Diese Dame vom Film – Eleanor. Sie ist die Eleanor von damals, nicht wahr? Die große Liebe Ihres Lebens?“

„Wir sind nicht mal mehr Freunde.“

„Aber Sie könnten es sein. Und noch viel mehr.“

Er schüttelte den Kopf. „Nein. Es ist zu spät.“

„Da irren Sie sich. Ich habe schon so viel gesehen, dass mir eins klar ist: Zwei Menschen, die einander so traurig machen können, müssen sich sehr lieben.“

Tom hatte nicht die Absicht, seine Zeit mit einem Gespräch über etwas zu vergeuden, das ganz sicher nicht eintrat. Er hatte Ellie schon einmal verloren, und es hatte ihn fertig gemacht. Nie mehr würde er das Risiko eingehen, noch einmal so tief verletzt zu werden. Er bedankte sich für das musikalische Intermezzo und kehrte in sein Abteil zurück.

Pater Kelly schob den Kopf zur Tür herein. „Sie haben nicht zufällig irgendwo ein silbernes Kreuz liegen sehen? Ich kann es nirgendwo finden.“

„Leider nein. Seltsam, ich vermisse einen Füllfederhalter.“

Der Priester zuckte mit den Schultern und entfernte sich, während Toms Handy sich meldete. Er sah auf die Uhr. Es war bereits nach Mitternacht. Er drückte auf die Antworttaste. „Hallo?“

Es war Lelia aus Los Angeles. „Ich habe den Fahrplan deines Zugs im Internet angeschaut. Du müsstest jetzt in Pittsburgh sein, stimmt’s?“

Tom sah aus dem Fenster. Der Zug fuhr deutlich langsamer, und Tom hielt Ausschau nach dem Bahnhofsschild: Connellsville, Pennsylvania. Sie waren noch weit von Pittsburgh entfernt. „Ja, ich kann von hier das Stadion sehen“, log er. „Ist dir klar, dass hier bei uns Mitternacht durch ist?“

„Du willst doch wohl nicht sagen, du könntest im Zug schlafen? Ist es nicht viel zu laut und unruhig?“

„Nein. Die Fahrt ist sehr angenehm, und ich *habe* geschlafen“, sagte er.

„Sie können sich da hinten ausbreiten, Erik“, hörte er Lelia zu jemandem sagen.

„Erik? Wer ist Erik?“, fragte Tom.

„Er ist mein PT.“

„PT? Das klingt wie eine Krankheit.“

„Mein Physiotherapeut. Das ist hier der letzte Schrei. Erik bearbeitet meinen Rücken und die Beine. Er macht sogar meine Pediküre.“

„Rücken und Beine. Gibt es dazwischen noch was, um das er sich kümmert?“

„Was?“

„Bist du während der Prozedur angezogen?“

„Sei nicht albern. Ich decke mich mit einem Handtuch zu.“

„Da fällt mir aber ein Stein vom Herzen. Sag mal, warum kommt dieser Typ zu dir nach Hause? Ich dachte, du gehst in diesen Fitnessklub.“

„Ich hatte schlimme Rückenschmerzen, und meine Fußnägel müssen in Form gebracht werden. Ich will morgen nämlich zehenfreie Pumps tragen.“

„Dann ist es wirklich ein Notfall. Woher kennst du diesen Erik?“

„Er ist mein Kickboxtrainer. PT macht er nebenbei.“

Als Tom sie einmal zu ihrer Trainingsstunde in Los Angeles begleitet hatte, wimmelte es dort von Buchhaltern, Rechtsanwälten, Schauspielern und Starköchen, die in hautengen Trikots umherstolzierten und Gummipuppen mit Füßen und Fäusten stupsten. Zwei, drei einigermaßen freche Kindergartenkinder hätten die ganze Bande im Handumdrehen auf die Bretter schicken können.

„Kann es sein, dass Erik dieser einsneunzig große, blonde, blauäugige Adonis aus Schweden ist? Und dieser Typ hält sich in deinem Haus auf, während du nur ein winziges Handtuch trägst?“

„Oh, du bist eifersüchtig! Das gefällt mir. Das ist wie Medizin für eine Beziehung. Übrigens kommt Erik aus Norwegen.“

„Prima, hol diesen norwegischen Erik mal ans Telefon. Ich möchte gern einen Termin mit ihm vereinbaren, wenn ich da bin. Ich glaube, mein Rücken muss nach dieser Eisenbahnfahrt behandelt werden.“

„Aber du musst mir versprechen, dass du nicht gemein zu ihm bist. Ich weiß, wie du manchmal sein kannst. Versprichst du’s?“

„Ja, sicher. Es ist doch nur, dass mir der Rücken wehtut, und ich könnte ein bisschen PT gebrauchen.“ Er hörte, wie Lelia den Hörer weiterreichte und etwas erklärte.

„Ja, hier Erik, wie kann ich Ihnen helfen?“

„Erik? Hier ist Tom Langdon. Bevor ich einen Termin mit Ihnen vereinbare, möchte ich noch wissen, wie Sie es mit der Meldepflicht für Infektionskrankheiten halten."

„Wie bitte? Davon weiß ich nichts."

„Das Thema wird überall ernst genommen, nur offenbar von Ihnen nicht. Lassen Sie es mich in einfachen Worten erklären: Da Sie sich mit menschlichen Körpern beschäftigen und dabei mit menschlicher Haut in Kontakt kommen, laufen Sie Gefahr, sich mit schweren ansteckenden Krankheiten zu infizieren, die Sie möglicherweise auf andere Kunden wie mich übertragen. Deshalb wollte ich wissen, welche Vorsichtsmaßnahmen Sie treffen. Ich bin sicher, dass Lelia Sie über ihre Hepatitis-Z-Erkrankung und die ernsten Folgen unterrichtet hat, die sich daraus ergeben könnten."

„Hepatitis!"

„Keine Bange. Wenngleich es für diese Krankheit natürlich keine Heilung gibt, wirken die neuen Medikamente wahre Wunder, und die Nebenwirkungen halten sich in Grenzen – lediglich Übelkeit, Haarausfall und Impotenz. Wenn man früh genug mit der Behandlung beginnt, endet die Krankheit nur in der Hälfte aller Fälle tödlich."

Tom hörte, wie das Telefon zu Boden polterte, gefolgt von panischen Schritten auf Lelias poliertem Parkettboden, die sich rasch entfernten. Dann erklang Lelias aufgeregte Stimme: „Erik? Erik, wohin wollen Sie?"

Nachdem krachend eine Tür zugeschlagen worden war, hörte Tom, wie der Hörer aufgehoben wurde. „Was hast zu ihm gesagt? Die genauen Worte! Ich habe ihn ganz deutlich ‚Hepatitis' sagen hören."

„Hepatitis? Lelia, ich sagte *Gingivitis*. Ich habe ihn gefragt, ob er Gingivitis, Zahnfleischentzündung, hat, weil mein alter Masseur das auch hatte. Ich kann dir sagen – es war wirklich kein Vergnügen, eine ganze Stunde lang diesen widerlichen Atem riechen zu müssen. Aber Eriks Englisch ist offenbar noch nicht besonders gut."

„Ich glaube dir kein Wort, Tom Langdon! Ist dir eigentlich klar, was du getan hast? Mein Rücken bringt mich an den Rand des Wahnsinns, und was soll nun mit meinen Fußnägeln werden?"

„Wie wär's mit Aspirin und einer Nagelfeile?"

„Das ist nicht lustig!", rief sie wütend.

„Hör mal, ich ruf dich an, sobald wir in Pittsburgh sind."

„Was? Ich dachte, du wärst längst in Pittsburgh!"

Tom hätte sich wegen seines Lapsus auf die Zunge beißen können. Doch unter dem gewaltigen Druck, dem er sich plötzlich ausgesetzt sah, entwickelte er einen, wie er glaubte, genialen Plan. „Lelia? Lelia!“ Er klopfte mit den Fingerspitzen kräftig aufs Handy. „Die Verbindung wird schlechter! Ich kann dich nicht mehr hören! Lelia …?“

„Wag es ja nicht, diese Nummer abzuziehen, Tom …“

Er sprach langsam und mit sehr lauter Stimme, als müsste er sich mit einem schwerhörigen Idioten herumschlagen: „WENN … DU … MICH … HÖREN … KANNST … ICH … RUFE … DICH … AN … SOBALD … WIR … IN … CHICAGO … SIND.“ Er betätigte die AUS-Taste und lehnte sich zurück. Das Handy klingelte erneut, doch Tom reagierte nicht. Das Gerät schaltete auf Voicemail um. Dann stellte Tom es ab.

Der Zug verlangsamte seine Fahrt, und als Tom in die Dunkelheit schaute, konnte er die Grabsteine eines kleinen Friedhofs erkennen.

Ein wenig aufgeschreckt durch die Nähe so vieler verlorener Seelen erhob Tom sich abermals und begab sich auf einen Spaziergang. Er war noch nie so viel zu Fuß gegangen wie in diesem Zug.

DIE MEISTEN Abteile waren um diese Zeit dunkel, und er sah niemanden auf dem Gang. Im Salonbereich war die Beleuchtung gedämpft worden; auch dort schien sich niemand mehr aufzuhalten. Der Zug beschleunigte wieder, und Tom stützte sich auf eine Sitzlehne, um nicht das Gleichgewicht zu verlieren. Er zuckte zurück, als seine Hand menschliche Haut berührte.

Eleanor schaute zu ihm auf und schien genauso erschrocken zu sein wie er. Sie hielt eine Tasse Kaffee in der Hand. „Mein Gott“, sagte sie, „ich hab dich gar nicht gehört.“

Er blickte vielsagend auf ihren Kaffee. „Leidest du auch immer noch unter Schlaflosigkeit?“ Mit diesem Problem hatten sich damals beide herumschlagen müssen – vielleicht wegen zu vieler Zeitzonenwechsel und sicher auch zu vieler Schreckensgeschichten, von denen sie noch im Schlaf heimgesucht wurden.

Eleanor rieb sich die Schläfen. „Seltsam, ich dachte, ich hätte es überstanden. Aber in letzter Zeit macht es sich wieder bemerkbar.“

„Schon gut, ich habe verstanden. Ich suche mir gern einen anderen Platz, um über die grenzenlosen Möglichkeiten meiner Zukunft nachzudenken.“

„Nein, ich kann gehen“, bot sie an.

„Wir sind beide erwachsen“, sagte Tom, „und ich glaube, wir können in einem so großen Zug durchaus miteinander auskommen, wenigstens eine Zeit lang.“

„Das ist wirklich sehr erwachsen von dir.“

„Ich hab manchmal lichte Momente."

Sie schwiegen beide, während der „Cap" Fahrt aufnahm und schließlich mit 120 Stundenkilometern über die Gleise donnerte.

„Ich frage mich die ganze Zeit, weshalb du wirklich mit dem Zug fährst", sagte Eleanor schließlich. „Du wolltest doch immer so schnell wie möglich ans Ziel kommen."

„Ich hab's dir bereits erklärt. Ich arbeite an einer Geschichte über eine Eisenbahnfahrt – und das wäre ein wenig schwierig, wenn ich diese Fahrt nicht unternähme."

„Und das ist alles?"

„Warum sollte da sonst noch was sein?"

„Weil ich dich zu gut kenne, nehme ich an. Aber du brauchst es mir nicht zu sagen."

Er erzählte ihr trotzdem vom Wunsch seines Vaters und davon, wie er diesen Wunsch zu erfüllen gedachte. Dann fügte er hinzu: „Okay. Da ich zur Sorte der misstrauischen, paranoiden, verschwörungstheoriengläubigen Enthüllungsreporter gehöre, muss ich feststellen, dass deine Anwesenheit in diesem Zug wirklich ein Wahnsinnszufall ist."

„Eigentlich wollten wir gestern mit dem ‚Capitol Limited' fahren." Sie schaute auf die Uhr. „Das heißt, vorgestern, es ist ja schon Mitternacht durch. Aber dann haben sich Max' Pläne geändert. Er kam einen Tag später nach Washington, und wir mussten diesen Zug nehmen. Wenn ich gewusst hätte, dass ich dich hier treffe, wäre ich nicht mitgefahren."

„War es so schlimm mit uns beiden?"

„Es hat bloß nicht geklappt", sagte Eleanor. „So was passiert Millionen Leuten. Einige Menschen eignen sich nun mal nicht für die Ehe."

„Ich war mal verheiratet."

Eleanor war wie vom Donner gerührt. „Wie bitte?"

„Es war so schnell wieder vorbei – die Ehe, meine ich –, dass ich mich kaum noch daran erinnere."

Eleanor stand auf. Sie gab sich kaum Mühe, ihren Zorn zu verbergen. „Es freut mich, dass du wenigstens eine Frau genug geliebt hast, um sie um ihre Hand zu bitten, egal, wie lange die Ehe gehalten hat."

„So war es nicht, Ellie. Es war die verkehrteste Entscheidung meines Lebens …"

Eleanor wandte sich ab und ging hinaus. Tom blickte ihr nach, während der „Cap" bremste und hielt. Er erhob sich und lehnte sich ans Fenster. *Genau genommen*, ging es ihm durch den Kopf, *war es die zweitverkehrteste*

Entscheidung meines Lebens. Dann sagte er laut: „Was ist denn hier los? Bei dem Tempo wäre ich ja zu Fuß schneller nach Chicago gekommen."

„Vor uns ist ein Güterzug", sagte eine Stimme, „der die Gleise für den ‚Cap' versperrt."

In einer entfernten Ecke des Salonwagens war in der Dunkelheit die Silhouette eines Mannes zu erkennen, die auf Tom zuzuschweben schien, und er glaubte, einem Geist zu begegnen. Doch als der Unbekannte in den matten Lichtschein geriet, der durchs Fenster fiel, atmete Tom erleichtert auf. Der Mann war hoch gewachsen und schlank, hatte grau meliertes Haar, war um die sechzig und besaß scharf gemeißelte, markante Gesichtszüge. Bekleidet war er mit einem weißen Oberhemd, Krawatte und einer Anzughose. Dazu kam eine Kopfbedeckung, die wie eine Schaffnermütze aussah.

„Arbeiten Sie im Zug?", fragte Tom.

„Nein", antwortete dieser, nahm die Mütze ab und schüttelte Tom die Hand. „Früher mal. Jetzt bin ich pensioniert. Mein Name ist Higgins, Herrick Higgins."

Auch Tom stellte sich vor, und sie setzten sich.

„Wie lange waren Sie bei der Amtrak?"

„Manchmal kommt es mir so vor, als gehörte ich schon ein Leben lang dazu. Ich war schon dabei, als 1971 der Betrieb aufgenommen wurde. Praktisch seit meinem ersten Atemzug bin ich Eisenbahner, genau wie mein Vater. Er war bei UP, der Union Pacific."

Higgins schaute aus dem Fenster. „Diese Strecke liegt auf einer ehemaligen Mautstraße. George Washington besaß Aktien des Mautstraßenbetreibers. Ich habe mich schon oft gefragt, was der Vater unserer Nation sagen würde, wenn er sehen könnte, dass der gute alte ‚Cap' jetzt auf der gleichen Strecke unterwegs ist. Aber vielleicht ist das nicht mehr lange so. Für die Fernzüge im Personenverkehr sieht die Zukunft nicht allzu rosig aus. Die Regierung plant schon seit längerem, die Amtrak aufzulösen und den Nordostkorridor abzutrennen."

„Tja, Amerika ist ein so großes Land, dass es nicht sehr sinnvoll erscheint, Eisenbahnstrecken für den Passagierverkehr zu betreiben."

„Ja, wenn es einem mehr um das Ziel geht als um den Weg. Ich habe die Erfahrung gemacht, dass es den meisten Leuten, die mit der Bahn fahren, um die Reise geht und um die Menschen, die sie unterwegs kennen lernen. Wissen Sie, bei jedem Halt eines Zuges steigt ein winziges Stück Amerika ein, ein winziges Stück Ihrer Heimat, und begrüßt Sie. Deshalb sind Eisenbahnen gerade zu Weihnachten so beliebt. Die Menschen suchen ein bisschen

Kontakt, jemanden, mit dem sie reden können. Wie wollen Sie diesen Wert in Dollars ausdrücken?" Higgins rieb sich das Kinn und schaute nachdenklich zu Boden. „Ich behaupte nicht, dass eine Fahrt mit der Eisenbahn das Leben verändert oder dass man mit dem Personenverkehr eines Tages viel Geld verdienen wird. Aber ganz gleich, wie schnell wir unterwegs sein müssen – sollte da nicht für einen Eisenbahnzug Platz sein, in dem man sich gemütlich zurücklehnen und für kurze Zeit ganz Mensch sein kann? Nur für eine winzige Zeitspanne? Hat das wirklich keinerlei Wert?"

WÄHREND Tom Herrick Higgins in der Dunkelheit zurückließ und langsam zu den Schlafwagen schlenderte, setzte der „Cap" sich wieder in Bewegung. Doch über dem Geräusch der Räder auf den Schienen hörte Tom noch etwas anderes, etwas, das ihn durch den Gang eilen und die Treppe hinunterstürmen ließ. Dort, an eine Wand gelehnt, kauerte schluchzend Julie. Neben ihr saß Eleanor und hatte die Arme um sie gelegt.

„Was ist los?", fragte Tom.

Julies Stimme versagte immer wieder, als sie berichtete, dass Steves Eltern angerufen hätten. Sie hätten herausbekommen, was das Paar plante, und damit gedroht, Steve zu enterben, wenn er Julie heirate. Steve war offenbar nicht allzu entschlossen aufgetreten, sondern hatte sich so gewunden, dass Julie mit ihm darüber anschließend in Streit geraten war. Schließlich war Julie davongelaufen, um sich die Seele aus dem Leib zu weinen.

„Wo ist Steve jetzt?", wollte Tom wissen.

„In seinem Abteil", jammerte Julie.

„Ich werde ihm einen Besuch abstatten."

Steve saß in seinem Abteil und starrte unglücklich aus dem Fenster. Während der nächsten zehn Minuten las Tom ihm die Leviten, worauf eine von beiden Seiten hitzig geführte Diskussion entbrannte. Schließlich fragte Tom: „Lieben Sie Julie aufrichtig? So einfach ist die ganze Sache nämlich."

„Ja", antwortete Steve, ohne zu zögern.

„Dann nehmen Sie das Mädchen ohne Vorbehalte, Widerrufsklauseln, elterliche Forderungen und was es sonst noch geben mag. Denn das, Steve, heißt lieben. Wenn Sie Julie aus Ihrem Leben verschwinden lassen, sind Sie ein hoffnungsloser Narr. Gut möglich, dass Julie die einzige Frau auf der Welt ist, die Sie glücklich machen wird. Wenn Sie diese Chance vergeben, dann gibt es kein Zurück, Steve, glauben Sie mir."

„Ich liebe Julie, Tom. Ich liebe sie wirklich."

„Dann sollte die Sache für Sie klar sein."

Steve schaute an ihm vorbei, und da standen Eleanor und neben ihr Julie mit rot geweinten Augen. Offenbar hatten sie fast alles mitgehört. Julie warf sich in Steves Arme.

Tom verließ das Abteil und zog den Vorhang zu. Während er und Eleanor davongingen, meinte sie: „Was du da getan hast, war richtig gut. Ich bin beeindruckt."

„Wie könnte ich untätig zusehen, wenn jemand drauf und dran ist, sein Leben zu vermasseln?"

In diesem Moment kam Kristobal vorbei. Er wirkte ziemlich deprimiert. „Eleanor, ich habe Sie überall gesucht. Max will mein Gehalt kürzen. Könnten Sie mal mit ihm reden?"

„Warum kürzt er Ihnen das Gehalt?"

„Ach, wegen eines kleinen Missverständnisses im Zusammenhang mit einer Sonnenbrille, die ich verloren habe."

Tom sah Kristobal an. „Und ich vermisse meinen Füllfederhalter, und Pater Kellys Kruzifix ist auch verschwunden."

„Und meine silberne Haarbürste ebenfalls", meldete Eleanor sich zu Wort.

„Und Mr Powers sagte, seine vergoldete Geldklammer sei nirgends mehr zu finden", fügte Kristobal hinzu.

„Und dieses Ekelpaket Merryweather vermisst ebenfalls irgendwelche Dinge", schloss Tom. „Ich glaube, wir haben einen Dieb an Bord. Ich informiere Regina, sie kann einen Bericht für die Amtrak-Bahnpolizei schreiben, wenn wir nach Chicago kommen."

DER „CAPITOL LIMITED" traf schließlich um halb zwölf Uhr mittags in Chicago ein. Tom kam mit seinem Gepäck herunter, bedankte sich bei Regina und gab ihr ein großzügiges Trinkgeld.

„Vielen Dank", sagte sie und strahlte. „Ich mache Sie im Wartesaal noch mit meiner Mutter bekannt, ehe der ‚Chief' abfährt."

„Ich freue mich sehr, Ihre Mutter kennen zu lernen."

Tom sah Herrick Higgins ein Stück weiter aus dem Zug steigen. Er machte Regina auf Herrick aufmerksam. „Ein interessanter Mann. Schade, dass er sich zur Ruhe setzen musste. Er liebt die Eisenbahn von Herzen."

Regina schüttelte den Kopf. „Herrick hat sich nicht zur Ruhe gesetzt. Er wurde sozusagen ausgemustert. Kosteneinsparungen, hieß es. Es traf ihn und zweihundert andere Angestellte. Eine Schande. Dieser Mann weiß mehr über die Eisenbahn als jeder andere. Er fährt auf eigene Kosten mit.

Wenn wir Platz haben, lassen wir ihn bei uns im Liegewagen schlafen. Es ist wirklich traurig."

Tom entdeckte Max und Kristobal auf dem Bahnsteig und beeilte sich, die beiden einzuholen. „Wo ist Eleanor?", fragte er.

„Sie ist schon in der Halle." Max wirkte leicht verärgert. „Ich glaube, sie versucht, einen Flug nach Los Angeles zu kriegen. Das gefällt mir gar nicht. Könnten Sie nicht mal mit ihr reden, Tom?"

Tom lachte. „Wenn Sie wollen, dass sie in jedem Fall ein Flugzeug nimmt, rede ich mit ihr. Ansonsten sollte ich mich lieber raushalten."

Während der Schnee immer dichter auf den Bahnsteig fiel, strebten sie der Wärme im Innern des betriebsamen Hauptbahnhofs entgegen. Vor ihnen lag jetzt eine Strecke von rund 3500 Kilometern – fast das Dreifache der Strecke, die sie hinter sich hatten – mit 26 Zwischenstopps. Seltsamerweise hatte Tom jedoch das Gefühl, es mit jeder Herausforderung, die auf ihn warten würde, aufnehmen zu können.

Wie sich zeigen sollte, würde er das auch müssen.

Kapitel 7

Sie begaben sich zur Metropolitan Lounge, fanden ein freies Eckchen und machten es sich dort bequem. Tom döste vor sich hin, während Kristobal mehrere Telefongespräche führte, derweil Max sich mit Steve, Julie und einigen anderen Leuten traf, um letzte Arrangements für die Trauung zu besprechen.

Ein Angestellter der Amtrak-Bahnpolizei, der von Regina benachrichtigt worden war, kam zu ihnen. Sie erzählten ihm, was ihnen gestohlen worden war. Der Bahnpolizist hielt es für wahrscheinlich, dass aufgrund der hohen Anzahl fehlender Gegenstände mehr als eine Person für die Diebstähle verantwortlich war. Vermutlich habe die Bande den Zug bereits verlassen, bevor dieser in Chicago eingefahren sei. Tom hatte wenig Hoffnung, seinen Füllfederhalter jemals wiederzusehen. Und wahrscheinlich war auch Eleanor für immer verschwunden.

Er war deshalb mehr als erstaunt, als er sie eine Stunde später in den Wartesaal kommen sah. Sie ließ sich neben Max auf die Bank sinken.

„Wann geht dein Flug?", erkundigte sich der Regisseur.

„Gar nicht. Sämtliche Maschinen sind ausgebucht. Ironischerweise ist die Eisenbahn im Augenblick die schnellste Möglichkeit, nach Los Angeles zu kommen."

Max lehnte sich zurück und zwinkerte Tom zu. „Das tut mir Leid. Ich schätze, dann musst du weiter mit uns Eisenbahntramps vorlieb nehmen."

Kurz darauf erschien Regina in Begleitung ihrer Mutter. Bis auf die Augenpartie sahen sich die beiden aber kaum ähnlich. Neben Reginas Mutter hätte wahrscheinlich sogar Agnes Joe zierlich gewirkt.

„Das ist meine Mutter Roxanne", sagte Regina, ehe Roxanne mit ihrer dröhnenden Stimme das Kommando übernahm.

„Ich höre, Ihnen ist kalt, Sie sind müde, deprimiert und *ausgeraubt*! Das darf nicht sein. Unser Herr im Himmel lässt nicht zu, dass ihr so leidet." Ein paar Minuten später erschienen wie durch ein Wunder Decken, Kissen, ein reichhaltiger Imbiss und andere Annehmlichkeiten. Sie alle waren dankbar, und sogar Eleanors Laune schien sich ein wenig zu bessern.

Roxanne ließ sich mitten unter ihnen nieder und sah ihre Tochter an. „Sag mal, Regina, musst du dich nicht um einen Zug kümmern? Meinst du, der gute alte ‚Cap' kann sich ohne deine Hilfe wieder auf Vordermann bringen?"

„Ich geh ja schon", sagte Regina lächelnd, woraufhin Roxanne ihrer Tochter stolz hinterherschaute.

Roxanne wandte sich wieder ihren Schäfchen zu. „Regina hat mir verraten, dass ein Paar bei uns ist, das den Bund fürs Leben schließen will, und dass eine Wahrsagerin namens Misty uns begleitet. Ich dachte, Sie wären im New-Orleans-Zug unterwegs nach Hause, meine Liebe."

Alle wandten sich um und wollten sehen, wen sie meinte. Es war Misty in voller Wahrsagerinnenmontur, die ihre Arme gen Decke streckte. „Ich hatte so eine Vorahnung, dass meine Bestimmung während des diesjährigen Weihnachtsfestes irgendwo im Westen liegt anstatt im Süden. Was meinst du, Liebling?" Sie klimperte Max vielsagend mit den Wimpern zu.

Der offensichtlich bis über beide Ohren verknallte Regisseur lächelte und meinte: „Mir wurde noch nie so erschöpfend die Zukunft vorhergesagt wie in der vergangenen Nacht."

Eleanor starrte ihn verblüfft an.

„Oh, übrigens, Misty", meldete sich Roxanne wieder zu Wort, „erinnern Sie sich noch, was Sie mir das letzte Mal prophezeit haben?"

„Meinen Sie die Vorhersage, dass Sie in Ihrem Leben noch eine Menge junge Männer treffen werden?"

„Genau. Nun, das ist tatsächlich eingetreten. Doch um die Wahrheit zu sagen, Schätzchen, hatte ich auf etwas gehofft, das eher in meinem Alter ist." Sie deutete auf die Tür der Wartehalle, durch die eine Gruppe junger Farbiger in Uniform hereinströmte. „Das ist der Los Angeles Boys' Center Choir. Diese Knaben sind in der New Yorker Carnegie Hall aufgetreten und wollen über Weihnachten nach Hause. Es ist meine Aufgabe, dafür zu sorgen, dass sie heil dort ankommen. Entschuldigen Sie mich einen Moment."

Die anderen beobachteten, wie Roxanne zu den aufgeregt durcheinander laufenden Sängerknaben ging und versuchte, die Jungen auf sich aufmerksam zu machen. Sie sahen müde und gelangweilt aus – und nicht in der Stimmung, auf einen Erwachsenen zu hören.

Doch das änderte sich abrupt, als ein mächtiger Brüller aus Roxanne hervorbrach. Hastig stellten sich die Jungen in zwei Reihen auf. Ihre Augen waren plötzlich tellergroß und voller Angst. Roxanne führte die Jungen in eine Ecke des Saals und redete nun mit leiser Stimme auf sie ein.

Dann drehte sie sich zum Saal um und fragte: „Würden Sie sich über ein paar Lieder freuen, während Sie auf den Zug warten?"

Alle bejahten.

Roxanne wandte sich wieder ihren jungen Schützlingen zu, machte mit ihnen Stimmübungen zum Aufwärmen und sang dann mit ihnen gemeinsam ein paar bekannte Weihnachtslieder.

Max nickte anerkennend. „Die Kids sind großartig."

Misty ließ sich neben ihm nieder. „Roxanne Jordan leitet den Chor einer der größten Baptistenkirchen Chicagos und ist dort auch als Laienpredigerin tätig. Sie kann Gospel und Blues singen, wie ich es noch nie gehört habe – und ich lebe in New Orleans, der Stadt der Musik! Jeder Fahrgast, der mit ihr im selben Zug gefahren ist, beendet die Reise als besserer Mensch."

Während die Gesangsdarbietung sich dem Ende zuneigte, führte Roxanne den Chor in einer langen Schlange aus dem Saal, wobei die Jungen Eisenbahngeräusche von sich gaben, was die Zuhörer mit begeistertem Applaus honorierten. Amtrak-Angestellte, die aus ihren Büros gekommen waren, um zuzuhören, lächelten und spendeten ebenfalls Beifall.

Nur Steve und Julie waren in Panik. Der Geistliche war zwar eingetroffen, aber der Trauzeuge und die Brautjungfer, ein mit ihnen vom College her befreundetes Ehepaar, hatten soeben angerufen, sie hätten auf einer verschneiten Straße in Michigan einen Autounfall gehabt. Der Trauzeuge hatte sich das Bein gebrochen und lag in einem Krankenhaus, und seine Frau wollte ihn natürlich nicht allein lassen.

„Ich wusste gleich, dass etwas schief gehen würde", klagte Julie. Dann hielt sie inne und schaute Eleanor an. „Würden Sie meine Brautjungfer sein? Bitte! Ich weiß, dass Sie mich nicht im Stich lassen."

Eleanor war ein wenig perplex, stimmte dann aber zu. Was hätte sie auch tun sollen?

Dann schaute Steve Tom an. „Hätten Sie im Zug nicht mit mir gesprochen, wäre es vielleicht gar nicht zur Trauung gekommen. Könnten Sie nicht mein Trauzeuge sein?"

Tom blickte Eleanor fragend an und erklärte sich dann ebenfalls einverstanden. Daraufhin stand Eleanor auf und suchte sich einen anderen Platz.

DER „SOUTHWEST CHIEF" war ein sehr langer Zug mit vielen Waggons und einem funkelnden Schneepflug vor der vorderen Lokomotive. Tom stellte zu seinem Erstaunen fest, dass sein luxuriöses Quartier aufgrund eines Irrtums – der nicht mehr behoben werden konnte, da der Zug bis auf den letzten Platz besetzt war – zu einem Schlafabteil der zweiten Klasse geschrumpft war. Er würde auf den nächsten 3500 Kilometern nicht nur die Gemeinschaftsdusche benutzen müssen, sondern auch die Gemeinschaftstoilette. Das wäre Cary Grant und Eva Marie Saint sicherlich nie passiert.

Der Schlafwagenschaffner erschien, begrüßte ihn und stellte sich vor. Barry war Ende dreißig und sah beeindruckend durchtrainiert aus. Er war höflich und professionell, doch nach Regina und Roxanne war Barry eine unleugbare Enttäuschung.

Tom beschloss, Lelia anzurufen, aber sie meldete sich nicht, wofür er zutiefst dankbar war. Er hinterließ eine Nachricht: Das mit Erik und dem Missverständnis wegen der Gingivitis tue ihm Leid. Dann unterbrach er die Verbindung.

Um auf andere Gedanken zu kommen, beschäftigte sich Tom mit den Diebstählen.

Alle Abteile der ersten Klasse waren heimgesucht worden, mit einer Ausnahme: Agnes Joes Abteil. Sie hatte sich nicht gemeldet, als der Bahnpolizist die Aussagen der Fahrgäste aufgenommen hatte; offenbar hatte der Dieb sie verschont. Aber warum? War Agnes Joe selbst der Dieb? Dann wäre es ziemlich dumm gewesen, alle anderen außer sich selbst zu bestehlen. Oder es war eben nicht dumm, sondern fast schon genial! Denn die meisten Leute würden zu der gleichen Schlussfolgerung gelangen wie Tom. Andererseits hatte er gesehen, dass Agnes Joes Reisetasche bis zum Platzen gefüllt gewesen war …

Während Tom diesen Gedanken verfolgte, rollte der „Chief" aus dem Bahnhof. Ein Blick auf die Uhr: 15.15 Uhr, auf die Minute pünktlich.

In diesem Moment erschien Kristobal mit einem Camcorder. „Mr Powers hat mich gebeten, ein paar Aufnahmen vom Zug, den Leuten und so weiter zu machen", erklärte er. „Wir können sie uns später ansehen, und vielleicht kommen wir dabei auf neue Ideen für den Film, meint er. Ach ja, und Eleanor bat mich, Sie zu fragen, was Sie zu der Trauung tragen."

„Sie hat Sie gebeten, mich zu fragen? Also gut, sagen Sie ihr, ich trage was von Armani. Ich trage immer Armani auf Eisenbahnhochzeiten. Das weiß sie doch."

Kristobals Miene hellte sich auf. „Cool. Ich trage auch Armani." Er schwenkte die Kamera herum und suchte ein anderes Motiv.

Der „Chief" rollte zügig nach Südwesten und hielt viermal kurz in Illinois, ehe er den mächtigen Mississippi überquerte. Sie befanden sich jetzt in Iowa. In diesem Staat hielt der Zug nur in Fort Madison, wo sie gegen halb acht eintrafen. Als sie danach Richtung Missouri weiterfuhren, begab Tom sich in den Speisewagen, wo er zusammen mit Pater Kelly und Misty, Steve und Julie seine Mahlzeit einnahm.

Tom schaute Misty fragend an. „Sie und Max scheinen sich ja bestens zu verstehen. Auch wenn er ein Mann sein dürfte, der jede Menge Freundinnen hat."

„Ach, Schätzchen, ich weiß, dass es nur was Vorübergehendes ist. In Zügen finden die unterschiedlichsten Menschen zueinander, aber sobald die Reise zu Ende ist, verfliegt auch der Zauber. Und ich bin längst darüber hinaus, mein Herz an einen Mann zu hängen, falls Ihre Gedanken sich in diese Richtung bewegen."

„Das tun sie, und ich bin froh, das zu hören."

„Ich muss Ihnen etwas gestehen", sagte der Priester zu Steve und Julie. „Ich habe noch nie an einer Trauung in einem Zug teilgenommen. Das ist bestimmt das erste Mal, dass so etwas stattfindet."

„Ist es nicht."

Sie blickten auf die andere Seite des Mittelgangs, wo Herrick Higgins sein Abendessen einnahm.

„Das hat es 1987 schon mal gegeben, auf dem ‚Texas Eagle'. Man nannte ihn auch ‚Love Train', den Liebeszug, denn auf dem Eagle gab es einen legendären Schaffner namens Zeb Love. Er hatte ein großes Herz und war ein Weltklasse-Entertainer. Tja, und am 4. Juli 1987 wurde im Eagle ein Paar getraut, und Zeb Love war dabei. Die Stimmung war großartig, und er feierte sogar mit der Hochzeitsgesellschaft weiter, als der Zug in Fort Worth einfuhr."

Julie seufzte. „Ich hoffe, unsere Hochzeit wird nur halb so schön."

„Oh, ganz sicher", beruhigte Higgins sie. „Soweit ich weiß, übernimmt Roxanne Jordan die musikalische Gestaltung. Und wenn diese Frau mitmischt, geschehen wahre Wunder. Haben Sie Vertrauen!"

AN DER Nordwestküste des Pazifiks fand derweil ein bedeutsames meteorologisches Ereignis statt. Rivalisierende Hoch- und Tiefdruckgebiete, aufeinander treffende Kalt- und Warmfronten und Höhenwinde mit enormen Geschwindigkeiten – dies alles vermischte sich und setzte sich nach Osten in Bewegung. Eine ähnliche Wetterlage hatte sich während der Reisen Mark Twains durch das Nevada-Territorium 140 Jahre zuvor fast am gleichen Ort gebildet. Das Ergebnis war ein Schneesturm gewesen, wie ihn die Menschen selbst in dieser wilden Gegend nie zuvor erlebt hatten. Falls man Twains Geschichte glauben kann – was das betrifft, bewegt man sich bei ihm stets auf schwankendem Boden –, hätte diese Episode ihn beinahe das Leben gekostet.

Weitgehend unbemerkt von den nationalen Wetterdiensten drehte der aufkommende Sturm in südliche Richtung, prallte auf die gigantische Mauer der nördlichen Rocky Mountains und rauschte an dem Gebirgszug entlang. Sein Ziel schien genau auf der Strecke des „Southwest Chief" zu liegen.

SPÄTER in jener Nacht machte der Dieb abermals seine Runde durch die Schlafwagen. Diesmal war er wegen der allgemein erhöhten Wachsamkeit noch vorsichtiger als zuvor.

Seine Bemühungen wurden insofern begünstigt, als viele Reisende entweder beim Abendessen waren oder einem besonderen Ereignis im Salonwagen beiwohnten.

Dort nämlich stand Roxanne mit einem Mikrofon und gab ein Lied nach dem anderen zum Besten. Die Los-Angeles-Sängerknaben waren ein bisschen länger aufgeblieben und lauschten gebannt. Tom saß im hinteren Teil des dicht besetzten Wagens und summte halblaut mit. Nach der Show belohnten die Passagiere Roxanne mit lang anhaltendem Beifall.

Eleanor machte sich derweil in ihrem Abteil Notizen zu möglichen Handlungssträngen des geplanten Films, hatte aber Mühe, sich zu konzentrieren. Sie kritzelte in ihrem Notizblock, bis sie bemerkte, dass sie in dicken

Lettern *Tom Langdon* schrieb. Sie zerriss den Bogen Papier und versenkte ihn im Abfalleimer; dann lehnte sie sich zurück und schlug die Hände vor die Augen.

„Probleme?“

Eleanor schaute zur Tür, wo Roxanne erschienen war. Mit einem feuchten Waschlappen tupfte sie sich den Schweiß vom Gesicht.

Eleanor richtete sich auf. „Bin nur ein wenig frustriert, nehme ich an.“

„Sie haben eine schöne Vorstellung im Salonwagen versäumt, wenn ich das unbescheiden bemerken darf.“

„Ich habe alles mitgekriegt. Es wurde über die Lautsprecheranlage übertragen. Sie waren großartig.“

Roxanne ließ den Blick über den Fußboden schweifen, der mit zusammengeknülltem Papier übersät war. „Wie geht’s mit Ihrer Zuggeschichte voran? Wir könnten einen Max-Powers-Kassenschlager über die Eisenbahn gut gebrauchen, um diese Regierung wieder für uns zu begeistern.“

Eleanor lächelte verlegen. „Ich muss gestehen, dass ich nicht viel über Züge weiß. Seit meiner Schulzeit bin ich nicht mehr mit der Bahn gefahren, jedenfalls nicht in den USA.“

Roxanne hockte sich auf den Rand des Bettes. „Nun, ich arbeite schon länger als die meisten auf diesen Zügen, und ich weiß noch immer nicht alles. Wahrscheinlich ist das der Grund, weshalb ich meine Arbeit so liebe. Jeden Tag gibt’s was Neues. Manchmal ist es etwas Gutes, manchmal ist es nicht so gut, aber es hält mich in Form und sorgt dafür, dass mein Gehirn nicht einrostet. Und das allein ist schon eine gute Sache.“

„Wie lange arbeiten Sie schon auf diesem Zug?“

„Oh, die Affäre zwischen dem ‚Chief‘ und mir dauert nun schon einundzwanzig Jahre. Ich kenne jeden Salbeibusch in New Mexico, jedes Weizenfeld in Kansas. Ich kenne sogar die Farmer beim Vornamen und winke ihnen zu, wenn wir vorbeifahren.“

Eleanor holte einen neuen Bogen Papier hervor und machte sich einige Notizen. „Ich wette, die Farmer winken zurück.“

„Junge Frau, ich habe allein in den letzten zwei Jahren drei Heiratsanträge bekommen. Ein Knabe hat sich eine Fahne an seinen Traktor gebunden und ist ein Stück neben dem Zug hergefahren. Auf der Fahne stand: ‚Willst du mich heiraten, Roxanne?‘“

„Das war ganz schön einfallsreich. Ist doch nett, so beliebt zu sein!“

„Ja, die Farmer lieben es, wenn Frauen anständig Fleisch auf den Rippen haben, und ich passe genau in diese Kategorie.“ Sie stand auf. „Warum begleiten Sie mich nicht mal auf meinen Runden, wenn Sie Schwierigkeiten haben, die richtigen Ideen zu finden? Ich garantiere Ihnen, ich kann Ihre schöpferischen Kräfte in Schwung bringen."

NACHDEM Roxannes Auftritt zu Ende war, begab Tom sich auf einen kleinen Spaziergang. Der Salonwagen war noch fast voll besetzt, und im Speisewagen wurde die letzte Mahlzeit des Tages serviert, deshalb standen viele Schlafwagenabteile leer. Es war der ideale Zeitpunkt für den Dieb, abermals zuzuschlagen. Tom wollte herausfinden, ob der Gauner aus dem „Capitol Limited" in den „Southwest Chief" umgestiegen war. Außerdem wollte er sich ein ganz bestimmtes Abteil näher ansehen …

Er klopfte. Als niemand antwortete, schob er den Kopf in Agnes Joes Abteil. Es war leer. Das Grammophon stand auf dem Klapptisch; ansonsten lagen nur wenige persönliche Dinge herum. An einer Wand standen zwei Reisekoffer. Tom kümmerte sich nicht um sie. Er interessierte sich mehr für die Reisetasche, die zwischen Wand und Stuhl gezwängt und mit einer Decke zugedeckt war. Tom zog den Vorhang zu und öffnete den Reißverschluss der Tasche. Drinnen waren zusammengeknüllte Zeitungen, ähnlich denen, die Regina durch den „Capitol Limited" getragen hatte. Tom warf einen kurzen Blick darauf. Es waren verschiedene Ausgaben von Blättern, die an der Ostküste erschienen. Er konnte sich keinen Reim darauf machen und wühlte weiter in der Tasche, bis er ein Foto von Agnes Joe mit einer jungen Frau entdeckte, in der er ihre Tochter vermutete. Die beiden machten einen glücklichen Eindruck, zumindest schienen sie einander zugetan zu sein. Er fragte sich, was so schief gelaufen war, seit man das Foto aufgenommen hatte, dass Agnes Joe das Weihnachtsfest nicht bei ihrem einzigen Kind verbrachte.

Tom legte das Foto in die Tasche zurück und schlüpfte auf den Gang. Er ging zum anderen Abschnitt der Schlafabteile, blieb plötzlich stehen, drückte sich in ein freies Abteil und blickte vorsichtig auf den Gang hinaus. Agnes Joe erschien aus einem der Abteile. Sie blickte sich um, um sich zu vergewissern, dass sie unbeobachtet war, und entfernte sich in die entgegengesetzte Richtung.

Tom verließ sein Versteck, ging eilig über den Gang und warf einen Blick in das Abteil, in dem Agnes Joe gewesen war. Er wollte es gerade betreten, um etwas über den derzeitigen Bewohner in Erfahrung zu bringen, als er hörte, wie sich jemand näherte. Sofort verließ er den Ort des Geschehens, merkte sich jedoch den Buchstaben des Abteils, um herauszufinden, wer darin untergebracht war.

Während er den Salonwagen durchquerte, erblickte er Herrick Higgins, der besorgt aus dem Fenster schaute. „Was ist los?“, erkundigte sich Tom. „Sie wirken ein bisschen angespannt.“

Higgins lächelte, doch Tom spürte, dass dieses Lächeln nicht echt war. „Ach, nichts Schlimmes. Ich sehe nur den Schneeflocken zu.“

„Schnee kann einem Zug nichts anhaben, oder?“

Higgins ging nicht darauf ein. „Wir kriegen noch eine dritte Lokomotive in La Junta, ehe wir über den Raton-Pass fahren“, sagte er.

„Ist das normal, oder bekommen wir die Lok wegen des Schnees?“

„Es ist ganz normal. Zum Raton-Pass ist es ein ziemlich steiler Anstieg, und eine dritte Lok vergrößert die Sicherheitsreserven.“ Er konzentrierte sich erneut auf den Schneefall, und seine Miene wurde sofort wieder ernst.

Tom setzte seinen Weg fort, schaute aber mehrmals zu dem alten Eisenbahner zurück und versuchte erfolglos zu ergründen, was in dessen Kopf vorgehen mochte.

ALS ROXANNE und Eleanor den Personenwagen betreten hatten, in dem der Knabenchor untergebracht war, holte Roxanne ein Desinfektionsmittel hervor und begann um sich zu sprühen. „Okay“, sagte sie, „ich glaube, wir haben es hier mit einem ziemlich schweren Fall von Reisedreck zu tun. Versucht ja nicht, Mrs Roxanne an der Nase herumzuführen, denn sie hat fünf Söhne und einen Stall voller Enkel. Außerdem ist sie Spezialistin für das ‚Stinkende-junge-Männer-Syndrom‘, und genau das hat in Mrs Roxannes Eisenbahn nichts zu suchen. Haben wir uns verstanden?“ Die Jungen nickten ausnahmslos. „Gut. Ich habe für die nächste Stunde zwei Duschen reserviert, und diese Zeit werden wir intensiv nutzen, nicht wahr?“ Die Jungen nickten abermals. „Genau drei Minuten pro Mann und Dusche. Dieser Zug ist zwar ein Wunder auf Rädern, aber Wasser kann auch er nicht herbeizaubern. Und am Ende ist nicht einmal mehr eine kleine Zehe schmutzig, denn es wird eine Kontrolle geben – und die wird gründlich ausfallen! Der liebe Gott im Himmel wird auf lauter blitzsaubere junge Männer herabschauen, und er wird euch dieses Jahr zu Weihnachten segnen wie nie zuvor.“

„Wie kommt es, dass Sie sich so eingehend um den Chor kümmern?“, fragte Eleanor, als die Jungen zu den Duschen hinausmarschierten.

„Es sind gute Jungs, die zu großen Leistungen fähig sind. Aber sie haben auch mit großen Schwierigkeiten zu kämpfen, vor allem da, wo sie herkommen. Jeder von diesen Jungen soll es schaffen. Diesen Sommer nehme ich einen Monat Urlaub. Dann ziehen wir los, die Jungs und ich, und treten überall auf. Diese Burschen werden Dinge zu sehen bekommen, die dafür sorgen, dass sie in Zukunft immer nur das Richtige tun wollen. Sie werden Träume haben, von denen sie bis jetzt nicht mal etwas ahnen, und die alte Roxanne wird da sein und die Jungen bei der Hand nehmen und führen, bis sie mich nicht mehr als ihre Mami brauchen."

„Das ist ein ehrgeiziges Ziel", stellte Eleanor fest.

„Aber diese Jungs sind es wert, finden Sie nicht?"

„Ich glaube, dass sie es mehr als wert sind." Eleanor lächelte. „Sind Sie sicher, dass Sie kein Engel sind, der sich zufällig in den ‚Southwest Chief' verflogen hat? Das ist alles zu schön, um wahr zu sein, und das meine ich mit allem Respekt."

„Wissen Sie, Schätzchen, ich bin eine dreiundsechzig Jahre alte fette Frau mit wunden Füßen, zu hohem Blutdruck und ersten Symptomen von Diabetes. Ich weiß, dass mir nicht mehr viel Zeit bleibt, und die kann ich entweder damit verbringen, dass ich mich darüber beklage, was ich in meinem Leben nicht gehabt habe, oder ich kann etwas tun, was mir Spaß macht, und anderen damit helfen. Ich habe beschlossen weiterzukämpfen, bis ich umfalle." Sie blieben neben einer Sitzbank stehen, und Roxanne stemmte die Hände in die Hüften. „Sieh an, was haben wir denn hier?"

Der junge Mann, ungefähr 25, hatte es sich auf seinem Platz gemütlich gemacht und trug keinen Fetzen Stoff am Leib. Glücklicherweise war der Platz neben ihm frei, und die Wagenbeleuchtung war bis auf die Notbeleuchtung gelöscht worden, sodass niemand seinen Zustand bemerkt hatte.

„He, das ist cool so", sagte der junge Mann.

„Klar ist das cool, wenn man weder Hemd noch Hose trägt."

„Wissen Sie, ich komme aus Arizona. Da schlafen alle so."

„Ach ja?" Eleanor hatte den Blick abgewendet, doch Roxanne ließ sich direkt neben dem jungen Mann nieder. „Lassen Sie mich eins klarstellen, Freund. Wir sind hier nicht in Arizona, sondern in Missouri. Wenn Sie sich nicht sofort anziehen, werfe ich Sie aus dem Zug, ehe wir in Kansas City sind."

Der junge Mann kicherte triumphierend. „Ach was! Der letzte Stopp war La Plata, und bis Kansas City hält der Zug nicht mehr."

„Sind Sie ganz sicher?" Roxanne starrte ihn vielsagend an, bis es dem jungen Mann dämmerte.

„Sie würden mich doch nicht mitten in der Wüste aussetzen! Das … das können Sie nicht tun …", stammelte er.

„Ich würde Missouri nicht gerade eine Wüste nennen. Hier leben Menschen.

Also ist es keine Wüste. Klar, die Farmen liegen weit auseinander, wir haben Dezember, und es ist verdammt kalt, aber es ist nicht die Wüste. Von da, wo wir Sie rauslassen, müssten Sie etwa fünfzig Kilometer nach Südwesten laufen, dann finden Sie ein Motel oder so was, falls meine Erinnerung mich nicht im Stich lässt."

„Fünfzig Kilometer? Bis dahin erfriere ich!"

„Wahrscheinlich nicht, wenn Sie Ihre Hose anziehen. Und sehen Sie das Ganze doch mal optimistischer! Gegen Jammerlappen hab ich was. Sie sind jung und kräftig. Wahrscheinlich kommen Sie durch."

Die Augen des Mannes quollen hervor. „Wahrscheinlich?"

Roxanne holte ihr Funksprechgerät hervor. Sie drückte nicht auf den Einschaltknopf, was zwar Eleanor bemerkte, nicht aber der junge Mann.

„Hier ist der Zugservice für den Schaffner und den Lokführer. Wir haben hier einen Notfall, einen Einsviereins. Ich wiederhole, einen Einsviereins. Wir müssen halten und einen Fahrgast absetzen. Ende."

„Warten Sie doch!" Der junge Mann geriet in Panik. „Was ist ein Einsviereins?"

„Tja, Schätzchen, das ist der Eisenbahnkode für einen Fahrgast, der sich unangemessen verhält. In einem Flugzeug würde man Sie bis zur Landung fesseln, denn in zehn Kilometer Höhe kann man keine Tür aufmachen und Sie rauswerfen." Sie lächelte liebenswürdig. „Aber wir im Zug haben diese Probleme nicht. Bei Amtrak kriegen Sie einen Tritt in Ihren aufsässigen Hintern, wo immer wir wollen. Immerhin geben wir Ihnen eine Taschenlampe und einen Kompass mit, damit Sie sich zurechtfinden. Das ist die offizielle Verfahrensweise bei Amtrak, und ich finde, das ist ganz okay so." Sie schaute aus dem Fenster. „Mein Gott, ist das Schneegestöber schlimm geworden! Sieht nach einem Blizzard aus." Sie sprach wieder in ihr Funksprechgerät. „Hier ist noch mal der Zugservice. Bringt eine Schneeschaufel und einen Erste-Hilfe-Kasten gegen Erfrierungen mit! Ende."

„Ich zieh mich ja schon an!", rief der junge Mann erschrocken. „Sie können diesen Einsviereins abbrechen."

Roxanne sah ihn ernst an und schüttelte langsam den Kopf. „Wir haben noch eine lange Fahrt vor uns. Da ist es ja möglich, dass Sie diesen Unfug noch einmal versuchen."

„Ich schwöre Ihnen", sagte der junge Mann, während er sich hastig anzog, „ich ziehe kein einziges Kleidungsstück mehr aus. Ich schlafe in meinen Sachen. Versprochen."

„Na, ich weiß nicht. Spüren Sie's? Der Zug wird schon langsamer, und der Lokführer wird verdammt sauer sein, wenn ich ihm melde, dass es ein falscher Alarm war."

„Bitte, bitte! Ich verspreche Ihnen, ich zieh mich nicht mehr aus!"

Roxanne seufzte und sagte in ihr Funksprechgerät: „Okay, hier ist noch mal der Zugservice. Streichen wir den Einsviereins. Ich wiederhole – den Einsviereins streichen!" Sie sah den jungen Mann eindringlich an. „Also, Jungchen, wenn ich bei Ihnen noch mal ein nacktes Quadratzentimeterchen von etwas sehen sollte, das bedeckt sein müsste, sind Sie die längste Zeit in diesem Zug gewesen, egal, wo wir gerade sind. Dann gibt es keine Gnade mehr, klar?" Er nickte demütig und zog sich die Decke über den Kopf. „Gute Nacht, Arizona", wünschte Roxanne.

Die beiden Frauen gingen weiter zum Salon und setzten sich an einen freien Tisch.

„Sie haben wirklich eine arbeitsreiche Nacht," bemerkte Eleanor.

„Ach, Liebes, das war harmlos! Ich könnte Ihnen Sachen erzählen …"

„Ich würde mich freuen."

„Vielleicht können wir mal einen gemütlichen Abend außerhalb des Zugs verbringen."

Eleanor dachte mittlerweile ernsthaft daran, Max zu überreden, Roxanne als Beraterin für ihr Filmprojekt zu engagieren. „Wie viele Kinder haben Sie außer Regina?"

„Neun, und alle sind erwachsen. Und dreiundzwanzig Enkelkinder." Roxanne warf Eleanor einen kurzen Blick zu. „Haben Sie Kinder?"

Eleanor schüttelte den Kopf. „Ich war nie verheiratet."

„Moment mal – Sie wollen mir weismachen, dass eine schöne, kluge und erfolgreiche Frau wie Sie es nicht geschafft hat, einen anständigen Mann zu finden, der sie liebt?"

„Vielleicht bin ich gar nicht so schön, klug oder erfolgreich."

„Schauen Sie mal in den Spiegel, Kleine. Und ich bezweifle, dass Sie mit einem Mann wie Max Powers zusammenarbeiten würden, wenn Sie nicht auch mit Talent und Köpfchen ausgestattet wären."

„Na ja, es kommt schon mal vor, dass Menschen allein bleiben … alle möglichen Menschen."

„Ja, sicher, und es gibt immer einen Grund dafür. Wollen Sie mir Ihren nicht verraten?" Eleanor senkte den Blick und spielte nervös mit den Fingern, während Roxanne sie aufmerksam beobachtete. „Warten Sie mal, vielleicht kann ich den Grund erraten. Sie haben jemanden gefunden, der Sie liebte, nur hat es irgendwie nicht funktioniert … Vielleicht hat er nie diese überaus wichtige Frage gestellt, und am Ende haben Ihre Wege sich getrennt." Dann fügte sie leise hinzu. „Bis Sie ihn in diesem Zug wiedergesehen haben."

Eleanor blickte abrupt auf.

„So wie Sie und Tom Langdon miteinander umgehen, ist es kaum zu übersehen. Hinzu kommt der Klatsch und Tratsch, für den der ‚Chief' berühmt ist."

Eleanors Gesicht lief rot an. „Du meine Güte, wenn ich geahnt hätte, wie leicht ich zu durchschauen bin …" Sie atmete tief durch. „Tom Langdon ist ein Streuner. Das war er immer, und er wird es immer sein. Er braucht das Abenteuer, braucht die Veränderung so nötig wie andere Menschen ihr tägliches Brot. Er ist ein Mann, der keine Verpflichtung eingehen kann, selbst wenn sein Leben davon abhinge. Und, stimmt, er hat mich nie gefragt, ob ich seine Frau werden will."

„Aber so wie ich es sehe, haben Sie ihn jahrelang nicht zu Gesicht bekommen. Vielleicht hat er sich geändert."

Eleanor schüttelte den Kopf. „Männer wie er ändern sich nie. Er ist wieder in den Staaten, reist herum und schreibt harmlose Artikel, statt über Kriege in Übersee zu berichten. Aber dabei wird es bestimmt nicht bleiben. In ein paar Monaten wird er wieder in der Weltgeschichte umherreisen und irgendwas anderes tun. Ich habe einige Jahre mit ihm gelebt. Ich weiß, wie er denkt." Sie hielt für einen Moment inne. „Außerdem hat er eine Freundin in Los Angeles."

„Meinen Sie, es ist was Festes?"

„Das bezweifle ich."

„Sie hoffen es, nicht wahr?"

Eleanor antwortete nicht.

„Folgen Sie Ihrem Herzen, Mädchen", meinte Roxanne. „Wenn Sie ihn wirklich lieben, sollten Sie ihm noch eine Chance geben."

Kapitel 8

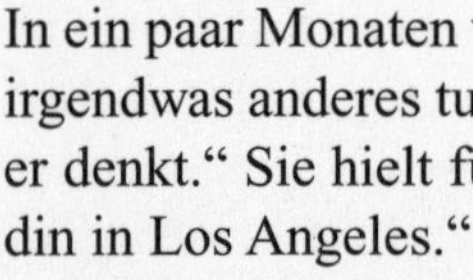

Kansas City war eine wichtige Zwischenstation, an der zahlreiche Fahrgäste ein- und ausstiegen, während die Loks betankt und die Vorräte aufgefrischt wurden. Tom nutzte die Gelegenheit, um auf dem Bahnsteig ein wenig frische Luft zu schnappen, ehe Steves Junggesellenabschiedsparty begann. Die Schneeflocken fielen dichter, und er suchte Schutz unter einem der Vordächer. Erstaunt sah er, wie Eleanor aus dem Zug stieg und zu ihm kam.

„Im Zug ist es ein bisschen stickig", sagte sie.

„Finde ich auch."

Ein wenig verlegen standen sie nebeneinander. „Ich kann dir gar nicht sagen, was für ein Schock es für mich war, dich wiederzusehen", meinte Eleanor schließlich.

„Und ich habe in all den Jahren mindestens eine Million Mal daran gedacht, mich bei dir zu melden. Aber ich habe es nie getan. Vielleicht aus Stolz, aus Sturheit oder Dummheit. Du kannst es dir aussuchen. Es ist von allem etwas."

„Na ja, wenn ich daran denke, wie es zwischen uns zu Ende ging, kann ich dir keinen Vorwurf machen."

Er wagte sich näher. „Glaubst du, dass Menschen eine zweite Chance bekommen?"

Sie wich ein wenig zurück. „Tom … eine weitere Enttäuschung könnte ich nicht ertragen."

„Du hast mich verlassen, vergiss das nicht."

„Nach all den gemeinsamen Jahren wurde es Zeit, Nägel mit Köpfen zu machen oder alles abzubrechen", sagte sie. „Ich brauchte eine feste Bindung, und die habe ich nicht bekommen. Damals glaubte ich, deine Karriere sei dir wichtiger als alles andere."

„Menschen können sich ändern, Ellie."

„So sagt man. Aber du hast eine Freundin, die du über Weihnachten besuchst. Habt ihr Heiratsabsichten?"

„Es ist keine feste Beziehung."

„Natürlich nicht, die Sorte Mann bist du ja nicht." Sie schüttelte den Kopf und wandte den Blick ab.

Tom griff nach ihrer Schulter und drehte sie zu sich um. „Es ist deshalb keine feste Beziehung, weil ich diese Frau nicht liebe. Es gibt nur eine Frau, die ich je geliebt habe, Ellie, und das weißt du genau. Nichts in meinem Leben war so schön wie die Zeit mit dir. In all den Jahren habe ich nach etwas Ähnlichem gesucht."

„Bitte, Tom, tu mir das nicht an."

„Warum bist du dann aus dem Zug gestiegen und hergekommen? Es ist kalt hier draußen."

„Ich … ich weiß es nicht."

„Das glaube ich dir nicht. Du weißt genau, warum."

„Vielleicht. Ich habe auch nach etwas gesucht", gestand sie, „und ich habe es nicht gefunden."

„Es kann kein Zufall sein, dass wir beide ausgerechnet mit diesem Zug fahren. Es ist ein Omen – siehst du das nicht auch? Das Schicksal hat es so gewollt."

„Du hörst dich an wie Misty. So funktioniert die Liebe aber nicht. Sie ist nicht irgendein Märchenzauber, der von allein wirkt. Man muss ständig daran arbeiten."

Der Blick ihrer smaragdgrünen Augen wirkte auf Tom so hypnotisierend und verzaubernd wie eh und je. Er bewegte sich auf sie zu, strich eine Strähne ihres kastanienbraunen Haars aus ihrer Stirn, näherte seine Finger ihrer Wange und streichelte sanft darüber. Sie machte keine Anstalten, ihn daran zu hindern.

„Vielleicht wird es langsam Zeit, dass ich anfange, an der Liebe zu arbeiten ..." Tom holte tief Luft, schaute flüchtig auf und erstarrte, als sein Blick auf eine näher kommende Gestalt fiel. Innerhalb von 24 Stunden erlitt er den zweiten Schock. Es war Lelia Gibson, die zum Zug ging, eine Gruppe Bahnangestellte im Gefolge, die Berge von Koffern und Taschen trugen.

Tom wich einen Schritt von Eleanor zurück. Sie hatte die Augen geschlossen, während ihre Lippen vergeblich Toms Mund suchten.

„Ellie."

Sie schlug die Augen auf.

„Was ist?"

„Sag mir ganz schnell, was das schlechteste Timing deines Lebens war."

„Wie bitte?", fragte sie verwirrt.

Er blickte noch einmal zu Lelia. Sie kam näher. Er war nicht sicher, ob sie ihn bereits gesehen hatte, doch es konnte sich nur noch um Sekunden handeln.

„Was es auch war – ab sofort bin ich der unbestrittene Meister des schlechten Timings." Er deutete auf Lelia. „Ich habe gerade von einer Art Freundin in Los Angeles gesprochen, und ... tja, da ist sie. Lelia Gibson."

Eleanor fuhr herum und blickte der sich nähernden Gruppe entgegen.

„Hast du gewusst, dass sie auch mit dem Zug fährt?"

„Nein, das trifft mich wie ein Blitz aus heiterem Himmel."

Eleanor verschränkte die Arme und wich von Tom zurück.

In diesem Moment entdeckte Lelia ihn und eilte auf ihr Ziel zu, während Eleanor sich entfernte, bis sie nur noch ein Schatten in der Dunkelheit war.

„Was machst du denn hier, Lelia?“

„Mehr hast du nicht zu sagen, nachdem ich den ganzen weiten Weg auf mich genommen habe, um dich zu überraschen?“, fragte sie. „Weißt du eigentlich, dass es keinen Direktflug von Los Angeles nach Kansas City gibt? Ich musste über Denver fliegen. Der reinste Albtraum! Und was bekomme ich zu hören? ‚Was machst du denn hier, Lelia?‘“ Sie umarmte Tom und gab ihm einen Kuss. Er hatte ein furchtbar schlechtes Gewissen, denn trotz allem bestand ihre Beziehung ja noch immer. Unter dem Eindruck, Eleanor wieder gefunden zu haben, hatte Tom das fast vergessen.

„Tut mir Leid, aber es kommt so überraschend, dich hier zu sehen.“

„Lass uns in den Zug steigen, und ich werde dir alles erklären.“

„Alles? Was alles?“

„Später, wenn ich ausgepackt habe.“ Lelia reichte ihre Fahrkarte einem der Träger und wies ihn an, ihr Gepäck an Bord zu schaffen; dann belohnte sie die Helfer mit großzügigem Trinkgeld und einem bezaubernden Lächeln. Sie war gekleidet, wie es für Hollywood geradezu klassisch war: teuer, todschick und auffällig. Die Gepäckträgertruppe von Kansas City würde Lelia in bleibender Erinnerung behalten, da war Tom sich sicher.

Während sie zum „Chief“ gingen, hakte Lelia sich bei Tom unter. „Weißt du, ich bin noch nie mit der Eisenbahn gefahren. Und dann auch noch zu Weihnachten. Wundervoll! Gibt es an Bord einen Masseur?“

„Äh, nein.“

„Vielleicht kannst du mich ja massieren. Oh, und ich habe auch diesen erotischen Teddy mitgebracht“, fügte sie schelmisch hinzu und lehnte sich an ihn.

Als sie einstiegen, konnte Tom aus den Augenwinkeln Eleanor sehen, die ihn und Lelia aufmerksam beobachtete. Er fühlte sich so hilflos wie selten zuvor.

Lelia richtete sich in ihrem Schlafwagenabteil ein, wobei sie sich über den Platzmangel beklagte und nach Kabinen mit persönlichem Service fragte. Barry, der Schlafwagenschaffner, war hingerissen von Lelia und zog wild entschlossen los, ihr jeden Wunsch zu erfüllen.

Tom kam in ihr Abteil, nachdem sie sich dort häuslich niedergelassen hatte. „Gefällt mir, was du aus dieser Kabine gemacht hast“, sagte er lächelnd.

„Wo wohnst du?“

„Im Schlafwagen für Arme, ein Stück die Straße runter.“

„Du kannst heute Nacht hier schlafen.“

Tom setzte sich auf die Kante des Bettes. „Ich muss dir etwas sagen.“

Sie legte eine Hand auf seine. „Ich kann mir vorstellen, was. Das ist ja der Grund, weshalb ich hergeflogen bin."

„Wirklich?" Wie kann sie etwas von Eleanor wissen?, fragte sich Tom.

„Wir sind jetzt schon eine ganze Weile zusammen, und es müssen gewisse Entscheidungen getroffen werden."

„Da kann ich dir nur beipflichten."

„Ich wollte es dir nicht am Telefon sagen, aber ich konnte nicht bis Weihnachten warten, denn es könnte unsere Pläne für die Weihnachtstage von Grund auf ändern."

Tom seufzte erleichtert. „Ich glaube, wir sind beide auf demselben Dampfer."

Sie legte ihm die Hände auf die Schultern. „Tom, ich möchte heiraten."

Alles, was er dazu sagen konnte, war: „Wen?"

„Dich, Dummkopf."

„Du willst mich heiraten? Du bist den weiten Weg hierher geflogen, um mir zu sagen, dass du heiraten möchtest? Mich?" Tom erhob sich. „Lelia, eine Ehe ist etwas anderes, als sich ein paarmal im Jahr zu treffen, um ein bisschen Spaß miteinander zu haben."

„Meinst du, das weiß ich nicht?" Sie stand ebenfalls auf. „Ich werde nicht jünger. Meine biologische Uhr tickt nicht nur, sie schlägt bereits Alarm. Und ich habe die Schlummertaste schon so oft betätigt, dass sie nicht mehr reagiert."

„Willst du damit sagen, du willst Kinder?"

„Ja. Du etwa nicht?"

„Woher soll ich wissen, ob ich Kinder haben will? Ich hatte keine Ahnung, dass du herkommst und mir einen Heiratsantrag machst. Lass mich erst mal Luft holen, ja?"

Sie umarmte ihn. „Ich weiß, es kommt alles ein bisschen plötzlich, aber wir sind ein gutes Team, Tom, ein Spitzenteam. Ich habe Geld genug. Wir können tun und lassen, was wir wollen. Wir reisen, haben unseren Spaß und genießen unser Leben. Und dann werden wir sesshaft und gründen eine große Familie."

„Wie groß?"

„Nun, mit mir zusammen waren wir acht Geschwister."

Er betrachtete ihre zierliche Gestalt. „Du trainierst sechs Stunden am Tag, um deine Figur zu halten. Willst du etwa behaupten, du würdest zulassen, dass dein Körper sich achtmal bis zur Unförmigkeit aufbläht? Selbst wenn wir es so planen, dass wir nur alle zwei Jahre ein Kind bekommen, wirst du sechzig sein, wenn der letzte Wonneproppen das Licht der Welt erblickt."

„Weißt du, ich dachte mir, ein Kind bekommen wir auf normale Art und Weise, den Rest adoptieren wir."

Er raufte sich mit beiden Händen das Haar. „Ich fasse es nicht!"

„Ich weiß, dass es im Augenblick ein bisschen viel für dich ist. Lass dir Zeit, und denk darüber nach, und dann sag mir Bescheid. Es sind zwei Tage bis Los Angeles."

„Du willst, dass ich dir in zwei Tagen verbindlich mitteile, ob ich heiraten und acht Kinder haben will?"

„Je nachdem, wie deine Antwort ausfällt, haben wir sehr viel zu tun. Da würde ich es begrüßen, wenn du nicht allzu lange wartest." Sie küsste ihn auf die Wange und ergriff seine Hände. „So, und jetzt erzähl, was du mir sagen wolltest."

Er starrte sie offenen Mundes an, dann wandte er sich zum Gehen.

„Wo willst du hin?"

Er fand seine Stimme wieder. „In die Bar."

„Wann kommst du zurück?"

„In zwei Tagen."

WÄHREND Tom in Richtung Salonwagen wankte, jagte der „Chief" in Richtung Lawrence, Kansas. Diese Station würden sie um halb zwei Uhr nachts erreichen, gefolgt von Topeka Newton, Hutchinson, Dodge City und Garden City, ihrem letzten Stopp in Kansas, ehe sie die Grenze nach Colorado überqueren würden.

La Junta – der Ort, an dem die Hochzeit stattfinden sollte – war ihre zweite Station in Colorado, ungefähr zwei Stunden vor der Anfahrt zum Raton-Pass.

Der Sturm jagte nun in voller Stärke nach Süden, an der unerschutterlichen Mauer der Rocky Mountains entlang. Schon jetzt war in der Gegend mehr Schnee gefallen als in einem Durchschnittsjahr, und auf den Höhen der Berge breitete sich eine mächtige weiße Decke aus. Doch wurden keine ernsten Schäden gemeldet, und die Wetterfrösche, die den wechselnden Wind und die Luftfeuchtigkeit im Auge behielten, hatten keinen Grund zu der Annahme, dass der sich ankündigende Sturm sich von zahllosen anderen unterscheiden würde.

Tom traf auf Max und Misty, ehe er den Salonwagen erreichte. „Ich brauche einen Drink", verriet er Max. „Dringend. Wenn ich nicht schnellstens was Hochprozentiges kriege, kann ich für mein weiteres Handeln keine Verantwortung mehr übernehmen."

Max nickte. „Ich habe jede Sorte Alkohol plus eine Kiste gekühlten Wein in meinem Abteil. Wir können sofort mit Steves Junggesellenabschiedsparty loslegen. Und ich hab mir noch etwas überlegt. Warum sollen nur die Männer daran teilnehmen? Also habe ich auch die Mädels eingeladen."

„Genau genommen", ergriff Misty das Wort, „war das meine Idee."

„Wie sind Sie an den vielen Alkohol gekommen, Max?"

„Ich habe in Kansas City angerufen und mir alles gegen Rechnung in den Zug liefern lassen. Das geht ganz ohne Zauberei, Kinder."

„Ich liebe es, wenn er mich ‚Kind' nennt", sagte Misty. „Ich fühle mich dabei so herrlich jung."

„Wir feiern morgen eine Hochzeit, und Sie, Eleanor und die anderen spielen entscheidende Rollen dabei. Deshalb müssen wir während der Party einige Proben machen."

„Das halte ich für keine gute Idee, Max", widersprach Tom.

„Ich weiß, wovon ich rede, glauben Sie mir. Ich verdiene damit schließlich meinen Lebensunterhalt. Ohne Proben geht alles schief. Und jetzt kommt, Kinderchen, Onkel Max kriegt sowieso immer seinen Willen."

Der Mann hüpfte regelrecht durch den Gang und amüsierte sich offenbar königlich. Misty folgte ihm, sodass Tom nichts anderes übrig blieb, als trübsinnig hinter den beiden herzutrotten.

Max schickte Kristobal los, um Steve, Julie, Eleanor und Roxanne aufzutreiben sowie den Geistlichen, der das Paar trauen sollte. Der Priester erwies sich als hoch gewachsen und schlank. Er hatte kurz geschnittenes graues Haar, ein kluges Gesicht und gütige Augen.

Max' Abteil bestand aus einer Flucht von zwei Kabinen. Tom wunderte sich, wie geräumig es war. „Wie hat er das denn geschafft?"

„Er ist Max Powers", stellte Misty fest.

Der Regisseur verteilte zusammengeheftete Bogen Papier. „Okay, das ist das Drehbuch für morgen mit Anweisungen für jede Szene – ich meine, für jeden Abschnitt der Hochzeitszeremonie."

Tom verzog sich in eine Ecke, wo Kristobal an der dort aufgebauten Bar bediente. „Haben Sie Scotch?"

„Ich fürchte, ich kann Ihnen nur mit fünfundzwanzig Jahre altem Macallan's Single Malt dienen. Das ist Mr Powers' Lieblingsmarke."

„Dann müssen wir wohl mit diesem Fusel vorlieb nehmen, nicht wahr?"

Tom nippte an seinem Scotch und schaute zu Eleanor. Konzentriert studierte sie ihr Manuskript. Es schien, als bemühe sie sich, mit niemandem in Blickkontakt zu treten, vor allem nicht mit ihm.

Tom hatte gerade ausreichend Mut gesammelt, um zu Ellie hinüberzugehen, als Lelia hereinstolziert kam.

„Wenn ich es recht verstanden habe, wird hier ein Junggesellenabschied gefeiert!“ Dann fiel Lelias Blick auf Max Powers. Tom bemerkte, dass der Regisseur sich hinter Misty zu verstecken versuchte, als er Lelia sah. „Max? Max Powers?“, sagte Lelia. „Mein Gott, du bist es wirklich!“

Max drehte sich um, spielte den Überraschten und meinte dann: „Lelia!“

Tom verfolgte den Dialog interessiert. „Kennt ihr euch?“

„Ach, das liegt schon einige Jahre zurück“, sagte Max leise.

„Aber mir kommt es so vor, als wäre es erst gestern gewesen, Max“, sagte Lelia. „Ich habe für einen seiner Filme vorgesprochen. Es ging um eine kleinere Rolle. Das ist Jahre her, doch Max war schon damals eine lebende Legende“, fügte sie mit ehrfürchtiger Stimme hinzu.

„Bitte, Lelia …“, sagte Max nervös.

Sie schien ihn nicht gehört zu haben. „Ich habe die Rolle nicht gekriegt. Erinnerst du dich noch an den Film, Max?“

„Nein, Liebes. Wirklich nicht. Seitdem habe ich so viele Gehirnzellen verloren …“

„Er hieß ‚Ende eines Sommers‘ und handelte von einem jungen Paar, das sich während eines Sommerurlaubs ineinander verliebt und sich am Ende wieder trennt. Ich habe nie verstanden, warum ich die Rolle der besten Freundin der jungen Frau, Bambi Moore, damals nicht bekommen habe.“

„Offensichtlich war das einer meiner größten Fehler, Lelia. Damals, zu Beginn meiner Karriere, habe ich viele solcher Fehler gemacht.“

„Du warst immerhin anständig genug, mich einmal zum Abendessen einzuladen. Erinnerst du dich wenigstens daran?“

„Natürlich. Unser Abendessen. Es war wunderschön.“

„Und aus dem Abendessen wurde am nächsten Tag ein Frühstück. Ich glaube, diesen Teil des Vorsprechens hast du ebenso wenig vergessen, oder?“ Lelia zwinkerte ihm zu und spitzte die Lippen.

„Ran an den Alkohol!“, verkündete Max eilig. „Und dann lasst uns mit den Proben anfangen!“

IMMER und immer wieder ließ Max sie ihre Szenen wiederholen.

Schließlich verlangte Tom nach einer Pause. Das rief zwar Max’ Protest hervor, doch er wurde von den anderen überstimmt.

Lelia schlenderte hinüber zu Eleanor, wobei Tom den unmittelbar bevorstehenden Krieg der Welten ängstlich verfolgte.

„Ich habe gehört, Sie sind die Brautjungfer und Tom der Trauzeuge. Wie amüsant und wie praktisch für Sie."

„Finden Sie wirklich?", fragte Eleanor. „Das sind nicht gerade die Adjektive, die mir dazu einfallen."

„Tom und ich reisen über Weihnachten nach Tahoe."

„Sie sind von Los Angeles nach Kansas City geflogen, um in einen Zug zurück nach Los Angeles zu steigen, damit Sie von dort nach Tahoe weiterfliegen können? Das ist eine beachtliche Rundreise."

„Ich musste Tom etwas Wichtiges fragen."

„Ach? Was denn?"

„Ob er mich heiraten will." Eleanor schickte Tom eine ganze Wagenladung wütender Blicke. Dann meinte Lelia: „Jemand hat mir gegenüber Andeutungen gemacht, Sie und Tom seien früher befreundet gewesen. Wissen Sie, es ist seltsam, Eleanor … Sie heißen doch Eleanor, nicht wahr? Nun, es ist seltsam, dass Tom nie Ihren Namen erwähnt hat. Ich schließe daraus, dass es keine besonders erinnerungswürdige Beziehung war."

„Natürlich hat er meinen Namen gesagt", widersprach Eleanor. „Wahrscheinlich, während er mit Ihnen geschlafen hat." Lelias Mund klappte so weit auf, dass Tom deutlich erkennen konnte, dass sie noch immer ihre Mandeln hatte.

„Sind alle mit Drinks versorgt?" Mehr brachte er nicht hervor.

Nach einem weiteren zornigen Blick in seine Richtung sagte Eleanor zu Lelia: „Machen Sie sich keine Sorgen, Schätzchen. Sie können ihn haben."

Während Eleanor aus dem Wagen stürmte, eilte Tom rasch herüber, doch Lelia fing ihn ab. „Hast du gehört, was sie zu mir gesagt hat, Tom?"

Tom schaute Eleanor hinterher, die im Gang verschwand.

„Hast du gehört, Tom?"

Endlich blickte er sie an. „Lelia, halt die Klappe!"

Lelia machte auf dem Absatz kehrt und suchte gleichfalls das Weite.

Während die Gruppe sich allmählich auflöste, stand Tom da und machte einen so Mitleid erregenden Eindruck, dass Max sich zu ihm gesellte. „Sie sehen aus, als könnten Sie noch einen Drink gebrauchen." Max mixte Cocktails, und die Männer setzten sich. Max schlug Tom klatschend auf den Oberschenkel. „Tut mir Leid, dass wir bei der Junggesellenparty kein Mädchen hatten, das aus einer Torte sprang. Aber das hielt ich im Beisein der Damen für nicht ganz angemessen."

Tom musterte den Regisseur. „Sie waren also mit Lelia … Sie haben mit ihr …"

„Nur dieses eine Mal, soweit ich mich erinnere. Aber mein Gedächtnis ist auch nicht mehr das, was es mal war. Aber habe ich das richtig verstanden? Lelia hat Sie sozusagen um Ihre Hand gebeten?"

Tom nickte.

„Mann, wozu Frauen heutzutage fähig sind! Heißt das etwa, falls Sie geschieden werden, zahlt Lelia Ihnen Unterhalt?"

„Sie wird mir nichts zahlen müssen, denn wir werden gar nicht heiraten."

„Hören Sie, Tom, ich will mich wirklich nicht einmischen, aber Lelia ist eine gute Partie. Sie sollten keine vorschnelle Entscheidung treffen. Nehmen Sie's mir nicht übel, aber Sie sind selbst kein junger Hüpfer mehr."

„Sie haben Recht. Lelia ist reich, sie ist schön – aber ich liebe sie nicht."

Max seufzte. „Ich habe den Schritt in die Ehe insgesamt viermal gewagt. Wer weiß, vielleicht gibt es sogar noch ein fünftes Mal für mich." Seine Miene wurde ernst. „Patty war meine erste Ehefrau. Wir haben gleich nach der Schule geheiratet. Wir hatten vier Kinder. Wir waren bettelarm, aber Patty hat sich nie beklagt. Sie konnte einen Dollar länger strecken als irgendjemand, den ich je kennen gelernt habe. Ich hatte gerade meine ersten Erfolge im Filmgeschäft, als Patty starb." Max verstummte und schaute aus dem Fenster auf die vorbeihuschende Landschaft. „Ich habe Patty aus ganzem Herzen geliebt, und ich werde sie immer lieben. Was meine späteren Frauen betrifft …" Er zuckte mit den Schultern. „Auf gewisse Weise habe ich sie auch geliebt, aber nicht so wie Patty. Ich glaube, die erste Liebe ist immer etwas ganz Besonderes. Heutzutage nehme ich, was sich bietet, und habe meinen Spaß, aber nichts ist mehr von Dauer. Verstehen Sie?"

Tom nickte. „Ich glaube schon."

Max rückte näher zu Tom und senkte die Stimme. „Warum sind Sie und Eleanor nicht zusammen?"

„Sie haben doch gesehen, was vorhin passiert ist. Ellie ist aus dem Waggon gerannt."

„Na, da können Sie ihr keinen Vorwurf machen. Ihre Freundin kommt von Los Angeles her, um Ihnen einen Heiratsantrag zu machen! Ich bin, weiß Gott, kein Experte in Herzensangelegenheiten, aber das sind nicht gerade die besten Voraussetzungen, um die Liebe Ihres Lebens zurückzugewinnen."

„Ich habe es versucht. Ehrlich, Max."

„Wissen Sie was? Wenn sie wirklich Ihre große Liebe ist, würde ich mir an Ihrer Stelle noch viel mehr Mühe geben."

ELEANOR war in ihr Abteil zurückgekehrt und wollte gerade eine Schlaftablette nehmen, als jemand an die Tür klopfte.

„Eleanor? Ich bin's."

Im ersten Moment fiel es ihr schwer, die Stimme zu identifizieren, da ihre Gedanken sich in wildem Aufruhr befanden. „Julie?" Sie ging zur Tür und öffnete – und da stand die junge Braut mit Tränen in den Augen und einem langen Kleidersack in der Hand. „Was ist los, Julie? Haben Steves Eltern schon wieder angerufen?"

Julie schüttelte den Kopf. „Und meine auch nicht. Darf ich einen Augenblick reinkommen?"

„Was? Oh ja, sicher." Eleanor ließ die Schlaftablette in einer Tasche verschwinden.

Die beiden Frauen setzten sich auf die Bettkante. „Also, wie war das mit Ihren Eltern?", fragte Eleanor.

„Nun, ich glaube, jede Frau wünscht sich, dass ihre Eltern bei der Hochzeit dabei sind. Man stellt sich vor, dass der Vater sein kleines Mädchen weggibt und die Mutter einem versichert, dass alles gut wird. Und ich, ich habe nichts von alledem…" Julie begann plötzlich laut zu schluchzen, sodass Eleanor sie in die Arme nahm und an sich drückte. Als Julie sich ein wenig beruhigt hatte, trocknete sie sich die Augen und senkte verlegen den Blick. „Tut mir Leid. Ich bin erwachsen und sollte eigentlich damit fertig werden, aber ich fühle mich schrecklich allein."

„Sie haben gute Gründe, sich so zu fühlen, und ich glaube, ich bin als Brautjungfer eine ziemliche Versagerin."

„Na ja, Sie kennen mich eigentlich gar nicht."

„Das ist nicht weiter schlimm. Wir sind schließlich beide Frauen. Und Sie sind morgen die strahlende Braut. Das ist alles, was ich wissen muss."

„Waren Sie jemals verheiratet?"

„Nein", antwortete Eleanor leise, „aber ich habe oft daran gedacht. Ich habe mir alles ausgemalt, bis hin zur Bewirtung der Gäste und den Blumenarrangements. Allerdings träume ich jetzt nicht mehr oft davon. Die Jahre verstreichen, und die Wahrscheinlichkeit, dass der Traum Wirklichkeit wird, wird immer geringer."

„Sie brauchen doch bloß jemanden, der Sie liebt und den Sie lieben."

Eleanor lächelte, wenngleich ihr eigentlich mehr nach Weinen zumute war, mindestens so, wie Julie eben geweint hatte. „Ja, das ist alles, was man braucht." Sie deutete auf den Kleidersack, den Julie aufs Bett gelegt hatte. „Was ist das?"

„Mein Hochzeitskleid. Ich habe es nicht mehr anprobiert, seit ich es gekauft habe. Ich dachte, vielleicht sollte ich es jetzt tun …“

„Ein guter Gedanke!“, sagte Eleanor.

„Es macht Ihnen wirklich nichts aus? Es ist schon spät, und Sie sind sicher müde.“

„Ich *war* müde, aber jetzt bin ich's nicht mehr.“

Eleanor half Julie in das Kleid, ein schlichtes, aber elegantes Ensemble in Cremeweiß, das wie angegossen passte. Als sie Julie den Schleier aufsetzen wollte, nahm Julie ihn und legte ihn auf Eleanors Kopf. Die beiden Frauen traten nebeneinander vor den Spiegel.

„Sie sehen wunderschön aus, Julie.“

„Sie auch.“

Beide brachen in hysterisches Gelächter aus.

Als Julie etwas später kurz im Bad verschwunden war, wollte Eleanor das Kleid schon wieder einpacken, doch dann hielt sie es sich vor den Körper und betrachtete sich im Spiegel.

„Ellie?“

Sie fuhr herum. Die Abteiltür war durch das Ruckeln des Zuges auf den Gleisen und die Beschleunigung von selbst ein Stück aufgeglitten. Tom stand in der Tür und starrte Eleanor an, wie sie mit dem Hochzeitskleid einer anderen Frau dastand.

In diesem Moment kam Julie aus dem Badezimmer. Ihr Blick huschte zwischen Tom und Ellie hin und her. „Entschuldigen Sie, wenn ich störe“, sagte sie.

Eleanor ließ das Kleid sinken und packte es sorgfältig weg, während Tom ihr zusah. Dann reichte sie Julie den Kleidersack, umarmte sie und meinte lächelnd: „Schlafen Sie gut. Morgen verändert sich Ihr ganzes Leben und ganz bestimmt zum Besseren.“

Julie küsste sie auf die Wange und schlängelte sich an Tom vorbei, der immer noch wie vom Donner gerührt dastand und gleichermaßen verlegen und verwirrt dreinblickte.

„Was willst du, Tom?“

„Du hast mit dem Kleid wirklich gut ausgesehen, Ellie.“

„Es ist spät. Solltest du nicht bei deiner geliebten Lelia sein?“

„Ich liebe Lelia nicht!“

„Dafür scheint sie dich zu lieben. Ich vermute, dass du ihr einiges an Zuneigung gezeigt und ihr vielleicht sogar ein Versprechen gegeben hast, denn ich kann nicht glauben, dass Lelia aus purer Freundlichkeit den weiten Weg hierher geflogen ist, um dir die Ehe anzutragen. Was hat sie veranlasst zu kommen?“ Sie verschränkte die Arme vor der Brust und wartete.

„Woher soll ich das wissen? Die Frau spinnt.“

„Wie lange kennt ihr euch schon?“

Tom zuckte mit den Schultern. „Ungefähr drei Jahre, mit längeren Pausen dazwischen.“

„Hm. Und du hast erwartet, dass sie sich damit zufrieden gibt?“

Er sah sie nur stumm an.

„Sie will also den Bund fürs Leben schließen“, fuhr Eleanor fort, „du aber nicht. Du bist zufrieden damit, zu kommen und zu gehen, wann es dir gefällt, und die guten Zeiten mit Lelia zu teilen, aber auf keinen Fall die schlechten. Du willst lieber solo sein und tun und lassen können, wonach dir der Sinn steht.“

„So ist es nicht, Ellie. So bin ich nicht mehr.“

„Natürlich nicht. Weißt du was? Du hast dich nicht verändert. Kein bisschen.“

„Mit der richtigen Frau wäre alles anders!“

Eleanor rieb sich die Schläfen. „Hör mal, wir haben morgen eine Hochzeit zu feiern – die Hochzeit von jemand anderem. Ich brauche jetzt ein wenig Schlaf.“

„Wir können das Ganze doch nicht auf sich beruhen lassen!“

„Oh doch, das können wir, und das werden wir. Wir werden morgen unserer Verpflichtung nachkommen, anschließend geht es nach Los Angeles, und dann ist Endstation. Du und ich, wir werden unserer Wege gehen. Diesmal für immer.“

„Ellie!“

„Leb wohl, Tom.“ Sie schob die Tür zu.

DER MORGEN dämmerte über den Hochflächen von Colorado unweit der Grenze zu New Mexico, doch die Sonne verbarg sich hinter bedrohlichen schwarzen Wolken. Eine dicke Schneeschicht bedeckte den Untergrund mitsamt den allgegenwärtigen Salbeibüschen. Die meisten Fahrgäste hatten sich bereits zeitig zum Frühstück eingefunden, weil die Nachricht, dass eine Hochzeitsfeier bevorstand, rasch die Runde gemacht hatte. Während der Zug sich La Junta näherte, wuchs die allgemeine Spannung, und fast alle Fahrgäste sowie das Begleitpersonal hatten sich im Salonwagen versammelt. Eine Gruppe Musiker, die Max engagiert hatte und die am frühen Morgen zugestiegen war, intonierte den traditionellen „Hochzeitsmarsch“

und andere Melodien. Kristobal filmte das Ereignis, und Max führte Regie, wobei die meisten Fahrgäste keine Ahnung hatten, dass die Hochzeit in gewisser Hinsicht eine Max-Powers-Produktion war. Tom und Eleanor erfüllten ihre jeweiligen Pflichten, obgleich Tom einen peinlichen Augenblick lang den Ring nicht finden konnte und für einen weiteren, noch peinlicheren Moment zu versuchen schien, den Ring auf Eleanors Finger zu stecken, anstatt ihn Steve zu reichen.

Die Braut und der Bräutigam küssten einander, während der Zug in La Junta zum Stehen kam, und jeder an Bord warf eine Hand voll Reis. Die dritte Diesellok wurde angekoppelt, die dem „Chief" über den Raton-Pass helfen sollte. Schließlich rollte der Zug aus dem Bahnhof. Die Zurückbleibenden bejubelten lauthals das „Frisch verheiratet"-Schild und die leeren Konservendosen, die am hinteren Ende des letzten Waggons befestigt worden waren und über die Schwellen klapperten.

Dann fing die Party im Zug an, begleitet von dem üppigen Festmahl, das Max ebenfalls spendiert hatte. Während der offizielle Hochzeitsfotograf seine Bilder schoss, erschien Roxanne in einem prächtigen Kostüm, das eindeutig nicht aus der Amtrak-Kleiderkammer stammte. Begleitet wurde sie vom Los Angeles Boys' Center Choir, dessen Mitglieder ebenfalls schmuck herausgeputzt waren. Die Gäste verstummten, und Roxanne und der Chor begannen zu singen. Auf einige klassische Lieder folgten Bluesstücke, danach mehrere Titel von Nat King Cole und anschließend ein paar Songs von Frank Sinatra. Schließlich ging Roxanne zu ihrer besten Aretha-Franklin-Imitation über und sang den Erkennungssong der Soulqueen, „Respect". Die Zuhörer wurden so mitgerissen, dass sie aufsprangen und jeden Buchstaben mitsangen: „R-E-S-P-E-C-T!"

Max saß da und lächelte. Roxanne schaute zu ihm hinüber. Dann zog sie ihn von seinem Platz hoch, und die beiden begannen zu tanzen, woraufhin alle anderen es ihnen nachmachten.

Lelia wollte Tom mit sich auf die Tanzfläche ziehen, doch es gelang ihm, sich mit Unwohlsein zu entschuldigen, was gar nicht so sehr gelogen war. Die arme, partnerlose Lelia schaute sich suchend um und entdeckte Kristobal, der damit beschäftigt war, die Videoausrüstung einzupacken.

„Möchten Sie tanzen?", fragte sie. Kristobal schaute auf, und seine Augen weiteten sich merklich beim Anblick ihrer glamourösen Erscheinung in der schicken Aufmachung. „Sie arbeiten für Mr Powers, nicht wahr?" Kristobal nickte. „Ich bin Lelia Gibson."

Seine Augen wurden noch größer, und er platzte heraus: „Lelia Gibson, die Stimme von Cuppy, dem Wunderbiber? Das war meine Lieblingssendung, als ich ein Kind war! Mein kleiner Bruder ist noch immer hin und weg davon. Sie sind großartig!"

Lelia war sichtlich verlegen. „Sie haben die Filme als Kind gesehen? Du liebe Güte, ich scheine die Serie ja schon eine halbe Ewigkeit zu machen."

Kristobal ließ jegliche professionelle Zurückhaltung fahren, so überwältigt war er. „Und Sassy, das Eichhörnchen, Freddy, der Futon, und Petey, die Saure Gurke – alles Klassiker! Ich kann nicht glauben, dass Sie in diesem Zug sind! Ich will ja nicht aufdringlich sein, aber wäre es unverschämt, Sie um ein Autogramm zu bitten? Mein kleiner Bruder wird es nicht fassen!"

„Natürlich bekommen Sie ein Autogramm, Mister …"

„Oh, wo sind meine Manieren? Mein Name ist Kristobal Goldman." Er schüttelte Lelia so heftig die Hand, dass es sie beinahe aus ihren unverschämt teuren, zehenfreien hochhackigen Sandaletten hob.

„Ich sag Ihnen was, Kristobal, ich gebe Ihnen mein Autogramm auf alles, was Sie mir hinhalten, wenn Sie nur mit mir tanzen."

Total verblüfft verbeugte sich Kristobal, und schon walzten sie los.

WÄHREND alle durch die Hochzeit abgelenkt waren, wurden in zwanzig weiteren Abteilen Gegenstände entwendet – von Uhren über Ringe und Armbänder bis hin zu Max' teuren Bruno-Magli-Schuhen. Auch diesmal konnte der Dieb sich unbehelligt davonstehlen und sich rasch wieder unter die Partygäste mischen.

IN DER Nacht vor der Hochzeit hatte sich das Unwetter über der Grenze zwischen Colorado und New Mexico festgesetzt. Durch ein Hochdrucksystem praktisch an Ort und Stelle festgehalten, waren die Wolken nun so sehr mit Feuchtigkeit gesättigt, dass es nur eine Frage der Zeit war, bis heftige Schneeschauer einsetzten.

Der erste kam gegen drei Uhr morgens, als der „Chief" noch rund acht Stunden Fahrtzeit entfernt war. Die Behälter zum Messen der Schneehöhe waren binnen einer Stunde randvoll, und die besonders widerstandsfähigen Instrumente zum Ermitteln der Windgeschwindigkeit gaben nach einer halben Stunde den Geist auf. Sämtliche Passagierflüge wurden in weitem Bogen um die Gegend herumgeleitet, und die Skizentren der Region wurden geschlossen. Um sieben Uhr herrschte das Chaos. Gegen halb zehn ließ der Sturm dann plötzlich nach. Die Meteorologen verkündeten, dass sich die Wetterlage nun schlagartig bessern werde.

Bei einem plötzlich einsetzenden Wolkenbruch hatte jemand einmal zu Mark Twain gesagt, er hoffe, das Unwetter werde aufhören, worauf Twain erwiderte, die Wahrscheinlichkeit sei extrem hoch, denn Unwetter hörten immer irgendwann auf. Twain hatte nie viel von Wettervorhersagen gehalten, weil er zu dem Schluss gelangt war, dass die Wissenschaft der Vorhersage, was die Pläne von Mutter Natur betraf, ein Glücksspiel war.

Manche Dinge ändern sich nie. Trotz Wettersatelliten, Doppler-Radar und anderer moderner technischer Einrichtungen lagen die Meteorologen, die das derzeitige Unwetter beobachtet und als unbedenklich eingestuft hatten, falsch. Der Blizzard hatte sich lediglich ein wenig ausgeruht. Nun warteten Millionen Tonnen Pazifikfeuchtigkeit und orkanartige Stürme darauf, sich in den Geschichtsbüchern zu verewigen.

Kapitel 9

Die meisten Partygäste hatten sich mittlerweile zurückgezogen, doch Max und Misty, Kristobal und Lelia sowie Herrick Higgins saßen noch im Salonwagen. Alle verfolgten fasziniert, wie der Zug mit dem Aufstieg zum Raton-Pass begann. Im gleichen Maße, wie die Strecke steiler und das tiefe Brummen der Lokomotiven lauter wurde, breitete sich zunehmendes Unbehagen unter den Fahrgästen aus. Die Unmengen Schnee, die vom Pflug der vorderen Lok von den Gleisen geschoben wurden, waren in jeder Kurve zu sehen. Es war ein Wunder, dass der Lokführer durch den weißen Flockenwirbel, in dem die Landschaft regelrecht ertrank, überhaupt etwas erkennen konnte.

Kristobal äußerte seine Bedenken. „Was passiert eigentlich, wenn einer der Waggons sich von den anderen löst? Rasen wir dann bergab und stürzen in die nächste Schlucht?“

Higgins schüttelte den Kopf. „Nein. Dann wird das automatische Bremssystem aktiviert, und der Wagen wird angehalten. Die Eisenbahntechnik hat im Lauf der Jahre große Fortschritte gemacht.“ Er zeigte aus dem Fenster. „Der höchste Punkt, den wir auf dieser Strecke erreichen, liegt auf 7580 Fuß, also 2310 Metern.“

„Das ist aber sehr hoch“, stellte Kristobal fest.

„Aber längst nicht der höchste Punkt einer Eisenbahnstrecke in den USA.

Den erreicht der ‚California Zephyr' hinter Denver bei knapp über 9200 Fuß, das sind 2800 Meter. Wir müssen durch einen Tunnel, ungefähr 800 Meter lang, der unterhalb des Passes durch die Felsen führt. Sobald wir den Tunnel verlassen, sind wir in New Mexico. Auf der anderen Seite steigen wir am Osthang der Sangre de Christo Mountains ab und gelangen nach Raton. Die Stadt liegt auf 6666 Fuß Höhe, das sind 2030 Meter."

Misty schwankte und griff nach Max' Arm. „Sagten Sie 6666 Fuß? Sind Sie ganz sicher, dass es exakt so hoch ist?"

Higgins musterte sie über den Rand seiner Kaffeetasse hinweg. „Ja, Ma'am."

„Oh Gott!", sagte Misty.

„Ist was nicht in Ordnung, Liebes?", fragte Max.

„Siehst du es denn nicht? 6-6-6-6. Das ist die schlimmste Zahlenkombination, die es gibt! Sie ist noch schlimmer als eine dreifache Sechs!"

Max erbleichte. „Du hast Recht. Das Zeichen des Teufels plus eine weitere Sechs. Ein sehr schlechtes Karma."

„Ist das wirklich ein Problem?", fragte Kristobal mit nervösem Zittern in der Stimme.

„In meinem Gewerbe gibt es kaum etwas Schlimmeres", sagte Misty nachdrücklich. „Können wir den Zug anhalten?"

„Gibt es hier denn keine Notbremse, die man ziehen kann, so wie im Kino?", fragte Lelia. Sie saß neben Kristobal und umklammerte ängstlich seinen Arm.

„Nein, so etwas gibt es nicht mehr", sagte Higgins. „Aber beruhigen Sie sich, es ist alles in Ordnung. Der ‚Chief' fährt diese Route jeden Tag zweimal, hin und zurück." Er schaute auf die Uhr. „Wir fahren bald in den Tunnel ein. Aber wir sind nicht lange drin. Schnell rein und wieder raus, und dann weiter nach New Mexico."

TOM BETRACHTETE den Brillantring in seiner Hand. Der Ring hatte früher seiner Mutter gehört; seit ihrem Tod trug er ihn bei sich. Er steckte ihn wieder in die Tasche, rückte die Krawatte zurecht, die Kristobal ihm für die Hochzeitsfeier geliehen hatte, holte tief Luft und klopfte an die Tür von Eleanors Abteil.

Sie schob den Vorhang zurück und starrte Tom an; dann zog sie den Vorhang wieder vor. Tom hörte, wie die Tür verriegelt wurde. Er klopfte gegen die Glasscheibe. „Ellie, ich muss dringend mit dir reden, jetzt sofort!"

„Verschwinde!"

„Ich muss dich was fragen. Jetzt gleich!"

Sie schob die Tür so heftig auf, dass Metall gegen Metall krachte. „Ich dachte, ich hätte mich klar genug ausgedrückt!"

Tom holte den Brillantring aus der Tasche und schickte sich an, auf die Knie zu sinken.

WAS DANN geschah, lief mit erschreckender Plötzlichkeit ab. Das Innere des „Southwest Chief" wurde in Dunkelheit getaucht, als der Zug in den Tunnel einfuhr. Der südliche Grat des Berges, der den Eisenbahngleisen am nächsten lag, war von Tonnen frisch gefallenen Schnees bedeckt, die sich jetzt unter ihrem eigenen Gewicht und der Wucht unbarmherziger Windböen lösten. Mit unglaublicher Geschwindigkeit donnerte die Lawine den Berghang hinunter und traf mit solcher Wucht auf den Lawinenzaun zwischen dem Berghang und den Gleisen, dass der Stahlzaun aus seiner Verankerung gerissen und den Berghang hinuntergeschleudert wurde.

Sofort ging ein automatischer Alarm an die Amtrak-Leitstelle; von dort wiederum wurde im nächsten Augenblick der Lokführer des „Southwest Chief" benachrichtigt und angewiesen, den Zug unverzüglich anzuhalten.

Der „Chief" war gerade aus dem Tunnel unter dem Raton-Pass aufgetaucht, als der Alarm erfolgte, und eigentlich hätte es der Warnung der Amtrak-Leitstelle gar nicht bedurft, denn der Lokführer konnte das entsetzliche Spektakel durch die Windschutzscheibe in aller Deutlichkeit verfolgen. Die Flutwelle aus Schnee und Gestein war so gewaltig, dass er seiner Frau und seinen Kindern rasch ein letztes Lebewohl zuflüsterte.

Als der „Chief" ruckartig zum Stehen kam, spürten alle, dass dies kein normaler Zwischenstopp war. Zum Glück konnten die Passagiere nicht sehen, was der Lokführer sah, doch alle hörten das dumpfe Grollen.

„Eine Lawine!", brüllte Tom, als er aus dem Fenster blickte.

Eleanor wurde blass. „Mein Gott!"

Tom riss die Matratze vom Bett, packte Eleanor, warf sie auf den Fußboden, schleuderte die Matratze auf sie und bedeckte diese dann mit seinem Körper, während der Zug schwankte und ruckte und das Donnern und Grollen der vom Berg rutschenden Schneemassen ohrenbetäubend laut wurde.

Im Salonwagen waren alle unter den Tischen in Deckung gegangen. Max und Misty klammerten sich aneinander; Lelia und Kristobal folgten ihrem Beispiel.

Wie durch ein Wunder ließ der Druck der Schneemassen nach, ehe sie den Zug von den Gleisen kippen konnten. Doch als der Lokführer die Augen aufschlug, sah er nur eine undurchdringliche Wand aus Schnee. Es gelang ihm, der Amtrak-Leitstelle eine Meldung durchzugeben, wobei er von dort erfuhr, dass eine zweite Lawine am anderen Ende des Tunnels den Lawinenzaun ebenfalls mitgerissen hatte. Eine Minute früher oder später, und der „Southwest Chief" hätte auf dem Grund einer tiefen Schlucht gelegen. Andererseits saß der „Chief" jetzt in der Falle und war nicht mehr in der Lage, vor- oder zurückzufahren – und das Unwetter hatte gerade erst begonnen.

Die Meteorologen konnten nun auch mit einem aktualisierten Bericht aufwarten: Die Gegend wurde von einem Blizzard heimgesucht, wie man ihn seit dreißig Jahren nicht mehr erlebt hatte.

Higgins, der ebenfalls unter dem Tisch kauerte, blickte aus dem Fenster zum Himmel, während Windböen die Bergwände hinunterfegten und den „Chief" mit einer Wucht attackierten, dass das tonnenschwere Ungetüm wie ein Spielzeug hin und her schaukelte. Blickte man aus dem Fenster auf der linken Seite, war nicht zu übersehen, dass dort ein tödlicher Abgrund gähnte. Angesichts des noch immer andauernden heftigen Schneefalls war eine weitere Lawine keinesfalls auszuschließen. Und diese konnte den „Chief" möglicherweise doch noch in ein eisiges Grab schleudern.

EINE Stunde später machte Roxanne eine offizielle Ansage über die Lautsprecheranlage des Zuges und informierte die Fahrgäste, was geschehen war und was nun unternommen werde, um dem gestrandeten Zug zu helfen. Da der „Southwest Chief" gewissermaßen zwischen zwei Schneebergen gefangen sei, die sowohl den Weg nach Los Angeles als auch die Strecke zurück nach Chicago versperrten, und ein Blizzard die Gegend mit orkanartigen Böen und dichtem Schneegestöber heimsuche, sei es das Beste, Ruhe zu bewahren und in den Abteilen auszuharren.

Herrick Higgins war zum Lokführer gegangen, um mit ihm zu reden, und mit besorgter Miene zurückgekehrt. Tom und Eleanor hatten sich zu Misty und Max in den Salonwagen gesellt, wo sie abwechselnd aus dem rechten Fenster auf das leichentuchartige Schneegestöber blickten, bei jedem Ansturm des Windes gegen die Außenwände des Zuges zusammenzuckten und gelegentlich einen Blick aus dem Fenster zur Linken in die gut sechzig Meter tiefe Schlucht riskierten.

„Ich wusste, dass so was passiert", erklärte Misty. „Vier Sechsen – wie hätte es da anders sein können?"

„Ich bin schon lange Zeit dabei“, sagte Higgins, „aber so etwas ist noch nie geschehen. Die Eisenbahn ist das sicherste Verkehrsmittel, wenn man die Unfallstatistiken betrachtet.“

„Besteht denn die Gefahr einer weiteren Lawine?“, fragte Misty.

„Wir haben es mit Mutter Natur zu tun“, erwiderte Higgins, „und bei der ist alles möglich. Aber ich glaube, nach zwei Lawinen ist der größte Teil der Schneemassen runtergekommen.“

Tom blickte den alten Eisenbahner fragend an. „Und was nun? Wie soll eine Rettungsmannschaft bis zu uns kommen? Wir können doch unmöglich bis zum Frühjahr warten, wenn die Schneeschmelze einsetzt.“

„Natürlich nicht. Aber jetzt, wo die Gleise so hoch von Schnee bedeckt sind, und bei dieser Wetterlage kann man nicht viel unternehmen. Und es gibt nirgends einen Platz, wo ein Helikopter landen könnte, selbst wenn das Wetter sich beruhigt.“

Roxanne gesellte sich zu ihnen. Sie sah erschöpft aus. Seit einer Stunde versuchte sie, Fahrgäste zu beruhigen, Kinder zu trösten und dafür zu sorgen, dass die Passagiere es so bequem wie möglich hatten. Sie setzte sich und atmete erst einmal tief durch. „Zu allem Unglück scheint auch noch der Dieb, der schon den ‚Cap‘ heimgesucht hat, in den ‚Chief‘ umgestiegen zu sein. Viele Leute haben gemeldet, dass ihnen Dinge fehlen.“

Max schüttelte den Kopf. „Das ist doch nicht zu fassen!“ Er und Misty wechselten Blicke.

„Das Gute ist“, sagte Higgins, „dass wir in La Junta die dritte Lok angehängt haben. Damit haben wir eine zusätzliche Energiequelle.“

„Was meinen Sie damit?“, fragte Max.

„Der Strom für die Beleuchtung, die Heizung und so weiter wird von den Generatoren der Lokomotiven erzeugt, die wiederum von den Dieselmotoren angetrieben werden. Diese Art der Energieerzeugung nennt man Bordstromversorgung.“

„Demnach haben wir keinen Strom mehr, wenn uns der Treibstoff ausgeht“, stellte Tom fest.

„Grundsätzlich stimmt das. Aber mit einer dritten Lokomotive gewinnen wir Zeit.“

„Wie viel?“, fragte Max.

„Schwer zu sagen. Wir haben in Kansas zusätzlichen Treibstoff getankt, aber der ‚Chief‘ tankt erst in Albuquerque nach, ungefähr vierhundert Kilometer von hier.“

„Und es war eine Menge Treibstoff nötig, um den Pass zu erklimmen. Da dürften die Tanks ziemlich leer sein“, sagte Tom. Higgins nickte. „Also ist es wahrscheinlich eher eine Frage von Stunden, bis wir keinen Strom mehr haben.“

„Nun, die Lokführer tun alles, um Treibstoff zu sparen.“

„Können wir die Passagiere nicht in ein paar Wagen zusammenholen und den Strom für die anderen Waggons abschalten?“, schlug Max vor.

„Nein, so arbeitet das System nicht. Die Dieselmotoren erzeugen immer dieselbe Strommenge. Ob drei Waggons geheizt werden oder zehn, der Treibstoffverbrauch ist immer gleich.“

„Warum schalten wir die Motoren nicht einfach aus?“, fragte Eleanor.

„Weil viel zu viel Treibstoff verbraucht wird, wenn sie wieder angelassen werden“, sagte Roxanne.

Higgins nickte. „Und man muss die Maschinen in Gang halten, damit die Leitungen nicht einfrieren. Bei dieser Kälte dauert es nach Abschalten der Motoren höchstens eine Stunde, bis die Leitungen zufrieren. In diesem Fall hätten wir kein Wasser für die Essenszubereitung, die Trinkwasserversorgung und die sanitären Einrichtungen.“

„Ich bin nur froh, dass wir in Kansas City zusätzliche Lebensmittel eingeladen haben“, sagte Roxanne. „Wir sollten sofort damit anfangen, unsere Vorräte zu rationieren. Wer weiß, wie lange wir hier ausharren müssen.“ Sie erhob sich, um wieder an ihre Arbeit zurückzukehren. „Falls ich Hilfe brauche, kann ich mich doch auf Sie alle verlassen, nicht wahr?“

Die Versammelten nickten. Roxanne lächelte tapfer und entfernte sich.

Vier Stunden später wurde es dunkel. Die meisten Fahrgäste waren in ihre Abteile zurückgekehrt, wo sie sich in Decken wickelten.

Tom schaute bei Pater Kelly vorbei, der sich in seine Bibel vertieft hatte. „Wie wäre es, wenn Sie im Zug einen Gottesdienst lesen, Pater, um den Leuten Mut zuzusprechen?“

„Ich fürchte, ich bin ein wenig eingerostet.“

„Es ist wie Fahrrad fahren. Man verlernt es eigentlich nie.“

Tom traf Max und Misty in der Doppelkabine an. Misty war immer noch deprimiert, aber Max hatte sogar trotz seiner verschwundenen Bruno-Magli-Schuhe seinen Humor wieder gefunden. „Ich schätze, dass derjenige, der mir die Treter gemopst hat, sie dringender braucht als ich. Ich habe sowieso zu viel Zeugs. Und eins will ich Ihnen sagen: Wenn ich überlege, was wir bis jetzt alles erlebt haben, dürfte es ein grandioser Film werden – falls ich lange genug am Leben bleibe, um ihn drehen zu können.“

„Danke, Max, du machst einem wirklich Mut“, sagte Misty trocken.

„Ach, komm schon, Misty, es steht doch alles in den Sternen. Wie sieht eigentlich deine Prophezeiung aus? Was verraten dir die Karten?"

Misty seufzte, holte ihre Tarotkarten hervor, mischte sie und deckte sie auf, eine nach der anderen. Schließlich sagte sie: „Das ist aber seltsam. Es scheint, dass wir gerettet werden."

„Das ist doch mal eine gute Neuigkeit!", rief Max erfreut. „Und wie?"

„Von irgendetwas mit sechs Beinen."

Max stand auf und ging zur Bar in der Abteilecke. „Bis die sechs Beine erscheinen, brauche ich noch einen Bourbon. Trinken Sie einen mit, Tom?"

„Später vielleicht. Ich hab noch einiges zu tun."

„Zum Beispiel?"

„Zum Beispiel jemand mit sechs Beinen suchen."

DIE MELDUNG vom eingeschlossenen Zug gelangte in die nationalen und internationalen Nachrichten, und die Welt wartete gespannt auf die weitere Entwicklung. In der Amtrak-Leitstelle liefen die Rettungsvorbereitungen auf Hochtouren. Amtrak hatte eine Standleitung zu dem Eisenbahn-Frachtunternehmen geschaltet, dem die Gleise gehörten, auf denen der „Chief" nun stand, und die beiden Firmen entwickelten eine gemeinsame Strategie, die in Angriff genommen werden sollte, sobald das Wetter sich beruhigte. Inzwischen schien es sich allerdings weiter zu verschlechtern, doch da der Zug noch immer über Treibstoff, Wärme und Proviant verfügte, war die Lage zwar ernst, aber nicht lebensbedrohlich. *Haltet durch*, wurde den Menschen im „Chief" mitgeteilt. *Hilfe ist unterwegs.*

DIE MEISTEN Fahrgäste beschlossen, das Abendessen nicht im Speisewagen einzunehmen, sondern in ihren Abteilen zu bleiben und sich entweder mit einem kleinen Snack zu begnügen oder gar nichts zu essen. Das hielt den Lebensmittelverbrauch hoffnungsvoll niedrig, denn der „Southwest Chief" verfügte nur noch über Lebensmittel für einen Tag.

Die Treibstoffsituation war noch schlimmer. Higgins erläuterte Tom und Eleanor die Lage: „Sobald der Treibstoff zur Neige geht, türmt sich ein Berg von Problemen auf, der rasch größer wird. Kein Wasser, geplatzte Rohre, keine Wärme mehr …"

„Und wenn uns der Treibstoff ausgeht, selbst wenn Rettungsmannschaften bis zu uns vordringen – wie kann der Zug sich dann vom Fleck rühren? Wir sind hier nicht die Luftwaffe, die ihre Maschinen während des Fluges auftanken kann", sagte Tom.

„Nun, die Rettungsmannschaften koppeln Lokomotiven mit vollen Treibstofftanks an den ‚Chief' und ziehen ihn weiter. Aber wie Sie schon sagten, erst mal müssen sie bis zu uns vordringen."

„Dann sollten wir selbst versuchen, Hilfe zu holen, anstatt darauf zu warten, dass die Hilfe zu uns kommt," sagte Tom.

„Und wo?", fragte Eleanor. „Wir sind hier mitten im Nirgendwo."

„Haben Sie eine Idee, Herrick?", erkundigte sich Tom. „Sie kennen das Streckennetz von Amtrak wahrscheinlich besser als jeder andere."

Higgins überlegte eine Weile, dann schüttelte er den Kopf. „Nein, das würde nicht funktionieren."

„Was? Sagen Sie's!"

„Es würde nicht klappen."

„Herrick, im Augenblick würde ich die verrückteste Idee begrüßen. Vielleicht können wir ja doch dafür sorgen, dass es funktioniert."

Higgins zuckte mit den Schultern. „Es gibt ein Wintersportzentrum in der Nähe, mit einer Ranch namens Dingo. Ein großes Anwesen, bestens ausgerüstet und mit zahlreichen Angestellten. Das Problem ist, man muss ziemlich unwegsames Gelände überwinden. Es ist eine Wanderung von ungefähr vier Stunden. Bei gutem Wetter und guter körperlicher Verfassung ist der Weg leicht zu schaffen, aber bei diesem Unwetter ist es zu Fuß unmöglich."

Tom sah ihn an. „Und auf Skiern?"

„Sie haben Skier?", fragte Higgins.

„Ich wollte über Weihnachten nach Tahoe und habe alles dabei: Stiefel, Handschuhe, Leuchtraketen, Kompass, Helmlampe – was immer Ihnen einfällt."

„Es ist eine wirklich raue Gegend, Tom."

„Ich bin schon in fast jedem Gelände Ski gelaufen, Herrick, unter allen möglichen Bedingungen. Ich müsste von Ihnen nur die ungefähre Richtung wissen."

„Meinen Sie wirklich, Sie schaffen es?"

„Ich kann nur versprechen, dass ich alles versuchen werde. Was haben wir schon zu verlieren?"

„Wie wäre es mit deinem Leben?", fragte Eleanor.

„Es ist mein Leben. Außerdem würde sowieso keiner um mich trauern."

Das war für Eleanor das Stichwort, aufzustehen und davonzugehen.

Higgins trommelte den Schaffner, Roxanne und den Lokführer zusammen, um Toms Vorhaben zu besprechen.

Der Schaffner meinte: „Sie sind ein Fahrgast. Sosehr ich Ihr Angebot zu schätzen weiß, Tom – falls Ihnen etwas zustößt, trage ich die Verantwortung. Ich kann Sie nicht gehen lassen. Wir müssen hier bleiben und auf Hilfe warten."

„Vielleicht könnten wir mit den Betreibern der Dingo-Ranch Verbindung aufnehmen, sodass sie jemanden herschicken," sagte Higgins zum Lokführer.

Der Lokführer schüttelte den Kopf. „Das Unwetter stört jede Verbindung mit der Außenwelt. Mein letztes Gespräch mit der Leitstelle liegt Stunden zurück. Seitdem konnte ich sie nicht mehr erreichen."

Roxanne fügte hinzu: „Wir haben sogar sämtliche Handys im Zug ausprobiert. Keines konnte ein Signal von ausreichender Stärke empfangen. Wir können weder die Leitstelle noch die Ranch noch sonst jemanden erreichen. Das ist hier wie in der Steinzeit."

„Hört mal, Leute", sagte Tom, „ich werde nicht untätig herumsitzen und warten, bis dieses Unwetter uns den Rest gibt. Ich unterschreibe jede Erklärung, die Sie von jeglicher Verantwortung befreit, falls mir was passiert." Tom schaute die Versammelten nacheinander an. „Lassen Sie es mich versuchen. Mehr will ich gar nicht. Wenn es kein Durchkommen gibt, kehre ich sofort um."

Sie wechselten skeptische Blicke. Schließlich nickten der Schaffner und der Lokführer zögernd. „Also gut."

Tom ging mit Roxanne zum Gepäckwagen und holte seine Skiausrüstung. Zurück in seinem Abteil machte er sich an die letzten Vorbereitungen für sein Vorhaben, als er plötzlich spürte, wie jemand hinter ihm hereinkam. Es war Eleanor.

„Ich will nicht, dass du gehst."

„Vergiss es. Ich gehe."

„Du glaubst wohl, du kannst den Zug retten – und alle, die drin sitzen."

Tom blickte ruckartig auf. „Ja, das ist mein Plan."

„Meinst du nicht, dass du eher vor irgendwas davonläufst?"

„Ich gehe gleich raus in den Schneesturm und riskiere mein Leben, und du nennst mich einen Feigling? Vielen Dank!"

Eleanor ließ sich von seiner verbalen Attacke nicht einschüchtern. „Willst du wirklich wissen, warum ich Tel Aviv damals verlassen habe? Vielleicht solltest du's dir anhören, denn es könnte ja sein, dass du nicht mehr zurückkommst."

Tom musterte sie lange. „Ich muss schon sagen – dein Timing ist mindestens so schlecht wie meins. Aber okay, klär mich auf."

„Du bist ein Einzelgänger, Tom, weil dir das Leben so am besten gefällt. Du bist nur für dich allein verantwortlich und für niemanden sonst." Er wollte heftig protestieren, doch ein eisiger Blick Eleanors brachte ihn zum Schweigen. „Ich wollte es dir schon seit Jahren sagen, und jetzt werde ich's tun, also wirst du mir gefälligst zuhören." Sie hielt kurz inne und fuhr dann fort: „Ich habe dich geliebt, Tom, mit jeder Faser meines Herzens. Ich habe dich geliebt, und ich war dein, mit Haut und Haar."

„Ja. Du warst mein, Vergangenheitsform."

„Hast du eigentlich nie daran gedacht, dass du in der Zeit, in der wir zusammen waren, mehrere Male gekidnappt und in den Kerker geworfen wurdest und dreimal fast getötet worden wärst? Für irgendwelche Storys hast du die verrücktesten Risiken auf dich genommen und nie daran gedacht, was du mir damit angetan hast. Jedes Mal wenn du durch die Tür gegangen bist, wusste ich nicht, ob du zurückkommst. Ich wollte nur noch zurück nach Hause. Ich wollte nicht mehr miterleben, wie du den nächsten Auftrag annimmst, und mich dabei fragen, ob ich dich jemals wiedersehe. Nach so vielen Jahren des Umherziehens wollte ich ein ganz normales Leben, ein Häuschen mit Garten und einen Mann, der morgens zur Arbeit fährt und abends nach Hause kommt. Aber du hast mich nie gefragt. Das Umherziehen war dir viel wichtiger, als ich es je gewesen bin."

„Du hast mir ein Ultimatum gestellt, Ellie. Du hast mir nur ein paar Minuten gelassen, um eine Entscheidung zu treffen, die unser ganzes Leben verändern würde."

„Nein, das habe ich nicht. Ich hatte dich seit Jahren immer wieder gefragt, aber du wolltest es nicht hören. Als ich dir damals sagte, dass ich abreisen will, geschah es nicht spontan. Ich hatte Wochen gebraucht, um den Mut aufzubringen, und ich habe meine Antwort erhalten." Sie erhob sich, um hinauszugehen. „So, jetzt kannst du deine Skier anschnallen und versuchen, den Zug zu retten. Auf ins nächste Abenteuer, und wieder mal ganz allein. Ich hoffe, du kommst heil zurück und schreibst eine tolle Story darüber. Aber rede dir bloß nicht ein, dass du es für jemand anders tust als für dich selbst."

Sie verließ ihn. Und Tom saß da, starrte ihr nach und hatte die Hand in der Tasche, wo er den Brillantring zwischen den Fingern drehte.

ZUR FRÜHSTÜCKSZEIT war der Speisewagen voller hungriger Fahrgäste, und Roxanne beobachtete mit Sorge, wie die Lebensmittelvorräte in der Küche schwanden. Die Vorräte im Salonwagen waren schon am Vorabend aufgebraucht gewesen, und die Stimmung wurde gelegentlich unruhig. Im Zug waren auch mehrere Kleinkinder; im gleichen Maße, wie der Nachschub an Windeln und Milch versiegte, ging ihr Geschrei den Passagieren zunehmend auf die Nerven.

Pater Kelly fand schließlich doch den Mut, im Salonwagen einen Gottesdienst zu halten, der von Anhängern sämtlicher Glaubensrichtungen gut besucht wurde. Der Priester war tatsächlich ein wenig eingerostet und versprach sich des Öfteren, doch war er mit dem Herzen dabei. Nach der Messe kamen mehrere Gläubige zu ihm und bedankten sich, dass er sie mit neuer Hoffnung erfüllt habe.

Wenn Higgins einmal nicht mit dem Zugpersonal darüber diskutierte, wie sich Treibstoff und Strom am besten einsparen ließen, war er draußen im Blizzard unterwegs und suchte unter den Waggons nach Anzeichen für zufrierende Leitungen. Einmal, als er gegen Mittag wieder in den Zug kam, unterhielt er die Speisewagengäste bei mehreren Tassen Kaffee mit Wildwestgeschichten. Nicht nur die Kinder, auch die Erwachsenen lauschten mit großen Augen.

Agnes Joe hatte schon seit längerer Zeit wortlos aus dem Fenster des Speisewagens geblickt. Als Roxanne sich erkundigte, was sie draußen denn so sehr interessiere, deutete sie auf etwas, das Roxanne im Schneegestöber nur mit Mühe erkennen konnte.

„Es ist Heiligabend“, sagte Agnes Joe.

Roxanne nickte. „Stimmt.“

Etwas später kam Eleanor in den Wagen und suchte sich einen Platz bei Agnes Joe und Roxanne. Sie schauten immer noch aus dem Fenster, und Eleanor folgte ihrem Blick. Zwei Männer in dicker Kleidung mühten sich ab, irgendetwas zum Zug zu schaffen, das mit einer Plane bedeckt war.

Der erste Mann war Barry, der Schlafwagenschaffner. Als er wieder in den Zug stieg, löste sich die Plane von dem Gegenstand, den er hinter sich herzog, und Eleanor sah die Äste einer Tanne. Dann kletterte der zweite Mann in den Waggon. Dabei rutschte ihm die Kapuze vom Kopf, und Eleanor holte scharf Atem, als sie Tom erkannte.

„Jedes Weihnachtsfest verdient einen Weihnachtsbaum“, erklärte er. „Es war Agnes Joes Idee.“

Sie stellten den Baum im Salonwagen in einem behelfsmäßigen Ständer auf. Kinder kamen herbei und schmückten ihn mit allen möglichen Dingen, von Modeschmuck über Actionfiguren aus Plastik bis hin zu einer Lamettagirlande, die eine Frau für den Weihnachtsbaum ihrer Verwandtschaft in

Albuquerque dabeihatte. Mehrere Kinder hatten aus Papier und Klebstoff einen großen Stern gebastelt, ihn silbern bemalt und auf die Spitze der Tanne gesetzt.

Tom hatte es sich mit einer Tasse Kaffee bequem gemacht und schaute zu, wie der prächtige Baum mehr und mehr seine einfache Herkunft vergessen ließ.

„Er ist wirklich schön." Eleanor betrachtete den Baum und richtete den Blick dann auf ihn. „Was dagegen, wenn ich mich zu dir setze?"

Er deutete auf den freien Platz. „Nur zu."

„Ich dachte, du wärst längst weg", sagte sie.

„Tja, manchmal ändern sich Pläne. Ich habe beschlossen, nicht zu gehen. Ich werde mit allen anderen hier warten."

Sie lehnte sich zurück. „Also, das überrascht mich. Ich hätte nicht gedacht, dass irgendetwas …" Sie verstummte.

Er beendete den Satz für sie: „… in meinen sturen Schädel reingeht?" Er lächelte matt. „Ich hab mir bloß überlegt, Ellie, dass es besser ist, hier zu bleiben und zu helfen. Wenn ich dieses Skizentrum erreiche – falls ich es erreiche –, ist das Unwetter wahrscheinlich längst vorüber, und die ersten Rettungstrupps dürften hier eingetroffen sein." Er wartete einen Moment und fügte dann hinzu: „Und wenn nicht, wäre es ebenfalls besser, hier zu sein." Für eine Sekunde tauchten ihre Blicke ineinander; dann stand Tom abrupt auf.

„Wohin willst du?", fragte Ellie.

„Ich muss noch einige Dinge erledigen. Sind längst überfällig."

Ein paar Minuten später saß Tom bei Lelia und erklärte ihr, dass aus der von ihr geplanten Ehe nichts würde. „Ich habe dich wirklich gern, Lelia, aber ich werde dich nicht heiraten und acht Kinder haben. Ich hoffe, du verstehst das."

Sie sah nicht so aus, als würde sie überhaupt noch etwas verstehen. Tränen kullerten ihr über die Wangen, während sie Toms Arm umklammerte. „Kann ich denn gar nichts tun oder sagen, was dich umstimmt?"

Er schüttelte den Kopf. „Ich liebe dich nicht, Lelia. Und wenn du lange genug darüber nachdenkst, wirst du erkennen, dass auch du mich nicht liebst."

„Aber wir waren so lange zusammen …"

„Das heißt trotzdem nicht, dass es Liebe war."

Sie schluchzte in ihr Taschentuch und sagte mit zitternder Stimme: „Ich weiß nicht … Vielleicht hast du Recht."

In diesem Moment erschien Kristobal aus Lelias Bad und starrte beide an.

„Kristobal?" Tom war ehrlich überrascht.

„Störe ich bei irgendwas?", fragte der junge Mann.

„Nein", sagte Tom. „Offensichtlich störe ich."

Lelia sah ihn unschuldig an. „Kristobal hilft mir ein wenig in dieser schwierigen Zeit. Außerdem beherrscht er perfekt die Rückenmassage."

„Das glaube ich sofort."

Tom schlenderte durch den Gang zurück und fühlte sich so erleichtert wie lange nicht mehr, nun, da Cuppy, der Wunderbiber, keinerlei Forderungen mehr an ihn stellte. Irgendwie tat Kristobal ihm Leid, aber der Bursche war schließlich erwachsen.

Inzwischen hatte ein erfreuliches und höchst überraschendes Ereignis stattgefunden: Sämtliche Gegenstände, die der unbekannte Dieb im „Chief" gestohlen hatte, und viele der im „Capitol Limited" entwendeten Dinge waren ihren rechtmäßigen Besitzern zurückgegeben worden. Niemand hatte etwas gesehen; niemand konnte sich erklären, was beim Täter einen solch drastischen Sinneswandel ausgelöst hatte.

Roxanne und Pater Kelly verzeichneten es schlicht unter der Rubrik „Weihnachtswunder".

Nach dem Essen bat man alle Fahrgäste, sich im Salonwagen einzufinden, wo eine Art Bühne aufgebaut worden war. Max spielte den Part des Zeremonienmeisters und brachte die Versammelten in eine erwartungsvollweihnachtliche Stimmung, ehe er zur Bühne zeigte und rief: „Höre ich da etwas? Kommt da vielleicht jemand?"

Aller Aufmerksamkeit richtete sich auf die Bühne, als dort eine Puppe erschien, und ein Kind rief aufgeregt: „Das ist ja Cuppy, der Wunderbiber!" Und dann rief ein anderer kleiner Junge: „Und da ist Petey, die Gurke!" Und dann gesellten sich Sassy, das Eichhörnchen, und Freddy, der Futon, zu ihren berühmten Freunden auf der Bühne, und das Spiel begann.

Hinter der Bühne bewegten Lelia und Kristobal die Handpuppen. Lelia hatte die Zeichentrickfiguren immer als Puppen dabei, falls ihr auf Reisen Fans im Kindesalter begegneten. Oft verschenkte sie die Puppen auch.

Während einer Pause sagte Kristobal im Flüsterton zu ihr: „Es ist mir wirklich eine große Ehre, Lelia…" Sie gaben einander hinter der Bühne einen freundschaftlichen Kuss, während Sassy und Cuppy sich gegenseitig auf die Köpfe hauten, was den Kindern und sogar den Erwachsenen brüllendes Gelächter entlockte.

Der Weihnachtsmann kam genau nach Plan. Gespielt wurde er von Barry.

Die Geschenke wurden von den Elfen des Weihnachtsmanns verteilt, die von Tom und Ellie, Max und Misty verkörpert wurden. Viele Fahrgäste steuerten selbst Geschenke bei. Die Kinder waren glücklich und zufrieden, was die Anspannung der Erwachsenen erheblich minderte.

Der Knabenchor sang unter Roxannes Leitung Weihnachtslieder, und alle stimmten aus voller Kehle ein. Als der Abend voranschritt und vor allem die kleinen Gäste immer häufiger gähnten, wünschte man sich gegenseitig Gute Nacht; Fremde klopften einander auf den Rücken und versicherten, es sei ein sehr schöner Heiligabend gewesen. Dann gingen sie schlafen.

Eleanor und Tom begleiteten Roxanne, um ihr zu helfen, die Sängerknaben zu Bett zu bringen.

Sie wollten gerade den Waggon verlassen, als einer der Jungen nach Roxanne rief.

Sie setzte sich zu dem kleinen Kerl, der Oliver hieß. „Na, was ist?"

Oliver war für gewöhnlich ein unbeschwerter, fröhlicher kleiner Bursche, doch nun schien er von schrecklichen Sorgen geplagt zu sein. „Patrick sagt, es gibt den lieben Gott nicht."

Roxanne verschlug es den Atem. „Was? Patrick, komm sofort her!"

Patrick näherte sich in seinem gestreiften Pyjama. Er gehörte zu den älteren Jungen; ein großer, dünner Bursche, der immer sehr selbstbewusst auftrat.

Roxanne baute sich drohend vor ihm auf und stemmte die Hände in ihre ausladenden Hüften. „Raus mit der Sprache! Warum hast du das zu Oliver gesagt?"

Die anderen Jungen blickten über die Sitzlehnen und lauschten neugierig. Tom und Eleanor wechselten vielsagende Blicke.

„Es ist ein schlichter Eliminierungsprozess. Ein evolutionärer Kreislauf sozusagen", sagte Patrick, als wäre er ein Lehrer, der seiner Klasse einen Vortrag hält.

„Darf ich das noch mal hören?"

„Zuerst kommt die Zahnfee. Man verliert einen Zahn und legt ihn unters Kopfkissen, und am nächsten Tag ist der Zahn verschwunden, und an seiner Stelle findet man Geld. Aber irgendwann entdecken die meisten Kinder, dass es bloß ein Märchen ist. Und dann kommt der Osterhase an die Reihe – noch so ein Schwindel. Als Nächster ist der Weihnachtsmann fällig. Der Typ, der ihn heute Abend gespielt hat, war doch einer vom Zug …"

Roxanne sah, dass die jüngeren Kinder jeden Moment in Tränen auszubrechen drohten. „Patrick", unterbrach sie ihn, „lass uns gleich auf den lieben Gott zu sprechen kommen."

„Okay. Wenn es einen lieben Gott gäbe – wie könnte er so was zulassen? Eigentlich sollten wir jetzt zu Hause sein und mit unseren Familien Weihnachten feiern. Stattdessen sitzen wir mitten in einem Schneesturm fest, und uns gehen allmählich der Sprit und die Lebensmittel aus."

Trotz seines selbstsicheren Vortrags hatte Patrick, wie Roxanne deutlich spüren konnte, mindestens so viel Angst wie die anderen Kinder. Sie ließ Patrick neben sich Platz nehmen und setzte Oliver auf ihren Schoß. „Weißt du, wo der Fehler in deiner Logik liegt, Patrick? Du meinst, dass es etwas Schlimmes ist, dass wir hier festsitzen. Schauen wir uns doch mal die Tatsachen an. Was ist heute passiert?"

„Es hat unheimlich geschneit, und die Küche hat nichts mehr zu essen."

„Und was noch?"

Oliver meldete sich zu Wort. „Wir haben Weihnachten gefeiert und Geschenke ausgepackt. Das war toll!"

„Das hätten wir auch bei unseren Familien tun können", konterte Patrick.

„Stimmt", sagte Roxanne. „Aber haben eure Familien Angst, oder waren sie hungrig, an einem fremden Ort mit Leuten, die sie nicht kennen?"

Der Junge dachte darüber nach. „Hm … nein."

„Worauf ich hinauswill: Ist es denn schlimm, wenn viele Leute zusammen sind, die sich nicht kennen, die Angst haben und hungrig sind und zu Weihnachten an allen möglichen Orten sein wollen, nur nicht hier – und die nun den Abend gemeinsam verbringen, eine Menge Spaß haben, miteinander lachen und singen und Geschenke, die sie für ihre eigenen Familien gekauft haben, Leuten geben, die sie nie zuvor gesehen haben?" Sie blickte zu Tom und Eleanor auf. „Ihnen hat es heute Abend doch gefallen, oder?"

Eleanor lächelte die Kinder an. „Ich habe selten ein so schönes Weihnachtsfest erlebt."

„Ich glaube, da ist was dran", gab Patrick zu.

„Vielleicht hat Gott dafür gesorgt", fügte Tom hinzu, „dass du mit diesem Zug fährst, damit du hier singen und den Leuten helfen konntest, eine Zeit lang ihre Angst zu vergessen, indem sie schöne Musik hören."

„Hm, ja, mag sein", räumte Patrick ein.

„Seht ihr?", sagte Roxanne, während sie Oliver zudeckte und Patrick dann zurück zu seinem Platz brachte. „Man sagt, dass es nicht immer ganz einfach zu erkennen ist, was Gott vorhat. So leicht macht er es einem nicht. Man braucht Kraft und Vertrauen und Leidenschaft, um wirklich zu glauben.

Es ist wie bei den meisten wertvollen Dingen des Lebens – man bekommt das zurück, was man gibt. Nur beim Glauben an Gott kriegt man viel mehr zurück."

Sie deckte Patrick zu. „Sonst noch Fragen?", erkundigte sie sich.

Oliver hob die Hand. „Nur noch eine, Miss Roxanne. Könnten Sie noch mal mit mir zum Klo gehen?"

SPÄTER in dieser Nacht standen Tom und Eleanor nebeneinander vor dem Fenster und blickten hinaus ins Schneetreiben.

„Tja", sagte Tom in die Stille, „es ist Weihnachten, und ich höre nichts, nicht mal 'ne Maus."

„Im Augenblick wäre mir ein Rettungsteam um einiges lieber als der Weihnachtsmann und sein Rentierschlitten, die über die Dächer der Waggons poltern."

„Wo ist dein Abenteuersinn, dein Hang zur Romantik?"

„Habe ich während der Zeit mit dir aufgebraucht", antwortete sie und legte ihm eine Hand auf den Arm. „Warum hast du nicht versucht, dich zu diesem Skizentrum durchzuschlagen? Sag die Wahrheit."

„Ich hatte vergessen, die Skier zu wachsen."

„Ich meine es ernst, Tom."

Er blickte sie an. „Ich habe diese Bahnfahrt gemacht, um den Wunsch meines Vaters zu erfüllen, aber vor allem, weil in meinem Leben eine riesige Lücke klafft und ich keine Ahnung habe, wie ich sie füllen soll. Diese Lücke gibt es schon lange. Und Artikel für *Schöner wohnen* zu schreiben hat sie auch nicht schließen können." Er suchte nach Worten. „Aber der Grund dafür, dass ich nicht in den Sturm hinausgegangen bin, liegt in dem, was du gesagt hast. Weißt du, all die Jahre habe ich geglaubt, du hättest mich einfach im Stich gelassen. Mir war niemals klar, dass es im Grunde genau andersherum gewesen ist." Er hielt inne. „Es tut mir Leid, Ellie, ganz ehrlich."

Sie streckte den Arm aus und ergriff zögernd seine Hand.

Er schaute sich skeptisch um. „Übrigens, das war kein Scherz eben. Es ist wirklich still … zu still."

Sie konnten es nicht wissen, doch kurz zuvor war der letzte Tropfen Diesel verbraucht worden. Und während Ellie und Tom dort standen, ging den Lampen, die von der Sicherheitsbatterie gespeist wurden, ebenfalls der Strom aus. Der „Southwest Chief" verstummte und versank in tiefer Dunkelheit.

Dann war ein dumpfes Grollen in der Stille zu vernehmen. Der „Chief“ begann zu zittern und zu beben. Ängstliche Schreie drangen aus den Waggons. Tom und Eleanor starrten einander entsetzt an.

„Mein Gott“, sagte sie, „die nächste Lawine!“

Kapitel 10

Die Schneemassen hatten die rechte Seite des Zuges getroffen und sich so hoch aufgetürmt, dass man nicht mehr aus den Fenstern blicken konnte. Die erdrückende Last des Schnees, die gegen den „Chief“ drückte, drohte ihn auf die Seite zu kippen. Der Rettungsplan war in dieser Situation denkbar einfach: die völlige Evakuierung des Zuges – was unter den gegebenen Umständen allerdings leichter gesagt als getan war. Dennoch wanderten 341 Fahrgäste von Waggon zu Waggon, bis sie den letzten Personenwagen erreichten, während das Amtrak-Personal die Gestrandeten durchzählte und in jedem Winkel des Zuges nachschaute, um dafür zu sorgen, dass niemand zurückblieb.

Eingehüllt in Decken, bewegte sich die lange Menschenschlange, geleitet von Taschenlampen, die kurze Strecke bis zum Tunnel. Ältere oder behinderte Fahrgäste und jüngere Kinder wurden getragen oder anderweitig unterstützt.

Der Geist des Weihnachtsfestes wirkte offenbar immer noch, denn niemand beklagte sich oder schimpfte über den ihm zugewiesenen Platz in der Schlange.

Wasservorräte, Decken, Kissen, Erste-Hilfe-Kästen, die restlichen Lebensmittelvorräte und jeder sonstige Gegenstand, der sich auf irgendeine Weise als nützlich erweisen konnte, wurden aus dem Zug geholt und mitgenommen. Ralph Perkins, der Lokführer, der sich den Vorwurf machte, nicht daran gedacht zu haben, den Zug rückwärts in den Tunnel zu setzen, als er noch über genügend Treibstoff verfügte, wollte seinen Posten jetzt auf keinen Fall verlassen. Roxanne und Higgins sprachen mit ihm, und Higgins wies darauf hin, dass die Schneeanhäufung am Ende des Zuges ein Zurücksetzen wahrscheinlich sowieso vereitelt hätte. Schließlich erklärte sich Perkins bereit, seinen Platz im Führerstand zu verlassen.

Tom, Eleanor, Max, Misty, Kristobal, Pater Kelly und Agnes Joe arbeiteten mindestens so fleißig wie die Zugbesatzung. Sie stützten, schleppten und zogen, bis alle Fahrgäste sicher in den Tunnel gebracht worden waren.

Tom holte seine Skiausrüstung hervor, und Eleanor lieh sich ein Paar Skier von einer Frau, die ebenfalls einen Winterurlaub in Tahoe geplant hatte. Auf den Skiern transportierten Tom und Ellie größere Mengen Vorräte über den festgetretenen Schnee.

Im Tunnel wurde ein großes Lager aufgeschlagen. Tom verschaffte sich einen Überblick über die Situation. Die Beleuchtung ließ zu wünschen übrig, die Lebensmittelvorräte waren knapp, und es gab viel zu wenige Decken. Das größte Problem war die Kälte. Bei Temperaturen von weit unter null Grad Celsius, dem geringeren Sauerstoffgehalt der Luft in dieser Höhe und den eisigen Sturmböen, die der Tunnel wie ein Windkanal bündelte, wurde rasch deutlich, dass die alten und die sehr jungen Fahrgäste hier nicht lange überleben konnten. Für Tom ergab sich eine unausweichliche Schlussfolgerung. Er ging zum Lokführer, der mit Roxanne beisammenstand, und unterhielt sich eingehend mit den beiden.

Eleanor, die soeben dem letzten Fahrgast geholfen hatte, es sich so bequem wie möglich zu machen, erblickte die Gruppe bei ihrer angeregten Diskussion, näherte sich ihr und hörte, wie Roxanne zu Tom sagte: „Sie müssen das nicht tun, Tom, aber ich bewundere Sie sehr dafür."

„Ich gehe mit."

Ihre Köpfe fuhren herum, und sie sahen Eleanor an.

„Kommt nicht infrage", widersprach Tom.

Eleanor blickte die anderen an. „Ich habe dir schließlich das Skilaufen beigebracht."

„Ich kann nicht zulassen, dass du mich begleitest, Eleanor."

„Ich bitte dich nicht um Erlaubnis. Wenn du dich allein auf den Weg machen willst – nur zu. Dann werde ich im Berghotel mit einer Kanne heißen Kaffees schon auf dich warten, wenn du dort auftauchst."

Roxanne zwinkerte ihm zu. „Ich glaube, es wäre klug von Ihnen, sich mit dieser Frau zusammenzutun, anstatt Ihr Glück allein zu versuchen."

Tom ließ den Blick von einem zum anderen schweifen und sah Eleanor schließlich fragend an. „Ein letzter gemeinsamer Job?"

„Auf geht's!"

NACHDEM sie sich verabschiedet hatten, machten Tom und Eleanor sich durch den Tunnel auf den Weg noch Nordosten, bepackt mit ihrer Ausrüstung. Higgins hatte eine provisorische Landkarte von der Gegend und der

Lage der Dingo-Ranch gezeichnet, die Tom in seiner Anoraktasche bei sich trug, eingewickelt in eine Plastikfolie.

Die Luft war eisig kalt und in dieser Höhe ziemlich dünn; es dauerte nicht lange, bis Tom und Eleanor keuchend nach Atem rangen. Der Tunnel war stockdunkel, deshalb hatten sie ihre batteriebetriebenen Helmlampen aufgesetzt. Sie mussten ihre Skier tragen, weil im Tunnel kein Schnee lag.

„Wenigstens brauchen wir uns keine Sorgen zu machen, dass uns ein Zug auf den Gleisen überraschen könnte", scherzte Tom.

„Und ich dachte schon, das Glück hätte uns völlig verlassen."

Während sie den knappen Kilometer bis zum Ende des Tunnels marschierten, suchten ihre Hände einander, und sie gingen Hand in Hand weiter. Am Ende des Tunnels schnallten sie die Skier an.

„Bist du bereit?", fragte Tom. Eleanor nickte.

Sie traten hinaus in den Blizzard, fanden eine Felsspalte und stiegen sie empor, wobei jeder Schritt mit den Skiern ihnen unendliche Mühe bereitete. Schon nach wenigen Minuten hatte der tobende Schneesturm sie verschluckt, auf ihren Anoraks hatte sich ein Eispanzer gebildet, und ihre Glieder wurden taub.

TOM UND Eleanor überwanden mehrere Steilstufen und mussten dabei des Öfteren ihre Skistöcke zu Hilfe nehmen, um weiterzukommen. Manchmal mussten sie sogar die Skier abschnallen und klettern. Nachdem sie endlich alle Hindernisse überwunden hatten, gelangten sie auf ebenes Gelände und kamen dort auf den Skiern gut voran, wenngleich sie gegen den Wind ankämpfen mussten, der mit jedem Schritt an Heftigkeit zuzunehmen schien.

Zum ersten Unglück kam es, als Tom durch eine dünne Eisschicht brach und in ein etwa drei Meter tiefes Loch stürzte. Eleanor warf ihm ein Seil zu, sodass er aus seinem eisigen Gefängnis klettern konnte. Doch er hatte beim Sturz sein Handy verloren, und sein Kompass war beschädigt.

Sie überlegten, ob sie zum Zug zurückgehen sollten, entschieden sich dann aber, den Weg fortzusetzen. Tom glaubte, ziemlich genau die Richtung zu kennen, und hatte sich einige Landmarken gemerkt, die ihm halfen, den richtigen Kurs zu halten.

Jeder Abhang, jede Kletterpassage war wegen der Unbilden der Witterung hundertmal schwieriger zu bewältigen als unter normalen Umständen. Immer wieder mussten sie Halt machen und, dem Wind den Rücken zukehrend, wieder zu Atem kommen. Ihre Lungen brannten, und ihre moderne Funktionskleidung schützte sie kaum vor den extremen Umweltbedingungen.

Als die Dunkelheit hereinbrach, sagte Eleanor: „Vielleicht sollten wir hier irgendwo ein Lager aufschlagen."

„Gute Idee. Weit können wir von diesem Skigebiet nicht mehr entfernt sein." Das hoffte Tom zumindest.

Sie schlugen ihr Zelt auf, und Tom brachte ein Feuer in Gang, auf dem sie sich eine kleine Mahlzeit kochten und das zu Eis gefrorene Trinkwasser schmolzen. Nach der kargen Mahlzeit kauerten sie sich gemeinsam unter die Decken und beobachteten, wie der Schnee sich rund ums Zelt sammelte und auftürmte. Der Wind schien nachzulassen, und allmählich wurde es still. Sie konnten sich jetzt unterhalten, ohne schreien zu müssen.

„Nur damit du Bescheid weißt, ich habe Lelia mein Nein mitgeteilt. Sie hat es sehr gefasst aufgenommen."

„Das überrascht mich."

„Ging mir nicht anders, bis ich durch Zufall herausfand, dass sie schon einen neuen Verehrer hat."

„Wie bitte? Wen?"

„Kristobal."

„Kristobal? Du machst Witze!"

„Ich bin sicher, die beiden werden glücklich miteinander."

Sie verstummten und drängten sich dichter aneinander.

„Wir müssen Wärme speichern", erklärte Tom.

„Natürlich." Ellie seufzte. „Hör mal, falls wir nicht zurückkommen ..."

Er legte ihr einen Finger auf die Lippen. „Wir müssen optimistisch sein und positiv denken."

Eleanor ergriff seine Hand und drückte sie. „Falls wir nicht zurückkommen, sollst du eins wissen: Ich habe niemals aufgehört, dich zu lieben. Auch nicht nach all den Jahren."

Er legte ihr einen Arm um die Schultern. „Wir schaffen das schon."

Während Eleanor fröstelte, drückte Tom sie mit beiden Armen an sich und versuchte, sie mit seinem Körper zu wärmen.

„Wer hätte gedacht, dass wir uns nach so langer Zeit wieder finden und an einem Berghang inmitten eines Schneesturms landen?", sagte sie.

Er holte etwas aus der Reißverschlusstasche seines Anoraks. „Wie ich schon sagte, bin ich ein Meister des schlechten Timings." Er kniete sich hin und steckte ihr behutsam den Ring an den Finger.

Sie blickte ihn an, und ihre Augen weiteten sich vor Erstaunen.

„Wir haben lange darauf gewartet – viel zu lange. Du bist die einzige Frau, die ich je geliebt habe, Ellie, und ich werde alles tun, um dich glücklich zu machen. Nimmst du mich mit all meinen Fehlern, Schwächen, Eigenarten, Sturheiten und meiner himmelschreienden Dummheit?“ Er hielt inne, atmete tief durch und fragte: „Willst du mich heiraten, Eleanor?“

Kaum hatte Ellie Ja gesagt, brach sie in Tränen aus.

SIE HATTEN gerade ihren offiziellen Verlobungskuss ausgetauscht, als das Zelt wegflog. Eine Ladung Schnee ergoss sich auf sie und begrub sie beinahe unter sich. Tom wühlte sich durch die Schneeschicht und zog Eleanor heraus.

„Wir müssen einen Schutz suchen!“, brüllte er gegen den wieder erstarkten Sturm an.

Sie kämpften sich weiter. Eleanor wurde von Minute zu Minute schwächer, bis sie nicht mehr ohne fremde Hilfe gehen konnte. Tom schleppte sie ungefähr noch 500 Meter; dann war auch er mit seinen Kräften am Ende. Er bettete Ellie in den Schnee, schlüpfte aus seiner Außenjacke und deckte sie damit zu. Dann murmelte er ein Gebet und legte sich schließlich so auf Eleanor, dass sein Körper die Schneemassen so gut wie möglich von ihr abhielt. Er suchte ihre Hand und hielt sie fest.

Sie schienen endlose Stunden so zu liegen, während der Wind über sie hinwegheulte. Dann sah Tom, wie ein kleiner Junge ihm vor seinen geblendeten Augen die Hand entgegenstreckte. Das musste er selbst als kleines Kind sein, der sein erwachsenes Selbst in die Sicherheit seiner Kindheit zurückziehen wollte. Wahrscheinlich, sagte er sich, war nach den zahlreichen Beinahe-Katastrophen seiner wechselvollen Karriere nun tatsächlich der Zeitpunkt gekommen, Abschied zu nehmen. Er betrachtete Eleanor und küsste sie. Sie reagierte nicht, und schließlich kullerten Tränen über Toms eisige Wangen.

Das Bild des kleinen Jungen wurde deutlicher, lebendiger. Tom konnte seine Finger jetzt tatsächlich auf der Wange und den Haaren spüren. Der kleine Junge sprach mit ihm und fragte, ob alles in Ordnung sei. Die Vision war realer und deutlicher als jeder Traum, den Tom bisher gehabt hatte. Er hielt weiterhin Eleanors Hand fest, selbst dann noch, als er die andere freie Hand nach dem jungen Tom ausstreckte.

Das Kind fasste ihn abermals an, und Toms Augen öffneten sich. Sie schlossen sich, öffneten sich wieder. Die gleißende Helligkeit des Lichts schmerzte.

„Ist alles in Ordnung, Mister?“, fragte der kleine Junge, der neben ihm kauerte.

Mühsam richtete Tom sich auf und schaute sich um. Das Unwetter hatte sich verzogen. Der Himmel war ein grenzenloses azurblaues Zelt, die Sonne wärmte ihn, und die Luft besaß eine herrliche Frische.

Tom blickte den Jungen an, unsicher, ob es im Himmel so aussah, und brachte schließlich die Frage hervor: „Was machst du denn hier draußen?"

„Ich wohne hier", sagte der kleine Junge und deutete über Tom hinweg. „Auf der Dingo-Ranch."

Tom blickte auf. Das weitläufige Anwesen der Ferienranch in all seiner Pracht und mit seinen wuchtigen Redwoodbauten erhob sich vor ihm. Eleanor und er wären beinahe in Steinwurfweite von warmen Kaminfeuern, heißer Schokolade und heißen Bädern in Schnee und Kälte gestorben.

Tom erhob sich mit zitternden Beinen und weckte Eleanor, so sanft er konnte.

„Sind wir schon tot?", fragte sie, die Augen immer noch geschlossen.

„Nein", entgegnete Tom. „Aber damit du's weißt – du bist mit einem Trottel verlobt."

Er trug sie auf das Hauptgebäude zu, bis mehrere Erwachsene sie entdeckten und herbeigerannt kamen, um ihnen zu helfen.

BEIDE Enden des Tunnels erstrahlten in gleißendem Sonnenlicht. Das Unwetter hatte sich gelegt. Higgins, Roxanne, der Schaffner, Max, Misty, Lelia, Kristobal, Pater Kelly und Agnes Joe saßen auf den Gleisen und berieten, was als Nächstes zu tun sei.

„Ich glaube", sagte Pater Kelly traurig, „jetzt ist es an der Zeit, einen Gedenkgottesdienst zu halten. Für Tom und Eleanor."

Max sagte gereizt: „Ich finde, dafür ist es noch ein bisschen früh, Pater."

„Wenn die beiden es bis zur Dingo-Ranch geschafft hätten, wäre längst eine Nachricht von ihnen gekommen", erklärte der Schaffner. „Niemand kann so lange da draußen durchhalten. Ich hätte sie nicht ziehen lassen dürfen. Es ist meine Schuld."

Roxanne seufzte. „Sie waren zwei der tapfersten Menschen, die ich je kennen gelernt habe." Sie holte ein Taschentuch hervor und tupfte sich die Augen.

Plötzlich kam Barry, der Schlafwagenschaffner, in ihren Kreis gestolpert. „Schnell, das müsst ihr euch ansehen!", stieß er hervor.

Sie folgten ihm zum anderen Ende des Tunnels.

„Seht doch nur!"

Sie starrten auf Pferde, Reiter und große Schlitten, die sich in einer langen, eindrucksvollen Prozession näherten. So mussten die Wagentrecks der Pioniere ausgesehen haben, als sie in den Westen gezogen waren, um dort ein neues Leben zu beginnen. Einer der ersten Reiter riss sich den Hut vom Kopf und winkte damit.

„Das ist ja Tom!“, rief Roxanne.

Dann winkte der Reiter neben ihm.

„Und Eleanor!“, rief Max freudig aus. Er rannte ihnen entgegen, wobei er im Schnee mehr rutschte als lief.

„Sechs Beine“, murmelte Misty.

„Wie bitte?“, fragte Kristobal.

„Wir werden von sechs Beinen gerettet! Vier Beine hat das Pferd, zwei der Reiter.“ Misty stieß einen Freudenschrei aus und folgte Max, wobei ihr bunter Schal im Sonnenschein fröhlich hinter ihr herflatterte.

Die Ankunft der Hilfsgüter von der Dingo-Ranch erweckte die Lebensgeister der Gestrandeten. Die Zugpassagiere stürzten sich auf Speisen und Getränke und drängten sich um Tom und Eleanor, um sich die Geschichte von ihrer Rettung erzählen zu lassen.

„Die Leute im Hotel kannten diese Route zur Bahnstrecke, die man mit Pferdeschlitten benutzen kann. Der Weg ist viel leichter als der, den Ellie und ich genommen haben, aber bei dem Unwetter haben wir nichts davon sehen können.“ Tom schüttelte den Kopf. „Nur ein paar Schritte von den Häusern entfernt wären Ellie und ich beinahe erfroren, ohne zu wissen, dass die Rettung zum Greifen nahe war. So viel Glück hatte ich in meinem ganzen Leben nicht.“

„Das war kein Glück, Tom“, sagte Pater Kelly. „Es war ein Wunder. Ich habe es eigens für Sie bestellt.“

Das Funksprechgerät des Schaffners meldete sich, und er hob es hoch und drückte auf die Antworttaste. „Ja, ich höre“, sagte er ins Gerät.

„Amtrak-Leitstelle an ‚Southwest Chief‘, bitte melden.“

Der Schaffner brüllte beinahe: „Hier ‚Southwest Chief‘!“

„Wo sind Sie?“, fragte die Stimme.

„Wir haben den Zug evakuiert und sind in den Tunnel geflüchtet. Wo bleiben die Rettungsmannschaften?“

„Schauen Sie doch mal aus dem Tunnel!“, erwiderte die Stimme.

Sie alle rannten zum Tunnelende, wo ohrenbetäubender Lärm erklang, als zwei Helikopter über dem Gebirgskamm erschienen.

„Ein Ersatzzug mit drei frisch aufgetankten Lokomotiven steht auf der westlichen Seite der Lawine“, meldete die Stimme.

„Aber wie kommen wir dorthin?", fragte der Schaffner. „Zwischen uns und dem Ersatzzug liegt ein Berg von Schnee."

„Halten Sie noch ein wenig durch. Wir arbeiten daran!"

„Verstanden."

Zehn Minuten verstrichen; dann hörten sie eine Reihe dröhnender Explosionen und beobachteten, wie eine mehr als fünf Meter hohe Schneemauer vor dem „Chief" in sich zusammensank und über den Berghang abrutschte, ohne weiteren Schaden anzurichten. Die kleinen Sprengladungen waren an strategisch günstigen Punkten angebracht worden und hatten ihre Arbeit zielgenau verrichtet. Hinter der nun verschwundenen Schneemauer kam der Ersatzzug in Sicht. Zahlreiche Freiwillige strömten aus dem neuen Zug und machten sich daran, die restlichen Gleise freizuräumen, während die Fahrgäste langsam in den Zug einstiegen.

Früh am nächsten Morgen waren die Gleise befahrbar, die Ersatzlokomotiven angekoppelt, und die Räder des „Southwest Chief" drehten sich endlich wieder. Aufgrund der besonderen Umstände hielt der Zug nicht an den planmäßigen Stationen, sondern hatte erst wieder in Albuquerque einen längeren Aufenthalt.

Als er das Gebirge hinter sich ließ und durch New Mexico rollte, schliefen die Fahrgäste zum ersten Mal seit längerer Zeit wieder friedlich in ihren Abteilen.

Sie hielten in Albuquerque und hatten dort etwa drei Stunden Aufenthalt, um aufzutanken und Vorräte zu laden. Die Fahrgäste konnten sich die Füße vertreten und die Sonne genießen.

Tom und Eleanor erzählten den anderen von ihrer Verlobung. Alle waren begeistert, vor allem Max. Lelia umarmte Tom und wünschte ihm alles Gute. Der Innigkeit, mit der sie sich an Kristobal schmiegte, und dem verliebten Gesicht des jungen Mannes nach zu urteilen, konnte es nur eine Frage der Zeit sein, bis auch sie ihre Eheschließung verkündeten.

Unweit des Bahnhofs befand sich ein Marktplatz, auf dem indianische Frauen Schmuck und andere Waren verkauften. Tom und Eleanor schlenderten durch den Sonnenschein und sprachen über ihre Zukunft.

„Übrigens hast du mir nicht verraten, wen du in Washington getroffen hast", sagte Tom. „Gibt es auch in deinem Leben eine Lelia?"

„Nicht ganz. Es war meine Großmutter."

Sie setzten sich in ein kleines Café, tranken etwas und aßen eine Kleinigkeit. Agnes Joe gesellte sich zu ihnen, gratulierte ihnen zur Verlobung und trank eine gekühlte Limonade, während sie die Umgebung betrachtete.

„Manchmal denke ich daran, mich hier zur Ruhe zu setzen", sagte sie versonnen.

Tom musterte sie misstrauisch. „Sie wollen sich hier zur Ruhe setzen? Ich dachte, Sie wären schon pensioniert."

„Es dauert nicht mehr lange", meinte sie ausweichend.

„Was arbeiten Sie denn?", wollte er wissen.

„Ein bisschen dies, ein bisschen das."

„Ein seltsamer Gauner, der gestohlene Sachen zu Weihnachten als Geschenke zurückgibt, nicht wahr?", sagte er.

„So was Verrücktes hab ich noch nie gehört", pflichtete Agnes Joe ihm bei.

„Ziemlich großzügig für einen Halunken", meinte Eleanor.

„So großzügig nun auch wieder nicht", entgegnete Agnes Joe. „Schließlich hat er den Leuten nur ihr Eigentum zurückgegeben."

„Oder sie", murmelte Tom nachdenklich.

NACH dem Abendessen begaben sich viele Leute in den Salonwagen und sahen sich das Video von der Hochzeit an, das Kristobal und Max produziert hatten. Tom bemerkte mit einem Lächeln, dass Julie Steves Hand ergriff, als der Film zu Ende war, und ihn hinter sich her wieder zur Hochzeitssuite zog, die man ihnen überlassen hatte.

Am späten Abend fuhren sie über die Grenze nach Arizona. Tom konnte nicht einschlafen. Er schaute bei Eleanor herein; sie schlief tief und fest, und er wollte sie nicht wecken. Also spazierte er durch die Gänge.

Während Tom umherschlenderte, wurde der Zug langsamer und hielt schließlich an. Tom schaute aus dem Fenster und sah, dass sie in einem Bahnhof gehalten hatten. Er war ein wenig verwundert; er hatte angenommen, dass es bis Los Angeles keinen Zwischenstopp mehr gäbe. Er zuckte mit den Schultern und ging weiter, bis er vor Agnes Joes Abteil stand. Ihr Grammophon spielte noch immer Weihnachtslieder. Das Abteil war dunkel; Tom schloss daraus, dass Agnes Joe über der Musik eingeschlafen war. Dann blieb die Nadel hängen und wiederholte unaufhörlich die gleiche Stelle.

Tom klopfte an die Glastür. „Agnes Joe?" Keine Antwort. Er schob die Tür auf. „Agnes Joe?" Seine Augen gewöhnten sich allmählich an die Dunkelheit. Er sah jetzt, dass das Abteil leer war. Er klopfte an die Badtür. Wieder keine Antwort. Tom entdeckte die Reisetasche in der Ecke und gab der Versuchung nach, einen Blick hineinzuwerfen. Er öffnete den Reißverschluss und schob die Hand in die Tasche. Die Zeitungen waren verschwunden, dafür waren verschiedene Gegenstände darin: eine Armbanduhr, ein Paar Ohrringe und eine offenbar teure Sonnenbrille. Tom überlegte, was er tun sollte, als er plötzlich Schritte hörte. Hastig verstaute er die Gegenstände wieder in der Tasche, zog den Reißverschluss zu, schloss die Tür des Abteils und schlüpfte ins Bad.

Die Abteiltür öffnete sich, und die Beleuchtung flammte auf. Er hatte die Tür zum Bad einen Spalt offen gelassen und lugte hindurch. Es war Agnes Joe. Sie hielt ein Stück Papier in der Hand, und auf ihrem Gesicht lag ein ernster Ausdruck. Wie sollte er bloß aus dem Abteil verschwinden? Warten, bis Agnes Joe schlief?

Er wollte sich gerade vorsichtig auf den Toilettendeckel setzen, als der Zug plötzlich anrollte. Das Rucken reichte aus, Tom das Gleichgewicht verlieren zu lassen. Er prallte gegen die Wand. Instinktiv versuchte er sich abzustützen, erwischte dabei den Duschknopf und drehte ungewollt die Dusche auf. Der Wasserstrahl traf ihn mit eisiger Kälte. Tom stieß einen Fluch aus.

Es war ihm gerade gelungen, die Dusche wieder zuzudrehen, als er sich plötzlich Agnes Joe gegenübersah. Sie hatte die Tür geöffnet und musterte ihn, als wäre er ein besonders seltenes Tier im Zoo. „Würde es Ihnen etwas ausmachen, mir zu erklären, was Sie in meiner Dusche zu suchen haben?"

Er trocknete sich ab und berichtete vom Zwischenfall mit dem Grammophon. Seine Story hätte sicherlich überzeugend geklungen, hätte er die Reisetasche ganz geschlossen. Doch in der Dunkelheit war ihm das nicht vollständig gelungen. Agnes Joe schaute zur Tasche und schüttelte den Kopf.

Tom entschied sich für einen Frontalangriff. Er öffnete die Tasche vollends und holte die Gegenstände heraus. „Macht es Ihnen etwas aus, mir zu erklären, was Sie mit diesen Sachen zu schaffen haben?"

Agnes Joe griff in die Tasche. Ein zutiefst erschrockener Ausdruck legte sich auf Toms Gesicht, als er sah, was Agnes Joe zum Vorschein brachte.

Ein paar Minuten später klopfte ein leichenblasser Tom an Max' Tür. Der Regisseur brauchte eine Weile, bis er reagierte, und noch eine Weile, ehe er die Tür öffnete.

„Ich brauche Ihre Hilfe", sagte Tom. „Und Kristobals ebenfalls."

Max spähte über Toms Schulter und entdeckte Agnes Joe.

„Es ist wichtig", sagte Tom.

Sie holten Kristobal aus Lelias Suite, außerdem Roxanne und Pater Kelly.

Alle versammelten sich an einem Tisch im Salonwagen, wo Tom Kristobals Sonnenbrille, Max' Bruno-Magli-Schuhe und Pater Kellys Kruzifix auf den Tisch legte. Vor allem eine Person starrte verwirrt auf die Gegenstände, die vor ihr lagen. Dabei bemerkte der Betreffende nicht, dass Agnes Joe sich zu ihm vorbeugte.

Pater Kelly stieß einen entsetzten Schrei aus, als sich die Handschellen klickend um seine Handgelenke schlossen. Er versuchte aufzuspringen, wurde von Max und Kristobal jedoch daran gehindert.

Agnes Joe zückte ihren Ausweis, mit dem sie kurz zuvor Tom in ihrem Abteil überrumpelt hatte. „Ich bin von der Amtrak-Polizei, Abteilung für verdeckte Ermittlungen. Und Sie sind unser Dieb, John."

Tom blickte sie an. „John?"

Sie nickte. „Ich habe seine Fingerabdrücke von einem Bierglas genommen, ehe wir am Raton-Pass liegen geblieben sind. Von einem der Bahnhöfe habe ich eine Anfrage bezüglich seiner Identität losgeschickt. Beim letzten Zwischenstopp erhielt ich die Antwort. Sein richtiger Name lautet John Conroy. Er ist gar kein Priester." Sie setzte sich dem Mann gegenüber nieder und fuhr fort: „Den Grammophontrick habe ich angewendet, damit man glaubte, ich wäre in meinem Abteil, während ich hier herumschlich. Und wenngleich er sich als Katholik durch den Gottesdienst am Pass schwindeln konnte, unterliefen ihm doch genug Fehler, um mich erst richtig misstrauisch zu machen."

„Und was ist mit den Gegenständen, die ich in Ihrer Tasche gefunden habe?", fragte Tom.

„Roxanne hatte sie von einigen Fahrgästen für mich besorgt. Ich habe Sie, Max und Kristobal mit hineingezogen, damit wir Conroy festsetzen konnten, ohne ihn misstrauisch zu machen. Das Kruzifix habe ich aus seinem Abteil entwendet. Als ich es ihm vor die Nase legte, hoffte ich, es würde ihn so sehr verwirren, dass ich ihm die Handschellen anlegen konnte, ohne dass es zum Kampf kommt."

„Ich gebe es ungern zu, aber ich hatte schon vorher in Ihrer Reisetasche nachgeschaut und nur Zeitungen darin gefunden", sagte Tom.

„Ich weiß. Ich habe gesehen, dass jemand die Tasche durchsucht hatte. Die alten Zeitungen, die Regina im Abfall gefunden hatte, stammten aus Conroys Reisetasche. Er hatte sie voll gestopft, damit es aussah, als wäre sie prall gefüllt mit Sachen für die Reise. Doch kaum war er in den Zug gestiegen, hat er die Zeitungen weggeworfen, sodass er eine fast leere Reisetasche hatte, die er nur noch mit seiner Beute füllen musste."

Sie riefen Barry, der den Gefangenen bewachen sollte, und marschierten zu Conroys Abteil, in dessen Reisetasche sich einige der gestohlenen Gegenstände befanden.

„Ich begreife nur nicht, weshalb er so viele Sachen zurückgegeben hat", sagte Tom.

„Das ist wirklich seltsam", sagte Roxanne. „Na, wenigstens haben wir jetzt unseren Dieb. Und nun sollten wir uns alle schlafen legen."

Genau das tat Tom – bis sechs Uhr morgens, als es an seiner Tür klopfte.

Agnes Joe stand mit zwei Tassen Kaffee vor ihm. „Ich dachte, ich bringe Ihnen ein Friedensangebot mit, weil ich Sie so früh wecke." Sie trug eine blaue Hose und Pullover und wirkte vollkommen selbstsicher und professionell.

„Sie sind eine hervorragende Schauspielerin", stellte Tom fest. „Ich wäre nie darauf gekommen, dass Sie etwas anderes sein könnten als eine … nun ja …"

„Eine exzentrische alte Frau, die nicht weiß, wo sie die Weihnachtstage verbringen soll? Ja, das ist eine gute Tarnung. Ich habe Drogendealer, Hochstapler und andere üble Zeitgenossen zur Strecke gebracht – allein mit meiner leicht schusseligen Art und meinen lächerlichen Kleidern."

„Ich nehme an, jetzt ist Ihre Tarnung aufgeflogen."

„Das ist kein Beinbruch. Ich habe es nämlich ernst gemeint mit dem Zur-Ruhe-Setzen. Es wird Zeit, Schluss zu machen und etwas anderes zu tun."

„Stimmte denn wenigstens ein Teil Ihrer anderen Geschichte?"

„Ich habe wirklich beim Zirkus gearbeitet, aber nicht am Trapez, sondern in der Pferdedressur. Ich war zweimal verheiratet und habe eine erwachsene Tochter." Sie hielt einen Moment inne. „Und wir haben uns verkracht."

„Das tut mir Leid."

„Nun, sie hat von dem gestrandeten ‚Southwest Chief' gehört und gestern Abend angerufen, um sich zu vergewissern, dass mir nichts zugestoßen ist. Es war das erste Mal nach langer Zeit, dass ich wieder etwas von ihr gehört habe. Wir treffen uns, wenn ich in Los Angeles bin, und wollen es noch mal miteinander versuchen."

„Das freut mich für Sie. Es ist ein verspätetes Weihnachtsgeschenk. Aber weshalb kommen Sie jetzt zu mir?"

„Weil ich in der Klemme stecke, Tom, und Ihren Rat hören wollte. Ich habe weitere Informationen über unseren falschen Priester erhalten. Er wurde vor Jahren wegen kleinerer Diebstähle bestraft – genau genommen vor vierunddreißig Jahren. Seitdem hat er sich nichts zuschulden kommen lassen. Er hatte einen richtigen Job und führte ein normales Leben."

„Warum dieser Rückfall nach so langer Zeit?“

„Conroys Frau ist kürzlich nach dreiunddreißig Jahren Ehe gestorben. Vorher hatten sie schon beide Kinder verloren. Eins starb bei einem Unfall, das andere an Krebs. Jetzt steht er ganz allein da. Es war wohl eine Art Hilfeschrei, mit dem er auf sich aufmerksam machen wollte.“

„Das ist hart“, sagte Tom leise.

„Ja. Ich habe mich schon mit vielen Halunken herumschlagen und mir eine Menge herzerweichende Geschichten anhören müssen. Normalerweise lasse ich mich nicht davon beeinflussen, aber bei Conroy kommt noch etwas hinzu … und das hat mich in dieses Dilemma gebracht.“

„Und was ist das?“

„Er hat die gestohlenen Sachen an Heiligabend als Geschenke zurückgegeben. Er hat nur die Gegenstände behalten, die wir in seinen Taschen gefunden haben, und das waren nicht viele. Außerdem hat er Geld zurückgelassen – mehr Geld, als die Sachen wert waren, wie die Bestohlenen mir sagten. Conroy wollte keinem wehtun. Er hat nur von seiner Frau geredet. Und er hat tatkräftig geholfen, als der Zug liegen blieb.“

Tom atmete aus. „Ich weiß, was Sie meinen.“

„Was würden Sie an meiner Stelle tun?“

Er dachte nach. „Nun, ich habe auf dieser Reise eine zweite Chance bekommen. Vielleicht verdient John Conroy ebenfalls eine. Haben Sie schon die Polizei benachrichtigt?“

„Ja, aber ich habe noch keine Einzelheiten genannt.“

„Hält der Zug vor Los Angeles noch mal?“

„Er könnte in Fullerton Halt machen, zwei Stunden vor Los Angeles.“

„Nun, vielleicht sollte der Zug in Fullerton halten.“

„Vielleicht. Ich glaube nicht, dass Conroy jetzt ein Leben als Verbrecher führen wird. Außerdem kenne ich in der Nähe von Fullerton einige Leute, die ihm helfen können.“ Sie erhob sich. „Danke, Tom. Ich glaube, wir haben die richtige Entscheidung getroffen.“

Er lächelte sie an. „Wie heißen Sie eigentlich richtig?“

„Wenn ich Ihnen das verraten würde, wäre es kein Geheimnis mehr – stimmt’s, Schätzchen?“

DER ZUG hielt in Fullerton, und ein älterer, müde dreinblickender Herr, der nun keine Priesterkleidung mehr trug, stieg aus. Einige Freunde von Agnes Joe erwarteten ihn bereits. Sie fuhren mit ihm davon, um ihm zu einem hoffentlich besseren Leben zu verhelfen.

Tom benutzte die Gemeinschaftsdusche, ehe sie in Los Angeles eintrafen. Als er den Umkleideraum betrat, traf er dort Steve an, der sich soeben auf den Rückweg zu seiner frisch Angetrauten machte. Tom zog sich aus. In diesem Moment entdeckte er unter einer Sitzbank eine Brieftasche. Als er sich bückte, um sie aufzuheben, fiel ein Teil des Inhalts heraus, und Tom kniete sich hin, um alles aufzusammeln. Dabei fiel sein Blick auf einen Mitgliedsausweis für die Vereinigung der Filmschauspieler, ausgestellt auf den Namen Steve Samuels. Tom schaute rasch die Brieftasche durch. Er fand einen kalifornischen Führerschein, dessen Passbild bestätigte, dass er Steve gehörte, Julies frisch gebackenem Ehemann – der gar kein Collegestudent war, sondern ein Mitglied der Schauspielervereinigung.

DER „SOUTHWEST CHIEF" rollte ein paar Minuten früher als im neuen Fahrplan vorgesehen in den wunderschönen, im Art-déco-Stil erbauten Bahnhof von Los Angeles ein.

Herrick Higgins wurde von mehreren hochrangigen Amtrak-Managern empfangen, die ihm für seine Hilfe dankten. Dann bot man ihm an, auf seinen alten Posten als freier Zugbegleiter und Qualitätskontrolleur zurückzukehren – ein Angebot, das Higgins auf der Stelle akzeptierte.

Max Powers stieg aus und beantwortete die Fragen der ihn bestürmenden Reporter. Sein Blick fiel auf Roxanne und den Knabenchor, die ebenfalls von Reportern belagert wurden.

„He!", rief er Roxanne zu. „Ich melde mich bei Ihnen, verlassen Sie sich darauf!"

Sie lächelte. „Ich rechne fest damit, Baby!"

Dann verließ Max mit einer Gruppe anderer Reisender den Bahnhof, darunter Kristobal, Lelia und Misty, und sie stiegen in eine große Limousine ein, die draußen wartete.

In der Limousine verteilte Max drei große Briefumschläge an Steve, Julie und den Geistlichen. Danach öffnete er eine Flasche Champagner und schenkte allen ein.

„Gute Arbeit, Leute!", lobte Max. „Ihr alle seid in meinem nächsten Film dabei. Wer weiß, vielleicht handelt er tatsächlich von diesem Zug?"

„Als du mir erzähltest, was du getan hast, Max", sagte Misty, „wollte ich es nicht glauben."

„Weißt du, Liebes, ich kenne dich erst kurze Zeit, aber ich wusste, dass du ein Geheimnis für dich behalten kannst."

„Was meinen Sie, wie ich mich gefühlt habe, Misty", sagte Lelia. „Max

Powers ruft mich nach all den Jahren an und bittet mich um den Gefallen, nach Kansas City zu fliegen und so zu tun, als würde ich Tom einen Heiratsantrag machen! Hätte er ihn angenommen – ich weiß nicht, wie ich reagiert hätte."

„Ich war mir ziemlich sicher, dass er Nein sagen würde."

„Ziemlich sicher?"

„Ich musste mich vergewissern, dass er dich wirklich nicht liebt – und du ihn auch nicht." Max strahlte. „Du bist eine tolle Schauspielerin. Und sieh dir an, welchen Gewinn mein kleiner Plan dir gebracht hat."

„Sie haben mir nie gesagt, Sir, dass Sie sich bei Lelia gemeldet und sie in den Plan eingebaut haben", sagte Kristobal. „Ich hatte keine Ahnung, wer sie ist, bis Sie mir ihren Namen nannten."

„Ich bin eben ein Mensch mit dem unstillbaren Bedürfnis, andere zu überraschen", erwiderte Max.

„Und du hast das alles für Eleanor getan?", fragte Misty. „Ohne dass sie die leiseste Ahnung hatte?"

Max nickte. „Keinen blassen Schimmer. Eleanor ist die Tochter, die ich nie hatte. Für sie würde ich alles tun. Solange ich sie kenne, ist sie nie richtig glücklich gewesen. Ich wusste, dass es in ihrer Vergangenheit irgendeinen wunden Punkt gab. Ich habe ein wenig herumgeschnüffelt und rausgekriegt, dass es Tom Langdon ist. Die Sache war für sie nie richtig abgeschlossen. Deshalb habe ich diesen Knaben ungefähr ein halbes Jahr lang beschatten lassen. Als er diese Reise buchte, war das für mich die ideale Gelegenheit, denn ich wollte wirklich einen Eisenbahnfilm drehen."

„Und die Hochzeit?", fragte Misty.

„Wie könnte man zwei Menschen, die verheiratet sein sollten, besser zum Nachdenken bringen als durch die Teilnahme an einer Hochzeit? Julie kommt aus derselben Gegend, aus der Eleanor stammt, und Tom liest Steve die Leviten, nachdem dieser in seiner Entscheidung schwankt. Das war ein guter Dreh, denn dadurch konnte Tom alles sagen, was er empfand. Natürlich war die ganze Sache geplant. Jedes Mal wenn Tom und Eleanor Streit bekamen, hatten wir einen anderen Plan in der Hinterhand."

„Und sie hatten sehr viel Streit. Es war verdammt stressig, ständig mit ihnen Schritt halten zu müssen," sagte Kristobal müde.

„Du hast deine Sache gut gemacht, Kristobal. Und ich kürze dein Gehalt nicht."

„Da hast du aber auf eine Menge Einzelheiten geachtet, Max", sagte Misty bewundernd.

„Ich bin Regisseur, Liebes. Mein ganzes Leben besteht aus Einzelheiten."

„Sie haben nicht zufällig auch die Lawine in Auftrag gegeben, Sir?", wollte Kristobal wissen.

Max lachte. „So gut bin nicht mal ich!"

Jemand klopfte ans Fenster.

„Das ist sicher das Gepäck", sagte Max. Er ließ das Fenster nach unten fahren. Tom beugte sich herein und blickte sie alle an.

Max wurde sichtlich nervös. „Hallo, Tom. Ich bringe gerade unser junges Paar zu seinem Flitterwochenhotel."

„Sicher", sagte Tom. Er reichte Steve seine Brieftasche. „Die haben Sie in der Dusche verloren. Ihr Führerschein und Ihr Ausweis von der Schauspielervereinigung sind auch noch drin."

„Tom", sagte Max, „ich kann alles erklären …"

Tom brachte ihn mit einer Handbewegung zum Schweigen. „Ich muss Ihnen nur eins sagen: Danke." Er schüttelte Max die Hand und ließ den Blick von einem zum anderen schweifen. „Frohe Weihnachten und schöne Feiertage!"

Er machte kehrt und ging zu Eleanor, die neben dem Gepäck stand und ihn neugierig ansah.

„Wer war in der Limousine?", fragte sie, als er zu ihr kam.

Tom drehte sich um und schaute dem Wagen nach, der sich entfernte.

„Der Weihnachtsmann", antwortete er.

„Der Weihnachtsmann? Ich glaube, wir sind ein bisschen zu alt, um noch an den Weihnachtsmann zu glauben."

Er legte ihr einen Arm um die Schultern. „Weißt du, Ellie, zu Weihnachten empfiehlt es sich, an Wunder zu glauben. Man weiß ja nie, ob die geheimen Wünsche, die man in sich trägt, am Ende nicht doch in Erfüllung gehen."

DAVID BALDACCI

Foto: René Durand (Lübbe)

„Die Macht des geschriebenen Wortes ist etwas Überwältigendes und Wunderbares."

David Baldacci, der 1960 im US-Staat Virginia geboren wurde und dort auch heute mit seiner Familie lebt, begeistert sich schon seit seiner Kindheit dafür, selbst erfundene Geschichten zu Papier zu bringen. In der Schulzeit, während seines Jurastudiums, selbst in seiner geschäftigen Zeit als praktizierender Jurist in Washington nutzte er jede freie Minute, um zu schreiben. Die Mühen sollten nicht umsonst gewesen sein: *Der Präsident*, Baldaccis erster veröffentlichter Roman, entwickelte sich zu einem internationalen Bestseller, der mit Clint Eastwood und Gene Hackman verfilmt wurde. *Das Geschenk*, sein mittlerweile achter Roman und wie alle seine Vorgänger weltweit höchst erfolgreich, steckt so voller schillernder Persönlichkeiten und abwechslungsreicher Vorfälle, dass man meinen könnte, er sei geradezu für das Kino erdacht. Hatte Baldacci beim Schreiben den Gedanken an eine Verfilmung im Hinterkopf? „Ich habe zwar Filmskripte verfasst und schreibe wohl auch ziemlich bildhaft, aber ich bin ein Büchermensch. Sich ein Buch wie einen Film vorzustellen ist verführerisch, doch dann entwickelt man eher Filmhandlungen und -charaktere statt einer spannenden und unterhaltsamen Lektüre."

Neben dem Schreiben, zahlreichen Lesereisen und Auftritten bei Funk und Fernsehen findet David Baldacci noch Zeit, Kurse für junge Leute anzubieten, die das Schreiben lernen wollen. Zusammen mit seiner Frau hat er außerdem Stipendien für angehende Schriftsteller gestiftet. „Als Vater von zwei kleinen Kindern ist mir alles wichtig, was mit Erziehung, Chancengleichheit und Förderung von Jugendlichen zu tun hat. Und die Macht des geschriebenen Wortes ist einfach etwas Überwältigendes und Wunderbares."

DER KRETISCHE GAST
© für die deutsche Ausgabe: 2003 by Eichborn AG, Frankfurt am Main

DEN GEZEITEN ENTGEGEN
Originalausgabe: *Drifting*
erschienen bei Dutton, a division of Penguin Group (USA) Inc.
© 2003 by Stephanie Gertler
© für die deutsche Ausgabe: 2004 by Verlagsgruppe Lübbe GmbH & Co. KG, Bergisch Gladbach

DER FAULE HENKER
Originalausgabe: *The Vanished Man*
erschienen bei Simon & Schuster Inc., New York
© 2003 by Jeffery Deaver
© für die deutsche Ausgabe: 2004 by Blanvalet Verlag, München, in der Verlagsgruppe Random House GmbH

DAS GESCHENK
Originalausgabe: *The Christmas Train*
erschienen bei Columbus Rose Ltd.
© für die deutsche Ausgabe 2003 by Verlagsgruppe Lübbe GmbH & Co. KG, Bergisch Gladbach

Übersetzer:
Den Gezeiten entgegen: Maria Zettner
Der faule Henker: Thomas Haufschild
Das Geschenk: Uwe Anton

Illustrationen und Fotos:
Der kretische Gast: S. 4 (links), 6/7/8: Thonig/Mauritius
Den Gezeiten entgegen: S. 4 (rechts), 188/189/190: Jim Erickson/Corbis
Der faule Henker: S. 5 (links), 310/311/312: Seil: Veit Müller
Das Geschenk: S. 5 (rechts), 472/473/474 und Kapitelvignetten: Dave Lynx@The Organisation

Die ungekürzten Ausgaben von *Der kretische Gast, Den Gezeiten entgegen, Der faule Henker* und *Das Geschenk* sind im Buchhandel erhältlich.